文化艺术出版社
Culture and Art Publishing House

名家·名篇·名译

美国经典中篇小说

主编 | 盛宁　选编 | 冯季庆

THE WORLD

-

CLASSICAL

-

NOVELLAS

美国经典
中篇小说

序言

盛　宁

十年前，我们曾选编过一套《世界经典短篇小说》，我在那套书的序言里说到，随着现代生活节奏的不断加快，加之各种新兴科技手段和媒体形式的介入，人们在这个世界上的生存方式，包括我们对所处世界的整个认识方式，都已发生了极大的变化。变化带来的负面影响之一，就是一些曾有过辉煌显赫历史的艺术形式无可挽回地式微衰落了，尽管我们费尽心力去抢救，它们仍不以人的意志为转移地飞离我们普通人的日常视野，沦为仅供少数人观赏把玩的"藏品"。于是"文学已经衰亡"，"纸介印刷物必将被数字出版物取代"一类的哀歌，彼落此起地响彻文坛。

这些说法所引发的悲观情绪很快蔓延到了学界。记得那年美国著名的文学批评家 J. 希利斯·米勒曾来华讲演，他很坦诚地诉说了自己五味杂陈的内心感受，那篇讲稿后来在美国著名学刊《辨析》上发表，他又将讲话稿的标题改为"废墟上的文学研究"，其悲悼之情溢于言表。

转眼十年过去。情况又发生了什么变化呢？在千千万万令人眼花缭乱的事件中，移动通讯手段的革命性更新拔得头筹。手机的普及，特别是集通讯、浏览、搜索等功能为一体的 iPhone 的问世，将 2010 年推入所谓的"微博"年。据最新统计，中国网民规模现已达到 4.85 亿，"微博"用户的数量则爆发增长到近 2 亿，成为用户增长最快的互联网应用模式。"微博"突如其来的出现，且规模如此之大，它立刻给大众阅读习惯带来了谁也不曾料到的冲击。几乎就在一夜之间，这种带有"娱乐化"、"碎片化"特点的资讯消费形式，变成了时下最流行的大众阅读方式。所谓"娱乐化"，就是阅读活动除实现资讯传递的目的外，还带有一种搞笑逗乐的"狂欢"色彩；而所谓的"碎片化"，则是指人们在快节奏的日常生活中，利用各种活动的间隙或空当来完成阅读，使阅读一改过去那种连续、专注的特点，而变成一种时断时续、见缝插针式的消遣。

这样的一种阅读形式，对需要长时间静坐默读的长篇小说来说，显然是要排斥的。而从这个角度想下去，传统意义上的文学似乎很快就没有了自己的位置。但实际情况却并没有糟到这般田地。说来也颇值得玩味，据美国全国文学艺术基金会历年的调查报告，自上个世纪80年代起，美国青年和成人中阅读文学作品的读者比例接连二十多年持续下滑，17岁年龄段中完全不读文学书的人数，2004年比1984年足足翻了一番，达到了百分之二十左右；然而，2009年的调查报告称，由于各级教育机构的努力，18～24岁年龄段阅读文学书籍的人数竟在2008年出现了拐点，首次大幅度回升，增加了三百多万人。而中国的情况非但不像文学消亡论者所描述的那么悲观，甚至比上述美国报道更令人鼓舞。仅就最近十年的情况统计看，纸介印刷读物并未显出"退市"的意思，非但没有，这些年的全国图书出版总量还一直保持着10%左右的年增率，其中文学读物年增率也达到了9%。仅以2009年为例，文学类图书出版总数达25万种（其中初版新书为18万种），总码洋8.3亿元，居然还高于经济类的图书。尤其值得注意的是，再版文学书竟占了文学出版总量的四分之一，而据从事文学图书出版的人士说，再版书基本属于文学经典名著一类的"长销书"，也就是说，文学经典名著仍占据四分之一左右的文学类图书市场。

这一串数据有点枯燥，但至少可说明两点：其一，"文学"没有消亡。所谓"消亡"一说，实在是个伪命题。因为"文学"本是个后设的、集合性概念，它是对某一类你认为应该命名为"文学"的文字的界定，既然它的内涵是人为的，流变的，它能不断吐故纳新，所以也就谈不上消亡。而最终会消亡的，只是某个具体的文学形式（体裁、文类），这种文学形式由于存在条件的变化或丧失，则可能发生嬗变或消亡，但没准什么时候它又会重新萌生，中外文学史上可找到许多这样的实例。

其二，以往被笼统看待的大众读者群，现已按接受教育的层次、专业兴趣和审美品味等进一步分化为一个个"小众"读者群。这也就是说，尽管有相当数量的读者投靠新兴媒体，转而采取了网上浏览、微博短信一类新的阅读方式，但这个世界上仍还有相当数量的读者（其中也包括一部分网民读者）保持着通过纸介读物来获取知讯的传统阅读习惯，更何况网上读库中也搜罗了大量的纸介读物的电子版。对于这些电子版读物的读者来说，读物载体发生了变化，读物的内容却未变。由此看来，我们说文学类读物至今仍拥有相当大的读者群也没有什么不对。而每年有一大批文学经典或名著的再版，则说明新生代年轻人中仍有大批喜爱文学的读者，而新生代读者群的逐年更新则为文学经典的传承提供了保证。

正是基于这样的考虑——文学经典仍有不小的市场，新生代读者对文学经典仍有相当大的需求，我们也就满怀信心地选编了这套"外国经典中篇小说"丛书。有读者或许会问，你们将选本称之为"经典"，那你们心目中的"经典"应该是怎样一个标准呢？坦率地说，有关"经典"的定义确实是众说纷纭，要找一个大家都认可的界定还真有点困难。在我所看到的有关"经典"的各种界说中，我最欣赏的是意大利著名作家卡尔维诺对"经典"所作十几条定义中的两条："一部经典作品是一本每次重读都像初读那样带来发现的书；一部经典作品是一本即使我们初读也好像是在重温的书。"前一条定义强调了经典常读常新的特点——经典必须经得起重读，因为它涵义隽永，因此总能新意迭出，让读者获得新的发现；而后一条定义则强调，经典提供的经验必须具有某种普遍、永恒的价值。它所讲述的道理，你也许在别处也曾听说过，但是你读后会发现，你原先所听说的那些道理，其实是由这部经典文本首先说出，而且它比任何后来者都表述得更加全面，更加深刻。

不过严格说来，卡尔维诺的定义或许更是一种对思想理论经典的概括，文学经典恐怕还另有一些自己的特性：它无意直接提出具有永恒意义的理论命题，它更擅长的是在想象的层面，通过故事的叙述和人物的刻画来表现带有普遍性的人类生存经验。因此，衡量和判断一部作品能否跻身于文学经典，最基本的一条必须要讲一个好故事，再就是要看作品是否塑造了扣人魂魄、令人过目不忘的人物形象。除此之外，文学还有另一个与其他类别不同的特点：它是一门语言的艺术。文学的"文"，既是"人文"的"文",又是"语文"的"文"。古语说:"言而无文,行之不远"。文学语言不仅是反映生活的语言,更应该是高于生活、能为生活效仿的语言。在这个意义上,文学经典还必须在语言上具有示范的作用。我们现在的这个选本不是小说原作,而是译作。因此对译文的讲究、推敲,它是否忠于原作,能否再现原作的艺术风格,也就成了我们挑选作品时很重要、很实际的关注。

写到这里,读者或许会觉得我对眼下文学的处境并无太大的忧虑,甚至还隐隐流露出一点激动或亢奋。其实,恰恰相反。尽管从出版数字看文学似乎还有不小的市场,然而我深知,文学在当今社会所发挥的作用,文学对读者所产生的影响,则与过去完全不可同日而语。这其中的道理很简单,我指的是,与广播、电视、电影、流行音乐、特别是现在的互联网这些媒体相比,今天的"文学"在影响人的精神面貌、价值观方面,在向人们的头脑中灌输想象这个世界的各种参照方面,已再也不能像过去那样发挥一种主导性的作用了。也正是在这个意义上,我们说文学已被彻底地边缘化了,这已是毋庸争辩的一个事实。这与文学是否还占有一定的市场实际上毫无关系,因为两者说的根本不是同一个层面的意思。

文学之所以会边缘化,其原因也不难找。主要就是因为"文学"在今天的商业社会中再也不能快速地带来直接的财富,因而遭到了冷落,说得再直白一点,就是"无用"。这些年,不止一次有从事文学研究的青年学者跟我说,他们为申请出国留学基金而去面试时,有些从事自然科学的专家评审官,往往提的第一个问题就是"你这搞文学的,出去有什么用?"毫无疑问,"文学"在他们眼里,就像人身上的阑尾一样,一无所用!然而,他们怎不想想,人之所以为"人",除了四肢五官以外,更主要是因为人具有任何其他动物都不具有的复杂的思想和崇高的精神!人的气质、禀赋、情怀、修养,人对于真、善、美的洞察力、鉴别力、感悟力,以及人所特有的复杂的语言表达力,等等,所有这些决定人之所以为"人"的素质和能力,都不是从娘胎里带来,而是需要通过后天的陶冶和训练才能习得。而就在人习得上述素质和能力的过程中,"文学"不仅在发挥作用,而且发挥的是一种不可替代的作用。

文学究竟有用无用,有什么用?不妨再听一听两位诺贝尔文学奖的得主是怎么说的。早在1933年，T.S.艾略特在《诗的作用和批评的作用》一文中说："一个不再关心其文学传承的民族就会变得野蛮；一个民族如果停止了生产文学，它的思想和感受力就会止步不前。一个民族的诗歌……代表了它的意识的最高点，代表了它最强大的力量，也代表了它最为纤细敏锐的感受力。"很显然，在艾略特看来，"文学"是衡量一个民族文明程度高低的标识，而一个不再关心自己文学传承的民族，停止了文学生产，就会变得野蛮，变得粗鄙，而当下严酷的社会现实已一再为此提供了有力的佐证。

1987年诺贝尔文学奖得主约瑟夫·布罗茨基似乎对今日的现状则早就有预见，他在授奖仪式上致答辞时指出，"……尽管我们能够谴责对文学的践踏和压制——对于作家的迫害，文字审查，焚书等，然而，当不读书这种最糟的事情真的来临时，我们则毫无办法了。如若这不读书的罪过是由某个人犯下，那他将终生受到惩罚；如这个罪过是由一个民族犯下，这个民族将为此受到历史的惩罚。"布罗茨基认为，文学总是在不断地创造一种审美的现实，因此它往往是超前的——赶在"进步"之前，赶在"历史"之前。因此他认为，人们在选择自己的领袖时，最好应该先了解一下他们的文学阅读经验，对那些执掌我们未来命运的人，我们应首先问一问他们对司汤达、狄更斯、陀思妥耶夫斯基是什么态度，而不是他们的施政纲领，这样的话，这个世界上的痛苦就会减少许多。

布罗茨基这番话，或许有点让人觉得过于书生气。但我想他的本意并不是要让文学家去从政，充任各国的领导人。他其实只是在用他诗人的方式，来解释文学对于铸造一个人的心灵会起到怎样的作用。我们都知道，司汤达、狄更斯、陀思妥耶夫斯基也好，任何其他文学大师也好，他们并不提供解决社会问题的具体方案，即使退一万步说他们提出了某种方案，生活在特定现实中的我们也不可能去照抄照搬，如法炮制。那么，文学的作用到底是什么呢？我认为，真正能够称得起是"文学"的，它的最大的作用就是它会提问——提出各种对我们具有挑战性、能迫使我们进行思考的问题。所以文学作品能否成为经典，看来还应该加上一条，那就是它的提问是否具有这样一种独特的价值。从这个意义上说，文学的作用就是搭建起一个思想平台，让我们在这个平台上对人性、对道德、对历史、对公民社会、对各种智识性的问题展开论辩，而最难能可贵的是，这种论辩还包括了对我们自身的反省。通过这样的论辩，我们从中找到自己所认为是正确的答案。

关于我们这套丛书所选作品在思想内容上还有什么具体的社会意义，在写作风格和写作技巧上又如何出类拔萃等等，这里就没有必要再一一介绍了，我们还是请读者自己来品尝一下"开卷有益"的乐趣吧。因为我们相信，只要你翻开这套丛书中的任何一本，阅读其中的任何一篇，你都会从中发现一个与你的生活全然不同的世界，它一定会唤起你强烈的求知欲望，而当你阅读了这些作品之后，如果你对所读作品的作者及相关背景还有遏制不住的兴趣，那你完全可以从任何一部文学百科全书或名著导读中，毫不费力地找到所需要的信息。而现在，作为读者的你，只需迈出这关键的第一步：打开丛书，开始阅读吧。

2011 年 8 月 2 日识于蓝旗营

目录

败坏了赫德莱堡的人 ·· 1
　　［美国］马克·吐温著／何学文译

黛西·米勒 ·· 46
　　［美国］亨利·詹姆斯著／高兴译

螺丝在拧紧 ·· 94
　　［美国］亨利·詹姆斯著／邹海仑译

伊坦·弗洛美 ·· 192
　　［美国］伊迪丝·华顿著／吕叔湘译

一个迷途的女人 ·· 265
　　［美国］薇拉·凯瑟著／董衡巽译

败坏了赫德莱堡的人

［美国］马克·吐温 著
何学文 译

马克·吐温（Mark Twain，1835—1910）本名塞缪尔·朗荷恩·克列门斯（Samuel Langhorne Clemens）。美国文学史上最重要的作家之一，也是饮誉世界的作家。生于密苏里州的佛罗里达，其父为收入微薄的地方法官。马克·吐温先后做过印刷所学徒，密西西比河航船的水手、舵手，弗吉尼亚《事业报》和旧金山《晨报》记者，这些阅历成为他小说创作的背景。重要作品有长篇小说《汤姆·索亚历险记》(1876)、《哈克贝利·费恩历险记》(1884)；随笔《密西西比河上》(1883)；中短篇小说《竞选州长》、《百万英镑》、《傻瓜威尔逊》、《败坏了赫德莱堡的人》、《狗的自述》、《三万元的遗产》等。《哈克贝利·费恩历险记》是马克·吐温最优秀的作品，描写哈克贝利为追寻自由生活所经历的惊险离奇的故事，浪漫传奇、幽默诙谐和辛辣嘲讽寄寓了作家所思考的自由与平等的人道精神。中篇小说《败坏了赫德莱堡的人》嘲弄金钱在资产阶级社会的魔力，最诚实清高的赫德莱堡镇的廉洁居民为一袋金币上演种种闹剧，"败坏"了赫德莱堡镇的清明。

一

那是多年以前的事情。当时赫德莱堡是邻近一带地方最诚实、最清高的一个市镇。它一直把这个名声保持了三代之久，从没有被玷污过，并且很以此自豪，把这种荣誉看得比它所拥有的其他一切都更加宝贵。它非常以此自豪，迫切地希望保持这种光荣万世不朽，因为它对摇篮里的婴儿就开始教以诚实行为的原则，并在以后对他们施行教育的全部期间，把这一类的训诲作为他们的教养的主要内容。同时还在青年人的发育时期，完全不叫他们与一切诱惑相接触，为的是让他们的诚实有充分的机会变得坚定而巩固，成为深入骨髓的品质。邻近的那些市镇都忌妒这种崇高的权威，假装着讥笑赫德莱堡以此自豪的得意心理，偏说那是虚荣。不过虽然如此，他们还是不得不承认赫德莱堡实在是一个不可败坏的市镇。假如有人追问，他们还会承认一个青年只要是从赫德莱堡出去的，他要从家乡到外面找一个地位较高的职业，那就除了他的籍贯而外，无须任何其他保证的条件了。

然而曾几何时，赫德莱堡终于很不幸地得罪了一位过往的异乡人——也许是无意的，当然也并不在乎，因为赫德莱堡是无求于人，很可以自满的，对于异乡人和他们的意见，当然是毫不在意。不过它当初如果把这个人当做例外，那就要妥当一些，因为他是个很不好惹的人，记下了冤仇就不饶人的。在他漫游各地的整整一年之中，他老把他的委屈记在心上，每逢闲暇的时候，他就翻来覆去地想，总要想出一个办法来，心满意足地报复一番。他想出了许多主意，都很不错，但是没有一个是十分彻底的。最不中用的办法只能损害许多个别的人，而他所需要的却是一个使整个市镇都受影响的主意，连一个人也不让他漏网。最后他想出了一个巧妙的办法，当这个念头在他脑海中出现的时候，他感到一种恶毒的快意，觉得心头豁然开朗起来。他立刻就开始拟出具体的计划，一面自言自语地说："这个办法才好哩——我要败坏这个市镇！"

六个月之后，他乘着一辆小马车，又到赫德莱堡去，在晚上十点钟左右停在银行的老出纳员的家门口。他从车上取下一只口袋，扛在肩上，踉踉跄跄地穿过院落，走到里面敲门。一个女人的声音说了一声"请进"，他就进去了。他把那只口袋放在客厅里的火炉背后，很客气地向那正在灯下坐着看《福音导报》的老太婆说：

"您请坐着，夫人，我不打搅您。好——现在可把它藏得很妥当了，谁都不容易知道它在哪儿。夫人，我可以见见您的先生吗？"

"不行，他到布利克斯敦去了，恐怕要到后半夜才会回来。"

"好吧，夫人，那没有关系。我只是要把那只口袋托他保管一下，等找到了合法的物主，就请他转交给他。我是个外方人，他并不认识我。我今晚上不过是从这个镇上经过，特地来了却一桩长久放在心上的事情。现在我的事儿已经办完了，我很高兴地离开，心里还有点儿得意，以后您永远也不会再见到我了。口袋上系着一张纸条子，一切都在那上面说明了。再见吧，夫人。"

这位老太婆害怕这个神秘的大个子陌生人，后来看见他走了倒很高兴。但是她的好奇心被勾引起来了，于是就一直往口袋那边跑过去，把那张纸条子拿过来看。那上面写着的话是这样开始的：

请予公布：或者用私访的办法把合法的物主找出来也行——两种办法随便采取哪一种都可以。这个口袋里装的是金元，计重一百六十磅零四盎司——

"天哪，连门都没有锁哩！"

理查兹太太浑身颤抖地飞跑过去把门锁上，然后把窗帘拉下来，惊魂不定地站着，心里发愁，不知究竟还有什么办法可以使她自己和那些钱财更安稳一些。她听了一会儿是否有小偷，然后又被好奇心战胜了，于是再回到灯光底下，看完那张纸条上写的话：

我是个外国人，马上就要回本国去，以后就永远在那里住下了。我在美国住了很久，多蒙贵国优待，心中非常感激，尤其是感谢贵国的一位公民——赫德莱堡的一位公民——他在一两年前曾经给过我一个很大的恩惠。实际上是两个很大的恩惠。让我说明经过吧。我从前是个赌徒。我是说我从前是。我是个输得倾家荡产的赌徒。我在晚上来到这个村子里，饿着肚子，一钱莫名。我向人求助——在黑暗中。我不好意思在有亮的地方讨钱。这回幸好找对了人。他给了我二十块钱——换句话说，照我当时的想法，他实在是救了我的命。同时他也给了我财运；因为有了那笔钱，我又到赌场里发了大财。后来我把他给我说过的一句话牢记在心上，直到今天还没有忘记；他这句话终于把我制服了；一经制服，我的品格才没有完全毁掉：我从此再也不赌博了。现在我也不知道那位恩人是谁，可是我要把他寻访出来，我要让他得到这笔钱，由他施舍出去，或者把它抛弃，或者保存下来，随便他怎么处置都行。这只不过是我向他表明感激之意而已。假如我可以在这里住些时候，我就会亲自去寻访他；但是那没有关系，他一定会被寻访出来的。这是个诚实的市镇，不可败坏的市镇，我知道我尽可以信托它，无须担心。谁能说出那位先生当初对我说的那句话，就可以证明他是我的恩人；我相信他一定还记得那句话。

现在我的办法是这样：如果你觉得私访较为妥当，那就请你私访。如果遇到可能是那位先生的人，就请你把这张纸上写的话告诉他。假使他回答说，"我就是那个人；我当初说过的那句话是如何如何，"就请予以对证——那就是：打开口袋，那里面有一只密封的信封，装着那句话。如果那位申请人所说的话与此相符，那就把这笔钱给他，别的话都无须再问了，因为他一定就是那位先生。

但是你如果愿意公开寻访，那就请你把这张东西拿到本地报纸上去发表——另外加上几句说明，即自本日起三十天内，请申请人于星期五晚八时驾临镇公所，将他当初所说的话密封交予柏杰士牧师（如果他肯帮忙处理的话）；然后请柏杰士先生当场将钱袋启封，核对那句话是否相符；如果相符，就将这笔钱点交我这位业经证实的恩人，并请代致诚挚的谢意。

理查兹太太坐下来，兴奋得微微颤抖，不久就转入沉思了——她是这样想的："这事情多么奇怪！……那位善心人随意施舍一下，现在善有善报，发的财可真不小呀！……假如做那桩好事的是我的丈夫，那该多好！——因为我们实在穷透了，又老又穷！……"然后她叹了一口气——"可是这并不是我的爱德华；不是的，拿二十块钱给一个外方人的不是他。这实在可惜得很，真是；现在我明白了……"然后她打了个冷战——"可是这是一个赌鬼的钱哪！罪恶的收获：我们可不能要这种钱，连碰也不能碰它一下。我可不愿意靠近这种钱；这好像是很肮脏的东西。"于是她到离得远一点的一把椅子上坐下……"我希望爱德华快点回来，把它拿到银行里去；说不定什么时候就可能有小偷来；一个人在这儿守着真是可怕得很哩。"

十一点钟，理查兹先生回来了，他的妻子正在说，"你回来了我真高兴极了！"他却说："我可真累坏了——简直累得要命；人就怕穷，像我这么大一把年纪，还要干这种倒霉的跑腿差事。老是熬呀、熬呀、熬呀，只不过为了那点儿薪水——当别人的奴隶，他可穿着睡鞋坐在家里，又阔气，又舒服。"

"我很替你难受，爱德华，你知道的，可是你得自宽自解才行：我们总算能维持生活；我们还有很好的名声哩——"

"是呀，玛丽，这比什么都强。我刚才说的话你可别介意——那只是一时的烦躁，根本不算一回事。你跟我亲亲嘴吧——好，现在一切都忘掉了，我再也没有什么埋怨的了。你那是弄来的什么东西？口袋里是什么？"

于是他的妻子把那一大秘密告诉了他。这使他感到一阵心神恍惚，随后他就说：

"有一百六十磅重吗？咳，玛丽，那等于四万块钱哪——你想想——真是一笔大财产！我们这村里有这么大家当的还不到十个人哩。把那张纸条子给我看看。"

他一目十行地看了一遍，说道：

"这岂不是奇谈！嘻，简直是传奇小说嘛；就像我们在书本里看到的那些不可能的事情一样，在实际生活中哪会有。"他现在大为兴奋起来；他很愉快，甚至是兴高采烈。他把手指轻轻点一点他老婆的脸蛋儿，开着玩笑说："哈，我们发财了，玛丽，发财了；我们只要把这些钱埋藏起来，把纸条子烧掉就行了。那个赌鬼如果再来问起这桩事情，我们就白起眼睛望着他，说：'你说的是什么鬼话呀？我们从来就没听说过你，也不知道你有一袋什么金子；'这就使他哭笑不得，而……"

"而现在，你在这儿大开玩笑的时候，钱可还在这儿，现在很快就要到小偷活动的时候了。"

"真的。那么，我们怎么办——私自寻访吗？不，那可不行：那未免要破坏神妙的味儿。还是公开的方法较好。你想这桩事情岂不要传得满城风雨！还要使所有其他的市镇忌妒呢；因为除了赫德莱堡而外，一个外方人绝不会把这么一桩事情信托任何其他市镇，这是他们知道的。这简直等于给我们大登宣传广告哩。现在我要赶快到印刷所去，否则就太晚了。"

"别走——别走——别把我一个人留在这儿守着，爱德华！"

可是他已经走了。不过只去了一会儿的工夫。在离他家不远的地方，他遇见报馆的主笔兼东家，就把那张纸条子交给了他，说道："我这儿有一条好新闻给你，柯克斯——拿去发表吧。"

"可能来不及了，理查兹先生，不过我看情形吧。"

回到家里，他和他的妻子又坐下来把这个有趣的神秘事情再谈一遍；他们简直不想睡觉。第一个问题是,那位拿二十块钱给那个异乡人的公民究竟是谁呢?这似乎是个简单的问题;他们俩同声回答——

"巴克莱·固德逊。"

"不错,"理查兹说,"他很可能干这种事情,这也正是他的作风,可是我们这镇上就不会再有别人了。"

"这话谁也会承认的,爱德华——无论如何,私下里是会承认的。现在这六个月以来,我们这村子又是和从前一样了——诚实、狭隘、自以为是、一毛不拔。"

"他向来就是这么批评的,一直到他死的时候——而且还是毫不客气地当众那么说。"

"是呀,可是他就为了这个,遭人痛恨哩。"

"啊,当然,可是他倒不在乎。我看除了柏杰士牧师而外,他在我们这些人当中是最遭人忌恨的了。"

"噢,柏杰士可是罪有应得——他在这儿再也别想有人听他讲道了。这个市镇固然是算不了什么,对他可是知道应该怎么估量。爱德华,你看这岂不是有点奇怪,怎么这位外方人竟指定柏杰士经手发这笔钱呢?"

"呃,是呀——是有点奇怪。那是说……那是说……"

"哪来的那么多'那是说'呀?要是你的话,你会选他吗?"

"玛丽,也许那个外方人比这个村里的人对他知道得更清楚哩。"

"尽说这种话,难道就对柏杰士有什么好处!"

丈夫似乎有点为难,不知如何回答才好。妻子凝神注视着他,等着他答复。后来理查兹终于说话了,他那迟疑的神气好像是表示他预先知道他的话可能要遭到怀疑似的——

"玛丽,柏杰士并不是个坏人哩。"

他的妻子当然大吃一惊。

"瞎说!"她大声说道。

"他不是个坏人。我知道。他之所以被大家看不起,整个的根由就是那一桩事情——就是闹得满城风雨的那一桩事情。"

"那一桩事情,真是!好像单只那一桩事情还不够似的。"

"足够了。足够了。可是那事情罪不在他哩。"

"你说的什么话!罪不在他!谁都知道那就是他干的事儿。"

"玛丽,我敢担保——他是无罪的。"

"我没法儿相信,我也不相信。你怎么知道的?"

"这是我的招供。我很惭愧,可是我要供出来。只有我一个人才知道他是无罪的。我本来是可以挽救他的,可是……可是……呃,当然整个镇上那种愤激的情况你是知道的——我简直就没有胆量说实话。一说出来大家就会都对我进攻了。我也觉得那很卑鄙,真是卑鄙透了;可是我不敢,我没有勇气担当。"

玛丽显出了惶惑的神情,过了一阵没有做声。然后她才吞吞吐吐地说:

"我……我想你当初如果……如果……那是不行的。绝不能……呃……舆论要紧——不得不特别小心——特别……"这是一条难行的路,她陷入泥潭了;可是过了一会儿,她又说开了。"这是很对不起人的事,可是……哎,我们担当不起呀,爱德华——实在担当不起。啊,无论如何我也是不会主张你说实话的!"

"那会使得我们失去许许多多人的好感哩,玛丽;结果就……结果就……"

"现在我所担心的是他对我们的看法怎么样,爱德华。"

"他吗?他可想不到我当初是可以挽救他的。"

"啊,"妻子以快慰的口吻大声说道,"这可叫我高兴了。只要他不知道你当初可以挽救他,那么他……他……呃,那就强得多了。嗐,我本就应该看得出他是不知道的,因为他老是向我们讨好,虽然我们对他很冷淡。人家拿这桩事情挖苦我可不止一次了。比如威尔逊夫妇吧,还有威尔科克斯夫妇和哈克尼斯夫妇吧,他们都不怀好意地拿我来开心,说什么'你们的朋友柏杰士',因为他们明知这是使我难为情的。我希望他不要老是这么一个劲儿对我们表示好感,我就不明白他为什么始终要这样。"

"我可以给你解释。这又是我的招供。那桩事情正闹得新鲜、闹得火热,镇上决定叫他'坐木杠'的时候,我的良心上受到谴责,简直受不了,于是我就暗地里跑去给他报了个信,他就离开了这个镇,在外面住了一阵,直到风平浪静才回来。"

"爱德华!假如镇上当初把这桩事情追究出来——"

"别提了!现在回想起来,还叫我心惊胆战哩。我这么做了之后马上就觉得后悔;我甚至跟你都不敢说,就怕你脸上神色不对,让人家看出毛病来。那天晚上,我一点也没睡着,老在发愁。可是过了几天,我一看谁也没有怀疑我,从此以后我就渐渐觉得我幸而来了那么一着,至今我还是高兴哩,玛丽——真是高兴透了。"

"现在我也高兴哩，因为那么对付他未免太可怕了。是呀，我很高兴；因为你实在应该那么办才对得起他，你要知道。可是，爱德华，万一现在还是有那么一天，这事情终归弄个水落石出，那可怎么好！"

"不会的。"

"为什么？"

"因为大家都以为是固德逊干的。"

"当然他们会这么想！"

"不错。可是他当然是满不在乎的。大家劝萨斯伯雷那可怜的老头儿去找他，把这个罪名加到他头上，这老头儿也就怒气冲冲地跑去对他说了。固德逊把他浑身打量了一番，好像是要在他身上寻找一处能够叫他特别鄙视的地方似的，然后他就说：'原来你是代表调查委员会的呀，是不是？'萨斯伯雷说那差不多就是他的身份。'哼。你是需要知道详细情形呢，还是认为一个简单的答复就够了呢？''如果他们需要了解详细情形，我就再来一趟吧，固德逊先生；你先给我一个简单的答复好了。''好极了，那么，你告诉他们滚他妈的蛋——我看这总算够简单的了。我还要给你一番忠告，萨斯伯雷；你再来打听详细情形的话，就请你带个筐子来，好把你那几根老骨头提回家去。'"

"固德逊就是这样，十足表现出他的特点。他老是认为他提出的意见比谁都强：只有这一点他是自命不凡的。"

"他这么一来，就把这桩事情结束了，而且也就救了我们，玛丽。以后就没有人再提这个问题了。"

"谢天谢地，这点我倒并不怀疑。"

于是他们又兴致勃勃地再谈那一袋金子的神秘。随后他们的谈话渐渐有时停顿下来——中断的原因是由于沉思。停顿的次数越来越多了。最后理查兹竟至完全想得入神了。他一直坐了很久，一双眼睛茫然地盯着地板，后来他的两只手渐渐做出一些神经紧张的动作，配合着他的心理活动，这些动作似乎是表示烦乱的心情。同时他的妻子也转入了沉思，默不做声，她的举动也渐渐露出困惑的烦恼。理查兹终于站起来，无目的地在屋子里走来走去，一面伸手搔搔他的头发，活像一个患梦游病的人做噩梦的时候的举动一般。然后他似乎是打定了一个明确的主意；他一声不响地戴上帽子，迅速地从屋里走出去了。他的妻子还是坐在那里皱眉蹙额地沉思不已，似乎还没有感觉到只剩下她一人了。她时而低声自语道："可别叫我们受到诱……可是……"

可是……我们实在太穷了，太穷了！……可别叫我们受到……啊，这难道会对谁有什么损害吗？——而且谁也不会知道……可别叫我们……"她的声音这么咕哝着，渐渐低微得听不见了。过了一会儿，她抬头望了一眼，马上以半似惊骇、半似欣慰的神情喃喃地说——

"他走了！可是，哎呀，他也许来不及了——来不及了……也许还不太晚——也许还来得及。"她站起来，呆立着想，神经紧张地把双手一时扭在一起，一时松开。一阵轻微的冷战侵袭着她的全身，她从干哑的嗓子里说道："上帝饶恕我吧——起了这种念头真是太可怕了——可是……主啊，你是怎么把我们造成的——造得多么奇怪呀！"

她把灯光拧小一点，悄悄地溜过去，在那只口袋旁边跪下，伸手去摸它那鼓起的四周，恋恋地爱抚着。她那双可怜的老迈的眼睛里闪出一种贪婪的光芒。她一阵一阵地发呆；有时候又半似清醒、自言自语地说："早知道我们该等一等就好了！——啊，假如我们稍微等一等，不那么性急就好了！"

同时柯克斯也从办公的地方回到了家里，把那桩奇怪的事情告诉了他的妻子，他们也很热烈地谈论了一阵，并且猜想着整个镇上唯有已故的固德逊才会那么慷慨地拿二十块钱这么大一笔款去救济一个遭难的异乡人。后来他们的谈话中断了，两人都不做声，转入沉思了。他们渐渐地神经紧张和烦躁起来。最后妻子说话了，好像是自言自语似的：

"这桩秘密事情谁也不知道，除了理查兹夫妻俩……还有我们……此外再没有什么人了。"丈夫微微地惊动了一下，由沉思中醒过来，他凝神注视着他那脸色发白的妻子，然后他犹豫不决地站起来，偷偷地向他的帽子望了一眼，又望着他的妻子——无言的询问。柯克斯太太有一两次想说话又没有说出来，她把手按住嗓子，然后点点头代替回答。随即就只剩下她一个人，在那里自言自语。

于是理查兹和柯克斯都在更深夜静的街头，由相对的方向急急忙忙地走着。他们在印刷所的楼梯底下彼此碰头了，两人都喘着气，他们借着夜间的灯光互相察看着对方的脸色。柯克斯悄悄地问道：

"除了我们，没有别人知道这桩事吗？"

悄悄地回答是：

"谁也不知道——我担保，谁也不知道！"

"如果还来得及——"

他们两人往楼上走，但是正在这时候，有一个小伙子赶上来了，于是柯克斯问道：

"是你吗，江尼？"

"是，先生。"

"你别忙去发那些早班邮件吧——什么邮件都不忙去发，等我吩咐你的时候再说。"

"都已经寄出去了，先生。"

"寄出了？"这声音里流露出一股说不出的失望。

"是的，先生。到布利克斯敦和往下所有的市镇的火车时间表今天都改了，先生——要寄出的东西比平常早二十分钟就得送到才行。我只好赶快跑，要是去晚了两分钟的话……"

这两位先生不等听完他说的话，就转过身来，慢慢地走开。过了十分钟，两人都没有做声；然后柯克斯以生气的声调说道：

"什么鬼催着你这么着急呀，真是莫名其妙。"

回答是颇为恭敬的：

"现在我明白了，可是不知怎么的，您瞧，我老是不用脑筋，把事情弄得无法挽救。不过下一次……"

"他妈的，哪有什么下一次！再过一千年，也不会有什么下一次了。"

于是这两位朋友连告别的话都没有说一声，就分手了，各人拖着苦恼得要命的人的脚步，无精打采地走回家去。回到家里，他们的妻子都马上跳起来，迫切地问一声"怎么样？"——然后她们用眼睛就看出了回答，于是不等对方用言语表达出来，就丧气地坐下了。在这两户人家里，随即发生了激烈的争论——这是一种新现象；从前也曾有过争论，可是并不激烈，都是不伤和气的。今天晚上的争论，两家人却好像是互相抄袭似的。理查兹太太说：

"你要是等一等多好呀，爱德华——你该从从容容地想一想呀；可是你不，你非得一个劲儿跑到印刷所去，把消息传遍天下。"

"那上面明明说了要发表呀。"

"那不相干；那上面也说了可以私自访问，随你的便。哼，你说吧——是不是这么说的？"

"唉，不错——不错，是这么说的；可是我一想到一个外方人竟会这么信托赫德莱堡，这样一个消息会要如何轰动一时，这对赫德莱堡是多大的……"

"啊，当然，这些我全知道；可是你要是仔细想一想，你应该是想得到应得这笔钱财的人是找不到的,因为他已经进了坟墓,而且身后无儿无女,也没有任何家属;这笔钱只要是归一个需钱很切的人得到了,谁也不会因此受什么损害,而且……而且……"

她伤心地痛哭起来了。她的丈夫想要找两句安慰的话来说一说,随即就这么说道:

"可是归根到底,玛丽,这样的结局一定是最妥当的——一定是;我们是知道的。而且我们还应该记住,这是命中注定的——"

"命中注定!啊,一个人干出了傻事情,要替自己找理由,那就什么都是命中注定!不管怎样,这笔钱在这种特殊情况之下落到我们手里,这就叫命中注定,可是你偏要自作主张,干预老天爷的意旨——是谁给了你这种权力?这叫做不知好歹,就是这么回事——无非是冒犯神明的大胆妄为,根本就和你装出的那副温和谦让的派头不相称,你明明是个伪君子,却偏要假惺惺地自命为……"

"可是,玛丽,你也知道我们这辈子是怎么教养出来的,就像全村的人一样,简直教养得每逢有什么老实的事情要做的时候,就不会有片刻的迟疑,这种作风已经完全成了我们的第二天性——"

"啊,我知道,我知道——一辈子老在受诚实的教养、教养、教养,教个没有完——从摇篮里就教起,要诚实呀,不要受一切诱惑呀,所以这全是虚伪的诚实,一旦受到诱惑,就经不起考验,今晚上我们已经看清楚了。老天爷有眼睛,我对自己那种像石头一样坚实的、无法败坏的诚实从来没有丝毫怀疑过,可是现在……现在,只受到这第一次真正的大诱惑,我就……爱德华,我相信这个镇上的诚实都是像我的一样,糟透了,也像你一样糟。这是个卑鄙的市镇,是个冷酷和吝啬的市镇,它除了这个远近闻名和自命不凡的诚实而外,根本就没有丝毫美德。我敢发誓,我确实相信如果有那么一天,它这种诚实受到大诱惑的时候,它那堂皇的声誉就会垮台,好像一座纸房子一样。嗜,这下子我可把老实话说出来了,心里倒觉得痛快一点。我是个骗子,一辈子向来就是,可就是自己不知道。以后谁也别说我诚实吧——我可担当不起。"

"我……哎,玛丽,我也是和你一样的感觉;的确是这么想。这好像有些奇怪,真的,太奇怪了。从前我是绝不会相信这种说法的——绝不会。"

随后是一阵长时间的沉默,他们俩都转入沉思了。后来妻子抬起头来说:

"我知道你在想什么，爱德华。"

理查兹脸上显出一个被看透了心事的人的窘态。

"说出来真是丢人，玛丽，可是……"

"那没什么关系，爱德华，我自己也正在想着这同一个问题哩。"

"但愿如此。你说出来吧。"

"你想的是，如果有人能猜得出固德逊对那个外方人说的是句什么话，那该多好。"

"一点也不错。我觉得有罪，而且难为情。你呢？"

"我这种感觉已经过去了。我们在这儿搭个临时铺吧；我们非得好好看守着，等明天早上银行的金库开了，收进这只口袋才行……哎呀，哎呀——要是我们没有做错那一着，那该多好！"

临时铺搭好了，玛丽说：

"那句开门咒——究竟是怎么说的呢？我实在猜不透，那句话是怎么说的呢？可是，你过来吧，我们该上床了。"

"上床睡觉吗？"

"不是，想。"

"是呀，想。"

这时候柯克斯夫妇也吵完了嘴，言归于好了，现在正在上床——去想、想，在床上翻来滚去，心里发烦，老猜不透固德逊当初向那个倾家荡产的流浪汉说的是一句什么话，那句宝贵的箴言，价值四万元现金的箴言。

村里的电报局那天晚上比平日延迟了办公时间，原因是这样的：柯克斯的报馆里的领班是美联社的地方通讯员。他可以算是一位挂名的通讯员，因为他供给的稿件一年之中难得有四次在报上登出三十个字去。这一次可不同了。他打电报去报告他所得到的消息，立即接到了复电：

　　详述一切——巨细勿遗——一千二百字。

多么长的一篇约稿呀！领班如约完成了这篇报道，他是全州最得意的人了。第二天早餐的时候，"不可败坏的赫德莱堡"这个名称挂到了全美国每个人的嘴上，从蒙特利尔到墨西哥湾，从阿拉斯加的冰河到佛罗里达的柑子园，千百万人都在谈论着那个异乡人和他的钱袋，大家都在关心着那位得主是否可以找得到，都希望再得到关于这桩事情的消息——越快越好。

二

赫德莱堡村一觉睡醒来,已经是举世闻名——惊异——快乐——扬扬得意。得意到不可想象的地步。村中十九位首要的公民和他们的太太都来来往往,互相握手,笑逐颜开,彼此道贺,大家都说这桩事情给字典上增加了一个新名词——赫德莱堡,"不可败坏"的同义字——这字注定要在字典里永垂不朽!次要的、无声无息的公民们和他们的妻子也到处跑来跑去,举动也大致相同。人们都跑到银行去看那只装着黄金的口袋;还没到中午,就有许多郁郁不乐的、忌妒的人成群结队地从布利克斯敦和所有邻近的市镇蜂拥而来;当天下午和第二天就有四面八方的记者来采访这只钱袋和它的来历,又把整个故事重新报道一番,并且给钱袋作了随意渲染的描写,还有理查兹的家、银行、长老会教堂、浸礼会教堂、公众广场,以及将要举行对证和交付那笔钱财的镇公所,也都一一描绘了;此外还给几个人物刻画了几幅糟糕的肖像,其中有理查兹夫妇,有银行家宾克顿,有柯克斯,有报馆的领班,还有柏杰士牧师和邮政局长——甚至还有杰克·哈里代,他是个游手好闲、和蔼可亲、无足轻重、放荡不羁的渔夫和猎人,孩子们的朋友,丧家之狗的朋友,是这镇上典型的"山姆·劳生"①。平庸的、假笑的、油滑的小个子宾克顿把钱袋给所有参观的人看,他高高兴兴地搓着一双光滑的手掌,极力吹嘘这个市镇由于诚实而享有的久远的好名声,以及这次惊人的证实,并且希望和相信这个榜样将要扬名全美洲,对于挽回世道人心会起划时代的作用。还有诸如此类的话。

一个星期终了时,一切又平静下来了,如醉如狂的自豪和欢欣的心理已经清醒过来,变为一种柔和的、甜蜜的、沉默的快感——好像是一种意味深长、无以名之、不可言喻的自得心理。人人的脸上都现出一种平和圣洁的快乐。

然后发生了一种变化。那是一种逐渐的变化:变得非常迟缓,以致开始的一段几乎无人发觉,也许根本就没有人发觉,只除了杰克·哈里代,他是经常把每件事情都看得清楚的;而且无论是什么事情,他老爱拿来开玩笑。

---

① 山姆·劳生是美国作家斯陀夫人(1812—1896)小说中一个富于风趣、爱讽刺人的、乐天派的懒汉,她的《小城的老乡们》里面的故事都是由山姆·劳生叙述出来的。

他发现有些人一两天以前还很快活，现在却不像那么高兴，于是他就说些拿他们取笑的话，然后他又说这种新现象越来越厉害，简直成了一副晦气相，然后他又说人人现出了苦恼不堪的神气，最后他说人人都变得那么郁郁不乐、若有所思、心不在焉，如果他一直伸手到全镇最悭吝的人裤袋底去扒掉他一分钱，那也不会惊醒他的幻想。

在这个阶段——也许大约在这个阶段——那十九户首要人家的家长每个都在临睡的时候说出大致像这样的一句话——差不多都是叹一口气说的：

"唉，固德逊说的究竟是一句什么话呢？"

他的妻子马上就这样回答——话里带着颤声：

"啊，别提了！你心里在胡思乱想些什么鬼事儿？千万把它丢开吧，我求你！"

可是第二天晚上，这些人又不由得发出这个问题来——而且所受的斥责也是一样。不过声音却小了一些。

第三天晚上，男人们又发出这同一问题——语气是苦闷的，而且是茫然的。这一次——还有次日晚上——妻子们稍有不知所措的表现，她们心里都有话想要说，可是并没有说出来。

再往后的那天晚上，她们终于开了口，急切地回答道：

"啊，假如我们猜得着多好！"

哈里代的俏皮话一天天越来越说得有声有色，令人难堪，挖苦尽致。他劲头十足地窜来窜去，拿这个市镇开心，有时讥笑个别的人，有时讥笑大家。可是他的笑声在全村中已经是绝无仅有：这笑声落在空虚的凄凉的荒漠中了。随时随地，连一点笑容都找不到。哈里代把一只雪茄烟盒子装在一个三脚架上，拿着它到处跑，假装那是个照相机。他拦住所有的过路人，把这东西对准他们说："预备！——请您笑一点。"但是连这样绝妙的玩笑也不能在那些阴沉的面孔上引起反应，使他们轻松一点。

这样过了三个星期——还剩下一个星期。那是星期六晚上——晚饭吃过了。现在没有往常的星期六那种熙熙攘攘、大家到处买东西和开玩笑的热闹场面，街上是空虚寂寞的。理查兹和他的老伴独自坐在他们那间小客厅里——神情沮丧，都在想心事。这种情形现在已经成为他们晚间的习惯了：他们过去一向的老习惯——看书、编织和称心如意的闲谈，或是和邻居们互相串门，这一切都老早就成为过去，被他们忘掉了很久很久——两三个星期了。现在谁也不谈话，谁也不看书，谁也不串门——全村的人都坐在家里，唉声叹气，愁眉苦脸，沉默不言，都想猜出那一句话。

邮递员送来了一封信。理查兹无精打采地把信封上写的字和邮戳望了一眼——两样都是陌生的——他把信丢在桌子上，又恢复了刚才被打断的东猜西想和绝望的、沉闷的烦恼。两三个钟头之后，他的妻子疲惫地站起来，正准备不道晚安就去睡觉——现在这已经成为习惯了——可是她在靠近那封信的地方停了一下，以冷淡的神情望了它一会儿，然后把它拆开，约略地看了一遍。理查兹还在坐着，椅背翘起靠着墙，下巴垂在两膝之间，他忽然听见有什么东西倒在地下了。一看，原来是他的妻子。他赶紧跑到她身边，可是她却大声喊道：

"别管我，我太快活了。你快看信——快看！"

他接过信来看，贪婪地读着，脑子不禁晕眩起来，那封信是从很远的一个州寄来的，信里说：

我和你素不相识，但是这没有关系；我有一桩事情要告诉你。我刚从墨西哥回家来，听到了那件新闻。当然你不知道那句话是谁说的，可是我知道，而且知道这个秘密的，世间只有我一人。那是固德逊。多年以前，我和他很熟识。我就在那天晚上走过你们这个村子，并且在夜半的火车未到之前，一直在他家做客。我在旁边听见他对那个站在黑暗地方的外方人说了那句话——地点是赫尔巷。他和我继续往他家里走的时候，一路就谈这件事情，后来在他家一面抽烟，还一面在谈。他在谈话之中提到了你们村子里的许多人——差不多都说得很不客气，只对两三个人的批评较好；在这两三人之中就有你一个。我说的是"批评较好"——也就是如此而已。我还记得他说过这个镇上的人，实际上没有一个是他喜欢的——一个也没有；不过他说你——我想他是说的你——大致没有记错吧——曾经有一次帮过他一个大忙，也许你自己还不知道帮了这个忙究竟于他有多大好处，他说他希望有一笔财产，临死的时候就要把它留给你，而对村中其余的居民每人都奉送一顿咒骂。那么，只要你是当初帮过他的忙，你就是他的合法继承人，应得那一袋金子。我知道我尽可以相信你的廉洁和诚实，因为这些美德在一个赫德莱堡的公民身上是万无一失的天性，所以我现在就要把那句话告诉你，深信你如果不是应得这笔钱财的人，一定会去把应得的人寻访出来，使固德逊得以报答他所说的那番恩惠，表达他的感激之忱。他说的那句话是这样的:"你绝不是一个坏人:快去改过自新吧。"

霍华德·里·斯蒂文森

"啊,爱德华,这笔钱是我们的了,我真是太高兴了,嗯,太高兴了——亲我一下吧,亲爱的,我们多久多久没有亲过嘴了——我们正是需要哩——这笔钱——这下子你也可以摆脱宾克顿和他的银行了,再也不当谁的奴隶。我简直好像是高兴得要飞了。"

这两口子在长靠椅上互相拥抱和亲吻,快快活活地消磨了半小时。他们又恢复了过去的美好辰光——这种辰光原是自从他们恋爱的时期就开始了,直到那外方人带来这笔害煞人的钱财以前,一直继续下来,没有中断过的。过了一阵,妻子说道:

"啊,爱德华,你真幸运,当初亏得给他帮了那个大忙,可怜的固德逊!我向来是不喜欢他的,可是现在我觉得他很可爱。你倒真是了不起,真漂亮,从来就没提过这桩事情,没夸过嘴。"然后她略带责备的语气说:"可是你对我总该提一提呀,爱德华,你自己的妻子,总该告诉一声哪,你要知道。"

"嗯,我……呃……嗯,玛丽,你瞧——"

"别老是这么吞吞吐吐吧,快告诉我,爱德华。我向来是爱你的,现在我真以你自豪哩。谁都相信全村只有一个慷慨的好人,原来你也……爱德华,你怎么不告诉我?"

"嗯——呃——呃——唉,玛丽,我不能说!"

"你不能说?为什么不能说?"

"你要知道,他……哎,他……他叫我保证不说。"

妻子把他打量一番,很慢很慢地说:

"叫——你——保——证?爱德华,你怎么给我说这种话?"

"玛丽,你难道以为我会撒谎吗?"

她颇为惶惑,一时说不出话来,然后她把她的手放在他的手里说道:

"不是……不是。我们未免说得离题太远了——上帝饶恕我们吧!你一辈子没撒过一次谎。可是现在——现在我们脚底下一切的根基好像是在垮台的时候,我们就……我们就……"她一时说不下去了,然后又陆陆续续地说:"不要叫我们受到诱惑吧……我想你是给人家保证过的,爱德华。这话就到此为止吧。我们不要再谈这个问题了。那么——这就算往事不提了,我们还是要快快活活才行，这不是自寻烦恼的时候。"

爱德华感觉到听从妻子的话颇有几分吃力，因为他心里老在东想西想——极力要记起他曾经帮过固德逊什么忙。

两口子几乎通宵没有合眼，玛丽是快活而又想个不停，爱德华却只忙着用心思，而并不十分快活。玛丽老在盘算着如何处理这笔钱财。爱德华老在搜尽枯肠地要回想起那个恩惠。起初他为了对玛丽撒了那个谎——如果说那是谎话——良心上感到不安。后来他反复思考了一阵——假定那确实是撒谎吧，那又怎么样？难道有什么大不了吗？我们难道不是经常在行为上干撒谎的勾当？那又为什么连说谎都不行呢？你看玛丽——看她所干出来的事情。当他正在赶紧去做那桩老老实实的事情的时候，她在干什么？悔恨没有把那张字条子毁掉，把钱留下！难道盗窃比撒谎还强吗？

于是这个问题就不那么使他难受了——那句谎话已无关紧要了，并且还使他觉得差堪自慰。其次一个问题又占了主要地位：他究竟是否帮过人家的忙呢？你看，这儿分明有固德逊本人的证明，斯蒂文森的来信说得很清楚，没有比这更好的证明了——这简直可以作为法律上的证件，证明他确曾帮过人家的忙。当然。所以这一点算是解决了……可是不行，还不见得完全解决了。他微微吃惊地想起这位不相识的斯蒂文森先生就说得并不十分肯定，他记不清帮这个忙的人究竟是否理查兹，或是另外某个人——而且，哎呀，他还说信任理查兹的人格哩！所以理查兹不得不由他自己决定这笔钱财应该归谁——斯蒂文森先生相信他如果不是应得的人，就一定会毫不苟且地把应得的人寻访出来。啊，把人家安排到这种地步，真是可恶——哎，斯蒂文森怎么就不兴把这种疑问去掉呢！他为什么要留下这么个尾巴？

又是一阵思索。究竟是怎么回事呢，偏巧是理查兹的名字，而不是别人的名字，在斯蒂文森心里留下了印象，使他觉得他是应得这笔钱财的人？这倒像是很不错。是的，这实在像是大有希望。事实上，他一个劲儿往下想，希望也就似乎越来越大——直到后来，这个理由终于变成了铁证。于是理查兹马上把这个问题不再放在心上，因为他有一种内心的直觉，认为一个证据既经肯定，就以不再追究为妥。

这时候他心安理得地感到愉快，可是另外还有一个小小的问题，却老在逼着他注意：当然他是帮过人家的忙——这是肯定了的，可是究竟帮的是个什么忙呢？他必须回忆出来——非等想起了这桩事情，他就不睡觉，因为这才能使他心境安宁，毫无挂虑。于是他想了又想。他想到许多件事情——可能帮过的忙,甚至是大致肯定帮过的忙——可是没有一件显得够重要,没有一件显得够分量,没有一件显得值这笔钱财——值得固德逊希望他能在遗嘱中留下的那笔财产。不但如此,他根本就想不起曾经做过这些事情。那么,哎——那么,哎——那究竟应该是帮的一个什么忙,竟会使得一个人这么了不得地感激呢?啊——拯救了他的灵魂!一定是这么回事。不错,现在他想起了当初曾有一次自告奋勇去劝固德逊入教,并且苦口婆心地劝了他——他打算说是劝了三个月之久,可是仔细一想,三个月缩成了一个月,又缩成了一星期,又缩成了一天,然后缩得毫无踪影了。是的,他现在记得很清楚,而且是非他所愿地那么鲜明,固德逊当初的回答是叫他滚他妈的蛋,少管闲事——他可不希望跟着赫德莱堡升天堂!

所以这个答案是失败了——他并不曾拯救过固德逊的灵魂。理查兹不免有些气馁。然后过了片刻工夫,又出现了一个念头:他曾经挽救过固德逊的财产吗?不行,这是说不通的——他根本就一无所有。他的性命呢?一点也不错。当然。唉,他早就该想到这个了。这一次他总算走对了路,毫无疑问。于是片刻之间,他那想象的风车就大转特转起来了。

此后,在精疲力竭的整整两个钟头之中,他一直在忙着救固德逊的命。他以各种困难和冒险的方式干这桩事情。每一次他都很圆满地把这个救命的举动做到了某一个地步,然后正当他开始确信这桩事情是当真发生过的时候,偏巧就有一个恼人的枝节问题出现,使得整个事情成为荒唐无稽。比如拿泅水救命来说吧。在这种救命方式之下,他曾经泅出去把淹得不省人事的固德逊拖上岸来,还有一大堆人旁观赞许,但是他把整个经过完全编好之后,正在开始回忆一切的时候,却又生出了许许多多起破坏作用的枝节问题:镇上的人们是不会不知道这桩事情的,玛丽也不会不知道,在他自己的脑子里,这桩事情也会像镁光灯似的放出耀眼的光芒,而不至于是一件他可能做了而"不知道究竟对人家有多大益处"的并不显著的好事。而且想到这里,他又记起了他自己根本就不会游泳。

啊——原来又有一点,他从头起就忽略掉了:这桩事情必须是他做了之后却"可能还不知道究竟对人家有多大益处"的好事。唉,真是,那应该是容易寻思出来的——比其他那些事情简单得多了。果然不错,他不久就想出来了。多年以前,固德逊几乎和一个名叫南赛·休维特的很可爱、很漂亮的姑娘结了婚,但是为了某种原因,这桩婚事还是作罢了,那个姑娘死了,后来固德逊就一直是个独身汉,并且渐渐变得性情孤僻,干脆就成了一个愤世嫉俗的角色。这个姑娘死后不久，村里的人就发现了，或是自以为发现了，她的血管里含有一点点黑人的血液。理查兹把这个问题思量了许久，后来终于觉得他想起了一些与此有关的事情，那些事情一定是由于日久不曾理会，在他脑子里弄得无影无踪了。他似乎是隐隐约约地想起了当初发现那黑人血液的就是他自己，把这个消息告诉村里人的也是他，还想起了村里人告诉了固德逊，说明了消息的来源，想起了他就是这样挽救了固德逊，使他免于和这个有黑色混血的姑娘结婚。他帮了他这个忙，却"不知道对他有多大好处"，事实上根本还不知道他是在帮人家的忙，可是固德逊却知道他帮这个忙的价值，也知道他是如何千钧一发地获得了幸免，所以他才在临终时对他的恩人感激不尽，恨不得自己有一笔财产留给他。现在一切都简单明了，他越回想就越觉得这事情非常明显，毫无疑问，最后，当他舒舒服服地躺下睡觉的时候，心里颇为满意而快乐，他回忆着一切经过，就像是昨天的事一般。事实上，他仿佛还记得固德逊曾经有一次亲自对他说过感激的话。在这段时间里，玛丽已经花了六千元给她自己购置了一所新房子，还买了一双睡鞋送她的牧师，然后就安安静静地睡着了。

在那同一个星期六晚上，邮递员给其他的首要居民每人送去了一封信——一共送了十九封。信封无论哪两个都不相同，笔迹也不一样，可是信的内容却彼此相同，除了一点而外，分毫不差。每封信都是完全照理查兹所收到的那一封抄下来的——笔迹和一切都是一模一样——而且都是斯蒂文森签名的，只是理查兹的名字换上了各个收信人的名字罢了。

一夜到天明，十八位主要公民都在同一时间内和他们的同样身份的弟兄理查兹干了同样的事情——他们用尽了全副精力，要想出他们曾在无意中给巴克莱·固德逊帮过一次什么了不起的忙。无论对于哪一位，这番工夫都不见得轻松愉快，然而他们都成功了。

在他们很吃力地干着这项工作的同时，他们的妻子却轻易地把这一夜工夫都消磨在花钱的问题上面了。这一夜之间，那十九位太太平均每人从那口袋里的四万元中花掉了七千元——总共是十三万三千元。

第二天杰克·哈里代大吃一惊。他看出那十九位主要的公民和他们的妻子脸上都重新现出了那种平和圣洁的快乐神情。他简直莫名其妙，也想不出什么取笑的话来，足以破坏或是扰乱这种气氛。所以现在就轮到他对生活感到不满了。他对这种快乐的原因私自作了许多揣测，但一经考察，通通都猜错了。他遇到威尔科克斯太太，发现她脸上那副平静的心醉神迷的神态时，心里便想道："她的猫生了猫崽了。"——于是他就去问她家的厨师：结果并没有这回事；厨师也看出了那种喜色，却不知原因何在。当哈里代发现"老实人"① 毕尔逊（村中的绰号）脸上也有那种狂喜神情时，他就断定毕尔逊有一位邻居摔断了腿，但调查的结果，这事情也不曾发生。格里戈利·耶次脸上那副抑制住的狂喜神色只能有一种原因——他的丈母娘死了：这又没有猜对。"那么宾克顿——宾克顿——他一定是讨回了本来以为要落空的一角钱的债。"诸如此类，东猜西猜。他所猜测的事情，有些只好存疑，有些却已证明了是分明的错误。最后哈里代自言自语道："反正归结起来，今天赫德莱堡有十九家人暂时登了天堂：我不知道这是怎么个来由；我只知道老天爷今天一定是休假了。"

有一个邻州的建筑师和营造商新近到这个前途有限的村里大胆地开办了一个小小的企业，现在他的招牌已经挂了一个星期了，始终还没有一个主顾。他很沮丧，懊悔不该来。可是现在他的运气忽然好转起来了。那些首要的公民的太太一个又一个地私自对他说：

"下星期一到我家里来吧——不过暂时请你不要声张。我们打算盖房子。"

那一天有十一家来邀请他。当天晚上他就给他的女儿写信，毁了她和一个学生的婚约。他说她可以找一个比他身价高一万倍的对象。

银行家宾克顿和其他两三位富裕的人物计划着盖乡村别墅——可是他们从容地等待着。这类人物在小鸡还没有出壳的时候是不把它们作数的。

威尔逊夫妇筹划了一个新的盛举——化装跳舞会。他们并没有正式邀请客人，只是亲密地对他们所有的亲友们说，他们正在考虑这桩事情，并且觉得他们应该举行这个舞会——"如果我们举行的话，那当然会请你参加。"大家都觉得很惊奇，于是互相议论道："嘻，他们简直是发疯了，威尔逊他们这对穷骨头，他们哪儿请得起呀。"十九家的主妇之中有几位私自向她们的丈夫说："这倒是个好主意：我们一直不声不响，且等他们把那个寒碜的把戏演过之后，我们再来举行一个像样的，准叫他们出洋相。"

时光如流水，那些未来的挥霍的预算越来越庞大、越来越任性、越来越愚蠢和胡闹了。照情形看来，这十九家似乎是每一家都不仅要在领款的日子以前把这四万元全部花光，还要在这笔款到手的时候当真负债才行。有几家

---

① 原文 Shadbelly 的意思是"教友派教徒"，其特征为循规蹈矩，朴素平和。

的人轻举妄动，不以计划如何花钱为足，竟至真的花起来了——用赊账的办法。他们买地、接受典当的产业、购置农庄、买投机的股票、买讲究衣服、买马，还有各种其他的东西，先拿现款付清利息，其余由他们负责清偿——以十天为期。随即这些人清醒过来，就知道事情不妙，于是哈里代就看出许多人脸上开始流露出一种可怕的焦虑。他又弄得莫名其妙，不知究竟是怎么回事。"威尔科克斯家里的小猫并没有死，因为根本还没有生出来；谁也没有把腿摔断；丈母娘也没有减少；什么事也没有发生——这真是个猜不透的谜。"

另外还有一个满脑子疑团的人——柏杰士牧师。一连好几天，无论他走到什么地方，似乎总有人跟踪，或是东张西望地寻找他，如果他到了一个僻静的地方，那十九家的人当中就一定有一位出现，鬼头鬼脑地把一只信封塞到他手里，悄悄说一声"礼拜五晚上在镇公所拆开"，然后就像犯了罪的家伙似的溜开了。他原来猜想着或许会有一个人申请领取那只钱袋——但这还是靠不住的，因为固德逊已经死了——可是他再也想不到居然会有这么一大堆人来申请。最后到了礼拜五那个盛大的日子，他一共收到了十九封信。

三

镇公所从来没有比这一天更漂亮过。大厅尽头的讲台后面挂满了耀眼的旗子，墙上每隔一个相当距离都挂着一些五颜六色的彩旗，楼座的前面也蒙上了旗帜，支柱上也裹着旗子，这一切都是为了给外来的客人以深刻的印象，因为来宾的人数一定为数颇多，而且多半是与新闻界有关系的。全场坐满了人。四百一十二个固定的座位都坐满了，另外还在过道上临时挤了六十八个座位，也坐满了，讲台的阶梯上也坐上了人，有几位显要的来宾被安排在讲台上的座位上，讲台前面和两侧的边缘摆成马蹄形的那些桌子后面坐着一大批来自各地的特派记者。全场的装束之讲究在这个镇上是空前的。有些服装代价颇高，有几位穿着这种华贵衣裳的妇女显得有点不大习惯的样子。至少本镇的人觉得她们有这种表情，但是这种看法之所以产生，也许是由于本镇的人知道这些妇女以前从来没有穿过这种衣服吧。

那一袋黄金放在讲台前面的一张小桌子上，全场都可以看得见。在场的人绝大多数都瞪着眼睛望着它，心里感到一种强烈的兴趣、垂涎欲滴的兴趣、渴望而又感伤的兴趣；占少数的十九对夫妇却以亲切、抚爱和物主的眼光定睛望着这份宝贝,而这少数人中的男性的一半则在一遍又一遍地暗自背诵着为答谢会众的喝彩和祝贺而发表的简短的即席致词,这番话是他们准备马上就要站起来说的。这些先生们之中随时都有某一位从衣袋里拿出一张纸条子来,悄悄地瞟它一眼,以便帮助记忆。

会场中当然不断地有叽叽喳喳的谈话声——这是照例不免的,可是后来牧师柏杰士先生站起来,把手按在那只口袋上的时候,全场肃静到了极点,他简直可以听得见身上的细菌咬啮的声音。他叙述了钱袋的稀奇来历,然后以热情的词句继续说到赫德莱堡因无疵的诚实而获得的那种悠久的应得的声誉,又说到全镇的人对这种声誉所感到的于心无愧的光荣。他说这种声誉是一份无价之宝,叨天之佑,它的价值现在更加无可计量地提高了,因为新近这桩事情已经把这种名声传播得很广,以致全美洲的人都把眼光集中到这个村子上来了,而且——他希望、他相信——结果使这个村子的名字成了"不可败坏"的同义字。(掌声。)"那么让谁来充当这个贵重的珍宝的监护人呢——全村共同负责吗?不!这个责任是个人的,而不是整个社会的。从今以后,你们诸位个个都要亲自担任它的特殊监护人,各人都要负责不叫它受到任何伤害。请问你们——请问你们每一位——是不是接受这个重托呢?(台下纷纷表示同意。)那好极了。还要把这种责任流传给诸位的子子孙孙,世代无穷。今天你们的纯洁是无可指摘的——千万要注意把它永久保持住。今天你们整个社会里没有一个人会受到诱惑去拿别人的钱,不属于自己的,连一个钱也不会摸一摸——千万要保住这种美德。('一定会这样!一定会这样!')我不便在这里拿我们自己和别的村子来比较——有些村是对我们心眼儿不大好。他们有他们的作风,我们有我们的作风,我们就心满意足吧。(掌声。)我的话完了。朋友们,我手底下放着的,是一位陌生人对我们的品德有力的表扬,由他的举动,从今以后全世界也会永远知道我们是些什么人。我们不知道他是谁,可是我代表诸位向他表示感谢,并且请大家高声欢呼,表示同意。"

在场会众全体起立,发出雷鸣般的致谢的呼声,经久不息,连会场的墙壁都震动了。然后大家又坐下来,柏杰士先生就从衣袋里取出一个信封。当他拆开信封,从那里面抽出一张纸条子的时候,全场鸦雀无声。他把这张字条的内容念出来——慢慢地、动听地——听众如醉如痴地凝神静听这个神奇的文件,这上面的字每一个都代表着一锭黄金。

我对那位遭难的外方人说的那句话是这样的："你绝对不是一个坏人；快去改过自新吧。"

然后他继续说道：

"我们马上就会知道，这儿所写出的这句话是否与钱袋里封藏的词句相符合；如果是相符——我看毫无疑问是会符合的——那么这一袋黄金就属于我们一位同胞，他从今以后就在全国的面前成为使我们这个小镇远近驰名的那种特殊的美德的象征——毕尔逊先生！"

全场的人本来都准备着爆发出风暴似的一阵应有的喝彩声；可是大家没有这样做，反而好像是中风似的发呆。一时简直毫无声息，然后有一阵耳语的浪潮卷过全场——大意是这样："毕尔逊！哈，算了吧，那未免太难叫人相信了！拿二十块钱给一个陌生人——无论给谁吧——毕尔逊！这只好说给水手们听！"① 这时候全场又因另一阵惊奇，突然肃静下来了，因为大家发觉毕尔逊执事在会场中的一处站着，谦逊地低着头，同时在另一处，威尔逊律师也在一模一样地站着。大家满怀疑惑地沉默了一阵。

人人都莫名其妙，十九对夫妇显出惊骇和愤慨的神气。

毕尔逊和威尔逊转过脸来，瞪着眼睛互相望着。毕尔逊讥刺地问道：

"威尔逊先生，请问你站起来干什么？"

"因为我有这个权利。也许你不嫌麻烦，可以向大家说明说明你为什么站起来吧？"

"我很愿意，因为那张字条是我写的。"

"这简直是无耻的谎话！我亲自写的呀！"

这下轮到柏杰士目瞪口呆了。他在台上站着，茫然地对着这两位先生，先望望这个，又望望那个，似乎是不知如何是好。全场都茫然失措。后来威尔逊律师开口了，他说：

"我请求主席再念念那张字条上签的名字。"

这使主席清醒过来，他大声念出了那个名字：

"约翰·华顿·毕尔逊。"

"怎么样！"毕尔逊大声嚷道，"现在你还有什么可说？居然打算在这儿

---

① 从前航海的水手们爱说荒唐无稽的故事，所以英语里"Marines"（水手）这个字，有时候就代表信口开河、乱编荒唐故事的人。

骗人，你现在准备怎么给我道歉，怎么给在座的诸位受了侮辱的听众道歉？"

"我无歉可道，先生！另一方面，我还要公开地控诉你是从柏杰士先生那儿偷走了我写的那张字条了，抄了一份，签上你的名字，给它换了。此外你不会有什么其他的办法能得到这句对证的话，全世界的人，只有我一个掌握着这个措辞的秘密。"

照这样争吵下去，难免不闹成丑恶不堪的局面；人人都很难受地注意到那些速记的记者在那儿拼命地记录；有许多人大声喊着"主席，主席！秩序！秩序！"柏杰士使劲敲着主席的小木槌说道：

"我们不要忘记应有的礼貌吧。这事情显然是哪儿出了点差错，可是想必也不过是这样。如果威尔逊先生交过我一封信——我现在想起了，他确实是交过——我还保存着哩。"

他从衣袋里拿出一只信封来，把它撕开，瞟了一眼，露出惊讶和困惑的神气，站了几分钟没有做声。然后他以恍惚和机械的姿势挥一挥手，一再要想说句什么话，终于泄了气，没有说出来。有几个人大声喊道：

"念呀！念呀！是怎么写的？"

于是他以茫然的、梦游病者的声调念起来："我向那位不幸的外方人说的那句话是这样的：'你绝不是一个坏人。（全场瞪着眼睛望着他，大为惊奇。）快去改过自新吧。'"（台下纷纷议论："真奇怪！这是怎么回事？"）

主席说，"这一份是赛鲁·威尔逊签名的。"

"怎么样！"威尔逊大声喊道，"我看这就把问题解决了！我分明知道我那张条子是被人偷看了。"

"偷看！"毕尔逊反嘴骂道，"我要叫你知道，不管是你，或者其他像你这样的浑蛋，都不许这么大胆地……"

主席："秩序，先生们，请守秩序！请坐下，你们两位都坐下。"

他们听从了主席的话，可是还摇晃着头，愤怒地咕噜着。全场弄得完全莫名其妙，大家对于这个稀奇的紧张局面，简直不知如何是好。随即汤普生站起来。汤普生是个帽商。他本来很想列入十九家，可是他不够资格：他的帽子存货不多，够不上那个地位。他说：

"主席先生，如果可以让我发表意见的话，我请问这两位先生难道会都不错吗？我请问你，先生，难道他们俩都恰好对那位外方人说了同样的话吗？我觉得……"

硝皮商站起来，打断了他的话。硝皮商是个满腹牢骚的人，他自信是够得上列入十九家的，可是他没有获得大家的公认，这使他在举动和言辞方面都有点儿带刺。他说：

"呸，问题不在那上面！那是可能有的事——一百年里说不定能有两次——另外那桩事情可不会有。他们俩谁也没有给过那二十块钱！"

（一阵喝彩的声音。）

毕尔逊："我给过！"

威尔逊："我给过！"

于是他们两人又互相控诉对方有偷窃行为。

主席："秩序！请坐下，对不起——你们两位。这两张条子无论哪一张都没有片刻离开过我身边。"

某人的声音："好——那就没什么问题了！"

硝皮商："主席先生，现在有一点是明白了。这两位先生之中反正有一个曾经藏在另一个的床底下，偷听人家的家庭秘密。如果我的话并不违反会场规则，我就要说一句：两位都干得出。（主席：'秩序！秩序！'）我收回这句话，先生，现在我只提出一个意见：假使他们两人之中有一个偷听了对方告诉他的太太的那句对证的话，我们就可以把他查出来。"

某人的声音："怎么查法？"

硝皮商："很容易。他们俩所写的那句话，字句并不完全一样。假如不是隔的时间太久一点，又在宣读两人的字条之间插进了一场热闹的争吵，大家也许会注意到的。"

某人的声音："你把那区别说出来吧。"

硝皮商："毕尔逊的字条里说的是'绝对不是'，威尔逊的是'绝不是'。"

许多人的声音："是那么的——他说得不错！"

硝皮商："那么，现在只要主席把钱袋里那句对证的话查对一下，我们马上就可以知道这两个骗子之中……（主席：'秩序！'）——这两位冒险家之中……（主席：'秩序！秩序！'）——这两位先生之中……（哄堂大笑和掌声）——究竟是谁应该戴上一个勋章，表明他是这个镇上破天荒生出的第一个不老实的撒谎大王——他给这个镇丢了脸，这个镇从今以后也就会叫他够难堪的！"（热烈的掌声）

许多人的声音："打开吧！——打开那口袋！"

柏杰士先生把那口袋割开了一条裂口，伸手进去抽出一个信封来。信封里装着两张折起的信纸。他说：

"这两张字条有一张上面写着：'要等交给主席的一切信件——如果有的话——通通宣读过之后再打开来看。'另一张上写着'对证词'。让我来念吧。这上面写的——就是：

我并不要求申请人把我的恩人向我说的话的前半句说得一字不差，因为那一半并不动人，而且容易忘记，但是末尾的四十个字是很动人的，我觉得也容易记住，除非把这些字完全正准确地重述出来，否则就请把申请人当做骗子看待。我的恩人开始说的是他很少给别人提出忠告，可是他一旦提出忠告的话，那就一定是金玉良言。然后他就说了这么一句——这句话一直留在我脑子里，从来没有遗忘过："你绝不是一个坏人——"

五十个人的声音："这下子是非分明了——钱是威尔逊的！威尔逊的！威尔逊！说话呀！说话呀！"

大家跳起来，拥挤到威尔逊身边团团围住，紧紧握着他的手，热烈地向他道贺——同时主席敲着小木槌，大声嚷道：

"秩序，诸位！秩序！秩序！请让我念完吧。"会场恢复平静以后，宣读又继续了——念出的是：

快去改过自新吧——否则，记住我的话——总有一天，你会因你的罪过而死，并且因此入地狱或是赫德莱堡——希望你努力争取，还是入地狱为妙。

随后是一阵可怕的沉寂。起初有一层愤怒的暗影阴沉沉地笼罩到在场的公民们脸上，停了一会儿之后，这层暗影渐渐消失，另有一种幸灾乐祸的表情很想取而代之。这种表情力图流露出来，大家拼命地抑制，才把它压住了。记者们，布利克斯敦的人们，以及其他外地来宾都把头低下去，双手把脸捂住，费尽了劲，凭着非凡的礼貌，极力忍住。就在这个不凑巧的时候，鸦雀无声的会场中突然爆发出一个孤单的吼声——杰克·哈里代的：

"这话才真是地道的金玉良言哪！"

于是全场哗然大笑了，连客人都没有例外。甚至柏杰士先生的庄严也马上泄气了，随后会众自觉已经正式解除了一切约束，大家就尽量享受他们的权利。全场的哄笑是尽情而持久的，真是笑得好像狂风暴雨似的痛快淋漓，可是后来终于停息了——停息的时间稍久，柏杰士先生才得以乘机准备继续发言，台下的人才趁此把眼睛稍擦了一下，可是后来笑声又爆发了，过一会儿又是一阵，最后柏杰士才得以说出这几句严肃的话：

"想要掩饰事实也是枉然——我们确实发现自己面临着一个重大问题。这个问题涉及本镇的荣誉，打击全镇的好名声。威尔逊先生和毕尔逊先生所提出的对证的话略有出入，这个问题本身就很严重，因为这表示这两位先生之中总有一位犯了盗窃的行为——"

这两个人都在软瘫瘫地坐着，无精打采，懊丧已极，可是一听到这些话，他们俩都像是触了电似的动作起来，马上就要站起——

"坐下！"主席严厉地说，他们都听从了。"这件事情，我刚才说过，这事是很严重的。这事情——原只牵涉到他们两人之中的一个。可是现在问题就更加严重了，因为他们两个人的名誉都遭了可怕的危险。我是不是可以更进一步说，遭了无法解脱的危险，两个人都漏掉了那重要的四十个字。"他停了一会儿。一直过了几分钟，他故意让那普遍的沉寂逐渐深沉，增加它那予人以深刻印象的效果，然后继续说道："这件事情的发生，似乎只有一种说法可以解释。我请问这两位先生——是不是串通行骗？——互相勾结？"

一阵低沉的议论透过全场，大意是说，"他把他们两个都抓住了。"

毕尔逊不惯于应付紧急场面。他半死不活地坐着，一筹莫展，但是威尔逊却是个律师。他脸色苍白而懊恼，挣扎着站起来，说道：

"我请求大家耐心听一听，让我说明一下这件非常痛心的事情。我把我所要说的话说出来，真是抱歉得很，因为这不免要使毕尔逊先生遭到无法挽救的损害。直到现在为止，我对毕尔逊先生是向来很尊重、很敬爱的，我过去完全相信他绝对不会受任何诱惑的影响——就像你们大家一样地相信。可是为了保持我自己的名誉，我不得不说话——坦白地说。我很惭愧地承认——现在我要请求你们原谅——我曾经向那位倾家荡产的外方人说过那对证词里所包括的全部的话，连末尾那骂人的四十个字也说过。（全场轰动）新近报纸上登出启事之后，我就想起了那些话，并且决定请领这一口袋的钱，因为我有一切权利应该得到它。现在我请大家考虑这么一点，仔细想一想：那天晚上，那位外方人对我的感激是无穷的。他自己说他想不出适当的话，足以表达他的谢意，并且说如果有一天他有办法，他一定要千倍地报答我。那么，现在我请问你们一声：我哪会料得到——哪能相信——哪能想象得到一点点影子——他既然是那么感动，怎么竟会干出这样无情无义的事来，在他的对证词后面添上那完全不必要的四十个字呢？——为什么要给我安排这么个圈套？——使我在大庭广众之中，当着自己人的面，变成毁谤本镇的一个坏蛋？这实在是荒谬绝伦，不可思议。他的对证词应该只包括我对他提出的忠告起头说的恳切话。我对这一点觉得毫无疑问。假如是你们，恐怕也会这么想。你绝不会预料得到，帮了人家的忙，又没有得罪过他，他可反而这么卑鄙地陷害你。所以我以充分的信心、充分的把握，在一张纸条上写下了起头的那句话——末尾是'快去改过自新吧'——然后就签上了名。我正要把它装进一只信封的时候，有人叫我到办公室的里间去，我就不假思索地把那张字条子敞开留在桌子上。"他停了一会儿，慢慢地向毕尔逊把头转过去，又等了一会儿，然后继续说道："请大家注意这一点：我过了一会儿回来的时候，毕尔逊先生恰好从我的前门走出去。"（全场轰动。）

毕尔逊马上站起来，大声嚷道：

"这是谎话！这是无耻的谎话！"

主席："请坐下，先生！现在是威尔逊先生发言。"

毕尔逊的朋友们拉着他坐下，劝他镇静下来，于是威尔逊又往下说：

"这就是简单的事实。我桌子上那张字条子已经不在原先放的地方了。我发现了这一点，可是我当时并不在意，还以为可能是风把它吹动了一下。毕尔逊先生竟至偷看人家的秘密文件，这是我意想不到的。他是个体面人，应该是不屑于干这种事。假如让我拆穿的话，我认为他把'绝'字写成了'绝对'，原因是很明显的，这想必是由于记性不好。世界上只有我一个人，能够在这里毫无遗漏地把对证词用光明正大的方法说得清清楚楚。我的话完了。"

天下再没有什么事情像一篇动听的演说那么具有煽动力，它可以把那些不熟悉演说的把戏和魔力的听众的神经器官弄得昏昏癫癫，推翻他们的信念，败坏他们的感情。威尔逊胜利地坐下了。全场把他淹没在一阵阵潮水般的赞许和喝彩声中。朋友们蜂拥到他身边来，和他握手道贺。毕尔逊却被大家喝住，一句话也不许他说。主席拿起小木槌一次又一次地敲着，不住地嚷道：

"可是我们还要继续进行，先生们，我们还要继续进行呀！"

后来终于获得了相当的安静，于是那位帽商说：

"可是还有什么可继续进行的呢，先生，不是只差付款这一着吗？"

众人的声音："这话有道理！这话有道理！到前面来吧，威尔逊！"

帽商："我提议给威尔逊先生欢呼三声，因为他象征着那种特殊的美德，足以……"

他的话还没有说完，欢呼声就爆发了。在欢呼声中——同时也在主席敲击木槌的响声中——有些热心分子把威尔逊抬到一个大个子朋友的肩膀上骑着，准备得意扬扬地送他到讲台上去。这时候主席的声音压倒了这阵喧扰——

"秩序！各回原位！你们都忘了还有一个文件没有念哩。"会场恢复了平静的时候，他便拿起那个文件，正待开始念，却又把它放下来，说道："我忘了，这要等我所收到的信件通通宣读过之后才能念哩。"他从衣袋里取出一个信封，抽出里面的信来，瞟了一眼——显出惊讶的神气——把手伸远一点再仔细看看——瞪着眼睛望着。

二三十个人的声音喊道：

"写的是什么？念吧！念吧！"

于是他就照办——以惊奇的神情慢慢地念着："我给那位外方人说的那句话——（有些人的声音：'喂！怎么回事？'）——是这样的：'你绝不是一个坏人。（有些人的声音：'老天爷！'）快去改过自新吧。'"（某人的声音："啊，真叫莫名其妙！"）

签名的是银行家宾克顿。

这时候尽情发泄的一阵乱哄哄的狂笑简直要叫头脑清醒的人哭起来。没有被中伤的人们都笑得直淌眼泪；记者们在笑得要死的时候写下了一些乱画的字，谁也认不出来。有一只睡着的狗吓得丧魂失魄，跳起来向这乌七八糟的场面狂吠。形形色色的呼声散布在喧嚣之中："我们发大财了——两位不可败坏的廉洁象征呀！——还不算毕尔逊哩！""三个！——把'老实人'也算进去吧——多多益善！""好吧——毕尔逊也当选了！""哎呀，倒霉的威尔逊——遭了两个小偷的殃！"

一个雄壮的声音："肃静！主席又从他口袋里掏出一件宝贝来了。"

众人的声音："哎呀呀！又是新的东西吗？念吧！快念！快念！"

主席（念着）："'我对某某所说的那句话'等等：'你绝不是一个坏人。快去'等等。签名的是格里戈利·耶次。"

暴风般的一阵呼声："四个象征了！""好哇，耶次！""再掏吧！"

这时候全场兴高采烈，欢呼狂吼，准备把这个事件中所能有的一切玩笑开个淋漓尽致。有几位属于十九家的人物面色苍白，苦恼不堪，站起来想往过道里挤过去，可是有许多人大声嚷起来：

"注意门口，注意门口——把门关上，不可败坏的人物可不许离开会场！坐下吧，诸位！"

大家顺从了这个要求。

"再掏吧！念！快念！"

主席又掏了一次，大家听熟了的那些词句又开始从他嘴里溜出来——"你绝不是一个坏人——"

"名字！名字！他叫什么名字？"

"英戈尔斯贝·萨金特。"

"五位当选了！把这些象征再往上堆吧！再念！再念！"

"你绝不是一个坏……"

"名字！名字！"

"尼古拉斯·惠特华斯。"

"哎呀呀！哎呀呀！今天简直是个象征节！"

有人用凄凉的音调唱起来，开始把这一句当做歌词（省去了"简直"两字）接着那悦耳的《天皇曲》里"他胆怯的时候，美丽的姑娘……"的调子唱。大家都随声和唱，颇为高兴。然后又有人恰好及时地编出了下一句——

你可别忘了这一点——

全场狂吼地唱出这一句。第三句马上又有人凑上了——

赫德莱堡真是不可败坏——

全场又把这一句吼出来。最后一个字刚刚唱完，杰克·哈里代的声音高亢而响亮地配上了最后一句：

诸位象征都在我们面前！

大家合唱这句，兴致异常高涨。然后全场快乐的人们又从头唱起，把这四句再唱了两遍，唱得音韵铿锵，派头十足，唱完之后，又用打雷似的声音给"将在今晚接受荣誉称号的不可败坏的赫德莱堡和它的各位象征"欢呼三次，还加上尾声。

然后向主席大吼的声音又从会场各处发出来了：

"继续进行！继续进行！念吧！再念一些！把你接到的通通念出来！"

"是呀——继续进行！我们要博得永垂不朽的大名了！"

这时有十几个男人站起来，提出抗议。他们说这出滑稽戏一定是一个恶作剧的无赖耍的滑头，这是对整个村镇的侮辱。毫无疑问，这些名字都是冒签的——

"坐下！坐下！住嘴！你们这叫做不打自招。我们马上就会在这一伙里发现你们的名字哩。"

"主席先生，这样的信你通共收到多少封？"

主席数了一下。

"连已经看过的算在一起，总共是十九封。"

一阵风暴般的嘲笑的喝彩声爆发了。

"大概那里面都装着这个秘密。我提议你把它们一齐拆开，念出每张字条上签的名字——还把那上面起头的八个字也念出来。"

"附议！"

主席宣布这个动议，全场通过——吼声如雷。随后可怜的理查兹这老头儿站起来，他的太太也起来站在他身边。她的头低垂着，怕的是被人看出她在哭泣。她的丈夫伸出胳臂搀着她，他这样把她搀住，就以颤抖的声音开始说道：

"朋友们，你们一向都了解我们俩——玛丽和我——了解我们的生平，我想你们向来都喜欢我们，看得起我们——"

主席打断了他的话：

"对不起。这话一点也不错——理查兹先生，你说的是实话：本镇的人确实是了解你们；确实是喜欢你们；确实是看得起你们；不但如此——大家还尊敬你们，爱你们——"

哈里代的声音又大喊起来：

"这才是丝毫不假的实话哩，真是！如果主席没有说错，大家就干脆表示拥护吧。起立！好吧——一！二！三！——全体起立！"

全场一齐起立，亲切地面对着这对老夫妻，满场挥动的手巾使空中好像是漫天风雪一般，大家以满腔热爱的心情一致发出了欢呼。

然后主席又继续说：

"我刚才要说的话是这样的：我们都知道你的好心肠，理查兹先生，可是现在不是对罪人发慈悲的时候。（一阵阵'对呀！对呀！'的呼声）我从你脸上看得出你这种好意的企图，可是我不能让你替这些人求情——"

"可是我打算……"

"请坐下吧，理查兹先生。我们必须审查其余的信——单只为了对那些已经被揭露的人表示公正，也需要来这一着才行。等这个手续办完了之后——我向你保证——一定马上让你发言。"

许多人的声音："对！——主席说得对——在这个阶段可不许让谁说话来打断！继续进行吧！——名字！名字呀！——照提议的办法进行！"

老夫妻不自愿地坐下了，丈夫对妻子悄悄地说："只好是等着，这真叫人难受得要命。回头他们发现我们原来是替自己告饶，我们的羞耻就比原先更大了。"

随着人名的宣读，大家的哄笑又爆发了。

"'你绝不是一个坏人——'签名，'罗伯斯·狄特马施。'"

"'你绝不是一个坏人——'签名，'艾里发勒特·维克斯。'"

"'你绝不是一个坏人——'签名，'奥斯卡·怀尔德。'"

这时候听众又想出了一个主意，提议由大家替主席念那八个字，他是求之不得的。从此以后，他把每页信依次地拿在手里等一等。全场以集体的、整齐的、悦耳的一阵深沉的声音悠然地唱出这八个字来（大胆地模仿着教堂里吟诵的一首有名的圣诗的调子，学得很像）——"'你绝—呃—呃—不是一个坏—唉—唉—人'"，然后主席说，"签名，'阿契波尔德·威尔科克斯。'"如此类推，一个一个地把那些大名念出来，除了那倒霉的十九家的人而外，人人都越来越感到一种欢天喜地的痛快。有时逢到特别光彩的名字被念出来的时候，听众就请主席等一等，大家就一面把那段对证词从头到尾整个儿唱出来，包括最后的"并且因此入地狱或是赫德莱堡——希望你努力争取，还是入地—咦—咦—狱为妙！"这一句。逢着这种特殊情况时，他们还用庄严、沉痛和堂皇的声调加唱一声"亚—啊—啊—门！"①

---

① 基督教祈祷词的结尾，意思是"心愿如此"。

32　美国经典中篇小说

名单越缩越短，越缩越短，越缩越短，可怜的理查兹老头儿老在暗自计数，逢着有和他自己相似的名字被宣读时，就不禁畏缩一下，他一直很难受地提心吊胆等待着那个时刻到来，到那时他就有那份可耻的权利和玛丽一同站起来，说完他替自己告饶的话。他心里盘算着，准备这么措辞："……因为直到现在为止，我们从来没有做过一桩坏事，老是过着安分守己的生活，没有丢过脸。我们是很穷苦的，年纪也大了，又没有儿女帮我们的忙。我们大大地受了诱惑，竟至堕落了。我刚才那一次站起来，本就打算说出实情，请求不要把我们的名字在这大庭广众之中宣读，因为我们好像觉得那会使我们受不了，可是我被阻止了。这是公平的，我们和别的人一同受到耻辱是应该的。这对我们是痛心的。我们这一辈子，现在还是第一次听到人家说出我们的——臭名字。请大家慈悲一点——考虑我们过去的表现。请你们特别宽大，尽量让我们受到最轻微的羞辱吧。"他幻想到这里的时候，玛丽看出他心不在焉，便用胳臂肘轻轻推了他一下。全场正在唱着"你绝—呃—呃"等。

"准备，"玛丽悄悄地说，"轮到你的名字了，他已经念了十八个。"

吟诵的声音停止了。

"下一个！下一个！下一个！"连珠炮一般的呼声从全场各处传过来。

柏杰士又把手伸到衣袋里。那对老夫妻又战栗着开始起立。柏杰士摸索了一会儿，然后说道：

"啊，原来我已经通通念完了。"

夫妻俩惊喜得全身发软，无力地坐到椅子上。玛丽悄悄地说：

"啊，谢天谢地，我们得救了！——他把我们的信弄掉了——拿一百袋那样的金子给我换这个，我也不干！"

全场又爆发出那《天皇曲》改编的滑稽歌词，接连唱了三次，越唱越有劲。第三次唱到末尾一句的时候，大家都站起来唱——

诸位象征都在我们面前！

最后给"赫德莱堡的纯洁和我们的十八位不朽的美德代表"三声喝彩，并加上尾声。

然后制鞍匠温格特站起来，提议给"全镇最廉洁的人、唯一没有企图盗窃那笔钱的重要公民——爱德华·理查兹"三呼致敬。

大家以绝大的、动人的热诚欢呼了这番祝贺。然后又有人提议推举理查兹为现在这种神圣的赫德莱堡传统的唯一的监护人和象征,赋予他以权力,让他昂然耸立,傲视整个讥讽的世界。

提案在全场欢呼声中通过了,于是大家又唱那《天皇曲》的调子,末尾加上一句:

  还有一位真的象征已经出现!

停了一会儿;然后——

某人的声音:"那么,现在叫谁得这袋金子呢?"

硝皮商(以尖刻的讥讽语气):"那还不容易。这笔钱应该归那十八位不可败坏的人平分。他们每人给了那落难的外方人二十块钱——还给了他那番忠告——各人轮流说的——这一队人物走过,花了二十二分钟。大家在这位外方人身上下了赌注——全部施舍是三百六十元。他们现在只要收回这笔借款——加上利息——总共四万元。"

许多人的声音(含着嘲笑的语气):"好主意!分摊!分摊!可怜这些没有钱的人吧——别叫他们老等着!"

主席:"秩序!现在我宣读这位外方人的另外一个文件。这上面说,'如果没有人出面申请(一阵洪亮的同声嘲骂),我希望你打开钱袋,把里面的钱交给贵镇的各位首要公民,请他们保管,(一阵"啊!啊!啊!"的呼击),由他们斟酌,适当地运用,以求传播和保存贵村因它的不可败坏的诚实而获得的那种崇高的名誉(又是一阵呼击)——这种名誉,由于他们的大名和他们的努力,又将增添一层新的、久远的光彩。''(狂热的一阵讥讽的喝彩声)好像只有这些话了。不——还有一段再启:再启——赫德莱堡的公民们:根本就没有什么对证词——根本就没有人说过那些话。(全场轰动。)也不曾有一个行乞的异乡人,或是那二十块钱的赠款,以及由此而来的致谢和恭维的话——这一切都是捏造的。(全场一片叽叽喳喳的惊讶和快意的声音。)让我来说说我的故事吧——只需一两句话就行了。我曾在某一个时候路过你们这个镇上,遭到我所不应该受的一次很大的侮辱。如果是别人,那一定只要打死你们一两个人就心满意足,认为合算了,可是在我看来,那还不过是一种轻微的报复,还不够厉害,因为死人是不懂得痛苦的。此外,我又不能把你们通通杀光——而且,无论如何,即令我做得到,那也还是不足以使我满意。我要毁掉这地方的每一个人,连女的也在内——而且毁的不是他们的身体，也不是他们的产业，而是他们的虚荣——这是软弱和愚蠢的人们最脆弱的地方。于是我就化装回到这里来，观察你们。你们是很容易到手的猎物。你们以诚实获得了悠久和崇高的声誉，当然你们是以此自豪的——那是你们的宝中之宝，简直是你们的心肝宝贝。我一发现你们小心而警惕地防止你们自己和你们的儿女受到诱惑，马上就知道应该如何下手。哎，你们这些脑筋简单的家伙，一切脆弱的东西之中，最脆弱的就是不曾在烈火中试炼过的道德。我拟定了一个办法，凑集了一张名单。我的计划就是要败坏这个无法败坏的赫德莱堡。我的主意是要把好几十个纯洁无瑕、生平从来没有撒过谎或是偷过一文钱的男男女女都变成撒谎的人和窃贼。可是我担心固德逊。他既不是在赫德莱堡生的，也不是在这里教养起来的。我唯恐在开始实行我的计划的时候，把我那封信分送到你们手里，你们心里就会想："我们这里只有固德逊一个人才会把二十块钱施舍给一个倒霉鬼"——那么你们就不会上我的当。可是老天爷把固德逊接去了，从此我就知道无须担心了，于是我布下了陷阱，装好了饵物。也许收到我所分寄的那份伪造的对证词的那些人并不见得都中我的圈套，可是只要我看透了赫德莱堡的性格，我总可以把他们大多数人收拾一下。（若干人的声音："对——一个也没有漏网。"）我相信他们干脆就会盗窃这笔假装的赌款，而不会轻易放过，这些可怜的、受了诱惑的、教养不良的家伙。我希望一下子把你们的虚荣永远捣个粉碎，叫它万劫不复，从此给赫德莱堡一个新的名声——一个洗不掉的名声——到处流传。如果我达到了目的，就请打开口袋，召集"赫德莱堡声誉宣扬与保存委员会"吧。

一阵旋风似的呼声："快打开！快打开！十八位请到前面去！'优良传统宣扬委员会'！到前面去——不可败坏的先生们！"

主席把口袋撕开，抓起一把发亮的、大块的黄金钱币，拿在手里摇了一下，然后仔细察看——

"朋友们，原来不过是些镀金的铅饼！"

一听这个消息，会场上爆发出一阵打雷似的欢呼。后来声音平息了，那硝皮商就大声喊道："威尔逊先生在这个把戏里显然是出人头地的角色，凭他这种资格，他应该当'优良传统宣扬委员会'的主席。我提议请他代表他的伙伴们到前面去，接受这笔钱并保管。"

百把人的声音："威尔逊！威尔逊！威尔逊！发言哪！快发言哪！"

威尔逊（用激怒得发抖的声音说）："请大家容许我说句话，我也不怕说得太粗野——他妈的混账钱！"

某人的声音："啊，亏他还是个浸礼教徒哩！"

某人的声音："还剩下十七位象征！请上台，先生们，接受重托吧！"

停了一会儿——没有反应。

制鞍匠："主席先生，我们总算在这批从前的上流人物之中还剩下了一位真正清白的人。他是需要钱的，而且也应该得。我提议主席派杰克·哈里代到讲台上去，拍卖那一口袋二十元一块的镀金的钱币，把所得的钱给应得的人——这个人是赫德莱堡所乐于表扬的——爱德华·理查兹。"

这个提议被大家非常热烈地接受了，那只狗这回也凑了凑热闹；制鞍匠首先出一块钱投标，布利克斯敦的人们和巴南①的代表都拼命争取，每逢标价抬高一次，大家就欢呼喝彩，兴奋的情绪时时刻刻都在逐步高涨，投标的人们劲头十足，越来越大胆，越来越坚决，标价由一元涨到五元，又涨到十元，再涨到二十元，再涨到五十元，一百元，再涨到……

在拍卖开始时，理查兹苦恼地对他的妻子说："哦，玛丽，这怎么行呢？这……这……你看，这是荣誉的报酬、是人格纯洁的褒奖，可是——可是——这怎么行呢？我最好是站起来，干脆……哦，玛丽，我们该怎么办？——你觉得我们应该……（哈里代的声音：'有人出价十五元！——十五元买这一袋！——二十元！啊，谢谢——三十元——再谢谢！——三十、三十、三十元！——有人说四十吗？——就是四十！别停住呀，先生们，再往上添！——五十！——多谢，豪爽的天主教友！五十、五十、五十元要卖了！——七十！——九十！——好极了！——一百！——往上堆，往上堆呀！——一百二十——一百四十！——正是时候！一百五十！——二百！——了不起！是不是有人说二百——谢谢！——二百五十！——'）"

"这又是一次诱惑，爱德华——我简直浑身发抖——可是，啊，我们已经幸免了一次诱惑，那应该警戒我们——（'有人说六百吗？——多谢！——六百五十，六百——七百！'）不过，爱德华，你只要想到……谁也不会怀……（'八百元！——哎呀哈！——出九百吧！——巴先斯先生，你是说的——谢谢——九百！——这一袋宝贵的纯铅只作价九百元就要卖了，连镀金等通通在内——喂！是不是有人说——一千！——专诚致谢！——有人说一千一吗？——这一袋铅可是要远近扬名，传遍整个世……'）""哦，爱德

---

① 当时美国著名的珍奇展览会经纪人和马戏班主。

华",（开始低泣），"我们太穷了！——可是……可是……你觉得该怎么办就怎么办吧——该怎么办就怎么办吧。"

爱德华屈服了——这就是说，他坐着不声不响。他坐在那里，良心上有些不安，可是在当时的情况下，他的良心也不能做主了。

这时候有一位陌生人，看样子好像是一个业余的侦探，打扮成一位很不像的英国伯爵，他一直在注视着那天晚上的一切经过，显然很感兴趣，脸上有一种快意的表情，他心里老在暗自思量。现在他的独白大致是这样："那十八家没有一个参加投标，那可不过瘾；我必须改变这个局面——按照戏剧上的三一律！① 非这么不可；一定要叫这些人把他们打算盗窃的这一袋东西买下来，而且还得让他们出个大价钱才行——他们有几位是很阔气的。还有一点，我在估计赫德莱堡的性格时犯了一个错误，把那个错误弄到我头上的那个人是应该得到一份很高的奖金的，这笔钱也得有人出才行。理查兹这个穷老汉使我的判断力丢了脸。他是个老实人，我不懂这是怎么回事，可是我承认这点。是的，他叫我摊出了'幺二'，他自己摊的却是一副'同花顺'，照规矩这笔赌注就该他得。假如我能想出办法来，还得叫他赢一笔大赌注才行。他叫我失望了，可是这就不去管它吧。"

他在注视着夺标。到了一千元之后，行情就暴跌了，标价的上涨迅速就迟缓下来。他等待着——却还是注视着。一个夺标的退出了，随后又是一个，又是一个。现在他却参加一两次投标了。当喊价跌到十元一次的时候，他就添上五元；又有人在他上面加了三元；他等了一会儿，然后突然升了五十元的标价，结果这袋东西就归了他——标价是一千二百八十二元。全场爆发出一阵欢呼——然后停止了，因为他站起来，举起了一只手。他开始说话了。

"我想要说句话，请诸位帮个忙。我是个做珍贵品生意的商人，我和全世界各地珍藏钱币的人们都有往来。我今天买下的这份东西，照这样原封不动，我就可以赚一笔钱，可是如果我能得到诸位的同意，那我就还有一种办法，可以叫这些二十元一块的铅质纸币每一块都当得了金币的价值，也许还要多一些。只要你们同意我的办法，我就把赚的钱分一部分给你们的理查兹先生，他那牢不可破的廉洁，你们今晚上已经很公正、很热烈地承认了。我准备分给他的一份是一万元，明天我就把钱交给他。（喝彩声轰动全场。可是那'牢不可破的廉洁'使得理查兹夫妇脸上红得厉害，不过大家以为那是

---

① 古典剧作家所遵循的戏剧创作中的一种法则，即时间、场所和情节应求一致。

谦虚,所以并没有露马脚。)如果你们能以大多数通过我的提议——我希望能有三分之二的人赞成——那我就认为获得了贵镇的同意,我的要求就是如此而已。珍贵品上面如果有些足以引起好奇心并且叫人不能不注意的花纹,就可以更值钱。现在我假使能够得到你们的允许,让我在这些假金币上每一块都印上那十八位先生的名字,那就……"

听众中十分之九都马上站起来了——连人带狗——这个提议在一阵旋风似的表示同意的喝彩和哄笑声中被通过了。

大家坐下来,所有的诸位象征,除了克莱·哈克尼斯"博士"而外,都站起来强烈地抗议这个人所提议的胡闹办法,并且以恐吓的口吻声言要……

"我请你们不要恐吓我,"那个陌生人镇定地说,"我知道我自己的权利,向来就不怕人家吓唬。"(掌声。)他坐下了。哈克尼斯"博士"这时候看出了一个机会。他是当地两位很有钱的阔人之一,另一位就是宾克顿。哈克尼斯是一个造币厂的东家,而且生财有道,这就是说,他专卖一种流行的成药。他正在参加州议会竞选,他由某一党提名为候选人,宾克顿由另一党提名为候选人。他们两人势均力敌,竞争得很激烈,而且一天比一天厉害。这两位对于金钱的胃口都很大,各人都买了一大块地,各有各的企图,有一条新铁路即将修建,所以他们两人都想到州议会里去,设法划定于自己有利的路线,只要多一票就可能决定胜负,而且由此就可以发两三笔财。赌注是很大的,而哈克尼斯又是一个大胆的投机家。他恰好紧靠着那位陌生人坐着。正当其他的各位象征一个个纷纷提出抗议和呼吁,徒供听众欣赏的时候,他却歪过身子去,悄悄地问道:

"这一袋东西你打算卖什么价钱?"

"四万元。"

"我给你两万。"

"不行。"

"两万五。"

"不行。"

"干脆三万吧。"

"定价是四万元,少一分钱也不行。"

"好吧,我就出这个价钱。明天早上十点钟我到旅馆里来。我不愿意叫别人知道,我一个人来找你。"

"那很好。"于是那位客人站起来,向全场的人说:

"我看时间不早了。这几位先生的话并不是没有价值,并不是没有趣味,也不是说得不漂亮,不过大家如果不见怪的话,我就先告辞了。承诸位同意我的请求,真是帮了大忙,我向诸位道谢。请主席给我保存这个口袋,等我明天早上来取,这三张五百元的钞票,请你转交理查兹先生。"钞票递给主席了。"九点钟我来取这口袋,十一点就把那一万元的余数亲自送到理查兹先生家里去,交给他本人。再见。"

于是他就一溜烟出去了,留下听众在那里大嚷大叫,喧嚣的声音中掺杂着欢呼、《天皇曲》、狗的抗议和"你绝——呃——呃——不是——个坏——唉——唉——人——亚——啊——阿——门"的吟唱。

四

理查兹夫妇回到家里,不得不忍受大家的祝贺和恭维,直到半夜。然后就只剩下他们自己了。他们显得有点难受,两口子沉默地坐着想心思。最后玛丽叹了一口气,说道:

"你认为这能怪我们吗,爱德华——当真怪我们吗?"她的眼睛转过去望着桌子上放着的那三张兴师问罪的大钞票。刚才贺客们还在那儿欣羡地细看它们,钦佩地抚摸它们哩。爱德华没有马上回答,随后他发出一声叹息,迟疑地说道:

"我们……我们是出于不得已,玛丽。这……呃,这叫命中注定了。一切事情都是这样。"

玛丽抬头向上一看,定睛望着他,可是他并没有还视,随后她说:

"我从前还以为祝贺和称赞总是滋味很好哩。可是……现在我好像觉得……爱德华?"

"唔?"

"你还打算在银行里待下去吗?"

"不——去了。"

"辞职吗?"

"明天早上就辞职——写封信去。"

"这也许是最妥当的办法。"

理查兹低下头去,双手捧着,低声说道:

"从前,别人的钱无论多少叫我经手,我都不在乎,可是……玛丽,我简直困透了，困透了——"

"我们去睡吧。"

早上九点钟，那位客人来取那只口袋，雇了一辆马车把它带到旅馆里去了。十点的时候，哈克尼斯私自和他密谈了一会儿。这位客人索取了五张由一家大都会的银行兑现的支票——都是开给"持票人"的——四张一千五百元的，一张三万四千元的。一千五百的他取出了一张放在皮夹子里，其余的一共三万八千五百元，他通通装在一只信封里，等哈克尼斯走了之后，他又写了一页短信，一并装在信封里，他在十一点钟到理查兹家敲门。理查兹太太从百叶窗缝里偷偷地看了一眼，然后过去把那封信接过来，那位客人一句话也不说就走了。她满脸通红地跑回来，两条腿有点不大站得稳，喘着气说：

"我准是把他认出来了！昨晚上我好像觉得从前在什么地方看见过他。"

"他就是送口袋到这儿来的那个人吗？"

"我看大致是不成问题。"

"那么他也就是那个化名的斯蒂文森，他用他那个假造的秘密叫这个镇上的每个重要公民都上当了。现在如果他送来的是支票，而不是现款，那我们也就上当了，原来我们还以为幸免了哩。昨晚上睡了一夜，刚刚觉得心里舒服了一点，可是那个信封的样子却叫我讨厌。它不够厚，八千五百块钱，哪怕都是最大的钞票，也要比这装得饱满些。"

"爱德华，你为什么不喜欢要支票呢？"

"斯蒂文森签字的支票！这八千五百块钱如果是钞票，我还可以勉强收下——因为那好像是命中注定了的，玛丽——可是我向来就没有多大勇气，我可没有胆量拿着一张签了这个晦气名字的支票去希图兑现。那准是一个圈套。那个人想要叫我上当，我们好歹总算逃脱了，现在他又另外耍了一套花招。如果是支票的话……"

"啊，爱德华，真是糟透了！"她举起支票，开始嚷起来。

"扔到火里吧！赶快！我们千万别受诱惑。这是一个诡计，想叫大伙儿拿我们来开玩笑，和其余那些人摆在一起，而且……快给我吧，你干不出这一手！"他把支票抢过来，打算牢牢地抓紧，赶快送到火炉里去，可是他毕竟是个人，是个出纳员，所以他停了一会儿，仔细看看支票上的签名。结果他几乎晕倒了。

"快扇扇我，玛丽，扇一扇！这简直就和黄金一样呀！"

"啊，真是美透了，爱德华！为什么？"

"支票是哈克尼斯开的。这里面究竟有什么奥妙,玛丽?"

"爱德华,难道你以为……"

"你看——看看这个!一千五百——一千五百——一千五百——三万四千——三万八千五百!玛丽,那一口袋假钱还不值十二元。可是哈克尼斯——显然是——照真的付出了十足的代价。"

"那么难道你认为这些钱通通都归我们——而不止那一万元吗?"

"唔,好像是这么的。并且支票还是开给'持票人'的哩。"

"这样的支票好不好呢,爱德华?这是怎么回事?"

"我看这是暗示叫我们到远处的银行去提款。也许哈克尼斯不愿意把这桩事情传出去吧。那是什么———张字条吗?"

"是呀。和支票放在一起。"

这封短信是"斯蒂文森"的笔迹,可是没有签名,那上面说:

> 我大失所望了。你的诚实是不受诱惑侵害的。原来我的看法是不同的,可是我那种估计冤枉了你,现在我请你原谅,而且是出于至诚。我尊敬你——这也是由衷的话。这个镇上的人连给你供差使都不配。① 亲爱的先生,我当初曾给自己规规矩矩地打过赌,认定你们那个自命不凡的村子里有十九个人是可以使之堕落的。我输了。请你把全部赌注拿去吧,这是你应得的。

理查兹深深地叹了一口气,说道:

"这好像是拿火写成的——真烫人哩。玛丽——我又难受起来了。"

"我也是。啊,亲爱的,我宁愿……"

"你想想看,玛丽——他居然这么相信我。"

"啊,别说了,爱德华——我受不了。"

"这些漂亮的话,假如我们真能受之无愧,玛丽——天知道我从前的确是相信自己应得那样的称赞哩——我想我宁肯拿这四万元去交换这种赞美。那我就把这封信收藏起来,把它当成比黄金和宝石还贵重,永远保存着。可是现在——有了它在身边指责,我们就不能在它身边过日子了,玛丽。"

---

① 这句话如照原文直译,应该是"连吻你的长袍边缘都不配"。在西方封建时代,臣仆拜见帝王,以亲吻帝王长袍的下端为一种礼节。

他把它抛入火里了。

这时候又来了一个通讯员,交来一封信。

理查兹撕开信封,取出一页短信来念。这是柏杰士写来的。

  我遭了难关的时候,你曾救过我。昨晚上我就挽救了你。这是以撒谎为代价的,但是我情愿牺牲,而且是出于感激的至诚。这个村里谁也不像我这样了解你的为人,深知你多么仁慈、多么高尚。在内心里,你不会看得起我,因为你知道人家归咎于我、众口一词地给我定了罪名的那桩事情,但是我恳求你至少相信我是个有恩知报的人。这可以帮助我忍受我的痛苦。

柏杰士(签名)

"得救了,又是一次。而且条件这么好!"他把这封信也丢到火里。"我……我宁肯死了还好些,玛丽,我恨不得摆脱这一切。"

"啊,这种日子真难受呀,真难受呀,爱德华。这一刀刀刺在良心上,偏偏又是出自他们的厚道,真是刺得深——而且报应来得这么快!"

选举前三天,两千名选民每人忽然收到一件宝贵的纪念品——那些有名的假双头鹰金币之一。它一面的周围印上了这些字:"我向那位外方人说的那句话是这样的——"另一面印上了这些字:"快去改过自新吧。宾克顿(签名)。"于是那幕有名的滑稽剧全部剩余的垃圾就通通倾倒在一个人头上了,而且发生了惨重的后果。这使新近那场大哄笑又流行起来,集中在宾克顿身上,于是哈克尼斯的竞选就轻易获胜了。

在理查兹夫妇收到支票之后二十四小时内,他们的良心在沮丧之余,已经渐渐平静下来了,这对老夫妻渐渐学会了安于他们所犯的罪。可是现在他们还有一点尚待体验,那就是:一个罪过,当其似乎还有机会被人发觉的时候,它就显得含有新的、真正的恐怖。这使它具有一种新鲜的、最具体而又重要的面貌。早晨在教堂里做礼拜的时候,牧师布道还是那老一套,所说的话和说的方式都和从前一样,他们已经听过一千遍了,早就觉得那尽是空话,几乎是毫无意义,颇有催眠作用,可是现在却不同了:布道词好似处处带刺,专在指着他们责骂,好像是特别针对着那些隐瞒极大罪恶的人而发的。做完礼拜之后,他们尽快地摆脱那一群给他们道贺的人,赶快往家里跑,只觉得浑身冷彻骨髓,连自己也不知是为了什么——只是些模糊的、隐隐约约的、无以名之的恐惧。碰巧柏杰士先生在街角转弯的时候，他们又瞥见了他一眼。他们点头给他打招呼，他竟置之不理！其实他是没有看见，但他们却不知道。他这种态度是什么意思呢？那也许是表示——也许是表示——啊，那可能是含着许多可怕的意思。难道是他早就知道理查兹当初本可以给他洗刷罪名，却不声不响地等待着一个机会来给他算账吗？回到家里，他们在心烦意乱中渐渐想象到那天晚上理查兹向他的妻子说出他知道柏杰士无罪的那个秘密的时候，他们的女仆可能在隔壁房间里听见了，然后理查兹就想象到当时他曾听见那儿有女人长袍的飕飕响声，再次他就确信他曾经听到那个声音。他们要找个借口把莎拉叫来，观察她的神色：她如果向柏杰士先生泄露了秘密，她的态度上就会表现出来。他们问了她几个问题——问得很乱，毫不连贯，而且似乎毫无目的，所以这姑娘觉得一定是这对老夫妻的心情由于忽然交了好运而有点反常。他们用严厉而专注的眼光盯着她，这可使她大为惊骇，结果就弄假成真了。她涨红了脸，神经紧张起来，不知所措，在这对老人看来，这都是明显的犯罪的表现——反正是某种可怕的罪行——毫无疑问，她是个奸细，是个叛徒。莎拉走开之后，他们就开始把许多各不相干的事情凑在一起，由牵强附会中发现了可怕的结果。后来情况显得极端严重的时候，理查兹忽然发出一声急喘。他对妻子问道：

"啊，怎么回事？——怎么回事？"

"那封信——柏杰士的信！措辞是讽刺的语气，现在我明白了。"他念出那里面的句子："'在内心里，你不会看得起我，因为你知道人家归咎于我、众口一词地给我定了罪名的那桩事情'——啊，现在已经十分明显了，老天保佑我吧！他知道我知道！你看他措辞真巧妙。这是个圈套——而我就像个傻子似的，偏要走进这个圈套！玛丽，你……"

"啊，这真糟糕——我知道你打算说什么话——他没有交还你写的那份假对证词。"

"没有——故意留下来毁我们。玛丽，他已经给别人泄露过了。我知道——我知道得很清楚。做完礼拜之后，我在许多人脸上看出来了。唉，我们给他点头打招呼，他都不睬——他当然知道自己耍了什么花招！"

那天晚上医生被请来了。第二天早上消息就传遍各处：这对老夫妻病得很厉害——据医生说，他们是由于得了这笔意外横财，兴奋过度，加以大家都去道喜，夜里睡得太晚，结果就被拖垮了。镇上的人都真心地替他们难受，因为现在大家所能引以为自豪的，大概就只剩下这对老夫妻了。

两天之后，消息更坏了。这对老夫妻神志不清，尽做些怪事。护士们亲眼看见，理查兹摆出了几张支票——是八千五百元吗？不对——数目惊人——三万八千五百元！这个绝大的财运究竟应该怎么解释呢？

第二天护士们又有了新消息——而且是很奇怪的。她们本来商议好了，要把支票藏起来，以免发生意外，可是她们去寻找的时候，支票已经不在病人的枕头下面——无影无踪了。病人说：

"别动我的枕头吧，你要找什么？"

"我们觉得最好是把支票……"

"你们再也看不见这几张支票了——已经毁掉了。那是从撒旦①那儿来的。我看见那上面盖着地狱的印，我知道这是送来骗我犯罪的。"然后他又开始唠唠叨叨地说些古怪和可怕的话，叫人不大听得清楚，医生劝她们不要让别人知道。

理查兹说的是真话，那些支票以后再也不见了。

想必是有一个护士说了梦话吧，因为在两天之内，那些不许声张的呓语已经在镇上传得满城风雨了，而且这些呓语都是令人惊骇的。这些话似乎是说明了理查兹自己曾经申请那一袋钱，柏杰士隐瞒了事实，然后又恶意地把它泄露出来了。

柏杰士因此大受责难，他坚决否认这回事。他说这个害病的老头儿神经错乱了，这样重视他随便说的话是不公平的。然而怀疑还是继续着，大家都议论纷纷。

一两天之后，传闻理查兹太太在昏迷中说的话也渐渐与她丈夫的呓语雷同起来。于是怀疑更加旺盛，终于成为确信，全镇对这位唯一不曾丢过脸的重要公民的廉洁所感到的骄傲心理也就开始暗淡起来，像残烛般地一闪一闪，趋于熄灭了。

六天过去了，又来了更多的消息。这对老夫妻快死了。理查兹到了临终的时候，神志忽然清醒起来，于是他叫人把柏杰士找来。柏杰士说：

"请大家离开这个房间。我想他是希望说几句秘密的话。"

"不！"理查兹说，"我要有人作见证。我要你们大家都听我的口供，好让我像一个人样地死去，而不是一只狗。我本是清白的——虚伪地清白——和其他的人一样。我也和其他的人一样，遭到诱惑的时候就摔跤了。我签署了一份

---

① 基督教的《圣经》上所说的恶魔。

谎言，申请过那个晦气的钱袋。柏杰士先生记得我曾经帮过他一次忙，于是为了报恩（也是由于糊涂），他就隐瞒了我的申请书，挽救了我。你们都知道多年以前大家归罪于柏杰士的那桩事情。我的证明，而且也只需我的证明，就可以洗刷他的罪过，可我是个胆小鬼，就让他遭了不白之冤——"

"不对——不对——理查兹先生，你……"

"我的女仆把我的秘密泄露给他了——"

"谁也没向我泄露什么话——"

"于是他就做了一桩自然而且合理的事情，他懊悔不该救我，就把我的丑事揭穿了——这是我应得的报应——"

"绝没有！我发誓——"

"我本着良心原谅他。"

柏杰士的热情的辩解，这位临终的人都听不见了，他随即断了气，却不知自己又做了一桩对不起可怜的柏杰士的事情。他的老伴那天晚上也死了。

那神圣的十九家中的最后一人也做了那个残酷的钱袋的牺牲品。这个小镇被剥去了它那世代光荣的最后一块遮羞布。它的哀悼是不大显眼的，但颇为深沉。

经州议会通过——由于祈求和请愿的结果——赫德莱堡获得了批准，改名为……（不管它叫什么吧——我决计保守秘密），并且还从多少年代以来刻在这个小镇的官印上给它增光的那句格言中删去了一个字。

它又是一个诚实的村镇了，谁要再打算找它的碴子，发现它打瞌睡的话，那就必须早起才行。

（旧格言）请勿让我们受诱惑＝（新格言）请让我们受诱惑。

一八九九年

黛西·米勒

[美国] 亨利·詹姆斯 著
高 兴 译

  亨利·詹姆斯（Henry James，1843—1916）出身于纽约的上层知识分子家庭，其父是著名学者，兄长威廉·詹姆斯是美国著名哲学家和心理学家。在英国、瑞士、法国接受教育，长期旅居欧洲，后定居英国。詹姆斯被誉为西方现代心理分析小说的开拓者。他认为小说应是作家对生活的最直接的印象，作品反映的现实是作家的主观心理感受。在他的长篇巨著《贵妇人的画像》（1881）、《波士顿人》（1886）、《鸽翼》（1902）、《大使们》（1903）和《金碗》（1904）中，作家探究人物最幽微、朦胧的思想和感觉，在依次绵延的意识流动中呈示上层社会生活和人物的内心世界。中篇小说《黛西·米勒》（1879）是詹姆斯的成名作，描写独立自由又率性的美国姑娘黛西，在旅欧美国侨民圈中遭遇的欧洲文化与美国文化之间的冲突，而社会分层、文化资本是产生冲突的重要原因。另一部中篇小说《螺丝在拧紧》（1898）是描写心理的恐怖小说，构思精巧，不可靠叙述人的叙述方式，使作品具有了多向阐释的可能。

一

  在瑞士小镇沃韦，有一家特别舒适的旅馆。实际上，那里有许多旅馆，因为接待游客是当地最兴隆的行当。许多旅行者一定会记得，小镇坐落在一片蓝得出奇的湖畔。此湖风光绮丽，是每位游客的必游之地。岸边整整齐齐地排列着一长串这样的旅馆，从最新样式的"大饭店"到小巧玲珑、古色古香的瑞士膳宿公寓，真可谓五花八门，应有尽有。"大饭店"都有一道白色的正门、无数个阳台和十来面在屋顶上迎风招展的彩旗。至于膳宿公寓嘛，它的名字往往用德文模样的字体刻在一堵粉色或黄色的墙上，而且花园一角还会不尴不尬地安上一座凉亭。在沃韦镇众多的旅馆中，有一家遐迩闻名，甚至堪称典范式的，它以其豪华和老成的气派使得众多邻近的暴发户相形见绌、黯然失色。每逢六月，这一地区美国游客比比皆是，无以计数。的确可以说，这一时节的沃韦镇同美国的海滨胜地颇有几分相似之处。一些情景和声响会唤起纽波特①和萨拉托加②的一道幻象，一个回音。"时髦漂亮的"年轻女孩忽此忽彼，飞来飞去，平纹细布织成的荷叶边发出阵阵"沙沙"的响声；欢快热闹的舞曲充斥着早间时光；各式各样尖厉的叫声时时撞击着人们的耳鼓。当你身处无与伦比的三冠大饭店，感受到这些印象之后，你会情不自禁地乘上想象的翅膀，回到海洋大厦或国会酒店。但有必要补充说明的是，在三冠大饭店，还有一些其他特色同以上联想截然不符：穿戴整洁，看上去极像公使馆秘书的德国侍从；坐在花园中的俄罗斯公主；由家庭教师牵着手四处溜达的波兰孩子；阳光灿烂的南峭峰的景致以及风景如画的希永古堡的城楼。

  两三年前，一个美国小伙子坐在三冠大饭店的花园里，打量着身旁一些我所提及的优雅景象，一副相当悠闲自在、无所事事的样子。我几乎无从知道，当时他想得更多的究竟是相似之处呢，还是不同之处。那是个美妙的夏日早晨，美国小伙子无论以什么方式看待事物，都会觉得它们相当迷人的。他一天前刚从日内瓦乘汽船来到沃韦，探望他那住在饭店中的姑母。他在日内瓦已经生活了很长一段时间。但他姑母正闹头疼——他姑母总是闹头疼——现在正将自己独自关在房间里，嗅着樟脑油，这样一来，他就有空可以自由自在地到处逛逛了。小伙子二十七岁光景。朋友们谈起他时，通常会说他正在日内瓦"学习"；仇人们谈起他时，会说——但话说回来，他实际上没有仇人，他是个极为友好的伙伴，人人都喜欢他。我想说的只是，某些人谈起他时，断言他在日内瓦度过这么长时间的原因是，他十分倾心于住在

---

 ① 美国海滨城市。
 ② 美国海滨城市。

那儿的一个女人,一个比他年长的外国女人。很少几个美国人——事实上我想没有一个美国人——曾见过这个女人,但却有不少有关她的流言飞语。其实温特博恩对加尔文派这个小小的中心城市素来怀有依恋之情。孩提时代,他就被送到那里上学。之后他又在那里上了大学。这些境遇使他得以同许许多多的青年结下了友谊,其中不少友谊他一直保持着。友谊成为他巨大的快乐源泉。

他敲了敲姑母的房门,得知她老人家身体欠安,于是就到小镇周围溜达了一会儿,然后回到饭店吃早餐。现在他已用完早餐,正喝着一小杯咖哩。一名看上去很像外交使节的侍从将咖啡放在花园的一张小桌上并为他倒上。最后,他喝完咖啡,点上了一根烟。少顷,一个小男孩从花园小径上走来。这是个十来岁模样的小淘气,就年龄而言,长得矮小了一点。但他却显出一副大人的模样:面色苍白,轮廓清晰。小家伙穿着灯笼裤和红色长筒袜,露出了可怜细长的小腿,脖子上系着一条鲜红的领巾,手里握着一根长长的铁头登山杖并用杖尖刺着他走近的每一样东西——花坛啦,花园长椅啦,女士们的拖裙啦。当他走到温特博恩跟前时,停住了脚步,用一双明亮的富有穿透力的小眼盯着他。

"能给我一块糖吗?"他用尖厉、刺耳的嗓音问道,他的声音稚嫩,但不知怎的,并不年轻。

温特博恩瞥了一眼身旁摆放咖啡具的小桌子,看到上面还剩下几小块糖。"行,你拿一块吧,"他回答,"但我并不认为吃糖对小孩有什么好处。"

小男孩上前一步,仔仔细细挑选了三块令自己垂涎三尺的方糖,两块塞进了灯笼裤的裤兜里,另一块迅速放到另一个地方,然后将长矛式的登山杖往温特博恩坐着的椅子上一插,使劲用牙齿咬起糖块来,直咬得噼啪作响。

"嗯,真该死,太硬了!"他嚷了起来,用一种古怪的方式发出形容词"硬"这个音来。

温特博恩立刻注意到,他可以荣幸地称小家伙为自己的同胞了。"小心别硌坏了牙齿。"他用长辈的口吻提醒孩子。

"我没什么牙齿可硌的了,它们全都掉光了。只剩下了七颗。妈妈昨晚数了一遍,刚刚数完,又掉了一颗。她说,要是再掉的话,就打我耳光了。我也没办法。全怪这个老不死的欧洲。是这儿的气候害得我掉牙的。在美国时,我没有掉牙。全怪这些饭店。"

温特博恩觉得小孩十分有趣。"如果你一连吃下三块糖的话,那你妈妈肯定要打你耳光了。"他说。

"那她就得给我一些糖果吃,"年轻的对话伙伴说,"我在这儿还没有吃过糖果哩,没吃过一块美国糖果。美国糖果是最最好吃的糖果。"

"那么,美国男孩是最最好的男孩吗?"温特博恩问。

"不知道。我就是个美国男孩。"孩子答。

"我看你倒是最最好的男孩子之一!"温特博恩笑着说。

"你是美国男人吗?"这个活蹦乱跳的小孩纠缠不休。接着,当他听到温特博恩肯定的答复后,大声宣告:"美国男人是最最好的男人!"

温特博恩对孩子的恭维表示感谢。此时小孩两腿跨在登山杖上面,一面啃着第二块糖,一面环顾着四周。温特博恩不知自己小时候是否也是这副样子,因为他在这样的年纪时已被带到欧洲了。

"我姐姐来了!"小孩突然叫道,"她是个美国女孩。"

温特博恩朝小径望去,只见一位年轻漂亮的小姐正款款走来。"美国女孩是最最好的女孩!"他兴高采烈地对自己的小伙伴说。

"我姐姐可不是最最好的!"男孩宣称,"她动不动就对我发火。"

"我估计这得怪你,而不能怪她,"温特博恩说。说话间,年轻小姐已经走近。她身着洁白的平纹细布裙,裙上饰有许多皱褶和荷叶边,还有不少淡色缎带结。她没戴帽子,但手中握着一把饰有绣花宽边的大阳伞。她十分漂亮,引人注目,令人生羡。"她长得真漂亮!"温特博恩心想,不由得从座位上直起身来,仿佛打算站起来似的。

年轻小姐在他所坐的椅子前站定。椅子离花园栏杆不远,正好对着湖。男孩这会儿工夫,已将登山杖变换成了撑竿,正借助撑竿在沙坑上来回跳跃,不时地还踢上几脚。

"兰道夫,"年轻小姐冲小孩问道,"你在干吗?"

"我正在登阿尔卑斯山哩,"兰道夫回答,"就是这样登的!"说完,他又蹦了一下,将不少细沙溅到了温特博恩脸上。

"这是人们下山的姿势,"温特博恩说。

"他是个美国男人!"兰道夫扯着刺耳的嫩嗓子叫道。

年轻小姐并没有理会这句话,而是目不转睛地瞪着自己的弟弟。"行啦,我想你最好还是安静一会儿吧。"她只是说了这么一句。

温特博恩似乎觉得自己已被人用某种方式介绍给了小姐。他站起身来,扔掉手中的烟,慢慢朝姑娘走去。"我和这个小男孩已交上了朋友,"他十分彬彬有礼地说道。温特博恩十分清楚，在日内瓦，年轻男子除非在某些极少发生的情况下，一般不能随便和未婚女子说话。但在沃韦，又有什么情形比现在这些更好呢？一个漂亮的美国女孩在花园中走来并且刚好站在了你的面前。可这位漂亮的美国女孩听完温特博恩的话后，仅仅瞥了他一眼，接着又转过头去，目光越过栏杆，停留在湖水和对面的山上。他不知道自己是否有点过分；但他认定此时只能前进，而不能后退。正当他寻思着找些其他话题时，年轻女子又一次转向小男孩。

"我想知道你是从哪儿弄到那根竿的。"她说。

"我自己买的。"兰道夫回答。

"你并不想说你打算把它带到意大利吧？"

"没错，我正打算把它带到意大利哩。"男孩宣称。

年轻女子看了一眼裙子的前部，将一两个缎带结弄了弄平，然后又一次将目光投向前方的风景。"行啦，我想你最好还是将它留在什么地方吧。"过了片刻，她说。

"你们要去意大利吗？"温特博恩以一种十分恭敬的口吻询问道。

年轻女子重又瞥了他一眼。"是的，先生，"她答道，接着又一声不吭。

"你们……打算……跨越辛普朗吗？"温特博恩继续问道，稍稍有些尴尬。

"我不知道，"她说，"我想这大概是什么山吧。兰道夫，我们打算跨越什么山？"

"去哪儿？"孩子问。

"去意大利。"温特博恩解释了一句。

"我不知道，"兰道夫说，"我不想去意大利。我想回美国。"

"哦，意大利可是个漂亮地方！"小伙子说。

"你在那儿能买到糖果吗？"兰道夫大声问道。

"我希望买不到，"他姐姐说，"我想你糖已吃得够多的了，妈妈也和我有同感。"

"我已这么长时间没吃糖了，都好几个星期了！"男孩一边嚷嚷，一边继续在蹦蹦跳跳。

年轻小姐察看了一下荷叶边，又一次将缎带结弄平。少顷，温特博恩针对眼前的美景又冒险评论了一番。这时，他已不再感到尴尬了，因为他注意到，姑娘本人一点儿也不尴尬。她那迷人的面容丝毫没有变化。显然她既没有愠怒，也没有不安。倘若说当他同她说话时，她望着别处，好像并不特别留意听他的话，那也只不过是她的习惯，她的方式罢了。然而，当他又稍稍说了几句并指给她看一些她似乎相当陌生的景点时，姑娘渐渐地越来越频繁地将目光恩赐给他了。这时，他注意到，她的目光相当直接，毫不畏缩，但那又不是人们所谓的鲁莽的目光，因为年轻小姐的眼睛绝对诚实而又单纯。这是双美丽无比的眼睛。说实在的，温特博恩已很长时间没有看到任何比他美丽的女同胞的五官更为漂亮的东西了——她的面容，她的鼻子，她的耳朵，她的牙齿。他酷爱女性美，总是醉心于对它进行观察和分析。对于这位年轻小姐的脸蛋，他就作出了好几点评价。这个脸蛋一点也不枯燥乏味，但也谈不上十分富有意味，尽管特别标致，但温特博恩还是在内心深处指责它——当然非常仁慈地——尚欠完美。他心想，兰道夫少爷的姐姐极有可能是个喜欢卖弄风情的女孩。他确信她一定独具性格。但她那靓丽、甜柔、浅薄的年轻面容中没有任何嘲弄和讽刺的神情。没过多久，他就清楚地注意到，她实际上非常乐意与他交谈。她告诉他，他们，也就是她，她母亲，还有兰道夫，打算去罗马过冬。她问他是不是"地地道道的美国人"；反正她无法将他视作真正的美国人。他看上去更像德国人，尤其当他说话时，稍稍迟疑之后她如此说道。温特博恩扑哧一笑，回答说他遇到过说起话来像美国人的德国人，然而就他记忆所及，还从未遇到过说起话来像德国人的美国人哩。接着，他问她，坐到他刚刚离开的椅子上，会不会更舒服呢。她答道，她喜欢站着，喜欢四处走走。但不一会儿她还是坐了下来。她告诉他，她来自纽约州——"要是你知道它在哪儿的话"。温特博恩一把抓住了她那瘦小的、极不安分的弟弟，让他在自己身边站了几分钟，于是了解到了更多有关她的情况。

"告诉我你叫什么，我的伙计。"他说。

"兰道夫·C. 米勒，"男孩尖声说道。"我还要告诉你她叫什么。"说着他用登山杖对准了他姐姐。

"你最好等到别人问你时再开口。"年轻小姐平静地说。

"我很想知道你的芳名。"温特博恩说。

"她叫黛西·米勒！"孩子叫道。"但这不是她的真名。这不是她名片上的名字。"

"可惜你并没有我的名片！"米勒小姐说。

"她真名叫安妮·P. 米勒。"男孩继续说。

"问问他叫什么。"他姐姐指了指温特博恩。

但兰道夫似乎对此不感兴趣，继续提供有关他自己家庭的情况。"我爸爸叫埃兹拉·B. 米勒，"他透露道，"我爸爸不在欧洲，我爸爸在一个比欧洲更好的地方。"

温特博恩一时迷惑，料想这兴许就是孩子学会的宣布米勒先生已经进入极乐世界的方式。但兰道夫紧接着补充道："我爸爸在斯克内克塔迪。他是做大买卖的。我爸爸是个阔佬，真的，我不骗你！"

"行啦！"米勒小姐忽然喊道，然后放下阳伞，望着绣花边。过了一会儿，温特博恩松手放开孩子，小家伙立刻拖着登山杖，沿着花园小径，跑远了。"他不喜欢欧洲，"年轻女子说，"他恨不得马上回家。"

"你是说，回斯克内克塔迪？"

"对，他想直接回家。他在这儿没有任何小伙伴。倒是有那么一个男孩，可他总是跟着一个家庭教师四处溜达。他们不让他玩。"

"那么，你弟弟没有家庭教师吗？"温特博恩问。

"妈妈曾考虑过给他找一位教师，随我们一起旅行。有一位夫人对她讲起一个非常出色的教师。一位美国夫人——兴许你认识她——桑德斯夫人。我想她是波士顿人吧。她对母亲谈起了这个教师。我们曾打算让他随我们一起旅行。可兰道夫说，他可不想让一个教师跟我们一起旅行。他说他不想在车厢里上课。而我们也的确有一大半时间都在车厢里。有个英国小姐，那是我们在火车上碰到的，我想她叫费瑟斯通小姐吧。兴许你还认识她哩。她实在不明白我为什么不给兰道夫上课——用她的话来说，就是给他'指导'。我想，与其我给他指导，还不如他来指导我哩。他很机灵。"

"是啊，"温特博恩说道，"他看上去很机灵。"

"妈妈打算等我们一到意大利，就给他找个教师。我们能在意大利找到好教师吗？"

"我想应该能找到很好的。"温特博恩说。

"要不然的话，她就准备找个学校了。他该学点东西了。他才九岁，将来还要上大学哩。"米勒小姐就这样滔滔不绝地谈论着她的家事以及其他话题。她坐在那儿，两只极其漂亮的小手交叉着放在裙兜里，手指上戴着光彩夺目的戒指，一双美丽的眼睛一会儿直视着温特博恩，一会儿又漫不经心地望着花园里路过的行人和漂亮的景致。她对温特博恩讲个不停，好像已认识他很久似的。他感到十分愉快。他已有很多年没有听一位姑娘说这么多话了。人们或许会说，这个来到他面前，同他肩并肩坐在长椅上的素不相识的年轻小姐说起话来没完没了。她非常安静，坐在那儿，姿态动人、宁静，但嘴唇和眼睛却动个不停。她的嗓音柔和、纤细、悦耳，语调显然十分友善。她向温特博恩一五一十地讲述了她自己以及她母亲和弟弟在欧洲的活动和打算，然后，又特别列举了他们下榻的各式各样的旅馆。"那位我们在火车上碰到的英国小姐，"她说，"费瑟斯通小姐问我在美国是不是压根儿就没住过旅馆。我告诉她，来欧洲之前，我从未住过这么多旅馆，也从未见过这么多旅馆——除了旅馆，还是旅馆。"但米勒小姐说此话时，并没有任何抱怨的意味。她似乎对什么都称心如意。她说，只要一习惯，你会觉得那些旅馆都非常出色，欧洲非常美妙。她并不感到失望——一点也不。兴许这是因为她在此之前对于欧洲早已很熟悉了。她有那么多知心朋友曾那么多次到过欧洲。再说她还有那么多巴黎服装和货品。每当穿上巴黎服装时，她也就觉得自己仿佛正身处欧洲呢。

"那就像戴上了'如意帽'似的，"温特博恩说。"没错，"米勒小姐没有仔细领会这一比喻便匆忙说道，"只要一穿上巴黎服装，我就希望能到欧洲。可话又说回来，我也没必要为了服装而特意跑到这儿来呀。我敢说，所有漂亮衣服他们都会运到美国去的。你在这儿看到的衣服反而特别难看。只有一件事我不喜欢，"她继续往下说道，"那就是这儿的社交。这儿一点社交活动也没有。或者即便有的话，我也不知道究竟在哪儿。你知道吗？我猜想，总得在什么地方存在着某种社交圈吧，可惜我还没有发现任何迹象。我非常喜欢社交，总是参加许多社交活动。我说的并不只是斯克内克塔迪，还有纽约。过去我每个冬天都去纽约。在纽约我参加过许许多多社交活动。光去年冬天我就参加了十七次专门为我举行的宴会。其中有三次是男士举办的。"黛西·米勒补充道。"我在纽约可要比在斯克内克塔迪朋友更多——绅士朋友更多，同样女士朋友也更多，"片刻之后，她继续说道。然后，她又停顿了片刻。她望着温特博恩，那双生动的眼睛以及脸上温和但又略显单调的微笑表现出了她全部的俊俏。"我总是参加，"不一会儿她又补充了一句，"许许多多绅士们的聚会。"

可怜的温特博恩既觉得有趣，又感到茫然，同时显然也有些陶醉。他还从未听过一位年轻小姐以如此方式表白过自己哩——从来没有，除非在某些情形下，这么说好像只是为了证明某种轻佻行为。他会用人们在日内瓦常说的"缺乏教养"那句话来指责黛西·米勒小姐吗？他会认为她实际上已成为或将成为一个"缺乏教养者"吗?他觉得自己在日内瓦实在住得太久了,已经丧失了不少东西,对美国基调已不太习惯了。的确,自从他懂事以来,还从未遇到过一个如此具有鲜明个性的美国姑娘哩。当然喽,她十分迷人,但她又是那样热衷于交际啊!难道她只是一个来自纽约州的漂亮姑娘吗?那些经常参加绅士聚会的漂亮姑娘们,全都像她这样吗?要不,她就是个诡诈、鲁莽、放肆的年轻女子?温特博恩在这一问题上已失去了直觉,他的理智也无济于事。黛西·米勒小姐看上去极为天真无邪。一些人对他说过,美国女孩其实都很天真无邪。而另一些人对他说过,她们其实一点也不天真无邪。他倾向于把黛西·米勒小姐看做一个喜欢调情卖俏的姑娘——一个来自美国的漂亮的喜欢调情卖俏的姑娘。但他还从未和这类年轻女子有过什么交往。他在欧洲倒是结识过两三个女人——她们都比黛西·米勒小姐年长一些,而且,出于体面,均已嫁人——她们十分善于卖弄风情,是些危险、可怕的女人,你要是和她们交往,很有可能会遇到麻烦。但这个年轻姑娘可不能算是卖弄风情的女子。她甚至还不谙世故哩。她至多只是个来自美国的漂亮的喜欢调情卖俏的姑娘。温特博恩终于找到了一个适用于黛西·米勒小姐的定语,为此还颇有点儿沾沾自喜。他在座位上朝后靠了靠,对自己说,她的鼻子可是他所见过的最最漂亮的鼻子啊。他实在不知道,同一个来自美国的漂亮的喜欢调情卖俏的姑娘交往通常有什么条件和限制。过了一会儿,很显然,他已开始摸出点门道了。

"你去过那座古城堡吗?"年轻小姐用阳伞指着远方微微闪光的希永城堡问道。

"以前去过,而且还不止一次哩,"温特博恩回答,"我想你也去过吧!"

"没有,我们没去过,我特别想去那儿。当然喽,我一定要去的。不登上那座古城堡,我是不会离开此地的。"

"这将是一次十分美妙的旅行,"温特博恩说,"而且去那儿很容易。你们可以坐车去,也可以坐小汽船去。"

"也可以坐火车去,"米勒小姐说。

"没错,也可以坐火车去,"温特博恩表示同意。

"我们的随从说,火车可以一直开到城堡底下,"年轻姑娘继续说道,"上星期我们原来打算要去的。可我母亲累得精疲力竭。她患有严重的消化不良。她说她实在去不了。兰道夫也不想去。他说古城堡对于他没什么吸引力。但我想,这星期我们会去,要是能说动兰道夫的话。"

"你弟弟对古代建筑不感兴趣?"温特博恩微笑着问道。

"他说他不太在乎古城堡。他才九岁。他想待在饭店里。妈妈不敢将他独自留下,随从又不愿陪他。所以我们没去多少地方。但要是连那儿都不去的话,那可太糟糕了。"说完,米勒小姐又一次指了指希永城堡。

"我想也许可以安排一下,"温特博恩说,"你们能找个人在下午陪一下兰道夫吗?"

米勒小姐望了他一会儿,然后极为平静地说,"我倒希望你能陪陪他!"

温特博恩迟疑了片刻。"我更乐意陪你去希永城堡。"

"陪我?"年轻姑娘以同样平静的口吻问道。

她并没有像日内瓦女孩那样,立刻站起身来,脸涨得通红。但温特博恩还是觉得自己过于大胆了,心想她可能会生气。"还有你母亲,"他十分恭敬地回答。

但无论他的鲁莽还是他的恭敬对于黛西·米勒小姐似乎都毫无作用。"我想我母亲根本就不会去,"她说,"她不喜欢下午四处溜达。但你刚才说的话当真吗?你真的愿意去那儿吗?"

"十分真心诚意。"温特博恩宣称。

"那么,我们可以安排一下。如果妈妈愿意陪兰道夫的话,我想欧金尼奥也会留下的。"

"欧金尼奥?"小伙子问道。

"欧金尼奥是我们的随从。他不喜欢和兰道夫待在一起。他是我所见过的最爱挑剔的男人。但他却是个很棒的随从。我想,要是妈妈待在旅馆里陪兰道夫的话,他也会留下的。这样,我们就可以去城堡了。"

温特博恩考虑了片刻,想尽可能搞清"我们"这两个字的含义——这两个字显然仅仅意味着黛西·米勒小姐和他自己。这一计划简直太合他的心意了。他觉得自己似乎都该吻一下年轻小姐的手了。但转而一想,兴许这么做的话,反而会破坏了整个计划。就在这时,另一个人,大概就是欧金尼奥,出现在他们面前。他身材高大,长相英俊,留着漂亮的连鬓胡子,身着丝绒晨礼服,还戴有一根亮晶晶的表链。他走近米勒小姐,用锐利的目光盯着她的同伴。"哦,欧金尼奥!"米勒小姐用十分亲热的口吻叫了一声。

欧金尼奥从头到脚仔仔细细打量了温特博恩一番,然后,恭恭敬敬地朝小姐鞠了一躬,"启禀小姐,午餐已经备好。"

米勒小姐慢悠悠地站起身来。"瞧那儿,欧金尼奥!"她说,"我无论如何都要到那座古堡去一趟。"

"去希永古堡吗,小姐?"随从问。"小姐是否已经安排妥当?"他又问了一句。温特博恩觉得他的口气十分傲慢。

就连米勒小姐也听得出来,欧金尼奥的语气中显然稍带一丝对小姐处境的讽刺。她转向温特博恩,脸微微发红,"你不会变卦吧?"她问。

"不去一趟,我是不会高兴的!"他表示。

"你也住在这家饭店吗?"她继续问道,"你真的是美国人吗?"

随从站在一旁,以愠怒的目光看着温特博恩。至少在小伙子看来,随从看他的方式是对米勒小姐的冒犯。随从的目光中流露出某种责难,指责她"瞎交"朋友。

"我将荣幸地向你介绍一个人,她会把我的一切都告诉你的。"他微笑着谈到了他的姑母。

"嘿,好哇,我们哪天去拜访她,"米勒小姐说完,朝他莞尔一笑,然后转身离去。她撑起阳伞,同欧金尼奥一道走回饭店。温特博恩站在那儿,久久望着她的背影。当她拖着平纹细布织成的长裙,走过沙坑时,他不由得对自己说,她的模样①多像一位公主啊!

二

然而,他在答应将姑母科斯特洛夫人介绍给黛西·米勒小姐这件事上,显然有点过于自信了。科斯特洛夫人头疼病刚见好转,他就来到她的房间,陪伴在她身旁。在恰如其分地询问了一番姑母的身体状况后,他问她有没有注意到住在饭店里的一个美国家庭——一位母亲,一个女儿,还有个男孩。

"是不是还有一个随从?"科斯特洛夫人说,"哦,是的,我注意到他们了。我见过他们,也听他们说过话,现在尽量躲开他们。"科斯特洛夫人是个有一大笔财产的寡妇,一个负有盛名的女士。她时常宣称,要不是那动辄就犯的头疼病,她兴许会在自己的一生中留下更加了不起的业绩。她一副长脸,面色苍白,高鼻子,头上许多十分刺眼的白发梳成又大又松的发卷。她有两个儿子在纽约成了家,另一个现在正在欧洲,那小伙子正在翁堡自得自乐哩。尽管他正在旅行,但人们却很少见他参观任何他母亲特意选定的城

---

① 原文为法语。

市。她的侄子专程前来沃韦探望她，正如她所说的那样，侄子倒比自己的亲骨肉更贴心。他在日内瓦就受到过这样的教育：一个人应该始终关心自己的姑母。科斯特洛夫人已有好多年没见他了，见到他自然格外高兴。为了表示对小伙子的赏识，夫人向他传授了许多争夺社会权势方面的秘密窍门。她告诉自己的侄子，这些可都是她在美国首都的切身经验。她承认自己非常孤傲。但是，如果他熟悉纽约的话，他就会明白，在那种地方，人们不得不变得孤傲。她从许多不同的角度向温特博恩描述了那个都市细微的社会等级。对于温特博恩的想象而言，她所描绘的图景反差大得令人压抑。

从她的口吻中，他很快注意到，黛西·米勒小姐在社会等级中的位置并不高。"恐怕她们没能得到您的赏识吧。"他对姑母说。

"他们太俗气了，"科斯特洛夫人宣称，"他们属于那种人们有义务不予接纳的美国人。"

"哦，这么说，您不接纳他们？"小伙子问。

"我不能啊，亲爱的弗雷德里克，要是能的话，我就会接纳他们了，可是我实在不能啊。"

"那位姑娘漂亮极了，"过了一会儿，温特博恩说。

"当然喽，她很漂亮。但她非常俗气。"

"我自然明白您的意思。"再次停顿后，温特博恩说。

"她长得十分迷人，他们都有一副漂亮长相，"他姑母接着说，"我不明白他们是从哪儿得到那么好的长相的。而且她穿着也十分讲究——哦，你都想象不出她打扮得多么漂亮。我不明白他们是从哪儿得到那种品位的。"

"可是，我亲爱的姑母，她毕竟不是一个原始的科曼契人呀①。"

"她是个年轻的小姐，"科斯特洛夫人说，"是个和她母亲的随从打得火热的小姐。"

"和随从打得火热？"小伙子问。

"哦，那个当母亲的也同样不像话！她们对待随从就像对待一位老朋友——一个绅士似的。要是他和她们一同进餐的话，我都不会大惊小怪的。很有可能，她们还从未见过一个男人姿态这么优雅，穿着这么讲究，完全是一副绅士派头哩。他也许正好和小姐想象中的伯爵形象相吻合。晚上他同她们一道坐在花园里。我想他还抽烟哩。"

---

① 美国印第安人。

温特博恩饶有兴趣地听着姑母的这些揭发。这将有助于他确定对黛西小姐的看法。显而易见，她是个相当任性的姑娘。

"哎，"他说，"我虽然不是随从，但她对我也同样极好。"

"你最好一开始就坦白，"科斯特洛夫人以富有威严的口吻说，"你已经认识她了。"

"我们只是在花园里偶然相遇并聊了一会儿。"

"好极了！① 请问你们都聊了些什么？"

"我说我将冒昧地将她引见给我的令人钦佩的姑母。"

"真是不胜感激啊。"

"那样您将会替我的高贵身份担保。"温特博恩说。

"那么，请问谁能替她担保呢？"

"哦，您太冷酷了，"小伙子说，"她可是个非常好的姑娘啊。"

"恐怕你自己都很难相信这一点吧，"科斯特洛夫人指出。

"她的确缺乏教养，"温特博恩继续说道，"但她非常漂亮。总之，她非常好。为了证明我相信这一点，我打算陪她去参观希永古堡。"

"你们俩人一起去？我想说，这恰恰证明事实同你的想法正好相反。请问这个有趣的计划形成时，你认识她多久呢？你到饭店还不到二十四小时哩。"

"我当时认识她有一个半小时了！"温特博恩微笑着说。

"天哪！"科斯特洛夫人禁不住嚷了起来，"多么可怕的姑娘啊！"

她的侄子沉默了一会儿。"那么，您真的认为，"稍后他以一种恳切的口吻开始说道，"您真的认为——"他极想了解一些真实情况，但又一次停住了。

"认为什么，先生？"他的姑母问。

"认为她是那种巴不得让男人占有的女孩？"

"这样的姑娘期望男人做什么，我一无所知。但我真的觉得你最好不要和那些，正如你所说的，缺乏教养的美国姑娘搅和到一起。你在国外生活时间太长了。你肯定会铸成大错的。你太天真了。"

"亲爱的姑母，我并不像您想象的那么天真。"温特博恩面带微笑，捻着胡子说。

---

① 原文为法文。

58 | 美国经典中篇小说

"那么，你肯定问心有愧喽！"

温特博恩继续捻着自己的胡子，显出一副若有所思的样子。"这么说，您不愿让那可怜的姑娘认识您喽？"他最后问。

"她将和你一起去希永古堡，这事当真吗？"

"我想她是十分当真的。"

"那么，我亲爱的弗雷德里克，"科斯特洛夫人说，"我就必须拒绝见她，我可消受不了这种荣誉。我已是老太婆了，但谢天谢地，我还没有老到麻木不仁的地步！"

"但那些美国女孩们，不全这样吗？"温特博恩问道。

科斯特洛夫人凝视了他片刻，"我倒要看看我的孙女们敢不敢这样！"她冷冷地说。

这倒提醒了温特博恩，因为他记得自己曾听说过，他那几个在纽约的漂亮的表侄女都是些"可怕的调情卖俏的姑娘"。然而，要是黛西·米勒小姐比这些小姐更不懂规矩的话，那她大概什么事都做得出来了。温特博恩迫不及待地想再次见到她。他对自己十分恼火，竟然无法凭直觉给予她恰当的评价。

尽管他迫不及待地想见她。但他却几乎不知究竟怎样向她讲清姑母不愿同她相识这件事。不过他很快就发现，同黛西·米勒小姐打交道，无须特别小心翼翼。那天晚上，他在花园中看到，她正在温暖的月光下悠闲散步，活像一个懒散的窈窕淑女，手里不停地摇动着一把硕大无比的扇子。当时正好十点钟。他和姑母一起用完晚餐，晚餐后一直陪姑母坐着，这会儿刚刚同姑母道了"晚安"并说好第二天再见。黛西·米勒小姐见到他，显出很高兴的样子。她说这是她度过的最最漫长的夜晚了。

"你一直独自一人吗？"他问。

"我和妈妈转悠了一会儿，但妈妈不想再转悠了，"她回答。

"她睡了吗？"

"没有，她不喜欢上床睡觉，"姑娘说，"她每天睡眠时间还不到三小时。她说她不知自己究竟是怎样活过来的。她特别神经质。我觉得她睡得比她所想的要多。她去找兰道夫了。她想设法让他睡觉。他不喜欢睡觉。"

"希望她能说服他。"温特博恩说。

"她会尽力同他说的，但弟弟不喜欢听她唠叨，"黛西·米勒小姐说着又打开了扇子。"她打算让欧金尼奥试着同他说说。但他一点也不怕欧金尼奥。

其实欧金尼奥是个很不错的随从,但他拿兰道夫一点法子也没有。我想十一点前他是不会躺到床上的。"看来,兰道夫又胜了一个回合,他的守夜时间实际上已延长了,因为温特博恩和年轻小姐溜达了好一会儿,还没见到她母亲的影子。"我注意过你想为我引见的那位夫人,"他的同伴继续说道,"她是你姑母。"温特博恩予以肯定,并纳闷她怎么会知道的。她说从侍女那儿听说了所有关于科斯特洛夫人的事。她性情宁静,举止得体①,头发梳成白色发卷,从不和生人说话,从不在餐厅②就餐。每隔两天就犯头疼。"我觉得这些有关头疼及其他事的描述还满生动的,"黛西小姐用纤细欢快的声音不停地说着,"我多么想认识她。我完全知道你姑母是什么样的人。我知道我会喜欢她的。她一定非常孤傲。我喜欢孤傲的女士。我自己就拼命想变得孤傲一些。哦,其实我们也是孤傲的人,妈妈和我。我们并不是同谁都说话的——要不,就是别人不同我们说话。我想这是一回事儿。不管怎样,能见到你姑母,我会多高兴啊!"

温特博恩尴尬极了。"那她最最乐意不过了,"他说,"但恐怕她的头疼病会碍事。"

年轻姑娘透过夜色望着他。"但我想她并不是每天都犯头疼的吧?"她用同情的口吻说。

温特博恩沉默了片刻。"她对我说差不多每天都犯,"他稍后回答,实在不知说什么好。

黛西·米勒小姐停住脚步,站在那里望着他。即便在夜色中,她的美丽依然清晰可辨。她不停地扇着那把大扇子。"她不想认识我!"她冷不丁地说。"你为何不直说呢?你用不着害怕。我并不害怕!"她轻轻一笑。

温特博恩觉得她的声音有点战栗。他感到不安,感到惊讶,同时也感到屈辱。"亲爱的小姐,"他申辩道,"她谁也不认识。全是她那该死的身体闹的。"

年轻姑娘往前走了几步,依然在笑。"你用不着害怕,"她重复了一句。"她何必要认识我呢?"说完,她又一次停住脚步。这时她离花园栏杆很近,面前是一片星光照耀的湖面。湖面上光泽朦胧,远处山影依稀。黛西·米勒小姐眺望着神奇的远景,然后又轻轻一笑。"天哪!她真孤傲!"她说。温特

---

① 原文均为法文。
② 原文均为法文。

博恩不知她是否受到了严重的伤害，有那么一刻，甚至希望她受到了伤害，这样他便可以理所当然地给她安慰，让她宽心了。他有一种愉快的感觉，那就是她一定会非常乐意接受别人的安慰。他已差不多要在和小姐的谈话中牺牲他姑母了。他准备承认她的确是个骄傲、无礼的女人，打算宣布用不着把她放在眼里。但他还没来得及做出这一殷勤和不孝交织而成的举动时，小姐又开始挪动脚步并以完全不同的语调喊了一声："哦，妈妈来了！我猜她没能说动兰道夫睡觉。"这时，一个女人的身影出现在远处，夜色中十分模糊不清，她以缓慢、起伏的步子朝前移动，忽然好像停了下来。

"你肯定是你母亲吗？天这么黑，你也能认出她来？"温特博恩问。

"哦！"黛西·米勒笑着叫了起来，"我想，自己的母亲我总还是认得出来的吧。即使她戴着我的披巾，也一样。她总是穿我的衣服。"

黛西的母亲不再往前走，而是在原地徘徊，身影模模糊糊。

"恐怕你母亲看不见你，"温特博恩说，"哦，兴许，"他补充道，心想也许可以和米勒小姐开个玩笑，"兴许她因为戴着你的披巾而感到难为情哩。"

"哦，这只不过是件老掉牙的东西！"年轻姑娘平静地说，"我对她说过她可以穿。她不过来是因为看见了你。"

"那么，"温特博恩说，"我最好还是离开你。"

"哦，用不着，跟我来吧！"黛西·米勒小姐催促他说。

"恐怕你母亲看见我和你单独散步，不会赞同的。"

米勒小姐向他投去严肃的一瞥。"那不是因为我，那是因为你——也就是，因为她。嘿，我也不知道究竟因为谁。但我的绅士朋友妈妈一个都不喜欢。她太腼腆了。如果我向她介绍一个绅士的话，她总会大惊小怪。但我总是把我的那些绅士朋友们介绍给她。要是不把他们介绍给母亲的话，"年轻姑娘用柔和、平静但又略显单调的声音补充了一句，"我会觉得很不自然的。"

"要介绍我的话，"温特博恩说，"你得首先知道我的名字。"接着他将自己的名字告诉了她。

"哦，亲爱的，你的名字太长了，我可无法一口气全说出来！"他的同伴笑着说。这时，他们已来到米勒夫人身旁。米勒夫人见到他们走近，故意走向花园栏杆，倚着栏杆，背对着他们，目不转睛地注视着湖面。"妈妈！"年轻姑娘果断地叫了一声。听到叫声，夫人转过身来。"这是温特博恩先生！"

黛西·米勒小姐以极为坦率和甜柔的口吻将小伙子介绍给母亲。科斯特洛夫人说米勒夫人极为"俗气",可温特博恩觉得奇怪,即便"俗气",她也显得异乎寻常地优雅。

她母亲瘦小、轻盈,目光游移不定,鼻子小巧玲珑,前额又宽又大,不少鬈发搭在上面。米勒夫人同自己的女儿一样,穿着极为考究,耳朵上戴着极大的钻石耳坠。温特博恩注意到,她到现在还没同他打招呼哩。显然她没在看他。黛西站在她身旁,拉直了她的披肩。"你在这儿瞎逛什么?"年轻小姐问道,但语调中丝毫没有那句话可能含有的粗暴。

"我也不知道。"她母亲说完又转向了湖面。

"我觉得你用不着戴披巾!"黛西大声说。

"哦,用得着的!"她母亲轻轻一笑。

"你让兰道夫上床睡觉了吗?"年轻小姐问。

"没有,我说不动他,"米勒夫人极其温和地说,"他想和那个侍从聊天。他特别喜欢和那个侍从聊天。"

"我刚刚告诉过温特博恩先生,"年轻小姐接着说。在小伙子听来,她似乎是使出浑身的劲儿才说出他的名字的。

"哦,没错!"温特博恩说,"我很高兴认识了您儿子。"

兰道夫的母亲一声不吭,注视着湖面,末了终于开口了。"哦,我真不明白他是怎么生活的!"

"不管怎样,情况比在多佛时要强多了。"黛西·米勒说。

"在多佛怎么呢?"温特博恩问。

"他根本不想睡觉。我想他整晚都在旅馆大厅里待着,不到十二点不上床,我知道的。"

"是十二点半。"米勒夫人稍稍强调了一句。

"那他白天睡得多吗?"温特博恩问。

"我想并不多。"黛西回答。

"我倒希望他能多睡点,"她母亲说,"但看起来他办不到。"

"我觉得他真是讨厌。"黛西接着说。

有好一会儿没人说话,最后还是米勒夫人打破了沉默:"哎,黛西·米勒,我想你大概不希望说自己弟弟的坏话吧?"

"得啦,他就是讨厌嘛,妈妈。"黛西说道,但丝毫没有顶嘴的意思。

"他毕竟才九岁呀。"米勒夫人说。

"对了，他不想去那座城堡，"年轻小姐说，"我打算和温特博恩先生一起去。"

黛西极其平静地说出了这句话，她母亲没有任何反应。温特博恩想当然地认为，夫人定会极力反对这一计划中的旅行。但他在心里对自己说，她是个头脑简单的、容易对付的人，没准儿几句恭维便可以让她高兴起来。"是的，"他开口说道，"您女儿一番好意，邀我当她的向导，我深感荣幸。"

米勒夫人游移的目光盯住了黛西，目光里流露出一种恳求似的神情。可黛西独自哼着歌，向前走了几步。"我想你们可以坐火车去吧，"她母亲说。

"是的，但也可以坐船去，"温特博恩说。

"哦，我当然不知道喽，"米勒夫人说，"我从未去过那座古堡。"

"真遗憾，您不能去，"温特博恩估计她不会反对了，感到释然。与此同时，他在心理上也已做好准备，作为母亲，她完全有可能提出陪女儿一道去。

"我们好几次都想去，"她接着说，"但看来不行了。当然喽，黛西很想四处走走。有一位住在这儿的夫人，我不知道她叫什么，她觉得我们没必要参观这儿的城堡，她认为我们应该到了意大利再说。看来那儿有不少城堡。"米勒夫人语气中的自信明显在增强。"当然喽，我们只想看些主要的城堡。在英国时，我们参观了几座。"过了一会儿，她又加上一句。

"哦，没错，英国有许多漂亮的城堡，"温特博恩说，"但这儿的希永古堡也很值得一看。"

"行啊，要是黛西有兴致的话，"米勒夫人说道，听那口气，好像这是件了不起的大事似的。"看来没有什么事她不想尝试一下的。"

"哦，我想她肯定会喜欢的！"温特博恩说道。他越来越想确定自己将单独和小姐一起出游。此时她正在他们前面走着，边走边轻轻哼着歌曲。"您无法参加这次旅行，是因为身体不适吗？"他询问道。

黛西的母亲斜着眼瞟了他一下，然后默默地朝前走着，过了一会儿只说了声："我想她最好还是单独去。"温特博恩对自己说，她同湖对岸城市中的那些母亲们真是截然不同啊，那些主妇们总是警惕万分地聚集在社交前线。但米勒夫人那个无人护卫的女儿清清楚楚地喊了一声他的名字，一下子打断了他的思路。

"温特博恩先生！"黛西轻声说道。

"小姐！"年轻人应了一声。

"你不想划船带我到湖上遛一圈吗?"

"你是说现在?"他问。

"当然是现在喽,"黛西说。

"哦,安妮·米勒!"她母亲叫道。

"我请求您,夫人,让她去吧!"温特博恩热切地请求夫人,因为他还从未有过如此的体验,在夏日的星光下,荡起轻舟,载着一位热情洋溢、美丽动人的年轻女子。

"我觉得她这样做不合适,"她母亲说,"我觉得她现在最好还是回房间。"

"我敢肯定,温特博恩先生一定愿意带我去划船的,"黛西大声说,"他是这么热心!"

"我将在星光下划船带你去希永古堡。"

"我不信!"黛西说。

"行啦!"夫人又一次突然喊道。

"你已经有半个小时没同我说话了。"她女儿继续说道。

"我同你母亲进行了一次愉快的交谈。"温特博恩说。

"好吧,我希望你带我去划船!"黛西重复道。三人全都停住了脚步,这时,她忽然转过身来,凝望着温特博恩,面带迷人的微笑,美丽的双眼闪烁着光芒,同时不停地摇着扇子。噢,绝不可能有比这更美的形象了,温特博恩心想。

"那座码头上停着五六条船,"他指着从花园到湖面的那几个台阶说道,"倘若你能赏光,请挽住我的手,我们就去挑选一条船吧。"

黛西微笑着站在那里,然后猛然回过头来,嘻嘻一笑。"我喜欢男士庄重些!"她表示。

"我向你保证,这是庄重的邀请。"

"我就是要让你说点什么。"黛西继续说。

"你瞧,让我开口并不难呀,"温特博恩说,"但恐怕你在拿我开心。"

"我想不会的,先生。"米勒夫人极其温和地说。

"那么,就让我带你划一圈吧。"他对年轻小姐说。

"你这么说的样子相当可爱!"黛西开心地叫了一声。

"付诸实践就更可爱了。"

"是的,那将会很可爱的!"黛西说。但她并没有动身随他走,只是站在那儿笑着。

"我想你们最好看看现在几点了,"她母亲插了一句。

"现在十一点,夫人。"这时邻近黑暗处响起了一个带有外国腔的声音。温特博恩转过身来,看到了那个向两位女士献媚的衣着华丽的男人。他显然刚刚来到这里。

"嘿,欧金尼奥,"黛西说,"我正打算去划船哩。"

欧金尼奥微微躬了躬身。"晚上十一点去划船吗,小姐?"

"我打算和温特博恩一起去,就是现在。"

"和她说说,她可不能这样。"米勒夫人对随从说。

"我觉得你最好别去划船了,小姐,"欧金尼奥表示。

温特博恩十分希望这个漂亮姑娘不要和随从这么亲热,但他一声没吭。

"我猜想你一定觉得这很不得体吧!"黛西大声说道,"欧金尼奥觉得没有一件事是得体的。"

"悉听尊便!"温特博恩说。

"小姐打算单独去吗?"欧金尼奥问米勒夫人。

"哦,不,同这位先生!"黛西的母亲回答。

随从看了温特博恩一眼——后者觉得他在微笑——然后,恭恭敬敬地鞠了一躬,"随小姐的便吧!"他说。

"哦,我刚才还料想你会大惊小怪的哩!"黛西说,"现在去不去我已无所谓了。"

"你要是不去的话,那我就该大惊小怪了,"温特博恩说。

"这正合我的心意———一点点大惊小怪!"年轻姑娘又一次笑了起来。

"兰道夫少爷已上床睡觉了!"随从冷冷地通报。

"哦,黛西,我们现在该回去了!"米勒夫人说。

黛西微笑着望了温特博恩一眼,然后摇着扇子,准备转身离去。"晚安,"她说,"希望你大失所望或厌恶至极,或者别的什么!"

他望着她,握了一下她伸出的手。"我完全糊涂了。"他对小姐说。

"哦,希望这不至于让你彻夜难眠!"她极为狡黠地说,然后在幸运的欧金尼奥的护送下,和母亲一道向旅馆走去。

温特博恩站在那里,目送着他们。他真的搞糊涂了。他在湖畔又逗留了一刻钟左右,反复琢磨着年轻小姐突如其来的放肆和任性。但他得出的唯一明确的结论是,陪她出游定会其乐无穷。

黛西·米勒 | 65

两天后，他同她去了希永城堡。他在饭店大厅里等她。那些随从、侍者还有外国游客晃来晃去并目不转睛地盯着他们。让他选的话，他是不会选这种地方的。但她指定要在这里碰头。她轻快地走下楼来，身着一套十分精致、完美无缺的旅行服，将收拢的阳伞紧紧贴在漂亮的身上，边走边系着长手套上的纽扣。温特博恩是个富于想象和——正如我们祖先所说——敏感的男人。他看着她的打扮以及她在宽大楼道上迅疾又自信的步伐，觉得仿佛有什么风流韵事即将发生了。他甚至都会相信他将要同她私奔。他同她一道，走过聚集在大厅里的那些闲散的人群，来到门外。他们全都瞪大眼睛使劲瞧着她。一见到他，姑娘就开始喋喋不休地聊了起来。温特博恩更愿坐马车去希永城堡。而黛西则热切地希望坐小汽船去。她声称自己特别喜爱汽船。湖面上游客如云。一阵阵微风不断吹来，多么令人愉快。航程并不太长，但温特博恩的同伴还是利用时间说了许许多多的事。在小伙子看来，他们的旅行极像一次越轨行为，一场历险。即使考虑到她习以为常的自由意识，他也多多少少准备看到她也流露出相似的看法。然而，必须承认的是，在这一点上，他大失所望。黛西·米勒异常活跃，心情极为愉快。但表面上她既没有一点儿激动，也没有丝毫不安。她不回避他的目光，也不回避任何其他人的目光。无论是她望着他，还是感到有人望着她时，黛西都毫不脸红。人们不断地打量着她。漂亮女伴不同寻常的气质使温特博恩得到了极大的满足。他曾稍稍有些担心，她会不会大声喧哗，会不会笑得太多，甚至会不会在船上不停地走来走去。但没过多久他就将自己的顾虑忘得一干二净了。他面带微笑，坐在那里，两道目光久久地盯着她的脸。与此同时，她一动不动，发表了不少高见。这是他所听过的最最迷人的闲聊。他曾同意有关她"粗俗"的说法。但她果真如此，还是他已经习惯于她的粗俗？她所谈的大都是玄学家称为客观的那类事情，但时不时地也会带有一点主观色彩。

"你这么一本正经干什么？"她突然发问，可爱的目光盯着温特博恩。

"我一本正经吗？"他问，"我刚刚想到了一个让我咧嘴大笑的念头。"

"你看上去就像带我去参加葬礼似的。如果这也算咧嘴大笑的话，那你的嘴巴也太小了。"

"难道你想让我在甲板上跳一曲号笛舞①吗？"

"请跳吧，我会捧着你的帽子四处收钱的。我们的旅费就有着落了。"

---

① 英国水手跳的一种活泼的民间舞。

"我一生中还从未这么快乐过哩,"温特博恩喃喃说道。

她望了他一眼,然后扑哧一笑,"我喜欢逗你说这些话。你真是个奇特的混合物。"

他们登上城堡之后,主观成分显然占了上风。黛西在拱形房间里蹦蹦跳跳,在螺旋形的楼梯上拖着裙子,窸窣作响。在地牢旁她战栗了一下,妩媚动人地叫出了声,同时又竖起漂亮异常的耳朵倾听温特博恩讲述着城堡的一切。他发现,她对封建古迹不感兴趣。希永城堡幽暗的传说几乎没有给她留下什么印象。他们运气不错,古堡中除了看守人之外,没有其他游客。温特博恩和看守人说好,他们可以随意走动,随意停留,看守人绝不催促。看守人宽宏大量,满口答应,而温特博恩当然也十分慷慨。结果,他们两人单独游览,十分自在。米勒小姐谈起话来逻辑性并不很强。她不管想说什么,都必定能找到一个借口。在希永城堡崎岖不平的墙垛里,她便找到了不少借口,突然问起温特博恩本人、家庭、过去、趣味、习惯、计划等方面的情况,同时也不失时机地向温特博恩介绍了许多有关自己的情况。米勒小姐显然已摆好架势,打算详尽地谈谈自己的趣味、习惯和计划,讲得尽可能明白无误,当然喽,也尽可能讨人喜欢。

"哦,你知道的真是够多的!"在他讲述了邦尼瓦尔[①]不幸的遭遇后,她对同伴说,"我还从未见过一个懂得这么多的男人哩!"邦尼瓦尔的遭遇对她来说,正如俗话所说,一个耳朵进,一个耳朵出。黛西接着说,她希望温特博恩能同他们一起旅行,同他们一道"周游世界",这样的话,他们兴许能增加一些知识。"你不想来教兰道夫吗?"她问。温特博恩说,他十分乐意,但不幸的是,他还有其他事情。"其他事情?我不信!"黛西小姐说。"你这是什么意思?你又不做生意。"小伙子承认自己并不做生意,但他的确有约在先,一两天内必须赶回日内瓦。"噢,真讨厌!"她说,"我才不信哩!"接着她开始谈起一些别的事情。但片刻之后,当他指给她看一座造型漂亮的古代壁炉时,她又一次没头没脑地发作了。"你不是说要回日内瓦吗?"

"真是令人沮丧,明天我就得回去。"

"嘿,温特博恩先生,"黛西说道,"我觉得你是个讨厌透顶的家伙!"

"哦,别说这么难听的话,"温特博恩说,"尤其在这最后的时刻!"

"最后的时刻!"年轻小姐叫道,"我觉得才刚刚开始哩。我都有点想把

[①] 邦尼瓦尔(1496—1570),瑞士民族英雄,曾在希永城堡被囚禁七年。

你扔在这里，一个人回旅馆哩。"接下来的十来分钟里，她除了一个劲儿地骂他讨厌，没说别的。可怜的温特博恩完全糊涂了。至今为止，他还没有遇到任何一个小姐在得知他的行程之后反应如此强烈哩。在此之后，希永城堡的各式珍品以及美妙的湖景再也提不起黛西的任何兴致了。她冲着日内瓦那位神秘的女子猛烈开火，显然想当然地认为，他匆匆赶回，就是为了见她。黛西·米勒小姐怎么会知道，日内瓦有一个令他神魂颠倒的女人？温特博恩拒不承认有这么一个女人，实在无从了解黛西的奇怪想法。他既为她如此迅速得出的结论而感到诧异，也为她这么坦率的揶揄而觉得好笑。在他看来，她十足是个天真无邪和残酷无比的混合物。"难道她每回给你的自由活动时间不超过三天吗？"黛西以讽刺的口吻问道，"难道她夏天也不放你一次假吗？这样的季节，工作再努力的人也会得到许可，到某处度度假呀。我估计，你要是再待一天的话，她就会坐船来找你了。无论如何等到星期五吧，到那天，我一定会跑到码头去恭候她大驾光临的！"温特博恩开始意识到，他刚才对年轻小姐的脾气感到失望，实在是错了。如果说他刚才没听出小姐的个人语气的话，那么现在这种语气又出现了。这种语气听起来十分清晰。最后，她对他说，要是他不答应冬季来罗马看她的话，她就会一直不停地"戏弄"他。

"这可不难办到，"温特博恩说道，"我姑母在罗马订了一套过冬的房间，已邀请我到罗马去看她。"

"我并不希望你为了你姑母而来，"黛西说，"我希望你为我而来。"这是小伙子听她说出的唯一一句涉及他那讨厌的女亲戚的话。他表示，无论如何，他都会来的。听到这句话后，黛西真的不再戏弄他了。温特博恩叫了辆马车，两人在黄昏时分坐车回到沃韦。一路上年轻小姐安静极了。

晚上，温特博恩告诉科斯特洛夫人，他同黛西·米勒小姐在希永城堡度过了整整一个下午。

"就是那些带了个随从的美国人？"夫人问。

"啊，所幸的是，"温特博恩说道，"随从留在了饭店。"

"她独自一人和你去的？"

"独自一人。"

科斯特洛夫人轻轻嗅了嗅手中的樟脑瓶。"那就是，"她厉声说道，"你想介绍给我的年轻人喽！"

三

希永城堡之行的第二天，温特博恩赶回了日内瓦。第二年一月底他前往罗马。他姑母已在那儿住了好几个星期，并给他寄了两三封信。"去年夏天你在沃韦如此关心的那几个人又在这里露面了，连同那个随从。"她在信中写道，"他们好像结交了几个朋友，但随从依然是他们最最亲密的人①。那位年轻小姐和一些三流意大利人同样打得火热，他们窜来窜去，招来不少议论。将谢布里②那本动人的小说《保洛·梅黑》给我带来。务必于二十三日之前来。"

按理说，温特博恩一到罗马就该去美国银行老板处查明米勒夫人的地址并去向黛西小姐问好。"我觉得有了沃韦这段交往后，理应去拜访他们一下。"他对科斯特洛夫人说。

"如果在沃韦及其他地方发生了所有这一切之后，你还想同他们保持交往的话，那就请便吧。男人当然谁都可以认识。男人享有这样的特权！"

"请问究竟发生了什么，比如说，在这里？"温特博恩急切地问道。

"那个女孩老是和一些外国佬四处瞎逛，至于说还发生了什么，你可以到别处去了解一下情况。她随随便便结交了半打专门追逐有钱女子的罗马男人，还带着他们四处串门。参加聚会时，总有一位风度翩翩并蓄有漂亮胡子的先生陪着她。"

"那位当母亲的在哪儿呢？"

"我一点也不知道。他们都是些非常可怕的人。"

温特博恩思索片刻，然后说："他们只是十分愚昧，十分天真而已，其实人并不坏。"

"他们简直是粗俗得不可救药了，"科斯特洛夫人说，"粗俗至极究竟是否算'坏'，那是玄学家们的问题。但不管怎样，他们已坏到令人讨厌的地步了。对于如此短暂的人生来说，这已是够糟的了。"

听说黛西·米勒总有半打漂亮胡子围着，温特博恩克制住自己，没有马上去看她。倒并不一定是他自以为自己已在她心中留下不可磨灭的印象，但

---

① 原文为法语。
② 维克多·谢布里（1829—1899），法国小说家。

听到实际情况与他近来期望中的形象如此格格不入，他还是感到气恼。在他的想象中，一位极为漂亮的姑娘正站在罗马一扇老式窗前眺望，心急如焚，不断自问：温特博恩先生究竟何时来临。他决定稍等几天再去惊动米勒小姐，于是很快便先去走访了两三位其他朋友。其中有位美国夫人，已在日内瓦度过了好几个冬天，她的孩子们全都被她安排在这里上学。她可是个极有才艺的女人，住在格莱高丽亚娜大街。温特博恩在一间小小的深红色的客厅中见到了她，客厅位于三楼，充满了南方的阳光。他落座不到十分钟，就有一位仆人进来通报："米勒夫人到！"话音刚落，小兰道夫·米勒便首先走了进来。他在屋子中央停住脚步，紧紧盯着温特博恩。片刻之后，他那漂亮的姐姐跨进了门槛。接着，过了好几分钟之后，米勒夫人款款走进。

"我认识你！"兰道夫说。

"我肯定你知道许许多多的事，"温特博恩一把抓住他的手，高兴地说，"你的学上得怎么样？"

黛西正热情洋溢地与女主人互致问候，听见温特博恩的说话声后，立即转过头来。"嘿！真是怪了！"她叫了起来。

"我曾对你说过我会来的，这你知道。"温特博恩微笑着说。

"哦，我可没敢当真，"黛西说。

"那就多谢你了。"小伙子笑着说。

"你可没来看我呀！"黛西说。

"我昨天刚到。"

"我才不信哩！"年轻小姐表示。

温特博恩面带辩护似的微笑着转向她母亲，但夫人躲开了他的目光，坐定之后，目不转睛地望着自己的儿子。"我们找到了一个比这儿大得多的地方，"兰道夫说，"墙上全是金子。"

米勒夫人不安地在椅子上转过身来。"我说过，要是带你来的话，你准会瞎说一通！"她轻轻说道。

"我对你说过！"兰道夫大声说，"现在还要对你说，先生！"他开玩笑似的在温特博恩膝上捶了一下，补充了一句，"简直太大了！"

黛西和女主人谈得十分热烈。温特博恩觉得应当同她母亲寒暄几句。"在沃韦分别之后，您身体一定很好吧，"他说。

米勒夫人现在自然看着他，更确切地说，看着他的下巴。"不是太好，先生。"她回答。

"她得了消化不良症，"兰道夫说，"我也得了，爸爸也得了，但我最严重！"

这番话不但没有令米勒夫人尴尬，好像反而使她轻松了不少。"我肝脏不太舒服，"她说，"我想全是因为这儿的气候。这里不像斯克内克塔迪那么令人精神振奋，尤其是在冬季。不知道你是否知道我们居住在斯克内克塔迪。我对黛西说了，我显然没有遇到任何像戴维斯那样的医生，而且我想再也找不到了。哦，在斯克内克塔迪，他可是第一流的。人人都很佩服他。他忙得不亦乐乎，但对我总是有求必应。他说我的消化不良症极为特殊，他还从未遇到过这样的病例，但他一定能治好它。我相信他会想尽一切办法的。我们出发时，他正打算试用一种新疗法哩。米勒先生希望黛西能亲眼看看欧洲。但我写信告诉米勒先生，看起来离开戴维斯医生，我没法活了。在斯克内克塔迪他的医术非常高明，当然喽，那里各种各样的病也很多。我的睡眠总是受到影响。"

温特博恩和戴维斯医生的病人谈了不少病理学方面的话题。与此同时，黛西也和自己的伙伴说个不停。小伙子问米勒夫人喜不喜欢罗马。"哦，我得说我感到大失所望，"她回答，"来之前，我们听到了不少有关罗马的介绍。我觉得我们听得太多了，可当时我们实在是情不自禁。结果，我们的期望同实际情形相距甚远。"

"啊，过一段时间，您会非常喜欢罗马的。"温特博恩说。

"我越来越讨厌这个地方了！"兰道夫大声宣布。

"你就像小哈尼巴尔①。"

"不，我可不像！"兰道夫随口叫道。

"你也确实不能算个孩子了，"他母亲说。"可我们还是参观了不少地方，"她接着刚才的话题说，"都要比罗马漂亮得多。"当温特博恩问及具体地方时，她回答道："比如苏黎世。我觉得苏黎世十分可爱。但我们却很少听人谈起它。"

"我们到过的最好的地方是里士满城！"兰道夫说。

"他是指那艘船，"他母亲解释说，"我们是乘着那艘船过海的。兰道夫在'里士满城号'上玩得很开心。"

---

① 哈尼巴尔（前247—前183），北非迦太基之王，曾率军远征罗马，幼年时父亲曾教育他仇恨罗马。

"那是我见过的最好的地方,"孩子重复了一句,"只不过它的航向错了。"

"行啦,我们总有一天会转向正确方向的,"米勒夫人轻轻一笑说。温特博恩希望她女儿在罗马至少还有一些满意之处。夫人告诉他,黛西简直有点神魂颠倒了。"那得归功于这儿的社交界,这儿的社交界妙极了。她哪儿都去,交了不少朋友。她当然比我交际要广。我得说她的那些朋友都很好交际,他们同她真是一见如故。她还认识了许多绅士。哦,她觉得哪儿也比不上罗马。当然喽,一位年轻小姐如果认识许多绅士的话,总是件好事。"

这时,黛西将注意力重又转向了温特博恩。"我刚对沃克夫人说过你有多么卑鄙!"年轻姑娘宣布。

"请问你有何证据?"温特博恩问道。他对米勒小姐感到相当恼火,自己出于爱慕,满腔热情,径直赶到罗马,途经波伦亚和佛罗伦萨时都没有停留,迫不及待地想见她,而她对此竟毫不领情。他记得一位喜欢冷嘲热讽的同胞曾经对他说过,美国女人——即那些漂亮女人,因此这一规律相当具有普遍性——既是世上最最苛刻的女人,同时也是最不懂得感激的女人。

"啊哟,你在沃韦时太令人讨厌了,"黛西说,"什么事都不答应。让你留下也不肯。"

"亲爱的小姐,"温特博恩以恳切的口吻叫道,"我这么大老远来到罗马,就是为了听你的指责吗?"

"瞧他都说了些什么!"黛西捻着女主人裙上的一个蝴蝶结对她说,"您听过这么离谱的话吗?"

"离谱吗,亲爱的?"沃克夫人喃喃说道,口气明显向着温特博恩。

"哦,我不知道,"黛西拨弄着沃克夫人的缎带说,"沃克夫人,我想告诉您一些事。"

"妈——妈,"兰道夫粗声粗气地插话说,尾音拖得很长,"你该走了。要不,欧金尼奥又要闹——事了!"

"我可不怕欧金尼奥,"黛西把头往后一仰说。"沃克夫人,您听着,"她接着说,"我准备来参加您的晚会。"

"你能来,我太高兴了。"

"我还特意买了件漂亮裙子。"

"我完全相信这一点。"

"但我有个请求,请您允许我带一个朋友一起来。"

"见到你的任何朋友，我都会很高兴的，"沃克夫人微笑着转向米勒夫人说。

"哦，他们可不是我的朋友，"黛西的妈妈面带腼腆的微笑，以她特有的方式说道，"我从未和他们说过话。"

"是我的一个亲密朋友——乔万内尼先生，"黛西说道，清晰的嗓音中没有一丝颤抖，光彩照人的面容上没有一点阴影。

沃克夫人沉默了片刻，迅速地看了温特博恩一眼，然后说道："我会很高兴见到乔万内尼先生的。"

"他是个意大利人，"黛西以极为平静的口吻继续说，"是我的一位好朋友。除了温特博恩先生之外，他算得上世上最英俊的男子了。他认识许多意大利人，也想结识一些美国人，他很喜欢美国人。他聪明透顶，十分可爱！"

黛西和沃克夫人说定将带这位不同凡响的先生来参加她的晚会。这时米勒夫人打算告辞了。"我想我们该回饭店了，"她说。

"你们回饭店吧，妈妈，我打算再散会儿步。"黛西说。

"她要和乔万内尼先生一起散步，"兰道夫声称。

"我想去品齐欧公园。"黛西微笑着说。

"这时候，就你一个人去吗，亲爱的？"沃克夫人问道。下午快过去了——恰好是车水马龙、人来人往的高峰时刻。"我觉得不太安全，亲爱的。"沃克夫人提醒说。

"我看也是，"米勒夫人附和道，"你会染上热病的，肯定会的。别忘了戴维斯医生对你的叮嘱！"

"让她吃些药再走。"兰道夫建议。

大家都已站起身来。黛西依然满面笑容，露出雪白的牙齿，弯身吻着女主人的手。"沃克夫人，您真是太好了，"她说，"我并不是一个人去，我要去见一个朋友。"

"可你的朋友并不能保证你不得热病啊。"米勒夫人说。

"是乔万内尼先生吗？"女主人问。

温特博恩一直望着年轻姑娘。沃克夫人的提问一下引起了他的注意。黛西微笑着站在那里，抚弄着帽上的缎带，瞥了温特博恩一眼，然后毫不犹豫地回答说："正是乔万内尼先生——漂亮的乔万内尼。"

"我亲爱的年轻朋友，"沃克夫人拉着她的手，以恳切的口气说，"别在这样容易染上病的时候跑到品齐欧公园去见漂亮的意大利人了。"

"噢，他倒是会说英语。"米勒夫人说。

"我的天哪！"黛西嚷嚷道，"我并不想做任何有失体统的事啊。倒是有个容易的办法可以解决这个问题。"她说完瞥了一眼温特博恩。"品齐欧公园只不过百来码远。如果温特博恩先生真是像他所说的那样有礼貌的话，那他就该自告奋勇，陪我走走！"

温特博恩不失时机地证明了自己的礼貌，年轻姑娘则宽宏大度，同意由他陪伴。他们比米勒夫人先走一步，下了楼梯。到门口时，温特博恩看见米勒夫人的马车已经驶近，那位装饰品似的随从正坐在里面，温特博恩在沃韦时就已同他打过交道。"再见，欧金尼奥！"黛西大声招呼，"我想溜达溜达。"从格莱高丽亚娜大街到品齐欧山冈另一端的花园的确只有一步之遥。但由于天气极好，加上车水马龙，人来人往，两个美国青年发现他们很难走过去。尽管温特博恩意识到自己的处境很怪，但他还是十分乐意和姑娘多待一会儿。不慌不忙、东张西望的罗马人纷纷把目光投向了这位极为漂亮的外国小姐。她正挽着他的手臂在人群中从容自如地走着。他实在不明白，当黛西提出想单独溜达溜达，完全将自己暴露给人群时，小脑袋瓜里究竟想的是什么。在她看来，他的使命显然就是将她安全交到乔万内尼先生手中。温特博恩既感到气恼又感到高兴，最后还是决定不干这种傻事。

"你为什么没来看我？"黛西问他，"这种事你休想推托。"

"启禀小姐，我刚下火车。"

"那你车停后一定在车厢里待了好长一段时间喽！"年轻姑娘轻轻一笑，叫道。"我猜你大概睡着了吧。但你却有时间去拜访沃克夫人。"

"我早就认识沃克夫人了……"温特博恩试图解释。

"我知道你是在哪儿认识她的。是在日内瓦。她亲口告诉我的。而你是在沃韦认识我的。差不多同时。所以你理应先来看我。"除此之外，她没再向他提出其他问题，而是开始大谈特谈自己的事情。"我们在饭店里订到了几间特别好的房间。欧金尼奥说那可是罗马最好的房间。要是不死于热病的话，整个冬天我们都打算在这儿过。冬天过后我想我们也还会待上一段时间的。这儿比我想象的要美妙得多。我曾料想这儿会特别安静。我曾肯定这儿一定死气沉沉。我满以为我们整天都会四处转悠，听一个糟老头子给我们讲解那些图片和景致。但这种情形只持续了一个星期左右，现在我玩得特别开心。我结识了这么多朋友，他们个个都很可爱。这儿的社交界极为出色，各式各样的人都有——有英国人，有德国人，还有意大利人。我觉得我最喜欢英国人。我喜欢他们的谈话风度。也有几个可爱的美国人。我还从未见过这么热情好客的人哩。每天都有活动。舞会并不多,但我必须声明,我从未把跳舞看得太重。我总是喜欢聊天。我想在沃克夫人的晚会上我会找到许多谈话伙伴的,她的屋子太小了。"在他们穿过品齐欧公园大门之后,米勒小姐开始琢磨,乔万内尼先生会在哪儿呢?"我们最好直接走到前面那个地方去,"她说,"那儿可以看得清楚一些。"

"我肯定不会帮你找他的,"温特博恩声称。

"不用你,我也会找到他的,"黛西小姐说。

"你不要离开我!"温特博恩叫道。

她扑哧一笑。"你是害怕走丢了,还是怕被车子压了?瞧,那不是乔万内尼吗!他正倚靠在那棵树上,瞪大眼睛望着马车里的女人哩。你见过这么令人叫绝的情景吗?"

温特博恩看见不远处有个小个子双臂交叉,夹着一根手杖,站在那里。他长相英俊,头顶礼帽,一只眼睛上戴着一块镜片,钮孔里插着一小束花。温特博恩打量了他一番,然后对黛西说:"你想同那个人说话吗?"

"我想同他说话吗?真是怪了,照你的意思,难道我该用手势同他交流不成?"

"请你理解我的意思,"温特博恩说,"我想同你待在一起。"

黛西停下脚步,望着他,脸上除了一对迷人的眼睛和两个快乐的酒窝,没有丝毫不安的神色。"噢,她可真是个沉得住气的女子啊!"小伙子心想。

"我不喜欢你这种说话方式,"黛西说,"太盛气凌人了。"

"要是我说错什么的话,那就请你原谅。关键是你得明白我的意思。"

年轻姑娘依然望着他,神情更加严肃,眼睛也越发漂亮。"我从不允许一个先生向我发号施令,或者干涉我的私事。"

"我觉得你犯了个错误,"温特博恩说,"有时你得听听一个先生的忠告,当然是一个合适的先生的忠告。"

黛西又笑了起来。"我除了倾听先生们的忠告,没干别的!"她嚷嚷道,"告诉我,乔万内尼先生合适不合适。"

胸口插着花的男子这时看见了我们的两位朋友,赶紧加快步子,朝姑娘走来,一副谄媚的样子。他分别对温特博恩以及姑娘鞠了一躬,笑容可掬,目光机灵。温特博恩觉得他长相不坏,但还是对黛西说:"不,他不合适。"

黛西显然具有当介绍人的天赋。她提了提双方的名字,然后在两位男子中间缓缓走着。乔万内尼先生英语说得很机巧，向黛西讲了一大串极为礼貌的废话。温特博恩后来听说，他曾在许多美国有钱女人面前练过这类用语。他温文尔雅，彬彬有礼；而美国小伙子则一声不吭，正在细细琢磨意大利人的聪明，他们的聪明实在到家：心里越是失望，表面上越是显得谦和。乔万内尼当然指望和黛西单独相处，绝没有料到会出现这样的三人聚会，但他深谋远虑，克制住了自己。温特博恩自以为已将他一眼看穿。"他不是位绅士，"美国小伙子对自己说，"他只不过是个冒牌货。他也许是个音乐教师，或者是个穷文人，要不就是个三流画家。让他的漂亮长相见鬼去吧！"不错，乔万内尼先生是有一张漂亮脸蛋，但温特博恩觉得极为恼怒的是，自己可爱的女同胞居然分辨不出真假绅士。乔万内尼又说又笑，显得和颜悦色。的确，倘若他是冒牌货的话，也是个出色的冒牌货。"不过，"温特博恩对自己说，"一位正派姑娘应该能看得出啊！"这样他便又绕回到了老问题上：她究竟是不是一个正派姑娘？一位正派姑娘，即便喜欢调情卖俏，会同一位可能是下流坯的外国人幽会吗？固然，他们的幽会是在光天化日之下，并且是在罗马最为拥挤的地方进行的，但有没有可能他们故意挑选这一环境以表现他们极度的玩世不恭呢？说来也怪，姑娘与自己的"情人"相会时，并没有对他的相陪表现出丝毫的不耐烦，温特博恩对此反而感到十分恼火，同时也对自己的自作多情感到不满。很难将她视作一位品行十分端正的年轻女子，她显然缺乏某种必不可少的雅致。要是能将她当做言情作家所称的"在情感上无法无天"的女人的话，倒也能使问题大大简化。或者，只要她似乎想摆脱他，那他自然就会轻视她，而他一轻视她，她也就不会那么令人困惑了。然而黛西此时此刻依然表现得既厚颜无耻又天真无邪，实在让人难以理喻。

在两位骑士的伴随下，她溜达了一刻钟光景。温特博恩似乎觉得，她在应答乔万内尼先生的那些花言巧语时，语调十分幼稚而又欢快。这时，一辆轻便马车离开川流不息的车队，朝小径驶来。温特博恩立即注意到，他刚刚拜访过的朋友沃克夫人正坐在车里喊他哩。他撇下米勒小姐，急忙前去听候夫人的吩咐。沃克夫人脸涨得通红，显出一副激动的神情。"真是太可怕了，"她说，"那个姑娘不该干出这种事来。她不该与你们两位男士在这儿散步。已有五十个人注意上她了。"

温特博恩抬起眉毛。"我觉得对此不必大惊小怪。"

"让姑娘毁了自己才叫可惜哩！"

"她实际上很天真。"温特博恩说。

"她简直疯了!"沃克夫人厉声说道。"你见过像她母亲那样的低能儿吗?你们刚才离开我后,我越想越坐不住。不想方设法挽救一下她,似乎是说不过去的。于是我叫来马车,戴上帽子,急急忙忙赶到这里。谢天谢地,我终于找到你们了!"

"您打算拿我们怎么样?"温特博恩面带微笑问道。

"叫她上车,带着她在这儿转悠半个小时,这样人们就会发现,她还不太野,然后再将她安全送回饭店。"

"我觉得这个办法并不太妥当,"温特博恩说,"但您不妨试试。"

沃克夫人果真试了。米勒小姐只是朝坐在马车上的沃克夫人点了点头并笑了笑,继续和自己的同伴往前走着。美国小伙子追上前来。黛西一听说沃克夫人有话要和自己说,立刻以优雅的姿态往回走去,乔万内尼先生紧随其后。她表示很高兴能有机会将这位绅士介绍给沃克夫人,介绍完毕还声称,有生以来她还从未见过任何比沃克夫人的车毯更漂亮的东西呢。

"你喜欢它,我很高兴,"夫人面带甜甜的微笑说,"你愿意上车吗?这样我也好将车毯盖在你身上。"

"哦,不,多谢了,"黛西说,"看您盖着它坐车兜风,我反而会更喜欢它的。"

"还是上车来和我一起兜兜风吧!"沃克夫人说。

"那肯定会很惬意的。但我像现在这样,也很惬意啊!"黛西说完分别向左右两侧的绅士投去灿烂的一瞥。

"那也许很惬意,亲爱的孩子,但此地可不兴这样啊。"沃克夫人身子前倾,两手交叉,恳切地说。

"哦,那就该提倡一下!"黛西说,"不散散步的话,我会憋死的。"

"你该和你母亲一起散步呀,亲爱的,"来自日内瓦的夫人不耐烦地大声说。

"和我母亲,天哪!"姑娘不禁叫道。温特博恩注意到她已明白了沃克夫人的意思。"我母亲一辈子也没有一次走过十步路。再说,您也知道,"她笑着补充了一句,"我已不是五岁小孩了。"

"你已到了该理智一点的年龄了,亲爱的米勒小姐,你已到了会招人非议的年龄了。"

黛西望着沃克夫人,无所顾忌地笑着。"招人非议?您这是什么意思?"

"到车上来,我再告诉你。"

黛西又一次迅速瞥了一眼左右两侧的绅士。乔万内尼先生堆起一副笑脸，一边抚弄手套，一边频频鞠躬，温特博恩见此情景觉得十分厌恶。"我不想知道您的意思，"过了一会儿黛西说道，"我不会同意您的意思。"

温特博恩希望沃克夫人裹着车毯，赶紧离开，但夫人遭到蔑视，正如她后来告诉他的那样，感到大为不快。"难道你就情愿被人当做一个放肆的姑娘？"她厉声问道。

"我的天哪！"黛西嚷嚷道。她又一次望了望乔万内尼先生，然后转向温特博恩，脸颊上泛起一丝红晕，真是漂亮极了。"温特博恩先生是否认为，"她微笑着猛一仰头，从头到脚扫视了一下温特博恩，慢腾腾地问道，"为了保全名声，我该钻进马车？"

温特博恩的脸刷地红了，他一时不知说什么才好。她说到"名声"时的口气听上去这么怪。事实上，他本人必须言行一致，真心诚意为姑娘着想。若要为姑娘着想，最好的方法就是对她实话实说。而对于温特博恩而言，实话便是——我的三言两语想必已使读者对他有所了解了——黛西·米勒应该听从沃克夫人的忠告。他望着她漂亮的脸蛋，十分温柔地说道："我觉得你该上车。"

黛西放声大笑。"我还从未听过这么死板的话哩！如果这也有失体统的话，沃克夫人，"她继续说道，"那么我想我整个人都有失体统了，您就不必为我操心了。再见，希望您兜风愉快！"说完她便同乔万内尼先生一起走了，那个意大利人为了讨她欢心，还扬扬得意地致了一个礼。

沃克夫人坐在车上，望着她的背影，两眼含着泪水。"坐进来吧，先生。"她指了指身旁的位子对温特博恩说。小伙子说，他觉得有义务陪伴米勒小姐，对此沃克夫人表示，如果他不给面子的话，她再也不会理他了。她显然十分当真。温特博恩追上黛西和她的同伴，伸出手来，告诉她沃克夫人迫切要求他陪伴。他料想，她一定会说出一些更加随便的话来，一定会进一步证明自己就是沃克夫人如此苦口婆心、竭力劝阻她成为的那种"放肆的姑娘"。但她仅仅同他握了握手，便不再理他了。乔万内尼先生过于做作地挥了挥帽子，同他道别。

温特博恩坐上沃克夫人的敞篷马车时，心情并不太好。"您这么做不太明智，"当马车重又汇入车流时，小伙子坦率地说。

"在这种情况下，"他的同伴回答，"我并不想显得多么明智，而是希望自己认真！"

"嘿，您的认真只能触怒她并令她反感。"

"这样也好，"沃克夫人说，"如果她决意要糟践自己的话，我们越早知道越好。这样我们便可以采取相应措施。"

"我觉得她并无恶意。"温特博恩插了一句。

"一个月前我也是这么想的。但她实在太过分了。"

"她究竟干了些什么？"

"这里所有不兴做的事她都做。同随便碰到的男人打情骂俏，和来路不明的意大利人泡在一起，一晚上就盯住几个舞伴跳舞，深夜十一点还会客。一有客人来找她时，她母亲就走开。"

"可她弟弟，"温特博恩笑了起来，"不到午夜不睡觉。"

"他一定会耳濡目染的。听说饭店里人人都在议论她，一有男士来找米勒小姐，所有侍从都会偷偷发笑。"

"那些该死的侍从！"温特博恩生气地说。"可怜的姑娘唯一的毛病就是，"过了一会儿他补充了一句，"太缺乏教养。"

"她天生十分粗俗，"沃克夫人大声说，"就说今天早晨吧。你在沃韦认识她有多久？"

"也就几天时间。"

"瞧她大惊小怪的样子，好像你离开那里关她什么事似的！"

温特博恩沉默片刻，然后说道，"沃克夫人，恐怕你我在日内瓦住得太久了！"接着他又问她，让他上车是否有什么事情要说。

"我想请求你别再和米勒小姐来往了，别再和她打情骂俏，不让她有任何机会表现自己，总之，别再理她。"

"恐怕我难以办到，"温特博恩说，"我非常喜欢她。"

"你应该明智一些，不要再帮她惹是生非了。"

"我可没有半点要帮她惹是生非的意思啊。"

"但她只要一和男士交往，必然就会惹是生非。我已经说出了良心话，"沃克夫人继续说道，"你要是想再回到那位小姐身边的话，我会让你下车的。瞧，你正好有个机会。"

马车正行驶在品齐欧公园紧挨罗马城墙的那段路上，从那儿可以俯瞰美丽的博格斯别墅，它周围建有一道巨大护墙，附近还有几把长椅。一位男士和一个小姐正坐在不远处的一把椅子上，沃克夫人冲着他们摇了摇头。与此同时，这两个年轻人站起身来，朝护墙走去。温特博恩让车夫停车，然后下了车。他的伙伴默默地看了他一眼，然后在他举帽向她道别时，神情庄重地离他而去。温特博恩站在那里，把目光转向黛西和她的骑士。他们显然谁也没有看见，只是深深沉浸在两人世界之中。走到低矮的园墙时，他们伫立了片刻，眺望着博格斯别墅那一大片齐刷刷的松树丛。接着乔万内尼动作熟练地坐到了围墙宽大的墙沿上。西天的太阳透过几道云柱射出一束辉煌的光芒，于是，黛西的伙伴从她手中接过阳伞，将它打了开来。她稍稍靠近了一点，他则为她撑着伞，然后索性将伞靠在她肩膀上，这样一来两人的头都从温特博恩的视线中消失了。小伙子逗留了片刻之后才迈开脚步，但并不是朝着阳伞下的那一对儿，而是向着他姑母科斯特洛夫人的住所走去。

四

第二天，当他来到饭店找米勒夫人时，侍从们并没有偷偷发笑，对此他感到十分得意。但夫人和小姐都已出门。第三天，温特博恩再次来访，又扑了个空。沃克夫人的聚会在第三天晚上举行。虽然温特博恩和女主人上一次见面时不欢而散，但他还是出现在客人们中间。沃克夫人属于这样一类美国女人：旅居国外时，用她们自己的话说，个个立志要好好研究一下欧洲社会，为此她已采集到了好几个不同种类的凡人作为标本，就像要用作教材似的。温特博恩进门时，黛西·米勒并不在场，但几分钟后他看见她母亲一个人来了，一副十分羞涩又非常沮丧的样子。米勒夫人光秃秃的太阳穴上方的头发比以往卷曲得更厉害了。在她走近沃克夫人时，温特博恩也凑上前来。

"瞧我一个人来了，"可怜的米勒夫人说，"我害怕极了，真不知如何是好。这还是我第一次单独出席晚会，尤其是在这个国家。我想拉着兰道夫，或者欧金尼奥，或其他什么人一起来的，可黛西硬要让我一个人来。我根本不习惯一个人外出。"

"你女儿不愿和她的同伴一起光临我们的晚会吗？"沃克夫人一板一眼地问道。

"哦，黛西都已打扮好了，"米勒夫人回答。她在描述自己女儿生涯近况时，总是用哲学家或历史学家所特有的冷静口吻。"她晚饭前就已刻意打扮好了，但有一个朋友在那儿，一位绅士，就是她想带来的那个意大利人。他们正在弹钢琴，好像一时还停不下来。乔万内尼先生唱得好极了。我想他们用不了多久就会来的。"米勒夫人满怀希望地最后说道。

"她这样来参加晚会,我感到很遗憾,"沃克夫人说。

"是啊,我对她说了,如果还要等三个小时的话,就没有必要在晚饭前就穿好衣服了,"黛西的妈妈说道。"再说,我看她也用不着穿上这样一套裙子来陪伴乔万内尼先生呀。"

"太可怕了!"沃克夫人转身对温特博恩说道。"她存心要出洋相。① 就因为我规劝了她几句,她就一心想要报复。她来时,我不会答理她的。"

黛西十一点过后才来。在这种场合,她这样的小姐根本不用等着别人答理。在乔万内尼先生的陪伴下,她风风火火地走了进来,手捧一大束鲜花,有说有笑,一副光彩照人的可爱模样。人人都停止说话,转过头来望着她。她径直来到沃克夫人面前。"我怕您会以为我不来了,所以就让妈妈先来告诉您一声。我想叫乔万内尼先生来之前练习练习。您也知道,他歌唱得好极了,我希望您能请他一亮歌喉。这位就是乔万内尼先生。我曾向您介绍过他。他的嗓子可爱极了,他会唱许许多多动人的歌曲。今晚我有意让他温习了一遍。我们在饭店里度过了一段非常美好的时光。"黛西以极为甜柔、欢快的声音一口气说了一大串话,一会儿望着女主人,一会儿又扫视着整个屋子,同时还不停地拍着自己的肩膀和裙边。"这儿有我认识的人吗?"她问。

"我想人人都认识你!"沃克夫人话中有刺,说完草率地和乔万内尼先生打了声招呼。这位绅士颇具骑士风度。他微笑着鞠了一躬,露出了满口雪白的牙齿,然后捻捻胡子,转动转动眼珠,尽了一位英俊的意大利男子出席晚会时的应有礼数。他用动听的歌喉唱了五六首歌曲,尽管沃克夫人后来声称,根本不知道是谁请他唱的。显然并不是黛西吩咐他唱的,因为她一直在离钢琴很远的地方坐着。虽然她曾公开表示,极为欣赏他的歌唱艺术,但在他唱歌时,人们还是能听见她在说个不停。

"可惜这些屋子太小了,我们无法跳舞。"她对温特博恩说道,那口气就像五分钟前刚见到他似的。

"不能跳舞,我并不觉得遗憾,"温特博恩回敬了一句。"我根本不跳舞。"

"你当然不跳舞喽,你太死板了,"黛西小姐说,"希望你上次和沃克夫人坐车兜风时玩得很开心!"

"不,一点也不开心。我倒是更愿意和你散散步。"

---

① 原文为法语。

"我们分成两对,各奔东西,其实更好,"黛西说。"沃克夫人以合乎体统为借口,想叫我钻进马车,甩下可怜的乔万内尼先生,你听说过这么冷酷无情的事吗?不同的人具有不同的观念!她那么做也太刻薄了一点。他一直盼着和我散步,都说了整整十天了。"

"他根本就不该谈论此事,"温特博恩说,"要是换了一位意大利小姐,他绝不会邀请她一起逛大街的。"

"逛大街?"黛西瞪大漂亮的眼睛嚷嚷了起来。"那么,他该邀请她到何处散步呢?品齐欧公园也不是马路呀。再说,感谢上帝,我又不是意大利小姐。就我所知,意大利的年轻小姐们生活特别无聊。我实在不明白为什么要为她们而改变我自己的习惯。"

"恐怕你的习惯唯独喜欢打情骂俏的女子才有哇。"温特博恩神情严肃地说。

"当然喽,"她又一次笑着瞪了他一眼,大声说道,"我是个既可怕又可恶的喜欢打情骂俏的女子!你听说过有哪位可爱的姑娘不喜欢打情骂俏吗?但恐怕这会儿你会说我并不是一个可爱的姑娘了。"

"你是个非常可爱的姑娘。但我希望你只和我一个人打情骂俏。"温特博恩说。

"啊!谢谢你!非常感谢你!但我最不愿意和你打情骂俏了。我曾有幸告诉过你,你太死板了。"

"你老是这么说。"温特博恩说道。

黛西开心地笑了起来。"如果真会让你生气,我会再说一遍的。"

"别这样!我一生气,会更死板的。要是你不愿和我调情的话,那么请你至少也不要和你那位坐在钢琴旁的朋友调情。这儿的人是不会理解这种事的。"

"我觉得他们什么也理解不了!"黛西提高了嗓门说道。

"年轻的未婚女子可不能这样哇。"

"我倒觉得年轻的未婚女子这样做,比老年已婚女子更合适些,"黛西表示。

"行啦,"温特博恩说,"你和当地人打交道时,就得按照当地的习俗办事。调情纯粹属于美国习俗,这儿并不兴这样。所以,当你和乔万内尼先生一起在公共场合抛头露面,而且你母亲又不在身边时……"

"天哪!可怜的妈妈!"黛西插了一句。

"尽管你也许只是在调情,可乔万内尼先生并不这样。他另有所图。"

"不管怎样,他可没在布道呀,"黛西欢快地说。"要是你实在想知道的话,我和他谁都没在调情。我们已成了很好的朋友,不再需要调情了,我们已成了非常亲密的朋友。"

"啊!"温特博恩接着说,"如果你们已彼此相爱的话,那就另当别论了。"

到这时为止,黛西一直听凭他实话实说,毫不在意,因此,他一点也没料到自己脱口而出的一句话会让她大吃一惊。她立刻站起身来,脸涨得通红。见此情景,他不由得心想,喜欢打情骂俏的美国小姐真是世上最最稀奇古怪的生物。"至少,乔万内尼先生,"她瞥了他一眼后说道,"从不对我说这么难听的话。"

温特博恩一时手足无措,目瞪口呆。乔万内尼先生演唱完毕,离开钢琴,来到黛西面前。"你不愿到另一间屋去喝点茶吗?"他满脸堆笑,躬身问她。

黛西转向温特博恩,重又露出了笑容。他愈加感到迷惑不解,因为她那莫名其妙的微笑除了似乎可以证明她天生甜柔温和、极易宽宥他人的冒犯之外,什么问题也说明不了。"温特博恩先生可从未想到过请我喝茶哟。"她以那种稍稍有点嘲弄的口吻说道。

"但我给过你忠告啊,"温特博恩回敬了一句。

"我更喜欢淡茶!"黛西叫了一声,便同令人注目的乔万内尼一起走开了。余下的时间里,她一直和他坐在邻屋的窗口旁。一场有趣的钢琴演奏表演正在进行,但两个年轻人谁都没有理会。最后,黛西前来和沃克夫人道别。夫人显然正为自己在姑娘抵达时过于心软而深感内疚,此时决意要弥补一下自己的过错,于是冲米勒小姐背过身来,不予理睬,看她如何下得了台。温特博恩刚好站在大门近旁,目睹了这一切。黛西脸色变得煞白,望着自己的母亲。但米勒夫人谦卑至极,根本没有注意到女主人有什么违背礼仪的举动。相反,她倒似乎一时心血来潮,极想让别人看看她是多么讲究社交礼仪。"晚安,沃克夫人,"她说,"我们度过了一个美好的夜晚。你瞧,要是说我让黛西独自一人参加晚会的话,那么现在我可不想让她独自一人离开啊。"黛西转过头去,脸色苍白,神情严峻,望着门旁的人。温特博恩注意到她一时震惊万分,大惑不解,甚至都没来得及感到气愤,他不由得生出了恻隐之心。

"您这样太狠心了吧,"他对沃克夫人说。

"她休想再踏进我的会客厅!"女主人回答。

温特博恩在沃克夫人的会客厅里碰不到黛西,就隔三差五地往米勒夫人下榻的饭店里跑。但两位女士很少待在饭店里。好不容易见到她们时,那位忠诚的乔万内尼总是在场。那个相貌堂堂的小个子罗马人常常和黛西单独坐在会客室里,米勒夫人显然认为任其自然就是最好的监视。起初,温特博恩惊讶地发现,每当他唐突地走进时,黛西总是既不尴尬,也不气恼,但不久之后,他也就对她习以为常,见怪不怪了。她的行为举止出乎意外才是唯一可以预料之事。和乔万内尼促膝交谈被人打断时,她没有表现出丝毫不快。同两位男士聊天时,她谈笑自如,无拘无束,就像面对一个人似的。在她的言谈中,肆无忌惮和幼稚可笑总是奇怪地交织在一起。温特博恩不禁纳闷,如果她当真对乔万内尼感兴趣的话,那么,她竟然毫不注意维护他们幽会的神圣性,这也太不可思议了。他越来越喜欢她那天真无邪的表情和永远开朗的性格了。不知为什么,他总觉得她是个永远不会嫉妒的姑娘。读者诸君也许会嗤笑,但我仍想说,迄今为止,温特博恩喜欢过的那些女人,除去个别之外,绝大多数都会让他害怕——真正害怕;而他感到愉快的是,他从来没有害怕过黛西·米勒。必须补充说明的是,这种感觉并不完全是对黛西的赞誉;事实上,他之所以产生这种感觉,是因为他确信,或者更确切地说,他担心她是一个非常轻浮的年轻姑娘。

但她显然又对乔万内尼很感兴趣。每当他开口说话时,她总会凝望着他,还不断地叫他做这做那,并时常拿他"打趣逗乐",随意支使他。对于温特博恩在沃克夫人的晚会上所说的那些令她不快的话,她似乎早已忘得一干二净。一个礼拜天下午,温特博恩和姑母一起去圣彼得教堂时发现,黛西在那位形影不离的乔万内尼的陪伴下,正在大教堂周围溜达。他立刻将姑娘和她的骑士指给科斯特洛夫人看。夫人透过镜片望了一眼,然后对温特博恩说:

"你这几天总是闷闷不乐,就是为了这个吗?"

"我一点也不知道自己闷闷不乐呀。"小伙子回答。

"你一副神魂颠倒的样子,肯定是在想什么心事。"

"那依您看,"他问道,"我在想什么心事呢?"

"你在想那位小姐——贝克小姐,还是钱得勒小姐——她叫什么来着?哦,米勒小姐和那位小理发匠之间的勾当。"

"这么一种在光天化日下发展的关系,您认为是勾当吗?"温特博恩问道。

"这是他们的愚蠢,"科斯特洛夫人说道,"而不是他们的美德。"

"不,"温特博恩以某种他姑母所说的忧郁的口吻反驳道,"我并不相信他们之间存在着所谓的勾当。"

"我已听到不少人说起这件事了。据说她已完全被他迷住了。"

"他们的确非常亲密。"温特博恩说。

科斯特洛夫人又一次用镜片察看了一下那对年轻人。"他很英俊。明眼人一看就知道是怎么回事了。她肯定把他当做世上最最优雅的男子,最最出色的绅士了。她以前从未见到过像他这样的男人,他甚至比那位随从还要令她欢喜。兴许正是那位随从将他引见给她的。如果他能娶到小姐的话,随从会得到一大笔酬金的。"

"我想她不会答应嫁给他的,"温特博恩说,"而且他也不会指望娶到她的。"

"可以肯定她的大脑一片空白,就这样一天天瞎混日子,就像黄金时代的人们那样。我再也想象不出比这更庸俗的生活了。"接着科斯特洛夫人又加上一句,"同时,毫无疑问,她随时都会告诉你她已'订婚'。"

"我觉得乔万内尼不会有这种非分之想。"温特博恩说。

"谁是乔万内尼?"

"就是那个小个子意大利人。我打听过他,了解了一些情况。他显然是个很正派的人。我相信,他是个俭朴的律师大人。① 但他还没进入所谓的上流社会。您刚才说,也许是那位随从将他引见给她的,我觉得这并非完全不可能。他显然深深迷上了米勒小姐。如果说她把他当做世上最最出色的绅士的话,那他也从未接触过这么光彩照人、大富大贵的小姐。再说,在他看来,她一定极为漂亮,十分动人。我怀疑他连做梦都不敢想要娶她。他一定觉得这样的好运自己是绝不可能碰上的。他除了一张漂亮的脸蛋,什么也没有。而那片神奇的美元世界里却有一位财大气粗的米勒先生。乔万内尼知道自己没有任何头衔。要是他是个伯爵或是侯爵,那该多好啊!他没料到他们竟然接纳了他,一定为自己的鸿运而惊叹不已哩。"

"他很清楚这全靠那张漂亮的脸蛋,而且还认定米勒小姐又是个轻佻任

---

① 原文为意大利文。

性的姑娘！"① 科斯特洛夫人说道。

"一点没错，"温特博恩接过话头，"黛西和她妈妈由于缺乏一定的——怎么说呢？——文化素养，根本还没有伯爵或侯爵的概念。我觉得从智力上来看，她们还无法想到这一点。"

"是啊！但那位'律师大人'并不这样想，"科斯特洛夫人说。

那天，在圣彼得教堂，温特博恩收集到了足够的有关黛西的"勾当"的证言。科斯特洛夫人坐在一张小凳子上，紧挨着一根巨大的壁柱。十来个生活在罗马的美国移民纷纷前来和她聊天。在优美动听的圣歌和风琴声中，晚祷正在顺利进行。与此同时，科斯特洛夫人和她的朋友们却在大谈特谈可怜的米勒小姐，痛斥她实在"太过分了"。温特博恩听到这些，很不高兴。然而，当他踏上教堂高大的台阶，看到走在前面的黛西和她的同谋登上一辆敞篷马车，驶向罗马那些散发着玩世不恭味道的街道时，他自己也不得不承认，她的确"太过分了"。他为她感到深深的遗憾，倒不全是因为他觉得她已完全丧失了理智，而是因为听到人们将如此美丽、自然、毫无戒备的一切同混乱、无序、庸俗不堪的世界相提并论，实在令人痛心。在此之后，他曾试图暗示过米勒夫人。一天，他在科索大街遇见一位朋友，朋友和他一样也是个旅行者，刚刚浏览过美丽的画廊，从杜丽亚宫出来。那位朋友谈论了一会儿挂在宫中的委拉斯开兹②的杰作——教皇英诺森十世的绝妙画像，然后说道："在同一间房间里，我有幸欣赏到另一幅截然不同的画面——就是你上星期指给我看的那个漂亮的美国女孩。"在温特博恩的追问下，他说那个漂亮的美国女孩和一个同伴一起坐在一个僻静的角落，那里恰好悬挂着大教皇的画像。那个女孩显得比平时还要漂亮。

"她的同伴是谁？"温特博恩问。

"一个小个子意大利人，纽孔中插着一束花。姑娘漂亮极了。但我记得不久前你说过，她是一位来自上流社会的小姐。"

"正是！"温特博恩回答。他在确定那位朋友五分钟前刚刚见过黛西和她的同伴后，跳上一辆马车，立刻前去拜访米勒夫人。夫人在房间里，但她抱歉说黛西不在家里。

"她和乔万内尼先生一起出去了，"米勒夫人说，"她总是和乔万内尼先

---

① 原文为法文。
② 委拉斯开兹（1599—1660），西班牙画家。

生一起四处溜达。"

"我发觉他们很亲密,"温特博恩说道。

"哦,看起来好像他们谁也离不开谁似的!"米勒夫人说道,"是啊,不管怎样,他是个地地道道的绅士。我不断地对黛西说,看来她已订婚了!"

"黛西怎么说?"

"哦,她说她并没有订婚。但她还是订婚了的好!"这位毫不偏袒的母亲接着说道。"她整天那副样子,就像订了婚似的。她不告诉我的话,乔万内尼已答应会告诉我的。我该写信告诉米勒先生一声,你觉得如何?"

温特博恩回答说他完全赞成。黛西妈妈的心态在父母监护史上真是前所未有,令他震惊万分,因此他觉得完全没有必要再多此一举,提醒她注意保护自己的女儿。

从此之后,黛西老是不在家,温特博恩在那些熟人家中也再没有看到她的身影,因为他注意到,这些精明人个个都认定她太过分了。他们不再邀请她做客,而且还表示要向敏锐的欧洲人郑重宣布,尽管黛西·米勒小姐是个美国姑娘,但她的行为并不具有代表性,就连她的同胞们都认为她的行为很不正常。温特博恩不知道,面对别人冷淡的后背,她究竟有何感觉。有时,当他怀疑她对此竟浑然不觉时,感到十分恼火。他对自己说,她实在太轻浮,太天真,太缺乏教育,太盲目冲动,太粗俗了,根本不会好好反省一下自己所受到的排斥,甚至连起码的意识都没有。但另一些时候,他又相信其实她很清楚自己的所作所为,她那优雅但又不负责任的身体里本来就跳动着一颗狂热、敏锐、富于挑战的心嘛。他不禁自问,黛西的这种挑战心理是否源于她的天真意识或鲁莽性格。必须承认,相信黛西"天真无邪"对于温特博恩来说,似乎已变得越来越站不住脚了。正如我曾讲述的那样,他甚至都已开始为自己不得不为她强词夺理地辩护而大为光火。他同样感到恼怒的是,自己竟无法确定她的那些怪癖在什么程度上属于一般的、民族性的,而在什么程度上又属于个人的。但无论怎么看,他都已稀里糊涂地错过了她,现在,为时晚矣。她已被乔万内尼先生"拐走"了。

温特博恩和她母亲匆匆会面后没几天,便在名为恺撒宫的废墟上与黛西不期而遇。那里,景致优美,鲜花盛开。罗马早春的空气中弥漫着馥郁的芬芳,崎岖不平的巴勒登山丘上铺满了宜人的青翠。黛西在一道巨大的护堤废墟上款款而行。废墟周围随处可见长满青苔的大理石和刻着碑文的纪念碑。他觉得,罗马从来没有像此时这么美丽动人。他伫立在那里,眺望着远处城市那迷人而又和谐的线条和色彩,尽情呼吸着微微湿润的芳香,不由得感到,清新的岁月和古老的废墟融为一体,组成了一幅多么神奇的画面啊。他同样觉得,黛西从来没有像今天这么漂亮可爱。实际上,每次见到她,他都会产生这种印象。乔万内尼在她身旁,就连乔万内尼也显得比平时更加神采奕奕。

"哦,"黛西说,"我觉得你一定很寂寞吧!"

"寂寞?"温特博恩问道。

"你总是一个人四处溜达。你就不能找个伴儿陪你走走吗?"

"我可不像你的同伴那么幸运啊,"温特博恩说道。

乔万内尼从一开始就对温特博恩特别客气。他毕恭毕敬地听着温特博恩讲话,每当温特博恩打趣时,他总会小心翼翼地堆起笑脸,仿佛一心想要证明自己相信温特博恩是个十分优越的青年。他的举止丝毫也不像个醋意十足的情人,显然很有心计,即使你让他低三下四,他也毫无意见。有时,温特博恩甚至觉得,要是他们之间能达成某种谅解的话,乔万内尼会大为欣慰的。他会摆出一副聪明人的模样,对他说,天哪,他明白这位小姐多么不同凡响,绝不敢妄想要同她结婚或骗取她的美金。这时,他走到一旁,采了一朵杏仁花,小心翼翼地插进了纽孔。

"我知道你为什么这么说,"黛西望着乔万内尼说,"因为你觉得我老是和他四处溜达。"说完她朝自己的陪同点了点头。

"人人都有这种感觉——要是你想知道的话,"温特博恩说。

"我当然想知道喽!"黛西神情严肃地叫了起来。"但我根本不信。他们只是装出一副吃惊的样子,其实对我的所作所为毫不在意。再说,我也并不经常出门。"

"你会发现他们很在意的,而且还会以某种方式让你难堪。"

黛西望了他一会儿。"什么方式?"

"你一点也没注意吗?"温特博恩问。

"我只注意你。我注意到第一次见到你时,你呆板得就像把伞。"

"你会发现我并不像有些人那样呆板。"温特博恩笑着说。

"我怎么知道呢?"

"只要去看看其他人就行了。"

"他们会拿我怎么样?"

"他们会用冷淡的后背对着你的。你知道这意味着什么吗?"

黛西目不转睛地望着他,脸开始发红。

"你是说就像沃克夫人那天晚上那样吗?"

"正是!"温特博恩回答。

乔万内尼正忙着用杏仁花装扮自己,她看了他一眼,然后又将目光转回到温特博恩身上,"我想你不会允许别人这么刻薄的!"她说。

"我有什么办法呢?"他问。

"我想你该说几句话。"

"我的确说了,"他停顿了一会儿后接着说。"我说你母亲告诉过我,她相信你已订婚。"

"是啊,她相信。"黛西非常干脆地说。

温特博恩笑了起来。"兰道夫也信吗?"他问。

"我想兰道夫什么也不信,"黛西说。兰道夫的怀疑主义态度使得温特博恩越发开心,这时,他发现乔万内尼正向他们走来。黛西也注意到了这一点,但还是和自己的同胞说话。"既然你已提到此事,"她说,"那么我确实订了婚……"温特博恩望着她,收起了笑容。"你不信!"她补充了一句。

他沉默了一会儿,然后说道:"不,我信!"

"行啦,你不会信的!"她说,"好吧,那么——我没订婚!"

年轻姑娘和她的导游向围墙大门走去。温特博恩刚进门,所以不多一会儿便同他们告别了。

一星期后,温特博恩前往一座漂亮的别墅赴宴,那座别墅位于西里安山上。抵达目的地后,他打发掉了雇用的马车。那是个迷人的夜晚。他打算好好尽一尽兴,回去时穿过康斯坦丁拱门和古罗马广场那些隐约闪烁的遗址,一路走回家去。空中,一轮微暗的月亮被一片薄帘似的白云遮掩着,放射出苍白的光华。从别墅回来的途中(已经十一点了),温特博恩走近昏暗的圆形剧场,突然想到,作为一个爱好美景的人,在微弱的月光下,场内的景致必定值得一看。他转向一边,朝一座空荡荡的拱门走去。这时,他发现有辆敞篷马车,就是那种小巧玲珑的罗马街车,停在拱门附近。在雄伟建筑洞穴状的阴影中,他走进场内,登上清晰而又寂静的竞技场。这片古址从未像今夜这样令他心醉神迷,巨大的竞技场有一半陷于浓重的阴影之中,另一半则在朦胧的夜色中沉睡。他伫立在那里,不由得低声吟诵起拜伦的诗剧《曼弗雷德》中的著名诗句。但还没念完,他就想起,夜间沉思尽管诗人们津津乐道,可医生们却极力反对。不错,这里的确充满了历史氛围,然而,从科学角度来看，历史气氛并不比恶劣的瘴气要好多少。温特博恩来到竞技场中央，打算泛泛看上一眼，然后便赶紧离开。阴影笼罩着竞技场中央那个巨大的十字架，走到跟前时他才算看了个清楚。就在这时，他发现十字架底部的台阶上有两个人，其中一位女子坐着，她的同伴则站在她面前。

不一会儿，那位女子的说话声透过温和的夜间空气，清晰地传了过来。"嘿，他盯着我们的样子，就像狮子或老虎盯着基督殉难士那样！"他听出这是黛西·米勒小姐熟悉的声音。

"希望他不至于太饿了，"机灵的乔万内尼答道。"他会先吃了我的，你可以当甜点！"

温特博恩停住脚步，感到一丝惊恐，但与此同时，必须补充说明的是，他也感到一阵轻松。仿佛有道强光一下子照清了黛西那捉摸不定的行为举止。谜底已很容易解开。她是那种男士不必再努力尊重的年轻女子。他站在那里，望着她，望着她的同伴，并没有想到，尽管自己只能模模糊糊地看到他们，但他们必定已清清楚楚地看到了站在亮处的他。他痛恨自己，竟然为如何正确看待黛西·米勒小姐而费尽心机。然而就在他打算重新迈动脚步时，又一下子抑制住了自己的情绪；倒不是担心会对她有失公允，而是觉得自己这样一反常态，幸灾乐祸，显得有失体统，实在危险。他转身朝出口处走去，但就这时，他又一次听见了黛西的说话声。

"啊哟，原来是温特博恩先生啊！他明明看见了我，却装作没看见！"

多么聪明的轻浮女子啊！她居然装出一副无辜的样子。但他不会装作没看见她的。温特博恩重又转过身，向大十字架走去。黛西站起身来，乔万内尼举了举帽子。温特博恩此时纯粹从卫生角度考虑，认为一位纤弱的姑娘深更半夜在疟疾窝里闲荡，真是疯了。即使她是个聪明的轻浮女子，又怎么样呢？也不能因为这点而让她死于瘴疠啊。"你们在这里待了多长时间了？"他几乎粗暴地问道。

宜人的月光下，黛西显得格外动人。她看了他一会儿，然后轻声地回答："整整一晚上……我从没看见这么美的地方。"

"恐怕，"温特博恩说，"你会觉得罗马热病很好玩吧。人们就是这样得病的。我真不明白，"他转向乔万内尼，"你这个罗马当地人，怎么也会这样不加小心。"

"哦，"那个漂亮的当地人说，"我自己倒是不怕。"

"我也并不——为你担心！我是在为这位小姐着想。"

乔万内尼抬了抬那两道漂亮的眉毛，露出满口雪白的牙齿，但还是乖乖接受了温特博恩的指责。"我告诉过小姐，不能这样瞎胡闹，但小姐什么时候小心过呢？"

"我从没得过病，也不想得病！"小姐大声表示，"我看上去很弱，实际上很健康！我打定主意，非要看看月光下的竞技场，否则绝不回家。我们玩得很开心，对吗，乔万内尼先生？要是有什么危险的话，欧金尼奥会给我一些药片的。他弄到了一些很好的药。"

"我建议你，"温特博恩说，"赶紧坐车回家，吃上一片药！"

"你说得很对，"乔万内尼附和道，"我这就去预备好马车。"他说完疾步向前走去。

黛西和温特博恩跟在后面。他一直望着她。她好像一点也不尴尬。温特博恩一声不吭。黛西却说个没完，夸这地方如何之美。"哦，我终于看到了月光下的竞技场喽！"她兴高采烈地说。当她发现温特博恩沉默不语时，问他为什么不说话。他没有回答，只是笑了笑。他们穿过一座幽暗的拱廊。乔万内尼和马车就在前面。黛西走到这里，停下来，看了看美国小伙子。"你前段时间真的相信我订婚了吗？"她问道。

"我前段时间信什么，并不重要。"温特博恩笑着回答。

"那么，你现在怎么想？"

"我想，你订不订婚，关系不大！"

他感到，年轻姑娘那双美丽的眼睛正透过拱廊浓重的黑暗紧紧望着他。她显然想要答话。但乔万内尼正一个劲儿地催她。"快！快！"他说，"我们如能在午夜前赶回家，就十分保险了。"

黛西坐上了马车，那个幸运的意大利人紧挨着她坐下来。"别忘了问欧金尼奥要药片！"温特博恩举了举帽，提醒道。

"得不得罗马热病，"黛西以略显奇怪的语调说道，"我才不在乎哩！"话音刚落，车夫扬起鞭子，吧嗒一声，于是他们便沿着坎坷不平的古道向前驶去。

说句公道话，深更半夜在竞技场撞见黛西和一位男士在一起这件事，温特博恩根本没对任何人提过。然而，两三天后，小小的美国人的圈子里大家全都知道了黛西的这一越轨行径，并开始说三道四。温特博恩寻思，他们肯定是从饭店里听到这件事的，因为黛西回来之后，门卫和车夫必然要聊上几句。但与此同时，小伙子意识到，他对那位美国风流小姐遭到下等仆人"议论"这种事，不再感到特别遗憾。一两天后，这些人传出了一个令人担忧的消息：那个喜欢打情骂俏的美国姑娘得了急病。温特博恩得知后立刻赶到饭店，了解详情。他发现已有两三个好心的朋友先到了，兰道夫正在米勒夫人的客厅里招待他们。

"都是夜间出游给害的，"兰道夫说，"要不然她不会得病。她老是夜里出去。我觉得她不该这样。这里，晚上黑得要命，没有月亮时，你什么也看不见。美国天天晚上都有月亮！"米勒夫人没有露面，至少现在正陪伴在女儿身旁哩。显然，黛西病情危急。

温特博恩三天两头前去打听她的消息，有一回见到了米勒夫人。他感到惊讶的是，虽然她内心十分恐慌，但表面上极为镇静，而且看来是位极能干、极果断的护士。她常常说起戴维斯大夫，但温特博恩还是对她表示敬意，心想她毕竟还不十分愚蠢。"黛西几天前谈到你了，"她告诉他，"有一半时间，她并不知道自己在说什么，可那一次我觉得她很明白。她要我捎个口信。她要我告诉你——她要我告诉你，她从没和那个漂亮的意大利人订婚。我真的很高兴。自从她病了之后，乔万内尼先生一次也没来过。我还以为他真是一位绅士哩，但这样可不礼貌啊！一位太太告诉我说，他害怕我会埋怨他，会怪他常常在晚上带着黛西出去。不错，我的确生他的气。但我想他该明白，我可是个有头有脸的太太呀。我都不屑去责骂他。不管怎样，她说她没有订婚。我不明白为何她想让你知道这件事。她对我说了三次：'务必告诉温特博恩先生。'她还让我问你，是否还记得瑞士的那次古堡之行。但我说：这样的话告诉你做什么。只是她没有订婚，这件事我真的很高兴。"

正如温特博恩所言，她订婚与否已无关紧要。

一个星期后，可怜的姑娘死了，因为她得的是非常厉害的热病。黛西被安葬在一座小小的新教墓地里，墓穴紧挨着罗马皇宫城墙，周围有柏树和迎春花环绕。温特博恩和其他一些送葬者伫立在墓前。出乎意外的是，这位小姐生前遭人非议，死后却有这么多人前来送葬。乔万内尼就站在他附近，在温特博恩打算转身前，他凑了过来。乔万内尼脸色苍白，这一回纽孔上没插鲜花，似乎有话要说。最后他终于开口说道："她是我所见到过的最最美丽、最最亲切的姑娘。"片刻之后，他又补充了一句："也是最最天真无邪的姑娘。"

温特博恩望着他，然后重复道："最最天真无邪？"

"最最天真无邪！"

温特博恩感到怒不可遏。"你究竟为什么要带她到那种要命的地方去呢?"

乔万内尼依然沉着冷静,一副温文尔雅的样子。他低头望了一会儿地面,然后说道:"我自己倒不怕,可她非要去不可。"

"这不是理由!"温特博恩大声说道。

狡猾的罗马人重又垂下了眼睑。"即使她活着,我也什么都得不到的。我可以肯定,她绝不会嫁给我的。"

"她绝不会嫁给你吗?"

"我曾一时产生过这种念头。但这只是非分之想,我敢肯定。"

温特博恩听着,两眼目不转睛地望着四月雏菊丛中的新坟。当他再次转过身来时,乔万内尼先生已迈着缓慢的步子,悄然退去。

温特博恩几乎立即离开了罗马。第二年夏天,他再度来到沃韦,看望姑母科斯特洛夫人。夫人十分喜欢沃韦。温特博恩触景生情,不时会想起黛西·米勒以及她那神秘莫测的举止。一天,他对姑母谈起了她——说自己总觉得对她不够公正。

"我实在不明白,"科斯特洛夫人说,"你怎么会对她不够公正呢?"

"她弥留之际曾给我留话,可当时我没有明白,后来才理解了她的苦心,她期望能得到人们的尊重。"

"你是否想婉转地说,"科斯特洛夫人问道,"她也会报答人们的慈爱?"

温特博恩没有回答这一问题,但过了一会儿却说:"去年夏天,您说过的一句话看来是对的。我注定要铸成大错。我在国外实在待得太久了。"

不过,他还是回到了日内瓦生活。至于他在那儿长期居住的原因,依然有两种截然不同的说法:有人声称他正在努力"学习";还有人暗示他对一位非常聪明的外国小姐极有意思。

螺丝在拧紧

[美国] 亨利·詹姆斯 著
邹海仑 译

　　圣诞节的前夜，在一座旧宅里，我们围着炉火团团而坐，刚刚听到的故事使我们一个个毛骨悚然，紧张得透不过气来。我记得，当时有人随口说了一句大实话——这个故事可够吓人的，故事要离奇够味儿就得这样儿。此外，一时众人无话。过了半晌，才有人接过话头，说他还从来没有碰见过这样的事儿，报应居然落到了一个孩子的头上。我可以告诉诸位，那个故事讲的，就是在像我们聚会的这么一所古旧宅子里，闹上鬼了——一个面目狰狞的厉鬼，向一个正在房里和妈妈睡觉的小男孩显了形。孩子心惊胆战之下把他妈妈也弄醒了；鬼把孩子妈妈弄醒可不是为了让她给孩子壮胆，哄他重新入睡，而是要她本人也先见识见识刚才让小孩丧魂落魄的场面。正是后来的这番议论引得道格拉斯做出了反应——他倒不是马上就有所表示，而是在那天更晚些时候——他的反应显然还有令人感兴趣的下文，这引起了我的注意。当时另外有人讲了一个没有引起多少反响的故事，我见他没有跟着讲下去。但是我却看出他也有自己的故事要讲，不过我们还得等等。事实上，我们这一等就等到了两天以后的晚上。但是在当天晚上大家曲终人散之前，他还是说出了心里的事儿。

　　"我完全同意格里芬说的，那个鬼魂或什么东西——它首先向一个年龄那么小的男孩显形发难，才使这个故事特别扣人心弦。但是就我所知，要说牵涉到小孩的动人的鬼故事，这可并不是头一个。既然那个小孩就像用扳手拧螺丝把这个故事的紧张气氛又拧紧了一扣，那么你们说说看，要是这种故事里有的不是一个而是两个小孩，那又将如何——？"

　　"那当然是把故事又拧紧了两扣三扣，让它加倍地扣人心弦呗！"有人回答道，"我们还真想听听他们的故事呢。"

　　我能看见道格拉斯这会儿就在炉火前边，他背对着炉火站起身来，双手插在衣兜里，低头打量着他的对话者。"到目前为止，除了我，还没有人听过这个故事呢。这个故事着实是太吓人了。"这句话一说，自然引得有几个声音纷纷表示，为听听这个故事不惜付出任何代价。我的朋友颇懂得怎么卖关子，他把目光转向我们其余的人，继续说道："这个故事和所有的鬼怪故事都不是一码事儿。就我所知，所有故事和它一比，都成了小巫见大巫。"

"因为它特别瘆人？"记得当时我这样问道。

他似乎是想说事情没那么简单，但是一时也实在不知道怎么来形容它才好。他把一只手在眼前挥了一下，做了个惊恐万状的鬼脸。"因为非常可怕——可怕得要命！"

"嘿，太带劲儿了！"一个女人喊道。

他并没有理她，而是在看着我，不过他也好像并没有看见我，倒是看见了他说的东西。"因为那种不可思议的邪恶、恐怖和痛苦。"

"既然如此，"我说道，"就马上坐下来开讲吧。"

他转身对着炉火，把一根木柴棒子踢了一脚，看了它片刻。然而，当他再次面对我们大家的时候，却说："我眼下还不能开始讲。我得给城里发封信。"对此，人群中发出一片的不满声，很多人都对他口有烦言；不满声平息之后，他胸有成竹地解释道："这个故事已经写成了书稿。就锁在一个抽屉里——它已经有好多年不见天日了。我得给我的仆人写封信，把抽屉的钥匙装在信封里一块寄去；他找到装稿子的大信封，会把它寄来的。"他显得好像特意在对我提出建议——简直像在恳求我，让我帮助他打消犹豫。就算他自有理由，长时间保持沉默，但他已经打破了坚冰，打破了那几多严冬的造物，开口了。虽然其他人讨厌他的拖延，但是他的迟疑却令我着迷。我恳求他写信，明晨第一班邮车就送出去，并让他答应让我们尽早听到故事。然后我问道，他说到的这段故事是否就是他的亲身经历。对我的问题，他立即做出了答复："啊，感谢上帝，绝对不是！"

"那么，是你记录的吧？是你把这件事情写下来的吧？"

"不，我写下的不过是一些印象。我把它装在这儿了——"他拍拍自己的心口。"我永远也忘不了啦。"

"那么你说的那份手稿——？"

"是用墨水写的，因为年久日深，已经褪色了，但是笔迹非常漂亮。"他又有些迟疑不决地说道，"那是一个女人的笔迹。她去世已经有二十年了。她临死前把这些篇章寄给了我。"大家这会儿都在听着，当然有人在玩世不恭地调侃两句，也有的人在做出某种推测。但是，他在听到这些议论的时候，既没有一丝微笑，也没有半点发怒的表示。"她是一个非常迷人的女人，但是她比我大上十岁。她是我妹妹的家庭教师，"他平静地说道，"就我所知，在身处那种地位的女人里，她是最令人愉快的一个；为了她，真值得付出一切。那是很久以前的事了，这段插曲也已经过去很久了。当时我在三一学院上学，在我回家度第二个暑假的时候，在家里遇见了她。那年我在家里度过了不少时光——那是一段美好的岁月。在她没课的时候，我们常常在花园里散步、聊天——这些交谈给我留下了深刻的印象，使我感到她非常聪明伶俐，心地善良。哦，真的，请不要咧嘴发笑：我非常喜欢她，并且直到今天，一想到她也很喜欢我，我就感到十分高兴。如果她不喜欢我，她是不会对我坦言的。她从来没有把我们的事告诉任何人。并非仅仅因为她那么说，我知道她没有告诉过别人。我敢肯定；我能看得出来。你们听了故事就很容易判断出这是为什么。"

"因为这件事非常可怕？"

他继续把目光集中在我身上，说："你们会很容易做出判断，"他重复道，"你们会得出结论的。"

我也把目光盯住他。"我明白了。她当时在恋爱。"

他第一次笑了起来。"你真是目光如炬。不错，她当时坠入了情网。她曾经爱过。但爱情已经暴露了——如果不是恋情已经暴露，她是不会讲述自己的故事的。我看出了她在爱着，她也知道我看出了这一点；但是我们俩都心照不宣。我记得那段时刻和那个地方——在草坪角落里，那些高大的山毛榉树投下浓荫，还有那漫长而炎热的夏日的下午。那绝不是一个令人发抖的场景；但是，哦——！"他离开了炉火，坐回到自己的椅子上。

"星期四早晨你就能收到那个邮包了吧？"我问道。

"可能收不到，也许要等第二班邮车。"

"那么好吧；晚饭以后——"

"你们大家都和我在这儿碰头吗？"他又环视着我们。"现在有人要走吗？"他的话几乎带出了想走的意思。

"大家都想留下！""我想留下——我要留下！"一些本来已经决定离开的夫人小姐纷纷喊道。而格里芬太太表示想要知道更进一步的情况。"她当时究竟爱上了谁？"

"故事会讲到的。"我挺身而出，回答道。

"嘿，我等不及了，现在就要知道！""这个故事不会讲到的，"道格拉斯说，"不会像聊家长里短似的给您原原本本缕述一遍。"

"那就更惨了。我只会那么听故事。"

"你不想讲吗，道格拉斯？"另外有人问道。

道格拉斯又站了起来。"是的——明天再讲。现在我得去睡觉了。晚安。"接着，他迅速拿起一个烛台，快步离去，搞得我们有些不知所措。在棕色大厅的这一头，我们听见他上楼梯的咚咚脚步声；对此，格里芬太太说道："妙，如果说我不知道当时她爱着谁，我却知道'他'是谁了。"

"她比他大十岁呢。"她丈夫说道。

"那是次要的①——在那种岁数！不过真够绝的，他沉默的日子可真是不短呢。"

"四十年呢！"格里芬先生插嘴道。

"这下终于漏了口风。"

"口风一漏，"我回答道，"将使星期四晚上盛况空前。"在座的所有人都同意我的看法，大家这么一想，别的事情就都不去计较了。刚才的这个故事虽然并不完整，但是就好像一个系列故事的开场白，毕竟已经讲完了；于是我们大家纷纷握手告别，就像有人说的——"吹灯拔蜡"，去睡觉。

第二天我得知，那封装着钥匙的信已经随着第一班邮车送往道格拉斯在伦敦的公寓；也许正是由于——最后大家都知道了这种情况，我们便毫不干扰他，一直到晚饭以后。其实直到晚上的这个时候，我们大家的愿望才可能圆满实现。这时，他已经变得像我们指望的那样十分健谈，而且他的确作出了最好的解释，使我们理解了他这样做的初衷。在大厅的炉火前，他又勾起了我们的好奇心，那情形就和前一个夜晚一模一样。看来，对于他答应给我们朗读的这段故事，还真的需要适当的交代一下，再啰唆几句。请允许我在这里说清楚，这个故事，是我自己很久以后抄写的一个尽量忠于原稿的副本，我马上要讲的就是从这上面来的。可怜的道格拉斯，在他看到自己即将不久于人世的时候，把那份手稿委托给我。那份手稿是他在我们那次聚会之后第三天收到的，就在同一个地点，第四天晚上，我们一小群人一声不响，听他开始给我们朗读那份手稿，朗读的效果十分惊人。那些原来说要留下来的太太小姐，当然并没有留下了；感谢上天，她们已经纷纷离去。她们是按

---

① 原文为法文。

照原定的计划走的，正像她们自己承认的，走时还怀着强烈的好奇心，这全是他造成的。不过，她们的离去，只是使他坚持到最后的听众更加紧凑、精干，使这些围在壁炉旁继续听故事的人，统统沉浸在毛骨悚然的感觉之中。

  故事给我们的第一印象是，这份手稿是在真正的故事已经开始了一段时间以后，才开始叙述的。从道格拉斯的叙述中我们得知，他的那位老朋友，是一个贫穷乡下牧师的小女儿，当时芳龄二十，第一次来伦敦担任家庭教师。她心惊胆战地亲自来应聘，为此她已经和刊登广告的人进行了一番简短的书信来往。那个人要求她本人前往哈雷街的一所府邸面试，再决定弃取。这座府邸给她的印象是既轩敞宏大又富丽豪华——她发现这位未来的主人是一位绅士，是一位正当壮年的单身汉。对于一个出身于汉普郡教区牧师家庭的年轻姑娘来说，这样的人物除了在梦中或旧小说中见过之外，实在是从来无缘谋面。然而此刻他就站在这位心慌意乱的姑娘面前。人们能够毫不费力就记住他的仪表，令人高兴的是，他的这种仪表从没有改变。他相貌英俊，大胆豪爽，天性快乐，举止随便，笑口常开，宽厚仁爱。不可避免，他给她留下了一个豪爽热情的绝好印象。但是给她印象最深的是，他对她说起她应聘这件事，倒好像是她给予他的一种恩惠，一种关照，他应该感恩戴德才对。这使她平添了一种勇气，并在日后表现了出来。她看出他虽然腰缠万贯，但也挥金如土——她看见他总是置身于上流社会令人炫目的光彩之中，总是和最时髦的穿戴谈吐，最漂亮的姿态容貌，和种种一掷千金的习惯，和与女人们打交道时令人着迷的风采联系在一起。在他城里的寓所里，他有一个大房间里装满了各种旅游纪念品和一箱箱的纪念物、收藏品。但是他希望她马上去的地方，却是他在乡下的家，一个在埃塞克斯的古老府邸。

  两年前他失去了自己当军官的弟弟。他的弟弟夫妇俩死于印度，于是他成了他们留下的孩子——一个小侄子一个小侄女的监护人。这两个孩子成了他的沉重负担，因为对于像他这样处境的一个男人——单身汉，既没有这种经验也没有这种耐心。两个孩子落到他手里，完全是因为最让人意想不到的飞来横祸。他自己得到弟弟的死讯，当然是哀痛不已，心神恍惚。他极为可怜这两个失去父母的孩子，尽其所能地为他们做了所有事情；并且特意把他们送到他的另一处宅邸，对于孩子们来说，最合适的地方当然是乡下，他让他们住在那里。从一开始，就让他能找到的最好的人来照顾他们，他甚至派了几个他自己的贴身仆人去伺候他们，并且只要有可能，他总是亲自下乡去看他们干得怎么样。难办的是，实际上这两个孩子再没有别的亲戚，而他自己的各种事情已经占满了他的全部时间。他已经把他们安顿在布莱庄园，这里对孩子们来说既有益于健康又十分安全。并且给他们这个小小的新家任命了一个管家——格罗斯太太，她只负责管理仆人们的事情。她是一个很出色的女人，他相信他的客人一定会喜欢这个女人，她从前是他母亲的女仆。她现在是管家，这时也作为那个小姑娘的监管人。她自己并没有孩子，所幸的是她特别喜欢孩子。在这座乡村府邸里，有很多人帮忙，但是当然这位将成为家庭女教师的年轻小姐应该享有最高权威。在假期里，她还得照顾那个小男孩。那个男孩上学已经有一个学期了——这个年龄就被送去上学是小了一点儿，但是不这样又有什么办法呢？——而且假期就要来到了，他还有一天就要和妹妹在一起了。这两个孩子最初也有一位年轻小姐负责照顾，但是他们不幸失去了她。那位小姐把他们照顾得非常好——她是一位最令人尊敬的人——直到她不幸死去。她的去世的确给布莱庄园带来很大的困难，因为没有人能代替原来的家庭女教师，只好把小迈尔斯送到学校去。从那以后，格罗斯太太在各方面尽心尽力地照顾小姑娘弗洛拉。在这所乡间府邸里，还有一位厨娘，一个女仆，一个负责给奶牛挤奶的女人，一匹年老的矮种马，一个老马夫和一个老花匠，他们也都是一些非常可敬的人。

就在道格拉斯把故事娓娓道来的时候，有人提出了一个问题。"既然那位前任家庭女教师那么可敬——那么她是怎么死的呢？"

我们的朋友立即作出了回答："以后要讲到的。不过，我不提前讲它。"

"请原谅——我认为您应该讲的恰恰是这一点。"

"处在她的继任者的地位，"我提出，"我会希望知道是否是这个职务带来了——"

"对生命必不可免的危险？"道格拉斯说出了我心中的想法。"她的确希望知道，而且她确实知道了。你们明天就会听到她了解到的情况。当然，与此同时，这种前景给她留下深刻的印象，使她感到稍微有些可怕。她年轻，没有经验，有些胆小，但是摆在她面前的却是重大的责任，很少有伙伴，以及真正巨大的孤独。她犹豫了——花了一两天工夫去征求别人的意见并仔细考虑。但是对方提出的工资大大超出了她不高的期望，在第二次拜访时，她面对着这样优厚的条件，便签订了合同。"道格拉斯讲到这里便停顿下来。为了在座的各位听众的利益，我插嘴说道——

"这个故事的教训当然是这个出类拔萃的年轻男人进行了引诱。而她向这种引诱屈服了。"

他像前一天晚上那样站了起来,走到火旁,用脚把一根木柴棒蹬了一下,然后背对着我们站了片刻:"她只看见过他两次。"

"是呀,这正是她的情感动人之处。"

使我感到有些惊讶的是,一听到这话,道格拉斯便朝我转过身来。"那的确是她的动人之处。有过一些其他人,"他继续说道,"她们并没有向这种引诱屈服。他毫无保留地把他的困难都告诉了她——尽管条件十分优厚,但是已经有几个申请这份工作的人退缩了。不过,她们仅仅是出于害怕。这听起来让人摸不着头脑——听起来很奇怪;然而更令人奇怪的是他提出的主要条件。"

"是什么——?"

"那就是她必须绝不要麻烦他——绝对不许:既不要提要求,也不要发怨言,也不要写信谈任何事情;完全由她自己来应付所有的问题,所有钱都由他的律师支付,她要把整个事情承担起来,而让他一个人清静清静。她告诉我,当她答应了这些条件以后,他一下如释重负,喜出望外,把她的手紧握了一会儿,感谢她作出的这种牺牲,而她感到已经得到了报偿。"

"难道这就是她得到的全部报偿?"一位女士问道。

"从此后她再也没有见过他。"

"啊!"那位女士感叹了一声。因为就在这时我们的朋友再次立即离开了我们,所以这声感叹就成了当晚人们就这个话题说的唯一重要的话。第二天晚上,在壁炉边,我们的朋友坐在一把最舒适的椅子上,打开了一本褪色的笔记簿。这是一本红色封面、镶着金边的老式笔记簿。这整个故事讲了不止一个晚上,但是就在这开始的一次,那位女士又提出了另一个问题:"你讲的故事题目叫什么?"

"我还没有题目。"

"啊,我可是有一个!"我说道。但是道格拉斯没有注意我,他已经开始用一种优美清晰的语调朗读起来,好像要让我们从中听到他那位美丽的作者的手沙沙书写的声音。

一

我记得一开始我的心情就像十五个吊桶打水,七上八下的,一会儿觉得自己是对的,一会儿又觉得错了,心情很紧张。在进城和他见面答应了他的请求之后，我有那么两天心情非常不好——发现自己又心头充满疑团，感到自己确实犯了一个错误。在这样一种心态之下，我花了好几个小时乘着颠簸摇晃的公共马车赶到那个停车场。事先约好在那里有一辆从布莱庄园来接我的车。有人告诉我，为了我的旅行方便已经做好了这个安排。到达那个停车场后，我发现在这六月末近黄昏的时刻，一辆宽敞的旅行轻便马车正在等候着我。在一个风和日丽的下午，乘着马车穿过一片乡间，那美好的夏日景色似乎在向我表示欢迎，我的顽强意志又振作起来了。当我们拐上林荫道，我的心情愈加轻松，可能这就是这座府邸远离尘嚣的证明。我曾经忧心忡忡的担心等待着我会是一些令人十分忧郁沉闷的东西，但是迎接我的却是一个惊喜。我记得最令人高兴的是那府邸的宽敞干净的正面，它的一扇扇敞开的窗户，清洁的窗帘，还有两个女仆隔窗向外眺望；我记得那茵茵的草坪五彩缤纷的花朵，我坐的马车的轮子在卵石上咔嚓咔嚓碾过的声响，翁郁的树冠之上，是白嘴鸦在洒满金光的天空中盘旋鸣叫。这幅景象具有一种大家风范，与我自己家局促狭小的气氛截然不同。这时门口很快出现了一个女人，手里领着一个小姑娘。她彬彬有礼地向我行了一个屈膝礼，好像我是这家的女主人或是一位贵客。在哈雷街的时候，我已经获得了关于这里情况的比较粗浅的印象，现在当我回忆起他的介绍，使我认为这位主人的确是非常有绅士风度，他不仅没有夸张，而且使我享受到了比他答应的更为优厚的待遇。

  一直到第二天，我的情绪再也没有低落下去，因为在随后的几个小时里，我被介绍给我的学生，这使我一直处于一种情绪高昂愉快的心境里。那个和格罗斯太太一起出现在门口的小姑娘是一个非常可爱迷人的小家伙，使人觉得和她在一起是一种极大的快乐。她是我所见过的最为漂亮的小姑娘，我后来搞不明白为什么我的那位雇主没有更多地向我讲讲她的情况。那一夜我几乎彻夜未眠——我太兴奋了；这也令我感到惊讶，我回忆着，躺着不动，这使我更加感到人们对我是多么慷慨大方。这个给人以深刻印象的巨大房间，是这个府邸中最舒适的房间之一，还有那张华丽的大床，装有长长的带花的帷幔，我好像现在还能摸到它，房间里还有一些落地长镜，在那些镜子里，第一次，我能够从头到脚看到完整的我自己，这些都震动了我——就像那个由我照顾的非凡美丽的小姑娘——就像一下发生的那么多的事情，使我兴奋异常。我和格罗斯太太的关系，从第一刻开始就很好，然而，在我来这里的路上，在马车上，我还担心不好处呢。说真的，在一开始唯一可能使我又有一点担心的事情是她显然那么高兴见到我的样子。我不到半个小时就看出她非常高兴——这个身材敦实的女人，心地单纯，开朗，干净利索——她确实在极力掩饰，想不让自己的这种高兴劲儿太暴露了。我当时甚至有点感到奇怪，既然她欢迎我的到来，为什么她又不愿意暴露出自己的真实心情呢？对此的琢磨和怀疑，自然引起了我的不安。

但是令人安慰的是，那个光彩照人的小姑娘的样子绝对和不安联系不到一起。也许正是她那天使般的美丽使我辗转反侧，彻夜难眠。心里想着她，我在黎明前起来了几次，在自己的房间里走来走去，把整个事情思前想后，琢磨什么样的未来在等着我。我还从敞开的窗户看着夏日朦胧的黎明，看着我所能看到的这所府邸的其余部分；同时谛听着，在那逐渐褪去的昏暗中，鸟儿的最初的鸣啭，谛听着那可能再次出现的一两个不太自然的声响，那声响并不是在这座府邸的外面，而是来自它内部，我觉得这可能是我的幻觉。但是有片刻，我确信我是听见了，微弱而遥远，是一个孩子的哭喊声；而后是另一声。这时我吃惊地发现在走廊里，就在我的门前，传来一阵轻轻的脚步声。但是这些又似乎是模糊得令人无法把它们当真的幻觉，我宁可说，这是在明暗交错中，一些别的或后来发生的事情此刻回到了我的心头。要照看、教导和"塑造"小弗罗拉显然就是在创造一个快乐而有用的生命。在初次见面之后，我们在楼下已经一致同意，当然由我在晚上照看她，为此目的，她那张洁白的小床已经在我的房间里安顿好了。我的任务就是全面地照顾她的生活，她和格罗斯太太在一起睡觉，不过是最后一次。之所以这么做，是因为我们考虑到小姑娘难免还会对我感到陌生，而且她天生有些羞怯认生。尽管如此——这个孩子自己却以一种最奇妙的方式，十分坦率而勇敢地承认自己的羞怯，并不扭扭捏捏，她的神情带着一种深深的甜美和宁静，活脱脱是拉菲尔笔下的一个圣婴。她任人议论她，甚至责怪她，这使我们断定——我感到相当有把握，她很快就会喜欢我。当我坐下来吃晚餐的时候，我能够看出格罗斯太太心目中对我怀有一种钦佩和好奇，这也是使我已经喜欢上她的部分原因之一。我们面前有四支蜡烛，我的学生坐在一把高高的椅子上，戴着一个围嘴，高高兴兴地面对着我，在这些之间，摆放着面包和牛奶。当着弗罗拉的面，在我们之间能够传递的东西自然只有一些奇妙而快乐的眼神，和一些含糊而拐弯抹角的暗示。

"那个小男孩——他长得像她吗？他也是这么漂亮吗？"人们是不会奉承一个孩子的。"啊，小姐，他最漂亮了。如果您认为这个就很好的话！"——她站在那里，手里拿着一个盘子，眉开眼笑地看着那个小姑娘，而小姑娘睁着一双宁静的天使般的眼睛,——打量着我们,眼神中没含着任何对我们的怀疑。

"是吗,我可是就是这么看的——"

"那么您会让小少爷迷住的!"

"噢,我想,我来这里就是为了——让人迷住的。不过,我担心,"因为我想起了那个高兴的念头,于是补充道,"我总是很容易让人迷住。在伦敦我就让人迷住了!"

"是在哈雷街吗?"至今我还能想到格罗斯太太插话时,她那宽宽脸庞上的表情。

"在哈雷街。"

"啊哈,小姐,您并不是第一个这样的人——而且您也不会是最后一个。"

"哦,我并没有自命是唯一的一个。"我居然还能笑得出来,"别管它了,我的另一个学生,就我所知,是明天回来吗?"

"不是明天——是星期五,小姐。他像您一样,是坐着公共马车来,有人护送,并且也是由咱们那辆车去接。"

我立即表示,那么,我们应该干一件既亲切、得体又让人高兴的事情,那就是在公共马车到达的时候,我和他的小妹妹一起去接他;对这个主意,格罗斯太太发自内心地表示赞成,她的样子绝没有半点虚假,使我感到十分欣慰,感谢上天!——我们在每一个问题上都是意见一致。哦,她非常高兴我的到来。

我想,第二天我所感觉到的绝谈不上是一种初来的喜悦,当我巡视着我的新环境,凝视着它们,思考着它们,这时涌上我心头的可能最多只是随着对这里的更多了解而产生的轻度的压抑感。周围的环境辽阔而巨大,对它我过去完全没有思想准备,在它面前,我新奇地发现自己感到既有些害怕又有些自豪。由于这种兴奋的情绪,我的课程当然有些拖延了;我琢磨我的首要职责就是,通过我能想出的最温柔的办法,赢得这个孩子对我的了解。我把白天的时间花在和她在室外活动,我安排只让她一个人,来领着我参观这个地方,这给了她以巨大的满足。她展示着它,一步一步地,一个房间一个房间地,一个秘密一个秘密地,一边走一边高高兴兴地说着一些孩子气的笑话,介绍着这里的情况,结果,半个小时以后,我们就成了无话不谈的亲密朋友。通过我们进行的这场小小旅行,给我留下了深刻印象,在一些空洞洞的房间里，在一些阴暗的走廊里，在一些使我为之却步的曲里拐弯的楼梯里，甚至在一个古老的有雉堞的方塔的最高层，到那里连我都感到头晕目眩，然而虽然她这么幼小，却自始至终信心百倍，勇气十足。她早晨说话的动听声音，她要告诉我的事情比她要向我问的要多得多的那种倾向，以及宣布结束在一处的参观让我继续参观下一处的那个样子，都给我留下了深刻印象。自从我离开布莱以后，我再也没有看见过它，我敢说对于我的这双有了更多阅历的眼睛，它现在已经显得小多了。但是，当我的这位长着一头金发的小向导，身穿蓝色长袍，在我前面跳着舞，转过一个个墙角，脚步嗒嗒地走进一个个走廊的时候，我仿佛看到的是一个被一个玫瑰色精灵居住的童话城堡，这样的地方好像就是为让孩子们驰骋他们的想象而准备的，它从各种故事书和神话中吸取了七色光彩。难道它不正是我在小憩和梦乡中见到的一本故事书吗？不，它是一座高大，丑陋、古老然而又生活十分便利的府邸，它具有一栋比较古老的建筑所具有的一些特点，一半闲置着，一半还住着人。置身其中，我不免想象我们几乎就像一艘海上巨轮上的一小群乘客那么微不足道。哦，真奇怪，我却在这里掌舵！

二

两天后，我和弗罗拉一起坐着马车，像格罗斯太太说的，去接那位小少爷。但是就在这第二个晚上发生了一件出人意料的事情，使我对迈尔斯少爷的归来深深感到了为难。第一天，总的来说，正像我在前面已经说过的，平安无事；但是我应该看到它正在转向巨大的不安。那天晚上，那个邮件来得很迟，里面装着一封给我的信。这封信，是我的雇主亲手写的，我发现这封信除了一两句话外还附有另一封信。那信上写着我主人的地址，并且盖着还没有拆的火漆印。"这封信，我认出来，是校长写来的。校长是一个非常讨厌的家伙。请读读他的信吧；和他打打交道；但是请注意，您不要向我报告。一句话也不要。我不在家！"我费了好大劲才拆开了火漆印——费了老大劲，花了很长时间在这上面；我最后就拿着这封没打开的书信上楼回到我的房间，直到睡觉前才认真对付它。我要是早知道，就应该等到第二天早上再读这封信，因为它又造成了我第二个不眠之夜。第二天，由于还是拿不出什么主意，我心里感到非常沮丧；最后严重到这种地步，我断定最好至少把自己的心事开诚布公地和格罗斯太太聊聊。

"这到底是什么意思？这孩子被学校开除了？"

这时我发现她看了我一眼；然后，显然很快地一错眼珠，似乎想要把那目光收回去，"可那些孩子不是都——？"

"被送回家了吗——是的。但是他们只是在度假期。而迈尔斯可能再也不回去了。"

在我的注视之下，她有些不好意思地脸红了："他们想不要他了？"

"他们完全拒绝接受他。"

听到这句话，她抬起了刚才避开我的眼睛，我看见她的双眼中饱含着真诚的泪水。"他到底干了什么事情？"

我犹豫了；这时我认为最好直接把我收到的信交给她——然而，她并没有接信，而只是简单地把双手放在自己背后。她难过地摇着头。"这类事情我干不来的，小姐。"

我要咨询的人原来不识字！我对自己的错误很不好意思，于是我尽可能地弥补一下。我又打开那封信，向她复述了信的内容；然后我有些迟疑地，把信重新折好，放进衣兜。"他真的很恶劣吗？"

眼泪依然在她的双眼中闪动。"那些先生们这么说吗？"

"他们倒没有特别说到这件事。他们只是简单地表示他们很遗憾不可能继续留他上学了。而那只能有一个含义。"格罗斯太太带着木讷的神情听着；她克制着自己不去问这可能意味着什么；这样，为了很快使这件事有个交代，同时为了帮助她跟上我自己的想法，我继续说道："那就是说他是一匹害群之马。"

听了这话，她以一个心地淳朴的人所特有的那种迅速转变，突然一下火起来了。"迈尔斯少爷！——他是一匹害群之马？"

在她的声音里充满了对迈尔斯的无比信任，虽然我还从来没有看见过那个孩子，我的担心使我一下产生了那个荒唐的想法。我发现我自己，为了更好地应付我的朋友，在这时，讽刺地提出："对于他那些天真无知的可怜的小同学，他就是一匹害群之马！"

"这太可怕了，"格罗斯太太喊道，"说出这么残酷无情的事情！天啊，他还不到十岁呢！"

"是啊，是啊，这事真令人难以置信。"

对于我作出这样的表态她显然十分感激。"小姐，请首先看看他。然后再相信那个话！"我感到要看到他的愿望更强烈了，有些变得急不可耐；这只是好奇的开始，在接下来的几个小时里，这种好奇越来越强烈，几乎变成了一种痛苦。我能够看得出，格罗斯太太明白她说的话在我心中产生了什么效果，于是她很有把握地继续说道："您也可以相信那位小姐。愿上帝保佑她。"过了一会儿，她又补充道——"您瞧她！"

我扭过头去，看见了弗罗拉。十分钟以前，我在教室里给她放了一张白纸，一支铅笔，和一份要她临摹的很漂亮的字母"O"的字帖。现在她自己走到那扇敞开的门前，好让我们看见她。她正在以她的小小方式表达一种对于讨厌的作业的异乎寻常的超然态度，然而她带着一种巨大的孩子气的喜悦看着我，看来她之所以如此是因为她对我个人抱有好感，这已经表现为她必须到处跟着我。除此之外无须更多的东西，我已经感觉到格罗斯太太所作类比的全部力量，我把我的学生搂在怀里，把亲吻印遍她的全身，同时内疚地抽泣起来。

即使如此，在这天的其余时间里，我一直在寻找着进一步接近格罗斯太太的机会，特别是因为，天近黄昏的时候，我开始觉得她似乎在找机会避开我。我记得，我在楼梯上观察着她；我们一起走下楼，在最下一级我留住她，用一只手拉住她的胳膊："我把你在中午对我说的话看成是一个表态，你从不知道他有任何恶劣的行为。"

她猛地转回头，这次，她非常清楚非常实实在在地表了态："是的，我从不知道他有任何恶劣行为——我说的都是实话，绝无半点虚假！"

我又心烦意乱起来："那么你早就了解他——？"

"是的，的确是那样的，小姐，感谢上帝！"

仔细想了想，我接受了这个想法："你是说一个男孩根本不会成为——？"

"我一个男孩也没有！"

我把她拉得更紧。"你是不是喜欢他们有点儿顽皮的精神？"然后，在她回答的同时，我热烈地说道："我就是这样！但是顽皮要有个限度，绝不能到了造成毒害的程度——"

"造成毒害？"——我所用的这个深奥词儿一时使她摸不着头脑。

我解释道："就是使人堕落。"

她眼睛直勾勾的，听明白了我的意思，但是这只是使她发出一阵奇怪的大笑。"您害怕他会使您堕落吗？"她如此大胆而幽默提出问题，使我也不由得发出一阵和她差不多的大笑，无疑我的笑声也带点傻气。我因为怕受到嘲弄，也就不再追问下去了。

但是,第二天,当我坐马车去接人的时间越来越近,我突然问起另一个问题:"从前在这儿的那位女士是个什么人?"

"您是问原先的那位家庭女教师?她也是又年轻又漂亮——的小姐,几乎和您一样年轻漂亮。"

"啊哈,那么我希望她的年轻漂亮帮了她的忙!"我记得当时信口说道。"他看来喜欢我们又年轻又漂亮。"

"哦,他是那样的,"格罗斯太太肯定道,"他喜欢人人都是那样!"她刚刚这么说着马上又自己打住了,停了一下继续说道,"我的意思是那是他的习惯——老爷的习惯。"

我受到了震动:"但是您最初说到的是谁?"

她看来一下有些茫然,但是她脸红了:"这个,是他呗。"

"说的是老爷?"

"除了他还有谁?"

很显然没有其他人,过了一会儿,我已经忘掉了她意外地说出了许多她本来不想说的情况,我只是问我想要知道的事情。"她是否发现了这个男孩身上有什么东西——?"

"有不对头的地方?她从来没有告诉过我。"

我有一丝犹豫,但是我把它克服下去:"她是不是特别——细心?"

格罗斯太太显然在力求保持客观。

"在有些事情上——是的。"

"但并不是在所有事情上都这样吗?"

她再次思考着。"这个,小姐——她已经去世了。我不愿意讲那些事。"

"我完全理解你的感情,"我赶紧答道。但是过了一小会儿,我想追问下去和这种让步并不矛盾:"她是死在这里吗?"

"不——她离开了。"

我不知道在格罗斯太太这句简洁的答话中究竟是什么东西震动了我,也许正是因为话的含糊:"离开以后死的吗?"格罗斯太太直瞪瞪地望着窗外,但是我感到,我有权利知道布莱庄园雇用那些年轻人从事的到底是什么事情,"你意思是说,她得了病,于是回家了?"

"她在这个府邸里并没有得病,至少在表面上是这样。她离开这里,是在那年年底,回家去了。照她的说法,是去过一个短短的假期。她在这里待了那么长时间,完全有权利享受她要求的假期。那时候我们雇着一个年轻姑

螺丝在拧紧 | 107

娘——一个保姆，她一直在这儿，她是一个好姑娘，人很精明；就由她来在这期间照料两个孩子。但是我们的那位小姐再也没有回来，就在我盼望她回来的时候，我听老爷说她死了。"

我把这个情况考虑了一会儿："但是为什么死的？"

"他从来没有告诉过我！不过，对不起，小姐，"格罗斯太太说，"我得去干我的活儿去了。"

三

就在我全神贯注地思考着这个问题的时候，格罗斯太太却转身而去，幸亏这不是一种有意怠慢的举动，不然它会阻碍发展我们相互尊重的关系的。在我把小迈尔斯带回家以后，由于我完全改变了对小迈尔斯的态度，我和格罗斯太太见面时比以往更加亲密了。我原来已经准备宣布，既然人们现在把这样一个孩子的情况告诉给我，那么就应对他严加管束。眼下我认识到我的想法是多么荒唐。

去接迈尔斯的时候，我到那个地方的时间略微有些迟了，他站在公共马车把他抛下的那家小旅馆门前，正在急切地张望，在寻找我。立刻，我感到我曾经见过他，他浑身上下，从里到外，都焕发着勃勃生气，散发着那种同样的纯洁的芳香，在那当中，从第一刻起，我就似乎看到了他的小妹妹。他令人难以置信的漂亮，这一点格罗斯太太已经指出过：他的到来把一切都驱散了，只剩下对他的一片似水柔情。在此时此刻，他在我心中引起的是一种神圣的情感，以往任何孩子在我心中引起过的好感都没有达到过这样的程度——他的那种在世界上除了爱别的什么都不懂的小神气是无法形容的。在世界上要找到比他更可爱更天真无邪的孩子是不可能的，但是居然有人把恶名加在他的头上，真是不可思议。当我带着他回到布莱庄园的时候，我对于锁在我房间抽屉里的那封讨厌的信不仅感到迷惑不解——我甚至对它感到十分气愤。等我刚刚能够和格罗斯太太进行一番私下的谈话，我就向她宣布那纯粹是荒唐透顶。

她马上明白了我的意思："您是说信里那个残酷的指控——？"

"它从来就不是真话，亲爱的，你看他！"

她对我自命首先发现了他的魅力报以微笑。她随即补充道："我相信您，小姐，我不会往别处想！那么您想说什么？"

"在给那封信的回信里?"我已经拿定了主意,"什么也不说。"

"那么对他伯伯呢?"

我断然地说:"什么也不说。"

"那么对这孩子本人呢?"

我绝妙地说:"还是什么也不说。"

她用围裙用劲擦了一下自己的嘴:"既然这样,我将支持你。咱们坚持到底。"

"咱们坚持到底!"我热烈地响应着,把手伸给她,立誓道。

她把我的手紧握了片刻,然后又用她那只空着的手拿围裙擦了一下嘴:"您是否介意,小姐,如果我放肆地——"

"你要吻我吗?我不介意,吻吧!"我把这个好人搂在怀里,在我们像亲姐妹一样拥抱过以后,我感到意志更加坚定,对那封信也更加愤愤不平了。

无论怎样,这是一个丰富而完美的时期。当我回忆事情的发展经过,我感到现在需要尽量把它解释清楚。当我回首往事的时候,我惊讶地看到我居然接受了这样一种地位。我和格罗斯太太,已经决定要坚持到底,显然,我是处在一种魅力的影响之下,它能够减轻与这种努力相连的所有艰难险阻给人带来的痛苦。我被一片迷恋和怜悯的巨浪抛到了空中。由于我的无知和糊涂,或许还由于我的自负,我以为我完全能够和一个不过刚刚开始上学的小男孩打交道,我觉得这件事很简单。我今天甚至记不得我为他假期结束后的生活制订了什么计划,对他今后的学习有什么进一步的打算。在那个迷人的夏天,他的确跟我上课,我们都认为他应该如此;但是我现在感到,在那几个星期里,与其说是我给他上课,倒不如说是在给我自己上课。我学到了一些东西——当然首先是——以往我那种可怜而令人窒息的生活所没有教给我的东西;学会从别人那里得到快乐,甚至使别人快乐,而且不为明天而发愁。在某种意义上说,这是我第一次懂得了什么是空间,什么是空气和自由,第一次懂得了夏天的全部音乐和大自然的全部奥秘。我受到人们的尊敬——而受人尊敬是甜蜜的。哦,对于像我这么一个喜欢幻想,感情敏感脆弱,也许还有一点虚荣心的人来说,这是一个陷阱——它虽然不是人为设计的,但这个陷阱对我来说却很深很深,然而它对我的内心中的某种东西来说,却又是最激动人心的。准确地说,我已经完全放弃了任何戒备。那两个孩子简直没有给我造成什么麻烦——他们的行为举止非常文雅礼貌。我有时候常常想——多么坎坷的未来(因为未来都是坎坷的!)在等待着他们,他

螺丝在拧紧 | 109

们将会受到怎样的伤害。他们像盛开的鲜花那样健康而快乐；我好像在照顾一对小贵族，出身高贵的小王子小公主，他们的一切都应该受到隔离和保护，这是理所当然的。在我的想象中，多年后他们的生活只能是很浪漫的，是一种在真正的皇家花园和猎场中的生活。当然，很可能正是那突然爆发的事变使我觉得前一段那种宁静的日子格外迷人——那种静默中聚集和潜伏着某种东西。而变化实际上就像一只突然跃出的野兽。

在最初的几周里，白天显得很漫长，那两个孩子非常乖，经常使我得到我所谓的"我自己的时间"。在我的学生吃茶点或睡觉的时间前后，在我每天睡觉以前，我总是有一些短暂的独处时间。虽然我很喜欢这两个孩子和府邸里的其他人，但是这种时间是我在白天中最喜欢的东西。而我最喜欢的时间是，当天光变暗——或者说，白日将尽的时候，在一片红彤彤的天空中，从一些老树林里，迟归的鸟儿们发出最后的鸣叫——这时我能够到花园里转转，并且几乎怀着一种拥有它的愉快感觉，欣赏着这块地方的美丽和威严。在这种时刻，感觉着自己的平静和实在，真是一种喜悦；无疑，我也会想到由于我的谨慎，我的宁静理智和高尚行为。我正在给予别人以快乐——但愿他想到这一点！——正在把快乐给予那个我感觉到他身上压力的那个人。我正在做的，正是他曾热切地希望和要求于我的，而且，我毕竟能够干好这件事，事实证明我得到的快乐比我预料的要大得多。简而言之，我认为自己是一个出类拔萃的年轻女人，而且我相信这一点将会在更多的人面前显露出来，这种想法使我得到了安慰。我要成为出类拔萃的人，因此在一些很快就要发生的不同寻常的事件中，我要拿出我的表现来。

这事情来得很突然，一天下午，正当属于我自己的时间：孩子们被带去吃茶点了，我出门去散步。（我现在对于记述所发生的事情没有任何顾虑。）在这种漫步中经常萦绕在我脑海里的一个念头是，要是能够像在一个动人的故事里那样突然碰见个什么人，那实在是妙不可言。那个人也许会出现在一条小路的拐弯处，站在我面前，微笑着，对我表示赞赏。我的要求并不多——我只求他知道我做的事情；而唯一能够确定他知道这一切的办法，就是看到在他那英俊的面孔上的闪动着仁爱快乐的光彩。这种场面的确出现在我面前，我是说那张脸——在那个漫长的六月的白昼将尽的时候，第一次出现了。当时我刚刚走出一片人造林小憩一下，已经可以看到我们的府第了。我一下被定在那里的——因为我意识到，我的想象一下子变成了现实。——这使我大吃一惊，以后我看到的任何场面对我的震撼都没有这么强烈。他的确站在那里！——但是高高在上，在草坪那面，在那座塔楼楼顶，就在第一天上午弗罗拉领我去过的那个塔楼顶。这是那两座塔楼中的一座。两座塔楼都是方形，不对称，带雉堞的结构——由于某种原因，它们被分为新楼和旧楼，虽然我不大能说出它们有什么不同。它们从两端拱卫着这座府第，这在建筑学上可能是很荒唐的，但是，由于它们既没有完全分离，高度又不是很离谱，所以情况的确得到一些弥补。塔楼上俗气的古老装饰，可以追溯到浪漫主义的复兴，那已经成为令人肃然起敬的过去。我十分欣赏它们，它们每每引起我的许多遐想，因为我们都能在某种程度上受益于它，特别是当它们在晨昏中隐隐耸立，它们那坚实的雉堞显得雄伟庄严。然而，我觉得我经常想到的人似乎不应该出现在这么高的地方。

我记得，在那清朗的暮色里，那个人在我内心引起了两种截然不同的热切情感，那情感十分强烈，这就是最初的震撼，和随之而来的惊讶。我的第二种感觉是对我的第一种感觉的强烈否定：出现在我眼前的这个男人并不是我刹那间想到的那个人。当时我看花了眼，所以在这么多年后，我不指望能生动地描写出我当时看见的东西。在一个十分背静的地方，一个素不相识的男人，蓦然出现在一个在闭塞环境中长大的年轻女人面前，当然会使她十分恐惧。那个人面对着我——有几秒钟，使我确信——他既不是我心目中的那个人，也不是我认识的任何其他人。我在哈雷街没有见过此人——我在任何地方都没有见过此人。而且，非常奇怪，正是由于此人的出现，这个地方似乎突然一下变成了一片荒野。至少对于我来说，当我用一种从来未有过的慎重态度在这里进行讲述的时候，当时的整个感觉都回来了。在我想到那个人的时候——似乎我想到的一切——当时在场的其余一切都被死神笼罩着。写到这里，我似乎又能听到那深深的宁静，听到那在宁静中沉寂下去的傍晚的声音。白嘴鸦在金色的天空中停止了噪叫，在这一刻里，这段美好的时间失去了它所有的声音。但是在大自然中没有任何其他的变化，除非我用一个陌生人的敏锐目光来看它。天空中依然是一片金光灿烂，空气依然清新，那个越过雉堞眺望着我的男人就像一幅装在画框中的图画一样清晰。就这样，我飞速地思考着他可能是或不是的每一个人。我们彼此遥遥相对了很久，足以使我怀着强烈的好奇问自己：他到底是谁？由于无法回答这个问题，我的好奇心变得更加强烈了。

后来我才知道，其实重要的问题或者问题之一在于，应该搞清楚这种情况究竟已经持续了多久，因为它与一些重要的事情有关。至于我遇到的这件事，你们可以随便怎么想，但是就在我和那个人彼此对视的过程中，我想到十多种可能性，然而没有一种更有说服力。我能看出来，在这座府第中曾有一个我没有听说过的人。我首先应该搞清楚此人在这里有多久了。在我们的对视的过程中，我尽力克制着这样的想法，我的职责要求不允许有任何这类我不知道的情况，也不允许有这样一个我不知道的人。在我们对视的过程中，这个不速之客身上，有一种奇怪的无拘无束的神气，因为我记得，他没有戴帽子，这是他熟悉这里的迹象。他从那个塔楼顶上盯着我，我也心中思考着问题，透过因他的出现而变暗的天光仔细看着他。我们之间的距离太远使我们无法相互招呼，但是假如有一个时刻，我们之间的距离更近一些，那么我们之间这种直接对视的结果就会是，出于我们之间的某种要求，打破这种沉默。他笔直地站在离这所府第正面很远的一个拐角里，他的双手扶着塔楼的边缘，给我留下深刻的印象。所以我看见他就像我看这纸张上写的文字一样清楚。然后，准确地说，是在一分钟以后，好像是为了看得更清楚，他缓慢地移动了一下自己的位置——一边目不转睛地看着我，一边走到那个平台的另一个角。是的，我最强烈地意识到，在这个位置转移的过程中，他始终没有把眼睛离开过我。此刻我还能看到他走动时的样子，他的手从一个雉堞移向下一个雉堞。他在另一个角落停下，但是不太久，然而直到他转过身去，依然直瞪瞪地看着我。他终于转身而去，这就是我所知道的一切。

四

在这种场合之下，我并没有不等下文便离去，因为我整个惊呆了，好像被人施了定身法。难道说布莱庄园有一个"秘密"——一个《奥多芙的神秘》①式的秘密或者一个疯子？一个关在无人知道的地方的不可告人的亲戚？我说不出我把这件事考虑了多久，我在惊奇、恐惧和惊慌中又待了多久，我一直待在遇见那个陌生男人的地方没动。我只记得当我再次走进布莱府的时候，天已经很黑了。激动不安的情绪肯定一次次地主宰着我驱使着我，所以我肯定一直在那里打着转转，已经走了有三英里的路。但是这不过是恐怖的开始，今后我注定要被更加恐怖的事情压倒，与那种恐怖比较，这不过是一点人世的心寒之感而已。事实上这一天的最独特的部分——这一天的其余部

---

① 《奥多芙的神秘》，英国女作家安·莱德克里夫（1764—1823）1794 年出版的一部长篇小说。

分也同样独特——是在大厅里，我猛然意识到我又见到了格罗斯太太。那景象又一幕幕地浮现在我的眼前，回来时我看到，大厅那镶着白色镶板的宽敞空间，在灯光映照下十分明亮，墙上挂着一幅幅肖像，地上铺着红色地毯，我朋友那副大惊失色的样子使我立即意识到她已经发现我不在。我立刻和她交谈起来，她完全是诚心诚意的，我的出现使她的焦急一扫而空，从她的表情上看，她对于我准备告诉她的这次意外事件一无所知。我事先完全没有想到她那宽慰的笑容会使我欲言又止，我在思考我所看到的事情的重要性，因此我发现自己在提到这件事时有些犹豫。我要说，在这个故事中最稀奇的事情是，尽管我已经开始感到真正的恐惧，但是出于一种爱护我的朋友的本能，我不想也使她感到惊恐。于是，在这个地方，在这个令人愉快的大厅里，虽然她的双眼看着我，但是我出于某种那时不能说出的原因，在经过一番内心斗争之后，我并没有把事情告诉她，我为自己的迟归找出了一个含糊的借口，托词说夜色优美，露水沉重，弄湿了双脚，然后尽可能快地走回了我的房间。

在我的房间里它是另一回事；很多天过去了，对我来说这件事依然是一个谜。我天天抽出几个小时的时间把自己关在房间里思考这个问题。有些时间甚至是从明确无误的工作时间中挤出来的。我虽然还没有紧张到无法忍受的地步，但是我很担心会发展到那一步。对于那个我不知为什么特别感到关切的不速之客，我尽管反复琢磨，但是仍然无法作出任何解释。不久我就发现，对家里的任何复杂问题，我都能够无须调查盘问就能搞清楚。我所遭受的震撼肯定已经使我的所有感觉更加敏锐了。在经过三天严密的观察以后，我确信自己既没有被仆人们欺骗，也没有成为他们要弄的对象。无论那是怎么回事，我知道我周围的人并不知情。只有一个正常的推论：有人放肆得近乎出了格。这就是我一次次地钻进自己的房间锁起门来，自言自语的一句话。我们作为一个集体，已经受到了一次侵扰；某个无耻的旅行者，出于对古老的府第感到好奇，已经在没有被人发现的情况下潜入了我们的府邸，并且从最好的角度饱览了这里的景色，然后像他来时那样偷偷溜了出去。如果说他曾经肆无忌惮地盯着我，那不过是他的轻率行为的一部分。所幸的是，毕竟，我们再也不会看见他了。

我承认，这并不是什么好事，因为它并不能使我看到我心爱的工作已经使我把别的事情丢在一边。我心爱的工作就是能和迈尔斯与弗罗拉生活在一起，使我这样喜欢它的原因是因为我感觉到，即使在烦恼的时候我也能忘我

螺丝在拧紧 | 113

地投身于其中。我的两个小学生天真可爱，经常给我带来无比的快乐，使我再次对自己最初那种没有根据的担心感到惊奇。一开始我以为当家庭教师可能很单调乏味，因此对它心怀反感。现在看来，这个工作既不单调，也不枯燥；每一天的生活都是那么美好，让人怎么能不为自己的工作着而着迷呢？这里充满了育儿室里的浪漫气氛和教室里的诗情画意。当然，我这么说并不是要说我们只学习小说和诗歌；我是说我无法用其他方法表达我的学生所激起的那种美好的情趣。我只能这么说，我和他们在一起，并没有对他们习以为常，而是经常在他们身上有一些新发现。这对于一个女教师来说是一个奇迹：我可以请女教师们作证！但是无疑，在一个方面我却没有任何新发现，那就是对迈尔斯在学校的行为如何我心中依然是一片茫然。我在前面已经提到过，事实已经使我很快变得面对这个神秘而没有一丝痛苦。也许这样说更接近于事实——他自己没有说一句话——已经使问题得到了澄清和解决。他已经使那整个指控变得荒唐滑稽。他那真正天真无邪的粉红色的小脸使我得出了结论：他不过是太善良太正派，与那狭小可恶、肮脏龌龊的学校世界格格不入罢了，他已经为此付出了代价。我敏锐地意识到，对于这样一个出类拔萃学品兼优的学生，大多数人必然会充满嫉妒，怀恨在心，甚至包括那些头脑糊涂、心术不正的老师、校长。

　　这两个孩子都很温顺文雅（这是他们唯一的毛病，但这绝不会使迈尔斯变成一个少女），这使他们——我该怎么说呢——几乎没有个性，让人简直没有理由去惩罚他们。他们就像传说中的带翅膀的小天使，他们——在道德上简直无懈可击！我记得，和迈尔斯在一起会感到他根本没有任何历史。我们总是以为小孩在各方面都是弱者，但是在这个漂亮的小男孩身上有一些异常敏感的东西，然而他又异常快乐，比我以往见过的任何他这个年龄的孩子都更突出，并且随着每一个新一天的开始而打动着我。他似乎从来没有受到过半点痛苦的折磨。我把这看成是他已经真正净化了的一个直接的反证。如果他曾经是邪恶的，他就会"沾染上"它，我就会凭着反应抓住它——我就会发现它的蛛丝马迹。然而，我根本什么也没有发现，因此他就是一个天使。他从来不说他的学校，绝口不提任何一位同学或老师；而我，由于对他们有太多的反感，也对他们绝口不提。当然，我是被迷住了，而最奇妙的是，当时虽然我明明知道我自己处于那种状态。但是，我还是听任自己被迷住；它对任何痛苦都是一种解毒剂，而我的痛苦非止一桩。这些日子我收到了家里寄来的一些令人烦恼的信件，家里的日子很不好过。但是和我教的孩子相比，世界上还有什么事情更重要？每当我偶尔产生退职的念头的时候，我就这样给自己提出问题。我完全被他们的天真可爱弄得眼花缭乱了。

有一个礼拜日要出门——这时下起了暴雨，一下就是好几个小时，没法到教堂去做礼拜了；因此，在天快黑的时候，我和格罗斯太太安排好，应该在傍晚做一些补救，我们决定一起去参加晚祈祷。幸亏雨住了，我为我们的出行做好了准备。我们要穿过猎园，沿着到村里的那条好路，大约要走二十分钟。我走下楼梯，到大厅里和格罗斯太太会齐，忽然想起了手套。在孩子们吃茶点的时候我把那双需要缝三针的手套缝好了。因为是礼拜日，所以例外地让他们在"成人"的餐厅里吃茶点。那间餐厅寒冷而又清洁，摆设着镶嵌紫铜的红木家具。手套就落在那儿，我扭回身进去找。天色已经变得相当灰暗了，但是下午的光线还盘桓未尽，因而使我能够在跨进餐厅门口的时候，在一把靠近紧关着的大窗户的椅子上，认出了我要找的东西。但是，我突然意识到在窗外有一个人正在直盯盯地向里看。对我来说，走进房间一步就足够了；我的目光只是瞬间瞥了一下，就把那儿的情况完全收入眼底。那个直瞪瞪向里看的人，就是在塔楼上露过面的那个人。他这样再次出现，我却不能说他的形象更清晰了，因为那是不可能的，但是，由于这次我们相遇距离比上次近了一大步，所以使我见到他时不由得屏住了呼吸，周身发凉。他就是那个人——他就是那个人。而且我这次看见的，像上次一样，是他的腰部以上，虽然餐厅就在府邸的一层，但是窗户却并不低于他站的那段台阶。他的面孔靠近玻璃，然而很奇怪，这个更好的视觉效果，只是向我显示出上一次的印象是多么强烈。他只逗留了几秒钟——时间虽短却足以使我确信他也看见并认出了我；但是我好像多年来一直在看着他，而且一直认识他。然而，这次发生了前一次没有发生的一些事情，他盯着我的脸，穿过玻璃，穿过那个房间，像那次一样深沉而固执，但是那目光有片刻离开了我，在那片刻里我依然能够观察他，看见他接着固定在几个别的东西上。这时，我突然醒悟到，他到这儿来不是为了我。他来是为了别的什么人。于是一种加倍的震惊袭上我的心头。

这种闪电般的醒悟——因为它是在恐惧中的醒悟，在我内心中产生了最异乎寻常的效果，当我站在那儿时，突然产生了一种责任和勇气的震颤。我说勇气，是因为我已经把所有的疑惧抛得远远的。我立即又走出那道门，刹那间又走上了那条甬道，我尽可能快地沿着台阶跑过去，转过一个墙角，视野顿时开阔了。但是现在什么也看不见了——我的那位不速之客已经消失了。我停下脚步，由于真正松了一口气，我几乎瘫了；但我打量着四周——我给他时间让他再次出现。我称为时间，但是它有多长呢？我今天无法确切说出这些事情持续的时间有多久。我肯定已经失去了时间概念：它们持续得肯定不像我感觉的那么长。那台阶和整个地方，那草坪和草坪那面的花园，我能够看到的整个猎场，都是空空荡荡的。那里有很多灌木丛和大树，但是我记的，我觉得完全肯定他绝不会藏在那些灌木丛或大树后面。如果他在那儿，我不会看不见他的。我认定了这一点；然后，出于直觉，我并没有回家，而是向那扇窗户走去。我心慌意乱地想到，我应该自己在他站过的地方体会一下。我这么做了；我把脸靠近窗格玻璃，并且像他那样向房间里看。就在这个时刻，好像要确切向我显示一下他看到了什么，格罗斯太太，正像我刚才为他做过的一样，从大厅那边走进来。看到这一幕，我便看到刚才已经发生的事情完全重复了一遍。格罗斯太太看见了我正像刚才我看见了那个窥视者；她顿时像我刚才一样刹住脚步，我也使她吃了一惊。她的脸色变得煞白，这使我问自己是否我当时也吓得脸色煞白。她直瞪瞪地看了几秒钟，然后沿着我走的路退回去，我知道她这时已经平静下来了，正绕路来找我，我应该马上去和她会面。我留在原地没有动，在等待她的时候我想到了不止一件事情。但是我只准备提到一件事。这就是，我想知道为什么她会吓成那样。

五

哦，她刚刚拐过那个墙角，再次出现在我的视野里，就马上让我知道了谜底。她向我喊道："看在上帝的份儿上，请您告诉我，这是怎么回事？"她跑得面色通红，气喘吁吁。

直到她走得很近了，我才说话："你问我吗？"我肯定做了一个绝妙的鬼脸。

"我看来有什么不对劲儿吗？"

"您脸白得像张纸，看起来真吓人。"

我思考着；我可以毫不迟疑地反驳她这种说法，推说我根本什么也不知道。但是我应该尊重格罗斯太太，她为了我紧张得脸都变了颜色。我并没有作出任何否定的表示，即使我这时有些犹豫，那不是由于我要保留什么。我向她伸出一只手去，她抓住了它；我紧紧地握住她的手，因为我喜欢感到她紧挨着我。在她的惊讶与羞涩中我感到一种支持。"你肯定是来找我到教堂去的,但是我不能去了。"

"发生了什么事情吗?"

"是的。现在该让你知道了。我刚才的样子看上去很怪吗?"

"您说的是刚才隔着这扇窗户向里看的那个样子?可吓人了!"

"是吗,"我说,"我刚才被人吓了一跳。"格罗斯太太的眼睛清楚地表明她不希望如此,然而她也太知道自己的地位,她必须与我分担任何重大的困难。哦,这是早就已经定下来的,她必须分担!"一分钟前你从餐厅看到的场面就是事情的结果。刚才,我所看见的——那才叫更可怕呢。"

她的手握紧了。"那是怎么回事?"

"一个特别奇怪的男人。正在向里看。"

"什么特别奇怪的男人?"

"我也说不清。"

格罗斯太太徒然地环视着我们周围。"那么他到哪儿去了呢?"

"我就更不知道了。"

"您过去见过他吗?"

"见过——见过一次。在那座旧塔楼上。"

她只能更热烈地看着我。"您是说他是个陌生人?"

"是的,是个从来没有见过的陌生人!"

"可是您却没有告诉过我吧?"

"是的——因为有些原因。但是现在你已经猜到了。"

格罗斯太太的那双圆眼睛反驳着我的这种说法。"唉,我可没猜到!"她直截了当地说道,"我怎么能猜到呢,该不是您想象出来的吧?"

"我根本没有想象。"

"除了在塔楼上,您在别的地方没有看见过他?"

"还有就是刚才在这儿。"

格罗斯太太又向周围环视了一番,接着问道:"当时他在塔楼上干什么?"

"只是站在那儿,并且俯视着我。"

她想了一小会儿,说:"他是位绅士吗?"

我不假思索地回答道:"不是。"她带着更深的疑惑盯着我。于是,我又说了一遍:"不是。"

"那么他不是这个地方的人？不是村里的人？"

"不是——不是。这件事我没有告诉过你，但是我调查过了，他肯定不是。"

她莫名其妙地放了心，长出了一口气：很奇怪，她似乎认为这极有可能是件好事。但是这种想法的确只维持了一小会儿。她又说道："但是，如果他不是一位绅士——"

"那他是什么？他是一种恐怖。"

"一种恐怖？"

"他是——上帝帮助帮助我吧，但愿我知道他是什么人！"

格罗斯太太又向周围环视了一次；她把目光固定在更加黑暗的远处，然后镇定下来，她向我转过身来，突然没头没脑地说道："咱们去教堂的时间到了。"

"哦，我不适于到教堂去！"

"那对您有什么不好吗？"

"对他们不好——！"我向家里点了点头。

"孩子们？"

"我现在不能离开他们。"

"您是担心——？"

我冒失地说："我是担心他。"

格罗斯太太听到这话，她那张宽大的脸，第一次向我显示出这样一种表情：她终于把一件扑朔迷离的事情看清楚了。在那表情里我看出，有一种并不是我给予她的想法在她脑子里终于变得清晰了，虽然那究竟是怎么回事我还是很模糊。一个念头又回到我的心头，我立即想到这是我能够从她那里搞清楚的一件事；而且我感到这与她此刻显示出来的希望知道更多情况的欲望有关。她问道："那是什么时候——他在塔楼上？"

"大约在这个月的月中。也是在这个时刻。"

"天刚擦黑。"格罗斯太太说。

"哦，不，大概没有这么晚。我当时看见他就像我现在看见你这么清楚。"

"那么他怎么进来的呢？""还有他怎么出去的呢？"我笑出声来。"我可没有机会问他！今天傍晚，你看，"我继续说道，"他就没能进来。"

"他只是窥视一下？"

"我希望他就到此为止!"此刻,她已经松开了我的手;把身子略转过去一点。我等待了片刻,然后说道:"你到教堂去吧。再见。我必须在这儿看着。"

她又慢慢向我转过脸来。"您为他们担心?"

我们的目光再次长时间地交会在一起。"难道你不担心?"她没有回答,而是走到离窗户更近的地方,把她的脸贴近玻璃,有一分钟之久。"现在你知道他能够怎么看了。"这时我继续说道。

她没有动。"他在这里待了多久?"

"一直到我出来。我出来想会会他。"

罗斯太太终于转过身来,她脸上的表情更加平静了。"要是我,我就不会出来。"

"我也不会!"我又笑起来,"但是我的确出来了。我有我的责任。"

"我也有我的责任,"她回答道;然后她又问了一句:"他长得什么样子?"

"我一直竭力想告诉你。但是他谁也不像。"

"谁也不像?"她重复了一句。

"他没戴帽子。"看到她听了这话脸上呈现出更加灰心丧气的样子,这时,我找到了一点儿形象的印象,于是赶紧一点一点补充起来。"他长着红头发,很红,密密的鬈发,一张苍白的长脸,五官很好看,直直的鼻梁,长着不多的络腮胡子,和他的头发一样红。他的眼眉颜色比较深;那对眉毛看起来特别拱起来,好像很会动似的。他的那双眼睛很锐利,古怪——很可怕;但是我清楚地知道那双眼睛很小,并且总是直盯盯的。他的嘴很宽,嘴唇很薄,而且除了不多的络腮胡子之外,他的脸刮得很干净。他给我一种感觉好像他是一个演员。"

"一个演员!"至少,格罗斯太太此刻的样子就非常像一个演员。

"我从来没有看见过演员,但是我想他们就是那个样子。他个子很高,好动,身子总是挺得笔直,"我继续说道,"但他绝不是——是的,绝不是!——一个绅士。"

随着我继续说下去,我的朋友的脸色已经变得苍白;她的圆眼睛露出惊诧的神情,温厚的嘴巴微张着。"一位绅士?"她气喘吁吁,惊慌失措,有些茫然,"他会是一位绅士?"

"那么你认识他?"

螺丝在拧紧 | 119

她显然在努力控制住自己。"不过，他长得挺帅吧？"

我看得出怎么能帮助她，便说道："相当帅！"

"还有他穿着——？"

"穿着什么人的衣服。衣服很时髦，但是那不是他自己的衣服。"

她不禁气喘吁吁地呻吟起来。她肯定地说道："那是老爷的衣服！"

我赶紧趁势问道："你认识他？"

她只犹豫了一秒钟。"是昆特！"她喊道。

"昆特？"

"彼得·昆特——他是老爷贴身的仆人，老爷到这里来的时候的随从！"

"老爷什么时候来了？"

她还是嘴巴微张着，但是注意到我的目光，她把嘴唇合到了一块儿。"他从来不戴帽子，但是他确实穿得——很好，老爷丢了好几件背心呢！他们俩都到这儿来了——是去年。然后老爷走了，昆特就孤零零的了。"

我有些踌躇，但是还是追问下去："孤零零的？"

"孤零零和我们在一起。"然后，她好像是用一个来自身体更深处的声音补充道，"在这儿管事儿。"

"他后来怎么样了？"

她迟疑了很久，这使我更加感到神秘。

"他也走了。"她终于说道。

"到哪儿去了？"

听到这个问话，她的表情一下变得有些异乎寻常："上帝知道到哪儿去了！他死了！"

"死了？"我几乎惊叫起来。

她看来显然是调整了一下自己，站得更稳当了，才说出了那令人惊异的事实："是的。昆特先生死了。"

六

当然，不仅仅是因为那次特殊的谈话，才使我们紧密团结在一起，共同对付目前生活中不可回避的东西。我们能够做到同心协力。我的责任十分艰巨甚至令人恐怖，对此我们已经有了一些印象，有了一些生动的例证。格罗斯太太在了解了我的处境后，对我肩负的责任感到既恐怖又同情。

这天傍晚，在我们看清事情的真相之后，我有整整一个小时感到筋疲力尽。我们两个，都没有去参加教堂的晚祈祷，而是一起流着眼泪，向上帝祈祷，彼此许下诺言，发誓互相支持。后来我们都非常激动，于是我们一起走回到孩子们的教室里，并且就把自己关在教室里，把一切都说个痛快。我们把一切都说出来，使我们看清了自己的处境是多么严峻。格罗斯太太什么也没有看见，更没有看见幽灵的影子。在这个家里，除了我这个家庭女教师，没有别人陷入这种看见鬼魂的困境。但是格罗斯太太没有指责我神经过敏，而是完全接受了我告诉她的事实。因此分手时，她向我显示出一种满怀敬畏的温情，一种不仅仅因为知道我有某种特权才有的友好表情。这件小事却作为人类最美好的博爱精神铭记在我心上。

那天晚上，随后我们俩决定下来的事情是，我们可以一起来承受各种事情；尽管她看不见鬼魂，但是我觉得也许她却在承受着最重的重担。我想，在这个时候，我认识到为了保护我的学生我会做出什么样的事情。但是要完全搞清楚我的忠诚盟友是否准备履行这样危险的协议条款是需要一些时间的。作为一个伙伴，我这个人是比较古怪的——而我找到的伙伴几乎同样古怪。但是当我回忆起我们一起经历过的事情，我看到，由于一个信念，我们已经找到了多少共同的立场。靠着好运气，这个信念肯定能使我们坚定起来。正是这种信念，这种第二种动力，引导我直接从恐惧的内室中走出来，使我能够呼吸到院子里的空气，而格罗斯太太才能够在院子里走到我的身边。现在我还能清楚地回忆起那天晚上，我们分手各自去睡觉时，我身上产生的那种特殊的力量。

我们曾一遍又一遍地讨论着我所看见的那个鬼魂的每一个特点。

"您是说，他当时正在寻找的不是您——而是别的什么人？"

"他正在寻找小迈尔斯。"一种可怕而清晰的念头这时主宰了我，"他找的就是小迈尔斯。"

"但您是怎么知道的呢？"

"我知道，我知道，我知道！"我变得更加兴奋，"而且你也知道，亲爱的！"

她并不否认这一点，但是我感到只是这么讲讲是不够的，我要求她把知道的情况都讲出来。然而，她还是过了片刻才继续说道："即使他看见他又有什么要紧？"

"你是说小迈尔斯？那可是他要找的人！"

她看上去又吓了一大跳。"您是指那个孩子？"

"但愿不会那样！我说的是那个男人。他想要在孩子们面前显形。"他可能有一个可怕的计划，然而，我还是能遏制住它的；而且在我们在那里相持的时候，实际上已经证明我获得了成功。我完全肯定，我会再次看到我已经看见过的东西。但是我内心中的什么东西在说，我应该勇敢地奉献出自己，使我成为经受这种磨难的唯一的一个人，我要接受，甚至主动请求，可能的一切磨难，并且完全克服这些磨难，我应该作为一个抵罪的牺牲品，保卫我周围人们的安宁。特别是孩子们，我应该成为一道屏障绝不让魔鬼碰到他们，我要彻底挽救他们。我还记得那天晚上我对格罗斯太太说的最后一件事。

"这确实对我是个打击，我的学生们从来没有提起过"。

当我沉思着停下来，她直瞪瞪地看着我，问道："他们没提起过他到这里来，他们还和他在一起的事？"

"无论是他们和他在一起的时间，还是他的名字，他的存在，他的历史，他们连半句都没有提到过。"

"哦，弗罗拉小姐不会记得。她从来没听说过，也不知道。"

"你说的是他死时的情形？"我有些激烈地想到，"也许她是不记得了。但是迈尔斯会记得——迈尔斯会知道。"

"啊，不要问他！"格罗斯太太冲口而出。

我用同样的表情对她说道："用不着担心！"我继续思考着，"这太奇怪了。"

"迈尔斯从来没有说到他吗？"

"绝对没有。可是你告诉我他们是'铁哥们儿'？"

"哦，那不是他说的！"格罗斯太太强调道，"那是昆特自己的想法。要和他玩，我是说——要宠坏了他。"她停顿了片刻，然后补充道："昆特太随便了。"

这使他的面孔突然浮现在我的眼前——那么一张脸！我突然感到一阵恶心。"和我的小迈尔斯太随便吗？"

"和人人都太随便！"

我当时没有进一步分析一下格罗斯太太的这段话，而是设想他用这一套对待这个家里的其他成员，对待六七个依然在这里干活的男女仆人的情况。但是幸好，就我们所知，在大家的记忆里，关于这个古老的府邸还没有出过任何让人不舒服的闲话,在下人中还没出过任何见不得人的事情。这个府邸从来没有过什么坏名声。格罗斯太太默默地颤抖着,显然想要和我待在一起。但是我最后还是想向她证实一下自己的想法。在午夜的时候,她一只手扶着教室的门准备离去。"那么我要问你——因为这很重要——是不是大家都公认他是个坏蛋?"

"哦,并不是大家公认的。我知道这事——可是老爷不知道。"

"你从来没有告诉过他?"

"这个,他不喜欢有人告状——他讨厌抱怨这个抱怨那个的。他最容不得那种事情,而且只要是他看谁顺眼——"

"他就再没有心烦的事儿了?"这和我对他的印象完全一致:他绝不是一个喜欢找麻烦的绅士,也许对于那些常年在他身边的人更是这样。尽管如此,我还是继续对格罗斯太太说道:"我向你保证,如果我是你的话,我早就告诉他了!"

她感觉到了我与她的区别。"我敢说过去我是错了。但是,真的,我很担心。"

"担心什么?"

"那个家伙会干出些什么事情。昆特非常精明——他特别老谋深算。"

我把这话听到了心里,它在我心中引起的震撼可能比我外表显示出来的还要剧烈。"你就不担心别的什么事情吗?不担心他的影响——?"

"他的影响?"她把我的话重复了一遍。在我停顿的当儿,她一脸的烦恼和等待。

"他对那两个天真无邪的可爱的小生命的影响。他们过去是由你负责的。"

"不,他们过去不由我负责!"她断然而又绝望地回答道,"老爷过去信任他,把他派到这儿是因为认为他的身体不好,而乡下的空气对他有好处。所以那时候所有的事情都是他说了算。是的,"——她让我听明白了——"甚至连他们的事情也包括在内。"

"连他们——也得听那家伙的?"我不得不压抑住我的怒吼,"可你竟然能容忍那种情况?"

"不。我不能容忍——而且我现在也不能容忍!"这个可怜的女人不禁热泪盈眶。

从第二天开始,正如我说到的,我们一直严格地控制着两个孩子的行动；而且整整一个星期，我和格罗斯太太经常激动地讨论着这个话题！那个星期天的晚上，我们久久地谈论着这件事，所以可以想见在随后的几个小时里我是否能睡着——我的思绪依然围绕着她没有告诉我的一些事情的影子在转。我毫无保留地讲出了自己所知道的一切，但是格罗斯太太说话依然有所保留。到第二天早上，经过一夜思考，我能够确定这不是由于她不坦率，而是因为她在很多方面还有顾虑。回忆起来，到第二天太阳升高的时候，我几乎已经理解了摆在我们面前的这些事实的全部意义。虽然要真正做到这一点，注定要经历了后来发生的更残酷的事情才能做到。首先，他们告诉我的只是昆特活着的时候的邪恶的样子，当然那副样子在他死后还会保持一段时间！——还有他在布莱度过的那些个月份——那些时间加起来，长度也是很吓人的。这段不吉利的时间直到他死的那天才算告终。那是一个冬天的早晨，一个早早去干活的长工发现彼得·昆特死在了从村里来这儿的路上，他已经冰冷僵硬了。至少据有人一知半解地解释说——这场大祸，是因为他头上的一处挺显眼的伤口造成的。据法院的最后的证言说，这样一处致命的伤口，可能是——失足滑倒造成的，在漆黑的夜里，他离开酒馆以后，走在冻冰的溜滑陡坡上，那完全是一条错误的小道。他就躺在那段陡坡的坡底下。那段结冰的陡坡，夜里拐错了弯儿再加上喝醉了酒，能够说明很多问题——实际上，在最后，在进行过验尸和无穷无尽的闲聊之后，完全可以解释他是怎么死的了。但是他生前的所作所为——他的种种奇怪的行为和危险的举动，他的种种诡秘反常的活动，出人预料的恶习——这些都说明他的死并不简单。

　　我不太知道该怎么把我的故事写成文字，才能真实可信地反映我当时的心态；但是在这些日子里，我的确能够在这种异乎寻常的发扬英雄主义精神的过程里感受到一种喜悦。而那种英雄主义是当时的机遇对我提出的要求。我现在能够看出人们当时要求我完成的是一项多么令人钦佩的困难的任务；而人们在这当中会看到一种伟大的精神——啊，恰恰是在这个领域里！在很多别的姑娘遭到了失败的地方，我却能得到成功。这对我是一个巨大的鼓舞——我承认，当我回首往事的时候，我对自己十分赞赏！——我能看到我的工作是多么动人而又单纯。我在那里保护和捍卫着世界上最孤苦无依最可爱的小生命。他们无依无靠的呼吁，突然在我的心灵引起明确的回应，使我感到那是我的义务，我的心常常为他们感到深深的痛苦。我们真正在一起被人截断了退路；我们在共同的危险中被团结在了一起。他们除了我一无所有，而我——还好，我有他们。简而言之，这是一个庄严而崇高的机会。这个机会本身以一个丰富具体的形象出现在我面前。我就是一道屏风——我应该站立在他们的前面。我看见的越多，他们看到的就会越少。我开始暗中提心吊胆地守护着他们，尽管我内心非常紧张，表面却要装作没有任何事情，这可能很好，但是如果长此以往，我一定会精神失常的。正如现在看到的，我之所以得到了挽救，是因为这种局面完全改变了。事情不再是悬而未决——它被一些可怕的证据代替了。一些证据，是的——从那个时刻起，我真的掌握了一些这里有鬼魂的证据。

一天下午，当时我碰巧和弗罗拉在庭园里消磨时光。我们让迈尔斯留在屋里，他深深地坐在一个窗边座位的红坐垫上，想要看完一本书，我很乐于鼓励年轻人心里这种有志气的打算，因为他的唯一缺点就是有时候过于好动。他的妹妹与他相反，出来时总是容易紧张，我和她一起溜达了半个小时，寻找着树荫，因为太阳还很高，那天格外炎热。和她在一起，我觉得有一种新的感觉，当我们走着，她像她的哥哥一样，很机灵——在这两个孩子身上这是一种很迷人的东西——她总是让我独自待着，却丝毫没有显出要丢开我，而她陪伴着我时，却又没有显得好像老在围着我转。他们从来不和人纠缠不休，然而也绝不是懒洋洋的。我对他们的照顾实际上就是看着他们没有我却能自得其乐：这个场面好像他们玩得很投入很高兴，而派给我的任务就是让我充当一个积极的赞美者。我走在一个他们创造出来的世界里——他们从来不需要我出什么主意；所以我的时间只是花在为他们化装成某个了不起的人物或者当时的游戏要求的某种东西上。幸亏我天性热情，把什么都不放在心上，所以这倒是个既高兴又高雅的清闲活儿。我忘记我那天化装的是什么角色了；我只记得我是一个十分重要但又不用说什么话的东西，而弗罗拉正玩得很起劲儿。我们走到了湖边，因为我们最近开始讲地理课了，所以这个湖就成了"亚速海"。

在这湖光天色之间，我突然发现，在"亚速海"的对岸，有一个人正在兴致勃勃地观察着我们。奇怪的是这种感觉来得很突然。我当时坐在那条面对着池塘的古老石凳上，正在做针线活儿——因为我在游戏里扮演的是个可以坐下来的角色。在这个位置上，我虽然只是用眼睛的余光瞥视了一下，但是我确信，在远处，有第三者在场。那些古老的林木，繁茂稠密的灌木丛，形成了一片巨大而凉爽的树荫，但是在这炎热而幽静的下午，那树荫中也是一片光明。所有的事物都没有半点模糊不清之处，一切都是那么清清楚楚。

至少，随着时间的推移，我正在逐步形成一种确信，知道如果我抬起眼睛，我会在湖对岸看到什么。我的目光被我正在刺绣的针线活吸引住，我能够再次感觉到尽管我经过一番努力，却不能使我的目光从针线活上移动开，除非我使自己完全镇定下来，能够拿定主意究竟怎么办。在我的视野中有一个外来的物体——一个人，对于他在这里出现的权利我马上十分激动地提出了疑问。我镇定下来，全面地分析着各种可能性，同时提醒我自己，这一带的某个男人在这里出现，是很正常的事情。那人甚至可能是一个送信的，一个邮递员或者是村里一个商人的伙计。但是这种推测没有影响我的信念——我虽然仍旧没有抬眼看那个人。但是我坚信站在湖对岸的绝不是我刚才想到的那些人。

我确信，只要我鼓起了勇气，我就能切实搞清那个鬼魂的身份。这时，我费了好大的劲儿，才把目光转移到小弗罗拉身上，她此刻大约离我有十英尺远。我的心脏由于好奇和恐惧已经停跳了一小会儿，因为我不知道她是否也看见了那个鬼魂。我屏住呼吸，等待着她将发出怎样的叫喊。她突然看到的意想不到景象，究竟是令她感到有趣还是震惊，她的喊声会把一切告诉我。我等待着，但是什么事情也没有发生。然而在这当中我却感到一种更加可怕的东西，首先我意识到，在片刻之内，刚才从她那里发出的所有声音都沉寂下去了；接着，也是在这段时间里，她在游戏中转过身来，把后背冲着湖水。当我终于看着她的时候，她的态度就是这样——她的表情说明她确信我们俩一起正处在那个人的注视之下。这时她已经捡起一小片木头，那木头上碰巧有一个小洞，显然这使她产生了一个念头，可以在那儿插上另一根样子像桅杆的小木棍，就可以把这个东西做成一条小船。当我看她的时候，她显然正非常热心地试图把小木棍紧固到它的位置上去。我看明白她正在做的东西使我受到了鼓舞，几秒钟以后，我感到我的准备更充分了。于是我又移动了目光——去正视那我不得不正视的鬼魂。

七

事过之后，我尽快找到了格罗斯太太；我简直无法清楚明白地说出刚才那段时间我是怎么挣扎过来的。当我一头扑进她怀里的时候我还听见我自己的叫喊声："他们知道——这太可怕了！他们知道，他们知道！"

"到底知道什么——？"当她搂着我，我感觉到她对我说的话难以置信。

"这个，我们所知道的一切他们都知道——而且天知道还有什么别的！"然后，当她使我平静下来，我向她和盘托出了一切，也许只有现在我才能连贯地讲述出当时的情况。"两个小时以前，在花园里，"——我几乎无法口齿清楚地说出来——"弗罗拉看见了！"

格罗斯太太听了这话，就好像她的肚子上受到别人重重一击。"是她告诉您的？"她气喘吁吁地问道。

"她一句话也没有说——这才可怕呢。她自己憋在肚子里！这孩子，她才是个八岁的孩子呀！"这时候我依然心绪茫然，不知该怎么说才好。

格罗斯太太，当然更是惊得张口结舌，她问道："那么您是怎么知道的？"

"当时我在那儿——我是亲眼看见的：我看出来她完全知情。"

"您是说知道'他'？"

"不，不是'他'——是一个女人。"当我说到这件事的时候，我意识到我当时看见的是一些异常的事情，因为我正在我的朋友的脸上看到对这些事情的缓慢反应。"这次——是另一个人；但显然是一个同样可怕而邪恶的人：一个穿着黑衣服的女人，面色苍白而又可怕——也是那么一种神情，那么一张脸！——在湖的对岸。我在那儿和那个孩子正在安安静静的做游戏，正在这个过程中她来了。"

"怎么来的——从哪儿来？"

"从他们来的地方来呗！她只是出现了并且站在那儿——但距离不是很近。"

"她没有走得更近吗？"

"哦，没有，不过她给我的印象和感觉，就好像你这么近！"

我的朋友，出于一种奇怪的念头，往后退了一步："她是个你从来没有见过的人吗？"

"是的。但是那孩子见过她。她是你见过的人，"这时，我把自己想到的和盘托出，"是我的前任——那个死了的家庭教师。"

"杰塞尔小姐？"

"杰塞尔小姐。你不相信我的话吗？"我追问道。

她在绝望中来回扭动着身子。"您怎么能确定呢？"

在那样一种心境之下，她的这句话不由得在我内心中激起一股心烦的怒火。"那么你去问弗罗拉——她知道！"但是我刚刚话一出口就赶紧克制住自己,"不,看在上帝分上,不要去问她!她会说她不知道——她会撒谎的!"

格罗斯太太并没有被吓得惊慌失措,她出于本能提出了异议:"啊,您怎么能那么说呢?"

"因为我很清楚。弗罗拉不想让我知道。"

"当时那么做只是为了不伤害您。"

"不,不——这其中有一些奥妙,一些奥妙!对这事我越思前想后,我在其中看到的东西就越多,我在其中看到的越多,我就越担心害怕。我不知道现在还有什么我没有看见——还有什么我不担心害怕!"

格罗斯太太努力试图跟上我的思想:"您是说您害怕再次看到她?"

"哦,不,现在——那已经无所谓了!"然后我解释道,"我害怕的是今后见不到她了。"

但是格罗斯太太看上去只是脸色苍白:"我不明白您的意思。"

"哎呀,我害怕的是那个孩子会继续这么干——这个孩子肯定会继续和她来往——却瞒着我。"

一想到这种可能性,格罗斯太太有一小会儿精神一下垮了,然而她自己很快又振作起来,似乎她意识到,只要我们稍有屈服,就真的会导致失败。这使她获得了新的力量。"哎呀,妈呀——我们必须镇定!而且,说到底,既然她不在乎这个事,那我们又操什么心呀!"她甚至试图说一个可怕的笑话,"也许她还喜欢它呢!"

"喜欢那种东西?——一个小丫头片子!"

"那不恰恰证明了她的可爱和天真无知吗?"我的朋友勇敢地反问道。

那一刻,她几乎把我说服了:"哦,我们必须这么看——我们必须坚信这一点!如果那不是证明了你所说的东西,那么天知道它——证明了什么!因为那个女人是一个最最可怕的魔鬼。"

格罗斯太太听了这话,把目光盯在地上片刻;然后终于抬起了双眼,"请告诉我,您是怎么知道的。"她说。

"那么你承认她就是那个样子的?"我喊道。

"告诉我您是怎么知道的。"我的朋友简单地重复道。

"怎么知道的?因为我亲眼看见了她!看见了她看人的那副样子。"

"您的意思是说,她看您的时候——眼光非常邪恶?"

"天啊,不是看我——要是看我,我还能承受得住。她根本对我连一眼也不看。她只是紧盯着那孩子。"

格罗斯太太努力想象出那个场面:"紧盯着她?"

"啊,用那双非常可怕的眼睛!"

她盯住我的双眼,好像我的眼睛真的会很像那个女人的眼睛:"您是说那是一双很讨厌的眼睛?"

"上帝呀,请帮帮我们吧。那是一双比那还要坏得多的眼睛。"

"比讨厌还要坏得多?"——这话真让她坠入了五里雾中。

"那双眼睛带着一种无法形容的——决心。带着一种疯狂的打算。"

我的话使她的脸色变得苍白。"打算?"

"想要得到她。"格罗斯太太——她的目光正停留在我的眼睛上——这时她不由得一抖,走到了窗前;在她向外眺望的当儿,我说完了我的话,"而弗罗拉知道这一点。"

过了一小会儿,她转过身来:"您说的是,那个人穿着一身黑衣服?"

"穿着丧服——相当穷,几乎是衣衫褴褛。但是——是的——具有一种沉鱼落雁之美。"我现在看出,我终于一步一步地使格罗斯太太成了我吐露心事的牺牲品,因为她显然在掂量着我说的话。"哦,她很漂亮——非常,非常漂亮。"我坚持说下去,"简直是有倾国倾城之姿。但是又很无耻。"

格罗斯太太慢慢走回到我面前。"杰塞尔小姐——过去是很无耻。"她再次把我的一只手握在她的双手之间,握得那么紧好像要使我坚定起来,使我能够抗住随着真相暴露而产生的越来越大的恐怖。"他们都很无耻。"她最后说道。

这样,有一小会儿,我们再次共同面对那些鬼魂;由于我们现在如此毫不避讳地正视这些鬼魂,我的确得到了某种的帮助。"我理解,"我说,"到目前为止你没有说到过他们的情况,是出于你为人极为正派;但是你向我讲出全部实情的时候肯定已经到了。"她似乎赞同我的说法,但是依然只是保持着沉默;看到这种情况,我继续说道:"我现在必须知道。她是怎么死的?说吧,在他们之间肯定有什么事情。"

"什么事情都有。"

"尽管存在那种差距——?"

"噢,他们根本不管自己的身份、地位不一样。"她伤心地说出了实情,"她还是一位小姐呢。"

我思索了一下,才明白了她的意思。"是的——她是一位小姐。"

"而他却下贱得要命。"格罗斯太太说。

我感到，对于这么一个处于仆人地位的朋友，毫无疑问我无须逼得太紧；但是这并不妨碍我接受她的见解，认为我的前任行为下贱。处理这件事需要讲究一下方法，我就是这么做的。因为显而易见，这样我可以更容易地获得对我们主人的这位已故"贴身"男仆的完整印象。他精明、漂亮，但是又厚颜无耻，胆大妄为，恃宠傲物，腐化堕落。"那个家伙是条狗。"

格罗斯太太考虑着，似乎她觉得也许对于鬼来说这算不了什么。"我从来没有见过像他那样的人。他干起事来肆意妄为。"

"对她吗？"

"对他们所有的人。"

这时，在格罗斯太太自己的眼睛里，似乎杰塞尔小姐再次浮现出来。无论如何，我似乎有一刹那看到了那双眼睛把她召来了，清楚的就好像我在池塘边看见她一样；于是我下决心说出来："那肯定也是她希望的！"

格罗斯太太脸上的表情说明情况的确如此，但是她这时说的却是："可怜的女人——她为这付出了代价！"

"那么你知道她是怎么死的？"我问道。

"不——我什么也不知道。我不想知道；我很高兴我不知道；而且我感谢上天，她平平安安地离开了这里！"

"然而，当时，你有你的看法——"

"关于她离开这里的真正原因？哦，是的——似乎是那样。她不能再待下去了。想想看，在这里……作为一个女教师却干出那种事儿来！到后来我琢磨——而且我现在还常常在琢磨这个事儿。我琢磨出来的事儿真可怕。"

"但绝没有我想到的东西可怕。"我回答道。这时我肯定在她面前露出了一副备受打击无比辛酸的样子——因为我的确是那样的，只是还十分清醒。这又使她对我涌起了无限的同情，在她那慈爱表情的触动下，我的抵抗力崩溃了。我忍不住热泪夺眶而出，也感染得她热泪盈眶；她把我揽到她那母亲般的胸前，我的悲伤如决堤的河水滚滚而来。"我不干了！"我在绝望中抽泣着，"我再也不救他们，再也不保护他们了！我做梦也想不到情况会这么糟，他们不可救药了！"

八

　　我对格罗斯太太所说的完全是实话：在这个我已经摆在她面前的事情上，还有一些更深入的和可能发生的情况，我却缺少决心去进行调查。所以当我们再次见面，为这件事感到惊奇不已的时候，我们都感到必须停止漫无根据的想象。如果说我们必须抛弃一些别的东西，我们却必须保持头脑清醒——面对我们的不同寻常的经历，要做到这一点的确是很难的。这天深夜，当全家都睡熟了的时候，我们在我的房间里又进行一次长谈。我们俩把事情从头到尾分析了一番之后，得出结论，毫无疑问，我看到的就是昆特和杰塞尔小姐的鬼魂。为了要让格罗斯太太完全看到这件事中的危险，我发现，我只得问她，如果是我"编造出这件事"的，那么我怎么能说得出每一个出现在我面前的幽灵的样子？我所描述出的画面详细到他们的最小的细节，他们的个人特征，以至于她能够根据我描述的肖像立刻认出那是谁，并且说出他们的名字。这时，她表示希望（当然，这对她是小小的耻辱！）打住这个话题。而我赶快向她保证，我自己对这件事的兴趣现在已经变成了仅仅是要寻找一条出路，好逃避开它。我要她正视这一点，鬼魂可能在我们的周围再次出现——我们都认为他们的再次出现是必然的——所以我应该习惯于这种危险。我明确表示我个人的危险已经突然变得无关紧要。我新产生的怀疑那两个孩子不可救药的念头才是我无法忍受的。然而随后几个小时的长谈，给我的这种烦恼也带来了一些安慰。

　　这是我第一次对格罗斯太太开诚布公地谈到我内心中的真实想法，我离开她之后，当然又回到我的学生们身边。我觉得他们的迷人魅力使我的沮丧情绪大为减轻。我已经发现对他们的爱是可以培养的，而且这种爱还从来没有让我的希望落空过。换句话说，我重新投入到和弗罗拉相处的特殊氛围之中，并且逐步意识到——那简直是一种享受！——她能够把她那敏感的小手直接放到正在作痛的地方。她样子十分可爱地沉思着看着我，然后责备我，说我的脸曾经"哭过"。我本来以为我已经擦掉了那些难看的痕迹；但是在这种无法估量的关爱之下，这一次我却为脸上的泪痕没有完全消失而由衷地感到快乐。凝视着这孩子那双蔚蓝色的眼睛，谁要说那双眼睛的明澈可爱是一种早熟的狡诈，那纯粹是一种愤世嫉俗的罪过。相对说来，我自然更愿意公开放弃我过去的判断，并且到目前为止，那可能只是我的杞人忧天。然而

螺丝在拧紧 | 131

我不能仅仅因为心中的愿望就放弃自己的判断。但是在夜深人静的时候,我会一次次向格罗斯太太重复着这样的话题——当空气中充满他们快乐的声音,当他们的身体依偎在我的胸前,当他们香喷喷的脸蛋儿靠着我的脸颊,我常常感到除了他们的幼稚和美丽,其他的一切都是虚空。可惜的是,要把这事真正搞清楚,我也不得不再次提到那天下午在湖边的那些微妙的迹象,它促使我当时表现出罕见的镇定。可惜的是,必须重新调查那个时刻本身的确实性,必须重新描述我怎么突然醒悟到,那种当时使我感到惊讶的不可思议的情感交流,对于弗罗拉和杰塞尔小姐的鬼魂,却是一桩彼此习惯了的事情。很可惜我不得不再次颤抖着说出由于我的疑惑,由于很多原因,当时我没有想到那个小姑娘其实看见了前来看望我们的杰塞尔小姐的鬼魂,就像我实际看见格罗斯太太一样。而且她想要(靠着她做的种种事情)使我以为她没有看见。同时她根本不动声色,想要使我也怀疑自己是否看见了!很可惜,我还需要再次描述她谋求转移我的注意力的那些奇怪的小举动——那种明显增加的活动,那种更热烈的游戏,唱歌,喋喋不休的讲话,胡扯和邀请我和她一起嬉戏胡闹。

然而如果我不沉溺在这种回顾之中,不证明在那当中并没有什么,我就会失去一些模糊的安慰。例如,我就无法向我的朋友断言,我肯定至少没有辜负我自己。而这对于为人正直是很重要的。我不应该被需要的压力,被心灵的绝望——我几乎不知道怎么来称呼它——驱使着,为了了解情况而企求得到进一步的帮助,因为这会把我的朋友推向绝境。格罗斯太太在压力下,已经一点一点地告诉了我大量情况;但是在这件事上的一个小小的疑点,有时候依然好像一只蝙蝠的翅膀掠过我的脑际。我记得当时的情况——那天深夜,整个府邸都沉入了梦乡,而我们在专心致志地谈论着我们的问题,我们面临的危险和我们守夜未睡的现实,所有这些似乎都是一种促进——使我感到最后掀开遮挡着真相的那道窗帘有多么重要。"我不相信有那么可怕的事情,"我记得当时我说道:"是的,咱们明确地说吧,亲爱的,我不相信。但是,如果说我相信,你知道,就是有一件事,我现在要求,你再也不要有任何保留了——哦,一丝一毫也要不保留了,来!——你把话都说出来吧。在迈尔斯回来以前,我们曾为那封他学校的来信发愁。在我再三追问之下,你说过,你并没有假装他过去确实并不'坏',当时你是怎么想的?他'过去'确实并不坏,这几个星期里我和他生活在一起,仔细地观察过他;他是一个头脑冷静的小神童,天性快乐,善良可爱。因此如果你没有看到(就像实际发生过的情况那样）一次例外情况的话，你会毫无保留地为他辩护的。那么你看到的例外情况是怎么回事？还有在你对他进行的观察中你注意到什么情况？"

这是一场严肃得可怕的调查，但是轻薄绝不是我们的风格。不管怎么样，在灰色的黎明催促我们分开之前，我已经得到了问题的答案。事实证明，我的朋友一直藏在心里的东西意义重大。原来曾有几个月的时间，昆特和迈尔斯经常形影不离。事实上，格罗斯太太曾经冒险批评过他们的这种亲密关系，暗示那样不成体统，她甚至在这个问题上向杰塞尔小姐直言不讳地提出过建议。但是杰塞尔小姐带着一种最冷淡的表情，要求她少管闲事儿。于是这个善良的女人当下就直接向小迈尔斯进言。在我追问之下，格罗斯太太告诉我，她对他说的话是，她但愿看到一个年轻的绅士不忘自己的身份。

当然，我又追问这个事情。"你提醒他昆特只是一个下贱的奴仆了吗？"

"正像您说的！可是他的回答，从一方面来说，却很差劲。"

"那么另一方面呢？"我等待着，"他把你的话告诉给昆特了？"

"不，不是那么回事。他绝不会干那个事儿！"她依然能够给我以深刻印象。"我肯定，无论如何，"她补充道，"他不会那么做。但是他否认了一些事情。"

"什么事情？"

"那些他们在一起的事情，就好像昆特是他的家庭教师似的——而且是一个出色的家庭教师——而杰塞尔小姐只是弗罗拉小姐的老师。我是说，他和那个家伙出去的时候，和他一起度过了好多个小时。"

"他然后却对这事支吾搪塞——他说他没去，对吗？"她显然同意我的说法，这使我马上补充了一句："我明白了。他撒谎。"

"哦！"格罗斯太太嗫嚅道，这表明她认为这并不重要，她的确又补充了一句来支持自己的说法。"您知道，毕竟，杰塞尔小姐不在乎。她并不禁止他。"

我考虑着："他把这作为正当的理由对你提出过吗？"

听到这话她又低下头去："不，他从来没有说过这事。"

"从来没有提过杰塞尔小姐和昆特的关系？"她的脸显然红了起来，她看出了我的用意和结论。

"这个，他没有吐露任何事情。他不承认。"她又重复了一遍，"他不承认。"

上帝呀,现在我把她逼迫到什么地步了!"那么说你能看出他知道那对狗男女之间的事情?"

"我不知道——我不知道!"这个可怜的女人呻吟着。

"你肯定知道,你这个宝贝,"我回答道,"只不过你没有像我这么大胆不顾一切,你由于羞怯、谨慎和脆弱,而一味地守口如瓶。虽然你心里的这件事是造成你不幸的最大根源,但是过去你却不要我的帮助,不得不在沉默中挣扎。但是我还是要使你把事情讲出来!你已经看出来,那个男孩心里有某种东西表明,"我继续说下去,"他掩盖和隐瞒了昆特和杰塞尔小姐的关系。"

"哦,他并不能阻止——"

"不能阻止你去了解真相?我敢说的确如此!但是,天呀,"我激动地陷入了沉思,"这表明,他们在对他的塑造上已经取得了成功,并且达到了那种程度!"

"啊,就算那不好,现在也无所谓了!"格罗斯太太悲痛地反驳道。

"难怪,"我固执地说道,"我向你提起他学校来的那封信的时候,你当时看上去窘得很!"

"我大概不像您那么窘!"她亲切地大声反驳道。"而且如果他那时候那么坏,那么他现在怎么成了一个天使?"

"是的,的确如此——如果他在学校里是个魔王,怎么会现在成了一个天使呢?怎么会,怎么会呢?好啦,"我苦恼地说,"你必须把这事再对我说一遍,但是我却几天以后才能告诉你我的想法。你只要把这事对我再讲一遍!"我叫喊道,我的样子使我的朋友直盯着我。"有一些方面,我自己眼下绝不会去涉足。"这时,我回过头来谈起她的第一个例子——她刚才提到的——那个男孩巧妙应付偶然过失的能力。"如果你当时向他提出忠告时说,昆特是一个下贱的仆人。那么我发现我已经猜到了迈尔斯当时对你说的话,他说的是:那么你就是另一个下贱的仆人。"她再次表示完全承认我的说法,于是我继续说道:"而你原谅了他?"

"难道您会不原谅吗?"

"哦,是的,我也会原谅他的!"于是我们在寂静中,交替发出一阵最古怪的笑声。然后,我继续说道:"不管怎么样,在他和那个男人在一块的时候——"

"弗罗拉小姐和那个女人在一起。这对他们倒都挺合适!"

我感到，这对我也是再合适不过了。我这么说，意思是这的确特别适合那个可怕的看法，我正在干着我禁止自己去干的事情。但是到目前为止我还是成功地克制住自己，没有把这种想法说出来。我不打算进一步阐明它，而只是向格罗斯太太提到我的最后看法。"他曾经撒过谎，并且曾经粗鲁无礼过，我原来指望听到你说他是个天真无邪小家伙，我承认他干的这些事情并不怎么可爱。不过，"我沉思着，"这使我比以往更强烈地感到我必须好好守着他们。"

片刻之后，当我在格罗斯太太的脸上看到她已经毫无保留地原谅了迈尔斯，而她所讲的旧事还在使我耿耿于怀，我不由得脸红了，因为那就好像她在给我一个机会让我来表现我的爱心。在教室的门口，她准备离开我的时候，她还是把这层意思说出来了："您肯定不会责怪他吧？"

"责怪他瞒着我和昆特来往吗？啊，请记住，除非有进一步的证据，我现在不会责怪任何人。"这时，我振作起来，说："我必须等待。"然后，我关上房门，而她走了出去，沿着另一条走廊，回到她自己的地方。

九

我等呀等呀，随着时间一天天飞逝，我逐渐不再那么惊恐了。事实上，很少有几天是没有什么新事就过去的，然而由于经常看见我的学生，我在满足于给予那些痛苦的想象、可憎的回忆以一种海绵般的轻柔刷洗。我曾经说过，我陶醉于他们那异乎寻常的孩子气的优雅风度，把它作为一种我可以积极地加以培养的东西。有人可能会以为是否我现在忽略了关注这个本源，忽略了它会产生的结果。更奇怪的，当然是那种我和自己的新看法作斗争的努力；如果我不是经常取得这种精神胜利的话，我无疑会更加紧张。为什么会是这样，我也说不清楚。我曾感到奇怪，我的两个小学生怎么会帮助我猜到了和他们有关的那些怪事；猜到当时的条件，这些事情只是使他们更加引人关注，而无助于使这些事情继续处于秘密状态。我唯恐他们会看出现在有人对他们倍加关注。把事情往最坏处想，正如我在沉思默想中经常做的，无论如何，任何给他们的天真无邪抹黑的做法，只会导致要冒更多的风险——因为他们是无罪的，而且他们注定要遭受许多不幸。有时候，由于一种不可抗拒的冲动，我发现自己常常会突然追上他们，把他们紧紧搂在我的胸前。而且每当我这样做过之后，我总是要问自己："他们对这会怎么想呢？这么做是不是太过分了?"我总是担心自己可能会泄露了什么情况,这种顾虑会很容易变成一种悲伤而狂乱的心绪,使我不知如何是好。但是我感到,如果说我依然喜欢的那些和平宁静的时辰,真正原因在于我的两个小伙伴的迷人魅力,在于它是一种依然有效的诱惑,即使它可能是伪装出来的,它正在受到研究。如果说它使我想到,我的这种感情冲动的表现,有时可能会引起他们的疑心,同样我也不会忘记提醒自己,我是否看到他们表现出的对我的日益增长的感情里有什么可疑之处。

他们在这个时期里,显得过分地、异乎寻常地喜欢我。而我想到,这无非是孩子们对于经常弯腰拥抱他们的人的一种美好的回报。他们慷慨地向我奉献出温顺和尊敬,事实上,是为了稳定我的情绪,就好像我真的根本没有发现他们这样做的企图。我想,他们过去从来没有想为他们可怜的女保护人做这么多事情。我是说——虽然他们功课学得越来越好,自然这是最让我高兴的事情——他们用这种方法转移我的注意力,使我高兴,使我惊讶;他们读我布置的一段段文章,给我讲故事,演我教的哑剧,化装成各种动物、历史人物,向我飞扑而来,最令我吃惊的是,他们能够背诵出一些他们自己偷偷背下来的冗长的文章片段。虽然我现在很想搞清楚,那时候我私下里曾对他们作出过多少惊人的结论,又私下多少次修改过这些结论,对这个问题我从来没有搞清楚过。他们从最初就向我展示出了学习各种东西时的那种敏捷容易劲儿,那是一种广泛的才能,无论从头开始学做什么,都是一学就会,而且成绩引人注目。他们做起功课来就好像在于自己最喜欢的事情,他们因为有着非凡的记忆力,所以总是醉心于漫不经心地显示自己的这种天赋,创造一些小小的奇迹。他们不仅化装成老虎和罗马人突然出现在我面前,而且化装成莎士比亚戏剧人物,天文学家和航海家。这是一种非常奇特的情况,它大概与事实有很大的关系,因为直到最近,我仍然找不出恰当的解释:我说的是在让迈尔斯转校的问题上,我竟异乎寻常地镇定。记得,当时我同意根本不谈这个问题。我之所以持这种意见,是因为我认识到了他那永远令人惊讶的聪明。他实在太聪明了,一个差劲的家庭女教师,牧师的女儿根本不可能惯坏了他。在我刚刚说到的这幅凄凉的刺绣中,那条最奇怪的,如果不是最明亮的线,就是我已经得到的印象,如果我敢于把它说出来,那就是他小小的头脑是处在某个很有影响的人物指挥之下,那个人在他生活中是一个巨大的动因。

无论如何,要设想这样一个孩子会逃学并非难事,因为他已经被一位校长"踢出了校门"。但是他为什么被学校开除，仍然是一个令人不解的谜。让我补充一点，在现在和他们朝夕相处的时候——尽管我小心翼翼几乎从来没有离开过他们——但是却没有发现什么蛛丝马迹。我们生活在音乐、友爱、成功和私人戏剧演出的梦幻世界里。这两个孩子的乐感都非常敏锐，但是哥哥在捕捉和重复乐音上更有非常出色的技巧。教室里的钢琴总是在演奏着各式各样的幻想曲，发出可怕的音响；而当琴声沉寂下去，房间角落里就会发出谈笑声，接着他们中的某一个会精神抖擞地走出来，以便作为一个新的人物"上场"。我有几个哥哥，所以对小女孩盲目崇拜小男孩并不感到新鲜。奇怪的是在这个世界上竟有一个小男孩，他居然能对一个年龄比自己小智力比自己差的小女孩如此关怀备至体贴入微。他们是那么异乎寻常地同心协力，要说他们从来没有争吵和抱怨，就使这种赞扬的评语成了对他们美好品质的粗俗议论。有时候，的确，当我脾气粗暴的时候，我可能会碰到他们俩之间有小小默契的迹象，这个时候他们中的一个就会缠着我干手边的事，而另一个则溜开了。我想，所有的外交手腕都有其朴素的一面；但是如果我的学生把它用在我身上，那肯定是绝少带有粗鄙的性质。在一段短小的平静之后，完全在另一个领域里，一个真正粗鄙可怕的事情爆发了。

我发现我真的踌躇不前了；但是我必须毅然投身进去。继续记录在布莱庄园发生的可怕事情，我不仅是在对最慷慨的信任提出挑战——对此我很少在意；而且这是另一回事——我也是在重新体验自己所遭受过的痛苦，再次通过这种痛苦的磨难走向悲剧的结局。那个时刻是突然到来的，当我回首往事时，我看到，从那个时刻以后这个事情似乎已经完全变成了纯粹的折磨。但是至少我已经达到了故事的中心，最直的出路无疑是继续前进。一天晚上，事先没有任何征兆和准备，我突然感到一种在我初到此地的那天夜里曾吹到我身上的那种冷飕飕的感觉，不过比那次更冷气逼人。正像我前面提到过的，要是后来我在这里的生活没有受到这么多的搅扰，我本不会对最初的那种感觉留下多少记忆的。我没有马上就寝，而是在两支蜡烛的陪伴下坐着看书。布莱庄园有整整一屋子旧书——上个世纪的小说，其中有些小说在内容上，显然素有不良之名，但是都没有一部描写一个堕落怪人的小说来得厉害。这些书既然已经被送到了这个归隐之家，自然引起了我青春的好奇心，虽然我不愿意承认这一点。我记得当时我手中的那本书是菲尔丁的《阿米丽亚》①；而且我非常清醒毫无睡意。我进一步回忆起来，当时肯定已是更深夜半，但我特别不愿意看表。最后，在我的印象中，那道白色帷幔按照那些日子的时尚，遮挡着弗罗拉的小床的床头，隐藏着她沉睡中稚气而完美的形象，正像我自己很长时间以来确信的那样。简而言之，我记得，虽然我对这位作家很感兴趣，但是我发现自己在翻动书页时，他的魔力突然完全消失了，我从小说上直接抬起目光，直盯着我的房门。有一小会儿，我谛听着，想起我到这里第一夜产生过的怯懦感，当时我隐约听到有什么东西在这个府邸里活动，我注意到，从敞开的窗户吹进的微风正在拂动着半开半关的窗帘。这时，我显得非常从容镇定，如果有旁人在场一定会对我的勇气大加赞赏，我放下手中的书，站起身，拿着一支蜡烛，径直走出房间，穿过走廊，无声地关上府邸的大门，并且锁上它。走廊里黑魆魆的，烛光也给它增添不了多少光明。

我现在既说不出究竟是什么使我下了决心，也说不出是什么东西指引着我，但是我在门厅里直走过去，手里高擎着蜡烛，直到我看见那个俯瞰着巨大的楼梯转弯处的高高窗户为止。这时，我突然意识到自己发现了三样东西。它们其实是同时出现的，然而它们又是接连地一闪而过。先是我的蜡烛，在猛然一抖之下，熄灭了，随后，透过那扇没有窗帘的窗户，我看见拂晓前那正在消退的黑暗，表明点蜡烛已经没有必要。没有了烛光，紧接着，我看到有什么人站在楼梯上。我虽然说到了先后，但是我自己根本无须半点间隔就已经僵立在那里，因为我第三次与昆特遭遇了。这个幽灵已经走到了楼梯中间的楼梯平台上，因而站在靠那扇窗户最近的地方，在那儿看着我，他停住了脚步，同时使我定住不能动，完全像上两次他在塔楼和花园里时做过的那样。他认识我，我也认识他；就这样，在这寒冷而模糊的昏暗中，在高处的玻璃和下面的擦亮的橡木楼梯的反光中，我们以同样激烈的情绪彼此对峙。这一次，他完全是一个活生生的可恶而又危险的鬼魂。但是这并非最奇怪的事情；我要把这种称号保留给另一种情况：这种情况就是这个可怕的家伙已经显然放弃了我，而我的心中也丝毫没有不敢见他或不敢与他较量一番的想法。

在那不同寻常的时刻，我感到极为痛苦，但是感谢上帝，我却并没有半

---

① 亨利·菲尔丁（1707—1754），英国小说家、戏剧家。《阿米丽亚》出版于1751年。小说描写善良的阿米丽亚与穷军官布斯结婚后，由于权贵们的陷害和布斯本人的轻率而灾难不断。后来布斯改过自新，又得到一笔意外财产，两人才苦尽甘来。

点恐怖。而他知道我的感觉——在一瞬间我发现自己也很清楚地意识到了这一点。我充满强烈的自信，觉得只要我能站在原地一分钟，我就能终止他的活动——至少是这一次。在这一分钟里，他好像活人一样和我进行一次可怕的真正的会见，之所以可怕是因为他过去曾经是人，并且像人一样和我单独相遇，就像在夜半更深的时候，在一所沉睡着的府邸里，遇见了一个仇人、亡命之徒或者罪犯一样。我们长时间地彼此对视着，距离近在咫尺，周围是死一般的沉默，形成了一种巨大的恐怖的气氛，笼罩着那里，成为这次会见唯一不自然的音调。如果我在这样一个地方这样一种时辰碰见的是一个杀人犯，那么我们至少还会说话。在生活中，我们之间就会产生某些交流；如果没有什么交流，我们两人中的一个就会走开。但是我和昆特对峙的时刻拖得如此之长，只要再延续一小会儿，我就会怀疑我是否还活在人间了。我无法描述随后发生了什么情况，除了说那沉默本身——那的确在某种形式上是我的力量的一个证明——变成了一种因素，我看见由于这个因素那个鬼影不见了。由于这个因素，我的确看见昆特的鬼魂转身而去，我看见这个卑劣的家伙就好像转身从自己的主人那里接受了一个命令，他从我的眼前走过，我盯着那讨厌的背影，那难看的驼背真是盖世无双。他直接走下楼梯，走进黑暗之中，消失在下一个拐弯处。

十

我在楼梯顶端又停留了片刻，但是我很快明白过来我的客人已经走了，他已经走了，于是我便回到了我的房间。借着那支一直点燃的蜡烛的光辉，我看到的第一件事情就是，弗罗拉的小床空着。一看到这种情况，我恐怖得一下子屏住了呼吸，可是就在五分钟以前，对恐怖我还是颇能抵抗一番的。我猛冲到我刚才离开时她躺的地方，走过小床（因为小小的丝绸床罩和床单、被单一片凌乱），白色的帷幔被掩人耳目地拉向前面；这时我停下脚步，我听到一个回应的声音：我看到窗帘一阵摇动，那个躲藏着的孩子，从窗帘的另一边面色红润地显露出来。这使我心里一块石头落了地。她站在那里，那么容光焕发光彩照人，她的睡衣那么小，赤着一双粉红色的小脚，金色的鬈发闪闪发亮。她看上去表情非常严肃，我过去还从来没有体会过这种失去已经获得的优势的感觉（这种紧张感非常奇特），就在我意识到这一点的时候，她带着责备的口吻对我说道："您不听话：刚才您到哪儿去了？"我还没有责问她自己为什么不守规矩,相反我发现自己正在受到审问并且正在进行解释。她自己用一种最天真可爱的热烈语气,对刚才的事情作出了解释。正当她躺在那里,她突然发现我没有在房间里,于是跳起身来看我变成了什么。这时,我由于发现她重新露面而高兴地坐回到椅子上——此时,也只有此时,我才感到有些浑身软弱无力;她已经脚丫吧嗒吧嗒地直向我跑来,她扑到我的膝盖上,在蜡烛的光辉照耀下展现着那张美丽的小脸,由于睡眠依然红扑扑的。我记得自己把双眼顺从而有意识地合上了一小会儿,就好像她那双蓝眼睛闪耀出的过于美丽的光彩使我承受不住似的。"你刚才向窗外看,是在寻找我吗?"我说,"你以为我可能在庭院里散步?"

"哦,您知道,我以为有什么人——"她向我微笑着说这话的时候脸色一点也没变。

噢,我当时在用怎样的表情看着她呀!"那么刚才你看见什么人了?"

"啊,没有!"她回答道,她的回答充满稚气,前后矛盾,显然有些不满情绪,虽然她在拖长声音否认时带着一种撒娇的可爱神态。

当时,由于我的精神十分紧张,我认为她肯定在撒谎。如果我再次闭上眼睛,把它摆在三四种令人眼花缭乱的可能情况面前,我就会相信它。在这些可能的情况中,一时之间,有一种想法特别强烈地激怒了我,为了要抵抗这种想法,我肯定已经猛然一下抓住这个小姑娘,很奇怪,她顺从了我,既没有叫喊也没有一点害怕的痕迹。为什么不就此对她摊牌,把事情弄个水落石出呢?——为什么不就当着她那容光焕发的可爱小脸直接把这件事向她提出呢?"你看,你看,你知道你看见了,而且你已经完全想到了我是这么想的;既然如此你为什么不坦白地向我承认呢,这样至少我们可以一起对付它,并且也许可以搞明白,在我们古怪的命运中,我们目前的处境如何,它又意味着什么?"但是,唉,这个念头就像它当初产生时一样,很快就消失了;如果我当即就照这个念头去做了,那么可能我已经使自己解脱了——好了,你们以后会看到我为什么这么说。但是我并没有这样去问她,而是腾地站起身来,看着她的小床,采取了一种于事无补的中间道路:"为什么你要拉上帷幔挡住那里,使我以为你还在那儿呢?"

弗罗拉明显地考虑了一下,然后带着她特有的小小而圣洁的微笑回答道:"因为我不想吓着您!"

"但是,假如我的确是像你想的那样出去了,又会怎么样?"

她完全拒绝猜谜;她把目光转向蜡烛的火焰,好像这个问题那么不值得一提，或者就像玛塞特太太①或九乘九那么和她毫无关系。"噢，可您知道，"她理由充足地回答道，"您会回来的，亲爱的，而且您已经回来了！"过了一小会儿，当她已经上了床，我久久地几乎紧挨着她坐着，握着她的一只手，以证明我认识到我的归来很恰当。

　　你可以想象出，从那个时刻起，我的夜晚一般是什么情况。一夜夜我总是不断地坐起来不睡，直到不知到什么时候；我总是选择我同屋的小家伙确实睡着的时刻，偷偷溜出去，在走廊里悄然无声地转一转，甚至走到我上次碰见昆特的地方。但是，在那儿我再也没有碰见过他；而且我同时可以说我再也没有机会在这座府邸里看见他。另外，我在那段楼梯上刚刚错过了一种不同的冒险。有一次，我从楼梯顶端向下看，我看到有一个女人背对着我，坐在低几级的楼梯上，她的身体半弓着，她的头痛苦地埋在双手之间。我不过刚刚走到那里，但是，转瞬之间她便消失了，甚至没有回头看我一眼。但是我依然确切地知道她要展示的是一张多么可怕的脸；而且我不知道，如果我不是在上面而是在下面，我是否会有上次我向昆特显示出的那种勇气，迎着她的脸向上走。好哇，有的是机会来检查我的勇气。在我最后一次遇见昆特之后的第十一个夜晚——现在我把在这里的每一天都编了号——我经历了一场惊吓。由于它的到来完全出乎我的意料，所以可以说，它的确是我受惊吓中最强烈的一次。由于连续守夜我已经十分疲倦，这是这么多天来第一个夜晚，觉得我又可以在平时的睡眠时间里躺下，只是不要疏忽就是了。我立即睡着了，并且如我后来所知，一直睡到午夜一点左右。但是当我醒来的时候，我是直挺挺的坐着，并且完全醒过来，就好像有一只手摇晃过我。我原本让一支蜡烛点燃着，但是现在它已经熄灭了，我立刻感到肯定是弗罗拉把它吹灭的。这使我站起来，并且在黑暗中直奔她的小床，我发现她已经离开了自己的小床。我向窗户看了一眼，立时醒悟过来，我划了一根火柴，整个画面便呈现在眼前了。

　　这孩子又起床了——这一次她吹灭了蜡烛头，并且又是出于某种目的，在进行观察或者在对什么事情做出反应。她挤在窗帘后面，正在窥视着外面的夜景。她现在看到了什么——因为无论是我重新点亮蜡烛还是我匆忙穿上拖鞋和罩衫都没有惊动她，这证明她这次看到了上次没有看到的东西。由于这个发现，我对自己很满意。她小心翼翼地隐蔽在窗帘后面，专心致志地看

---

① 珍妮·玛塞特（1769—1858），是英国19世纪一位著名的科普女作家。

着窗外，她显然在窗台上休息——玻璃窗向外开着——她把自己完全暴露给外面。一轮巨大而宁静的月亮帮助了她，这个事实也促使我迅速作出了判断。她正和我们上次在湖边遇见过的那个幽灵面对面待在一起，她现在能够和那个幽灵交流思想，因为在湖边时她无法这样做。而我必须注意的是不要惊扰她，而从走廊走到对着她们所在地方的另一扇窗户。我设法走到门边而让她毫无知觉；我走出门，关上它，谛听着从另一边传来的她的声音。我站在过道里，让自己的目光在她哥哥的房门上停留了一下，那道门就在十步以外，令人难以相信的是那道门竟然在我的心里产生了一种崭新的奇怪的冲动，近来我把它叫做我的诱惑。如果我直接走进那个房间并走到他的窗前将会怎么样？如果我冒险，不顾他的幼稚他的惊慌失措讲出我的动机，将会怎么样，我要是抛开其余的神秘念头，抛开长期以来我对自己冒失行为的克制，将会怎么样？

这个想法很起作用，使我径直走到他的门口并停下来。我非常细心地听着，我自己设想着会发生什么可怕的事情；我不知道是否他的床也是空的，是否他也在偷偷地守望着。那是深沉而无声的一分钟，而后，我的冲动消失了。他安静无声，他可能是无辜的，那种冒险是可怕的；我转身走开了。庭院里有一个人影——一个人正在徘徊查看，是与弗罗拉交往的那个来客，但不是最关心我的男学生的那个来客。我又犹豫起来，但这是因为别的原因，而且只有几秒钟；然后我作出了自己的决定。在布莱府邸有好多空房间，问题只是选择哪一间最合适。我突然想到最合适的就是比较低的那间——虽然它比花园还是要高一些——就在这座府邸的坚固的角落里，我曾经把那里称作旧塔楼。这是一间很大的正方形房间，布置成一间卧室的样子，由于太大，使用起来很不方便，所以虽然格罗斯太太把它收拾得井井有条，堪称模范，但是已经多年没有人住了。我曾经常对这个房间表示赞赏，也知道到那儿去的路该怎么走。初次看到它那多年不用、幽暗阴冷的样子，使我不由得心生踌躇，但随后我只是从这个房间里横穿而过，并尽可能无声地打开它的一扇护窗板的插销。在做完这一步之后，我无声地掀开了窗帘，把脸靠到窗玻璃上。外面比室内明亮得多，这样我能够看到我正冲着正确的方向。这时我看到了更多的事情。月光使夜色分外明亮，使我看到在草坪上有一个人，由于距离远而变小了，他站在那里一动不动，好像在想什么事情，他抬头看着我露面的地方——他看着，目光根本没有看着我，而显然是在看着我上面的什么东西。显然我上面有另一个人——在塔楼上有一个人；但是草坪上的那个人根本不是我所想象到并急于见到的人。那个站在草坪上的人，当我把他认出来时。我感到很难受，竟然是可怜的小迈尔斯本人。

十一

直到第二天很晚的时候，我才和格罗斯太太说上话。因为我严格要求我的两个学生待在我看得到的地方，这就经常使我和她个别见面很困难。无论是对仆人们还是对孩子们，我们感到更重要的是不要引起他们的任何疑心，不要使他们察觉我们私下十分惊慌，并且暗中讨论着那些神秘的事情。格罗斯太太外表上显得十分平静自然，这使我从中汲取了巨大的力量和安全感。在她那精神焕发的脸上，别人绝不会看出我告诉她的那些可怕事情。我可以肯定，她完全信任我：如果她不是这样，我不知道自己会变成什么样子，因为我无法单独承担起这副重担。一个人如果缺乏想象力，那其实是一种福分，格罗斯太太就是验证这一真理的一座不朽的纪念碑。如果她在我们受命照顾的这两个小家伙身上看到的只是他们的美丽和可爱，他们的快乐和聪明，而没有看到别的东西，那么她与我在引起我的烦恼的根源问题上就没有任何直接的交流。如果那两个孩子以往受到的是看得见的伤害和折磨，那么她无疑会追溯它的根源，并且会变得足够凶狠来和那些幽灵较量；但是照目前的情况看，我能感觉到，当她把她那双大白胳膊抱在胸前审视着他们的时候，在她的面孔上全是以往那种宁静开朗的神情，她在感谢上帝的仁慈，即使他们灵魂堕落了，他们的肉体依然存在。在她的心中，奔放的想象已经让位给面前壁炉边令人心宽的闪闪红光，而且我已经看到，随着时间流逝而没有发生一件意外事件——她的这种想法也在发展——她认为我们的小家伙们毕竟能够照顾他们自己了，她说她最担心的倒是我这位家庭女教师提出的令人发愁的情况。这对于我自己来说意义非同小可：虽然我能够对世界保证，从我的脸上不会泄露什么，但是由于这种情况，我发现我还要为她的态度担心，这大大加重了我的精神负担。

这天下午，格罗斯太太急匆匆地到露台上来找我。随着季节的流逝，现在下午的太阳很讨人喜欢；我们在露台上坐在一起，在远处，在我们只要一叫就能听到的地方，那两个孩子走来走去，此时他们非常温顺听话。在我们下面的草坪上，他们缓缓移动着，彼此十分和谐，那个男孩一边走一边朗读着一本故事书，他用一只胳膊搂着妹妹的肩膀，和她保持着联系。格罗斯太

螺丝在拧紧 | 143

太带着自信而平静的神情看着他们。当她诚恳地转过身,听我把这美丽挂毯的可怕背面展示给她的时候,我捕捉到她压抑的理智发出的咯吱咯吱的声响。我已经把她变成了一个专盛可怕事物的容器,但是,很奇怪,她似乎承认我在一些方面胜过她——我的成就和我起的作用——因为她的耐心无法和我的痛苦相比。在我向她讲述我的发现的时候,她诚心诚意地听着,就好像假如我希望调制一种巫婆的肉汤,向她提出建议,她也会欣然从命拿出一个干净的大汤锅来。到这时,她的态度已经彻底改变过来了。我详细地向她讲述了那天夜里发生的事情。我讲到了迈尔斯当时向我说的话。我看见他,在那么一个鬼魂出没的时刻,几乎就站在他现在站的同一个地方,于是我赶快下去把他领回到房间里来。我当时在窗前,之所以宁可采取这种办法,而没有向他高声叫喊,完全是为了避免惊动整个府邸的人。我有一个小小的愿望,想要成功地再现迈尔斯那种真正出色的急智和灵感,迈尔斯在我把他领回府邸后,就是用它来对付我最后明确给他提出的那个难题的。虽然格罗斯太太实际上完全同意我的见解,但是我的叙述却给她留下了一点小小的怀疑。那天夜里,在月光中我刚刚出现在露台上,他就尽可能沿直路向我走来;对此我一言不发地拉住他的一只手,领着他,穿过一个个黑暗的空间,走上了那段昆特曾经如饥似渴地徘徊、寻找他的楼梯,沿着我曾在其中谛听和发抖的门廊,一直走回他的房间。

在那一路上,我们俩都没有说话,我想要知道——哦,我多么想要知道!在他小小的脑海里是否正在琢磨着某种似乎可以言之成理的或不太荒诞的借口。他编造的话肯定会使他绞尽脑汁,他肯定感到非常难堪,对此我却感觉到一种奇怪的凯旋般的激动。对于这个不可思议的小家伙,这真是一个厉害的陷阱!他再也不能玩过去的把戏,用天真无知当挡箭牌了;那么他将怎么打好这个决胜局,怎么来脱身呢?我的胸中,的确心脏突突直跳,因为这个问题,心脏在剧烈地跳动,一个同样的无声的问题出现在我脑海里,我应该怎么打好这个决胜局。我终于面对着(过去还从没有过)全部的冒险,它甚至到现在还在我自己的可怕的笔记中震响。我记得,事实上当我们推门走进他的小房间时,那里的床根本没有睡过,窗户毫无遮挡地对着月光,使这里一片清朗,根本无须划火柴。我记得,当我意识到他肯定知道,他(正像他们说的)实际上"胜过"我,他能够仗着他的聪明才智为所欲为,这时我突然一下失去了勇气,瘫坐在他的床沿上。

过去照看过这个少年的那些人,他们效命于迷信和恐怖,而我也只能继续遵从他们的有罪的传统了。迈尔斯的确"胜过"我,但他现在进退两难;因为他永远会宽恕我提出的任何要求,他会同意我应该去解开谜底。但是即使我以最轻微的恐怖开始我的调查,我是否就成了在我们的美好交往中首先引进一场可怕的暴风雨的人?不,不,打算告诉格罗斯太太是没有用的,正如在这里我几乎不打算说出,在黑暗中,在我们短暂而僵持的轻微接触中,他怎样令我钦佩得发抖。我当然是对他充满柔情与怜爱;虽然我在心里再三警告自己千万不要动情,但是我还是情不自禁把柔情无限的双手放在了他小小的肩膀上,当我靠着那小床休息的时候,我在欲火燃烧下把他牢牢固定在那里。我没有选择,但是,至少在形式上,我还是向他提出了那个问题。

"你必须现在告诉我——而且必须都要讲实话。你刚才为什么要出去?你在那儿干什么?"

我现在还能看到他那灿烂的微笑,他那双美丽的眼睛和他露出的洁白的小牙齿,在黑暗中向我闪耀着。"如果我告诉您为什么,您会明白吗?"听到这句话,我的心一下提到了嗓子眼。那么他要告诉我为什么了?我发现我虽然想督促他讲下去,口里却什么也讲不出来,我意识到自己只是模糊地一再皱着眉头点着头,算是回答。他就是温柔的化身,当我向他频频点头的当儿,他站在那里,比平时更像一个神话故事里的小王子。的确正是他的开朗使我松了一口气。如果他真的告诉我,事情就那么了不起吗?"好吧,"他终于说道,"其实,您要这样做完全是合情合理的。"

"做什么?"

"认为我——为了换换花样——坏呗!"我永远不会忘记当他说出那个词儿时所带出的甜美与快乐,我也绝不会忘记他怎样在那快乐的最高潮时向前俯身亲吻了我。实际上一切都就此结束了。我迎接着他的亲吻,并且把他搂在怀中整整一分钟,在这个过程里,我做出最大的努力才没有哭出来。他的确已经作出了自己的交代,使我不好再继续追问下去了,为了表明我已经接受了他所做的解释,我很快地扫视了一下这个房间,我说道——

"那么说你根本没有脱衣睡觉?"

他的面孔在昏暗中快乐地闪耀着:"根本没有。我在坐着看书。"

"那你什么时候出去的?"

"在午夜。在我坏的时候我可坏了!"

"我知道,我知道——那么做很迷人。但是你怎么能确定我会知道呢?"

"哦,我和弗罗拉已经安排好了。"他的回答像银铃一样响起来,显然早

螺丝在拧紧 | 145

有准备!"约好了她起床并且向外张望。"

"她的确是那么干的。"原来上当的人却是我!

"这样她打搅了您,并且,让您看见了她在看什么,于是您也去看——这么一看,您就看到了。"

"但是你呢,"我插嘴道,"却会在夜晚的空气里把自己的命送掉了!"

他高高兴兴地表示同意我的意见,为自己的计谋得逞真是心花怒放。"要不然我怎么能让你看到我有这么坏呢?"他问道。然后,我们又一次热烈拥抱,我向他承认像他的玩笑说的,他已经能勾引人了。当我同意了要把美好的东西完全保密,这次意外事件和我们的会面就结束了。

十二

我有一个特殊印象,我在早晨的阳光下(我重复一遍)把这件事讲给格罗斯太太听的时候,想让她搞懂这件事却并不容易,虽然我还提到迈尔斯在我们分手前说的另外一段话。"他说的话整个不过只有几句,"我对她说,"但是这几句真解决问题。他说:'您想一想就会知道,我还能做什么!'他对我说这几句话就是要向我显示他有多么好。他完全知道他'应该'干什么。他在学校里让他们尝到了他的滋味。"

"上帝呀,您确实变了!"我的朋友喊道。

"我没有变——我只是领悟了这一点。他们四个就用这种办法,经常见面。最近无论哪天夜晚,你如果和任意一个孩子待在一起,你就会完全弄明白了。我越是观察和等待,就越是感觉到,如果没有别的事情造成这种情况,那么肯定是靠着他们双方蓄意保持沉默来做到的。他们在说话的时候对他们的老朋友绝口不提,就好像迈尔斯对他被学校开除的事绝口不提一样。哦,是的,我们可以坐在这里看着他们,而他们可以在那里尽情向我们表演;但是,甚至就在他们假装陶醉在神话故事里的时候,他们实际上却沉浸在和死人重见的幻想之中。他并没有在给她读书,"我断言道,"他们在谈论'他们'——他们在谈论令人恐怖的事情!我知道,我继续追究这件事我简直好像疯了;我没有发疯,这是一个奇迹。我所看到的东西会使你发疯;但是它只是使我更加神志清醒,使我了解到更多的其他事情。"

我的这种神志清醒肯定看来很可怕,那两个迷人的小家伙就是我研究的对象,他们幸福地依偎在一起,在我们前面的草地上走来走去,这使我的同事在旁边更坚持她对一些事情的看法；我能够感到她现在的那些念头是多么坚定，但同时她对我的激动情绪却似乎无动于衷，她依然用她自己的眼光来看待他们。她问道："您还看到了什么别的事情？"

"这个，我看到那些过去曾经令我高兴，令我着迷的事情，到最后，却使我感到迷惑和烦恼。就像我现在奇怪地看到的，他们那种超凡脱俗的美丽，他们那种异乎寻常的美德，统统是一种花招，"我继续说道，"是一种策略，一种骗局！"

"您是说那两个小宝贝——？"

"你想说到目前为止他们依然是一对可爱的小宝宝？不错，我刚才那么说看起来简直是发疯了！"把话都说出来，倒真帮我把问题理出了头绪——对事情追根溯源，全面分析，"他们过去就不是很乖——他们只是心不在焉。过去和他们生活在一起很容易，因为他们只是过着他们自己的生活。他们不属于我——他们不属于我们。他们属于那一对男女！"

"属于昆特和那个女人？"

"属于昆特和那个女人。他们想要得到那两个孩子。"

哦，听到这话，可怜的格罗斯太太在怎样打量着那两个孩子！她问道："但是，这是为什么呢？"

"因为那一对儿热爱他们在那些可怕的日子里灌输给孩子们的邪恶。而且为了要让他们依然和邪恶纠缠在一起，为了保持恶魔们的工作不会中断，就是这些把其他恶魔带回来的。"

"天呀！"我的朋友气都喘不上来地说道。她的这种感叹早已是司空见惯，但是它反映出过去肯定出现过比现在还要严重的情况，她真正接受了我进一步证明的东西。对我来说不会有比这更正当的理由了，因为她通过自己的经验坦白承认，我在那一对恶棍身上发现的堕落行为都是可信的。过了一会儿，她又说话了，显然是她的回忆使她产生了这样的看法："他们过去就是一对坏蛋！但是他们现在能干什么呢？"她追问道。

"干什么？"我大声重复着她的话，以致使在远处走过的迈尔斯和弗罗拉停下了片刻，看着我们。"他们干得还不够吗？"我压低声调问道，这时那两个孩子已经在微笑、点头，向我们送着飞吻，又重新开始他们的表演。我们被他们吸引住了一小会儿；然后我回答道："那一对会毁了他们的！"听到这句话，我的同伴转过身来，但是她提出的疑问是无声的，这使我更加直爽。"他们现在还不知道究竟应该怎么干——但是他们正在努力想要搞清楚。就

螺丝在拧紧 | 147

目前而言，他们只是偶尔被碰见，而且是在远处——在一些奇怪的地方，在高处，在塔楼顶上，在屋顶上，在窗外，在池塘的对岸。但是他们双方都有一种深深的愿望，想要缩短距离，克服障碍；那两个诱惑者的成功只是个时间问题。他们只需保持他们那危险的暗示、指点就够了。"

"要孩子们到他们那里去？"

"还有因此而来的死亡！"

格罗斯太太慢慢地站了起来，我小心地补充道："当然，除非我们能阻止它！"

她站在我的面前，而我依然坐着。她显然在翻来覆去地考虑着这些事情。"他们的伯父必须亲自出面制止这件事。他必须把他们领走。"

"那么谁去促使他这么做呢？"她一直在扫视着远处，但是现在她向我低下了那张有些鲁莽的脸。"您，小姐。"

"难道写信告诉他，他的家里正在闹鬼，他的小侄子、侄女都发疯了吗？"

"但是，他们是不是发疯了，小姐？"

"你的意思是说，是不是我自己发疯了？这可是一位家庭女教师给他送去的绝妙消息，但是这位女教师的基本承诺就是不给他带来任何麻烦。"

格罗斯太太考虑着，同时她的目光又在尾随着那两个孩子："是的，他确实讨厌人家麻烦他。这也是最根本的原因。"

"是为什么那两个恶魔能欺骗他那么久的原因？毫无疑问，他过去肯定是冷酷得可怕，但是无论怎么说，我绝不是一个恶魔，我不应该欺骗他。"

过了片刻，我的同伴为了更好地答话，又坐了下来，她紧握住我的一只胳膊，说道："无论如何，想办法让他到您身边来。"

我睁大了眼睛。"到我身边来？"我突然有一种对她会作什么的担心。"让'他'？"

"他应该在这里——他应该帮忙。"

我迅速站了起来，我想我刚才肯定向她展示出一副与以往截然不同的奇怪表情。"你看我会邀请他来吗？"不会，她的目光停留在我的脸上，她看出我绝对不会那么做。恰恰相反——正如一个女人能够看出另一个女人的心思——她能够想到我自己想到的那些东西：主人对我的嘲笑和轻蔑。他会嘲笑我破产的辞职打算，嘲笑我不惜绞尽脑汁来吸引他注意我的微薄姿色。但是她不知道——没有任何人知道——我对能为他服务，能严守我们的协议，是多么自豪。但是我想她还是听出我现在给予她的警告的严重性:"如果你要是利令智昏竟然为了我去请求他——"

她真被吓坏了,问道:"那会怎么样,小姐?"

"那我就马上离开,离开他和你,你们两个。"

十三

和他们做伴是一件乐事,但是要和他们交谈我却感到力不从心,在近距离接触时,困难像过去一样不可克服。这种情况持续了一个月,有一些新的惹人生气的举动和特别的表现,那种表现首先就是我的两个学生的小小的讽刺意识,它表现得越来越尖锐了。我今天像我当时一样肯定,这绝不仅仅是出于我的该死的想象:而完全是有迹可查的,他们知道我的困难处境,这种奇怪的关系,在很长时间里构成了我们生活于其中的那种气氛。我并不是说他们口是心非或者干了什么粗俗的事情,因为他们的危险不在于此。我是说,在另一方面,那件没有说明和触及的事情在我们之间变得比其他事情都更突出了,我们都尽量回避谈到它,但是如果没有大量的暗中安排,这种回避不可能这么成功奏效。有些时刻,就好像我们不断看到一些我们不得不就此止步的障碍物,或者突然退出一条我们意识到此路不通的死胡同,就好像我们关上一扇被轻率地打开的门,那门发出的不大的"砰"的一响,比我们预料的声音响得多,不由得使我们面面相觑。条条大路通罗马,有些时候我们感到几乎每门学习的课程和每个话题都围绕着那个禁区,稍不留神就会陷入其中。禁区就是死人会不会回来的问题,特别是死人会不会在他们的朋友的回忆中,在孩子们的记忆中生存下来。我可以发誓,有些日子他们俩当中的某一个会令人难以察觉地轻轻用胳膊肘碰另一个一下,悄声说:"她认为她这次能做到那件事了——但是她休想!""做那件事",就是直接提到那位替我把他们训练出来的女士,那位杰塞尔小姐。他们对于我个人经历的一些片段非常感兴趣,总是听得津津有味,百听不厌。我已经把我的历史一再地讲给他们听,他们知道过去发生在我身上的一切,了解我的最微不足道的冒险故事以及发生每个故事的环境,了解我的哥哥姐姐的故事,我家的猫和狗的故事,甚至知道我父亲的许多特别怪僻的性格脾性,我们家的家具和布置,以及我们村的那些老太太聊的家长里短。事情多得很,足可以让人彼此议论议论,只要人的脑子不慢,并且自己知道该什么时候打住。他们很有心计，知道怎么像操纵提线木偶一样引导调动着我的创造和回忆。当我后来想到这些时刻的时候，正是他们的这种做法使我产生了怀疑，使我想到我是否那时就被他们暗中观察着。我们能够随心所欲地谈论的事情，仅仅是关于我的生活，我的过去和我的朋友的话题，这时候他们有时会提醒我忘掉的情节，非常讨人喜欢。他们会突然毫无缘由地要求我重新再讲古迪·戈斯林的有名的警句或者让我重讲已经讲过的教区牧师的那匹聪明的小马的各种细节。

　　就这样，一步一步地，由于这种转变，我的教学工作现在已经陷入了困境，我和我的学生的关系变得极为敏感。一连好几天再没有碰见鬼魂，本来这应该使我紧张的神经多少得到一些缓解的，但是事实却并不是这样。自从那次半夜在上面楼梯平台上看见一个女人坐在楼梯底层以来，无论是在这座府邸的内外，我再也没有看见任何可怕的东西。虽然有很多次，在我拐过墙角的时候，我以为会突然遇到昆特，也有很多次，我以为杰塞尔小姐会突然出现在我面前。夏天的景色已经改变，夏天已经消逝；秋天已经降临在布莱庄园，它已经吹走了我们的一半快乐。这个地方，举目望去，只见灰蒙蒙的天空和凋残的花环，光秃秃的树林和零散的枯叶，就好像一座演出结束后的剧场——到处点缀着揉皱、踩烂的节目单。恰恰是天空的这种肃杀的状态，这种无处不在的沉寂和秋风吹过四周发出的愈加萧瑟的声响，以及主宰着那一时刻的那种无法言传的印象，那时刻长得足以使人感觉到它，它使我想起六月的那个黄昏，在室外我第一次看到昆特时的感觉，还有在另外一些时刻，在我通过窗户看见他以后，我在周围的灌木丛里徒然地寻找他时的感觉。我认出了那些痕迹，那些不祥之兆——我认出了那个时刻，那个地点。但是它们依然是那么孤寂，依然空空荡荡，我继续没有受到干扰。如果"没有受到干扰"可以用来形容这样一个年轻女人，在这种最异乎寻常的条件下，她的敏锐感觉不但没有衰退反而变得更加深刻了。我在和格罗斯太太谈到弗罗拉在湖边那可怕的一幕时，我曾经说过，从那个时刻起，如果我失去能看见鬼魂的能力会比保留它更令我痛苦。我这么说使她心绪烦乱。那时我就已经表达了我心里的明确想法：事实上，无论孩子们是否真的看到了那两个鬼魂（因为，当时的情况是，这一点还没有确切地得到证实），我都心甘情愿作为他们的一个卫士，让自己首当其冲地迎接鬼魂们可能带来的一切恐怖和危险。我准备去知道必须知道的最坏的情况。这时我极不愿意看到的一种情况是，可能我的双眼被封住了而同时他们却把眼睛睁得大大的。好吧，就算我的双眼被人封住了，眼下看来就是这样——我的眼睛完全被封住了，为它而不感谢上帝似乎就是对上帝的不敬。唉，要做到这一点又是多么困难：如果我对我学生的秘密没有相当的把握，我本会以我的全部灵魂来感谢上帝的。

今天，我怎么能够把当年我着魔的奇怪经历一一道来呢？我敢发誓，有好多次，我们在一起的时候，就在我在场的情况下，就有一些他们认识和欢迎的鬼魂来拜访他们，但是这时我对鬼魂的直感却关闭着，我什么也看不见。假如我不是恰恰在这个时候，在紧要关头踌躇起来，担心我的做法造成的伤害也许会比我要避免的伤害更大，我就会兴奋地喊起来了："他们就在这儿！他们就在这儿！你们这两个小坏蛋！你们现在无法否认这一点！"这两个小坏蛋这时表现得比平时更讨人喜欢、更温顺，借此来否认那些鬼魂的来临。然而就在他们这种表演的透明的深处——就像溪流中的鱼儿一闪——他们的嘲笑显现出来。事实上，惊愕已经深入我的内心，比我那天晚上在星光下寻找昆特或杰塞尔小姐却看见迈尔斯时还要强烈。当时他没有睡觉，却站在外面，当我看他时，他把那可爱的仰视的目光直接转到我身上，其实他原本是看着我头顶上塔楼上昆特的可怕幽灵的。如果这是一个令人恐怖的问题，我这次的发现比其他任何发现都更令我感到恐怖，正是由于它引起的神经紧张的情况，我得出了现在的一些结论。有时候，这些结论使我非常烦恼，在闲暇的时候，我常常把自己关在房间里自言自语，这既是一种莫大的放松同时又是一种绝望的延续——是那种可能使我达到真相的途径。我从不同的角度思考着这个问题，在我的房间里，我快步地走来走去，但是我总是在说出一些可怕的名字时突然停下来。当这些名字在我的嘴唇边消失的时候，我对自己说，我的确应该帮助他们谈出一些不名誉的事情，但是如果由我讲出这些事情，我就犯了课堂上的忌讳。当时我对自己说："他们遵守纪律一言不发，而你这么受人信任，你要说就太卑鄙了！"我感到自己的脸烧得通红，我用双手捂住自己的面孔。往往在这秘密的一幕之后，我的话变得比平时要多，继续滔滔不绝地说下去，直到一阵神秘的沉寂降临为止，于是我奇怪地，昏头昏脑地升入或者漂进（我努力挑选着词汇！）一种静止，一种整个生命的停顿。这种沉寂与那时我们制造出的吵闹声的多少无关。我能通过孩子们增加的兴奋程度或加快的背诵声，从钢琴的更响亮的弹奏声中听到它。我能听出来，这时有其他人——外来的人在场。虽然他们不是天使，他们就像法语所说的"过世了"。在这些鬼魂逗留的时候，我总是害怕得发抖，因为我担心他们正在对那两个年幼的受害者说一些更加可怕的消息，让他们看到更为生动的形象，比他们当初为我自己准备的还要好。

对我来说，一个无法摆脱的残酷的想法是，无论我看见了什么难以想象的可怕事情，迈尔斯和弗罗拉都只会看到的更多，这些都是从前他们之间可怕的交往造成的。这类事情自然会在表面上留下一时的冷淡，虽然我们都极力否认我们感到了它的存在。而且我们三个人都再三受到这种出色的训练，所以我们每次几乎都是自动地以完全一样的动作去结束这种事件。这两个孩子真令人惊讶，无论遇到什么事情，他们总是固定不变地带着一种不恰当的狂热来亲吻我，而且他们从来没有忽略过——让一个或另一个提出那个可爱的问题，它曾经帮助我们通过了很多严重的危险："您认为他什么时候会来？您不认为我们应该写封信吗？"我们凭着经验都发现了，没有什么东西比这种询问更能把难堪的局面打发掉。"他"当然是指他们在哈雷街的伯父。我们生活在奢谈这样一种理论之中，似乎他会在任何时候到达，加入到我们当中来。对于这样一个信念，他给予我们的鼓励实在是不可能更少了，但是如果我们没有这样一个信念可以求助，我们就会彼此剥夺掉一些我们的最好的表演。他从来不给他们写信——这可能是出于自私，但这也是他向我表示恭维、信任的一部分。因为一个男人给予一个女人以最高的赞美，往往是取决于女人对他的舒适生活作出的贡献。我执行既定的誓约的精神，不向他提出任何请求，我让我的被监护者们明白，他们写的信只是一些迷人的文学练习而已。这些信太美好了不能投邮；我把这些信留给自己保存起来；直到此刻我还保留着它们。这是一个规则，的确，我在被纠缠着问他可能在什么时候到我们中来时，它只是增加了这种问题的讽刺效果。的确，我的被监护人好像知道这几乎比其他任何事情都更令我难堪。当我回顾当年时，我感到更加异乎寻常的是，尽管我很紧张，尽管他们大获全胜，得意扬扬，我却从来对他们没有失去过耐心。我现在反思起来，他们事实上肯定很可爱，在那些日子里我并不讨厌他们！但是，如果解脱的日子拖得更长久一些，我最终是不是会情不自禁大发雷霆呢？这不太重要，因为解脱来到了。我管它叫解脱，虽然它只是这样一种解脱，就好像一段皮带绷得过紧，突然"啪"的一声断裂了，或者像郁积了一整天的闷热之后，爆发了雷霆震怒的狂风暴雨。情况变了，而且这个变化完全是猝然而至。

十四

　　一个礼拜天的早晨,我们步行到教堂去,我让小迈尔斯走在我旁边,而让他妹妹跟格罗斯太太走在前面,一切都可以看得一清二楚。这是一个清新而又晴朗的日子;就这个时令而言可以说是最好的天气;昨夜下了一场薄薄的寒霜,而秋日的天空明亮而清爽,使得教堂的钟声几乎成了快乐的奏鸣。我头脑中偶然产生了一个奇怪的想法,我在这样一个时刻很特别,而且我的两个小被监护者那么听话,也使我惊奇而快乐。为什么他们根本不憎恨我老是铁面无私地陪伴、看守着他们?某些事情可能已经使我更接近于问题的要害了,我做了所能做的一切,就差把这个男孩儿别在我的围巾上了。一路上格罗斯太太和弗罗拉在我前面引路,我似乎做好了应付某种造反行为的准备。我好像一个监狱的看守,随时用一只眼睛瞄着可能出现的惊慌和逃跑事件。但是这一切——我指的是他们那种极其动人的小小屈服举动——都属于尽力去适应一些特殊的事实,而这是最悲惨的。迈尔斯一早上就被他伯父的裁缝催着起床准备去做礼拜。此人游手好闲,但是对于怎么做漂亮的背心,怎么端架子却颇有心得,而且他对迈尔斯独立自主的资格,对迈尔斯的男性地位和权利都有一套见解,他的这套见解对迈尔斯影响颇深,所以如果他突然迷恋于自由,我就会无话可说。我正在利用一些最奇怪的机会,力图搞清楚当这种革命确实发生的时候,我该怎样对付他。我称它是一场革命,是因为我现在看到,当他把那番话说出来的时候,我的可怕的戏剧的最后一幕的幕布就升起来了,大祸也就到了。"喂,亲爱的,您知道,"他迷人地说道,"到底什么时候,我才能回到学校去?"

　　我在这里记录下这段谈话,它听起来倒是完全没有恶意,更何况他又是用那种甜美愉快而又漫不经心的声音说这番话的,他用这声音,对所有的人说话,但首先是对永远陪伴着他的家庭女教师说话,他把抑扬顿挫的语调抛到空气中,好像在抛洒着玫瑰花瓣。在那当中永远有某种"抓人"的东西,而无论如何,我被抓住了,此刻它是那么有力,以致我立即停下脚步,好像公园里的一棵大树突然横倒下来挡住了我们的去路。此时此刻,在我们两人之间有某种新的东西,而且他完全知道我意识到了它,虽然,要使我能意识到它,他无须表现得比平时更坦白更迷人。我能够感觉到,在他内心里他已经从我最初的无话可答中,看到了他已经获得的优势。我迟迟找不到任何可说的事情，而他有大量的时间，一分钟以后，他带着那含有暗示的但又不确定的微笑继续说道："您知道，亲爱的，对于一个总是和一位女士在一块的小伙子来说——！"他常常把"亲爱的"挂在嘴边用来指我，而且与它相比没有任何别的词儿能够更确切地表达出那种感情色彩，我希望用它来激起我的学生们的亲密融洽的情感。而那是可敬的也是比较容易的。

但是，哦，我迫切感到眼下我必须找出什么话来应付他！我记得，为了拖延时间，我试图笑一笑，而且从他那张观察着我的美丽的脸上，我看出我自己看上去是多么的丑陋和古怪。"那么总是和同一位女士在一块吗？"我回问道。

他既没有回避也没有默认。实际上，整个事情在我们之间已经摆明了。"啊，当然，她是一个快乐、'完美'的女士；但是，毕竟，我是一个小伙子，一个有出息的好小伙子，您没有看出来吗？"

我在那里和他那么亲切地逗留了片刻。"是的，你会很有出息。"噢，但是我感到无计可施。

我直到今天仍然把那个令人心碎的想法牢记在心间，看来他明明知道我的处境但是他在嘲弄我。"而且您也不能说我过去就不好，对吗？"

我把我的一只手放在他的肩膀上，因为，虽然我感到继续散步下去会好得多，但是我还是不能迈动脚步。"是的，我不能那么说，迈尔斯。"

"除掉那一个晚上，您知道——！"

"哪一个晚上？"我无法像他直视我那样直视他。

"怎么您忘了，那天晚上我下楼了——到室外去了。"

"哦，是的。但是我忘了你是为什么出去的。"

"您忘了？"——他带着一种可爱的孩子气的责备口吻说道。"怎么，那就是为了向您显示我能那么做！"

"哦，是的，你能。"

"而且我还能那么干。"

我感到我也许毕竟可以成功地保持我的理智："毫无疑问你还能。但你是不会那么干的。"

"是的，不会再那么干了。那没有什么意思。"

"那没有什么意思，"我说，"但是我们得继续向前走了。"

他重新和我一起散步，把他的一只手拐着我的胳膊。"那么我什么时候回学校去？"

我把这件事仔细考虑了一番，脸上带着最认真负责的神情说道："你在学校的时候很快乐吗？"

他只是想了想。"哦，我在任何地方都很快乐！"

"那么，好，"我声音颤抖地说道，"你在这里是否同样的快乐——！"

"噢，但那并不是一切！当然，您知道很多——"

"可是，你是在暗示你知道的几乎和我同样多吗？"在他停顿的时候我贸然插嘴道。

"连我想知道的一半都不到！"迈尔斯老实承认道，"但是，就算我知道的和您一样多也不算多。"

"那么，那是怎么回事？"

"好——我想要看到更多的生活。"

"我明白了，我明白了。"我们已经能看见教堂和形形色色的人了，那些人中就包括几个布莱府邸中的佣人，他们正走在去教堂的路上。他们聚集在教堂门口，等我们走进去。我加快了我们的步子；我想要在这个问题在我们之间进一步展开讨论之前赶到那里；我急切地思考着，将要有一个多小时的时间，他不得不沉默不语；我带着渴慕想到那笼罩在比较昏暗的光线里的教堂长凳，以及那几乎可以给人以精神帮助的膝垫，在那上面我可以弯下我的双膝。我似乎真的在与某种慌乱情绪进行一场赛跑，他则正打算靠它来降服我，但是我感到他已经领先了，在我们走进教堂院子之前，他扔出这句话——

"我想要我自己的那种生活！"

这真的使我吃惊得向前一跃。"世界上哪有那么多你自己的那种生活，迈尔斯！"我苦笑道，"亲爱的小弗罗拉倒也许会有！"

"您真的把我和一个小丫头相比？"

这话使我一下变得特别虚弱。"那么，你不爱我们的可爱的弗罗拉？"

"如果我不爱——那么您也不爱；如果我不爱——！"他重复着，好像正在后退以便进行一次跳跃，然而他把自己的思想就这么说到一半便抛在一边，在我们走进门后，他用胳膊按了我一下，迫使我不得不又一次停下来。格罗斯太太和弗罗拉已经走过了大门，进了教堂，别的做礼拜的人也已经跟了上去。而我们，有一分钟，孤零零地待在那些古老而又密密匝匝的陵墓之间。我们在从大门延伸过来的小径上停下来，靠着一个低矮的好像椭圆形桌子似的坟墓。

"说吧，如果你不爱又怎么样——？"

他看着周围的坟墓，而我等待着。"这个，您知道怎么回事！"他并没有动，而他话中所包含着的什么东西却使我一下子跌坐在石板上，好像突然需要休息似的。"我伯父的想法和您的想法一样吗？"

我故意作出休息的样子。"你怎么知道我想什么呢？"

"啊，不错，当然我不知道；因为我突然想起您从来不把自己的想法告诉我。但是我是说他知道吗？"

"知道什么，迈尔斯？"

"这个，我现在的情况呗。"

我很快看出来，对于这个问题，我不可能作出一种不牺牲我的雇主的回答。然而，我觉得在布莱庄园的我们所有这些人，都已经作出了充分的牺牲，因而使这变得可以原谅了。"我认为你的伯父根本不关心这一点。"

迈尔斯听了这话，站着看着我。"那么您认为不能使他变得关心这个事？"

"那用什么办法呢？"

"这个，让他到乡下来呗。"

"但是由谁请他来呢？"

"由我！"这个男孩带着异乎寻常的快乐强调道。他用充满了那种表情的目光又看了我一眼，然后独自一人大步走进了教堂。

十五

这件事情实际上从这个时刻就决定下来了，我没有跟着他走进教堂。这是对于骚动的一次可怜的投降，但是我的本性意识到，不知为什么我却没有力量恢复我原来的地位。我只是坐在那座墓上，仔细思考着我的小朋友所说的话的全部意思；到这时候我已经掌握了它的全部意义，同时我也为自己的缺席找到了借口，这就是：因为我羞于在我的学生和其他做礼拜的人面前迟到。然而我自言自语地说到的，首先是迈尔斯已经从我这里得到了某种东西。而且对他来说，我这种笨拙颓丧的表现就证明了他的成功。他已经从我这里得到了某种我很担心的东西，而且他可能会利用我的害怕，为他自己获得更多的自由。我害怕不得不和他被从学校开除的原因问题打交道，那是让人无法忍受的，因为那背后隐藏着许多可怕的事情。让他的伯父和我一起来处理这些事情，是一个解决办法，严格地说，我现在应该愿意使这种局面出现；但是我简直无法面对可能暴露的丑恶内幕和由此产生的痛苦，于是我简单地拖着，过一天算一天。令我感到深深的不安的是，这个男孩完全有权利，有资格对我说："要么你和我的监护人解释清楚这种终止我的学习生活的秘密，要么你们就不要指望我和你们过一种对于一个男孩来说完全是反常的生活。"我认为对于这个与众不同的男孩儿来说，最反常的东西，是他突然显露了一个意识和一个计划。

那是真正压倒我，阻止我走进教堂的原因。我围绕教堂走着，犹豫着，徘徊着；我意识到他已经给我造成了无法弥补的伤害。因此，如果我要挤在他的旁边，坐到教堂的长凳上去，实在是于事无补，而且实在是一种我无法做到的极端的努力：他肯定会比以往更有把握地用他的胳膊挎住我的胳膊，使我在那里坐上一个小时，沉默地和他紧挨着，听他小声对我们的谈话进行评论。从他走进教堂的第一分钟起，我就想离开他。当我停留在那高高的东窗下，听着做礼拜的声音，我忽然灵机一动，我感到我完全应该给这个念头以最低限度的鼓励。我可以用一走了之的办法轻而易举地结束我的困境。在这里有我的机会；没有人要阻止我；我能够丢开这一摊事情——转身而去。这只是一个又要忙手忙脚赶回家的问题，要去做一些离去的准备。家里的很多仆人在教堂参加礼拜，他们实际上离岗不在家。简而言之，如果我只是不顾一切地驾着马车离去，没有人能责怪我。要是我直到吃饭再走怎么样？那不过是两个小时以后，在吃饭结束的时候——我有精确的预见——我的两个小学生将会天真地玩着，对于我没有出现在他们的练习课上会感到奇怪。

"刚才您干什么来着，您这个淘气的坏东西？到底为什么要让我们这么担心——而且把我们的思想都带走了，您不知道吗？——您就把我们抛弃在那个门口吗？"我既不能回答这些问题，也不能在他们提这些问题的时候面对他们的虚假而又年幼可爱的眼睛；然而毫无疑问的是，我不得不面对那种情况，随着这种前景变得对我更加清晰严峻，我终于让自己走了。

就在那个时刻，我离开了；我直接走出教堂墓地，一边苦苦思考着，一边穿过公园走原路返回。在我看来，只要一到家，我就会下定逃离这里的决心。礼拜天一片宁静，无论我走近府邸还是踏入其中，都是如此，在家里我没有碰见一个人，我因为感到这是一个极好的机会而颇为兴奋。如果我这么快地出发，我就能够既无须看到分手的场面也无须说一句话。我不得不尽快

螺丝在拧紧 | 157

采取行动，然而交通工具是一个需要解决的大问题。我在大厅里为摆在面前的困难和障碍而苦恼着，我记得当时一下颓坐在楼梯脚下——突然消沉地坐到楼梯最低一层，这时，我的感情突然一变，回忆起就在这里，在一个多月以前，在夜晚的黑暗中，我因为那些邪恶的东西而那么意气消沉，我看到了那个最可怕的女人的幽灵。一想到这儿，我便挺直了身子；又继续向楼上走去；我惊慌失措地直奔教室，在那儿有一些属于我的东西要拿。但是，我打开门时，好像电光一闪，我发现我的眼睛又张开了。眼前看到的东西，使我不由得倒退了一步靠在门框上。

在清晰的中午的光线里，我看见一个人坐在我的桌前，如果没有从前的经验，我第一眼一定会把她看做是家里的某个留下看家的女仆，正利用这种罕见的自己不被人看到的机会，利用教室的桌子和我的钢笔、墨水和纸张，正在专心致志给自己的心上人写一封信。那个姿势显然很努力，她的胳膊放在桌上，她的双手带着显然很疲倦的样子，支着她的头。就在我看到这一幕的时候，我意识到，尽管我已经走进来了，她却奇怪地保持着自己的姿势。她以自己的行动说明了自己。这时她的姿势改变了一下，这使她的身份一下明确了。她站起来，好像并没有听见我走进来，而是带着一种无法形容的冷淡、忧郁和超然的表情，站在离我只有十几英尺的地方，她不是别人，正是我那位讨厌的前任——杰塞尔小姐。这个伤风败俗却又命运悲惨的女人，她整个站在我面前；虽然这个可怕的形象已成过去，但是她仍然在我的记忆里留下深刻的印象。她穿着像午夜一样的黑衣服，她虽然憔悴却很美丽，还有那种无法言传的悲哀。她相当长时间地看着我，好像要诉说她有权坐在我的桌前就像我有权坐在她的桌前。在这场面延续的这些时刻里，我的确感到一种冷飕飕的感觉，似乎我才是不速之客。就好像是对这种想法的绝望抵抗，我真的大声对她说道——"你这个可怕而不幸的女人！"我听到自己脱口而出的声音，通过那扇打开的房门，在长长的走廊和空荡荡的府邸里回响。她看着我，似乎她听见了我的声音，但是我这时已经恢复了理智，刚才的恐怖气氛也已经一扫而空。此时房间里空空如也，只有满室阳光和我心中的一种感觉——我必须留下来。

十六

我完全预料到我的学生们回来的时候一定会出现这样的场面：我不得不

对自己没有参加礼拜进行解释，因而搞得心慌意乱，他们却对此一言不发。他们并没有高高兴兴的责备我安慰我，而是对于我辜负了他们的举动甚至连一点暗示都没有。这次没人理我，连格罗斯太太也一言不发，听任我打量着她那张奇怪的脸。我之所以要仔细琢磨格罗斯太太的表情，是因为我要确证他们已经用某种办法诱使她保持沉默。但是只要我们俩一有个别接触的机会，我就会想办法打破这种沉默。这种机会在喝茶之前就来到了：在管家的房间里，我抓住她和她谈了五分钟，在那个房间里，在昏暗中，在新烤的面包气味中，我发现她痛苦而平静地坐在炉火前。直到现在我还能看到她那宁静善良的样子：她坐在那把椅背笔直的椅子上，面对着火焰，在那个微暗的，火光闪闪的房间里，房间里有一个干干净净的大柜橱，抽屉都关着，上着锁。

"哦，是的，他们要求我什么也不要说；为了要让他们高兴——只要他们在那儿——我当然答应了。可是，您出了什么事？"

"我刚才只是要散步才和你们一起去的，"我说，"然后，我得回来见一个朋友。"

她一脸惊讶的表情。"一个朋友——您？"

"哦，是的，我有两个朋友呢！"我大笑道，"孩子们没有告诉你原因吗？"

"您是说没有提到您离开我们的事？说啦；他们说您更喜欢那样。您是更喜欢那样吗？"

我的表情使她很沮丧。"不，我更讨厌那样！"但是片刻之后我补充道："他们是否说了我为什么会更喜欢那样？"

"没有，迈尔斯少爷只是说：'除了她喜欢的事情之外我们必须什么也不做！'"

"我倒是但愿他能那样！那么弗罗拉说了什么？"

"弗罗拉小姐太可爱了。她说：'哦，当然，当然！'——还有，我说了同样的话。"

我思考了片刻。"你也太可爱了——我完全能听到你的心声。但是，在我和迈尔斯之间却完全不是这样，它现在全完了。"

"全完了？"我的伙伴睁大了眼睛。"可那是怎么回事，小姐？"

"一言难尽。不过这并不重要。我已经下定了决心。我回家来了，亲爱的，"我继续说道，"为的是和杰塞尔小姐谈谈。"

此时我已经养成了这种习惯,让格罗斯太太真正事先掌握我要说的事情的要领;所以虽然现在,她在听出我说的话的严重性之后,大胆地眨着眼睛,我还是能保持使她比较镇定。她问道:"谈谈!您是说她说话了?"

"差不多。我回来的时候,发现她在教室里。"

"她说什么了?"我到现在还能听到这个善良女人的问话,还能听出她的坦率茫然。

"她受到的痛苦折磨——!"

就是这句话使她目瞪口呆,想象出了我描述的那个情景。"您是说,"她结结巴巴地说道,"她受到的痛苦是因为失去了什么?"

"是因为失去了什么。那个该死的。而且这就是他们为什么要分享两个孩子的原因——"我自己由于这话所包含的恐怖意味而说话结巴起来。

但是我的伙伴,由于想象比较差,还在催我说下去:"要分享他们——?"

"她想要得到弗罗拉。"当我把这话讲给格罗斯太太听的时候,要不是我有准备的话,她可能已经从我面前倒下去了。我把她扶住,让她知道有我在。"但是,我已经告诉过你,这并没有什么了不起。"

"因为您已经下定了决心?但是您决心怎么办呢?"

"做必要的一切。"

"您所说的'一切'是什么?"

"这个,派人把他们的伯父请来。"

"哦,小姐,行行好,就这么去做吧。"我的朋友情不自禁地说道。

"啊,我会去做的,我会的!我看这是唯一的出路。像我刚才告诉你的,我和迈尔斯的关系'完了',就是说如果他认为我害怕——他以为他靠着那个能获得点儿什么——他会看到他搞错了。是的,是的;我将在这里把情况告诉他伯父(而且如果必要的话,就当着这个男孩本人的面告诉他),如果我因为没有联系更多的学校要受到谴责的话。"

"那又怎么样,小姐——"我的伙伴在促使我讲下去。

"好,那是因为有那个可怕的原因。"

现在很清楚,我的可怜的同事实在是情有可原,因为有那么多情况她都是含混不清的。

"但是——是哪一个原因呢?"

"嗨呀,那封从他原来学校寄来的信呗。"

"您要把那封信给老爷看?"

"我早就应该就这么干。"

"哦,您不能那么干!"格罗斯太太毅然决然地说道。

"我要当面向他讲明,"我毫不动摇地继续说道,"我无法解决这个问题,是因为他是一个被学校开除的孩子——"

"那是因为我们根本不知道的什么情况!"格罗斯太太断言道。

"因为他行为恶劣。因为别的什么——难道会在他这么机灵、漂亮、十全十美的时候开除他?他头脑蠢笨吗?他衣衫不整吗?他性格懦弱吗?他行为乖僻反常吗?他一向举止优雅智力敏锐——所以事情只会是那样;而且和他伯父讲明将使整个事情真相大白。毕竟,"我说,"这是他们的伯父的错。既然他把那种人留在这里——!"

"他真的一点也不了解他们。这是我的错。"她的脸色已经变得相当苍白了。

"哪里,你不应该受折磨。"我回答说。

"孩子们才不应该受折磨!"她断然地答道。

我沉默了一会儿;我们互相看着:"那么我应该告诉他什么呢?"

"您不需要告诉他任何事情。我会告诉他的。"

我琢磨着这句话。"你是说你要写信?"我想起她不会写字,我赶快改口说:"你怎么和他联系?"

"我告诉管家。由他写。"

"难道你喜欢由他来写我们的事情?"

我的提问具有一种讥讽的力量,而这并非出于我的本意,这使她在片刻之后心情矛盾地垮下来了。眼泪又充满了她的眼眶。"啊,小姐,由您写吧!"

"好吧,今天晚上。"我终于答应了。我们就此分开了。

十七

这天傍晚,我在房间里踱步再三,迟迟没有写完信的开头。天气已经变坏了,外面狂风呼啸,在我的房间里,灯下,弗罗拉安静地睡在我身边,我长时间地坐着,面前是一张空空的白纸,我谛听着风吹雨打的声音。最后,我拿着一支蜡烛,走出房间;我穿过走廊,在迈尔斯的门前听了一会儿。以往，在我无法摆脱的无穷的情感影响下，我被迫谛听的是一些暴露他并没有在休息的声响，眼下我马上捕捉到一个声响，但并不是我预料的那种。门里传出他银铃般的声音。"我说，您在那儿——进来吧。"这是悲哀中的一个喜悦！

我拿着灯走进门去，发现他舒舒服服地躺在床上，却毫无睡意："哦，您来干什么？"他带着一种挺讨人喜欢的神情问道，这使我想起来，如果格罗斯太太来过，她要来找任何我们之间关系"完了"的证据可要落空了。

我站着手中拿着蜡烛，俯视着他。"你怎么知道我在那儿？"

"嘿，我当然听见您的声音了。您以为您一点声音也没弄出来吗？您走路就好像一队轻骑兵！"他好看地笑着。

"那么你没有睡？"

"根本没睡！我醒着躺着，在想事。"

这时，我已经故意把蜡烛放在稍远一点儿的地方，当他像过去一样友好地向我伸出一只手时，便坐在了他的床沿上。我问道："你在想什么？"

"除了您，亲爱的，我还能想什么？"

"哦，你这么欣赏我真令我自豪。不过你对我的欣赏可不应该表现在那上面！我倒宁愿你已经睡了。"

"好了，您知道，我还在想我们之间的这件怪事。"

我注意到他那只坚定的小手很凉："什么怪事，迈尔斯？"

"这个，您教育我的方式。还有所有其他的一切！"

我完全屏住呼吸了一小会儿，虽然我的那支蜡烛火焰直闪，但是那光亮还是足以显示出他在怎么从枕头上向我微笑："你说的所有其他的一切是指什么？"

"哦，您知道，您知道！"

我有一分钟什么话也说不出来，虽然我感觉到，当我握着他的手，我们的目光依然交会在一起，我的沉默中包含有对他的指责的完全承认。在那个时刻，整个现实的世界里没有什么东西像我们的实际关系这样滑稽荒唐。"当然，你要回到学校去的，"我说，"如果这就是使你心烦的事情。但是，不是回到你原来的学校去——我们必须另找一个，一个更好的学校。这个问题，过去你从来没有这么告诉过我，根本没有谈到过这个事儿，我怎么会知道它令你心烦呢？"他那清晰的、正在听我讲话的面孔，包围在一片柔和的白光里，使他此刻好像儿童医院里的某个沉思的小病人那么引人注目；当我同样陷入沉思时，我感到我情愿献出我在世间拥有的一切，只要我能真的变成能够帮助治好他的疾病的护士或修女。好，即使是现在这么个情况，我可能也可以提供帮助！"你过去从来没有对我讲过你的学校的半点情况——我说的是过去的那个学校；你也从来没有以任何方式提到过它，你知道吗？"

他看来感到奇怪；他带着同样的可爱的样子微笑着。但是他显然在拖延时间；他等待着，他请求指点。"我没有说过吗？"帮助他不是我的事——是我曾经碰见过的那个家伙的事！

在他的语调和脸上的表情中有某种东西，当我从他那里得到这样的回答，使我的心感到一种从未体验过的疼痛；看着他那被迷住的小小头脑和他那小小的机智，在那种魔力作用之下，被迫要扮演一个天真无知而又始终一贯的角色，真有一种不可言说的感触。我回答说："没有，根本没有说过——从你回来的时候起。你从来没有向我提到过你的一位老师，你的一位同学，也从没有提到过你在学校碰到的最小的小事。从来没有，小迈尔斯——没有——你从来没有给过我可能在那里发生过的任何事情的微小的暗示。所以你可以想象出来我完全是蒙在鼓里的。直到今天早上，你才说出来。自从我看见你第一个小时起，你从来不曾提到你从前生活中的事情。你似乎完全接受了这个现实。"特别离奇的是，我竟然那么完全肯定正是他那神秘的早熟（或者我可以称为一种有害影响的无论什么，我只敢遮遮掩掩地给它一个名字）使他，尽管有内心烦恼的轻微迹象，却像一个成年人那么容易相处——使我把他当成一个几乎和我智力相当的人。我对他说道："我认为你想要照目前这样生活下去。"

听到这句话，他只是微微有些脸红，这引起我的注意。总而言之，他像个康复期的病人，略显疲倦而无力地摇了摇头。"不——我并不想这样。我想离开这儿。""你对布莱厌倦了？"

"哦，不，我喜欢布莱。"

"既然如此，那么——？"

"哦，您知道男孩子们想要什么！"

我感到我并不像迈尔斯知道的那么清楚，我只好暂时支吾过去："你想要去找你的伯父？"

听到这话，他脸上又露出那种可爱的嘲讽表情，他的头在枕头上动了一下："啊，您可没法用这种话支吾搪塞过去！"

我沉默了片刻，我想，现在脸红的人是我了："亲爱的，我并不想支吾搪塞！"

"即使您想那么干，您也办不到。您办不到，您办不到！"——他姿态优美地躺着，目光炯炯地盯着我，"我伯父肯定会到乡下来，你们一定要把事情彻底解决了。"

"如果我们那么做了，"我回答时带着一些情绪，"肯定会把你送到很远的地方去。"

"好呀，难道您不知道那正是我现在孜孜以求的东西？您将不得不把您瞒着他的事情都告诉他：您得告诉他好多好多事情！"

他说这话时的那种扬扬得意，此刻却使我得到了更多的帮助，知道该怎么对付他。"可是，迈尔斯，你自己有多少事情得告诉他呀？他有好些事情要问你呢！"

他把我的话琢磨了一番。"很可能是那样。但是他能问些什么事情呢？"

"就是那些你从来没有告诉过我的事情。他了解了那些情况，才能拿主意把你怎么办。他不会把你送回——"

"哦，我根本不想回去！"他插嘴道，"我需要一个新天地。"

他说这话时脸上带着一种令人钦佩的平静，一种真正自信而快乐的神情；无疑正是他说话的这种语气强烈地打动了我，使我感到这实在是一场残忍而幼稚的悲剧，因为三个月后他可能带着这种虚张声势再回来，而且那时可能更加丢脸。这种想法此刻压倒了我，使我再也无法忍受下去，我听任自己的情感发泄出来。我扑到他的身上，无限的怜悯和柔情使我紧紧搂住他。"亲爱的小迈尔斯，亲爱的小迈尔斯——！"

我的脸紧贴着他的脸，他任我亲吻着他，带着一种纵容的快乐接受着我的吻。"好了吗，老夫人？"

"难道你没有什么事情——你根本没有任何事情要告诉我吗？"

他稍微侧转一下身子，脸朝着墙壁，举起一只手来看着，就像有些孩子不高兴时常见的那种样子。"我已经告诉过您了——我今天早晨告诉您的。"

哦，我为他感到难过！"你只是不希望我来烦你，对吗？"

这时他把脸转回来看着我，好像在承认我对他的理解；然后非常温和地回答说："让我一个人待一会儿吧。"

在那言语之间甚至让人感到一种特有的小小的尊严，这使我放开了他，然而，当我缓慢地站起来，我还是逗留在他身边不忍离去。上帝知道，我绝不希望使他感到烦扰，但是此刻我感到，只要我转过背去，就意味着放弃，或者更坦白地说，就会失去他。"我不过刚刚开始给你伯父写一封信。"我说。

"很好，那么把它写完！"

我等待了片刻。"以前发生过什么事情？"

他又抬起头来注视着我。"什么以前？"

"在你回来以前。还有在你离开这里以前。"

有一段时间他陷入了沉默，但是他的目光依然正对着我的目光。"发生了什么事情？"

他说这几个字的声音，使我从中第一次捕捉到一丝轻微的颤抖，表明他在思想深处是赞成我的说法的——这使我一下跪在了他的床边，再次紧紧抓住把他争取过来的机会。"亲爱的小迈尔斯，亲爱的小迈尔斯，要是你知道我多么想帮助你就好了！这是我的唯一目的，除了想帮助你，我没有任何别的想法，我宁愿死掉也不愿使你痛苦或委屈了你——我宁愿死掉也不愿碰伤你一根毫毛。亲爱的小迈尔斯"——哦，我此刻把自己的想法和盘托出，而且即使说得过分不被他理解也在所不惜——"我只是需要你来帮助我一起挽救你！"但是我刚刚说完便马上意识到我已经说得过分了。对于我的恳求，答复在瞬息间便到来了，一股寒飕飕的阴风骤然而至，扑面而来的冷空气沁人肌骨，这个房间发出一阵剧烈的摇晃，就好像在这阵狂风中，窗框被吹得轰然倒地玻璃粉碎。迈尔斯发出了一声尖利的叫声，这喊声被其他令人惊骇的声音吞没了，虽然我紧靠着他，但是他的叫声却让人分不清那究竟是出于狂喜还是恐怖。我又一跃而起，这时才意识到四下里一片黑暗。就这样，有片刻我们一动不动，这时我环视四周，看到拉拢的窗帘纹丝不动，窗户也紧闭着。"怎么，蜡烛灭了！"我这时喊道。

"是我把它吹灭的，亲爱的！"迈尔斯说道。

十八

第二天，下课后，格罗斯太太找了个机会，悄悄问我："小姐，那封信您写完了吗？"

"是的——我已经写完了。"但是我没有补充一句，此刻那封信虽然封好了，写上了地址，却依然放在我的衣兜里。在邮差来这里之前，有足够的时间把它发出去。与此同时，对于我的两个学生来说，这却是一个从没有过的最辉煌灿烂最值得称道的早晨。就好像他们俩在心里都尽力掩盖近来的任何小小摩擦。他们展示着自己最令人眼花缭乱的数学技巧，远远超出了我所给定的有限范围，并且以比平时更高的兴致胡说着各种地理和历史的笑话。当然，特别是迈尔斯，他显然希望显示一下他能够轻而易举就征服我。在我的记忆中，这孩子实在是一向生活在一个无法形容的既优裕又不幸的环境里；他每一次一时冲动做出的事情都显示出自己独特的个性；他绝不是一个未经教化的普通孩子，在一般不了解内情的人看来，他完全是天真坦白，无拘无束的，是一个比一般孩子更机灵更与众不同的小绅士。像这么一个小绅士，究竟能做出什么该遭处罚的事情？我总是不得不警惕着这种好奇的想法，当我陷入这种想法的时候，我的表情常常暴露出我的心事；我不得不克制住自己经常毫无缘由的凝视和垂头丧气的叹息，放弃解开这个谜的打算。然而，因为我见过的那个鬼魂，所以我知道所有邪恶的想象都曾在他面前展现过：有证据表明这种邪恶的想象可能曾经化为过行动，当我面对这个证据时，我内心中的全部正义感都为之感到心痛。

然而，就在这可怕的一天，他的小绅士派头更是胜过平时。我们早早吃过中饭之后，他转回来找我，问我是否喜欢他为我弹半个小时的钢琴。就是大卫给扫罗王①操琴演奏时也不会表现出更加出色的随机应变的意识。那真是一场机智与大度的迷人表演。他那副表情简直就等于在说：「我们喜欢的故事里的真正的骑士绝不是那种得理不让人的人。我知道您现在的想法：您希望让您自己待一会儿，只要我不穷追不舍——您将不再为我担心，不再窥测我的秘密，也不再把我看得这么紧，您将让我自己决定来还是去。那么好，我'来'了，您看见了——但是我却不走了！我们会有大量的时间。我真高兴和您在一起，我只是要向您表明我过去是为了一个原则而斗争。」人们可以想象，我是否会拒绝他这个请求，或者是否会拒绝再次与他手拉手回到教室去。他在一架旧钢琴前坐下，他演奏起来就好像他过去从来没有弹过钢琴，这时如果有人认为他最好还是去踢足球，我也只能说我完全同意。在他那枯燥乏味的琴声影响下，我完全停止了思考，最后我突然惊觉过来，我有一种奇怪的感觉，好像我真的已经在我的座位上睡着了。此时是在午饭之后，靠着教室的壁炉边，然而我并没有真的睡着：但是我干了一件更糟糕的

---

① 大卫、扫罗都是《圣经》中的人物，以色列人的领袖。扫罗率军灭亚玛力国后，因违反与先知撒母尔的约定私自赦免了亚玛力的国王，因而与先知闹翻，自己被魔鬼缠身。后他为解闷召群臣为他演奏，大卫的演奏使他特别满意，遂把女儿嫁给大卫。

事情——我忘了在这一大段时间里弗罗拉在哪儿？当我问迈尔斯的时候，他又继续弹奏了一小会儿才回答，但此时他也只能说："这个，亲爱的，我怎么知道呢？"同时他爆发出一阵高兴的大笑，紧接着他的笑声拖长变成了一阵断断续续的放肆的歌唱，好像用人声与那琴声合奏似的。

我径直走回我的房间，但是他的妹妹并不在那儿；然后我又查看了其他几个房间，才下了楼。既然她不在周围，她肯定和格罗斯太太在一起，这么一想我就心中坦然了，于是我接下去就去问格罗斯太太。我发现她在我昨天晚上曾见过她的管家的房间里，对于我的疾言快语的询问，她也是一无所知，而且闻讯后大惊失色，脸色苍白。她原以为午饭后我把两个孩子都带走了；她这么想自有其道理，因为这是我第一次没有采取特殊预防措施就允许这个小姑娘跑出我的视线之外。当然她的确可能现在正和女仆们在一起，所以现在最紧迫的事情就是不动声色地去寻找她。我们俩立即决定分头去找。但是，十分钟以后，当我们按照刚才的寻找安排在大厅里碰头的时候，双方都只能告诉对方，我们在小心翼翼的查问之后，都没能找到她的踪影。我们在那里有一小会儿的时间，除了交流意见之外，我们还无声地向对方诉说着自己的惊慌。我能够感觉到，我的朋友在我给她带来巨大的惊慌之后，此刻正变本加厉地把更大的惊慌还给我。

"她可能在上面，"过了一会儿她说道，"在上面一间您没有找到的房间里。"

"不，她在远处什么地方，"这时我已经形成了自己的想法，"她出去了。"

格罗斯太太睁大了眼睛。"她连帽子也没戴？"

我自然是大惊失色。"是不是那个女人从来不戴帽子？"

"您是说她和那个女人在一起？"

"她是和那女人在一起！"我大声说道，"我们必须找到她们。"

我的手握着我朋友的胳膊，但是面对着这么一件大事，此刻对于我紧握她的胳膊，她却没有做出什么反应。恰恰相反，在这个关头，她却在不安地思索着。"还有，迈尔斯少爷在哪儿？"

"哦，他和昆特在一起。他们在教室里。"

"天啊，我的小姐！"我的看法从来没有达到如此平静而有把握的地步——这一点我自己很清楚，因此我的语调也是从未有过的平静和有把握。

"这个鬼把戏早就在玩，"我继续说下去，"他们已经成功地实现了他们的计划。他想出了一个把我稳住的绝妙的小花招,她乘机就溜了。"

"绝妙的?"格罗斯太太有些糊涂地重复着。

"那么,是该死的!"我几乎是高兴地补充道,"他也给他自己创造了机会。不过,来吧!"

她愁容满面束手无策地看着楼上。"您把他留下了——?"

"而且和昆特一起待了这么长时间?是的——我现在对这已经毫不在乎了。"

平时在这种时刻,她总是紧紧抓住我的手,用这种方法她能够马上使我平静下来。但是这次她对我突然打退堂鼓的做法并没有极力劝阻,她喘息了一会儿以后,急切地问道:"是因为您的那封信吗?"

作为回答,我在衣兜里迅速摸索着那封信,把它拿出来,举了举,然后走过去,把它放在大厅的桌子上,这下,我算解放了。"卢克会把它送走的。"离开桌前时我说道。我走到这座邸宅的门前,把门打开;我已经走到了台阶上。

我的朋友还在迟疑再三:夜晚的暴风雨和早晨的时光已经过去,而下午则空气潮湿天色灰暗。我走到车道上的时候她站在门口。"您什么衣服也不加就这么去?"

"那孩子什么都不穿,我还在乎什么?我等不得穿衣服了,"我喊道,"如果你自己一定要加衣服,我就不等你先走了。你自己顺便到楼上看看吧。"

"和他们在一块?"哦,听了这话,这个可怜的女人很快和我走到了一块!

十九

我们直接赶往湖边,在布莱,人们都这么叫它,我敢说这么叫它没错。虽然我想,也许事实上,这一片水面并不像它在我这双没有见过什么世面的眼睛里看来的那么巨大。我所见过的水面大都很小,布莱的这片池塘边,总是停泊着一条古老的平底船,供我们使用。有几次经我同意,在我的两个学生的保护下,我们曾经坐着那条船,凛然面对它的水面,那湖水的辽阔和滚滚浪涛都给我留下了深刻印象。我们通常上船的地方离我们的家有半英里远,但是,我内心确信无论弗罗拉在哪儿,她绝不在离家很近的地方。过去她从来没有在我面前偷偷溜走去进行任何小小的冒险，然而自从我和她一起在湖边经历了那场非同寻常的危险以来，在我们平时散步的过程里，我已经发现了那里是她最喜欢去的地方。正是因为这个缘故，我现在领着格罗斯太太朝着很明确的方向走去。但是，当她搞清楚我们选择的方向时，却不愿意朝前走了，她脸上又露出迷惑不解的表情。"您是要到湖边去吗，小姐？——您认为她是在水里——？"

"她可能在那儿，虽然我相信那里的水并不很深。但是，我认为最大的可能是，她在那个地方，就是有一天我们一起看见那个女人的地方，我告诉过你这件事。"

"当时她还假装没有看见来着——？"

"她的那种自制力真惊人！我总是确信她想要自己一个人回到那个地方。现在她哥哥已经给她创造了机会。"

格罗斯太太依然站在她刚才停下脚步的地方。"您认为他们真的经常谈论昆特和杰塞尔小姐？"

我能够以十足的信心回答这个问题！"他们说的那些事情如果让咱们听见，非把咱们吓死不可。"

"如果她确实在那儿——？"

"没错，那又怎么样？"

"那么杰塞尔小姐也在那儿？"

"毫无疑问。你会看到的。"

"哦，多谢您了！"我的朋友喊道，她听了这话就坚定地站住，再也不肯走了，于是我一个人继续朝前走。但是，当我走到池塘边的时候，她紧紧跟在我的身后，我知道，就她的理解力来说，无论什么事情会落到我的身上，她和我在一起还是危险最小。当我们终于看到了更多的水面，但是并没有看到那个孩子时，她发出松了一口气的呻吟。在靠近我们这边的湖岸上，根本不见弗罗拉的踪影，就在这里我曾观察到她大惊失色的样子。在湖对岸也没有，只有大约二十多英尺长的一行茂密的灌木丛一直延伸到水里，成为水与陆地的一条分界。这个池塘呈椭圆形，它的宽度比长度差得多，它的两头都望不到边，但宽度较窄，可能有人会认为它是一条断流的河。我们望着那一片空阔苍茫，这时我感觉到了我的朋友用目光作出的暗示。我知道她想说什么，我摇了摇头作为答复。

"不，不，等等！她把船弄走了。"

我的朋友盯着空空的系泊地,然后目光再次掠视过湖面。"那么那船在哪儿呢?"

"我们没看见它就是最充分的证据。她曾用它渡到了对岸,然后已经设法把它藏起来了。"

"全靠她一个人——那个孩子?"

"她并不是孤单单一个,而且在这种时候她也不是个孩子了:她成了一个非常非常老练的女人。"我用目光搜寻着看得见的每一处湖岸,而这时格罗斯太太再次思考着我给她提出的新奇想法,没有提出什么异议。这时,我指出那条船完全可能藏在池塘幽深处的一个小小藏身处,藏在被一段突出的岸角或一丛贴着水面生长的树木遮掩着的湖岸凹处。

"既然船在那儿,那么她到底在哪儿呢?"我的同伴焦急地问道。

"那正是我们必须搞清楚的。"说着,我开始朝更远的地方走去。

"我们沿着这条道儿整个绕过去吗?"

"当然了,它有多远我们就走多远。这不过要用我们十分钟,但是这个长度足以使那孩子不想走着过去。她是直接从湖上过去的。"

"天啊!"我的朋友在此喊道。我说话时的逻辑推理对于她来说永远是太深奥了。这使她即使在眼下也不得不跟着我走。当我们已经绕道儿走了一半的时候,我停下让她喘口气——这是一段迂回而又令人疲倦的路程,我们走的是一条有许多挡道的野草和灌木的小径,在地面上走让人丧气得多。我愉快地用胳膊扶持着她,使她确信她可以给我以巨大的帮助;这使我们俩重新振作起来。这样,不过几分钟之后我们就走到了一个地方,从那儿我们发现那条船就在我刚才猜想到的地方。它被人有意放在尽可能让人看不到的地方,拴在一根围栏桩上。那道围栏在那儿延伸到水边上,过去曾是帮助人登岸的一个设施。我看着那两只又短又粗的桨,已经被人安全地抽上来了,我承认对一个小姑娘来说她能这么做实在是一个非常好的品质;但是到这时为止,我已经在各种奇迹中生活得太久了,已经为太多更令人振奋的表现心跳过,所以并不感到新鲜。那道围栏上有一个门,我们穿门而过,又走了一小段路,就来到了开阔的地方。这时我们不约而同地惊叫道:"她在那儿!"

弗罗拉就在不远的地方,她站在我们前面的草地上微笑着,好像在说她的演出现在完满结束了。但是,她紧接着就弯下腰去,拉扯一棵已经枯萎的羊齿丛的又大又难看的枝子——就好像她到这儿就是为了干这件事。我立刻意识到她肯定刚刚从小树丛里出来。她等待着我们,可是她自己一步也不动，我意识到我们快步向她走去时自己脸上带着的罕见的严肃表情。她不断地微笑着，我们走到了一起。但是我们这么做的时候都一声不响，这时显然是一种不祥之兆。格罗斯太太首先打破了这种沉重的气氛，她一下跪了下去，把孩子拉到自己胸前，她久久地拥抱着那娇小温顺的身体。在这震撼人心的一幕无声地进行着的时候，我只能旁观着——当我看见弗罗拉的脸正在越过格罗斯太太的肩膀窥视着我的时候，我便更目不转睛地看着她们。现在情况严重了——弗罗拉闪烁的目光已经不再看我；但是这更加剧了我内心的痛苦，我嫉妒格罗斯太太和弗罗拉的那种单纯的关系。在这个过程始终，在我们之间再没有更多的交流，不过弗罗拉放松了她傻气地抓着的羊齿丛，让它掉到地上。实际上她和我相互说什么都是托词，现在都没用了。格罗斯太太终于站了起来，她拉着孩子的手，所以她们俩还是走在我的前面；我们之间进行着特殊的沉默的交流，她那坦率的面孔上对我作出的表情更为明显。那表情在说："我要是说话的话，我非上吊不可！"

最初，是弗罗拉出于真正的好奇上下打量着我，她对我们光着头什么都没有戴感到惊讶："嘿，你们头上的东西都到哪儿去了？"

"你头上的东西又在哪儿呢，亲爱的？"我马上反问道。

她已经又高兴起来了，显然认为这个回答令人十分满意。于是她继续问道："迈尔斯在哪儿？"

在那问话表现出的小小勇气里，有某种东西彻底征服了我：她说出的这六个字在一瞬间好像宝剑出鞘的闪光，又像把多少个星期以来我一直高举着的盛得满满的酒杯猛撞了一下，此刻，甚至在说话之前，我就感到自己的感情已经奔涌溢流而出。"我会告诉你的，如果你愿意告诉我——"我听到自己在说话，接着听到自己的声音在发抖，我的话说不下去了。

"好吧，您想知道什么？"

格罗斯太太用目光明显地暗示我不要追问下去，但是现在太晚了，我已经痛快地把事情说了出来："我的宝贝，杰塞尔小姐在哪儿？"

<h1 style="text-align:center">二十</h1>

就像在教堂墓地里和迈尔斯那次一样，整个事情在我们身上突然发生了。正如我多次交代过的，事实上，这个名字在我们之间从来没有提起过。一听到这个名字，这孩子马上脸色突变，愤怒而痛苦地睁大了眼睛，就好像

我打破沉默是打碎了一大块玻璃窗似的。接着我又听到一个喊声插了进来，就好像要制止这个打击似的，在我提问的同时，格罗斯太太发出了一阵尖利的叫喊，活像一只受惊或受伤的动物，几秒钟后，轮到我被迫发出同样的叫声。我紧紧抓住我同伴的胳膊，喊着："她在那儿，她在那儿！"

杰塞尔小姐就隔岸站在我们前面，就像上次那个样子。我记得，很奇怪，此刻在我内心中产生的第一个感觉竟是一种惊喜，因为我已经找到了证据。她在那儿，证明我是对的；她在那儿，而我既不残忍也不精神错乱。她在那儿是为了可怜的吓坏了的格罗斯太太，但是，她在那儿更主要是为了弗罗拉。在我度过的可怕的时光里也许没有一刻像此时这么不同寻常，虽然我知道她是一个面色苍白的贪婪的恶魔，但是我此刻却神志清醒地向她发出了无声的谢意。她会看到和理解我的这种谢意的。她直立在我和我的朋友刚才蹲过的地方，在她的欲望所及的全部范围之内，她的邪恶并没有减少分毫。这种最初的生动形象和感情不过维持了几秒钟，在这个过程里，格罗斯太太眨动着她那发花的眼睛看着我指的地方，那样子使我觉得就好像一个君王在暗示她终于也看到了，这使我突然低头看了看那孩子。这时我发现弗罗拉所假装出来的那副样子使我吃了一惊。事实上，如果我发现她也很激动倒不会这么吃惊，因为我当然不会指望她会露出惊愕的表情。我们的追赶实际上已经使她有所准备，心怀戒备，她必然会尽力掩饰不露半点马脚；因此，此时此地当我第一次瞥视这个没有得到我的允许的特殊人物时，我吃了一惊。我看到，她那粉红色的小脸没有一丝惊慌，甚至没有假装朝我说的鬼怪出现的方向看一眼，而是一脸生硬、严肃的表情向我转过身来，那是一副全新的前所未有的表情，那副样子好像在琢磨，在谴责，在审判我——这是一个意外的打击，这个小姑娘自己已经变成了一个能使我感到畏缩的人。我感到畏缩，虽然我能够确定她看到的所有东西不会比此刻看到的更多，但是出于一种保护我自己的迫切需要，我激动地喊着，要她证实这一点。"她在那儿，你这个不幸的小东西——她在那儿，在那儿，在那儿，你看见她就像看见我这么清楚！"就在不久以前，我已经对格罗斯太太说过，弗罗拉在这种时候不是一个小孩，而是一个非常非常老练的女人。我对她的这种描述此刻得到了最好的证实。作为对我的喊声的回答，她既没有承认也没有让步妥协，而是简单地让我看到她的那双眼睛，看到越来越深沉的表情，看到一种的确是突如其来的强烈的憎恶。此时，如果我能把整个事情概括一下，那么不是别的，恰恰是她的样子，更令我惊骇。虽然与此同时，我很恐怖地发现，对格罗斯太太也必须重视。紧接着,我的这位老朋友,满脸通红,不顾一切地大声进行着惊人的抗议,高声的谴责冲口而出。"小姐,您要证实什么可怕的行为呀!您到底在那儿看见了什么东西?"

我只能更快地紧抓住她,因为就在她说话的时候,那个可怕而丑陋的鬼魂明明白白、毫不畏缩地站在那里。它在那儿已经站了一会儿,在这个过程里,我继续紧紧抓住格罗斯太太,把她推向它,并且借助于我指点着的手指。"你难道真的没有像我们一样看见她吗?——你是说你现在没有看见——现在?她好像一堆熊熊的火焰那么显眼!你只要看看,最亲爱的女人,看看呀——!"她看着,甚至像我一样看着,却对我发出了充满否定、拒绝和同情的深沉呻吟声——其中混合着她因为没能像我一样看到的惋惜与庆幸——那种感觉即使在当时也令我十分感动,我知道只要她能够,她是会支持我的。我可能很需要这种支持,因为事实证明她的双眼毫无希望的被封住了,这个沉重的打击使我感到自己的处境极为困难。我感到——我看到——我的那位面色苍白的前任,从她站的那个地方,在强迫我承认我的失败,而我更强烈地意识到的是,从这一刻起我将不得不和弗罗拉的令人惊讶的态度打交道。而且格罗斯太太也立即采取了这种态度,并且表现得非常激烈,她正在粉碎,甚至在突破我的崩溃的意识,那种奇怪的私下感觉的胜利。她变得气喘吁吁但又十分自信。

"她不在那儿,小姐,那儿没有人——您根本没看见任何东西,宝贝儿!可怜的杰塞尔小姐怎么可能——?可怜的杰塞尔小姐已经死了,被埋葬了。我们不是都知道吗?亲爱的。"——而且她慌里慌张的,又向那个孩子诉说起来:"那纯粹是一场误会,一种担心,是一个笑话——我们得尽快回家去!"

弗罗拉,听到这话,已经迅速作出反应,她作出一副奇怪的一本正经的样子,她们再次团结在一起。因为格罗斯太太就在她面前,在痛苦地和我作对。弗罗拉继续用她那充满厌恶的目光死盯着我,那副表情好像戴着一副小小的面具。就在那一刻,我向上帝祈祷,恳求他饶恕我看见了这个场面。当她站在那里,紧紧抓住格罗斯太太的衣服,她那孩子气的无比的美丽已经突然不见了,已经完全消失了。我已经说过——她实在是冷酷得可怕;她已经变得粗俗得很,几乎变得丑陋了。"我不知道您是什么意思。我谁也没看见。我什么也没看见。我过去也根本没看见过。我觉得您很残忍。我不喜欢您!"在说了这番只有大街上的粗俗没规矩的小姑娘才会说的话之后,她更紧地拥抱着格罗斯太太,并且把她那张可怕的小脸埋在格罗斯太太的裙子里。从那儿她发出一阵近乎狂暴的哭叫声:"带我走,带我走——哦,带我离开她!"

"离开我吗?"我的心直跳。

"就是离开你——离开你!"她哭叫着。

就连格罗斯太太也沮丧地看着我;此时我无事可做,只有再次和站在对岸的那个鬼魂联系。那鬼魂一动不动,僵硬地静止着,好像隔着这段距离,在谛听我们的声音,很清楚,她在那儿并不是为了给我效劳,而是为了给我带来灾难。这个不幸的孩子已经说完了似乎是从外面什么地方听来的伤人感情的话,因此,我充满了绝望,只能接受这一切,但是我伤心地向她摇着头说:"如果说我过去怀疑过,那么现在我的全部怀疑都消失了。我一直和不幸的事实生活在一起,而现在它已经把我包围得太紧了。当然,我已经失去了你:我曾干涉过你,你已经看到了——你现在处在她的指挥之下。"——说到这里,我再次隔着池塘面向我们那位来自阴间的证人——"最容易最完美的办法就是满足它。我已经尽力而为了,但是我已经失去了你,再见。"而对格罗斯太太,我却发出了近乎疯狂的命令:"走,走!"这时,格罗斯太太已是无限的苦恼,但是她默默地搂着那个小姑娘,尽管她看不到那个鬼魂,但是她清楚地确信某种可怕的事情已经发生了,我们正在卷入某种灾难的旋涡。此时,她带着弗罗拉,沿着我们来的那条路,尽可能快地向回走。

我一个人留在了湖岸旁,接下来发生了什么事情,我后来没有任何记忆。我只知道在一刻钟(我估计有那么久)以后,我闻到一股潮湿难闻的气味,我感到刺骨的寒冷,使我烦恼的头脑清醒过来,我意识到我肯定曾经出于疯狂的悲痛,脸朝下扑倒在地上。我肯定已经在那儿躺了很久,哭叫抽泣了很久,因为当我抬头仰望时,天几乎已经黑了。我站起来,透过暮色,看了片刻那灰色的池塘,和它那空荡荡鬼魂经常出没的岸边,然后走上了回家的路,一路可怕而艰难。当我走到那道围栏门口时,我惊讶地发现,那条船已经不见了,这使我又想起弗罗拉那不同寻常的操纵形势的本事。那天晚上,她和格罗斯太太一起,精心安排,度过了一个最沉默寡言但也是最快乐的夜晚。我回到邸宅后没有看见她们两个,但是另一方面,似乎是一种补偿,我却多次看到迈尔斯。我看见——我无法用其他的词——他的次数非常多,似乎比平时要多得多。我在布莱度过的夜晚从没有像这个夜晚那么充满不祥之兆。尽管更深的恐怖的深渊已经在我脚下张开了大口——这里却真正有着一种不同寻常的甜美的悲哀。在走到府邸门口时,我从没有这样强烈地渴望见到那个男孩；我直接回到我的房间，把身上穿的衣服换一换，并且随便扫一眼，就看到弗罗拉和我决裂的很多物证。属于她的所有小东西都搬走了。稍后，在教室的壁炉旁，平常干活的女仆给我端来热茶，我满足于我的另一个学生写的文章，而没有问任何事情。他现在拥有他的自由——他可以终生拥有它！很好，他确实拥有了自由；它存在着——至少部分存在着——他在八点钟左右来到教室，默默地坐在我身边。在女仆收走茶具的时候，我吹灭了蜡烛，并把我的椅子挪得更近：我意识到一种道义的冷酷，感到好像我永远不会再次暖和起来了。所以，当他出现的时候，我正坐在壁炉发出的红光里思索着。他在门边停下了片刻，似乎在看着我；然后——似乎和我想着同样的事情——走到壁炉的另一边，坐在一把椅子上。我们一言不发地默默坐在那儿；然而我感觉到，他想要和我待在一起。

二十一

第二天，天还没有大亮，我在自己的房间里睁开眼睛，看见格罗斯太太已经来到了我的床边，她带来了更坏的消息。弗罗拉发着高烧，一场大病也许就在眼前。她度过了一个极不安稳的夜晚。她被恐惧搅得彻夜难眠，但是引起她恐惧的原因却根本不是她从前的家庭教师，而是现在的家庭教师。如果杰塞尔小姐有可能进入她的房间，她并不反对，但是她非常激烈地反对我到她房间里去。我当然马上站起来，并且有一大串问题要问；我的朋友现在显然做好了和我再次见面的准备，我刚一向她提出她觉得是我还是孩子在说实话这个问题时，我就感觉到了这一点。我说道："她是否向你坚持说她什么也没看见，而且过去也没看见？"

格罗斯太太显然对回答这个问题感到非常为难。"啊，小姐，这可不是一个我可以强迫她回答的问题！而且，我得说，即使需要我那么做，也不会起作用。这件事已经使她整个人都变得很老了。"

"哦，我在这里把她看得一清二楚。她就像一些小小的名人雅士，在世界上最憎恨的是人家加在她身上的不老实的恶名，她最看重的是她的体面尊严。如果她说'那的确是杰塞尔小姐——是她！'啊，那她的'尊严'还从何谈起，这个小丫头！我向你保证，昨天她在那儿给我的印象真是怪极了；她过去从来没有这样过。我的确把这件事弄糟了！她永远也不会跟我说话了。"

这件事那么可怕而又令人难以理解，使格罗斯太太简单地保持沉默；然后，她坦率地表示接受我的观点，但是我可以确定，在那坦率后面还有别的东西。"小姐，我认为她的确不愿意跟您说话。她在这件事情上态度的确很坚决。"

"而且那种态度，"——我归纳道——"实际上现在是她最重要的东西。"

哦，那种态度，我能在格罗斯太太的脸上看到，没有一点别的东西！"她每三分钟就问我一次您是否会进来。"

"我明白了——我明白了。"从我这方面说，看出这么做的真实目的实在是易如反掌，"从昨天以来，除了否认她和那个可怕的鬼魂十分亲近之外，她是否还说到过关于杰塞尔小姐的别的什么话？"

"一句也没有，小姐。当然，您知道，"我的朋友补充道，"我相信她在湖边说的话，当时，至少在那儿，那儿是没有人。"

"难怪！你到现在当然还是信她的话。"

"我不和她作对。否则我还能怎么办呢？"

"毫无办法！你得和一个最机灵不过的孩子打交道。他们——我是指他们的两个朋友——已经把这两个孩子培养得无比的聪明，就是大自然本身也做不到这一点；因为它利用的是非常的材料！弗罗拉现在已经对我恨之入骨，她会恨到底的。"

"是的，小姐，但是到哪儿才算到底呢？"

"这个，她会向她的伯父告我的刁状。会让他认为我是最卑鄙下流的人——！"

我看到我说到的那一幕活脱脱就在格罗斯太太的脸上演示出来，我不禁有些畏缩；她就那么看着有一分钟，好像她清清楚楚地看见了弗罗拉和她伯父在一起。然后她说道："他一向对您印象非常好的！"

"不过他的表达方式太奇怪了——我现在的想法是这需要证明一下！"我大笑道，"不过这并不重要。当然，弗罗拉一心想的就是要摆脱开我。"

我的朋友勇敢地表示同意我的看法："她再也不想看见您了。"

"既然如此，你现在到我这里来干什么呢？"我问道，"是让我快点儿上路吗？"她还没有来得及回答，我已经制止住她。"我还有一个更好的想法——这是我经过一番考虑的结果。我离开看来是个正确的选择，而且上个星期天，我差点儿就走了。不过这起不了任何作用。必须走的人是你。你必须带上弗洛拉一块走。"

格罗斯太太听到这话，沉思起来。"可是这么大世界上哪儿去呢——？"

"只要离开这儿。离开他们。现在，首先是离开我。直接去找她的伯父。"

"只是去告您的状吗——？"

"不，绝不'只是'为了告状！此外，是为了让我留下进行补救。"

她依然是听不明白。"什么是您的补救？"

"首先，要靠你的忠诚。然后还要靠迈尔斯的忠诚。"

她费解地看着我："您认为他——？"

"你担心如果他有机会，会不会向我发动攻击吗？是的，我这么想还是有些冒险。但是，无论怎么样，我想要试试。你带着他妹妹尽快走，留下我一个人和他在一起。"我自己也很吃惊，我还保留着这样的勇气。因此尽管我作出了出色的榜样，她却犹豫着，甚至有些更不好意思了。"当然，有一件事，"我继续说道，"在她走以前，千万不能让他们见面。"这时我突然想起一件事，但是也许已经太晚了，虽然弗罗拉从池塘边回来的时候起就和其他人隔离开了。我焦急地问道："你说，他们已经见过面了？"

听到这话，她的脸一下红了。"啊，小姐，我还没有那么傻！虽然我因为有事不得不离开她三四次，但是每次都有一个女仆陪着她，眼下，虽然她是一个人，但是她的房门牢牢地锁着。还有……还有！"要说的事情太多了。

"还有什么事？"

"这个，您对那位小绅士那么有把握？"

"除了对你，我对任何事情都没有把握。但是，从昨天晚上起，我有了新的希望。我觉得他想要对我公开他的秘密了。我的确相信——那个挑剔的小可怜儿——他要讲真话了。昨天晚上，在壁炉的火光里，他一声不响，和我一起坐了两个小时，好像事情就要有眉目了。"

格罗斯太太紧皱眉头，穿过窗户，看着乌云密布的灰色天空："那么，有眉目了吗？"

"没有，虽然我等呀，等呀，但是我承认他并没有说话，始终没有打破沉默，也丝毫没有提到他妹妹的情况，最后我们只有互道晚安彼此吻别。"我继续说道，"还是这样，即使弗罗拉的伯父看见她，我在没有给这个男孩更多的时间作出决定之前，我不会同意她伯父看到迈尔斯——这主要是因为事情已经弄得这么糟了。"

令我完全无法理解的是，我的朋友在这个问题上却显得更不情愿："您说的更多的时间是什么意思？"

"哦，一天或两天——好让事情真正有个眉目。到那时候他会站在我一边的——你知道这有多么重要。如果事情还是照旧，我就只有承认失败了，即使出现了那种最坏的情况，你还是以你所做的帮助了我，在你到了城里以后，你可以去做你认为可能的各种事情。"这样我把问题摆在了她面前，但是她仍然有些不可思议的不好意思，于是我再次督促她。"当然了，除非，"我把话说到头，"你确实不想走。"

从格罗斯太太的脸上，我能够看出，她终于拿定了主意；她向我伸出一只手作为保证："我走——我走。我今天上午就走。"

我希望丝毫没有勉强："如果你希望再等一等，我会设法让她看不到我。"

"不，不，问题就出在这个地方上。她必须离开这里。"她用十分沉重的目光看了我一会儿，然后把剩下的话说了出来，"您的想法是对的。我自己，小姐——"

"怎么？"

"我不能留下。"

她那么看着我，使我一时间想到种种可能的情况："你是说，由于昨天的事情，你已经看到——"

她庄重地摇了摇头，"我已经听到了——！"

"你听到了？"

"从那个孩子那儿——听到了恐怖！在那儿！"她悲哀地叹了一口气。"我以我的名誉发誓，小姐，她说了一些事情——！"但是，刚刚开了个头，她就再也说不下去了，她突然抽泣起来，一下坐在了我的沙发上，像我过去见过的那样，痛哭流涕起来。

至于我自己，我的表情却完全不同。我说道："哦，感谢上帝！"

她听到这话又一跃而起，一边擦干眼泪一边呻吟着问道："感谢上帝？"

"那完全证明了我是对的！"

"确实是那样，小姐！"

我不能指望有比这更肯定的答复了，但是我只是犹豫着："她真的那么可怕吗？"

我能看出格罗斯太太简直不知道怎么来表达才好。"实在是太吓人了。"

"是关于我的吗?"

"既然您一定要知道——是关于您的,小姐。对于一个年轻小姐,那么说真是太出格儿了;我简直无法想象她是从哪儿听来的——"

"你说的是她用在我身上的那种骇人听闻的言语吗?那么,我能想象出来!"我笑着插嘴道,这笑声无疑是意味深长的。

事实上,我的笑声只是使格罗斯太太更加心情沉重。"好了,也许我也应该——因为我过去就听到过一些了!然而我无法容忍它,"这个可怜的女人继续说道,同时,她扫了一眼放在我的梳妆台上的手表,"不过,我必须回去了。"

然而我让她继续讲,"哦,既然你不能容忍它——!"

"您是说,我怎么能和她住在一起吗?嘿,就是为了这个目的呗:把她带走。离这儿远远的,"她又加了一句,"离他们远远的——"

"也许她不一样?也许她会得到自由?"我几乎是快乐地抓紧她,"那么说,尽管有昨天那件事,但是你相信——"

"相信这些事情?"她对这些事情只作了简单的交代,从她的表情看来,她不愿意再谈下去了,然而她还是把她对于整个事情的基本看法告诉了我,这是前所未有的。她说:"我相信。"

是的,这是一件令人高兴的事情,我们依然是肩并肩的战友:只要我能继续对这一点有把握,那么即使发生任何别的事情我都不太在乎。在目前的不幸中我需要支持,正像在最初我需要信心一样,只要我的朋友能对我报之以诚恳,那么其余的一切都由我去对付。在即将和她分手的时候,我实在是有些依依不舍:"我刚刚想起来,有一件事情你要记住。我的一封报警的信,会在你之前到达城里。"

我现在终于看出来她刚才一直在吞吞吐吐,但是她终于再也忍不下去了。她说:"您的那封信不会寄到那儿的。您的信根本就没有动地方。"

"怎么会是那样呢?"

"天知道!迈尔斯少爷——"

"你是说是他拿了那封信?"我有些透不过气来。

她犹豫着,但是她克服了内心中的不情愿,说道:"我是说昨天我和弗罗拉小姐回来的时候,看见那封信没在您放信的地方。后来晚上;我有机会问了一下卢克,他说他既没有注意到那封信也没有动它。"说到这里,我们说不下去了,只能心照不宣地用目光交流着彼此的想法。最后还是格罗斯太太首先打破了沉默,她几乎是有些得意地说道:"您知道!"

"是的,我知道如果迈尔斯拿到那封信,他可能已经读了信,并且把信销毁了。"

"那么您没有看见别的什么事情吗?"

我脸上带着难过的微笑面对着她待了片刻,然后说道:"真令我吃惊,你这次比我的警惕性还高。"

这些事实证明的确是这样,但是她对暴露了这一点还是很不好意思,居然脸红起来。"我现在想得出来他在学校干了什么。"她几乎有些滑稽地点了一下头,以她特有的简洁尖锐,说出了她悟出的事实:"他偷了东西!"

我把这件事再三考虑了一下——我试图更慎重一些:"哦——也许是这样吧。"

她看上去似乎对我的平静态度感到出乎意料。

"他偷信!"

她无法理解我十分平静的原因,只是徒然地进行着猜测;于是我尽可能向她一一解释一番。"我但愿当初写信的时候想得更多一些就好了!可是我昨天放在桌子上的那封信,"我继续说道,"能带给他的好处太有限了——因为它的内容只是要求他伯父来看看——他为了这么一点儿事,却干出了这么丢人的事情,昨天晚上他心里想的就是要承认自己的错误。"在这一刹那我觉得自己似乎已经掌握了事情的脉络,把整个事情看得一清二楚了。"留下我们放心走吧,留下我们,放心走吧。"——在门口,我已经在催她上路了。"我会使他说出来的。他会来见我的——他会承认的。如果他承认了,他就得救了。如果他得救了——"

"那么您也就得救了?"这个善良可爱的女人说到这里便亲吻我,我也和她依依惜别,"即使没有他我也会救您的!"她走时喊道。

二十二

然而,她刚一出发我就怀念起她来,巨大的危机也真的到来了。如果说我过去对自己和迈尔斯单独相处会给我带来什么有些思想准备,那么现在则是它很快就让我领教了一二。事实上,当我下楼得知格罗斯太太和弗罗拉乘坐的马车已经驶出了庄园的大门,我在这里的每时每刻便都被不安困扰着。我对自己说,我现在是和那些鬼魂面对面待在一起,在这一天的其余大部分时间里，我都在和自己的软弱作斗争，同时我能够意识到自己是太冒失了。我感到这个地方比我以往感觉到的要局促狭小，让人转不开身，特别是我第一次看到其他人对这次危机的混乱反应时，这种感觉更加强烈。已经发生的事情自然使他们目瞪口呆。对于格罗斯太太带着弗罗拉的突然离去，无论我们怎么解释，都无法令人满意。男女仆人们都是一脸茫然，这就使我本来就十分紧张的神经更紧张十分，后来我看到必须采取实际步骤加以补救。简而言之，情况很清楚，我只有紧紧把握住舵把，才能避免完全沉船灭顶的命运。我敢说，为了咬紧牙关坚持下去，那天上午我变得看上去非常庄重，不苟言笑。我心甘情愿负起很多事情的领导责任，我让仆人们知道，这一切由我自己负责，我的信心非常坚定。在随后的一两个小时里，我脸上带着这副表情走遍了府邸的每个角落，看上去，毫无疑问，我已经做好了应付任何突然事件的准备。我这样是做给那些有关人看的，我这样巡行着的时候胸中怀着一颗沉重的心。

直到吃午饭的时候，表面上看来最不关心这件事的人似乎是小迈尔斯本人。同时，我四处巡行却并没有见到他，这使发生在我们关系上的变化更加公开化了，这是他昨天为了掩护弗罗拉，有意大弹钢琴，欺骗和糊弄我的结果。当然，这种公开化是弗罗拉被隔离和离开造成的，这种变化本身更由于我们没有按照通常的习惯走进教室而表现出来。在下楼的路上，我推开他的房门，他已经不见了。接下来我了解到，他已经吃过了早饭——当时在场的有两个女仆——还有格罗斯太太和他的妹妹。据他自己说，他只是出去散散步；我想，这最好地表达出他对我的职责的突然变化所抱的坦率看法。现在他会允许这个职责包括什么内容还需要确定一下：不过无论如何。由于放弃了假装，有一种奇怪的解脱感，我特别是指我自己。如果说这件事情已经相当表面化了，那么我这么说并不十分过分，最表面化的东西是我们这种做法的荒谬性——还在让似乎我有什么东西可教给他的神话苟延残喘，而不把它结束掉。过去他总是靠着暗中使用一些小计，照顾我的体面，在这方面他做的甚至比我本人还多，由于他的实际水平，我给他上课要满足他感到非常吃力，我曾经不得不向他求饶允许我松弛一下。不管怎么说，他现在获得了自由，我再也不碰他了；正如我已经详细介绍过的，在前一天晚上他到教室来找我的时候，我偶尔谈到的话题既没有挑战也没有暗示。从这个时刻起，我的脑子里其他的想法和念头太多了。然而，当他终于来了，这个漂亮的小人儿使我认识到，很难向他提出我心里积压的那些问题，从表面看来，昨天发生的事情在他的身上，没有留下一丝阴影或痕迹。

为了向全府邸的人显示我培养提倡的高贵气派，我命令仆人们把我和迈尔斯的中饭摆在楼下；所以我一直在那间沉闷而华丽的房间里等着他。格罗斯太太所讲的事情，使我想起在我来这里后的第一个可怕的星期天，那件事情就发生在这个房间的窗外。眼下在这里我有一种新的感觉——因为我已经一再地感觉到我的平静依赖于我的坚强意志，依赖于我尽可能紧闭上我的眼睛不看这样的事实——我不得不在和令人恶心、违反天性的东西打交道。我只能坚持下去，靠着相信"天性"具有战胜邪恶的力量，靠着把我所面对的艰巨考验看做是朝着不同寻常的，当然也是令人不愉快的方向的一个推动，但是这毕竟是为了一个美好的方向所要求的，这只是正常的人类美德的再一次努力。正是这种打算，不只是要能够献出自己，要符合人类的全部天性，而且更需要机智和老练。我怎么能比较策略地提到已经发生的事情呢？换句话说，我怎么能提到这件事而不会再次掉进那可怕的黑暗中去呢？幸好，过了一段时间，我已经得到了一个答案，在迈尔斯身上表现出的罕见的活泼，无疑证实了我的想法。的确，他现在还是像平常做功课时一样，能够找到新的巧妙办法使我心安理得起来。我们昨天晚上一起度过了孤独时刻，这个事实不是说明还存在着美丽的还没有熄灭的希望的火花吗？事实上，帮助他的好机会现在已经到来了。一个天分那么高，人人都不得不承认他非常聪明的孩子，却拒绝帮助，岂不是太荒唐？上天给他那份聪明不就是为了挽救他的吗？但是，一个人想要接触他的心灵，会不会和他的性格发生冲突？当我们面对面地坐在餐厅里的时候，他好像已经明确地把那种方法展示给我。烤羊肉摆上了餐桌，我已经打发走伺候的仆人。迈尔斯在坐下之前，先站了一会儿，他把双手插在兜里，看着桌上的羊肉，好像关于这个题目一个幽默的念头正在划过他的脑海，但是他紧接着说出的却是："我说，亲爱的，她真的病得很厉害吗？"

"你说的是小弗罗拉？没有那么严重，她很快会好起来的。伦敦会使她恢复健康。布莱庄园这里对她已经不太合适了。过来拿你的羊肉吧。"

他机灵地听话走过来，然后小心地端着盘子走到自己的座位上去，他坐下以后，接着问道："难道布莱庄园突然变得对她这么不合适了吗？"

"不像你想的那么突然。有人早就看出了事情的发展。"

"那么你们为什么以前不把她送走？"

"什么以前？"

"在她没有病得不能旅行以前。"

我发现我的反应很快。"她并没有病得不能旅行;但是如果她继续待下去,她只能变成那样。这次她走得正当其时。这次旅行会消除那种影响,"——哦,我说得太漂亮了!——"并且把它消灭掉。"

"我明白了,我明白了。"迈尔斯对这件事应付得也很漂亮。他低头吃起饭来,他吃饭的样子颇为文雅迷人,完全符合"餐桌上的规矩",从他到布莱的那天起,就根本用不着我这个家庭女教师行使我的督导之责。无论他当初是因为什么被学校开除的,绝不会是因为吃相不佳。他今天的举止像平时一样无可指摘;不过无疑他今天是更加有意识地去做的。很显然,他在努力去做一些没有别人帮助就无法轻易做到的事情,希望得到我的认可,当他发现自己力不从心的时候,就平静地保持沉默。我们的这顿午饭是用时最短的一次,我的这顿饭则纯粹是摆摆样子,饭后我立即让人把东西撤掉。在仆人干完这件事之后,他又把双手插在兜里站在那儿,他背对着我——站着,看着宽大的窗外。就是透过那扇窗户,过去有一天我看见了令我吃惊的东西。我们继续保持着沉默,这时有一个女仆和我们在一起,她也一声不响。这使我异想天开地想到,我们活像一对年轻的夫妇在旅行结婚的路上,在一家小旅店里,在侍者面前羞羞答答的。他只是在这个侍者离开我们之后才转过身来,说道:"好啦——这下就剩下咱们俩了!"

二十三

"哦,多少算是那样吧。"我想象得出我的微笑十分苍白。"但也不是绝对的。咱们不应该喜欢那样!"我接着说道。

"是的——我想咱们不应该。当然,还有别人和咱们在一起。"

"还有别人——的确还有别人和咱们在一起。"我赞成他的说法。

"然而,即使他们和咱们在一起,"他话头一转说道,他的双手依然插在兜里,双脚像生了根,直立在我面前,"但是他们基本上不能算数,对不对?"

尽管我作出了最大的努力,但是我依然感到自己的软弱无力。"那要看你说的'基本上'是什么意思!"

"是的,"他顺着我说,"全看这个了!"这么说着,他又转身面对着窗户,接着心事重重地迈着不安的步子走到窗前。他在那儿站了一会儿,把前额靠着玻璃，凝视着我熟悉的那些乏味的灌木丛和十一月的枯燥而沉闷的景色。我总是能找到某种"事情"掩饰自己内心里的真实想法，现在我找到的东西就是沙发。我在沙发上使自己的心定下来，我过去心烦意乱的时候就一再这样做过。正如我已经描写过的，每当我意识到孩子们产生了厌恶我的情绪时，我总是按照自己的习惯，做好最坏的准备。但是当我看着迈尔斯的后背，他完全是一副拘谨为难的样子，于是我心中突生一种不同寻常的印象——他现在并没有厌恶我。几分钟后，这种想法在我的内心中变得更加清晰强烈起来，而且有这样一种念头在我的心头挥之不去，毫无疑问此刻他厌恶的人恰恰是他自己。对于他来说，那扇大窗户的一个个方格结构简直就是一种失败的象征。总而言之，我觉得我看见他好像被人关在什么里面或外面，被困住了。他虽然表面上还是那么出类拔萃，但是内心中并不舒畅：我把这看在眼里，心中不由得因为看到希望而一阵激动。他是不是在透过那鬼魂出没的窗格玻璃寻找着他无法看见的什么东西？——是不是在这个事件中他第一次意识到那是一种堕落？第一次，的确是第一次，我发现这是一个极好的迹象。这件事令他十分焦急，虽然他自己注意不流露出来；他已经着急了一整天，即使他像往常那样笑容可掬，颇有点小绅士风度地坐在餐桌前，他也需要费尽心机才不至于露馅儿。但是，当他终于转过身来面对着我的时候，他所费的心机几乎完全白费了。他说："不错，我觉得很高兴，布莱庄园这里对我很合适！"

"看来这二十四个小时以来，对布莱庄园的情况，你的认识一定比前一段时间增加了不少。我希望，"我勇敢地继续说下去，"你一直过得很愉快。"

"哦，是的，到目前为止我一直很愉快；在周围到处转转——几个英里内外都跑遍了。我还从来没有这么自由自在过。"

他真的是一副毫无做作的自在样子，我只能努力试图跟上他的想法。"那么，你很喜欢这样？"

他站在那里微笑着；然后终于把反问用两个字提出来——"您呢？"这两个字比我以往听到的任何两个字都包含着更多的排斥意味。但是我还没有来得及回答，他似乎意识到了这是一种莽撞无理，需要缓和一下，于是他继续说道："您处理这个事情的办法真是再可爱不过了，因为即使咱们现在单独在一起，但是最孤独的人却是您。然而我希望，"他又补充道，"您并不特别在意！"

"不在意得和你相处吗？"我问道，"亲爱的孩子，即使我在意又能怎么办呢？虽然我已经不再奢望做你的朋友——你拒我于千里之外——但是至少我把和你待在一起看做是巨大的快乐。我在这里留下不走难道还会有别的目的吗？"

他更直接地看着我，他脸上的表情现在变得比较认真了，使我觉得这是在这张脸上见过的最美的表情。他问道："您留下不走仅仅是为了这个？"

"当然。我作为你的朋友留下不走，是因为我看到这对你关系极大，因为还可以为你做一些更重要的事情。你不必为此感到惊讶。"我的声音剧烈地颤抖着，使我感到根本无法克制住这种颤抖。"你不记得了吗，在那个暴风雨之夜，我来到你的身边，坐在你的床上，我怎么告诉你，在这个世界上，我为了你什么事情都会去干的！"

"是的，是的！"他显然变得越来越激动，显然需要尽力控制住自己的语气。他在这一点上做得比我成功得多，他居然能在如此严肃的时刻笑出声来，居然能假装我们正在高高兴兴地开玩笑。"我想，您这么说是想要让我为您干点儿什么事儿！"

"你说对了一部分，我是要让你为我做点儿事儿，"我承认道，"但是，你知道，你并没有干。"

"哦，是的，"他表面上挺热情地说道，"您想要我告诉您点儿什么事情。"

"就是这件事。说出来吧，直接说出来吧。你心里有什么事，你自己知道。"

"啊哈，那么您留下来就是为了这个？"

他说话时带着快乐的表情，但是从中我却还是能够捕捉到一丝愤怒的颤抖；但是我无法表达这种非常细微而含蓄的让步对我产生的影响。似乎好像当我一向热望得到的东西终于到来时，只是引起我的惊讶："这个，是的——我可以把它毫不隐讳地说出来。我留下的确是为了这个。"

他停顿了很长的时间，我以为他是为了要驳倒这个成为我的行为基础的前提；但是他最后说的却是："您是说要我现在——在这里就说？"

"不会有比这更好的地点和时间了。"他不安地环视着周围——哦，真奇怪！在我的印象里，我第一次在他身上看到了这种直接的恐惧正在迫近的征兆。好像他突然害怕起我来——我想到也许可以最好地利用这一点来争取他。然而在这种极为痛苦的努力之中，我感觉到要摆出严厉的架势是毫无用处的，紧接着我听到自己在用一种近乎可笑的温和声音说道："你又想出去吗？"

"非常想！"他勇敢地对我微笑着，这种小小的勇气由于他实际上令人脸红的痛苦而有所夸张。他已经拿起了刚才带进来的帽子，一边站在那里一边转动着那顶帽子，虽然我刚才已经接近于达到我的目标了，但是他现在的那副样子却使我对我正在做的事情感到反感和害怕。用任何方式这样做都是一种侵害行为，因为它除了家庭女教师强加于人的意志和对于一个孤立无助的小生命的犯罪之外还包括什么？而这个小生命曾经使我意外发现了美好的人际交往的种种可能性。把这样一个敏锐美好的人儿变得不知所措，难道不是很卑鄙吗？我想我现在才清楚地看清了我们的处境，因为我似乎看到了我们可怜的眼睛已经在闪烁起预见到未来痛苦的火花。所以，我们带着恐怖和顾虑兜着圈子，就好像那些不敢走近敌人的战士。但这却是因为我们彼此害怕！这使我们更长时间地悬而未决和没有受伤。"我要把一切告诉您，"迈尔斯说道，"我是说我要把您想知道的任何事情告诉您。您愿意留下和我在一起，我们俩都会很好的，我愿意告诉您——我愿意。但不是现在。"

"为什么现在不讲？"

我的坚持使他转过身去，再次默默地对着窗户，在这个过程里，在我们之间静得可以听见钢针落地的声音。然后他又站到我面前，从他脸上的表情可以推测出来显然外面有人在等着他。他说："我得去见卢克。"

我还没有把他逼到不得不撒这么粗俗的谎的地步，我为他感到丢脸。但是，尽管那么可怕，他撒的谎话却促使我把真话说出来。我沉思着一边钩着手中的花边，一边说道："那么好吧，你去找卢克吧，我等着你实践你的诺言。作为一个交换条件，在你离开我之前，我有一个小小的要求。"

他看上去似乎觉得自己取得了成功，并且能够进行一些讨价还价："小小的——？"

"是的，不过是九牛一毛。你告诉我吧。"——哦，虽然我做出埋头于工作的样子，可是我的撒手锏却出手了！——"昨天下午，从大厅的桌子上，是不是你拿走了我的信？"

二十四

我正在分析他对我提出的问题会做何反应,这时一个东西突然完全转移了我的注意力——最初使我像遭了雷击,"腾"地跳起身来,刹那间我盲目地紧紧抓住迈尔斯,我把他拉到身边,同时靠在离我最近的一件家具上支撑住身体,我下意识地保持使他背对着窗户。出现在我们窗外的幽灵,是我在这里早就打过交道的家伙:彼得·昆特,他站在窗外的那副样子,看上去就活像一个站在牢门前的看守。接着我看到他走到了窗前,然后紧贴着玻璃,向里面窥视,这是我再次看到他把那张苍白的鬼脸凑近这个房间。在看到这个场面之后,可以说我马上拿定了主意;我相信没有哪个女人在如此惊慌失措之后能够在这么短的时间里恢复行动的能力。我意识到在这个突然降临的恐怖时刻,我应该采取的行动就是一边看清和勇敢地面对我此刻看到和面对的鬼魂,同时绝不让迈尔斯发现这个鬼魂的到来。这时我突然心生灵感——我一时想不出什么别的字眼——我感到我可以随心所欲地全凭直觉采取行动。这就好像为了一个人的灵魂与一个魔鬼进行的一场搏斗,当我清楚地意识这样做的意义的时候,我看到,在我颤抖的双手之间,离我近在咫尺,这个灵魂——这个可爱的孩子前额上布满了一层露珠似的汗水。然而这张离我的脸如此贴近的脸,却和紧贴着玻璃的昆特的那张脸一样苍白。紧接着,我面前的这张小脸发出了一个声音,虽然这声音并不低沉和微弱,但是却像是从很遥远地方发出来的,而我则像吸吮着一股悠远的飘香般把那每一个字吸入心田。

"是的——我拿了那封信。"

听到这话,我发出了快乐的感叹,我弯下身去,把他拉到我的怀里,我让他紧贴我的胸口。通过我的胸口,我能感觉到他那小小的身体突然发起烧来,他那小小的心脏也在剧烈地跳动,这时我的目光始终盯着窗外的鬼魂,看见他在走动着,改变着姿势。我刚才把他比作一个监狱的看守,但是此刻,他却在缓慢地来回兜着圈子,样子更像一头徘徊的困兽。眼下我的勇气虽然苏醒过来,但是还没有大到可以滥用的地步,我不得不克制住我的激情。与此同时,昆特那窥视的面孔又出现在窗前,这个无赖一动不动地看着,似乎在观察和等待着什么。由于我确信现在我可以不把他放在眼里,而且我能够肯定迈尔斯并没有意识到昆特的到来,于是我继续说下去:"那么你为什么要拿那封信呢?"

"我想要看看您在信里说了我什么话。"

"你把那封信拆开了?"

"我拆开了。"

这时我的目光停留在迈尔斯的脸上,我又把他松开了一点儿。在这张脸上,开玩笑的表情已经荡然无存,剩下的只有不安和忧虑。多么奇怪,由于我的成功,他的聪明机智都不见了,他与外界的交流沟通都停止了。他知道自己面前出现了什么东西,但是却并不知道那究竟是什么,他更不知道我面前也有个东西,但是我知道那是什么。当我再次看着窗户的时候,只看见那里的天空又是清清爽爽的了,难道说是由于我的胜利扑灭了那幽灵的气焰?如果是这样,这紧张烦恼又算得了什么?窗外的幽灵不见了。我感到这完全是我努力的结果,我无疑应该乘胜努力,取得全胜:"可是你却毫无所获!"我不由得扬扬得意地说道。

他心事重重颇为难过地点了点头:"的确是毫无所获。"

"毫无所获,毫无所获!"我几乎快乐地喊起来。

"毫无所获,毫无所获。"他难过地重复着我的话。

我兴奋地亲吻着他的前额,他的前额都被汗水湿透了:"那么你把那封信怎么处理了?"

"我已经把它烧了。"

"把它烧了?"现在正是最后一个机会。我追问道:"你是不是在学校就这么干过?"

噢,这问话带来的是什么呀!"在学校?"

"你也拿过信吗?——或者其他的什么东西?"

"其他的东西?"现在他好像在回忆非常遥远的什么事情,好像他只有绞尽脑汁才能想得出来。然而他还是想出来了,"您是说我偷东西?"

我感到自己的脸刷地一下一直红到了耳朵根,我不知道对于一位绅士提出这样的问题或者指望看见他默认自己的堕落是不是太异想天开了:"你是不是因为这个不能回到学校去的?"

他多少感到有些惊讶:"您知道我回不去了?"

"我什么都知道。"

他听了这话以后,长时间地看着我,脸上带着最为惊奇的表情。他问道:"什么都知道?"

"什么都知道。因此,你以前是否——?"但是我无法把那个字眼再说一遍了。

但是,迈尔斯却能够说得出口,他非常简单地回答道:"没有。我没有偷过东西。"我脸上的表情肯定已经向他表明了我完全相信他的话,但是我的双手却纯粹是出于对他的一片柔情,在摇晃着他,好像在质问他,既然没有什么原因,他为什么要使我受到几个月的苦恼折磨。"那时候你究竟干了什么?"

他痛苦而茫然地来回打量着头上的天花板,深深地呼吸了两三次,好像呼吸非常困难。他的样子活像一直站在深深的海底,正在抬起眼睛望着头上幽明碧绿的闪光。"这个——我说了一些事情。"

"仅此而已?"

"可他们认为这就足够了!"

"足够把你开除了?"

说老实话,我还从来没见过一个被开除的人像这个小人儿这样,对自己被开除的解释竟是这么轻描淡写!他显然在掂量着我的问题,但是那副表情显得既心不在焉又束手无策。"行了,我知道我不应该那样。"

"但是,你到底对谁说了那些话呢?"

他显然努力想要回忆起来,但是没有成功——他已经忘得一干二净。他说:"我不知道!"

他已经屈服了,正在向我发出一阵苦笑,实际上,这时候我就应该见好就收了。但是我已经有些忘乎所以了——我被胜利冲昏了头脑。其实就是在这时这种效果已经注定使他更接近于越来越和我离心离德了:"你是不是对所有的人都说了那种话?"我问道。

"没有,只是对——"但是他厌恶地摇了一下头,"我不记得他们的名字了。"

"那么他们人数很多吗?"

"不——只有几个人。那些我喜欢的人。"

那些他喜欢的人?听了他的话我不但没有解开疑团,反而如坠五里云雾中,但是片刻之后,我突然醒悟到,也许他是无辜的。这个念头使我吃了一惊,悔恨万分。一时之间,我感到非常狼狈,心里七上八下的没了底。因为如果他是无辜的,那么我这么逼问折磨他,我成了什么人?心里被这个问题折磨着,我不由得一下垂头丧气起来,我把他放松了一些。他深深地叹了一口气，又转身背对着我。当他面对着那空荡荡的窗户，我感到十分痛苦，因为我感到现在我再也没有什么东西可以使他转过身来了。"那么，他们又把你说的话告诉了别人？"过了片刻我问道。

他马上又朝前走了一步，离我更远了一些，他仍然喘着粗气，他现在虽然并没有为我的问题在生气，但是脸上又现出了抵触的表情。像刚才一样，他再次抬头看着那阴暗的天空，好像到目前为止除了一种不可言状的焦急之外，再没有什么东西支持着他。"哦，是的，"尽管他那么心神不安，他还是回答道，"他们肯定把我的话又告诉了别人。告诉了那些他们喜欢的人。"他补充道。

尽管他回答的不像我预期的那么详细，但是我还是把这个话题结束掉。"而且这些事情七转八转传到了——？"

"您是说传到了老师那儿？哦，是的！"他非常简单地回答道，"但是我不知道他们会讲这件事。"

"你是说那些老师吗？他们没有讲——他们根本没有讲。正是因为这样我才来问你。"他又向我转过身来，他那漂亮的小脸在发着烧，"是的，那话太难听了。"

"太难听？"

"我想我有时候说的是太难听了。他们没法写信告诉家里。"

我不知道该用什么字眼来描述我当时那种矛盾的心情，这孩子说出这样的话，真是令人心中充满一种莫名的悲怆，我只知道紧接着听见我自己挺冲的话脱口而出，"纯粹是胡说八道！"但是紧接下去，我的话肯定足够严厉的。"你都说了些什么话？"

我的严厉态度完全是冲着那些随便就指责他、决定他的命运的人去的；然而这种严厉却使他又转过身去，但是他的这个动作却使我一跃而起，不由得大叫一声，直接扑到他的身上。因为在那儿，紧贴着玻璃窗，就好像要扼杀他的认错，要制止他的回答似的，那个我们痛苦的可怕的制造者——那张魔鬼的苍白面孔又出现了。眼见我的胜利功败垂成，又要重新开始战斗，我感到一阵难受的头晕目眩；所以我那疯狂的一跃只起到把面前的危险形势一下子暴露出来的作用。我看到他从我的行动中已经凭着他的直觉感觉到了这个形势，从感觉上说，即使是现在他也只是猜到了这种危险，在他自己的眼睛看来，窗户那里依然是空荡荡的。这时我听任我内心的一股激情燃烧起来，我要把他目前的极度垂头丧气转变为他精神上的真正解放。我一面把迈尔斯拼命向我的怀里拉，一面向那在窗口向我们窥探的昆特的鬼魂声嘶力竭地尖叫道："别在那儿待着了，滚吧，滚开！"

"她在这儿吗？"迈尔斯气喘吁吁地问道，他边说边用他那双什么也没有看见的眼睛盯着我说话的方向。他莫名其妙地冒出来的这个"她"让我吃了一惊，我也气喘吁吁地跟着重复了一遍。"杰塞尔小姐，杰塞尔小姐！"他突然怒气冲冲地回头对我说。

我虽然有些茫然，但是还是猜出了他的误会——这都是因为我们对弗罗拉的做法造成的。但是我并没有就此打住，他的误会只是使我想要向他表明事情还不止于此呢。"他不是杰塞尔小姐！但是他就在那扇窗前——就正对着我们。他在那儿——那个胆小的魔鬼，但他是最后一次在那儿了！"听了这话，他的头动了一下，就好像一只迷惑的猎狗闻到了什么气味，然后由于渴望空气和阳光而疯狂地轻微抖动了一下，他脸色发白，震怒地看着我，手足无措，徒然地打量着那扇窗户，虽然我感觉到，那个魔鬼的森森鬼气已经像毒气一样充满这个房间，成为一种巨大而令人恐怖的存在。迈尔斯问道："是他吗？"

这时候，我下定决心要拿到全部证据，于是我的态度一下子变得冷若冰霜，我挑战般地向他问道："你这个'他'是指谁？"

"彼得·昆特——你这个坏蛋！"他又环视着整个房间，脸上带着激动和哀求的表情，问道："你在哪儿？"

他对昆特这个名字的极度的向往陶醉，还有他对我的一片热诚所给予的赞赏，依然回响在我耳边。我对他说道："现在他对你算得了什么，亲爱的？——将来他又算得了什么？你属于我，"我又对那鬼魂说道，"而你已经永远失去了他！"这时，为了印证和显示我的胜利，我对迈尔斯说："他在那儿，就在那儿！"

但是迈尔斯这时已经周身抽搐不已，他又睁大了眼睛死盯着那扇窗户，但是他除了宁静的天空什么也没有看到。就在我为使那魔鬼遭到惨败而无比自豪的时候，这时迈尔斯突然发出一声喊叫，这是一个生灵在即将堕入地狱的时刻才会发出的凄厉喊叫。我伸出手来紧紧地抓住他，想要使他恢复过来，就好像在他倒下来的时候要抓住他一样。是的，我抓住了他，我拥抱着他——可以想见我是怀着怎样的激情；但是片刻之后，我开始意识到自己拥抱着的真正是什么东西了。我们孤零零地与宁静的白昼相对，而他那颗被褫夺的小小心脏，已经停止了跳动。

伊坦·弗洛美

[美国] 伊迪丝·华顿　著
吕叔湘　译

　　伊迪丝·华顿（Edith Wharton，1862—1937）20世纪美国深受欢迎的女作家。出身纽约上层家庭，1885年与门当户对的爱德华·华顿结婚，但两人在精神层面上并不匹配，华顿1913年与丈夫离婚并永久定居欧洲。著名作品有长篇小说《快乐之家》（1905）、《纯真年代》（1920）；中篇小说《伊坦·弗洛美》（1911）、《班纳姐妹》（1916）。《纯真年代》作为美国普利策奖的获奖小说，代表了华顿小说创作的高峰。主要情节发生在19世纪70年代末至80年代初的纽约上流社会，描写一个律师屈服习惯势力的过程，借以鉴照社会传统、习俗、道德和价值观念。主观叙述手法和雅致的文笔贴近亨利·詹姆斯的风格。《伊坦·弗洛美》是经典传世之作，叙写山区农民弗洛美与比他年长七岁的妻子以及女仆玛提的情感纠葛和人生悲剧——一段美丽的爱情与人生不能承受的苦难故事。

自　序

　　在我定居在我在这本书里称为斯塔克菲尔镇的那个地方以前，我早就对新英格兰的乡村生活颇有所知；虽然在我住在那里一些年之后我对于那里的生活的某些方面更加熟悉得多。

　　可是，即使是在我熟悉那个地方以前，我已经有点不安地感觉到，小说家笔下的新英格兰，除了在草木之名和方言土语方面有些泛泛的相似之外，跟我所看到的荒寒而美丽的土地实在没有多大相似之处。尽管不厌其烦地数说香蕨、翠菊、山桂，一丝不苟地摹写那里的口语，却仍然不能叫我不感到，在这两方面，那从地下露头的花岗岩都被忽略了。这当然只是我个人的印象；这可以用来说明《伊坦·弗洛美》的产生，并且，对于某些读者，这在一定程度上可以为它辩解。

以上说的是这个故事的起源；别的没有什么值得说的，除了关于它的结构。

我面对的问题，照我一起头看来，是我不得不处理这样一个题材，它的戏剧性高潮，或者毋宁说是反高潮，出现在悲剧的前几幕之后三十年。这个强制的时间距离，对于任何一个相信——我一直是这样相信——每一个题材（按照小说家赋予这个词的意义）它本身就包含它自己的形式与规模的人，《伊坦·弗洛美》应该写成一个长篇。但是我一次也没有这样想过，因为我同时觉得，我的故事的主题不是一个可以弹出好多变奏的主题。对我的主角们来说，生活一直是朴素的、单纯的，我也就必须这样来处理我的题材；任何使他们的思想感情复杂化的企图必然使整个故事表现为虚假。说实在的，他们是我的花岗石露头；仅仅从泥土里冒出来一半，也不比石头更能说出心里话。

题材和布局之间的矛盾也许给我暗示，我的"情节"是最后不得不放弃的情节。每个小说家都曾经有虚假的"好情节"这个善于迷惑人的精灵光顾过，被那种水仙女似的题材引诱他的小船撞碎在礁石上；她们的歌声最容易被听到，她们的海市蜃楼最容易被看到，是当他正在穿越潜伏在他正在从事的工作的中途的滴水皆无的沙漠的时候。我很熟悉这些妖女唱的歌，我常常把我拴在我的沉闷的工作上，直到那歌声完全听不见——也许在她们的彩虹面罩底下隐藏着一部未能诞生的杰作。但是在伊坦·弗洛美这个问题上我没有担心过遇上女妖的歌声。这是我所曾接触过的第一个题材，对它具有为我所用的价值毫不怀疑，并且对于我有力量把我所看到的至少能表达出来一部分有相当的信心。

其次，每个讲究他那门手艺的小说家都曾经碰上过这样的题材，并且为不借助于装饰或乞灵于光衬而把它全面展现这一工作的难度所吸引。如果我要叙述伊坦·弗洛美的故事，我就要面对这样一个任务。我曾经把我的结构轮廓对少数朋友说过，立即遭到毫不含糊的反对，但是我仍然认为在这个题材上这样处理是有理由的。我觉得,如果故事里的人物是深沉而复杂的,而小说家却让一般的旁观者加以猜测和解说,那么,这个故事的确不免显得造作而不自然;可是如果旁观者是见多识广而他所解说的人物是朴素的,那就不至于有这样的缺点。如果他能够看到他们的各个侧面,那就让他施展他的能耐吧,这是不会破坏故事的可信性的。让他在他的简单朴实的人物和他的脑筋复杂的读者之间充当满怀同情的介绍人,是再自然不过的了。这本来是不言而喻的道理,只是对于那些从来没有想到写小说是一种构图艺术的人才需要说明罢了。

我的结构的真正优点,照我看,在于一个小小的细节。我必须找到一个途径让说这个故事的人既自然又生动地获得这个故事。我当然可以让他跟一位爱好饶舌的村民坐在一块儿,听他把整个事件一口气说给他,可是这样一来我就把我的画图中的两个重要因素给歪曲了:第一,我所要描绘的人物的什么事情都装在心里不说出来的性子;其次,造型艺术上的"圆到"感,这是只有让他们的事情通过哈蒙·高和纳德·郝尔太太这样两双很不一样的眼睛看过去才会得到的。对于这在他们看来是复杂而神秘的故事,他们只能各自贡献出他或她所能理解的部分;只有这个故事的叙述者才有足够的视野让他看到全部,把它还原成它的朴素的本来面目,并且把它放在他的宇宙之中的它所应有的位置上。

我所遵循的方法不是我的创造发明,我面前有《大望楼》和《指环和书》[①]这样的光辉榜样;我的唯一的功劳也许是认识到那里使用的方法也适用于我这里的小故事。

我写下这短短的分析——在我写过的书中间这是第一次——因为,作为作者对他的作品的介绍,我想对读者最有用的莫过于说明为什么他决定要写这部作品,为什么他选择这样一种形式而不选择另一种形式。这些根本宗旨,他所能说清楚的唯一宗旨,艺术家必须几乎是本能地感觉到并且依照它行动,才能使他的作品获得那赋予它以生命、保存它一段时间的说不清楚的某种东西。

伊迪丝·华顿

[①] 前者是法国小说家巴尔扎克的作品,后者是英国诗人罗伯特·勃朗宁的作品。——译者

这个故事我是东一点西一点从许多人那儿得来的，一如道听途说常有的事情，每次听到的都有点不同。

您要是到过马萨诸塞州的斯塔克菲尔镇，您准认得那个邮局。您认得那个邮局，您准看见过伊坦·弗洛美赶辆车子来到这儿，把缰绳往他瘦马的背上一搭，拖着脚步穿过砖头的人行道，走近邮局门口的白石柱子，而且您准要问人这是谁。

我第一次，几年之前，看见他就是在那个邮局门口；他让我很吃一惊。就在那个时候，他也是斯塔克菲尔镇上最可注意的人物，虽然他已经残废。引人注意的不是他的个儿高，那一带地方的"本地人"都是细而长，和较为矮胖的外来种极容易分别：是他那种虽然带着铁链似的一步一跛却满不在乎的强劲的气概。他的脸上有一种苍苍凉凉不可逼近的神气，并且他的肢体异常木强，头上是白发盈颠，我只当他一定很老了，后来听说他才不过五十二岁，很觉得诧异。这是哈蒙·高告诉我的，哈蒙在没有通电车的日子在贝茨伯里奇和斯塔克菲尔之间赶长途马车，那条路上的人家的历史他全都知道得清楚。

"他自从撞伤以后一直就是那个样儿；这句话有二十四年了，顶下个二月。"哈蒙一边儿回想一边儿说。

也就是因为这一次的"撞伤"——这也是哈蒙告诉我的——伊坦·弗洛美不但是在额角上留下了那个长口子的红疤，并且把右边儿的半个身子扭得又短又曲，从他的马车上下来走到邮局的窗口这几步路都很吃力。他每天从家里赶着车子，正午前后到了镇上，因为这也是我每天来取信的时刻，我常常在邮局门口碰见他，也有时候站在他旁边，一块儿伺候那窗格子背后的分发信件的手的动作。我注意到一件事情：他虽然天天准时而到，却是除了一份贝茨伯里奇《鹰报》以外得不着什么邮件，那份报他看也不看就塞进口袋里。可是有些日子局长交给他一个信封，写的是"细诺比亚——或细娜——弗洛美夫人收"，通常在左上角印着一家药房和一种药品的名字。这些文件我的邻人也是一眼不看塞进口袋——好像是看惯了这些，对于它们的数目和种类已经懒得理会——然后默然地朝局长点个头转身就走。

斯塔克菲尔镇上的人个个都认得他，跟他招呼；可是大家都尊重他的沉默，难得才有一两个年老的人留住他说句话。在这种时候，他总是安详地听着，他的蔚蓝的眼珠儿望着说话的人的脸，然后低声应答，声音小得我听不出他说什么；这以后，他就硬僵僵地爬上他的马车，左手挽起缰绳，慢慢地赶车子回家。

"他受的伤很不轻吧?"我问哈蒙,一边儿望着弗洛美的渐行渐远的后影,一边儿想着他那瘦削的棕色的头颅,带上那一头浅色的头发,安在他的壮实的双肩之上该是多么英俊,当他的肩膀还没有扭得不成模样的时候。

"重得很,"哈蒙说,"换了第二个人怕是活不了的。但是弗洛美这一家是结实的。伊坦也许能活上一百岁也未可知呢。"

"哎哟,天哪!"我叫了出来。那个时候,伊坦已经爬上他的座儿,弯过身子来看他早一刻儿放在车子后边的一个木箱——那上边也有一家药房的招牌纸儿——是不是牢稳,这个时候我看见他的脸,当他以为没有人看他的时候露出来的脸。"那个人活一百岁?看他的脸儿活像是他这会儿已经进了阴间地狱似的!"

哈蒙从口袋里掏出一块烟草,削下一片,塞进他的皮袋儿似的脸蛋儿里头。"那也许是因为他待在斯塔克菲尔的日子太长了。能干点儿的十个有九个都跑了出去了。"

"他干吗不走呢?"

"得有个人招呼家里的人儿啊。伊坦家里只有他一个。先是服侍他爹——后来是他妈——后来是他女人。"

"再后来是撞伤?"

哈蒙冷笑一声。"对了。他要走也走不了了。"

"我懂了。从那个时候起,他们不得不服侍他了?"

哈蒙若有所思地把那片烟草从这边嘴巴磨到那边:"噢,讲到这个:我看还是伊坦服侍别人的份儿多点儿。"

哈蒙虽然在他所能理解和体验的范围之内把这个故事尽量展示出来,可是显然还是有遗漏,而且我知道这个故事的深刻的意义恰恰是在那些遗漏的地方。但是哈蒙的话里头有一句牢牢地刻在我的记忆之中,以后我的一切推论都拿它做核心:"他待在斯塔克菲尔的日子太长了。"

不久之后我就懂得了这句话的含义。我到这个地方来已经是世风不古的日子,有电车,有自行车,有乡镇邮局,在那些分散的山村之间的交通已经很方便,那几个位置在山洼子里的大点儿的市镇,像贝茨伯里奇和沙德福尔都已经有了图书馆,戏园子,青年会,山上的年轻人已经有下山来玩儿的地方。然而当寒冬封锁了斯塔克菲尔,当这整个的乡镇盖在雪衣底下,而那件雪衣又从灰色的天空获得继续不断的补充的时候,我开始了解在伊坦·弗洛美的青年时代这个地方的生活——或者不如说是生活的否定——是怎么个样儿。

我那个时候是奉公司的命做着和考白里车站的大动力厂有关的一项工程，隔那儿最近的可住的地方是斯塔克菲尔镇；因为木匠们罢工，一罢就罢了多少天，把工程耽误下来，把我也羁留在斯塔克菲尔过了大半个冬天。头上我还愤愤不平，后来在每天的刻板工作的催眠力之下渐渐在那种生活里头找着一种阴森的满足。在我居留在那儿的前半期，我对于那种气候的强劲和那些人们的消沉这二者之间的不相侔很感觉诧异。十二月的雪季过了之后，一天又一天，蔚蓝的晴空向地面倾泻光明和空气，雪白的地面又更强更烈地把它们送回。谁都会设想这种气候不但是让人血行加快，也准能叫人感情敏捷；然而不然，它徒然使斯塔克菲尔的迟钝的脉搏更加迟钝。当我再住在那儿长久一点，看见这一个冰莹晶澈的局面之后继之以长期的阴寒，当二月的风雪包围住这个苦命的乡镇而三月的狂飙又急急前来增援的时候，我才开始了解为什么在六个月的围攻之后出现的斯塔克菲尔活像是饿得半死的戍卒投降而不邀宽恕。二十年之前，抵抗的器械远无今日之多，这多少个被围的村镇之间的通道全都在敌人控制之下；想想这些情形，我才感觉到哈蒙的那句话的凶恶的力量："能干点儿的十个有九个都跑了出去了。"然而，若是果真这样，像伊坦·弗洛美这么个人，又有什么障碍能拦住他不让远走高飞呢？

我居留在斯塔克菲尔的时候，寄住在一个中年的寡妇，大家管她叫纳德·郝尔太太的家里。郝尔太太的父亲是三十年前这个镇上的律师，"华努谟律师公馆"是镇上最神气的房子，现在我的房东还跟她的老母住在里边。这所房子在大街的尽头，从它的古典风的柱廊和细格子的窗户出去是一条石板小路，路的两边长着两棵挪威枞，往远去看得见公理会教堂的细长的白色的尖顶。华努谟家的家道显然已经中落，可是母女两人还是尽其所能保持着相当的体面；尤其是郝尔太太，具有一种暗淡的优雅态度，和她的灰色的旧式房子恰恰相称。

在那间"内客厅"里头，在汩汩作响的卡塞尔灯光淡淡地照着的桃花木桌椅之间，我每天晚上倾听郝尔太太谈说斯塔克菲尔的故事，是另一个并且是更有剪裁的一个版本。这并非说郝尔太太怎么样自居高贵；只是因为她生来灵敏而又多受了一点教育，这虽然是一个偶然的情况，可是在她自己和她的乡邻之间安上了一个距离，恰恰足够使她能超然地观察和判断。她也很乐于运用她这个才能，我很希望能从她那儿获得伊坦·弗洛美的故事里所缺漏的一些事实，或者不如说是希望她能给我一个关于这个人的性格的启示，可以调整我已经知道的那些事实。郝尔太太的肚子里装满了无恶意的遗闻逸事；只要是她认识的人，随便问起哪一个，她都能原原本本地给你说半天；可是关于伊坦·弗洛美，完全出于我意料之外，她非常缄默。她的缄默里头并不含有鄙薄的意思；我只觉得她异常不愿意谈论这个人或这个人的事情。轻轻的一声"是的，我认识他们两个……惨得很……"好像是她的窘迫对于我的好奇所能做的最大的让步。

郝尔太太提起伊坦·弗洛美的名字，神色大变，似乎有无限的悲哀；因此我又把这件事情请教哈蒙·高，虽然我不免有点踌躇。哈蒙哼了一声。

"路德·华努谟自来就是这样胆小，像耗子似的；也难怪她，他们让人救起以后，她是第一个看见他们的人。出事的地方就在华努谟律师家邻近，在考白里大路拐弯儿的地方，差不多正是路德跟纳德·郝尔订婚的当儿。这一班年轻人全都是好朋友，她简直就是不忍提起他们这件事儿。她自己的日子也够她烦恼的。"

斯塔克菲尔的居民，也和那些个大城市里头的人们一样，他们的日子都够他们烦恼的，因此对于别人的烦恼也就管不了许多。虽然大家都承认伊坦·弗洛美的烦恼超出寻常的限度，谁也不肯给我一个关于他的脸上的独有的神情的解释，他那种神情我怎么都不能相信是贫穷或病痛的结果。然而，我也许只能自己满足于这一鳞一爪地凑合起来的故事，倘若不是因为郝尔太太的缄默给我一个疑团，并且——不久之后——我又偶然和伊坦本人接触。

我初到斯塔克菲尔的时候，就和那个镇上的有钱的杂货铺掌柜爱尔兰人邓尼斯·伊迪订了个约，每天由他的铺子里的马车送我到考白里场，从那儿我搭火车到考白里车站，这样过了半个冬天。有一天伊迪的马染了瘟症，走不得了。这种瘟症在本地流行，差不多镇上所有的马全都传染上了，有一两天我简直找不着一辆车子。哈蒙·高跟我说，何不找伊坦·弗洛美来谈谈，他的马还没有病倒，他也许愿意送我这一截路。

我有点诧异。"伊坦·弗洛美？哟，我连话也没有跟他说过一句呢。他怎么会肯为了我找这个麻烦？"

哈蒙回答我的话叫我更加吃惊。"我也不敢说他准肯；可是我知道他乐意挣一块两块钱。"

我听人说过，伊坦家道不好，他的枯瘦的几亩田地和那个锯木坊不够维持他一家人度过一冬；但是我没想到他穷得像哈蒙的话里暗示的那么样厉害，我把这个意思告诉了哈蒙。

"唉，他的日子不太好过，"哈蒙说。"一个人坐在家里二十多年，眼看着许多该做的事情做不了，您说他焦不焦？有劲儿没劲儿？弗洛美家那几亩地自来就是猫儿舔过的牛乳锅儿似的光溜溜的；那些个老磨坊今日之下还值几个钱儿您总也知道。早年弗洛美能打天亮到天黑去磨古它们的时候，还对付着勒指点儿什么出来；可是就在那个时候，他一家人几张嘴儿也就把那点儿吃尽喝光，这会儿他怎么混来着我可想不出。先是他爹在地里割草的时候摔了一跤，脑子有了毛病，花钱像施善书，好几年才死了。接着他的妈又'出了怪'，吃喝起倒都得人招呼，像个小孩儿，又拖上好几年；再就是他的女人，细娜，她自来就是个爱吃药的。病痛和祸害，这是伊坦的家常便饭，从他能吃饭的时候算起。"

第二天早上，我看见那瘦骨瘁的栗色马站在华努谟家门口两棵枞树的中间，伊坦·弗洛美一手揭开他的一半磨光了的熊皮毯子，让我爬上他的雪车，坐在他旁边。打这一天起，一连七天，他每天早晨把我送到考白里场上，每天下午他又到场上来接我，赶冰冷的夜路送我回斯塔克菲尔。这两个地方只隔着三英里，可是他那匹老马的脚步太慢了，虽然车脚底下的雪很结实，我们一来或一去还是得有一点钟。伊坦·弗洛美默然地赶着车子，缰绳松松地挽在左手；他的褐色长疤的侧面的脸，在尖顶的帽子底下，衬着一望皆白的雪地，像一个英雄的铜像。他不回过脸来朝我看，我问他话或是偶尔说一两句笑话，他也不答理我，只简简单单哼出一个字或两个字。他像是那沉默的忧郁的风景的一个部分，那个冻结了的苦闷的化身，他身上的一点热和情全都结结实实埋藏在表面之下；然而他的沉默里头没有丝毫敌意。我只觉得他生活在深深的孤独之中，轻易不能接触；我又觉得他的孤独不仅仅是他的个人的厄运的结果，虽然我猜想得到那个是够悲惨的，而是如哈蒙所说，那里边含有太多的斯塔克菲尔的冬天所累积下来的阴冷。

只有一次或两次，我们两个中间的间隔曾经暂时打破；这样得来的一瞥增加了我更想多知道一点的欲望。有一次我偶然提起我前一年在南方佛罗里达州做过的一件工程，因而说起那个地方的冬天的风景和我们目前所遭遇的迥不相同；出乎我意料，弗洛美忽然说："对了：我在那儿待过一阵，后来还常常能回想那个地方的冬天的样子。可是现在已经想不起来了，让这儿的雪给盖住了。"

他不再说下去，我只能从他的说话的声音的变化和他的突然中止上推测其余的一切。

又一天，我已经上了火车，带在身边路上看看的一本通俗科学书——好像是一本讲生物化学上的新发明的——找不着了。我也没有理会这件事。到了下午又坐上伊坦的雪车，我看见那本书在他的手里。

"您走了过后我才看见您把这本书忘了。"他说。

我把那本书放在口袋里，我们两个又沉在照例的静默之中；但是当我们开始爬上从考白里场到斯塔克菲尔冈上那一截上坡路的时候，我在暮色里隐约觉得他已经转过脸来朝我。

"那本书里有好些个事情我简直一点儿看不懂。"他说。

他破例说起话来使我诧异，可是远不及他的深以为憾的语气使我更诧异得厉害。他显然因为他自己的无知而惊异，并且有点儿生气。

"这一类问题你感兴趣吗？"我问他。

"是的，从前。"

"这本书里有一两个算是很新的发明：这门学问近来很有些长足的进步呢。"我顿了顿，等他的回答，他不做声；我接着说："你要是想看这本书，我可以借给你。"

他迟疑一下，好像要屈服于一阵偷偷儿掩袭上来的惰性；终于，"多谢——我借来看看。"他简短地回答了一声。

我希望这件小事能促进我们两个中间更直接的交往。弗洛美是个纯真而直率的人，我相信他要看那本书是真正对于那里边讲的东西感觉兴趣。像他这么样儿的一个人，有这样的嗜好和知识，使他的外在的境遇和他的内心的需要之间的对比格外尖锐；我希望他能因为有宣泄他的心事的机会而揭开他的嘴唇。但是他的过去的身世或是他的现在的生活之中似乎有个什么东西逼得他只肯跟他自己打交道，偶然的冲动绝不能拉他回来和别人亲近。第二天我们会面的时候他一字不提那本书，我们的交往好像注定了永远得是消极的，片面的，好像他的沉默从来没有打破过一般。

弗洛美天天送我上车站，大约有了一个星期，那天早晨我隔窗望出去，看见漫天大雪。篱边和教堂的墙脚下堆积的雪已经很高，可知是已经下了一夜。我想野外的雪势一定更大，火车大概要脱班；偏偏我那天下午非得上那动力厂去一两点钟不可，心里想要是弗洛美来了，我还是赶到考白里场去等候火车。我不知道我为什么心里有这个"要是"，因为我并没有猜疑弗洛美会不来。他不是下雨下雪可以阻止他干他的事情的那种人；到了约定的时刻，他的雪车在纷飞的雪片里滑了过来，像戏台上纱布幕后出现的鬼魂。

我已经深知他的为人，不至于对于他的守约表示惊奇或感激；可是当我看见他把马头拨转，对着和考白里大路相反的方向的时候，我不禁诧异而叫唤出来。

"铁路塞断了，考白里场过去不远有一列货车冲进了一堆积雪，进退不得，"他解释给我听，我们的雪车一边儿在向着刺骨的风雪中一蹦一跳地前进。

"可是——你现在送我上哪儿去呢，那么？"

"抄近路儿一直上考白里车站，"他回答我，拿鞭子指着学堂山。

"上考白里车站——下着这么大的雪？哟，足足的十英里呢！"

"这匹马对付得了，只要你让他慢慢儿走。您不说了您今儿下午在那儿有点事情要办吗？我要把您送到。"

他说得那么稀松平淡似的，我只能回答他："真是太费心了。"

"没什么。"他说。

到了学堂门口，这条路就岔开了，我们的车子打左手边一条小路下坡去，路两边长着罕乐枞，树枝让雪压得向下挂着。我星期日散步常常走过这条路，知道靠着山脚下有孤零零一个屋顶露出在落了叶子的树梢之间，那就是弗洛美的锯木坊。它看上去毫无生气，休闲的轮子停在浮流着带黄带白的泡沫的黝黑的溪流之上，那一簇木棚被顶上的积雪压得弯弯的。我们经过那儿的时候，弗洛美连头也不回；过了那儿，我们又在静默之中开始爬上第二个山坡。这以后，我们走上了一条我从来没有走过的路，走了有一英里光景，我们来到一个果木园，枯瘦的苹果树扭扭曲曲地长在山坡上，夹杂着露出地面的板岩石块，那些石块从雪堆里钻出头来，好像野兽伸出鼻子来呼吸空气。果木园的那边是一两块田地，田界已经被积雪掩盖；在这两块田地的上边儿，蜷缩在一望皆白的大地和长空之中，是使这寂寞的风景愈加显得寂寞的一所孤独的新英格兰农舍。

"那是我的家，"弗洛美拿他的拳曲的右肘向旁边一指，说；在这四周景色的凄凉和压迫之中我不知道回答一句什么的好。雪已经不下了，淡淡的一闪日光把我们面前山坡上的那所房子的可悲的丑陋暴露无遗。雪止了，风又刮大了；落尽了叶子的藤萝拍着门廊，剥净了油漆的薄板墙好像在风中瑟缩。

"在我父亲手上这个房子还大点儿：几年之前我把'L'拆了——不得

伊坦·弗洛美 | 201

不拆了，"弗洛美接着说，一边拿左手一拉缰绳，拨转了马头，那匹老马显然已经打算穿过那破烂的篱门回家去了。

这个时候我才明白，那所房子的异乎寻常的孤苦伶仃的相貌有一半是由于失去那新英格兰地方的人称为"L"的后厢房：那个通常和正房成直角的狭长而屋檐很低的一溜房子，用来做储藏室和木作房，一头连接正房，一头连接柴房和牛棚。也不知是因为它的象征的意义，因为它显示一种联系于田地的生活，因为它本身包容温饱的源泉，也不知是因为它所给予的安慰，使住在那种酷虐的气候之中的人们能不冒风寒而着手早晨的工作，反正是以新英格兰农舍而论，一个人家的实际的中心是那个"L"而不是那个正房。我在斯塔克菲尔地方随便闲走的时候早就注意到这一点；也许就是这个联想使我在弗洛美的话里听出一种惆怅的调子，并且在这个残缺的住房里看见他自己的萎缩的身躯的影子。

"如今这个地方是背了时了，"他接着又说，"在铁路没有通考白里场之前，这还是个大路呢。"他又抖了一下缰绳把那迟迟不前的马唤醒；然后，好像是因为把他的住房指点给我看已经让我与闻他的机密，不必再保守缄默似的，他又慢慢地说下去："我老是想，我妈末了儿那场病跟这个有关系。她的风湿病发得厉害，不能走动的时候，她常常坐在那儿眺望这条路上的过往行人，半天半天地混过去；有一年，大水冲坏了贝茨伯里奇的大路，修理了六个月才修好，在这期间哈蒙·高不得不把他的长途马车绕这条道儿走，妈竟能挣扎起来走到篱笆门边来看他。可是自从火车通了以后，就没什么人再走这条路了，妈永远想不透这个道理，一直到死都是郁郁不乐。"

我们走上考白里大路的时候，雪又下起来，隔断了那所房子的最后一瞥；弗洛美的沉默跟着雪一块儿落下，又在我们中间竖起旧有的障壁。这一次，风不因为雪的重临而停止。反而，越刮越大，破絮似的天空时而刮开一块，透出一片淡淡的阳光，照着乱纷纷的山水。但是那栗色老马不辜负弗洛美的话，我们在漫天风雪之中终于到达车站。

下午住了风和雪，西边的天上晴了出来，在我的无经验的眼里好像预约着大好的晚晴。我匆匆地结束了我的事情，早早向斯塔克菲尔出发，很有希望能赶晚饭之前到家。但是到了太阳下山那一刻儿，天上又彤雪密布，一会儿就黑了，雪片从无风的天空笔直地无间断地落下，轻轻地可是广泛地散布开来，比了早半天的闹一阵息一阵更加恼人。有点像是那越来越浓的黑暗的一部分，像是冬天的夜晚它本身一层又一层地降落在我们头上。

弗洛美的马灯的微弱的光线一会儿就完全埋没在这个使人窒息的空间，到后来连他自己的方向的感觉和那老马的归家的本能都毫无用处。有两三次，幽灵似的地形标记跳了出来，警告我们已经入了歧途，一会儿又隐入雪阵之中无影无踪；等到我们重复走上正路的时候，那匹老马已经开始透着疲竭。我觉得全是我自己不好，当初不该接受弗洛美的提议；匆匆讨论之后，我说服了他，让我爬下雪车，跟着马的旁边步行。这个样儿我们又挣扎着走了一两英里，终于到了一个地方，在我看来是不辨形状的黑暗里，弗洛美凝神一看，说："那儿就是我的篱笆门了。"

最后那一段路是最困难的一段。刺骨的寒气和崎岖的山径差点儿叫我倒下；我的手扶着马的肚子，觉得它滴答滴答像钟摆。

"喂，弗洛美，"我说，"你不必再往前走了——"我的话没有完他就抢着说："你也不必了。这个玩意儿谁也干不下去了。"

我明白他的意思，他让我在他家里寄宿一晚；我也不回答，只是跟着他走进篱笆门，跟着他走到马房，帮着他把马解下，服侍它躺下。他这才把车上的灯拿在手里，走出门，回过头来叫我："这边走。"

远远地在我们的前头有一方块的亮光在雪做的屏风背后闪烁。我一步一颠地跟着弗洛美往那灯光走去，在黑地里差点儿跌进正房前面的一个很深的雪堆里。弗洛美蹬上门廊前的溜滑的台阶，拿他的穿着长靴的脚掘开一条路。然后举起灯来，找着门上的暗扣，推开门走了进去。我跟在他背后走进一个矮而暗的过道，尽头的地方露出半截楼梯。在我们的右手边有一线灯光指示房门所在，这就是我们刚才看见有灯光的那间屋子；在门的背后我听见一个女人的声音在拌嘴似的嗡嗡地响。

弗洛美在破旧的油布上蹬了两脚，把脚下的雪蹬干净，把手里的灯放在过道里的唯一的家具那张椅子上。然后把门推开。

"请进来，"他说；他一开口，那嗡嗡的声音就停止了。

就在那一晚，我找着了了解伊坦·弗洛美的线索，开始把他的故事组织起来……

一

整个的乡镇埋在两尺深的雪的底下，迎风的墙角有更深的雪堆。在铁色的天空，北斗的星点像冰柱，南天的猎户星射出寒冷的光芒。月亮已经下去，但是夜色清朗，榆树中间的一所所白色的房子让积雪衬托着变成灰色，灌木丛在那上面造成一些黑的斑点。教堂的地下室的窗户送出一条条黄的灯光，远远的横在无穷的雪浪之上。

年轻的伊坦·弗洛美顺着已经没有行人的街道快步走去，走过银行和迈克尔·伊迪的新杂货铺，走过门前有两棵挪威枞的华努谟律师的住宅。正对着华家的园门，马路开始下降往考白里谷地去的地方，矗立着教堂的黄条的白色的尖顶和细瘦的列柱。教堂的上层窗户是黑的，但是从下层的窗户里，沿着那地势陡然下降到考白里路去的一边，长长的光线射了出来，照出那通到地下室门口去的小路上面的一些新的脚印，并且照见近旁的木棚底下一溜雪车和重重地盖着毡毯的马匹。

夜很静，空气干燥而洁净，叫人不很觉得冷。在弗洛美的感觉，仿佛是完全没有大气，仿佛是在他脚底下的白色的大地和他头顶上的金属般的弯梁之间没有比以太更浓的东西横亘在中间似的。"倒像是在蒸汽已经跑完了的蒸馏器里头，"他肚子里想。四五年之前，他曾经在乌司特的工业学校里读过一年的课程，跟一位蔼然可亲的物理学教授在实验室里拨弄过一程子；虽然他回家以后过的是另一种生活，在那儿得来的许多印象还常常复现，在想不到的时刻，经由迥不相同的别种联想。他的父亲的死和相继而来的种种不幸使弗洛美不能继续求学；但是他所学的课程虽然很浅薄，不够有什么实用，却已经滋长了他的想象力，使他隐约感觉在一切事物的日常面目之后隐伏着巨大而模糊的意义。

当他在雪地里迈步前进的时候，这个意义之感觉在他脑子里炽盛起来，和他身上因疾行而生的体热混合在一起。走到街尽头，在教堂的黑暗的正面之前，他收住了脚步。他在那儿站了一会儿，急剧地呼吸着，朝街的这头和那头看望，一个人影子也没有。从华律师家门口那两棵枞树往下去那段考白里大路是斯塔克菲尔镇上大家最喜欢的一个滑雪场，在星月之夜，教堂的转角处滑雪的人笑语喧哗，往往到半夜；但是今天晚上在那雪白的斜坡上看不见一个雪橇的黑点子。午夜的肃静罩住这个乡镇，镇上还没有睡觉的人全都聚集在这教堂的窗户的背后，从那里边跳舞的音乐随着灯光流到外边来。

那个年轻人绕着教堂的侧边往地下室的门口走去。为了避开里面射出来的明朗的灯光，他在未经践踏的雪地里绕个圈儿走过去。一直藏在黑地里，他一步一步地挨近第一个窗户，把他的瘦长的身子靠后，把他的颈项伸长，偷偷地窥视屋子里边的情形。

从他立足的洁净寒冷的黑地里看过去，这个屋子好像在热雾当中沸腾。煤气灯的金属射光板把一阵阵的光波射到白粉墙上，屋子那头的煤炉门像是吐送火山里出来的火焰。屋子当中挤满了年轻的男和女。顺着朝对窗户的墙壁摆着一排椅子，坐在那儿的岁数较大的女人们刚刚站起。这个时候音乐已经停止，乐师们——一个拉提琴的和一个星期日弹小风琴的青年女子——正在餐桌的一角匆匆进食，那张桌子放在屋子一头的讲台上，一桌子的吃空了的烤面饼盘子和冰激凌碟子。客人们已经准备散会，人们的脚步已经趋向悬挂衣帽的过道，忽然一个两脚矫捷一头黑发的青年男子跳到屋子的中央，拍动他的手掌。这个记号立刻发生效力。乐师们疾疾走到他们的乐器跟前，跳舞的人——有几个已经穿上外衣——在屋子的两边排列成行，年长的旁观者又在椅子上坐下；那个青年在人堆里钻来钻去，终于拉出一个业已在头上蒙上一条樱桃色披巾的女子，引她走到舞场的尽头，然后合着一支维吉尼亚旋旋舞的轻快的曲子旋风似的领着她向场子的这一头舞了过来。

弗洛美的心跳得快起来。他正在伸长了脖子寻找那块樱桃色披巾底下的人面，没想到另外一双眼睛比他的眼睛更快。那个旋旋舞的领步人——他的容貌透着有爱尔兰人的血统——舞得很高明，他的舞伴感染了他的热情。她一路舞了过来，她的轻盈的身子这边摇到那边，圆圈儿越转越快，披巾飞了起来，飘扬在肩膀背后；她每一转身，弗洛美瞥见一下她的笑着喘着的双唇，她的覆额的乌云似的黑发，和她那一双黝黑的眼珠，这好像是这一团翻飞不定的线条之中唯一固定的两点。

跳舞的一对越舞越快，乐师们为了凑合他们的步子，使劲打击他们的乐器，像赛马的人在最后一截路上拼命抽打他们的坐骑一般；可是在窗子外边的那个年轻人看来，这场旋旋舞像是永远没有尽期。他时而转移他的目光从女子的脸上到她的舞伴的脸上，那个脸在跳舞的狂热之中俨然有"佳人属我"的神情。邓尼斯·伊迪是迈克尔·伊迪的儿子，迈克尔·伊迪是那个野心的爱尔兰杂货商，他的花言巧语和厚脸皮使斯塔克菲尔镇上的人初次尝着"新式"商业方法的滋味，他的新盖的砖墙铺面是他的成功的明证。他的儿子大概要继承他的事业，而同时在应用同样的技术征服着斯塔克菲尔的青年女子。在今日以前，伊坦·弗洛美只是肚子里说他是个卑鄙的家伙；可是现在恨不得拉他出来痛痛快快给他一顿鞭子。奇怪得很，这位姑娘好像一点也不觉得他这个人的讨人嫌：她居然能和他笑脸对笑脸，她居然能把她的手放在他的手里。

弗洛美惯常步行到斯塔克菲尔街上接他女人的表妹玛提·息尔味回家，在镇上的节令宴聚把她吸引了来的那些个不常有的晚夕。玛提初来他们家里住的时候，是他的女人说的，这种娱乐的机会不要让她错过。玛提是斯丹福城里人，当她加入弗洛美的家庭作为细娜表姐的帮手的时候，他们觉得，她既不拿工钱，最好不要让她太感觉沉闷，斯塔克菲尔农家的生活和她过惯了的城市生活太悬殊了。倘若不是因为这个——弗洛美半嘲半恨地想——细娜是再也不会留心到这个女孩子的娱乐问题的。

他的女人初次提议放玛提晚出一次的时候，伊坦心里老大地不愿意，在田里辛苦了一天之后还要他额外跋涉两英里到街上，再两英里回来；但是不久之后他已经到了一个程度，巴不得斯塔克菲尔夜夜都有聚会。

玛提·息尔味在他家里住了已有一年，从早起到晚餐相会，中间也常有看见她的机会；但是没有一个聚会的时候比得上他们手挽着手，她的轻盈的脚步飞也似的合着他的大步，在黑夜里走回家来的那些个时刻。他第一天看见这个女孩子就喜欢她；他赶车子去考白里场去接她，她在火车的窗口对他微笑扬手，夹了个包袱下车来，一边儿大声叫唤："你一定就是伊坦！"他呢，一边打量着她的纤细的身材，一边儿想："这不像个能做多少家务事的姑娘，可是倒也不是个愁眉苦脸的，总算是好的。"但是玛提来了之后，不仅仅是他的房子里有了一点儿有希望的年轻的生命，像冷炉里头生着了火一般。这位姑娘，不仅仅是他所设想的那个快活的能做事的女孩子。她有一双能看的眼睛，她有一对能听的耳朵：他能拿东西给她看，说事情给她听，他能在她心上留下种种印象，随时可以唤起，他因此有深深的幸福之感。

他最深刻地感觉这种心灵的感应的甜味是在他们夜晚步行回家的时候。他对于自然之美自来比他四周的人更加敏感。他的未竟全功的学业使他的敏感更加具体化，甚至在他最苦闷的时候田野和天空还是能给他深深的有力的感动。但是从前这种情绪只有他自己感觉，所谓"冷暖自知"，因而在引起这种情绪的美景上面罩上一层悲哀的面幕。他甚至不知道世界上有没有第二个人和他同样的感觉，还是只有他一个人是这个不幸的天赋的牺牲。他现在知道了，至少还有一个心灵曾因同样的惊奇而震动；他现在知道了，在他的身旁，住在他的屋顶底下，吃着他的饭，有一个人，他可以对她说："那儿，下边儿，是猎户星；右手边的大家伙是牛目星，那一簇小的——像一群蜂子似的——那是七姊妹星……"他也可以站在崛起于羊齿丛中的一片花岗石的面前展开冰期的全景，谈说宇宙的始终，叫她出神忘倦。玛提不但对于他讲说的事物惊诧不已，同时对于他的博洽多闻也钦佩无穷，这也是他引以为乐的。此外还有别种感兴，比这些个更难捉摸可是也更加精微，用无言的愉悦把他们拉在一块儿：冬天的山后的冷而红的落日，已刈已获的山坡之上的飞云，罕乐枞投在晴雪之上的深蓝的影子。有一天她跟他说："看起来仿佛是画出来似的！"伊坦觉得没有比这句更好的形容，他的秘密的灵魂终于找着了表达的词语……

他站在教堂外面的黑地里，这些回忆兜上心头，像已经消失的物件一般的痛切。一边儿看着玛提跟着另外一个人这样回旋而舞，一边儿想自己怎么那么糊涂，会以为他的沉闷的谈话能叫她感觉兴趣。他，除非和她在一块儿，从来没有高兴的时候；她现在这样兴高采烈，明明是对于他并不另眼相看。她的脸，当她看见他的时候，总是像映着晚霞的窗子，现在她把它抬起来向别人。他甚至注意到两三个姿势，他一向痴心以为是保留给他一个人的：一个是未笑先仰头，仿佛要自己先尝尝笑味然后再放它出来；一个是有所喜悦或感动的时候慢慢地把眼皮儿耷拉下去。

这一切使他不快，他的不快又唤起他潜伏着的恐惧。他的女人没有露出过嫉妒玛提的意思，但是近来常常埋怨家务杂事的繁重，想出种种间接的方法叫他注意这位姑娘的不中用。细娜一向是斯塔克菲尔地方的话所谓"怯生生"的身子，弗洛美也承认，若是她的病痛当真像她自己所想的那么厉害，她需要一个强健的帮手，比夜晚回家时温柔地挂在他胳膊上的更强劲的一只胳膊。玛提没有管家的天才，她的教育也丝毫不能补救这个缺点。她很聪明，学什么都一学就会，但是爱忘事，爱梦想，什么事情也不肯认真。伊坦有这么一个想法，若是她嫁给一个她心爱的人，她的隐伏的本能会醒过来，她的烘饼蛋糕能成为一乡的珍品；但是抽象的所谓"家务"不能引起她的兴趣。她初来的时候笨手笨脚的，伊坦不禁失笑；但是她自己也跟着他笑了起来，这就使他们成为更好的朋友。他尽力帮她的忙，比平常起得更早，去厨房里生火，隔夜就把木柴搬进来，并且少去锯木坊，多在田里做活，时时可以帮她做点儿家里的杂事。他甚至在星期六半夜里，两个女的已经睡了之后，悄悄地下来擦洗厨房的地板；有一天他在搅牛乳取油，细娜出其不意地走来，又一声儿不言语走开，冷冷地望他一眼。

近来还有别的形迹表示她的不高兴，同样的不可捉摸但是更加令人不安。一个冬天的早晨，他已经起身，正在梳洗，他的蜡烛在窗户缝里透进来的风里头摇动，他听见她在他背后的床上说话。

"大夫说我不能没有人替我做事，"她用她的单调的似哭非哭的语调说。

他打量她还没有醒呢，她的说话声音吓了他一跳，虽然她平常也会半天不声不响忽然迸出一句话来。

他回过头来看她，印花布的被窝上现出她的模糊的轮廓，她的颧骨颇高的脸映着白布枕头带上点灰色。

"没有人替你做事？"他反问一声。

"你不说玛提走了你雇不起女工吗？"

弗洛美回过头去，拿起剃刀，弯下身子凑着那挂在洗脸架上边儿的斑斑点点的镜子照他的脸蛋儿。

"玛提干吗要走呢？"

"这个——她嫁了人，比方说，"他的女人的慢腾腾的声音从他背后过来。

"噢，只要你需要她，她不会丢下我们走了的，"他回答她，一边儿使劲刮脸。

"我倒不愿意让人家说闲话，说我不让玛提那么个穷人家姑娘去嫁给邓尼斯·伊迪那么个漂亮人物，"细娜打起悲调来表白她这番牺牲自己顾全别人的意思。

伊坦的眼睛看着镜子里边的脸，仰起脖子来把剃刀从耳根底下往下巴颏儿拉。他的手是稳定的，但是这个姿势供给他个借口，可以不立刻回答。

"可是大夫又说我不能没有人帮着做事，"细娜接着说。"他要我跟你说，他认得一个人家有个女孩子，也许能来——"

伊坦放下剃刀直了直腰，哈哈一笑。

"邓尼斯·伊迪！要是你说的是这个人，大可不必亟亟找雇工。"

"唉，我要跟你谈一谈，"细娜坚持不放。

伊坦在那儿急急忙忙穿衣服。"也好。只是我这会儿没有工夫：饶是这么赶，已经迟了，"他回答，一面掏出他的旧的银壳表来凑着蜡烛光一看。

细娜不再言语，躺在床上默默地看他拉上背带，套上上衣；但是当他走到门口的时候，她突然地并且深刻地说："我怕你再也不会不迟了，现在是天天都得刮脸啦。"

这一支冷箭比了邓尼斯·伊迪呀什么的更加叫他惊惶。这是一个事实，自从玛提来了之后他变了每天刮脸了；但是他每天在黑地里从她身边爬起来的时候,她总像是还睡着,他也糊里糊涂地以为她不会注意他的容貌上有什么变化。在过去也曾有过一两次他曾因为细诺比亚的怪脾气而多少有点感觉不安:她让一些事情发生,好像没有留神,过了多少天甚至几个月之后她忽然不经意似的说句话,显露她早就注意并且曾经放在肚子里推敲。可是近来弗洛美的脑子里已经没有容留这些疑虑的余地。连细娜这个人也由一个咄咄逼人的实体褪成一个虚无缥缈的影子。他生活在玛提·息尔味的身上,眼睛里看见的是玛提,耳朵里听见的是玛提;他不能想象他的生活能有别的样式。但是现在,他站在教堂的外头,看着玛提跟着邓尼斯·伊迪一路旋转过来,他平常置之度外的一切暗示,一切冷言热语,兜地重上心头……

二

跳舞的人从屋子里拥拥挤挤地出来,弗洛美把身子闪在外层木板背后,看着那些衣巾臃肿的人影子逐渐散开,时而有一线摇曳的灯光照出一个既饱且乐的通红的脸。镇上的人,因为步行,先爬上斜坡,走上大街,住在乡下的慢慢地坐进车棚里头的雪车。

"不坐车吗,玛提?"从车棚边上人堆里出来一个女人的声音,伊坦的心突然一跳。从他站在那儿的地方他看不见屋子里出来的人,要等他们走了几步,过那扇木板门,才看得见;但是打从那扇门的缝隙里他听见一个清朗的声音回答:"哟,不!这样的夜晚坐车?"

然则她已经近在咫尺,只隔开他一层薄板了。一霎时她就要走出户外,他的已经习惯于黑暗的眼睛将要清清楚楚看见她,如同白昼一般。他忽然一阵害羞,退却到墙角黑暗处,站在那儿不做声,不走上去迎接她。他们两个的交往打头就有这么一个特点:她是两个里头较为敏捷,较为细致,感情较为外露的一个,可是这不但没有使他相形之下愈加退缩,反而把她的轻快和洒脱分了一点给他。但是今天他不禁自惭形秽,好像又回到他的学生时代远足的时候想和那些本地姑娘说笑而又不敢一样。

他躲避在黑地里,她一个人走了出来,在离他几步的地方停了步。她差不多是最后走出屋子的一个,她站在那儿四面张望,好像在纳闷他为什么还不出现。一会儿一个男人的影子走近前来,直到她的身边,两个人的影子混成一个模糊的轮廓。

"绅士朋友失了约啦?唉,玛提,这有点儿跟你开玩笑吧?不,我不会去给你宣传。我不那么小气。"（弗洛美听见这些无聊的调笑，恨得直咬牙。）"可是，——嘿，你说是运气不是？老头儿的小马车在这儿等着咱们。"

弗洛美听见女孩儿带笑带不信的声音："你父亲的马车来这儿干吗呀？"

"呢，等着我坐啊。我连小斑马也弄来了。我好像知道今天晚上得放一趟车似的，"伊迪得意非凡，在他的卖弄的词语里加进点儿多情的调子。

那位姑娘好像有点动摇了，弗洛美看见她迟疑不决地拿指头儿摩弄披巾的角。他怎么样也不肯走一步或是咳嗽声，虽然在他肚子里好像他的生死决于她的下一个举动。

"你等等儿，我去把马牵过来，"邓尼斯一边迈步往马棚，一边儿跟她说。

她站在那儿一动也不动，望着他的后影，她的安详地期待的态度可把黑地里守着的那个急坏了。弗洛美注意到她不再东西顾盼，不再在黑暗里寻找另外一个人的影子。她让邓尼斯·伊迪把马牵出来，让他爬上车座，让他揭开熊皮坐褥让她上车；然后，她突然扭转身飞也似的冲上斜坡向教堂大门口跑去。

"再会！但愿你车子坐的安乐！"她回过头来叫唤。

邓尼斯哈哈大笑，一鞭子把马催上坡，一会儿追上了她。

"来罢！快点儿上来！这一截子滑得要命呢，"他大声叫唤，一边探着身子伸出一只手去接她。

她笑着回答他："再会，再会！我不上来了。"

这个时候，他们已经走远，弗洛美听不见他们说话，只能目送他们的侧影顺着坡脊前进。他看见伊迪过了一会儿跳下车，一只胳膊挽着缰绳往那女孩子身边走去。他伸出那只胳膊去挽女孩子的胳膊；可是她灵巧地闪开了，弗洛美的一颗心也从黑暗的深渊上头摇摇荡荡回到安全的窝里。一刻儿工夫，他听见马车的铃声渐去渐小，远远看见一个人影子独自向教堂前面的阒无行人的雪地里走去。

在华律师家门口的枞树底下他追上了她，她回过头来"噢！"了一声。

"打量我忘了你了吧，玛特？"他腼腼腆腆似笑非笑地问她。

她正正经经地回答他："我只当是你也许来不了啦。"

"来不了？干吗来不了？"

"我知道细娜今儿个有点不舒服。"

"噢，她早就上了床了。"他顿了一顿，一句话哽在喉咙口，"那么你打算一个人走回去？"

"我是不害怕的啊！"她笑了。

他们站在枞树底下的黑影里，在他们四围一个虚寂的世界在星光底下闪耀，苍苍然茫茫然。他把那句话吐了出来。

"你既然估料着我来不了，那你为什么不坐邓尼斯·伊迪的车子回去呢？"

"怎么着？你在哪儿来着？你怎么知道的？我怎么没看见你？"

她的惊诧声和他的笑声滚在一块儿，像春雪既融之后的山溪。伊坦觉得他做了件机灵的淘气的事儿。为了延长这个印象，他寻找一句精辟的话，一会儿找着了欣欣然地叫了出来："来吧！"

他伸出一只胳膊挽住她的胳膊，像伊迪那样；他仿佛觉得把它往她身边拢了一拢。但是两个人谁也不动。枞树底下暗得很，他差点儿看不出靠在他肩膀旁边的她的头。他很想把他的脸低下去假弄假弄她的披巾。他恨不得和她两个站在那个黑暗之中直到天亮。她往前走了一两步，然后在考白里路开始下降的地方又站住了。那一段冰雪掩盖着的坡道让无数雪橇的底板划破，像小旅店里许多客人搔爬过的镜子。

"月亮没落下去的那会儿，多少人在这儿滑雪来着。"她说。

"你也愿意哪天晚上来跟他们滑一阵子不？"他问她。

"噢，你来不来呢，伊坦？一定是多有趣的！"

"要是明儿有月亮，咱们明儿就来。"

她又徘徊了一会儿，紧紧地挨着他。"纳德·郝尔和路德·华努谟差点儿撞上了底下那棵大榆树。我们全都以为他们完了。"她的寒战传到他的胳膊上。"那岂不太可怕吗？他们俩正在这么快活的时候！"

"噢，纳德的驾橇真是要不得。我想我能好好儿地滑你下去！"他傲然地说。

他知道他是在"说大话"，跟邓尼斯·伊迪一样；但是他有点喜欢的忘其所以，还有，玛提说起那一对订了婚的"他们俩正在这么快活的时候"，她的语调使他觉得她好像在暗射着她和他。

"那棵榆树的确很危险，可是。该把它砍了，"她坚持她的意见。

"我来给你驾橇，你还怕吗？"

"我早就跟你说了，我不是害怕的人，"她回答他，冷冷淡淡地；忽然，她迈开快步向前去。

伊坦·弗洛美 | 211

她这种一会儿一个情调，叫伊坦时而灰心时而高兴。她的心灵的转动像枝头小鸟的翻飞一样的不可捉摸。因为他没有资格对她表示感情，因而挑拨她表白她的感情，所以她的一颦一笑无不使他异样的重视。一会儿他觉得她明白他的意思，他害怕；一会儿他又相信她不明白他的意思，他失望。今天晚上，一连串的疑虑把天平朝失望这一头压下；她的冷淡，因为紧接在她的挥去邓尼斯·伊迪叫他大大快活之后，格外觉得寒气逼人。他和她一路走上了学堂山，默默地走上往他的锯木坊去的小路；他实在忍不住了，得有个确实的着落。

"要是你不跑回去和邓尼斯再来上那场旋旋舞，你一出门就看见我了，"他不很自然地说了出来，他提到那个人的名字喉咙里的肌肉就得紧张一下。

"唉，伊坦，我怎么会知道你在外头等着呢？"

"我怕人家说的话是真的，"他不回答她的话，自顾自说下去。

她忽地站住，他在黑地里觉得她抬起脸来看他的脸。

"怎么着？人家说什么来着？"

"无怪乎你要离开我们了，"他顺着他自己的思想滚下去。

"这就是他们的话吗？"她带点嘲笑反问他；然后，忽然从她的悦耳的高音直落下来："哦，你的意思是细娜——她不快活我，是不是？"她讷讷然地说。

他们的胳膊分开了，他们站在那儿一动不动，各自在黑暗中辨认对方的脸色。

"我知道我不能干，"她接着说；他要想辩白苦于找不着适当的语句。"有多少事情是一个女工能做而我至今还做不好的——我的力气也不够。可是只要她肯说给我，我都愿意试试。你也知道的，她简直不开口，我有时候也看得出她不快活，然而不知道是为了什么。"她忽然对他愤愤地。"你该告诉我啊，伊坦·弗洛美——你怎么也不言语呢？要不就是你也要我走——"

要不就是他也要她走！这句话在他的创口敷上了一层油膏，铁铸的天也融化了，降下了甘霖。他又挣扎着找寻一句表白一切的话，找来找去还只有一个"来罢"，一边儿他的胳膊又挽住了她的。

他们默默地走尽了那条两边长着罕乐枞的小路，掠过伊坦的锯木坊，到了比较开朗的田野。空旷的田地在他们面前展开，在星光之下，灰白而凄凉。有时候他们的路经过险暗的冈阜的脚下，或是穿过半明半暗的一簇落了叶子的树林。这儿，那儿，一所农舍远远地直立在田地的中间，无声无气像一块墓碑。夜静极了,他们听得见脚下的冻雪吱吱格格地响。远处林子里被雪压断的树枝落地,突然一声像鸟枪;有一只狐狸嗥叫,玛提偎紧了伊坦,加快脚步。

他们终于远远地看见了伊坦家门口的一簇落叶松;当他们一步步走近的时候,"今天又完了"之感把伊坦的话找了回来。

"那么你是不想离开我们的了,玛特?"

她的声音小得叫他不得不低下头来才听见:"我要走又往哪儿去呢?"

她的答语叫他心痛,但是她的声调叫他快活。他忘了他还有什么话要说,只是把她紧紧挽住,贴在自己身边,觉得她的热气钻进了他的血脉。

"你没有哭吧,玛特?"

"不,我不哭,"她抖抖地说。

他们走进篱笆门,在一道矮矮的石墙围住的弗洛美家的墓园旁边走过,那里边的多少块墓碑在雪地里横斜倚伏。伊坦好奇地看了看。多少年来,那些个同住的躺在那儿不声不响地讥讽他的浮躁,嘲笑他要求变动和自由的欲望。每一块墓碑上都好像刻着"我们一个也没有能跑开——你怎么能作此妄想?"进进出出打这儿经过,每次都不寒而栗,心里想:"我也就只能在这儿混日子,到末了儿也往这里头一躺。"但是今天,一切变动的要求都消失了,这小小的墓园给他一种温暖的延续和安定之感。

"我相信我们永远不会放你走,玛特,"他悄悄地说,好像连那些死人,他们在生的时候也都曾你亲我爱来着,现在也帮他说话,劝她别走;他的脚步走过墓园门口,心里想:"我们永远一块儿在这儿过活,有一天她将要躺在那儿,在我的旁边。"

他让这个幻景占据他的全身,当他们一路爬上坡走近房子的时候。他和她在一块儿的时节,再没有比放任他自己作这些梦想更快活的了。爬到斜坡的半路上,玛提脚下让什么一绊,一把抓住他的袖子稳住身子。一阵热浪散布他全身。他第一次偷偷地把他的胳膊拢住她的腰,她也不拒却。他们继续前进,像漂浮在夏天的溪河里。

细娜照例一放下晚饭碗就上床,没安木头窗板的窗户现在是黑的。门廊上头一根枯了的胡瓜藤在风中摇摆,活像丧事人家门口挂着的黑纱,伊坦的脑子里忽然一闪:"要是细娜——"立刻他又看见他的女人睡在他们的卧室里,她的嘴微微张开,她的假牙放在床头边一个茶盅里……

他们绕到房子的后边,在硬僵僵的鹅莓丛中穿过。细娜的惯例,每逢他

伊坦·弗洛美 | 213

们从镇上回来得太晚的时候，她就把厨房门的钥匙放在门口的小席底下。伊坦站在门口，他的脑子里梦想，他的胳膊围住玛提的腰身。"玛特——"他叫了一声，又忘了他想说什么。

她一声儿不言语溜出他的胳膊，他弯下身去摸钥匙。

"哎哟，不在这儿！"他吓了一跳，伸直了身子。

他们在冰冷的黑夜里你望着我我望着你。这样的事情从来没有过。

"也许她忘了，"玛提小声抖抖地说；可是他们两个都知道细娜不是粗心的人。

"怕是落在雪里头了，"玛提接着又说，在他们站着凝神细听了一会儿之后。

"一定是我摸的时候把它推开了，"伊坦用同样的语调应和。另外一个怪想法在他脑子里一闪。万一有个流浪人来过——万一……

他又聚精会神倾听，仿佛听见屋子里远远有点声音；他在口袋里摸出一根火柴，刮着了，跪下去，在台阶边上的积雪里慢慢地寻找。

跪在那儿他的眼睛和门的下半截嵌板一样高，在那底下瞥见一线淡淡的灯光。在这个沉寂的房子里有谁还醒着呢？他听见楼梯上一个脚步声，他又想到流浪人。门开了，他看见他的女人。

衬着厨房的幽暗的背景，她显得高而瘦削，一只手提着一条棉被遮着她的平塌的胸部，那只手掌着一盏灯。灯光齐着她的下巴颏，照亮她的皱缩的喉头和提着棉被那只手的突出的腕骨，把戴着一圈儿卷头发的夹针的高颧骨的脸照得高处更高，洼处更洼。对于依然置身于五色云中的伊坦，突然面对这明确而强烈的景象，犹如惊醒之前的最后一场噩梦。他觉得他以前从来没有看清楚他的女人的容貌。

她一声儿不言语往旁边一闪，玛提和伊坦走进厨房；刚刚从干冷的野外进来，里头的阴寒像墓穴。

"还当是你忘了我们了，细娜，"伊坦半玩笑似的说，一边儿蹬去靴子上的雪。

"我倒没有忘了。只是怪不舒服的，简直睡不着。"

玛提走上前，一边解开她的披巾，披巾的樱桃色留在她的鲜嫩的嘴唇和两颊。"真是对你不住，细娜！还有什么事情我可以帮你吗？"

"没有；没有什么事情。"细娜转过身去。"你该在外头把雪拍了进来呀。"她对她的男人说。

她领头儿走出厨房,在过道里停了脚步,把灯高高举起,好像是照着他们上楼。

伊坦也止了步,故意摸索墙上挂衣帽的木头钉子。两间卧房的门隔着狭小的楼梯头相对,今天晚上他特别觉得不愿意让玛提看见他跟着细娜走进房去。

"我想我还得有一会儿再上去,"他说,转过身去好像要回进厨房。

细娜站住望了他一眼。"怪了——你待在底下干什么?"

"我要算一算锯木坊的账目。"

细娜继续目不转睛地望着他,没有罩子的灯把她的愁眉苦脸照的纤屑无遗。

"在这个黑更半夜?不把你冻死!火熄了多久多久了。"

他也不答话,抬起脚来往厨房里去。这个时候他的眼光遇上了玛提的眼,他好像看见她的眼睫毛底下偷偷地发出一个警告。再留心一看,她已经耷拉着眼皮儿走在细娜头里开始登上楼梯。

"你的话不错。这儿可真冷,"伊坦一边说,一边低下头跟在他的女人身后,走进他们卧房的门。

三

他的林场里有些个伐下来的木料要运到镇上去,伊坦第二天早早地就起来。

冬天的早晨水晶般明澈。纯净的东边天上朝日烧得通红,林子边上的影子是暗蓝色,隔着那耀眼的白漫漫的田野远处的树林像挂在半空的烟云。

是在这清晨的寂静里,当他的肌肉做着那习惯的工作,他的肺深深地吸入山间的空气的时候,伊坦的思想最是清楚。他和细娜自从关上房门之后没有交谈过一句话,她从放在床头的椅子上的一个药瓶里倒出几滴,把它吞下肚,拿一块绒布把她的脑袋裹好,就脸朝里睡了下去。伊坦急急忙忙脱下衣服,把灯吹熄,免得上床的时候看见她的脸。他躺在床上听得见玛提在她屋子里走动的声音,她的蜡烛把它的小小的光线送过楼梯头,在他的门底下透过一线淡到难以看见的亮光。他凝视着那点儿微微的光,直到它灭了。于是屋子里头完全漆黑,也听不见什么声音,只有细娜的带喘的呼吸。伊坦心里乱糟糟地,觉得有许多问题要思索,但是在他的搏动的血脉和疲倦的脑子里只有一个感觉：靠着他的肩膀的玛提的肩膀的温暖。他抱住她的时候为什么不亲她的嘴呢？几个钟头以前他不会问这句话。甚至几分钟之前、他们两个人站在房子外头的时候他也不敢想起亲她的嘴。可是自从他看见灯光之下的她的双唇之后，他觉得这是属于他的。

现在，在明朗的清晨空气里头，她的脸依然在他的眼前。太阳的殷红，雪的洁白，这里头都有她在。自从她来到斯塔克菲尔之后，这个女孩儿变化得多厉害！他还记得他在车站上接她那一天看见的那个苍白瘦弱的东西。整个那一冬，当北风撼动那薄薄的墙板，雪片像雹子似的拍打那关不严密的窗户的时节，你看她抖得那个样儿！

他曾经担心她会怨恨这艰苦的生活，怨恨这儿的冷和寂寞；但是她从来没有抱怨过一句。细娜的解释是：玛提不喜欢斯塔克菲尔也得喜欢，因为她没有第二个地方可去；可是伊坦不以为然。至少细娜自己没有应用这条原理。

他尤其可怜这个孩子，因为她的不幸的命运仿佛把她押给了他们。玛提·息尔味是细娜的一个表叔奥林·息尔味的女儿，那位表叔从山村里跑到康涅狄格州，娶了一个斯丹福城里的女子，继承了她的父亲的颇为发达的"药房"生意，曾经使本家亲戚们又妒又羡。不幸，这个心高志大的人死得太早，没有能证明他的目的足以辩护他的手段。他的账目仅仅披露了他一向的手段是如何；而账目的审核是在他的热闹的丧事之后，总还算是他的寡妻孤女的万幸。他的太太在事情的披露之后不久就相从地下，丢下刚二十岁的玛提，凭着出卖她的钢琴的五十元要在这个世界上谋生。为了这个目的，她的教育，虽然繁复，还嫌不够。她会修饰一顶帽子，她会做糖果，她会唱"今儿个晚上没有钟声"，她会弹《失去的一根弦》和《卡门》里头的杂曲。当她想朝速记和会计方面去发展的时候，她的身体支不住了；六个月在一家百货店里站柜台的生活更不像是可以恢复她的健康。她的亲戚们曾经信他父亲的话把他们的积蓄放在他手里，虽然在他死后慨然地尽了基督徒以德报怨的责任，尽量贡献他的女儿种种意见，可是谁还能指望他们在空言之后继以实惠？当给细娜瞧病的大夫劝她找个人儿帮她做活的话传开了以后，亲戚们立刻看见从玛提身上找点儿赔偿的机会。细诺比亚，虽然她信不及这位姑娘的本领，可禁不起有吹毛求疵之自由而无得而复失之危险的诱惑；于是玛提来到斯塔克菲尔。

细诺比亚的吹毛求疵是不声不响的，但是并不因此减少它的厉害。在开头几个月，伊坦一会儿盼望看见玛提公然反抗，望得心里冒火，一会儿害怕反抗的结果，怕得心里发抖。慢慢地形势缓和下来。纯净的空气，长夏的野外生活，恢复了玛提的活泼和弹性，同时细娜有了更多的闲工夫招呼她的复杂的病痛，也渐渐地少留心这位姑娘的缺失，因此伊坦虽然终年在他的荒瘠的田地和萧条的锯木坊的重担之中挣扎，至少能自己安慰自己，总算是一家人和和气气。

真的，就以此刻而论，也没有明显的不和气的形迹；但是自从昨天晚上起，一种模糊的恐惧挂在他的天边。他记得细娜的执拗的沉默，他记得玛提眼睛里的突然的警告，他想起在清晨的万里晴空里那些瞬息即逝的隐微的预兆，告诉他不到天黑要有雨。

他的恐惧非常强烈，使他和所有的男子一样尽量延宕，不敢追问一个究竟。他在林场里装载那些木材，晌午过才了手。这些木材是要送到斯塔克菲尔街上交给建筑商安特鲁·郝尔的，他要是图安闲就不妨自己赶车子送木材，让他的雇工约坦·包威尔回到地里去做活。他已经爬上车，横跨着坐在木头堆上，俯视着他那一对长毛蓬鬙的灰色马，忽然在他和两匹马的冒热气的脖子之间他又看见了昨天晚上玛提递给他的警告的眼色。

"若是有什么乱子，我要自己在那儿，"这是他的模糊的念头；他说给约坦一个意外的命令，要他把马解下来牵它们回马房。

在积雪很深的田亩间走路快不了，两个人走进厨房门，玛提已经从炉子上提起咖啡锅，细娜已经坐在饭桌上。她的男人看了她，呆住了。她穿的不是她平常的印花布衫子和手织的围巾，是她的最好的一套棕色麦利奴衣裙，在她的还保存着鬈浪的几缕稀疏的头发的上头竖起一顶直挺挺的帽子，伊坦还记得为了这顶帽子他不得不付五块钱给贝茨伯里奇百货公司。在他脚下地板上，立着他的旧提包和一个用纸包好的硬纸盒。

"怎么，你上哪儿去，细娜？"他叫了出来。

"我的刺痛太厉害了，我要到贝茨伯里奇去在马大·皮尔斯婶娘家住一宿，找那儿的那位新大夫，"她平平淡淡地回答，好像她说的是到储藏室里去看看蜜饯或是阁楼上去检点检点毯子似的。

细娜虽然好静不好动，这种突然的决断也不是没有先例。从前有过两三次，她忽然带了伊坦的提包往贝茨伯里奇甚至斯普令菲尔去，给一个新来的大夫瞧病，她的男人对于这种远行颇为畏惧，因为花钱不少。细娜出去一趟回来，一定带上许多贵重的药品；她最后到斯普令菲尔去那趟尤其可以纪念,她花了二十块钱买了一对电池回来,始终也没有学会怎样使用。但是以目前而论,他只感觉心里一块石头落地,一点也不想到别的事儿。他现在完全相信细娜昨天晚上说她怪不舒服睡不着是说的实话:她突然决心去找医生,证明她是和平常一样,一心一意地注意她的身子。

仿佛是预防她的男人的抗议似的,她带点悲伤的调子接下去说:"你要是忙着装运木料不得分身,我想你可以让约坦·包威尔套上那匹栗色马送我去考白里场搭火车。"

她的男人简直没有听见她说什么。冬天这几个月,斯塔克菲尔和贝茨伯里奇中间没有长途马车,在考白里场打停的火车是慢车而且没有几班。匆匆地一算,伊坦知道细娜顶早也得明天晚上才能回家……

"我要是知道你不肯让约坦送我……"她又重新开头,认为他不言语就是不赞成。在动身出门之前她常常忽然话多起来。"只是照我目前的样子,"她接着说,"我可实在撑不住了。现在一路疼下去已经疼到了脚腕子,要不然我尽可以两只脚走到斯塔克菲尔,请迈克尔·伊迪让我搭他的马车上考白里场,他的车子天天都去车站接货的。自然,这么一来,我得在车站里等上两个钟头等下行车,可是我宁愿等两点钟,在这样冷天等两点钟,不愿意听你说一句——"

"当然,当然,约坦可以送你去,"伊坦唤醒他自己作答。他忽然觉察,在细娜跟他说话的时候他在那儿看着玛提,他勉力把他的眼睛拨到他的女人脸上。她脸朝窗坐着,窗户外头的雪映过来的苍白的光把她的脸照得比平常分外绷得紧,分外没有血色,使她的耳朵边连到嘴巴上三道平行的皱纹分外明显,并且从她的瘦削的鼻子旁边画上两条怨气冲冲的线挂到她的嘴角。她虽然只比她的男人大七岁,而他才二十八,她已经是一个老女人了。

伊坦想找两句应景的话来说说,但是他心里只有一个念头:自从玛提来他们家,这是第一回细娜不在家里过夜。他不知道这个女孩子心里是不是也在想着这个……

他知道细娜心里一定在纳闷,为什么他不说自己送她去车站,让约坦·包威尔送木料上斯塔克菲尔;起头他也找不着一句话来借口。过了一会儿他说:"我本想自己送你去,只是我要乘便把木料钱收了来。"

这句话才说出口他就后悔,不但是因为这是个谎话——他没有向郝尔收现钱的希望——尤其因为他从过去的经验知道,在细娜出发访医临行之前让她知道他手头有钱,是万分的不妥。可是这会儿他的唯一的希求是避免陪她坐在只会慢慢踱步的老悫的栗色马后头长途跋涉。

细娜不说什么：她好像没听见他的话。她已经把饭碗推开，从她肘后的一个大瓶子里倒药水出来。

"这瓶药吃了一点效也没见，可是既买了来我想还是吃完了它的好，"她说；接着把空瓶往玛提那儿一推，说："你要是能把里头的药味儿洗干净，也还可以装泡菜。"

四

他的女人的车子走了以后，伊坦就打木头钉子上把衣帽取下。玛提在那儿洗碗碟，嘴里哼着一支昨天晚上跳舞会里的舞曲。他说了声"再会，玛特"，她也轻快地回了一声"再会，伊坦"；两个人都没有再说什么。

厨房里头又暖又亮。太阳打朝南的窗户里斜斜地照进来，照在那个女孩子的转动的身子上，照在蜷伏在椅子里瞌睡的猫儿身上，照在盆子里的犄牛儿上，这个花儿是夏天里伊坦种在厨房门外给玛提做"花园儿"玩儿，天冷了才移在盆子里拿进来的。伊坦很想多流连一会儿，看她把东西拾掇好，坐下来做针线；但是他更想快点儿把木料送了赶天黑之前回家。

他赶着车子往镇上去，一路上继续想念回家和玛提相会。这间厨房是个不挺可爱的地方，不像他小时候他的母亲管家的时候那么"漂亮"；但是说也奇怪，细娜一走开，这间屋子立刻换了个样子，像个家。他心里描画着今天晚饭后他和玛提坐在里头的时候这间屋子的景象将是怎么样。这是头一次屋子里头只有他们两个人在一块儿，他们将要相对而坐，一个在炉子的这边，一个在那边，像一对夫妻，他脱了鞋，抽着烟斗，她笑着说着，另有她的一种风格，老是让他觉得这是头一回听见她说话的声音似的。

伊坦脑子里装上这一幅甜蜜的画，又因为对于细娜要"生事"的过虑已经烟消云散，他大大地高兴起来，平常老是这么不声不响的人，这会儿也嘴里哼哼唧唧唱起歌来。伊坦的性格中本来有一点潜伏着的"乐与人交"的性质，斯塔克菲尔的悠长的冬天也没有完全把它扑灭。虽然他自己是天生稳重沉静的人，他可也很羡慕别人的嬉笑和放浪，有人和他亲近他也觉得暖人骨髓。在乌司特上学的时候，他是有名的孤独朋友，对于赏心作乐完全是外行，可是偶尔有人拍拍他的背，叫他一声"老伊"或"老傻"，他嘴里不说，心里可高兴。回到斯塔克菲尔以后，再没有人和他这么玩笑，这也增加他的寂寞。

在斯塔克菲尔，他的寂寞一年深似一年。自从他父亲出了事情以后，丢下他一个人在地里和木坊里两头儿忙，也就没有工夫去镇上闲逛或聚会；他母亲病了之后，屋子里的寂寞更在田野之上。他母亲早年本是个健谈的人，可是自从"出了怪"，就不大开口了，虽然她并没有失去言语的能力。有时候，在漫长的冬夜，她的儿子忍耐不住，问她为什么不"说说话儿"，她就伸出一个指头来，回答他："因为我在这儿听着。"有时风雨之夜，他若是和她说话，她会告诉他："他们在外头说话的声音太大，我听不见你说的什么。"

一直到了她病重，他的表姐细诺比亚·皮尔斯从隔山的乡镇里过来帮着他照料她老人家，这个屋子里才有了人声。在他的长期沉默囚禁之后，细娜的刺刺不休在他耳朵里也成了仙乐。他觉得他自己说不定也会像母亲一样的"怪"起来，若是没有这个新的人声来支持他。细娜好像一眼就看明白了他的处境。她笑他不知道怎么服侍病人，叫他"走你的"，让她料理一切。服从她的命令，感觉有行动的自由，可以一心在外头做活，并且有和别人说话的机会——光是这个事实已经足够恢复他的均衡，并且扩大他对于细娜的感激。她的能干叫他羞愧也叫他钦佩。她好像天生会管家，而他学习了这么多年还没有学会。到老母临终的时候，也是她拿主张，叫他套上车子去找办丧事的人；到了处置母亲的遗物的时候，他还说不出母亲的衣服和缝衣机给谁，她觉得他简直幼稚得可笑。母亲下葬以后，他看见她收拾行装，他忽然一阵不可理喻的恐怖，怕又剩下他一个人；连他自己也不知道怎么一来，他已经把细娜留下来陪他了。过后他常常想，事情也许不至于如此，倘若他母亲不死在冬天而死在春天……

他们结婚的时候，本来约定，一旦他把因为老太太的久病欠下来的债务还了，他们就把田和锯木坊卖了，搬到大城市里去另谋出路。伊坦爱好自然，可是并不因此喜欢在地里做活。他要做工程师，住在城市里，有演讲，有大图书馆，有"干事业"的人。在乌司特上学的时期他曾经有机会去佛罗里达州做过一点小工程，这个一方面增加他对于自己的能力的自信，同时也使他更加急切去见识见识这个世界；他相信，凭他自己再加上细娜这么"能干"的一位内助，不上几年他就会在这个世界里打出一个位置。

细娜的家乡比斯塔克菲尔稍微大点儿，离铁路也近点儿，她一起头就让伊坦知道，隔离在山里的庄家生活不是她结婚时候的希望。但是买田的人迟迟不来，伊坦一天天等下去，慢慢地明白移植细娜的不可能。她瞧不起斯塔克菲尔，可是她也不能住在一个瞧她不起的地方。连贝茨伯里奇或是沙德福尔都不会注意到她的存在，到了伊坦心向往之的那些大城市里头她更加会像一滴水落在海洋里。而且在他们结婚之后不到一年，细娜就"怯生生"起来，从此连在那个富有疑难杂症的乡镇上也有了名。她来服侍他母亲的时候，伊坦把她看成健康之神，但是不久他就觉察，她的看护的技术是由于她十分注意她自己的病象而得来的。

　　于是她也沉默起来了。也许这是山间的农家生活的不可避免的效果，也许是，照她自己有时候的说法，因为伊坦"不理不睬"。她的埋怨不是毫无根据。她一开口就是诉苦，而且诉说的是他没有力量补救的事情；为了抑制自己的恶声相报的倾向，他养成一个习惯，先是不答她的话，后来变成她说她的，他想他自己的事情。可是最近，因为他不得不更仔细地观察她，她的沉默开始使他忧虑。他想起他母亲的渐渐不说话，他不知道细娜是不是也在往"出怪"的路上去。女人家常常犯这个病，他知道。细娜说得清楚整个这一区里谁生什么病，历历如数家珍，在服侍他母亲的时候就数出好些个同类的例子；他自己也知道有几个孤独的田庄里有这种病人在那儿苟延残喘，还有几家曾经因为这种病人的出现产生突如其来的悲惨。有好几回，他看着细娜的闭了眼的脸，不由自主地打寒噤。可是也有些个时候她的沉默好像是有意借此遮盖她的深谋远虑，她的因疑因恨而生的不可测度的神机妙算。这个假设比了头一个更加令人不安；他昨天晚上看见她站在厨房门口那一刻儿就疑心她是这样。

　　这会儿，她动身往贝茨伯里奇去，又把他心头的忧虑解开，他一心只想到晚上和玛提相聚。只有一件事情使他不能宽心，就是他告诉了细娜他的木料能收现款。他预料这句话的后患不堪设想，因此万分无奈决计向安特鲁·郝尔开口要他先付一点儿。

　　伊坦的车子走进郝尔的院子的时候，这位建筑商正从他自己的车子上下来。

　　"嘿，伊坦！"他说，"你来得正好。"

　　安特鲁·郝尔生的一张红脸，两撇花胡须，双下巴颏儿上露出一片胡子根；他不戴领子，可是雪白的衬衫领口扣着一颗嵌钻石的纽子。你可别误会他当真是个富翁，他的生意虽然好，他花钱可也随便，儿女又多，所以他实际上常常是斯塔克菲尔地方话所谓"不凑手"。他和伊坦家里一向有往来，他家是斯塔克菲尔镇上细娜间或去一去的有数几家人家里头的一家，也因为郝尔太太年轻的时候求医服药比这个镇上哪一位女子都更有经验，至今还是一位关于病和医的公认的权威。

郝尔走近那一对灰色马，拍拍它们汗津津的腰背。

"哎，老兄，"他说，"你这一对家伙养的可真有你的。"

伊坦开始把木头卸下，卸了就把郝尔的嵌玻璃的账房门推开。郝尔一双脚搁在炉边，背靠着一张旧书桌，桌子上堆满了各项单据：这个地方儿像他这个人儿，温暖，亲热，而不整齐。

"坐下来取个暖儿，"他招呼伊坦。

伊坦不知道怎么开口，过了好一会才结结巴巴地提出他的要求，请他先付五十块钱。郝尔一脸的诧异之色，伊坦反而面红耳赤地不好意思起来。这位建筑商的惯例是三个月之后付款，他和伊坦几年以来都没有货到付现的先例。

伊坦觉得，若是他同时说明他要这笔钱有个急用，郝尔也许肯设法凑合一下；但是他一来不愿意求告，二来也本能地觉得这个不妥当，终于不说明缘故。自从他父亲死了之后，他很费了些个事才能爬起来，他不愿意安特鲁·郝尔，或是斯塔克菲尔镇上任何人，误会他又要栽下去。而且，他天生不愿意撒谎；他要这个钱就是要这个钱，谁也不能问他为什么。所以他开口的时候有点硬邦邦的，像一个傲气的人不肯自己承认他是低头求告；郝尔的拒绝倒也在他意料之中。

郝尔的拒绝是很婉转的，他这个人无往而不婉转：他把它当做一个玩笑，他问伊坦是打算买一架大钢琴哪还是要在他房子上头添造一个圆顶阁楼；要是造阁楼，他可以效劳，不取工钱。

伊坦不久就技穷了，尴尴尬尬地待了一会儿之后，就起身告辞，拉开账房的门。他走出门一两步，那个建筑商在后头叫住他："嘿——你别是等着这个钱吧？"

"不，"伊坦的傲气一口把他回绝，他的理智来不及阻止。

"很好。因为我倒有点不凑手，有那么一点儿。说实话，我本来还想请你多宽点儿期限来着。一来是生意清淡，二来我正在预备给纳德和路德盖个小房子，他们快结婚了。我自然乐意给他们出点力，可是得花钱哪。"他的神情是在求伊坦谅解。"年轻人爱个好看。你自己该知道：早不了多久你不是也为了细娜把你们家装修一番的吗？"

伊坦把他的马寄在郝尔的马房里头，上街去办些个别的事情。他一路走着，郝尔的最后一句话还逗留在他的耳朵里，他不禁感慨，他和细娜同住的七个年头在斯塔克菲尔这些人看来还是"早不了多久"。

天渐渐暗了下来，这儿那儿的玻璃窗里已经有灯光射出，地下的雪照得分外洁白。风寒刺骨，镇上的人都已经躲在室内，一条长街只有伊坦一个人。忽然他听见清脆的马铃声，一匹矫健的马拉着一辆小马车过去了。伊坦认得这是迈克尔·伊迪的斑马，年轻的邓尼斯·伊迪头戴新皮帽，探着半个身子伸手跟他招呼。"嘿，伊坦！"他叫了一声如飞而过。

那辆小马车是朝着弗洛美田庄的方向跑，伊坦耳听铃声渐远，心里一阵难过。别是邓尼斯·伊迪听见说细娜上贝茨伯里奇去，利用这个机会去和玛提聚会一个钟头吧！伊坦想到自己的醋劲，自己也惭愧起来。他怎么存这种心思呢？太配不上那个孩子了。

他走到教堂转角，到了华努谟家的枞树底下，昨天晚上和她站在那儿的地方。他走进树荫，看见一个不清楚的轮廓就在他的前头。他走近前去的时候，那个影子暂时分成两个，一下子又合拢，他听见接吻的声音，接着一声"噢！"发现了有人在旁边。那个影子立刻又分开，半个走进华家的花园，砰的一声关上了门，半个匆匆走开，走在他的前头。伊坦无意之中把他们冲散，自己也觉得好笑。纳德，郝尔和路德·华努谟两个，就让人家看见他们接吻，又有什么关系？斯塔克菲尔镇上还有谁不知道他们是订了婚的？伊坦想起了昨天他和玛提心心相印地站在这个地方，今天偏又在这里碰上了一对情人，也可算是巧合；但是想到他们两个不必隐藏他们的幸福，心里又是一阵酸痛。

他到郝尔家把灰色马牵出，开始走上回家的上坡路。外边的寒冷已经不及早半天厉害，沉重的天空预示明天又要下雪。这儿，那儿，穿出三五颗疏星，透出背后的深蓝色。再过一两点钟，月亮就要从自己田庄背后的山头升起，在云堆里烧出一条金边的裂缝，又慢慢地被云吞没。一种凄凉的宁静挂在田野之上，好像它们也感觉寒威稍减，在它们的漫漫的冬眠之中伸伸脚。

伊坦尖起耳朵来听马铃声，但是在这荒凉的山路里没有一点声音打破那个沉寂。他的车子离家不远的时候，他从门口的落叶松的疏枝中间远远望见一星灯火。"她在楼上自己屋子里，"他自己跟自己说，"拾掇拾掇预备吃晚饭呢。"他又想起玛提初来那一天下楼来吃饭，头发梳得光光的，脖子上一条丝带，细娜看见她的时候含讥带笑地朝她瞪眼。

他走过墓园，回过头来朝一块较旧的墓碑望了一眼，他小时候对于这一块碑最感兴趣，因为那上头有他自己的名字。

纪念
伊坦·弗洛美和他的妻恩度伦斯，
他们平安相处五十年。

　　从前他常常想，同住五十年是颇长的岁月；现在想起来也是一眨眼就过去了。忽然，他又自己嘲笑自己似的想，他和细娜也有那么一天在他们坟前刻上同样的句子吧？

　　他推开马房门，把头伸进黑暗里去张望，又期待又害怕栗马旁还有邓尼斯·伊迪的小斑马。但是只有他的老马孤孤单单地把它的落光了牙齿的嘴伸在马槽里啃嚼；伊坦嘴里吹着胡哨，一边儿把两匹灰色马牵上槽，又在马槽里添上一袋燕麦。伊坦没有天赋的歌喉，但是当他锁上马房门，迈步上坡向他的房子走去的时候，粗糙的歌声从他的嘴里跳了出来。他走到厨房门外，拧转了门上的把手；但是门不开。

　　看见门上了锁，他吃了一惊，一个劲儿地摇撼那个把手；继而想起，玛提一个人在家，自然天黑下来她要把门锁上。他站在黑地里等待她的脚步声音。听了半天听不见，他就大声叫唤："喂，玛特！"他的声音里头有一团高兴。

　　回答他的是静默；过了一两分钟他听见楼梯上有声音，看见底下门缝里露出一线灯光，跟昨天晚上看见的一样。今天晚上好几件事情都和昨天晚上太巧合了，他听见钥匙旋转的时候他简直准备看见他的女人站在他面前；但是门开了，站在他面前的是玛提。

　　玛提的姿势恰巧就是细娜的姿势，一手掌着灯，衬着厨房的黑暗的背景。她拿灯拿得同肩一样高，灯光照着她的颈项和手腕一样清楚，颈项纤细而光泽，小小的手腕不比一个小孩的大多少。再往上去，灯光照见她的嘴唇发亮，在她的眼睛四边围上一圈丝绒似的影子，在她的弯弯的双眉的上头敷上一层乳白色。

　　她穿着她平常穿的深灰的衣裙，领口没有花结；但是一条深红的丝带勒住她的头发。这点儿表示今天和往常不同的记号把她变化了，使她更有光辉。在伊坦看来，她高了点儿，丰满了点儿，多了点儿少妇的仪态。她往旁边闪开一步，不出声地笑了笑，让他走进来，然后自己走开，举步柔和而飘逸。她把灯放在桌子上，他这才看见晚饭已经用心摆好，有新鲜的油炸饼，有煮越橘，有他爱吃的几种泡菜，盛在一个华丽的红玻璃盘里。炉子里火光熊熊，猫儿懒懒地睡在炉跟前，半睡的眼睛看定了餐桌。

幸福之感塞住了伊坦的口鼻。他走到过道里去挂上外套，脱下湿靴。他再走进厨房的时候，玛提已经把茶壶放在桌子上，猫儿在劝诱似的摩擦她的脚腕子。

"咦，猫咪儿，你差点儿把我绊倒了，"她大声惊呼，笑意在她的眼睫毛背后发亮。

伊坦忽然又感觉一阵嫉妒。是他的回来叫她这么喜不自胜的吗？

"玛特，有客来过没有？"他不在意似的问她一句，一边弯下身去检点炉子的门。

她点点头，带笑说"有，一位"，他觉得眉毛一拧。

"谁呢？"他问她，同时抬起半身偷看她一眼。

她的一双眼睛淘气地转动。"约坦·包威尔啊。他回来以后进来了一下，讨了一口咖啡，这才回家去。"

伊坦的眉毛一松。"没别的事吗？我希望你煮了一杯给他。"停了停，他觉得应该再问一句："我想他把细娜送到车站赶上了火车？"

"噢，是的；早得很。"

这个名字在他们中间落下一阵寒气，他们站在那儿互相窥视了好一会儿，玛提才含羞一笑，说："我看是吃饭的时候了。"

他们把椅子拉近桌子坐下，猫儿也不用人家请他，自己跳上了他们中间的细娜的空椅子。"噢，猫咪！"玛提说，他们两个又都笑了。

伊坦早一刻儿觉得自己的话多得很；但是一提细娜的名字，好像再也张不开嘴来。玛提也好像传染上了他的哑病，耷拉着眼皮儿坐在那里，一口一口啜她的茶；伊坦呢，只顾吃炸饼和泡菜，好像吃不饱似的。他想来想去要找一句话开个头，最后，喝了一大口茶，咳了声嗽，说："好像还要下呢。"

她装作很感兴趣。"当真吗？你想这要耽搁细娜的归程吗？"她这句话才问出口，脸涨得飞红，把才端起来的茶盅又匆匆放下。

伊坦又夹了一块泡菜。"难说，这个季节；考白里场的风势大，雪不定有多深。"这个名字儿又把他冻住了，他重新又觉得细娜就在屋子里，坐在他们中间。

"唷，猫咪儿，你太馋了！"玛提叫了出来。

原来那个猫儿乘他们不留心，已经不声不响地从细娜的椅子里爬上了桌子,正在偷偷儿地朝着牛乳壶拉长它的身子。牛乳壶在伊坦和玛提的中间,两个人同时探身向前,两只手在壶把儿上碰着了。玛提的手在下,伊坦把它握住,没有立刻就放。那个猫儿利用这不寻常的表演,想偷偷地溜下去;它一步步往后退,一下子碰上了泡菜盘,哗啦一声摔在地下。

玛提立刻从椅子上跳起,蹲在碎片旁边。

"哎哟,伊坦,伊坦——打得粉碎了!让细娜看见了又不知道要说些什么?"

但是这一回伊坦的勇气来了。"她有什么话,说给猫儿听去!"他笑了一声回答她,一边儿蹲在玛提旁边把湿淋淋的泡菜捞起。

她抬起惊惶的两眼来望着他。"话是不错,可是你该知道,她从来没有打算拿出来用过,有客的日子也不拿出来;她把它和她的最心疼的东西一块儿藏在瓷器柜的顶上一格,我跳在凳梯上才把它拿了下来,她当然要问我为什么要拿它——"

这件事情太严重了,把伊坦的潜伏着的决心全都唤了出来。

"只要你不言语,她不会知道。我明天去买个一模一样的。这是哪儿买的?哪怕是沙德福尔我也去了来!"

"唉,沙德福尔也买不来的啊!这是个送嫁的礼物——你忘啦?它的来路远着呢,是细娜的费拉得尔菲亚城的姑妈送的,就是嫁给牧师的那个。所以细娜才舍不得拿出来用。唉,伊坦,伊坦,叫我怎么办呢?"

她哭了起来,他觉得她的一颗颗眼泪都像烧化了的铅一般倒在他的身上。"别哭,玛特,你别——唉,你别!"他哀求她。

她挣扎着站了起来,把碎玻璃片铺在厨台上,他奔拉着两只手跟在她背后。他觉得他们的一个黄昏打得粉碎,陈列在那儿。

"来,拿来给我,"他的声音里头有了突如其来的一股劲。

她往旁边让开,本能地服从他的语调:"噢,伊坦,你打算怎么样?"

他也不回答她的话,只顾把碎片收齐在他的阔大的手掌里,走出厨房,到了过道里。他点着了半截子蜡烛,打开瓷器柜的门,伸出他的长胳膊,刚够得着顶高的一格,把那些碎片拼在一块儿,拼得那么准,他仔细看过,站在地下朝上看再也看不出已经打碎。若是他明天把它用胶水粘上,不定过几个月他的女人才会发觉,在这期间他也许能在沙德福尔或是贝茨伯里奇配着一个同样的。

已经放心没有立刻败露的危险,他轻轻快快地走回厨房,看见玛提在那儿垂头丧气地拾掇地板上剩下的泡菜粒屑。

"没事了，玛提，来把晚饭吃了。"他命令她。

她见他放心她也放下了心，泪眼里头又露出了喜色；他看见自己的语调完全把她镇住，也得意非常。她连他怎么处理的也不问他。他的胜利之感只有把一根大木头滚下山滚到他的锯木坊里去的时候可以相比。

五

吃过了晚饭，玛提在厨房里收拾锅碗，伊坦出去看看乳牛，又在四处绕了一圈。田野黑黝黝的躺在黯淡的天空之下，没有风，异常寂静，时而听见林场边上的树上的雪块落在地下的声音。

他回到厨房里，玛提已经把他的椅子推到火炉跟前，她自己坐在灯光底下，手上做着针线。宛然是他晌午时候所梦想的情景。他坐下来，从口袋里掏出他的烟斗，伸直了两只脚烤火。在冷空气里头辛苦了一天之后，他这会儿觉得有点懒洋洋又有点轻飘飘，又觉得仿佛是到了另外一个世界，那儿一切都是温暖和谐，时间也不产生变化。他的极乐世界只有一个缺点，从他坐着的地方他看不见玛提的脸；但是他懒懒地不想动，过了一会儿他说："这儿火炉旁边儿来坐。"

细娜的空的摇椅就在他的对面。玛提依了他的话站起身来，在摇椅里坐下。当他看见她的年轻的棕色的脑袋出现在那一向衬托他女人的狰狞面貌的靠枕之上的时候，伊坦骤然一惊。好像是另外那个脸，那个让了位的女人的脸，依然涌现，把新来的那个盖在底下。过了一会儿玛提好像也同样地感觉拘束。她换了一个姿势，把上身往前一探，低下头来做针线，他只看见她的鼻尖和头发里头的一缕红色；又过了一会儿，她轻轻地站起身来，说"这儿看不见做活"，又回到她的灯底下的椅子里去。

伊坦借口起来加柴，再坐下去的时候把椅子挪了挪，可以看见她半边儿的脸和灯光照着的一双手。那个猫儿一直莫名其妙地在旁边看着这些和平常不同的行动，这个时候一跳跳下细娜的椅子，缩成一团，躺在那儿眯着眼睛看定了这两个人。

屋子里头静极了。厨台上头的钟滴答滴答，炉子里时而有一块烧枯了的柴落下，拢牛儿的清香混合着伊坦的烟草香味，烟斗里出来的烟在灯的四周笼上一团青雾，在阴暗的屋角挂上些个灰白的蛛网。

两个人中间的一切拘束消失了，他们开始自在而平淡地说起话来。他们谈说家长里短，谈到要不要下雪，谈到下一次的教堂里的交谊会，谈到斯塔克菲尔的恋爱和吵闹。他们说话的家常性质使伊坦生出一种错觉——这是热情的表白反而产生不出的——觉得两个人这样熟识已有多年；他就顺势幻想起来，幻想他们一向都是这样消磨他们的黄昏，以后也天天都是这样……

"今儿个晚上是本来说了要去滑雪的啊，玛特，"他说，说话的语气暗含着今天不去随便哪天都成，因为往后的日子长着呢。

她朝他笑了笑。"我怕是你忘了！"

"没有，我倒没忘了；只是外头漆黑的。明儿个要是有月亮，明儿个去也成。"

她笑了，很快活，头向后仰，灯光照得她的嘴唇和牙齿发亮。"那一定是挺有趣的，伊坦！"

他目不转睛地瞅着她，惊叹她的脸上一句话换一种表情，像夏天的清风底下的麦田。他发现自己的笨嘴拙舌居然能有这种魔力，不由自主地醉了；他要找些个新的途径来使用他的魔力。

"像这样的黑夜跟我走下考白里路去，你怕不怕？"他问她。

她的脸上又红了些个。"你不怕我也不怕！"

"我怕，我不敢。那棵大榆树那儿不是个好地方。谁要是不睁大了眼，准得撞个满怀。"他的话里头暗示他能保护，他有权威，他很得意。为了延长并且加强这种得意之感，他又找补了一句："我看咱们还是待在这儿的好。"

她慢慢地把眼皮儿挂下来，正是他最爱看的那个样儿。"对了，咱们待在这儿的好，"她叹了一口气。

她的语调柔和极了，他不禁把烟斗从嘴里取下，把椅子挪到桌子旁边。他探着身子，拿手一碰她在滚着边儿的一块棕色呢布的犄角儿。"嘿，玛特，"他带笑说，"你猜我今儿个回家的路上，在华努谟家门口的极树底下看见什么来着？我看见你的一个朋友让人家亲了个嘴。"

这句话在他舌尖上滚了已经老半天，可是这会儿一说出口他立刻觉得粗俗不堪，而且不合时宜。

玛提的脸涨得飞红，很快地做了两三针，不知不觉地把那块布的犄角儿从他跟前拉过来一点。"我想是路德和纳德。"她低声说，好像是因为他忽然触及了一个严重的题目。

伊坦原来以为这句话可以打开一条路，说些个笑话，渐渐由玩笑再进一步可以无伤大雅地亲热一下，哪怕只是亲一下手儿也好。但是他现在觉得她的羞颜好像在她身边筑起了一道火焰墙。他想，这是因为他生来腼腆，所以才有这种感觉。他知道在大多数年轻人，和一个漂亮女孩子亲个嘴是不当做一回事的。他又想起昨天晚上他拿胳膊拦住玛提的腰，她也没有拒绝。然而那是在户外，在空旷的黑夜。这会儿在温暖的有灯亮的屋子里头，自古以来的伦常和规矩好像都摆在这儿，她变成辽远而不可接近。

为了松一松他的拘束，他说："我想他们就要选日子了。"

"是的。说不定就在今年夏天就要结婚也未可知呢。"她说到"结婚"这两个字好像很玩味了一下。好像这是个通往神仙境界的曲径。伊坦心里一酸，扭转身背朝她说："下一回就轮到你也未可知呢。"

她笑了，有点勉强似的。"你为什么尽着说这个呢？"

他也回她一笑。"早点儿习练习练省得临时不惯哪。"

他又回过身去朝着桌子。她不言语，睫毛低垂，只顾做她的针线；他坐在旁边看她两只手在那块布上一上一下，正如他有一次看见过的一对鸟儿造一个窝儿，一上一下地飞，看得不觉出神。又过了好一会儿，她也不回头也不抬眼轻轻地说："你说这个话别是因为你知道细娜有什么跟我过不去的意思吧？"

他的原先的恐惧让她这一提又跳了出来。"怎么着？你这是什么意思？"他结结巴巴地说。

她抬起一双苦恼的眼睛对他看，手上的针线落在他们中间的桌子上。"我不知道。我疑心她昨天晚上有这种意思。"

"我倒要问她个为什么。"他愤愤地说。

"细娜的事情难说。"这是他们头一回公然讨论她对玛提的态度；她的名字好像一直播送到屋子的四角又重波叠浪地回到他们身边。玛提等了一会儿，好像要让这个回声慢慢地落下去，这才接着说："她没有对你说什么吧？"

他摇摇头。"没有，一句也没有。"

她一笑把额角上的头发抖回去。"那么是我神经过敏。我再不去想它了。"

"噢，不——咱们不去想它，玛特！"

他的突然热烈的语调使她又红起脸来，不是一下子涨红，是渐渐地，迟迟地，像是一个思想慢慢地走过她的心头。她坐着不做声，她的手抓住了她的针线，他觉得一股热潮顺着那还横在他们中间的那块布片流向他身边。轻轻地，他把他的手心朝下顺着桌子滑过去，直到他的指头尖碰着了那块布。她的眼睫毛微微地一颤动表示她觉察了他的姿势，并且有一股回流流回到她身边；她让她的手放在布块的那一头上，一动不动。

他们正在这样坐着，他听见背后有声音，回过头来。原来是猫儿跳下细娜的椅子去追护壁板里的一个耗子，这个骤然的动作把那个椅子弄得有鬼似的摇起来。

"明天这个时候她本人要在这个椅子里摇晃了，"伊坦自己想。"目前的一切都是梦，今天是我们两个相聚的唯一的一个黄昏。"从梦境回到现实和上了麻药醒过来一样的痛苦。他的身心都因为说不出的疲倦而酸疼，他想不出说个什么或做个什么可以拦住光阴的飞驰。

他的情绪的变化似乎传达到玛提。她怅然地望了他一眼，好像她的眼皮已经重沉沉得要她很费了点劲才抬得起来。她的眼睛落在他的手上，那只手已经完全盖住她的布片的一头，紧紧地抓住它好像它是她的一部分。他看见一个几乎不能觉察的颤动在她脸上掠过；他自己也不知道怎么着，低下头来把他手里的布片亲了亲。他的嘴唇还在布片上头的时候，他感觉它慢慢地从底下溜了过去；他看见玛提已经站起身来不声不响地把它卷起来。她拿一根别针把它别住，又找着了她的针箍儿和剪子，连布片一块儿放在他有一天从贝茨伯里奇带回来送给她的一个花纸裱糊的小箱子里头。

他也站了起来，惘惘然的四处看看。厨台上的钟打了十一点。

"这个火怎么样？"她低声问他。

他打开火炉的门，无目的地抖搂那里头的余烬。再站起来的时候，他看见她把猫儿睡的铺毡的旧肥皂箱拉了过来。她回身又走过去抱起两个犄牛儿花盆把它们从太冷的窗口移开。他跟在她后头，把剩下的几盆犄牛儿，一个破蛋糕碗里的风信子球根，和缠在一个旧针线绷子上的常春藤也都拿开。

这些夜间的工作完毕之后，没有别的，只有到过道里去把锡的烛台拿进来，把蜡烛点着了，把灯吹熄。伊坦把烛台递给玛提，她走在他头里出了厨房，照在她前面的烛光使她的暗黑的头发看起来像遮在月亮上的一片云。

当她踏上楼梯的头一级的时候，他说："晚安，玛特。"

她回过头来看他一看。"晚安，伊坦。"她回答他一声，上楼去了。

她的房门关上了，他才想起他连她的手也没有碰着。

230 | 美国经典中篇小说

六

  第二天吃早饭的时候有约坦·包威尔在座,伊坦竭力隐藏他的快活,装作淡然漠然,靠在椅背上扔面包屑儿逗猫儿,"呃""啊""哼"的埋怨两声天气,玛提起身收拾桌子的时候也不站起来动动手帮她点儿忙。

  他自己也不知道他为什么这样无理由地快活,他的或她的生活里头并没有丝毫变动。他连她的指头尖儿也没有碰一下,连正眼也没有看她一下。但是这一个黄昏已经让他看见,他若是和她在一块儿过日子,这个日子是怎么个味道;他现在很高兴,他没有做出什么事情扰乱这幅甜美的图画。他有点觉得她也知道他为什么不……

  他还有最后一批木头得运到镇上去,约坦·包威尔——他冬天不在伊坦家做长工——特地来帮他了结这个工作。夜里又下了雪,但是随下随化,后来竟变了夹雨夹雪,把路弄得滑溜溜的像玻璃。空气里头还是很有湿意,两个人都觉得晚半晌的天气也许要暖和下来,路上能平稳点。因此伊坦提议,跟昨天一样,上午把木头装好,下午再往镇上送。这个计划对于他还有一个好处,午饭后他可以打发约坦到考白里场去接细诺比亚,他自己把木料运到镇上去。

  他叫约坦出去把那对灰色马套上,一时间厨房里只有他和玛提两个。她已经把早饭碗碟浸在洗碗的锡锅里,露出半截子纤细的胳膊在那儿洗碗,热水里头上来的热气在她的额角上凝成些个露珠,把她的蓬松的头发结成些个小圈儿,像铁线莲的鬈须。

  伊坦站在那儿看她,他的心跳到喉咙口儿。他想说:"咱们再也不能这么两个人一块儿了。"但是他没有说这句话,却在厨台的上头一个格子里把烟荷包拿下,放在口袋里,说:"我想我能赶回来吃午饭。"

  她说:"好的,伊坦。"他走出去的时候听见她一边儿洗碗一边儿唱歌。

  他原来打算,把木头装上就打发约坦回到庄上,自己赶到镇上去买粘泡菜盘子的胶水。他的运气稍微好一点,这个计划本来不难实现;但是一起头事情就糟。还没有走到林场,半路上就有一匹马在一块冰上滑倒,把腿割破;两个人把它抬了起来之后,约坦不得不跑回马房去找块破布来给它裹伤。到了起头儿装木头的时候,又夹雪夹雨址落了起来,木头皮子滑得不得了,费了比平常加倍的时间才能把它们抬起来安放在车子上。这是约坦嘴里所谓做活的黑道日,那两匹马在湿透了的毡衣之下打着哆嗦跺着脚,好像也和人一样的不喜欢这个活儿。木头装了已经过了午饭时候好久,伊坦不得不放弃镇上去的打算,他要把受伤的马牵回家去亲自给它洗伤。

他想,一吃了饭就运木料,赶紧买了胶水回来,也许能赶在约坦和细诺比亚的头里先到家;但是他也知道这个机会是微乎其微的。完全要看到镇上去的路好走不好走,贝茨伯里奇来的火车脱班不脱班。过后他想起当时如何盘算这种种机数,看得重要的不得了,不禁惨然失笑。

吃过午饭放下饭碗,他立刻又赶紧跑到林场,简直不敢逗留一下让约坦先走。约坦还在火炉跟前烤他的湿淋淋的脚,伊坦只能匆匆地望玛提一眼,在喉咙底下说:"我要赶早回来。"

他仿佛觉得她点了点头;凭着这一点点安慰,他又冒雨而去。

他的木料车才走到半路上,约坦·包威尔就追上了他,赶着那退退缩缩的老栗马往考白里场去。"我得赶快点呢,"伊坦心里想,他的车子正在走下学堂山前的坡儿。卸货的时候他像是一个人做十个人的活,卸完了就赶到迈克尔·伊迪铺子里去买胶水。伊迪和他的伙计都"出街"去了,年轻的邓尼斯向来不屑做他们的替工,这会儿正在和斯塔克菲尔的一班少年子弟在火炉边闲谈。他们含讥带笑地跟伊坦打招呼,邀他一同作乐;但是没有一个知道胶水在哪儿。伊坦急于要赶回去和玛提做最后一刻的相聚,心里着急得要命,可是只能逗留在那儿等邓尼斯在铺子里的背旮旯里有气没力地搜索。

"看样子是卖完了。要是你肯在这儿略等一等,老头儿回来也许能找点儿出来。"

"谢谢,我想到荷曼太太铺子里去试试看,"伊坦回答他,一边抬腿就走,一刻也不能再等了。

邓尼斯的商业本能逼得他赌咒说伊迪铺子里拿不出来的东西荷曼寡妇铺子里也不会有;但是伊坦不理他这一套,早已爬上了他的雪车赶往另外那家铺子去。到了那儿,荷曼太太找了半天,问他做什么用处,又问他若是找不着胶水面粉糨糊是不是可以对付,这才在一堆咳嗽糖片和挑花束胸里头找着了硕果仅存的一瓶胶水。

当他的灰色马回头向回家的路上去的时候,她追在后头说:"希望细娜没有打碎什么心爱的东西。"

下一阵停一阵的雪夹雨已经变成下着不停的雨,那两匹马虽然不拉重载也走得很费劲。有一两次,听见车铃响,伊坦回过头来看,生怕细娜和约坦赶上了他；但是看不见那匹老栗马，他也就咬紧牙淋着雨催马向前。

他把车赶进马房的时候，马房是空的；匆匆把马料理下来以后，他就迈步走到厨房门口，把门推开。

玛提一个人在厨房里，正如他所预料。她弯下身子在火炉上锅子里做菜；听见他的脚步声，她吃惊似的回转身来跑到他跟前。

"噢，玛特，你看，我找着了修补那个盘子的东西了！让我快点儿把它补了，"他大声说，一只手挥舞那个瓶子，一只手轻轻把她推开；但是她好像没有听见他的话。

"唉，伊坦——细娜回来了，"她悄悄地说，一只手抓紧了他的袖子。

他们站在那儿你看着我我看着你，面如死灰，像一对犯了罪的人。

"可是老栗马不在马房里呀！"伊坦结结巴巴地说。

"约坦·包威尔在考白里场带了点货来给他女人，直接赶车回去了，"她解释给他听。

他茫然地在厨房里四面看看，在下着雨的冬天的薄暮这间屋子显得阴冷而肮脏。

"她怎么样？"他把声音放得和玛提一般低，悄悄地问她。

她避开他的眼睛，迟疑地看着别处。"我不知道。她回家就上楼去了。"

"没有说什么？"

"没有。"

伊坦低低地吹着胡哨吐出他的疑虑，把胶水瓶子塞进口袋。

"不必着急，我夜里起来把它补好就是了。"他说。他又把淋湿了的外套穿上，回到马房里去喂料。

他还在马房里，约坦·包威尔赶了那辆雪车来了。大家把马料理好了之后，伊坦对他说："你进来吃点儿什么吧。"他乐意晚饭桌上有个约坦打个岔儿，因为细娜出门回来总是有点"神经"。可是这个雇工，虽然他平常难得拒绝不包括在工价之内的一餐饭，这会儿可张开他的木强的嘴慢慢地回答："多谢你，只是我想还是就回去的好"。

伊坦颇为惊异地看着他。"还是进来烤烤火吧。好像今天的晚饭还有点儿热菜吃呢。"

约坦脸上的肌肉不受这个提议的感动；他肚子里的字眼儿不多，所以还是那句"我想还是回去的好"。

在伊坦看来，他这么坚决地拒绝不花钱的饮食和温暖，这里头有点不祥

伊坦·弗洛美 | 233

的预兆；不知道在路上出了什么岔子，叫约坦这样急急求去。也许是细娜没遇见那个新来的大夫，或是那个大夫说的话不中听：伊坦知道，若是有这类情形，她第一个碰见谁就会跟谁生气。

他再走进厨房的时候，已经点上灯，屋子里干净而舒适，和昨天晚上一样。桌子上铺设的和昨天一样地用心，炉子里的火生得旺旺的，猫儿躺在跟前取暖，玛提手上托着一盘油炸饼走过来。

她和伊坦默然地相视；于是，跟昨天一样，她说："我看是吃饭的时候了。"

七

伊坦走到过道里去，把湿衣湿帽挂起。他听了听，没听见细娜的脚步声音，就站在楼梯口叫了一声。她不回答，他迟疑了一下，走上楼去，推开房门。屋子里头差不多已经全黑，他在阴暗中看见她直挺挺地坐在窗口；从投射在窗玻璃上的有棱有角的轮廓上，他知道她还没有换下出门的衣帽。

"喂，细娜。"他站在门口叫一声试试。

她不动；他接下去说："晚饭好了。下去吧？"

她回答说："我觉得一点儿也吃不下。"

这是个历年所有的公式，他预料她跟往常一样，念完了这个公式就起身下楼吃饭。但是她坐着不动，他也想不出什么更能讨好的话，只说了句："你怕是在路上辛苦了。"

她听了这个话，把头扭过来，郑重地回答："我的病不如你设想的那么轻省。"

她的话落在他耳朵里，引起他一种特异的惊奇之感。他常常听见她说这个话——别是弄假成真了吧，现在？

他走上前去一两步。"我希望不至于这么严重，细娜。"他说。

她继续在暮色之中看定了他，带着一种暗淡的威严，像是一个被造物有意指派了担当大难的人。"我是个'杂症'。"她说。

伊坦知道这是个异常严重的字眼儿。邻近这一带差不多个个人都有"毛病"，说得出病在何处，怎么个样儿；但是只有少数不凡的人才有"杂症"。杂症能抬高你的身份，虽然往往也就是阎罗王的请帖。许多人有了"毛病"可以带病延年一年年混下去，可是一有了"杂症"十有八九就完了。

伊坦的心摇摆在两种极端的感情之间，暂时是怜悯之情得胜。他的女人坐在黑地里想着这些个心事，是有点儿凄凉。

"这是那个新大夫跟你说的吗？"他问她，本能地放低了声音。

"是啊。他说的，只要是个正式的医生，都会告诉我这个病非开刀不可。"

伊坦知道，关于施行手术这个问题，这个地方的女人们的意见显然分成两派，有人贪图开刀后的人人钦仰，也有人嫌这个不雅，避之如不及。伊坦，由于经济的动机，一向自己庆幸细娜是属于第二派的。

在她的宣告的严重性所引起的不安之中，他寻找一个安慰的捷径。"说是这么说，可是你知道这位大夫的本领怎么样？一向以来谁也没说过这个话呀。"

她没有张嘴作答。他已经知道话说错了：她需要的是怜悯，不是安慰。

"我不用别人告诉我一天不如一天。除了你，谁都看得出。要讲布克大夫，贝茨伯里奇那儿个个都知道他有本事。他的医室设在乌司特，半个月来沙德福尔和贝茨伯里奇应诊一次。伊丽莎·斯比亚士的肾脏病闹得躺着等死，让他瞧了几次，现在是又蹦又跳，还加入圣诗队唱诗了呢。"

"很好，但愿是位好大夫。你倒务必要听他的话才好。"伊坦同情地回答。

她还是看着他。"我是打算这样。"她说。他忽然感觉她的声音里头有了一个和往常不同的调子。既不是委屈，也不是埋怨，是干干脆脆的决心。

"他要你怎么样呢？"他问她，心里盘算着又不知要花多少钱。

"他要我雇一个女工。他说家里一件事情也不能要我动手，一件事情也不能要我操心。"

"雇一个女工？"伊坦站在那儿呆住了。

"对的。马大婶娘当时就给我找了一个。人人都说我的运气好，能找着一个女孩子肯上这个背旮旯里来。我应许多给她一块钱，免得她中途变卦。她明天下午就到了。"

伊坦是又愤恨又着急。他料到她要立刻要钱，可没有想到她要在他的有限的收入里打开这么个长期的漏洞。他不信细娜刚才说的症候厉害那些话了：他觉得她这回上贝茨伯里奇去是和她的娘家人去捣鬼，变着法儿要他出钱雇个人。暂时间，愤恨甚于着急。

"你要是打算雇女工，你该在动身之前先跟我说明啊。"他说。

"我动身之前怎么能告诉你呢？我怎么知道布克大夫要我怎么样呢？"

"哦，布克大夫——"伊坦的不肯相信从短促的一个笑声里溜了出来，"布克大夫他跟你说我拿什么钱付她的工钱没有？"

她的声音跟着他的声音高了起来："没有，他没有说。因为我没有脸告诉他你舍不得拿两个钱出来赎我的健康，虽然我牺牲我的健康服侍你的亲娘。"

"你牺牲你的健康服侍妈？"

"可不是？那个时候我家的人都说是你怎么样也不能不娶我——"

"细娜！"

在隐藏了他们的脸色的黑暗之中，两个人的思想互相射击，像毒蛇吐舌。伊坦深深感觉这一幕的丑恶，感觉自己参加这一幕的可耻。这和两个仇人黑地里拳打脚踢一样的无聊，一样的凶恶。

他转身向烟囱的上头的木板上摸着了火柴，把屋子里那支蜡烛点着了。起头儿，微弱的烛光冲不散黑影；过了一会儿，那已经由灰而黑的玻璃窗上衬出细娜的冷酷的脸。

这是这一对夫妻在他们的可悲的共同生活的七年之中第一次破脸，伊坦觉得这一下恶声相报，已经落了下风，失去了一个永远收不回的优势。但是实际的问题摆在面前，不容你不理。

"你知道我没有钱雇女工，细娜。只好叫她回去：我办不了。"

"大夫说，我要是还是这么着做牛做马下去，准没有活命。他说，他不知道我怎么能支撑了这么些个年月。"

"做牛做马——"他赶紧缩住，"既然大夫有这个话，我能让你不动一个指头儿。家里的事我自己来做——"

细娜打断他的话："得了，地里已经够马虎的了。"这倒是句实话，伊坦也没有话说，她顿了顿又语带讥讽地找补一句："倒不如把我送到救济院里去，万事大吉……反正弗洛美家里我也不是头一个。"

这句话伤透了他的心，但是他不去计较："我没有钱说什么也是枉然。"

两个人的斗争停了片刻，仿佛各自在检验自己的武器。然后细娜平静地说："我记得安特鲁·郝尔要付你五十块木料钱。"

"安特鲁·郝尔向来是三个月之后付钱。"他话才出口就想起昨天曾经拿这个做借口不送他女人上车站；他的脸红到那拧紧了的眉毛。

"怎么着？你昨天不是说已经跟他说好了现付的吗？你说是为了这个才

不能送我上考白里场去的啊。"

伊坦没有欺骗的技巧。他从来没有让人捉出一个谎，他现在不知道怎么样躲闪。"那是个误会，"他结结巴巴地说。

"这笔钱你没有拿到？"

"没有。"

"你也不打算去要？"

"不打算去。"

"好。我雇那个女孩子的时候不知道啊，是不是？"

"是。"他顿了一顿，约束他的声音，"可是这会儿你知道了。我很抱歉，可是没有法子。你是个穷人的女人，细娜；只要是我能替得你的，我没有不尽力的。"

她坐着不动有一会儿，好像在思索，她的两臂平伸在她的椅子的扶手上，她的眼睛呆望着虚空。"噢，我想还是有办法。"她温和地说。

她的语调的变换让他放下了心："当然有办法！有好些个事情我可以替你做，还有玛提——"

他说话的时候，细娜好像在那儿演算着繁复的算题。她得了个答数出来："反正玛提的饭食省下了——"

伊坦，满算着这一场讨论已经了结，已经转过身下楼去吃饭。他收住脚，还不很了然耳朵里的话是什么意思。

"玛提的饭食省下——？"他说。

细娜哈哈地笑了起来。这是个异常特别而生疏的声音——他想不起多早晚曾经听见她笑过。"你打量我要用两个女工不成？怪不得你要吓坏了！"

他对于她的话里头的话还是有点模模糊糊。他打头就本能地避免提起玛提的名字，他怕，怕什么他也不知道：指摘，埋怨，或是关于她就要嫁的影子话。但是他没有想到她要和她决裂，直到此刻还是没摸着她的意思。

"我不懂你是什么意思，"他说，"玛提·息尔咪不是雇工。她是你的亲戚呀。"

"她是个小叫花子，他的父亲拐了我们大家的钱，这会儿她又赖在我们身上。我养了她整整一年，也该别人来轮一番了。"

细娜射出这些刺耳的话来的时候，伊坦听见敲门的声音；他打门口回身进来的时候把它关上了。

"伊坦——细娜！"楼梯头上送进来玛提的轻快的声音，"你们知道什么时候了？晚饭摆在桌子上半个钟头了。"

屋子里头有一会儿静默；然后细娜还是坐在她椅子上大声说："我不下来吃饭了。"

"噢，对不起，闹了你。你有点不舒服吗？拿点什么吃的上来好不好？"

伊坦费劲似的抬起步来，过去把门打开。"你下去吧，玛特，细娜有点累。我就下来了。"

他听见她说"是了！"听见她下楼的声音；然后他又把门关上，回过身来。他的女人的姿势没有变动，她的脸冷若冰霜，他忽然感觉束手无策。

"你不是当真，啊，细娜？"

"不当真什么？"她闭紧了嘴说。

"叫玛提走路——这个样儿？"

"我说过养她一辈子的吗？"

他说下去，越说声音越大："你不能像撵小偷儿似的把她撵走——一个无依无靠又没有钱的女孩子。她出心出力给你做事，她没有别的地方可去。你也许忘得了她是你的亲戚，别人可忘不了。你要做出这种事情来，你知道人家要说你怎么样？"

细娜等了等，好像要让他慢慢地觉察她的镇静和他自己的急躁恰恰相反。然后她还是用她平静的声调回答："我很知道我养她到如今，人家的感想是怎么样。"

伊坦的手从房门的把手上落下来，自从他交代玛提下去以后他带上房门就紧紧攥住了把手没放开。他的女人的回答像一把刀子横横地割过他的筋脉，他突然感觉浑身绵软。他本来打算低声下气求细娜，跟她说玛提的饮食究竟也花不了多少钱，跟她说他可以想个法子买一个火炉在阁楼上给新来的女孩子安排一个睡处——但是细娜的话显示了这番说辞的危险。

"你打算跟她说她非走不可——非马上走不可？"他吞吞吐吐地说出来，生怕让他的女人把她的话说完。

好像努力让他明白其中的道理似的，她不慌不忙地说："那个女孩子明天从贝茨伯里奇来，你想，得有个地方让她睡不是？"

伊坦厌恶似的看她一眼。她不复是那个没精打采的女人，终年怏怏不乐自怜自悯地生活在他的旁边；她成了个神秘不测的怪物，多年的沉思默想里头分泌出来的一股毒气。他的无可奈何之感加强了他的憎恨。细娜这个人本来是不能动之以情的；但是在他能不理她能制服她的时候，他倒也淡然漠然。现在，她制服了他，他不禁不由得厌恶起来。玛提是她的亲戚，不是他的；他没有法子强迫她收留这个孩子。他的坎坷半生，他的葬送在失败、困苦、徒劳之中的青春，这一切的烦恼陡然在他心里恨恨地直涌而出，在他面前化成一个形象，一个步步拦住他去路的女人。她已经剥夺了他的一切别的东西；现在她又要剥夺那足以补偿一切的唯一的东西。有一刹那，一股憎恨的火从他心头烧起，流下了他的手臂，握紧了他的拳头。他猛然向前迈了一步，又忽然收住。

"你——你不下去了？"他昏昏惑惑地问。

"不。我想在床上躺一会儿，"她温和地回答；他转过身来走出屋子。

玛提坐在炉子跟前，猫儿蜷缩在她的膝上。伊坦走进来，她立刻站起，把加了盖的一盘牛肉烘饼拿到饭桌上。

"细娜没病倒吧？"她问。

"没有。"

她隔着桌子笑脸相迎。"那么，快点儿坐下吧。你该饿了。"她揭开盖子，把烘饼盘子朝他这边推了过来。原来他们还可以再有一个黄昏两人相聚！她的一双快乐的眼睛好像在说。

他机械地夹了一份饼，吃了一口；忽然喉咙里一阵恶心，又把食叉放了下来。

玛提的脉脉双眼没有离开一下他的脸，她看见他的一举一动。

"怎么了，伊坦？味道不好吗？"

"好——味道好得很。只是我——"他把盘子推开，站起身来，绕过桌子走到她身边。她吓了一跳，也站了起来。

"伊坦，一定有什么事儿！我早知道要有事儿！"

她吓得好像要瘫在他身上，他一把把她抱住，紧紧地抱住不放，感觉她的睫毛扑打他的脸，像落在网里的蝴蝶。

"什么事儿——什么事儿？"她结结巴巴地问；但是他终于找着了她的嘴唇，冥然忘却一切，只沉醉在它们给他的快乐里。

她流连了一会儿，她也卷入了那同一股急流；这以后，她轻轻地从他怀里溜开，退回一两步，脸上忧惶失色。她的形容刺他的心，叫他悔恨，他叫了出来，好像做梦看见她落在水里要淹死似的："你不能去呀，玛特！我不能让你去呀！"

"去——去？"她结结巴巴地说，"要我去？"

这些个字的余音在他们两个中间缭绕不散,好像一个报警的火把在黑夜里从这个人手上传给那个人似的。

伊坦后悔自己的鲁莽,不该这样突兀地说出这个消息。他的头发晕,他不得不扶住桌子。同时,他感觉他好像还在亲她的嘴,而又渴想她的嘴唇渴得要死。

"伊坦,到底是什么事儿?细娜跟我生气,是不是?"

她哭了,他这才镇静下来,虽然同时加深了他的愤怒和怜悯。"不是,不是,"他让她放心,"不是这个。是那个新大夫把她吓唬坏了。你知道的,她碰见一个新的医生总归信他的话。这个新医生跟她说,她的病要好,除非整天躺在床上,家里的事一样不管——至少得躺上一年半载——"

他停住了,他的眼睛苦恼地躲开她。她站在他面前低头不语,像一根折断的嫩树枝。她是那么纤小而柔弱,他心里绞一样的痛;但是她突然抬起头来正对着他。"她要找一个比我能干的人来代替我?是不是?"

"她今天是这么说来着。"

"她若是今天这么说,明天也一定是这么说。"

两个人都低头于顽强的事实之前:他们知道细娜从来不改变她的意见,她决意做个什么,就等于那件事情已经完成。

两个人好久好久不说话;后来玛提悄悄地说:"别太伤心,伊坦。"

"唉,上帝——唉,上帝,"他哼了两声。他对于她的白热的热爱已经化成酸痛的柔情。他看见她的敏捷的眼皮把她的泪珠打回去,他恨不得把她抱过来抚慰一番。

"你把你的晚饭冷却了。"她勉强装出一点笑意来劝诫他。

"唉,玛特——玛特——你到哪儿去呢?"

她耷拉着眼皮,脸上一阵哆嗦。他知道她这是头一回认真想到她的前途。"也许能在斯丹福找个什么事儿。"她吞吞吐吐地说,好像知道他知道她没有希望。

他在自己的椅子上坐了下去,两只手把脸蒙住。想起她一个人出去重新登上找工作的艰辛的路途,觉得万念俱灰。在这个唯一熟识她的地方,她还是包围在冷淡或憎恶之中;在大城市的千千万万找饭吃的人里头,她,既无经验又无训练的她,能有什么指望?他想起了在乌司特听见的可悲的故事,记起了和玛提同样的有过快乐的童年的那些个女孩子的脸……他想到这些事情,不由他的整个儿的身心不起来反抗。他突然跳了起来。

"你不能去，玛特！我不让你去！一向都是我顺着她，可是这一回我要她顺着我——"

玛提急急把手一抬，他听见他的女人的脚步在他的背后。

细娜一步一拖地走进屋子，悄悄地在他们两个之间的她的往常的座位上坐了下来。

"我觉得好了一点，布克大夫说我能吃的时候务必要吃，即使胃口不好也得勉强吃点，才养得住精神。"她用她的没有高低的带哭声的调子说，一边伸手从玛提面前把茶壶拿过去。她的"出门"衣服已经换成那套天天穿的黑棉布袍子和棕色毛线披巾；同时她也换上了往常的脸色和姿态。她倒了一杯茶，加了很多牛乳，照往常一样地装上她的假牙，然后开始吃喝。猫儿逢迎似的在她脚上摩擦，她说声"好猫咪"，弯下半身去摩摩它，从她盘子里拣了一块碎肉去喂它。

伊坦坐在那儿不言不语，也不装作吃喝，但是玛提勇敢地一口一口慢慢吃，还问问细娜一路上的这个那个。细娜用她日常的声调回答她，说得高兴起来，又有声有色地形容一番她的亲戚朋友们的肠胃病。她说话的时候对正了玛提看，影影绰绰的微笑加深了她的鼻子和下巴之间的两道垂直线。

吃过了晚饭，她站起来一只手按住她的胸口，说："玛特，你做的烘饼总是叫人吃得有点儿胀得慌。"她这句话不含恶意。她难得缩短玛提的名字。她叫玛特是喜欢她的表示。

"我很想去把我去年在斯普令菲尔买来的胃气散找出来，"她接下去说，"我多久没有吃它了，也许吃点儿能让心口儿松动松动。"

玛提抬起她的眼睛。"我去给你拿来吧？"她大胆试试看。

"不。你不知道在哪儿。"细娜藏头露尾地说，同时神秘莫测地望了他们一眼。

她走出厨房，玛提也站起身来收拾碗碟。她走过伊坦椅子边，两个人的眼睛碰着了，依依不舍。厨房里和昨天一样的温暖，一样的宁静。猫儿已经跳上了细娜的摇椅，炉火的热气开始引出犊牛的清香。伊坦疲惫不堪地慢慢站起来。

"我出去看看，"他说，同时举步往过道里去拿他的提灯。

他才走到厨房门口，就碰见细娜回来，她的嘴唇气得直哆嗦，淡黄的脸涨得绯红。披巾从肩膀上滑下，拖在她脚跟背后，她的手里托着那红玻璃泡菜盘的碎片。

"我倒要问问这是谁的事儿，"她说，她的眼睛悍然地从伊坦看到玛提，又从玛提看到伊坦。

没有回答。她接着又颤颤抖抖地说："我去拿药粉——药粉在父亲的旧眼镜套子里，眼镜套子在瓷器柜的顶上一格，那是我心爱的东西的地方，我只说是放得那么高该没有人去捣乱——"她说不下去了，两滴小小的眼泪挂在她的不长睫毛的眼皮上，慢慢地滚下她的脸蛋儿。"顶上的一格要踏着梯凳才够得着，我结婚之后故意把梅普尔姑妈送我的泡菜盘放在那儿，从来没有拿出来过，只有春天大扫除的时候才拿下来，也还是我亲手去拿，生怕别人不小心把它打破。"她恭恭敬敬地把这些碎片放在桌子上。"我要问问这是谁的事儿，"她抖抖索索地说。

伊坦听见她责问，走回屋子，正对着她。"我可以告诉你。是猫儿打碎的。"

"猫儿？"

"对的，猫儿。"

她使劲地看他一眼，又回过去看玛提，玛提正在把洗碗锅端到桌子上来。

"我要请教，猫儿怎么会跑进我的瓷器柜的。"她说。

"赶耗子吧，谁知道，"伊坦回答她，"昨儿晚上厨房里耗子闹了一晚。"

细娜继续看看这个又望望那个；于是发出她所特有的小小的怪异的笑声。"我知道这个猫儿是个能干的猫儿，"她的尖细的声音说，"可是我没想到它竟这么能干，还会把我的泡菜盘的碎片拣起，整整齐齐地拼好放在原来的地方。"

玛提忽然把手从热水里抽出来。"不关伊坦的事，细娜！盘子是猫儿打的；可是是我从瓷器柜里拿出来的，是我的不是。"

细娜站在她的破碎的宝贝旁边，仿佛僵化成了怨恨化身的石像。"你把我的泡菜盘拿出来——做什么？"

鲜明的红晕飞上了玛提的双颊。"我要把饭桌打扮打扮。"

"你要把饭桌打扮打扮，你等我出了门，去把我心爱的东西里头最心爱的东西，一回没有用过，连牧师来吃饭，连马大婶娘从贝茨伯里奇过来，都没有拿出来——"细娜打了个停，张嘴结舌，仿佛她这一数说这件大逆不道的罪过连她自己都吓坏了。"你是个坏女孩子，玛提·息尔味，我早就知道。你父亲当初就是这样，我领你来的时候人家就警告我的，所以我才把我的东西放在你够不着的地方——这会儿你把我最心疼的东西——"她抽抽噎噎的几声,过了之后一动不动,比早一会儿更像一个石像。

"我要是听了人家的话,你早已不在这里,也没有这一回的事情了,"她说;她把碎玻璃一片片拣起,走出房门,好像捧着一个死人……

八

当初伊坦因为他父亲的病辍学回来的时候,他母亲把不住人的"客厅"背后的一间小屋子给了他,任他使用。在这间屋子里头,他钉上几层搁架放他的书,用木板和坐垫做成一个沙发床,把他的文件摊在一张方桌上,在没有粉刷的石灰墙上挂上一幅林肯的像和一个复印了"诗人佳句"的日历,打算凭这点儿稀疏的器具把这间屋子装点成个书房的模样,和他在乌司特上学的时候一位待他很好并且借书给他的"牧师"的书房一样。他现在夏天里还到这里来藏身,但是自从玛提来住在他家,他不得不把他的火炉让给她以后,这间屋子一年里有好几个月是住不得的。

那天夜里,当人声已静,床上的细娜的安稳的呼吸之声已经让他放心厨房里这一出暂时没有下文的时候,他就急急下楼走进这个避难之所。细娜走了之后,他和玛提站着不言不语,你也不想走近我,我也不想走近你。站了一会儿,玛提还是过去拾掇厨房里的一切东西,伊坦提着灯去做照例的巡视。伊坦回到厨房里的时候,玛提已经不在里头;但是他的烟荷包和烟斗已经放在桌子上,底下压着一张纸条儿,是从一本菜子商店的货品目录底面上撕下来的,上面写了五个字:"别着急,伊坦。"

走进他的又冷又暗的"书房"以后,他把提灯放在桌子上,弯下身子就着灯光,把那张纸条儿看了又看。这是玛提头一回给他写信,他拿着这张纸条儿有一种奇异的新的感觉,感觉她近在咫尺而又远在天涯;这张纸条儿加深了他的痛苦,他想起了从此以后他们再也没有别种沟通的方法。没有了她的活泼的笑容,没有了她的温暖的声音,只有冷的纸和死的字!

反抗的冲动涌起在他的心头。他年轻,他强壮,他有沛然的生气,他不能这么轻轻易易地拱手让他的希望完全毁灭。难道他只能在这个怨天恨地的乖张的女人身边消磨他的一生吗?他的生命中曾经有过多少前途,一个个牺牲在细娜的狭隘和愚昧之下。牺牲了又曾有什么好处呢?比他初娶她的时候,她的不满和怨恨加了百倍:她现在只剩下一种乐趣,磨折她的男人。所有的健康的自卫本能都在他身上汹涌而起，起来反抗这种浪费……

他钻进他的树狸皮的旧外套，在沙发床上躺下来沉思。在他的脸蛋底下他发觉有个凹凸不平的硬的东西。是他们订婚的时候细娜给他做的一个靠枕——他看见她做过的唯一的针线。他把它扔在地下，把头靠在墙上……

他记得有过这么一回事，山那边有一个人——一个和他差不多岁数的——他也是受不了这样的一种痛苦的生活，终于和他心爱的一个女子逃往西部。后来他的女人和他离了婚，他娶了那个女子，日子过得挺好。伊坦夏天在沙德福尔看见他两个，他们是来看亲戚的。他们有一个鬈发的小女儿，戴一把金锁，穿得像个公主。那个原来的太太也过得不坏。她的男人把田地给了她，她居然找着一个买主，她拿卖地的钱，再加上离婚的赡养金，在贝茨伯里奇开了一个小饭馆，她人也活动了，人家也都看得起她，伊坦越想越有劲。他为什么不能明天跟玛提一块儿走了，要让她一个人走？他可以把提包藏在车座底下，细娜一点也不会犯疑，要到她上床睡午觉，才在床上看见一封信……

他的冲动还浮在外面，他一跳跳起身来，把灯重新点上在桌子跟前坐下。他拉开抽屉，翻来翻去，找着了一张纸，写起信来。

"细娜，我已经为你尽了我的力，我看不出有什么用处。我也不怪你，我也不怪我。也许分离之后你我都要好一点。我到西部去试试我的运气，你可以把田和木坊卖了，卖出来的钱——"

他的笔停在这个字上，这个字把他的无情的命运暴露出来。若是他把田和木坊给了细娜，他自己拿什么去开创他的生活呢？到了西部之后他知道准能找着工作——要是只有他一个人，他不怕冒冒险。可是有个玛提要靠他，情形就不同了。再还有细娜，她怎么样？田和木坊都已经典押到尽头了，即使她能找到一个买主——这根本就靠不住——她是否能找回一千块钱也很成问题。在没找着买主以前，她又怎么样维持田里的农作？现在他们能在这块地里找口粗茶淡饭，完全是靠他早做到晚，一刻不放松，他的女人，即使她的身体不如她自己想象之坏，一个人也万万担当不下。

啊，她可以回娘家去，听凭那些亲戚们怎么办。她这不是正在叫玛提走这条路吗？——为什么不让她自个儿试一试呢？等到她打听出他的下落，提出离婚的诉讼，他大概——不管是在哪儿——已经挣了点钱，能给她一笔赡养费。要不然只有让玛提一个人走开，她是连这一点遥远而不可靠的赡养也更没有指望的……

他找信纸的时候把抽屉里的东西打散在桌子上，这会儿提起笔来，一眼看见一份旧报，一份贝茨伯里奇《鹰报》。露在面上的恰恰是广告页，他的眼睛落在"西部旅行，减价欢迎"这几个引人的字上。

他把灯挪近点，急急地察看底下开列的车价；那份报从他手上落下，他把没写完的信纸推过一边。早一会儿，他不知道到了西部之后他和玛提怎么谋生；这会儿他才知道他连带她到那里去的车钱都没有。借钱，谈不到：半年前为了借钱修理锯木坊，他把最后的一注抵押品已经押了出去，他知道没有抵押品斯塔克菲尔镇上谁也不肯借十块钱给他。无情的事实把他套住，像禁子给犯人套上镣铐。没有一条出路———一条也没有。他是个无期徒刑的囚人，而他的一线光明现在又将被人扑灭。

他垂头丧气地走回沙发躺下，两只脚重沉沉的好像永远不会再动一动。眼泪从他喉咙里往上涌，慢慢地一路酸到他的眼皮。

他躺在那儿，看见对面的玻璃窗渐渐透点儿亮，一方块暗淡的月光嵌在无边的黑暗之中。有一根屈曲的树枝映在窗子上，这是那棵苹果树，夏天的薄暮他从锯木坊回来有时候看见玛提坐在这棵树底下。慢慢地，云片的边缘着了火，渐渐地烧得没有踪影，蔚蓝的天空露出一轮皎洁的月亮。伊坦手扶着床抬起半身来看外边的景物在月光的神工鬼斧之下呈现它们的明暗和形状。今晚是他准备和玛提去滑雪的一晚，照明的灯挂在那儿天上！他望出去望见那浸在光明里头的山坡，滚着银边的黝黑的树林，背阴的山峦的幽暗的紫色，好像一切的夜间之美都倾泻出来讥讽他的不幸……

他睡着了。醒来的时候，冬天的黎明的寒气已经进了屋子。他觉得又冷又僵又饿，他因为觉得饿而羞愧。他擦擦眼，走到窗子跟前。一轮鲜红的太阳站在灰色的田野的边际，在看起来黑而且脆的树木的背后。他自己跟自己说："这是玛特的最后一天了。"他试想玛提走了之后这个地方又是怎么个景象。

他正站在那儿，忽然听见背后脚步响，她进来了。

"噢，伊坦——你一夜都在这儿的吗？"

她穿着她的旧衣裳，围着那条樱桃红的披巾，清冷的晨光照得她的苍白的脸成淡黄色，越显得弱小可怜，伊坦站在她的面前说不出话来。

"你冻死了。"她接着说，没有精神的眼睛钉在他身上。

他走上前一步。"你怎么知道我在这儿？"

"我上床之后听见你又下楼，我听了一夜没听见你再上来。"

他所有的柔情一下都涌到他嘴唇边。他看着她，说："我就来厨房里生火。"

他们回到厨房里，他替她把煤和引火的柴搬进来，又替她把炉子撤清，她把牛奶拿进来，又把昨晚上剩的半个牛肉饼拿出来。

到了炉子里的热气慢慢散开，一线太阳已经横在地下的时候，伊坦的忧愁也在温和的空气里融化了。看着玛提来来去去做这个做那个，像天天早晨一样，叫他不能相信她会从这幅画景里消失。他心里想，他太把细娜的话认真了，黑夜已经过去，白昼重到人间，她的情绪也将有同样的变化。

玛提弯下身子在炉子上做早饭，他走上前把他的手放在她手臂上。"我也不要你着急。"他说，微微地笑着瞅着她的眼睛。

她红着脸轻轻地回答："不，伊坦，我不着急。"

"我这么想，事情也许会好转。"他又补了一句。

没有回答，只有眼皮儿迅速地跳了一跳。他接着又说："她今天早上没说什么？"

"我还没有见她。"

"你见了她也别说什么就是了。"

他叮咛了一句就走出厨房往牛棚走去。他看见约坦·包威尔在早晨的雾气里头走上坡来，这个常见的景象加强了他的安全的信念。

他们两个清理牛棚的时候，约坦扶着他的粪耙说："达尼尔·柏恩今天晌午上考白里场去，他可以把玛提的箱子带去，我送她走的时候车子可以轻快些。"

伊坦茫然地望着他，他又接下去说："弗洛美太太说新来的女孩子五点钟的车到，要我就在那个时候把玛提送到车站，让她赶六点钟那趟车去斯丹福。"

伊坦觉得血在太阳穴下打鼓。他等了一下才说得出话，他说："噢，玛提走不走还不一定呢——"

"是吗？"约坦淡然地说；他们继续做他们的工作。

他们回到厨房里的时候，细娜和玛提已经坐下来吃早饭。细娜的神气和往常不同，敏捷而活动。她喝了两杯咖啡，又拣起盘子里剩下的饼屑来喂猫儿；这以后，她站起身来走到窗口，掐了两三片犆牛儿的叶子。"马大婶娘的犆牛儿一片败叶也没有；可是没有人好生照料的话，花草自然要枯萎。"她沉思地说。于是她回转身来问约坦："你说达尼尔·柏恩多早晚来着？"

那个雇工踌躇着望了伊坦一眼。"晌午前后,"他说。

细娜回过脸去对玛提。"你那个箱子放在雪车上重了点,达尼尔·柏恩来就让他带到车站去。"她说。

"多谢你,细娜。"玛提说。

"我打算先和你检点检点各样东西。"细娜继续从容不迫地说。"我知道短了一块粗麻布的手巾;还有一直放在客厅里猫头鹰标本后头的那个火柴箱,我也不知道你拿去做什么的。"

她走了出去,玛提跟在她背后。约坦对他的东家说:"那么,我还是去叫达尼尔来吧。"

伊坦把房子里头和马房里头天天早晨做的事情做了;于是他对约坦说:"我要下斯塔克菲尔去。叫她们不必等我吃午饭。"

反抗的火焰又在他心头爆发出来。他以为在清明的阳光之下简直叫人难以置信的事情居然发生了,她派他在驱逐玛提这一出里头做一个无能为力的观客。他是个堂堂男子,竟然袖手旁观,再想到玛提心里对于他这个人的感想,他又羞又气。杂乱的冲动在他的心里搅扰,一面迈着大步往镇上去。他决心要干一下,可是不知道干什么。

早晨的薄雾已经消散,田野躺在太阳底下像一面银盾。这是一个冬天的里头透着春天的气息的日子。那条路上步步有玛提的踪迹,没有一根映在晴空里的枝杈或一丛长在路边的荆棘那上面不挂着一片鲜明的回忆。在静寂之中,一棵山榉上头一声鸟叫,真像她的笑声,他的心紧了一紧又盎然怒放。这一切都叫他明白,非想个办法不可。

他忽然想起,安特鲁·郝尔是一个软心肠的人,若是他告诉他因为细娜的身体不得不雇一个女工,他也许肯重新考虑昨天的话,先付他一点木料钱。郝尔不是不知道伊坦的家境的人,再向他开一次口不至于太失去他的傲气;再说,在他的七情汹涌的胸中,傲气又算得了什么?

他越想越觉得他的打算有希望;若是他能找着郝尔太太,他相信准能成功。只要他口袋里有五十块钱,世界上还有什么能把他和玛提分开?……

他的第一个目的是赶郝尔出门之前赶到斯塔克菲尔;他知道这位营造商在考白里路上有一件工程,也许出门很早。伊坦的脚步跟着他的思想加快,他走到学堂山的脚下的时候,远远望见郝尔的雪车。他快步向前去迎接,但是车子走近的时候,他看见赶车的是郝尔的小儿子,坐在他旁边看起来像一个戴眼镜的直立的茧子的是郝尔太太。伊坦招呼他们把车停下来，郝尔太太探身向前，她的有红有白的眼梢的皱纹里一闪一闪地闪出慈祥之色。

"郝尔先生吗？哦，是的，他在家。他今天不去监工。他今天醒来觉得有点腰痛，我刚才让他敷上一张克德老大夫的膏药，在火炉跟前坐下休息休息。"

像母亲看见儿子似的，她一脸笑容对伊坦说："我刚才才听见郝尔先生说细娜上贝茨伯里奇找那个新来的大夫来着。她怎么又病得这么厉害！真叫人替她着急。但愿那个大夫说他有办法。我真不知道这个乡镇上有谁比细娜更多病。我常常跟郝尔先生说，若是她没有你这么个人招呼她，我真不知道她怎么办；早先你妈病的时候我也常常这么说来着。你的日子真是不好过呢，伊坦·弗洛美啊！"

她的儿子"呔，呔"赶马上路的时候，她还朝他最后点点头表示同情；她走了以后，伊坦站在路中间，目送那雪车的后影渐行渐远。

许久以来没有人像郝尔太太这么关切他了。大多数的人，不是对于他的痛苦无动于衷，就是说像他这么个年轻力壮的人，前后服侍三个病人也不算什么，无须抱怨。可是郝尔太太说："你的日子不好过呢，伊坦·弗洛美。"他觉得他的凄凉轻了一半。若是郝尔夫妇这么疼他，那一定会接受他的请求……

他沿着大路往他们家走去，但是没走了几步他忽然站住，脸上涨得通红。郝尔太太的话让他开始明白他现在做的是怎么回事儿。他正在计划着利用郝尔夫妇的同情用不老实的话去找钱。那逼他匆匆赶到斯塔克菲尔来的混混沌沌的目的，说明白了就是这个。

忽然觉察了他的狂热已经把他赶到什么分寸上，那股狂热就一泻无遗。他看明白了他的生活的真面目。他是一个穷人，是一个多病的女子的丈夫，他要把她丢了她就穷困无告；而且即使他有丢下她的硬心肠，也只有欺骗了两个怜惜他的好人才能办到。

他回转身慢慢地走回家。

九

在厨房门口，达尼尔·柏恩坐在一匹高大的灰色马背后的雪车里，那匹马提起蹄儿来踩雪玩儿，狭长的马头不耐烦地左摇右摆。

伊坦走进厨房，看见他女人坐在炉子跟前。她的头包在披巾里，她正在看一本叫做《肾脏病及其治疗》的书，这本书几天之前才到，他还付了过重的额外邮资才取了来的。

他进来的时候，细娜身也不动，头也不抬；过了一会儿，他问她："玛提在哪儿？"

她不把眼睛从书上抬起，回答他："大概在搬箱子下来吧。"

热血冲上了伊坦的脸。"搬箱子下来——她一个人？"

"约坦·包威尔林场里去了，达尼尔·柏恩说他不敢离开他的马。"细娜回答。

她的男人来不及把她的话听完，已经跑出厨房，跨上楼梯。玛提的房门关着，他站在楼梯头上踌躇了一下。"玛特，"他轻轻地说；没有回答的声音，他把手放在房门把手上。

玛提的房子里他只有在夏初修理屋漏的时候进去过一次，但是屋子里头的样儿他记得清清楚楚；她的小床上的红白花的盖被，抽屉柜上头的漂亮的针荷包，以及挂在柜子上的她的母亲的放大的照片，镶在一个已经发黑了的银框子里头，框子背后还有一束染了色的草。现在，这些个东西以及她的别的踪影都已经不见了，屋子里头空空洞洞的，跟她头一天来细娜领她进来的时候一般的落寞。在屋子的中间直立着她那口箱子，在箱子上坐着玛提，穿着出门的新衣，背朝着门，手捧着脸。她没有听见伊坦叫她，因为她正在抽抽噎噎地哭；她也没有听见伊坦的脚步，直到他走到她背后，把两只手放在她肩膀上。

"玛特——哎，你别——哎，玛特！"

她吓了一跳，站起来，把她的涕泪纵横的脸抬起来朝着他的脸。"伊坦——我只当是再也见不着你一面了！"

他把她搂在怀里，紧紧地抱住，拿他的哆里哆嗦的手轻轻掠开披在她脑门子上的散乱的头发。

"见不着我一面？你这是什么意思？"

她抽抽噎噎地说："约坦说的，你叫他跟我们说不必等你吃饭，我只当是——"

"你当是我打算躲开？"他带三分苦笑替她说完。

她不回答他的话，只是紧紧地赖在他身上，他把嘴唇放在她头发上，她的头发软软的可是又有点弹性，像向阳的山坡上的苔藓，又有点像新锯下来的木屑晒在太阳地里似的一股清香。

在门外,他们听见细娜在底下大声说:"达尼尔·柏恩说,要是你要他带那口箱子,得赶紧一点了。"

他们分开了,凄然地相对。反抗的话冲到伊坦的嘴边,又咽了下去。玛提摸出一块手绢,擦了擦眼睛;然后弯下身子攥住了箱子一头的把手。

伊坦把她推开。"你放手,玛特。"他吩咐她。

她回答他:"转弯的地方要两个人才对付得开呢。"伊坦依了她的话,攥住那一头的把手,两个人把箱子抬到楼梯头上。

"放手吧。"他又说;于是他一个人把箱子扛下楼,穿过过道,走进厨房。细娜已经回到她火炉旁边的椅子上,他从她跟前过,她看她的书,头也不抬。玛提跟在他后头出来,帮着他把箱子放进车子的后头。放好了箱子之后,他们并肩站在台阶上,望着达尼尔·柏恩赶着他的烦躁的马奔下坡去了。

伊坦觉得他的心让许多绳子捆住,有一只看不见的手跟着钟声的滴答一下一下地把它收紧。他两次张开嘴来想跟玛提说话,声音不肯出来。最后,她回过身往屋子里去的时候,他才轻轻地拉住她。

"我送你去,玛特。"他悄悄地说。

她悄悄地回答:"细娜要约坦送我去。"

"我送你去,"他又说了一遍。她不说什么,走进厨房里去了。

在午饭桌上,伊坦一口也吃不下。他若是抬起头来,他的眼睛是落在细娜的脸上,她的薄薄的嘴唇的两角微微地颤动,大有笑意。她吃得很多,自己说天气转晴她也舒服好些;约坦·包威尔盘子里的豆子完了她又让他添上点,平常她是不理会他的饱饿的。

吃过午饭,玛提还是照往常一样,收拾桌子,洗锅碗。细娜喂过猫儿之后又回到火炉旁边她的摇椅里去;约坦,平常最爱逗留到末了儿一个的,也无可奈何似的推开椅子,往门口走去。

一只脚出了门,他又回过头来问伊坦:"我多早晚过来送玛提?"

伊坦站在窗口,机械地把烟草往烟斗里装,一边儿看着玛提来来去去地忙。他回答道:"你不必过来了;我自个儿送她去。"

他看着玛提的一半回过去的脸上红了起来,也看见细娜的头忽然抬起。

"今儿个我要你在家,"他的女人说,"约坦可以送玛提去。"

玛提飞了个眼色给他,求他别找麻烦,但是他也不说多余话,只重复了一句:"我自个儿送她去。"

细娜继续用她的平静的调子说:"我要你在家里乘那个女孩子没到的时候把玛提屋子里的炉子拾掇拾掇。那个炉子不大通风快有一个月了。"

伊坦勃然把嗓子提高。"玛提能对付,我想一个女工该也能对付。"

"那个女孩子跟我说来着,她先做的那家人家的屋子里安的是有管子的大火炉呢。"细娜还是用她的单调的不疾不徐的语调说。

"那么她还在那家做得了,"他愤然回答;接着回过头来对玛提,坚决地说:"你准备好三点钟动身,玛特;我在考白里场上还有点事情。"

约坦·包威尔已经往马房里走去,伊坦迈开大步跟在他背后,气冲冲的。他的额角上的脉扑通扑通地跳,他的眼睛里有一团雾。他机械地做着这样那样事情,连自己都不知道是什么势力在那里指挥他,也不知道是谁的手和脚在执行它的命令,一直到了他已经把栗色马牵了出来,把它拉到雪车的车辕子中间,他才重新意识到自己的动作。他把笼头套在马头上,把两头在车辕子上扣牢,这个时候不禁想起早先也有过一天,做着同样的一套事情,为了赶车子到车站上去接他的女人的表妹。不过是一年多一点儿之前,也是这么一个柔和的下午,空气里头也有这么一点儿春天的意思。那匹栗色马,睁大了一对圆的眼睛看着他,拿鼻子拱他的手心,完全是一个样儿;从那一天到今天中间的日子一个一个地冒出来,站在他的眼睛跟前……

他把熊皮褥子甩上车,爬进车厢,把车子赶到家门口。走进厨房,厨房里没有人,但是玛提的提包和披巾端端正正放在门口。他走到楼梯脚下听了听,楼上没有声音。可是过了一会儿仿佛听见有人在他的书房里走动,他把门推开,玛提在里头,戴了帽子,穿着外套,背朝外站在桌子旁边。

她听见他的脚步声音,吓了一跳,赶紧回过身来,说:"时候到了吗?"

"你在这儿干吗,玛特?"他问她。

她腼腼腆腆地看着他。"我来看看罢了——没什么。"她回答他,勉强笑了笑。

他们默默地走回厨房,伊坦把她的提包和披巾捡起来。

"细娜在哪儿?"他问。

"她吃了饭就上楼去了。她说她的刺痛又发了,叫人不要去闹她。"

"她没有跟你说声'再见'吗?"

"没有。她就只说了那两句。"

伊坦慢慢地在厨房里四面看了看,想起了几个钟头之后他就要一个人回

伊坦·弗洛美 | 251

到这里来，不禁心里发抖。他忽然又感觉这一切都是幻境，他不能叫自己相信站在他面前的玛提是最后一次站在他面前。

"走哇，"他几乎有点欣然地叫她，一边把门开开，把她的提包放进车厢。他跳上车，她也跟着爬了上去，他弯下半身把皮褥子在她身边掖好。"好了，走吧，"他一头说一头把缰绳一抖，那匹栗色马一颠一簸地走下坡去了。

"时候还早，咱们可以好好儿地玩儿一会儿，玛特！"他说着话就在皮褥子底下找着了她的手，紧紧地攥住。他的脸上又有点麻又有点痛，他的眼睛有点花，头有点晕，倒像是大冷天在镇上的酒店里喝了两杯过后似的。

车子出了园门，他不往斯塔克菲尔去，反而一抖缰绳把马往贝茨伯里奇路上赶。玛提坐着不做声，也不露出惊异的颜色；过了一会儿，她说："你打算绕影子湖那条路，不是？"

他笑了，他说："我知道你知道！"

她又往皮褥子底下缩了缩，他回过头来看她，只看得见她的鼻尖和一绺随风披拂的棕色头发，底下就让他自己的袖子遮住了。他们顺着在淡淡的日光底下发亮的田亩中间的那条大路走去，一会儿又往右边儿一条两边长着枞树和落叶松的小路上岔下去。在他们的前头，远远的一带点缀着黑色林木的小山，衬着天空，像一溜儿白色的波浪。那条小路走进了一个松树林，树干在斜阳里发红，雪地上铺着纤细的青色的影子。他们进了树林，风息了，一阵和暖的寂静仿佛跟着落下来的松针一同落下。这儿的雪干净得很，小野兽的细瘦的脚印子在上面留下些个繁复的花纹，从雪底下冒出来的松树果子像些个古铜饰物。

伊坦默然地赶着车子，到了一个松树比较稀疏一点的地方；这才把车子停下，扶着玛提下来。他们在那些芳香的树干中间穿来穿去，脚底下的雪让他们踩得咪咪嚓嚓地响，终于走到一个四边都是树木的池子旁边。池子里的水已经冻得结结实实，迎面有一个独立的小山，背着夕阳送来一片长长的尖圆的影子，这个湖就因此得名。这是个害羞的秘密的地方，充满着无言的愁闷，和伊坦心里所感觉的一样。

他在那片狭小的铺满鹅卵石的滩头上上下下地搜寻，找着了一根倒在地下一半埋在雪底下的树干。

"那儿就是咱们那回子野餐时候坐在那儿的。"他提醒她。

他说的那回是他们一同参加过的有数几回里头的一回：那是一个"教友

聚餐",时候是夏天,那个平常人迹罕至的地方在那个长长的下午突然热闹了半天。先是玛提要他陪她去,他拒绝了。后来,太阳快下山的时候,他在山里砍了半天树下山来,让几个走散了的聚餐的朋友看见了,拉到池子边上大队里来。玛提的身边围着一圈嘻嘻哈哈的年轻人,她头上戴着一顶阔边的帽子,漂亮得像一棵乌莓,正在一堆野火上煮咖啡。他想起那个时候的情景:他身上穿的是做活的旧衣服,走上前去的时候怪不好意思,她看见他来脸上露出喜色,手里端着一杯咖啡冲出圈子来接他。他们在池子边那棵倒下来的树干上坐了几分钟,她发现她的金锁丢了,让那些年轻人去替她搜寻;还是伊坦在苔藓里找着了……也不过就是如此;可是他们一向以来的交往就是这个样儿,一些不连贯的闪电,在黯淡的生活中忽然碰上了一阵快乐,好像在冬天的树林里捉住了一个蝴蝶儿似的……

他一只脚往一簇茂密的越橘丛里一踢,说:"我找着你的锁片就在这儿。"

"我从来没有看见过眼睛像你这么尖的人!"她回答他。

她在太阳照着的那棵树干上坐下,他坐在旁边。

"你戴上那顶粉红的帽子,漂亮得像画里的美人儿,"他说。

她愉快地笑了出来。"噢,漂亮的是帽子!"她回答。

他们从来没有这样听说过彼此的心事,暂时间伊坦又幻想他是一个自由的人,在向他心里要想娶来做妻的一个女子求爱。他看看她的头发,很想再亲它一下,他想告诉她她的头发有新锯开的木头的香气;但是他从来没有学会怎样说这些个话。

她忽然站起身来,说:"不能多耽搁了。"

他依然迷迷糊糊目不转睛地看着她,像是一半醒来一半还在梦里。"还早呢。"他回答她。

他们站在那儿你看着我我看着你,好像各人的眼睛都在努力要把对方的面貌吸进去牢牢地关住。伊坦心里有好些话要在分手之前对玛提说,但是他不想在这个充满了夏天里的往事的地方说那些话,他转过身默然地跟在她背后走到车子那儿。他们的车子走开的时候,太阳已经落在山背后,松树的树皮从红色转成深灰。

他们绕着田亩中间的一条曲曲弯弯的小路绕上了斯塔克菲尔的大路。在空旷的天空底下,光线还是很亮,东边那一带小山上映出一片冷红。雪地里一簇一簇的树木好像挤挤缩缩缩成一团,像把头缩在翅膀底下的雀儿似的;

天色渐渐暗淡,天也渐渐升高,大地越发显得寂寞。

他们走上斯塔克菲尔的大路之后,伊坦说:"玛特,你打算怎么办呢?"

她没有立刻回答,过了好一会儿她才说:"我打算想法找一个店铺子里的事情。"

"你知道你干不了那个。空气又坏,又要一天站到晚,那一回差点儿没把命送了。"

"我现在比没有来斯塔克菲尔之前结实多了。"

"可是你现在要去把斯塔克菲尔给你的好处一下扔了!"

这个话好像无从回答,他们又走了一程,大家不言语。一路上三步五步就有一个地方,他们曾经在那儿站下来,一块儿笑着,或是一块儿不做声,这些回忆抓住了伊坦,把他拉住不让走。

"你本家里头就没有谁能帮你个忙?"

"没有一个是我愿意向他开口的。"

他把声音放低了说:"你知道,为了你,我什么都肯干,只要我能办得到。"

"我都知道。"

"可是我不能——"

她不做声,但是他觉得靠在肩膀上的她的肩膀轻轻地发颤。

"唉,玛特,"他脱口而出,"我要是能这会儿跟了你一块儿去,我一定就去——"

她回过脸来朝他,在她怀里掏出一张纸片儿来。"伊坦——我找着了一点东西,"她结结巴巴地说。天色虽然暗,他看得出就是他昨天晚上给他的女人写的信,写到中间写不下去又忘了把它毁了的。他又是诧异又是一阵惊心的快乐。"玛特——"他叫了出来:"要是我能这么着,你肯不肯?"

"唉,伊坦,伊坦——有什么用处呢?"她忽然一抬手,把那张纸撕得粉碎,往车子外头一扔,纷纷落在雪地里。

"告诉我,玛特!告诉我!"他恳求她。

她有一会儿不言语;然后轻轻的,轻到他要把头低下去才听得见,说:"我有时候也这么想来着,夏天的晚上,月亮亮得人睡不成觉的时候。"

他的心甜得打转。"那个时候你已经?"

她不假思索就回答,好像这个日子在她是早已确定了的:"头一回是在影子湖。"

"所以你才先拿咖啡给我喝,把别人撂在后头?"

"我不知道。我先给你喝的吗?我都忘了。你不肯陪我去,我很丧气;后来看见你在路上过来,我就想你也许是故意走那条路回家去;我心里就高兴起来。"

他们又不说话了。车子已经走下伊坦的锯木坊那儿的洼地,黑暗跟着他们下去,黑色的面幕似的从罕乐极的浓密的枝头落下来。

"我是两手两脚都捆住了,玛特。我一点法子也没有,"他又说起头。

"你要常常给我写信,伊坦。"

"唉,写信又怎么样?我要伸出手来摸着你。我要替你做事,照料你。我要在你跟前,你有病的时候,你寂寞的时候。"

"你千万不要不放心,你总要想着我混得不错。"

"你不需要我,是不是?你要嫁人,啊!"

"哎哟,伊坦!"她叫了出来。

"我不知道你怎么叫我这么难过,玛特。我简直宁愿你死不愿意你嫁人!"

"唉,我死了就好了,我死了就好了!"她抽抽噎噎地说。

她的哭泣的声音把他从闷怒中唤醒,他觉得惭愧。

"咱们不说那些个。"他轻轻地说。

"是真话呀,为什么不说?我从昨儿晚上到这会儿无时无刻不这么想,死了就好了。"

"玛特!你别!你别乱说!"

"除了你,没有过一个人待我好。"

"这个话也别再说了,我连一个指头也不能抬起来帮你个忙!"

"这有什么的?你待我好,我还不知道?"

他们已经到了学堂山的顶上,斯塔克菲尔就在他们的脚下,罩在暮色里头。一辆小雪车迎面爬上来,在一阵快乐的马铃声中打他们旁边过去了。他们直了直腰,严肃的脸儿朝着前面看望。顺着那条大街,许多人家的窗子里已经透出灯光,零零落落的人影子走进这家那家的门口。伊坦一摇鞭子,让栗马的脚下加快。

他们走近这个乡镇的尽头的时候,传来一阵儿童的叫唤的声音,他们看见一簇孩子,各自背后拖着一个雪橇,在教堂门口的空场上分散开来。

伊坦抬起头来看看温和的天空,说:"恐怕他们这一场过后得有两天滑不成了。"

玛提不做声，他又接着说："本来说了昨儿晚上咱们也来滑一回的呢。"

玛提还是不言语；仿佛要找个事儿把他自己和玛提混过这个悲苦的最后一点钟，他又絮絮叨叨地说下去："你说怪不怪，咱们一块儿滑雪就只去年冬天有过那么一回？"

她回答道："我根本就难得到镇上来呀。"

"可不是。"他说。

他们已经上了考白里路的高墩；在教堂的模糊的白墙和华努谟家的黑沉沉的枞树之间，他们面对着一泻而下的山坡儿，一个雪橇也看不见。也不知是什么淘气的冲动在作怪，伊坦忽然说："这会儿我带你滑一回怎么样？"

她勉强笑了笑。"哟，没有这个工夫了！"

"这点儿工夫有的是。来吧！"他现在唯一的心思就是不想拨转马头上考白里场去，延宕一刻好一刻。

"可是那个女孩子，"她迟疑地说。"那个女孩子要在车站上等着了。"

"让她等等儿就是了。反正不是她等，就是你等。来吧！"

他的坚决的语调好像把她镇住了，他跳下车之后，她也就让他把她扶下来，只稍微表示一点不愿意，说："可是一个雪橇也没有啊。"

"有，有一个！那边的枞树底下不是？"

他把熊皮褥子搭在马身上，那匹马很听话似的站在大路边，低垂着它的沉思似的脑袋。

她依了他的话坐上雪橇，他坐在她背后，紧紧地挨着，她的头发擦着他的脸。"坐好啦，玛特？"他大声问她，倒像是隔了三丈宽的大路似的。

她回过头来说："暗得很。你看得清楚不？"

他傲然地笑出来："我闭了眼睛也能滑下去！"她也和着他笑了，好像喜欢他的大胆。说是这么说，他还是静静地坐了一会儿，睁大了眼睛朝下看，因为这会儿正是最迷乱的黄昏时刻，最后的微明和方兴的薄暗交织成模糊的一片，在这一片模糊中物象辨不真切，远近也捉摸不定。

"下去了！"他叫了一声。

那雪橇跳了一跳滑了下去，他们两个在暮色里飞向前去，越来越滑溜，越来越快，黑夜在底下张开大嘴，风声在耳朵边咶喇着像风琴演奏。玛提坐得端端正正，一动不动，但是当他们滑到山脚下转弯处，就是那棵大榆树伸出一枝致命的胳膊来的地方，他仿佛觉得她偎得更紧了一点。

"别怕，玛特！"他得意扬扬地叫唤，那个雪橇早已安然让过，又飞也似的滑下第二个山坡；等他们到了底下的平地上，雪橇已经渐渐慢下来的时候，他听见她放出一个小小的快乐的笑声。

他们跳下雪橇，回头走上山坡。伊坦一只手拖着雪橇，一只手伸进玛提的胳膊弯儿。

"你怕我把你撞在榆树上不怕？"他孩子似的笑着问她。

"我早就跟你说过，和你在一块儿我从来不害怕。"她回答他。

他也说不出来是怎么样的高兴，平常从来不爱说大话的他也把持不住了。"说是这么说，可真是个淘气的地方。差这么一点点儿，咱们就别想再回来了。可是我能算到一丝一毫不差——自来有这个本事。"

她低声说："我一直说你的眼睛最准……"

深深的静默跟着没有星的夜色落下来，他们两个偎在一块儿不言不语；但是每爬一步，伊坦心里说一句："这是我们俩一块儿走着的末末了儿一回了。"

他们慢慢地登上了山头。走到教堂门口的时候，他低下头去问她："你累了没有？"她喘着气回答："真痛快！"

他的胳膊紧了紧，领她走到那两棵挪威枞底下。"我想这个雪橇准是纳德·郝尔的。不管怎么样，我把它放在原来的地方。"他把雪橇拉到华努谟家园门口，靠着篱笆把它放下。他伸直身子的时候忽然觉得玛提在黑地里偎紧了他。

"这就是纳德和路德亲嘴的地方不是？"她上气不接下气地低声问，两只胳膊把他抱住。她的嘴在他脸上摩来摩去找他的嘴，他也紧紧地把她抱住，且惊且喜。

"再会了——再会。"她结结巴巴地说着，又亲了他一下。

"唉，玛特，我不能让你走！"昨晚上的叫唤声又从他嘴里冲了出来。

她挣脱身子，他听见她哭的声音："唉，我也不想走啊！"

"玛特！有什么办法呢？有什么办法呢？"

他们手牵着手，像一对小孩子，她的身子哭得一抖一抖的。

万籁无声，只听见教堂顶上的钟打了五点。

"唉，伊坦，是时候了！"她叫了一声。

他又把她抱过来。"怎么叫是时候了？你打量我还能放你走吗？"

"我要是赶不上火车又往哪儿去呢？"

伊坦·弗洛美 | 257

"你要是赶上了火车又往哪儿去呢？"

她站在那儿不做声，她的手放在他手里，冰冷的，一丝力气也没有。

"咱们两个，你没有我，我没有你，走到哪儿去是有意思的地方？"他说。

她一动不动，好像没有听见他的话，过了一会儿，她挣脱了双手，一把抱住他的脖子，把她的湿透了的脸蛋儿偎在他的脸上。"伊坦！伊坦！我要你再带我下去！"

"下哪儿去？"

"下山坡。一直下去，"她喘吁吁地说，"下去了不再上来。"

"玛特！你这是什么意思？"

她把嘴挨紧了他的耳朵说："一直对着那棵大榆树。你说了你能。咱们这就再也不会分开了。"

"什么，你这是说的哪家子的话？你疯啦？"

"我不疯；我离了你才要疯呢。"

"玛，玛特，玛特——"他哼着说。

她抱住他的脖子又紧了点。她的脸紧紧偎着他的。

"伊坦，我离了你又往哪儿去呢？我不知道我一个人怎么活下去。你刚才也说了这个话来着。除了你没有第二个人待我好过。你家里又要来这么个外头的女孩子……她要睡在我的床上，我天天夜里躺在那儿听你一步步上楼来的床上……"

她这些话像是从他自己心里掏出来的。跟着这些话来的是那个想起来就恨的景象——他今晚上要回去的屋子，天天晚上要爬上去的楼梯，在那儿等着他的那个女人。玛提已经表白了她的深情，他知道他经历了的她也经历了，这一切的新奇和甜美使另外那个景象相形之下越发可怕，使另外那种生活越发不能忍受……

玛提的哀求还在断断续续的呜咽声中送进他的耳朵，但是他已经不听见她说些什么。她的帽子已经有一半退在脑后，他的手在抚弄她的头发。他要把这个感觉吸进他的手心，埋藏在那儿，像种子藏在冬天的地里。他又亲了她一次，他们恍惚又一块儿到了八月里骄阳之下的湖水旁边。但是他的脸碰着了她的，她的脸又冷又湿，他看见黑地里往煞白里场去的大路，他听见远处火车的汽笛声。

两棵枞树把他们卷在黑暗和寂静里头，他们仿佛已经进了棺材，埋在地下。他自己对自己说："也许就是这么个样儿……"又说："这以后什么也不感觉了……"

忽然他听见老栗马在路那边悲嘶起来，心里想："它大概是在那儿纳闷，怎么还不喂它的晚饭……"

"来吧。"玛提悄悄地说，拉拉他的手。

她的阴沉的威力制服了他：她好像是命运的化身。他把雪橇拉出来；从树荫里走到空地上的透明的夜色里头，他的眼睛眨得像出窠的夜鸟。他们的脚底下的山坡上空荡荡的。斯塔克菲尔镇上的人都坐在晚饭桌上，教堂面前的，空场上没有一个人走过。天上涨满了预告融雪的云，直压到人头顶上，像夏天里暴风雨之前一样。他在暗地里睁大了眼睛看看，好像没有平常的尖锐，没有平常的能干。

他坐上雪橇，玛提立刻在他前边坐下。她的帽子已经落了，他的嘴唇钻在她的头发里头。他把两腿伸直，把脚跟踩在地下，拦住雪橇不让滑下去，两只手把她的头捧住。忽然，他又跳了起来。

"起来。"他吩咐她。

这是她平常一听就服从的语调，但是她在她的座位上往下一缩，使劲地说，"不，不，不！"

"起来！"

"干吗？"

"我要坐在前边儿。"

"不，不！你在前边儿怎么能驾驶呢？"

"不用驾驶。顺着路下去就得了。"

他们说话的声音低到不能再低，好像怕黑夜也在偷听。

"起来！起来！"他催她；但是她还是问："你为什么要坐在前边儿？"

"因为我——因为我要你抱住我。"他结结巴巴地说，一边把她拉了起来。

他的回答好像能叫她满意，要不然就是她屈服于他的坚决的语调。他弯下身子，在黑地里摸着了以前滑雪的人压出来的一条滑溜的路，把雪橇的脚端端正正放在中间。她站在旁边等他盘腿在雪橇的前边坐下；然后她赶快在他的背后蹲下，两只手紧紧抱住他。她的呼吸吹在他脖子上，又叫他发起抖来。但是他立刻想起另外那条路。玛提没有错：这个比分离好。他扭过头来，找着了她的嘴……

伊坦·弗洛美 | 259

他们开始滑动的时候,他听见老栗马又在那儿叫唤,这个听惯了的有所冀望的呼声,以及它带来的许多杂乱的意象,跟着伊坦滑下头一截路。这条路到了半路上忽然一落,又一升,然后又是一泻而下。当他们滑到这一截的时候,伊坦觉得他们真是飞一般,飞上了云端,飞进了黑夜,斯塔克菲尔远远地在他们底下,像一粒微尘落在太空里……这以后,那棵大榆树在他们前面冒了出来,伏在路的转弯角上等着他们,他咬紧了牙齿说:"咱们赶得上;我知道咱们赶得上。"

他们飞向那棵树的时候,玛提的两只手抱得更紧,她的血仿佛流进了他的血管。有一两次,雪橇在他们底下歪了一下。他随即把身体扭过一点,让它对正了那棵树,嘴里不住地说:"我知道咱们赶得上。"同时,她说过的一言半语兜的都涌上了心头,又跳了出去在他的眼前飞舞。那棵大树越来越大,越来越近,他们向前直闯,他心里想:"它在等着我们;它好像知道我们要来。"忽然在他和他的目标中间冒出一个脸,是他的女人的歪曲的丑恶的眉眼口鼻,他要把它赶走,不由自主地一动。他的身子底下的雪橇跟着也一歪,他又把它拨正,笔直地对着那突出的黑色的一团撞上去。最后一刹那,空气在他身边射过去,像千千万万根冒火的铜丝;以后,就是大榆树……

天上的云还是很浓,但是他看见一颗孤零的星,他模模糊糊地计算,这是天狼星啊,还是——还是——他觉得累得很,不能用心思;他把沉沉的眼皮合上,想着还是睡吧……四下里是深深的寂静,只听见一个小动物在近旁的雪底下什么地方嘤嘤地叫。是田鼠似的一种细小的受惊的叫声,他懒懒地想不知道它是不是受了伤。他忽然明白过来,它一定是痛得很:他知道这是一种残酷的痛楚,而且神秘得很,他竟觉得这个痛楚在他自己身体里头盘旋。他想翻个身朝着那个声音来的方向,但是他翻不过来,只把左边的胳膊在雪地里伸了出去。现在,这个嘤嘤的声音又好像不是听见而是摸着;好像就在他的手心底下,他的手搁在一个软和而有弹力的什么上头。他想念着这个小动物的痛苦,心里受不了,挣扎着要爬起来,可是爬不起来,好像有一块大石头,或是什么别的大块,压在他身上。他继续用他的左手小心地摸来摸去,想摸着那个小动物救它一救;忽然,他知道了,他刚才摸着的软和的东西是玛提的头发,他的手现在在她的脸上。

他挣扎着跪了起来,那个千斤担子跟着他一同转动;他的手在她脸上摸了又摸,他感觉那个嘤嘤的叫声是从她嘴唇里出来……

他把自己的脸贴着她的脸，把耳朵送到她嘴边，在黑暗之中他看见她的眼睛睁开，听见她叫他的名字。

"唉，玛特，我只当是咱们赶上了，"他哼着说；远远的，在山坡的顶上，他听见老栗马的嘶叫，心里想："可把它饿坏了……"

我走进弗洛美家的厨房，那个拌嘴似的声音停止了，厨房里坐着两个妇人，我不知道刚才说话的是哪一个。

这两个里头的一个，我进去的时候，她把她的高大的身子站起，不是欢迎我——因为她只惊讶地看了我一眼——只是准备做晚饭，弗洛美迟迟没有回来，晚饭耽搁下来了。一件破旧的罩袍挂在她肩膀上，几绺稀疏花白的头发从她的半秃的前额向后梳，在脑后用一把断了一截的梳子勒住。她的灰色的晦涩的眼睛不显露她的衷心，也不反映外物的印象；她的薄薄的嘴唇是和她的脸一样的黄土色。

那一个妇人瘦小得多。她蜷缩着坐在火炉旁边的一张圈椅里，我走进门她很快地回过头来朝我，但是身体一动也不动。她的头发和她的同伴一样的花白，她的脸一样的无血色，一样的干皱，但是微微带点琥珀色，鼻子旁边和太阳窝那儿都有点黑暗的影子，显得高的越高，洼的越洼。她的拥成一团的衣服掩盖着她的柔弱的不动的身体，她的漆黑的双眸有脊髓病人所常有的那种明亮的妖女似的凝视。

那间厨房，就在这一带地方，也透着太寒碜。除了那个黑眼睛的妇人坐着的那张椅子有点像乡镇上拍卖来的富户人家的破旧的遗物而外，所有的家具都是再粗糙不过的。到处是刀印子的饭桌上放着三个粗瓷的盘子和一个缺嘴的牛乳壶，顺着墙壁疏疏朗朗地摆着一对草织座儿的椅子和一个无油无漆的松木橱柜。

"噢嚯，好冷！火快没了吧，"弗洛美跟在我背后进来，一边抱歉似的四下里望望，一边儿说。

那个高个儿妇人只当没有听见，只顾向橱柜走去；但是那个偎在椅子里靠枕上的妇人埋怨似的回答，声音高而且尖："刚才重生起来的啊。细娜睡着了，好久都不醒，我害怕我要冻僵了。好容易才把她叫醒了，让她去招呼了一下。"

我这才知道我们进门的时候说着话的是她。

她的同伴刚刚端了一个破盘子过来，里头放着小半个冷的碎牛肉烤饼，

伊坦·弗洛美 | 261

她把这盘食之无味的菜放在桌子上，仿佛没听见人家对她的控诉。

弗洛美站在她面前迟疑了一下；然后朝我看了看，说："这是我的女人，弗洛美太太。"又停了一停，转身朝着圈椅里的那个，说："这是玛提·息尔味小姐……"

郝尔太太，这位温柔的太太，只当我是迷失在考白里场，活埋在雪堆底下了，第二天早晨看见我安然回来，快活极了，我觉得我的危险已经让她多喜欢我几分。

她和她的母亲华努谟老太太，听见说伊坦·弗洛美的老马居然在这一冬之中最厉害的一场风雪中把我送到考白里车站又接回来，诧异得不得；又听见说弗洛美把我让到他家里住了一宿，更加诧异得了不得。

在她们惊诧的话语底下，我发现有一种隐藏的好奇心，要想知道我在弗洛美家这一夜所得的印象怎么样；我知道要打破她们的缄默，最好的办法就是让她们来刺探我的。所以我只没事人儿似的说：他们招待我很好，弗洛美在楼下一间屋子里给我开了个铺，那间屋子好像在当初日子还好的时候曾经布置得像个书房什么的。

"在这种大雪天，"郝尔太太带点儿沉思似的说，"我这么想，他一定觉得不把您往家里让可真有点儿说不过去——可是我敢说，伊坦很为了一阵难。我相信，二十多年里头，您是第一个踏进他的屋子的生客。他倔犟得很，连他的老朋友他都不愿意他们上门；人家也就都不去了，除了我和大夫……"

"您还常去吧？"我试探一句。

"出了那回事情之后我倒是常去看看他们，那个时候我刚刚结婚；过了些时候，我有点觉得他们看见我们反而更不好受。慢慢儿，一件又一件的事儿来了，我自己的磨难也……可是我总还是安排着在新年前后去他们那儿一次，在夏天里去一次。只是我总是找一个伊坦不在家的日子。看见那两个女的坐在那儿已经让人够难受的——可是他的脸，当他在那空空的屋子里举目四顾的时候，他的脸简直要我的命……您知道，我还记得起他母亲在日，他们的苦难还没有降临的时候，他们家是怎么个样儿。"

这个时候儿，晚饭已过，华努谟老太太已经上楼去睡觉，她的女儿和我独自坐在严肃而幽静的客厅里。郝尔太太一边说一边偷偷地看我，好像要知道我已经自己看出了多少，为她自己说话定个分寸；我心里想，她这些年来一直把这件事放在肚子里不说，就是为的等一个看见了只有她一个人曾经看见过的景象的人。

我等了等，让她信任我的心已经增强之后，我才说："可不是，看见他们三个人在一块儿，真是怪不好过的。"

她把她的和善的双眉往中间一拧，很感痛苦似的。"一起头就是凄惨得很。我正在这个屋子里，人家把他们抬了上来——他们把玛提·息尔味放在您现在住着的那间屋子里。她和我是很好的朋友，我们春天里结婚本来定的是她当我的伴娘的……她醒来之后，我上去陪了她一夜。他们给她吃了点儿什么止痛的药，她一直糊糊涂涂的，到快要天亮的时候她忽然清醒过来，睁开她的那双大眼看着我，说……哟，我不懂我干吗跟您提这些个。"郝尔太太说不下去，哭了起来。

她把她的眼镜儿取了下来，擦了擦上面的水汽，哆哆嗦嗦地又把它带上。"第二天大家才知道，"她接着说下去，"细娜·弗洛美匆匆把玛提打发走，因为她有一个雇工的女孩子就要来到；可是镇上的人怎么样也不明白，她和伊坦应该赶紧上考白里场去赶火车的时候，却逗留在这儿滑雪，到底是怎么回事……我自己也不知道细娜肚子里是怎么个意思——我到现在还是不知道。细娜有什么意思，谁也摸不着。不管怎么样，她听见出了事儿，立刻赶了来，陪在伊坦身边，在对面那所牧师的住宅里。赶后来大夫们说玛提可以挪动了，细娜就打发人来把她抬回家去。"

"她就在那儿待到现在？"

郝尔太太回答得很干脆："她有哪儿可去呢？"我心里一阵酸，想到穷人们谈不到愿意不愿意。

"可不是，她就一直待在那儿，"郝尔太太接着说，"细娜尽她的力量服侍她，服侍伊坦。真是件了不得的事情，想起她自己的病病痛痛的身子——可是说也奇怪，天意要她出来的时候，她也能挺了出来。这不是说她从此不要找大夫，不要吃药，她也还是常常好一阵病一阵的；但是她居然有那股力气服侍这两位二十多年，在没有出那个乱子之前她老觉得连她自己她都服侍不了的。"

郝尔太太停了一会儿，我也不说什么，埋头在她的话唤起来的幻景之中。"三个人都不好受。"我叽咕了一句。

"对了，真是难。而且三个人没一个是性子好的。在那回子之前，玛提是个好性子；我没见过比她更好说话的。但是她吃的痛苦太多了——人家跟我说她的脾气坏得怎么样怎么样,我总是这样譬解。细娜她自来就怪。平心而论,她对玛提可真是耐烦而又耐烦——我亲眼看见过。但是这两位有时也要你来我往地拌个几句,那个时候伊坦的脸简直叫你心碎……我看见他那个脸的时候我老觉得痛苦最深的还是他……反正不是细娜,因为她没有那个空工夫……可是啊,"郝尔太太叹了一口气结束她的话,"不幸得很,他们全都关在那间厨房里。夏天,天气好的日子,他们把玛提挪在客厅里,或是抬到门外院子里,那就松动了点儿……可是一到冬天,不能不就着一个火炉;弗洛美家里一毛多余的钱也没有。"

郝尔太太深深地吸了一口气,好像她的心里松去了一副岁久年深的重担,她再没有什么要说的了;但是忽然间她觉得还有几句话非吐不快。

她又取下眼镜,隔着桌子朝我探着点身子,把声音放低了说:"有一天,约莫是出事之后一个星期,大家都当是玛提活不了了。唉,照我看,她死了倒也罢了。我有一次当着我们的牧师就这么说,他老人家大不以为然。可是玛提那天早晨醒来的时候他没有跟我在一块儿没听见……我说啊,要是她死了,伊坦也许就活了;现在他们这个样儿,我看不出弗洛美家里住在屋子里的那几个跟躺在坟圈里的那些个有什么分别;除了这么一点:躺在那儿的全都安安静静,女人们要拌嘴也拌不成。"

一个迷途的女人

[美国] 薇拉·凯瑟　著
董衡巽　译

　　薇拉·凯瑟（Willa Seibert Cather，1873—1947）生于美国南部弗吉尼亚州，十岁左右随家迁居内布拉斯加州的草原地带，熟识当地欧洲各国移民，读过法文、德文、希腊文、拉丁文。内布拉斯加州立大学毕业，做过新闻和教育工作。边疆生活、对移民性格的透彻观察成为凯瑟创作的主要资源。《我的安东妮亚》（1918）是凯瑟最重要的小说，写捷克裔贫苦移民之女安东妮亚在困境中的成长经历，塑造了一个经典的边疆移民拓荒者的坚韧、奋发、达观的形象。而安东妮亚与美国富家移民子弟吉姆之间的真挚情谊与若即若离的关系，也可视为对当时美国化运动的某种回应，作者既反对美国主流社会同化移民的文化策略，又不自觉地拥护百分之百的美国性。中篇小说《一个迷途的女人》（1923）描写美国拓荒时代后期一个聪明美丽又迷人的福瑞斯特太太，原本属于拓荒时代，属于她丈夫福瑞斯特上尉为代表的不畏艰险、开发和征服西部的那一代人；但她在丈夫过世后，却认同了坐享西部开发成果和财富的年青一代的价值观，令人无限惋惜代表拓荒时代余晖的福瑞斯特太太的衰亡。

第一部

一

　　三四十年前，勃林顿铁路沿线有不少灰暗的小镇，这些镇现在是越发灰暗了。当年有一个小镇，镇上有一幢房子，因为主人好客，又有某种迷人的气氛，因而从奥马哈到丹佛市①一带都有点名气。这名气是在与铁路有关的上层人士中间；他们有的和铁路直接有关，有的是由铁路派出来的"地产公司"的人。那时候，你只消说某某人"与勃林顿铁路有关"，别人就能明白。他们是董事、总经理、副主席、监督等，他们的名字我们都知道；而查账的、管货运的、各部门当助手的，不是他们的兄弟，便是他们的侄子、外甥之类。跟铁路"有关系"的人，包括运牲口、运粮食的大商人，都有年票；他们和他们家里的人常常坐着火车来来往往。在这些大草原的州里有两种显著的社会阶层：一种是分得土地迁居来的和干手工活的，他们到这里来为的是谋生；另一种是银行家和办大农场的绅士，他们从大西洋岸边来，为的是投资，或者用他们常用的话说，为的是"开发我们伟大的西部"。

与勃林顿铁路有关的人坐车往来，只要事情不十分紧迫，他们总乐意下车，在一幢舒适的房子里过一夜，因为在那个地方，主人认得出他们的身份，能够殷勤款待。在这些房子里，数丹尼尔·福瑞斯特上尉的家最为舒适，那是在甜水镇。福瑞斯特上尉自己也是铁路上的人，他是做承包生意的，为勃林顿铁路修建了好几百英里路，这些铁路要穿过艾草灌丛和牧场，一直深入到黑山里面。

人人称为"福瑞斯特之家"的这个地方看起来并不显眼；可是住在那里的人却把这处地方弄得又宽敞又漂亮。房子建造在一座又矮又圆的小山上，大约在镇东一英里路光景；这是一幢白色的房子，还有一翼边房，房顶斜度很大，可以泻雪。房子周围都是走廊，从现代人图舒适的观点看来，这些走廊嫌小了一些，而且支撑的柱子带有那个时候特有的华而不实的风格，好好的木料非要用旋床扭成可怕的形状。要不是墙上的蔓藤和周围的灌木林，这房子本来是够难看的。它附近有一带漂亮的三角叶树林子，树向左右两边伸去，长遍了房子后面的山坡。你坐火车进入甜水镇，头一眼看到的，就是山上这所房子，背后是密密的树林；当你离开甜水镇的时候，最后一眼看到的也是这番景色。

要进入福瑞斯特上尉的地方，你先得跨过镇东边的一条宽阔的、带泥沙的河。你可以走小桥，也可以蹚水过去，这就来到了福瑞斯特上尉私家的小路，两边是伦巴第白杨树和宽阔的草地。就在房子所在的山脚下，你走过一

---

① 分别为内布拉斯加州和科罗拉多州的城市。

条结实牢固的木桥，跨过第二条小河。这条小河未经改造，又弯又绕地流过半是牧草、半是沼泽的草地。换了别人，准会把这片低地的水抽干，改为高产的庄稼地。但是福瑞斯特上尉早就看中这地方，觉得它漂亮。他恰恰喜欢小河这样曲曲弯弯地流过草地，两岸还有薄荷、节连节的草和闪闪发亮的柳树。那时候他有钱，又没有孩子。他可以满足自己的癖好。

当上尉驾着双座马车到车站接从奥马哈或者丹佛来的客人的时候，他非常高兴这些先生们赞扬他在路两旁吃草的漂亮的牲口。当他们到达山顶的时候，他也非常高兴见到年龄比他大的人轻巧地跳下马车，走上台阶，去迎见来到门廊上接待他们的福瑞斯特太太。就是他最不容易动心的朋友，那位脸狭长的林肯银行的人，也显得活泼起来，他握住她的手，看着她愉快的眼神，聪明地回答从她嘴里说出来的俏皮的寒暄话。

福瑞斯特太太一听到木桥上马蹄和车轮辘辘的声音，总是出来，站在前门口迎见来客。要是她正好在厨房里帮那个波希米亚厨子做饭，她不脱围裙就出来了，挥着一只带黄油的铁调羹，或者向新来的客人挥动着她沾满樱桃汁的手指头。额头一绺头发垂下来，她也不停下手里的活儿把它拢上去；她不打扮的时候最为动人，这一点她自己也明白。据说她曾经穿着晨衣来到门口，手里拿着刷子，长长的波浪形的黑头发披在肩上，出来迎接科罗拉多州和犹他州路段的主席鲁斯·道尔齐尔，使这位大人物受宠若惊，感激之至。在他的眼里，在慕名而来的中年人眼里，福瑞斯特太太做什么都有"贵妇人风度"，原因就是因为这事是她做的。按他们的想象，她不论穿什么衣服，不论在什么场合，没有不漂亮的。福瑞斯特上尉本人很少说话，却同波梅洛埃法官说，他见她最迷人那一次是有一天一头新买的公牛在牧场上追逐她。她忘了有公牛这件事，居然进入草地去采野花。他听见她喊叫之后，气急呼呼奔下山去，只见她沿着沼泽地的边缘窜去，像一只兔子似的，还笑得前仰后合，手里死死抓住那把红伞不放，其实都是红伞惹出来的事。

福瑞斯特太太小她丈夫二十五岁，是他第二个妻子。他在加州娶的她，又把她带到甜水镇。那时候，他们虽然一年才在这里住几个月，却把这个地方当做家了。后来，上尉在山上从马上摔下来，摔得很重，没法再承包修路的活儿了，他跟他妻子才住到山上那所房子去。他在那里变老了——即使是她，哎呀！也见老了。

二

不过，我们这篇故事从夏天的一个早晨说起，那是很久之前的事了。当年福瑞斯特上尉太太还很年轻，甜水这个镇百业待兴，前程远大。那天早晨，她正站在客厅的凸窗前面，在一只玻璃碗里安插老式的红玫瑰花。她抬起头来，看见一伙小男孩赤着脚从车道上走来，扛着钓鱼竿，拎着饭篮子。这些孩子她多数都认识：尼尔·赫伯特，是波梅洛埃法官的外甥，十二岁，她很喜欢这孩子；懂礼貌的乔治·阿丹姆斯，是从马萨诸塞州洛厄尔市来的农场主的儿子。其余的都是镇上的小男孩：红头发的小孩，他爸爸是卖肉的；两个胖胖的、皮肤棕色的双胞胎，他们爸爸是镇上主要的一家杂货铺的老板；艾德·艾略特，他爸爸是开鞋店的，虽然上了年纪，却是这个镇下层社会的一位风流人物；德国裁缝的两个孩子——肤色苍白、满脸雀斑，衣着破烂，长着一头乱蓬蓬的铁锈色的头发，她有时从他们手上买点野味、鲇鱼之类的东西，他们来的时候无声无息，像幽灵似的，站在厨房门口，细声细气问她"今天早晨要不要一点鱼"。

她见孩子们上山的时候犹犹豫豫、相互推让。"你去问她，尼尔。"

"乔治，最好你去。她老上你们家去，她不大认识我，我不好问。"

他们站在前廊的三步台阶前面，福瑞斯特太太来到门口，手里拿着一朵桃红色的玫瑰花，很有礼貌地向他们点点头。

"早晨好，孩子们。去野餐吗？"

乔治·阿丹姆斯走上前去，一本正经地脱掉大草帽。"早晨好，福瑞斯特太太。请问，我们可不可以在这里钓鱼，蹚过沼泽地，在林子里吃中饭？"

"当然可以。今天天气这么好。学校放假多久了？想学校吗？我想尼尔想学校吧。波梅洛埃法官跟我说，你很用功。"

孩子们笑了起来，尼尔看来可不大高兴。

"你们快去吧，注意不要把进牧场的门打开。福瑞斯特先生可不喜欢牲口进去踩他的青草呢。"

孩子们悄悄地绕过房子，走进林子的大门，接着边喊边跑穿过高高的树林，冲下绿草覆盖的山坡。福瑞斯特太太从厨房窗户望着他们消失在山坡后面。她对波希米亚厨子说：

"玛丽，今天上午你烤面包的时候，给这些孩子烤点甜饼。他们吃中饭的时候我给他们送去。"

福瑞斯特家所在的小园山前面缓缓地通向木桥,后面慢坡走向树林子。但是房子东面,林子尽头的地方,却有一片高高的绿色堤岸陡了下去,像峭壁似的,下面是沼泽地。孩子们要去的正是这个地方。

到吃中饭的时候,这些孩子想干的事情一件也没有干。他们一个早晨像动物似的,又是站在微风吹拂的峭壁上大喊大叫,又是穿过结在高高杂草上露水晶莹的蜘蛛网,冲下银光闪闪的沼泽地,在灰褐色的香蒲草丛里跑过去,跳进带泥沙的河里蹚着水玩,追逐一条在老柳树墩上晒太阳的条纹水蛇,砍丫杈做弹弓,趴在地上喝冷泉水,这股水从岸上溢出,流进田芥草蓬。只有莱因霍德和阿道夫·勃鲁姆这两个德国孩子坐在一潭水流平静的池子边钓鱼,河水流到这里被一根倾斜的树干挡住,才成了这潭池水。他们俩不管周围的孩子怎么吵闹、怎么泼水,好歹钓到了几条小鲤鱼。

鲜艳的野玫瑰盛开山坡,蓝眼睛草开放着紫色的花朵,银色的马利筋刚刚要开花。鸟儿和蝴蝶到处飞来飞去。突然之间,风停了,天气非常之热,沼泽地蒸气腾腾,鸟儿不见了。孩子们觉得自己累了;他们的衬衣贴在身上,头发沾在额头上。他们离开酷热的沼泽草地,到林子里去,躺在高高的白杨树的阴处,摆开午餐。勃鲁姆家两个孩子向来只带黑面包和干乳酪块——小朋友们从来不碰它们什么。只是肉店老板的儿子,红头发的柴德·格莱姆斯最不知趣,摆出一副瞧不起的样子,大声吆喝:"你们把香肠留在家里,干吗不带来?"

"别喊,"尼尔·赫伯特边说边指着一个白色的人影,那人影穿过树林在忽隐忽现的树荫底下匆匆下山——原来是福瑞斯特太太,没有戴帽子,手上挎着篮子,她暗色的头发在阳光下闪烁。多年之后,她才开始蒙面纱,戴遮阳的帽子,虽然她的面色向来不好。她面颊苍白、消瘦,到了夏天又出现斑点。

乔治·阿丹姆斯的母亲讲究礼貌,因此他见了福瑞斯特太太走近来的时候站了起来,尼尔也站起身来。

"孩子们,这里有点热甜饼给你们当午餐。"她掀开篮上的餐巾。"你们抓到了什么没有?"

"我们没抓多少。就是玩。"乔治说。

"我知道!你们蹚水玩呀什么的。"她跟孩子们说话很有办法,又柔和又贴己。"我去采花,有时候也蹚水。我忍不住啊。我脱掉袜子,撩起裙子,就跳进河里!"她边说边踢起一只白鞋,晃了一晃。

"可你会游泳,会不会,福瑞斯特太太?"乔治问道,"好多女的不会游泳。"

"啊,她们会游!在加利福尼亚人人都会游泳。可是甜水河不行——有泥,有水蛇,有蚂蟥——哎呀!"她边哆嗦边笑着。

"早晨我们见了一条水蛇,还追它呢。一条大家伙!"柴德·格莱姆斯插进来说。

"你们为什么不打死它呢?下一次我下水它会咬我脚趾头!好,现在你们吃午餐吧。乔治,你们走的时候把篮子留给玛丽好了。"她走了,他们瞧着她白色的身影沿着林子的边缘走去,她走走停停,一边查看篱笆上的木莓藤。

"这甜饼好吃,不错。"棕色皮肤、爱傻笑的维沃家双胞胎中的一个说道。那对德国兄弟不吭不声地嚼着吃。他们都挺高兴,因为福瑞斯特太太不差玛丽,而是亲自送来。就是毛毛糙糙的小柴德·格莱姆斯——他长得一头粗密的红发,一张鲶鱼嘴,这是格莱姆斯一家人的特征——也知道,福瑞斯特太太是一位非常特殊的人物。乔治和尼尔大了,看得出来,明白她同镇上别的妇女不同,他们正思考着她为什么与众不同。勃鲁姆兄弟长的一头浅黄、乱蓬的短发,他们谦卑地望着她,把她当做世上一位富有的、了不起的人物。他们比别的孩子更加明白,社会上明摆着有这么一个幸运的特权阶级。

孩子们吃完中饭,躺在草地上谈论波梅洛埃家会泅水的长毛狗万尼是怎么给毒死的,又准是谁干的这件事,正在这个时候来了第二个人。

"别说了,孩子们,毒艾维来了。"维沃兄弟中的一个说道,"别说了,我们不愿意老罗杰也给毒死。"

他们说的是一个十八九岁的青年,长得壮实,身穿一套破旧的灯芯绒猎装,带着一支枪,一只猎袋,他已经从沼泽地那边爬上了坡,正从树林子里走来。他走路的样子粗野,傲气十足,边走边踢着树枝,腰背挺得很不自然,好像他背上支着一条钢条。他扬着头,一副肆无忌惮而又鬼鬼祟祟的样子。他走到他们待的地方,用居高临下的口吻说道:

"喂,孩子们。你们在这里干什么?"

"郊游。"艾德·艾略特回答道。

"我以为女孩子才郊游呢。老师跟你们一起来了吗?你们这些孩子太小,还不能打猎吧?"

乔治·阿丹姆斯蔑视地瞧了他一眼。"当然可以打。我上回过生日,弄到一支二十二毫米的猎枪。不过我们明白,不能把枪带到这里来。你最好收起来,艾维先生,福瑞斯特太太来了会把你赶出去的。"

"她在房子那边看不见我们。反正她不会说我什么的。我地位跟她一样高。"

孩子们听了没有答话。就是长着鲶鱼嘴的柴德听了他这句话也觉得荒唐可笑;柴德父亲的买卖依靠生活水平较高的人,因为日子过得好,肉就吃得好。要是人人像艾维·彼得斯一家人似的,吃那种牛排,卖肉的可是赚不了什么钱。

那年轻人嘴里虽这么说,不过还是把猎枪和口袋放在树背后,他站得直挺挺的,用他那双小眼睛看着这伙孩子,看得他们个个都不舒服。乔治和尼尔不喜欢见到艾维——不过在他们看来,他这张脸有滑稽的地方。脸红红的,肌肉看来很结实,好像让蜂给刺肿了似的,或者是让毒藤给剐的。不过毒艾维①这个外号是这样来的:谁都知道他"处理掉"好几条狗,后来又毒死法官家那条会泅水的友好的长毛狗。孩子们说他讨厌狗,见了狗非要弄死才安心。

艾维红色的皮肤上全是小斑点,好似红褐色的污点,结实的面颊两边都有一个凹处,像树干上的节瘤——这两个永久性的凹处只能使他的面容更加难看。他的眼睛非常小,又没有眼睫毛,因此两眼死盯着,僵硬不变,像是蛇或是蝎子的眼睛。他两只手肿得跟脸似的,手背和指节之间皱缝很深,好像皮肤绷得太紧。这个艾维·彼得斯长得很丑,可是他却以丑为荣。

他跟孩子们说,现在太热,不能打猎,待会儿,他想偷偷地到沼泽地去,太阳下山的时候,野鸭子都来了,他可以打几只回去。"我可以从玉米地里溜出去,老上尉瞧不见我。他现在跑不快。"

"他会跟你父亲说的。"

"我爸才不在乎呢!"他边说边两眼骨碌碌地瞧着树枝儿,"你们瞧那只啄木鸟,嗒嗒地啄树;不理我们的碴儿。厚脸皮!"

"它们在这儿是受保护的,所以它们不怕,"乔治咬文嚼字地说。

---

① 人物名叫艾维(Ivy),与蔓藤(ivy)同一字,毒藤(poison ivy)是一种有毒的植物,转而为毒艾维(Poison Ivy)这个外号。

一个迷途的女人 | 271

"哼！它们会毁掉老头儿的树林子。那棵树已经啄了许多洞了。现在你们瞧他下不下来！"

尼尔和乔治·阿丹姆斯坐了起来。"你可不能在这里打枪，你一打枪会给我们这些人都招来麻烦。"

艾德·艾略特喊道："她马上会从房子里出来。"

"让她来吧，这个傲慢的女人！不过，谁说要打枪哪？要弄死狗，也不止用黄油把它们噎死这一种办法。"

孩子们听了他这句不要脸的话，互相交换了一下惊异的眼色，肤色棕黄的维沃兄弟同时咯咯地笑了起来，笑得在草地上打滚。但是，艾维好像没有知觉，不晓得人家认为他对付狗特别有办法。他从口袋里掏出一副铁弹弓，几颗圆圆的砾石子。"我不弄死它。就吓唬它一下，让咱们瞧瞧。"

"你打不中！"

"肯定打中！"他把石子搭在皮条上，眯起眼睛瞄准，把石子发了出去。很准，啄木鸟掉在他的脚下。他用他沉重的黑毡帽盖住它。艾维从来不戴草帽，再热的天也不戴。"现在你们等着它会醒过来的。一会儿你们会听见它飞跳。"

"不过，这不是雄的。这是雌的。谁都知道，"尼尔用瞧不起的口气说，他讨厌这个不受欢迎的青年跑来干扰他们下午的活动。他认为他舅舅那条长毛狗就死在艾维·彼得斯手里。

"好吧，雌小姐，"艾维毫不在意地说道，他有他的打算。他从口袋里掏出一只红色的小皮盒。他一打开，孩子们看见里面有奇奇怪怪的小器械：锋利的小刀片呀，钩子呀，曲针呀，锯子呀，吹管呀，还有剪子等。"这些东西，有的是我用《青年之友》的剥制工具做的，有的是我自己做的。"他僵硬地跪了下来——他的膝关节好像根本不愿意往下弯——挨着他的帽子听着。他说："它活蹦乱跳，跟蟋蟀似的。"他猛一下把手从帽檐里塞进去，抓出那只受惊的鸟来。鸟儿没有流血，好像也没有什么残缺。

"现在你们瞧着，我给你们看一样东西，"艾维说。他用大拇指和食指捏紧啄木鸟的脑袋，用手掌把它气喘吁吁的身子捏住。他取出一把小刀，用熟练的技巧一闪之间把鸟儿小脑袋上两只瞪着的眼睛挖了出来，然后马上放手让它飞走。

那啄木鸟用螺旋形的姿势飞到空中，飞到右边，撞在树干上——飞到左边，又撞在树上。它在错综缠结的树枝丛间飞上飞下，飞前飞后，斜拍着翅膀，一会儿往下掉，一会儿稳住。这些孩子站在一边看着，心里又气恼又不安，却不知道怎么办。他们不是感情特别脆弱的孩子；屠宰场有个什么事，柴德总是在场的，勃鲁姆家两个孩子是靠杀生过日子的。他们不知道为什么见了这只受伤的啄木鸟，心里这么难受。这只瞎鸟儿在树丛里拍打着翅膀，在阳光下打转却又不见到阳光，它摇晃着脑袋，啄着嘴儿，像在饮水似的，这一切给人一种慌乱、绝望之感。不久，它好歹停栖在它给打下来的那根树干上，好像认出了那根栖木。它受伤之后似乎悟到什么道理，啄了一下，沿着树枝跳动，躲进自己的洞里。

"我说，"尼尔·赫伯特咬着牙叫道，"我要是现在能抓住它，就把它杀了，免得它受罪。我站你背上，莱因。"

莱因霍德个子最高，他听从了，弯下腰，拱起他瘦骨嶙峋的背脊。三角叶杨树很难爬，树皮粗糙，树干长。尼尔脱掉长裤，很快地搓了一搓他两条光腿，攀上第一个树杈子。他喘过气来，继续往鸟洞爬去，那个洞高，不好攀。他快爬到了，下面的伙伴以为他安全了，谁知他突然踩了个空，一个筋斗从空中掉了下来，正好掉在他们的脚边。他躺在地上，不省人事。

"快拿水来！"

"快去找福瑞斯特太太！叫她拿威士忌来。"

"不，"乔治·阿丹姆斯说，"我们把他抬到房子里去。福瑞斯特太太知道该怎么办。"

"这话有道理，"艾维·彼得斯说。他比别的孩子大多了，壮多了，他抱起不能动弹的尼尔，朝山上走去。他想起这倒是一个进入福瑞斯特住宅的好机会，看看里面究竟是什么样子，这是他渴望已久的事情。

厨子玛丽从厨房窗户见他们过来，急忙去找福瑞斯特太太。那一天，福瑞斯特上尉正好在堪萨斯城。

福瑞斯特太太来到后门口。"出什么事了？这是尼尔吗！请把他带到这边来。"

艾维·彼得斯跟着她，两眼瞪得大大的，其余的人随在他后面——只有勃鲁姆两兄弟没有进屋，他们知道他们该待在厨房外头。福瑞斯特太太带领他们穿过管家的食品室，餐室，后客厅，来到她自己的卧室。她拉下白床罩，艾维把尼尔放在床上。福瑞斯特太太很关心，但并不害怕。

"玛丽，你从柜子里拿点白兰地来。乔治，你打电话给丹尼生大夫，请他马上来。现在你们这些孩子到前面走廊上去等着，别做声。这里人太多了。"她跪在床前，用茶匙往尼尔苍白的唇间灌白兰地。小一点的孩子都走了，只有艾维·彼得斯留在后客厅，双手叉在胸前，两眼眨也不眨，大胆地打量着周围的摆设。

福瑞斯特太太回过头来瞧了他一眼。"请你在廊前等一等，行吗？你比他们大，有什么事我会叫你的。"

艾维咒了一句，只得出去。她话虽客客气气，语气却是厉害，说了就算——用他的话来说，傲慢。他本想坐在皮椅子里，叉起两条腿舒服舒服；可是他只得来到前廊，她这两句轻言细语的话把他轰了出去，其效果像是被镇上最粗壮的人赶了出来似的。

尼尔睁开眼睛，恍恍惚惚瞧着这半明半暗的大房间，房里尽是老式、笨重的胡桃木家具。他躺在白色的床上，下面枕的是打褶边的绣花枕头，福瑞斯特太太正跪在他的身边，用花露水擦着他的额头。那个波希米亚女佣玛丽端着一盆水站在她后面。"哎哟，我的胳膊！"尼尔轻轻哼道，脸上冒着汗珠子。

"是啊，亲爱的，我怕是骨折。别动。丹尼生大夫一会儿就来。不很痛吧，是不是？"

"不痛，太太，"他微弱地说道。他感到痛，有气无力，但心里舒服。这屋子光线暗淡，又凉快又安静。在他家里，谁要是病了，那才可怕呢……福瑞斯特太太的手指多轻柔，多好的太太。他透过她衣服上花边的褶裥，见到她雪白的咽喉快速地上下起伏。突然，她站起身来，脱去她闪闪发亮的戒指——她刚才没想到这一点——她快快地从手指上脱下来，放进玛丽宽大的手掌里。这小男孩心想，说不定他将来再也没有机会到这么好的地方来了。窗户很长，下面几乎挨着踢脚板，像门似的，紧闭着的绿色百叶窗透进一层层的阳光，晃动在锃亮的地板上和梳妆台的银器上。厚厚的窗帘用绳子似的粗线环起来。大理石铺面的梳洗台跟柜子一样大。巨大的桃木家具用浅色木料镶嵌。尼尔有一把钢丝锯，所以对这种镶嵌很有兴趣。

"你看，他现在好些了，是不是，玛丽？"福瑞斯特太太用手指梳弄他黑色的头发，在他前额上轻轻一吻。啊，多好啊，她身上的味儿多好啊！"桥上有车来了，这是丹尼生大夫。快去请进来，玛丽。"

丹尼生大夫矫正了尼尔的胳膊，用自己的小马车把他带回家。尼尔的家不是一个令人愉快的去处；这是一所单薄简陋的房子，坐落在大草原边缘上，那是没有地位的人住的地方。要不是他舅舅——波梅洛埃法官，尼尔就是普普通通的孩子，福瑞斯特太太见了不过点头笑笑罢了。他父亲是鳏夫。有一个穷亲戚，从肯塔基来的一个老姑娘帮他们管家。尼尔认为她是世界上最坏的管家。家里常常满是各种没洗完的衣服——洗衣木盆到处放，里面浸着衣服——床呢，没有叠好，说是"透透空气"，到了下午，这位表亲什么时候想起来，什么时候去铺。她喜欢吃完早饭之后坐下来读谋杀案件审讯，或者读一本老掉了牙的《圣埃尔莫》。沙迪这人脾气好，总是跑出去帮邻居做事，可是尼尔不欢迎别人来看他们。他父亲很少在家，整天待在办公室。他保管县里的县志摘要，负责农场贷款。他自己的财产丧失殆尽，于是替他人投资。他为人和气，温文尔雅，年轻漂亮，举止得体，但尼尔觉得他家有一种衰败潦倒的气氛。尼尔向母系靠拢，接近他舅舅波梅洛埃，这位身材魁梧的白胡子老头是福瑞斯特上尉的律师，跟去福瑞斯特一家做客的大人物都是朋友。尼尔生性高傲，跟他母亲一样。她在尼尔五岁的时候就去世了。她一直讨厌西部，常常神气活现地跟邻居们说，她就愿意住在肯塔基州的法依特县，他们到西部来只是为了投资，这叫做"用皇冠去换英镑"。人们因为她这句话至今还记得她，这可怜的太太。

三

后来这几年，尼尔很少见到福瑞斯特太太。她夏天来往都引起骚动。她和丈夫总是在丹佛市和科罗拉多泉地过冬——他们过了感恩节①就离开甜水镇，到第二年五月一日才回来。他知道福瑞斯特太太喜欢他，但是她没有多少时间花费在青少年的身上。当她来了朋友，招待他们野餐的时候，或者月夜在林间举行舞会的时候，尼尔总是受到邀请的。他同勃鲁姆兄弟来往去沼泽地的路上，有时候遇见福瑞斯特上尉驾着双座马车迎送客人。他从波梅洛埃法官忠实的黑佣人、黑汤姆嘴里听说起过那些人，那个汤姆在福瑞斯特太太举行宴会的时候常去伺候客人。

后来出了一件事，结束了上尉承包修筑路段的业务。他从马上滚了下去，一个冬天病在科罗拉多泉的安特勒斯旅馆。到了夏天，福瑞斯特太太陪他到甜水镇，他走起路来还扶着手杖。他身体笨重多了，好像胖得行动不便，再也不敢为建铁路签订合同。他可以在园子里干活，修剪绣球花丛，丁

---

① 十一月最后一个星期四。

香花树篱，又花了许多时间培植玫瑰花。他和他的夫人照样去外地过冬，不过过冬的时间越来越短了。

在这些时间里，甜水镇一直在变化。看来前途不妙。农业连年歉收，农民精神上受到挫折。乔治·阿丹姆斯一家对西部感到失望，搬回马萨诸塞州去了。其他办农场的绅士们也一个一个迁走。福瑞斯特家里来客见少。人们说勃林顿铁路"节节败退"，铁路上的官员也不常在甜水镇下车——他们在这个镇放了本钱，却永远收不回来，所以现在路过就不想下车。

尼尔·赫伯特的父亲属于头一批倒霉的人。他关闭了那个房子，将表亲沙迪送回肯塔基州，自己去丹佛市接任一项坐办公室的差使。他把尼尔留在甜水镇，叫他跟舅舅学法律。尼尔不是对法律有什么兴趣，但他喜欢跟波梅洛埃过日子，而且就目前来说，他待在哪里都一样。他母亲生前留下的几千元钱，要等他二十一岁的时候才能动用。

尼尔在他舅父法律事务所那套房间后面租了一间房间，那是二层楼，是镇上最考究的一幢砖瓦盖的楼房。他像僧侣似的，把房间收拾得极其整洁，他的表亲走了，他很高兴，免得见到她无效的家务劳动，他打定主意做单身汉，像他舅舅似的。他照管法律、事务所，也就是做些勤杂工作。他全按他的趣味摆布办公室，把这些房间布置得如此受人欢迎，法官所有的朋友，尤其是福瑞斯特上尉，更愿意进来聊聊天。

法官很满意他这个外甥。尼尔现在十九岁，身材高大匀称，考虑问题成熟。他五官端正清秀，一对灰色的眼睛配上长长的睫毛，深邃动人，给人一种又忧郁又优越之感。在那个时代的年轻人眼里，这世界未必如此光明。他举止谨慎，不是因为害臊，也不是有虚荣心，而是惯于用批评的眼光看待一切，因此他看来年少老成，不甚热情。

有一个冬天的下午，在圣诞节的前几天，尼尔在后面的办公室写东西，他通常就在这张长桌上工作，或消磨时光，周围是法官关于法学的漂亮的藏书，还有政治家和法学家肃穆的雕刻画。他舅舅坐在前面的办公室里，同一位乡间来的顾客正谈得投机。尼尔抄记录抄得心里很烦，正想找个借口到街上去，这时，他听见外面过道上有轻轻的脚步声快快地走了过来。前面办公室门开了，他听见舅舅很快站了起来，同时他听见一个女人的笑声，笑得轻柔好听，声音上下起伏，像是柔和的乐曲。他转过旋椅，这样他一回头可以透过双扇门见到前面的办公室。福瑞斯特太太站在那里，向法官和不知所措的瑞典农民晃着皮手笼。她一眼看见桌上文件中间放着一瓶威士忌和两只玻璃杯。

"法官，你就是这样审理案件的吗？这给尼尔做出什么榜样！"她从门缝里见到尼尔，向他点了点头，他站了起来。

不过，他还待在后房，见法官给她推去一把椅子，她不坐，他客客气气请她喝威士忌，她也不喝。她站在他办公桌旁边，身穿海豹皮大衣，戴着帽子，领子上围着一条深红的头巾，眼睛前面罩着一条带点的棕色的面纱。这面纱丝毫不影响她那双美丽的眼睛，这双眼睛眸子乌黑，炯炯有神，上面额头不高，却是雪白，再配一双弯弯的眉毛。外头天气虽冷，她脸上都没有红晕——她皮肤总是白得跟白丁香花似的，芬芳晶莹。福瑞斯特太太瞧你一眼，你就会知道她这个人令你心醉。她只是一盼，但渗进你的心里。那个瑞典农民现在满脸笑容，两脚搓着站了起来。你跟福瑞斯特太太碰面，不管时间多短，总会给你留下好印象。如果她只是跟你点点头，只是瞧你一眼，它就能与你形成一种个人间的关联。她身上有一种什么东西，一闪之间能把你吸引住；你会敏锐地注意到她，注意到她的脆弱与优雅，注意到她这张嘴虽然没有说话，却如此能叫你意会；你注意到她那双活泼媚笑的眼睛，亲切之中总是含点嘲弄意味。

"法官，你跟尼尔明天晚上同我们一起吃饭行吗？还请你把汤姆派来。我们刚接到一份电报。奥格顿一家人明天到我们家来。他们才从东部学校里把女儿接回来——这女儿得了腮腺炎什么的。他们要在圣诞节赶回家，只在这里待两天。说不定，弗兰克·艾林格也会从丹佛赶来。"

法官笨拙地回答道："能同福瑞斯特太太会餐是我最大的愉快。"

"谢谢你！"福瑞斯特太太嬉笑地点了点头，朝向双扇门说道，"尼尔，你现在有没有空，能不能送我回家？福瑞斯特先生银行里有点事。"

尼尔穿上他的狼皮大衣。福瑞斯特太太挽住他粗浓蓬松的衣袖，走过长长的走廊，下了楼梯来到街上。

她的雪橇停在马车站，这雪橇夹在农村的小橇和马车中间像彩霞玩具似的。尼尔给福瑞斯特太太塞紧牛皮毯子，解开马绳，跳上去坐在她旁边。马儿不用指示方向，沿行人不多的寒冷的大街驶去，跨过冰冻的小河，跑上两边栽着杨树的小道，奔向山上的别墅。晚霞映照在白雪皑皑的草原上。杨树又高又直，在冬日萧条的景色下显得冷清而又肃穆，福瑞斯特太太一边抬起手笼挡住风，一边转过脸来同尼尔说话。

"我想请你帮忙招待一下康斯坦丝·奥格顿。后天你有没有时间，下午来一趟？你干律师这活儿还不太忙吧？"她嬉笑地说道，"这位十九岁的姑娘，大学生，我怎么招待呢？有学问的话，我又说不上来！"

"我肯定也说不上来！"尼尔叫道。

"啊呀，你是青年啊！也许你说点轻松的事，她有兴趣。人家都说她漂亮。"

"你觉得她漂亮吗？"

"我最近没见过她。过去长得不错——瓷蓝色眼睛，一头黄头发，不完全黄——我想是人家说的浅黄。"

尼尔发现，福瑞斯特太太说起别的女人美貌的时候，总爱带点嘲笑。

他们停在房子面前。班·基塞从厨房那头过来，接过马车。

"班，六点钟你去接福瑞斯特先生。尼尔，进来坐一会儿，暖和暖和。"她拉着他穿过小小的风雪门，这是冬天用来挡前门的；他们走进厅里。"挂上大衣，来吧。"他跟她穿过客厅，来到起居室，那里黑色的壁炉下面小炉栅里煤烧得通红。他坐在一张大大的皮椅子里，这是福瑞斯特上尉午饭后打盹的时候坐的。这间屋子光线很暗，胡桃木做的书橱，顶上刻有花纹，还有玻璃门。地上铺着红色的地毯，墙上挂着老式的大幅雕刻画：《庞贝末日诗人住宅》、《伊丽莎白女王聆听莎士比亚朗诵》。

福瑞斯特太太走出屋去，一会儿端了一只盘子进来，盘子上放着一只细颈瓶子和雪利酒玻璃杯。她把盘子放在她丈夫吸烟用的桌子上，给尼尔倒了一杯酒，也给自己倒了一杯。她坐在一张填制椅子的扶手上，喝着雪利酒；她脚上穿着小巧的银扣拖鞋，脚朝向正燃着的煤。

"你们在这里过圣诞节太好了，"尼尔说道，"我记得你们在这里只过过一个圣诞节。"

"恐怕今年我们要在这里过冬了。福瑞斯特先生说我们没钱出去了。不知什么原因，我们现在特别穷。"

"人人如此。"尼尔冷静地说道。

"是的，人人如此。不过，发愁也没有用，对不对？"她又斟满两杯酒。"下午这个时候我总喝一点雪利酒。在科罗拉多泉，我有些朋友在这个时候喝茶，像英国人似的。可我要喝茶啊，那就成了老太婆了！还有，雪利酒对我嗓子有好处。"尼尔记得有人说过她胸腔弱，有过内出血什么的。不过，你见了她之后，这话好像不可信——她是生得弱，但轻盈活泼，生气勃勃。"也许你是觉得我老了，尼尔，老得该喝茶、该戴帽子了。"

他庄重地笑道："福瑞斯特太太，我看你一直是这个样子。"

"是吗？什么样子呢？"

"漂亮。就是漂亮。"

她伸手往前去放酒杯的时候拍拍他的脸。"啊，你能对付康斯坦丝！"接着，严肃地说道："我要是真漂亮就好了。我要你喜欢我，这个冬天常来看看我们。你跟你舅父一起来，我们凑四个打惠斯特①。福瑞斯特先生每天晚上非要玩惠斯特不可。你看他身体是不是越来越不行了，尼尔？我见他有点靠不住，心里害怕。不过，我们还得相信运气。"她拿起半杯酒，衬着火光瞧玻璃杯。

尼尔喜欢看火光映照她的耳环上，这副下垂的耳环长长的，用石榴石和小粒珍珠嵌成鸢尾花的形状。他认识的妇女之中只有她一个戴耳环；它们垂在耳朵上，衬着她消瘦的侧面，很是自然。福瑞斯特上尉虽然给她更加漂亮的耳环，却更喜欢她戴这一副，因为这是他母亲留下来的。他见妻子戴珠宝首饰，心里高兴；在他看来，这意味着什么。她从来不脱掉她漂亮的戒指，除了进厨房帮忙。

福瑞斯特太太专心致志地瞧着火光，好像她要在火光里看得到他们的困境如何收场似的；她这样沉默了一会儿，又说道："在乡下过冬对他有好处。他这么喜欢这个地方。不过，他要是进城，你和波梅洛埃法官可得注意他点儿，尼尔。他要是出现疲乏或者站不住的样子，你们找个借口把他送回家来。他现在跟过去不一样，酒都喝不了一两杯，"——她回过头去，看看这屋通向餐室的门是不是关上了。"去年冬天，有一次他在安特勃斯旅馆同几个老朋友一起喝酒——这是很平常的事，他一向是这么喝的，男人都会喝——可是他吃不消了。我在马车里等他，他出来要经过那条长长的小路，这你知道，出来的时候他摔倒了。路上没有冰，他不是滑倒的。他就是走不稳。他站起来还有困难。我现在想起来就哆嗦。对我来说，这好像是一座山倒了下来。"

过了一会儿，尼尔奔下山去，一边兴奋地眺望落日的霞光。啊，今年冬天真不错！真奇怪，像她这么一位太太怎么能在普通人的人堆里过日子！就是在丹佛市，他也没有见过风度这么优雅的女人。他曾经到过勃朗宫宾馆，坐在餐桌边观察那些下来就餐的女人——都是从"东部"来的时髦女人，准

---

① 惠斯特，一种牌戏。

一个迷途的女人 | 279

备到加利福尼亚去。但是他从来没有发现过像福瑞斯特太太那么漂亮、那么突出的女人。同她相比,其他人显得笨拙;就是漂亮的女人也显得毫无生气——她们的眼神缺乏那种令人一怔的东西。他也从来没有听到过她那样的笑声,她笑得那么悦耳,那么迷人,好似你在开门关门之间从远处舞会上传来的音乐。

他记得他头一次见到福瑞斯特太太的情景,那时他还是一个小孩子。有一个星期天早晨,他正在圣公会教堂面前闲逛,只见一辆低矮的马车驶到教堂门口。班·基塞坐在前面,后面坐着一位太太,只她一个人,身穿黑色丝裙,丝裙鼓得大大的,上面尽是褶裥,头戴着一顶黑色的帽子,手里拿着一把象牙柄的阳伞。马车一停住,她提起衣裙下车;她从一堆白泡沫似的衬裙里伸出一只发亮的黑便鞋来,轻轻地踩在地上,向车夫点了一点头,走进教堂。这个小孩子跟她走进教堂敞开着的门,见她走近一张长椅座位并且跪下。他现在引以为自豪的是,他从一开始就看出她是从一个不同的世界来的人,同他一向熟悉的人不一样。

尼尔走到小路尽头站了下来,抬头望望长排树林中最后一棵细长的杨树。就在这棵树梢上头悬挂着一轮银白色、中间凹陷的冬月。

四

波梅洛埃法官逢到好天气,总是步行去福瑞斯特家的,但设宴招待奥格顿一家那一天,他在镇上雇了一辆马车和一个马车夫,他和外甥坐着去——马车这种交通工具很少使用,除非碰上什么红白喜事。马车发出一股强烈的马厩味,裹膝布重得跟铅似的,滑腻腻的像一层油纸。那天晚上,镇上受到邀请的只有尼尔和他的舅父;他们的车辘辘地越过小河,隆隆地来到山上,下车的时候他们弄得一身马鬃。

福瑞斯特上尉在门口迎接宾客。他身材粗壮,礼服的大衣扣得整整齐齐,厚厚的颈脖下面系着一条平挺的硬领和黑色的领结。他总是把脸刮得干干净净,只是垂下一堆暗褐色的胡子。许多人站在他背后笑着,尼尔拿起小笤帚掸去他舅父绒面呢大衣上的马毛。福瑞斯特太太替尼尔掸了一掸,把他请进客厅,介绍给奥格顿太太和她的女儿。

尼尔觉得,这个姑娘相当漂亮,身穿一件浅红色的晚礼服,露出光滑的胳膊和短短的、微凹的脖子。正如福瑞斯特太太所说的那样,她的眼睛是瓷蓝色的，有点鼓，却没有表情；一头灰黄色的鬈发用银色的头带扎起来。她皮肤虽然细嫩，好似玫瑰，但总体看来，脸蛋儿并不吸引人。短短的鼻子角上有两道不好看的纹路伸延到嘴边，有点不称心的时候，这两条纹路紧缩起来，使她脸上显出多疑和受屈的表情。尼尔坐在她身边，尽量讨好，但发现她很难攀谈。她好像又紧张又心烦，老回头张望，把手绢在手上捏来捏去。很明显，她想的是别的事情。过了一会儿，他同她母亲交谈，她母亲可是好接近得多了。

奥格顿太太丑得要命。她的脸形像一只梨子，高高的额头上是一排不加修饰的鬈发。深棕色的皮肤几乎同她紫色晚礼服同一个颜色。脖子满是皱纹，还系了一条闪闪发亮的钻石项链。她跟康斯坦丝不同，非常可亲，只是说起话来斜着头，眼睛一"翻"，调皮地瞧着你，尼尔觉得只有漂亮的女人才喜欢摆弄这种姿态。也许长期以来她周围的人都把她当成一个重要的人物，所以她养成受宠的习气。尼尔一开始觉得她很蠢，但过了一会儿，他习惯了她的矫揉造作，开始对她有了好感。他尽情地笑着，忘掉了同她女儿交谈不成功而感到的失望。

奥格顿先生是矮个儿，五十岁了，皮肤晒得黑黑的，斜着一只眼，派头僵硬、威严，养着拳曲胡子；尼尔过去见过他，比起那个时候来，他的话可是明显地少了，也不像过去那么爽朗。他好像把谈话这件事情归他妻子去做。福瑞斯特太太同他说话或者走过他身边的时候，他那只好眼睛一闪一闪地盯着她瞧，而那只斜眼漠然不动，无动于衷。

突然，人人活跃起来；气氛变了，灯光好像亮了许多，原是从丹佛来的第四位客人从餐厅走了进来，他端着闪闪发亮的盘子，盘子里放满了他调的鸡尾酒。这是弗兰克·艾林格，一位四十岁的单身汉，身高六英尺二英寸，腿很长，肩很宽，身材很好，背心一排纽扣不见一丝褶裥，晚礼服裁剪得非常合身。他的头发是黑色的，又粗又鬈，像是塞在垫子里的东西，耳旁鬓角已见灰白，但脸色红润，钩形的鼻子旁边略有紫色纹路。这只鼻子像是船头，鼻孔很长。他的下颌有一道深深的裂缝，嘴唇厚实，有点上翘，好像很刚健，颇有自制能力，一口洁白的好牙长得不齐，有点曲形，给人的印象是，这个人只要上下颚一合，便能把一根铁条咬成两半。他的身材配上他那套衣服好像非常活泼，浑身都是坐立不安、强健的活力，像是野生动物那么凶残。尼尔对这个人很有兴趣，因为关于这位主人公，他听到过一些暧昧不清的传说。尼尔拿不准，他不知道自己喜不喜欢这个人。他不知道这个人做过什么坏事，但觉得他身上有一股邪气。

鸡尾酒是一个信号，大家聚集在一起交谈起来。就是康斯坦丝小姐也好像高兴了一些。艾林格站在她坐椅旁边喝鸡尾酒，还把他杯子里的樱桃给了她。这是老式的威士忌调制的鸡尾酒。那个时候没有人喝马丁尼酒，而杜松子酒一般认为是水手和好喝酒的女工用的饮料。

"调得很好，弗兰克，很好，"福瑞斯特上尉边说边抽出一条散发出科隆香水味的新手绢，擦了擦胡子。"第二杯调好了吗？"上尉边说边喘气。自从他受伤以后，他的眼睛总是湿润充血，这回抬起眼皮，眨着眼望着他的朋友们。

"每人再来一杯，上尉。"艾林格从餐具柜里拿出一只很大的调酒器，往每个人的杯子里斟满了酒，除了奥格顿小姐。他向她摇摇手指，只给了她一碟酒汁樱桃。

"不，我不要这个。我要你杯子里的那一颗！"她撅起嘴笑着说，"我喜欢，它别有味道！"

"康斯坦丝！"她母亲责备道。她朝着福瑞斯特太太转动着眼珠，好像同她分享这种天真行为的妩媚。

"尼尔，"福瑞斯特太太笑道，"你也把你的樱桃给这孩子吧？"

尼尔马上走了过去，把他杯子底上的樱桃拿给她。她用大拇指和食指夹起樱桃，放进自己的杯子里——他很快地注意到，他们去就餐的时候，她把它剩在杯子里。他心想，这痴心的姑娘，准是一个笨蛋，竟爱上一个老得可以当自己爸爸的人。尼尔发现就餐时他的座位安排在她的旁边，叹了一口气。

福瑞斯特上尉坐在自己餐桌的一头，外貌相当威严：餐巾塞在下巴下方，刀叉运用自如。不论是对付一只鸭子还是一只二十磅重的火鸡，剔骨的本领谁也没有他娴熟。"你要火鸡哪一个部位，奥格顿太太？"如果你说要什么部位，他就切给你，连同塞在里面的东西和汤汁，蔬菜放得也正是地方，福瑞斯特上尉装好的盆子，就是一份佳肴，接盆子的人觉得服务周到，非常周到。他先替妇女盛菜，妇女之中福瑞斯特太太是最后一位；他对她也这样说："福瑞斯特太太，今天晚上你要火鸡哪一个部位？"这个人的一套日常用语和举止方式是一成不变的，就好比他的面部表情，很少变化。尼尔和波梅洛埃常说，福瑞斯特上尉非常像画像上的格罗佛·克列夫兰①。他外表笨拙而有威严，内心深沉，从不做欺诈亏心的事情。他镇静自若，好比一座大山。一匹马惊了，一个女人歇斯底里起来，或者一个爱尔兰裔的工人要去打架，只要他用手指粗壮、厚实的手搭在他们身上，就能把他们稳住，他们不得不听从。这是他控制他的人的诀窍。他泰然自若，不求他人如何如何；但这种态度极其纯正，能使狂乱的人宁息下来。当年他在黑山承包筑路任务，当他不在工地，也就是说同福瑞斯特太太在科罗拉多泉度假的时候，工地上有时出点麻烦事。他会放下告知骚乱的电报，对他妻子说："姑娘啊，我得去一趟，看看我这些人。"他就去看他们——他所做的只是这件事。

上尉尽心做主人事情的时候很少说话，波梅洛埃法官和艾林格两人你一言、我一语，讲着生动有趣的故事。尼尔坐在艾林格对面，细细地观察他。他委实心里无数，不知道喜不喜欢这个人。弗兰克在丹佛市以大好人著称；办事得体，慷慨大度，足智多谋，虽然有时见风使舵；他脾气好，遇上不能办或者不好办的事，他就不办。他年轻的时候曾以"放荡"闻名，但现在即使像奥格顿太太那样的家有该出嫁的女儿的母亲，也没有指摘过他这一点。那时候社会道德跟现在不同。尼尔听他舅父说起过，艾林格年轻的时候迷上了一个名叫耐尔·艾梅拉德的女人。这个漂亮的女人与众不同，她获得丹佛市警察局正式许可，开了一家妓院。耐尔·艾梅拉德曾经跟某俱乐部一位老人说过：她虽然坐在年轻的艾林格身后一起骑着一匹新买的马小跑，但是她"不尊重居然会在光天化日之下带妓女骑马的人"。关于艾林格，类似这样的传闻还有好多，妇女们听了之后像男人一样哈哈大笑。在他给自己制造这些丑闻的时候，艾林格也一直在尽心照顾他有病的母亲，外界听来他既是一个放荡不羁的青年又是一个孝顺儿子。这两者兼而有之，符合当时的风尚。没有人把他往坏里想。现在他母亲已经去世，他就住在勃朗宫宾馆，不过他母亲在科罗拉多泉的住宅，他还是保留着。

他们吃着烤鸡，黑汤姆穿着白背心、系着高领，非常恭敬地来给大家斟香槟酒。福瑞斯特上尉举起高脚杯，厚实的手指捏着细细的杯柄，朝在座的宾客环视了一圈，对着福瑞斯特太太说道：

"为好日子干杯！"

他在宴间常常这样祝酒，他手拿一杯威士忌，同老朋友碰杯。谁要是听

---

① 一八八五至一八八九年、一八九三至一八七年任期的美国总统。

到过他祝酒，很愿意再听他说这两个字，没有人比他说得好，他说得这么庄重，这么客气。这是一个严峻的时刻，好像是在敲命运之门；在这扇门背后不知隐藏着什么样的前途，是幸福的前途，还是不幸的前途。尼尔边喝酒边感到一阵快意的颤抖。听到这位魁梧的人说出"干杯！"这短短的两个字，他感到人生是如此不可捉摸，未来是如此神秘，如此不可预测。

　　奥格顿太太堆出一副非常令人爱怜的微笑，对主人说道："福瑞斯特上尉，我想求你给康斯坦丝讲一讲"——奥格顿太太是东弗吉尼亚人，她实际口音是"福瑞斯特上尉，阿想求你给……"她的元音好像她眼睛一样地滚动——"我想求你给康斯坦丝讲一讲，你当初在印第安人的时代是怎样发现这个好地方的。"

　　上尉眼睛向着桌子，透过烛光望着福瑞斯特太太，像是征求她的同意。福瑞斯特太太笑着点点头，她那一对美丽的耳环在白色面颊两旁摇晃。她今天晚上戴上钻石首饰，身穿黑丝绒长裙。她的丈夫关于宝石饰物的看法是老派的；他为夫人买宝石饰物来表示他无法用优美的言辞所能表达的感情。这些饰物一定是昂贵的，一定要说明他买得起，而他的夫人又配佩戴。

　　上尉征得她同意之后，开始讲他的故事。他简洁地叙述了他年轻的时候从内战退役之后，怎样在一家运输公司当车夫，这家公司从内布拉斯加城横跨平原把货物运到查瑞湾，也就是后来的丹佛市。那些运货的人装上货物之后，在无边无际的草原上行驶六百英里，忘记了今天是几月几日星期几。天天都是好天气，可以打猎，有许多羚羊和野牛，天空一望无际，阳光普照，草原也无边无垠，青草随风荡漾，长长的大湖，水流清澈，开遍了黄色的花朵，野牛换季迁移的时候到这里来喝水、洗澡，在水里翻滚。

　　上尉说："这是年轻人理想的生活。"有一次大雨淹没了小道，他往南去探路时发现近甜水河这个地方有一处印第安人的营地，就在现在他们房子所在的山上。他说他当时"非常喜欢这个地点"，下决心将来要在这里盖一幢房子。他砍下一棵小柳树，插在地里，为他想盖房子的地方做了标记。他离开这里，多年没有回来；他一直在建造第一条横跨这片平原的铁路。

　　"那时，有些人要靠我，"他说，"我要跟疾病斗争，肩上又有责任。但在那些年头，看来我没有一天不在怀念甜水这个地方，怀念这座小山。我年轻时到这里来，脑子里已经计划好，什么地方挖井，什么地方开辟林子和果园，就像今天这个样子。我计划盖一幢房子，朋友们可以来住住，找一位像福瑞斯特太太这样的妻子，使朋友们更觉得这处地方可爱。我常常对自己说，总有一天我会办到这一点。"上尉讲这部分故事的时候，并没有感到不好意思，不过说得很慢，推敲着字句，一面用他有力的手指漫不经心地挤压着英国核桃，把核桃肉堆成一小堆，放在他菜盆子旁边。朋友们知道，他想的是他第一次婚姻，他可怜的疾病缠身的前妻，这个女人痛苦了一生，也害得他辛苦万分。

"境况越来越使我灰心的时候，"他接着说，"我有一次回到这里，从铁路公司手里买下了这片土地。他们收了我的期票。我发现我种下的柳树桩子已经扎根而且长成了一棵树，我又种了三棵，标出我房子的四角。十二年之后，我同福瑞斯特太太结婚不久，我就带她到这里来，盖起我们的房子。"福瑞斯特上尉说的时候不时喘着气，但他清晰的叙述，人们听得聚精会神。他用的那词不加修饰，又用他特有的方式说出来，好比刻在石头上的文字，给人留下了印象。

福瑞斯特太太在桌子那一端向他点点头，逗弄地笑道："现在，你说说你的人生哲学——该到这个部分了。"

上尉咳嗽了几下，看来有点窘迫。"我今天晚上原来不想讲这个问题。在座的客人有的已经听过。"

"不，不。这是故事结束部分，我们有的人虽然听过，愿意再听一遍。讲吧！"

"那么，好吧，我的哲学是，你天天念叨、天天打算的东西，不管你如何，可以这么说——你总会得到。你或多或少总会得到。这就是说，只要你不是在这个世界一无所得的那路人。我在矿上和工地上干过很长时间，知道有这种人。"他停顿了一下，好像是在表示：这个问题虽然听来令人沮丧，但问题是存在的，他是留点时间让大家默认。"如果你们不是这种人，康斯坦丝和尼尔啊，你们能够完成你们最向往的事情。"

"为什么呢？那才是有意思的部分呢，"他妻子鼓励他说下去。

"因为，"他不再出神，朝在座的客人环视了一圈，"因为用像我说的那种方式向往一件事情，那件事情已经成为一个事实。我们所有的伟大的西部就是从这种梦想里发展起来的，包括分到土地的移民，勘探的人和承包工程的人。我们梦想有横跨平原的铁路，像我似的，梦想在甜水镇定居。对于后代来说，这些事实都是司空见惯的东西，可是对我们来说——"福瑞斯特上尉"哼"的一声结束他这番话。他的语气里有一种可怕的东西，那是孤寂、挑战的调子，这种调子我们常常从年迈的印第安人口中听得到。

奥格顿太太一直用赞同的感情听他的故事，尼尔对她更抱好感，就是另有所思的康斯坦丝也好像能把注意力转移过来。他们吃完甜点心，到客厅去打牌。上尉打惠斯特，还像过去一样。他拿出一盒上好的雪茄烟，走到奥格顿太太面前问道："我抽烟你讨厌吗，奥格顿太太？"她说了她不讨厌之后，他便走过去问正在同艾林格说话的康斯坦丝，同样庄重而又客气地问道："我抽烟你讨厌吗，康斯坦丝？"如果在场的有五六位女客，他也许会一个一个问去，而且用词完全一样。他不在乎重复使用同一个词。如果某种说法能表达他的意图，他认为没有必要改变这种说法。

福瑞斯特太太和奥格顿先生搭档，对手是奥格顿太太和上尉。"康斯坦丝，"奥格顿太太坐下时说道，"你跟尼尔合作吧？听说他打得很好。"

奥格顿小姐短短的鼻子往上一闪，鼻子两旁的纹路加深了，她又显出一副受损害的样子。尼尔知道她讨厌自己。他才不受她的气呢。

尼尔站在椅子旁，边思考边洗着一副牌，说道："奥格顿小姐，我跟我舅舅是老搭档，你也许习惯同艾林格先生合作。我们这样配对怎么样？"

她抬起黄色的眼睫毛，用很快而又多心的眼光看了他一眼，接着一屁股坐进椅子，连答都不答理一下。弗兰克·艾林格从餐室来到客厅。他一直在品尝上尉的法国白兰地，进来之后坐进奥格顿小姐对面的空位。"你跟我，康尼？好极了！"他边喊边玩尼尔推过来的牌。

正近半夜的时候，黑汤姆推门进来，请大家去喝蛋酒。打牌的人起身进入餐厅，只见桌上有一只大钵，钵里冒着气。

"康斯坦丝，"福瑞斯特上尉说，"你会唱歌吗？我喜欢边喝蛋酒边听一支老歌。"

"很抱歉，福瑞斯特上尉。我真不会唱。"

尼尔注意到，康斯坦丝每次同上尉说话的时候总是使劲地扯着嗓子，其实他耳朵一点儿也不聋。尼尔见她不肯就插嘴道："你跟舅舅说说，他可以起一个头，先生。"

波梅洛埃法官梳了梳他银色的胡子，咳嗽了几声，开始唱《美好的往日》。别的人也唱了起来，但是他们还没有唱完，就听得桥下辘辘有声，大家笑了起来，跑到窗前去看法官那辆送殡似的马车，只见它东倒西歪爬上山来，边上只点着一盏灯。福瑞斯特太太派汤姆拿一杯酒出去给车夫喝。尼尔和他舅父在客厅穿大衣的时候，她走过来低声哄着尼尔说道："你记住了吗，明天两点到这里来？我打算出去，你来替我给康斯坦丝做伴。"

尼尔咬住嘴唇，望着福瑞斯特太太一双诱劝、眯笑的眼睛。他威胁她说："我可以为你来的，这是我来的唯一的原因。"

"我明白，为我来！我记住你的好处。"

法官和他的外甥坐上摇摇晃晃的马车辘辘驶去。奥格顿一家人上楼休息。福瑞斯特太太帮上尉脱掉礼服大衣，替他收了起来。自从他负伤之后，他晚上睡觉得垫高枕头。他睡在凹室的一张小铁床上，这原来是她梳妆打扮用的小房间。他在脱衣服的时候呼呼喘气、叹气，好像非常疲劳的样子。他笨拙地解领扣，接着吹吹自己的手指，再去试试。他的妻子过来帮忙，很快地解开所有的纽扣。他没有用言辞来感谢她，只是感激地听任她摆布。

他沉重的身体躺了下来，铁床嘎吱一响。她从大卧室里叫道："晚安，福瑞斯特先生，"说着她拉拢隔在中间的厚厚的帘子。她脱下戒指耳环，正要脱掉黑丝绒背心的时候，听得外面玻璃杯叮当一声，她停住了。她重新扣上肩头的扣子，来到餐室，这会儿餐室由后厅的煤火微微照亮。弗兰克·艾林格站在餐具柜那边，喝着一杯酒。福瑞斯特家的白兰地是陈酒，劲儿大得像烈性酒似的。

"你小心，"她走近他时低声说道，"我明显感到围栏楼梯上有人。门上有一道宽缝。啊呀，现在猫可有爪子啊。给我倒一点点。谢谢你。我进屋到炉子旁边喝去。"

他跟她走进隔壁房间，她站在炉格子旁边，炉子里新添了煤，火继续烧着，她就着淡青色的火苗看着他。

"你已经喝了不少白兰地了，弗兰克。"她一面说一面打量他那张红红的蛮横的脸。

"不算多。我今天晚上……需要白兰地，"他深有含义地说。

她紧张地掠回掉下来的一绺头发。"今天晚上不行。明天早晨。请你睡去，你爱睡到什么时候就什么时候。当心，我听见楼梯上有穿着丝袜走路的声音。晚安。"她把手放在他大衣袖子上；雪白的手指搭在黑色的衣服上，好像小片小片纸让磁铁给吸住了。她轻柔的一搭触动了他的全身，他从头到脚都有感觉。他宽阔的肩膀随着吸气抬了起来。他低头看着她。

她的眼睛低垂了下来。"晚安，"她微弱地说道。在她迅速转身的时候，丝绒拖裙缠住了他绒面呢裤腿，她一拽，只听劈啪一响，冒出火花。两人一怔。他们站在那儿互相瞧着，然后她才溜出门去。艾林格留在炉边，胳膊紧紧抱在胸前，抿紧他翘着的嘴唇，紧锁眉头望着火苗。

一个迷途的女人 | 287

五

第二天下午，尼尔上山去。两匹小马拖着轻便雪橇叮叮当当拐过车道，停在前门。福瑞斯特太太来到门廊，一身坐雪橇的打扮。艾林格跟在她后面，身穿一件毛皮里子的长大衣，大衣的前襟华而不实，用一排青蛙图案做纽扣，再配上一条光溜溜的羔皮领子。他的样子比前一天晚上更加强壮，更加富于活力。他气色极好，戴着面具，扬扬得意，说明他对自己、对这个世界深为满意。

福瑞斯特太太高兴地对尼尔说："我们去甜水河砍雪松树，准备圣诞节用。你愿意陪陪康斯坦丝吗？她去不了，好像有点不高兴，可是我们的大雪橇不能用——杆断了。你好好跟她玩，好孩子！"她按住他的手，会意地向他笑了一笑，表示信任，说着她跨进雪橇。艾林格跟着跳了进去，在她身边坐下。他们滑下山去，雪橇传来叮叮当当欢乐的铃声。

尼尔见奥格坦丝在后厅独自玩牌。一看就知道她不高兴。

"进来，赫伯特先生。我看他们蛮可以带我们一起去的，你说呢？我自己也要去看看甜水河。我讨厌闷在屋里！"

"那我们出去吧。你想去镇上看看吗？"

康斯坦丝仿佛没有听见他的话。她短小的鼻子一缩一展，嘴边的两条纹路也随着不安地颤振。"谁能阻止我们去车棚租一部雪橇到甜水河去。我看甜水河又不是什么私人财产。"她激动而又气愤地一笑，看着尼尔，对他抱有希望。

"现在这个时候什么都租不到。车队全租出去了。"他坚定地说。

康斯坦丝颇有怀疑，瞧着尼尔，接着在牌桌旁边坐下，耸起她丰满的肩头靠在桌上。她蓬松的黄头发用黑丝绒带子扎在一起，像戴了头巾似的盘在头上。

小马已经越过第二道小河，正沿着公路朝大河奔去。福瑞斯特太太用调皮的笑语表达她的情绪："她正在赶我们吗？她凭什么以为她也跟我们来呢？我们脱了身，真开心！"她抬起下巴，用力地吸着空气。天是灰色的，没有太阳，空气干爽。冷中有热。"可怜的奥格顿先生，"她接着说，"要没有这两位女眷，他这人多活跃啊！她们简直把他憋死了。你不结婚，这会儿该高兴了吧？"

"我没找一个俗气的老婆当然高兴。我不明白,男人找这种女人干什么?她没钱——他一向有钱,或者说就会有钱的。"

"反正,他们明天走了。康尼!你都把她弄傻了,真的!尼尔这个下午可难过啦!"她哈哈大笑,好像尼尔处境尴尬反倒使她高兴似的。

"这孩子是谁?"艾林格要她牵一下缰绳,他从口袋里拿出一支雪茄。"他有点儿呆板。他管用吗?"

"啊,他是个好孩子,跟我们这些人一样,搁浅在这里。我要培养他,叫他多管用。他对福瑞斯特先生非常好。长得俊,你说呢?"

"一般。"他们拐进绕着甜水河的一条旁道。艾林格勒了一下缰绳,翻下他高高的羔皮领子。"让我看看你,玛丽恩。"

福瑞斯特太太正抬着皮手笼,想抓小马踢起的飞舞的雪花。她躲在手笼后面侧眼看了他一眼。"怎么样?"她逗弄地问道。

他挽住她的胳膊,将身子坐低一点。"你应该好好看看我。好长时间没见你了。"

"也许是太长了,"她低声说。他的胳膊挽住她的胳膊,时间这么长,可以感觉出她嘲弄的眼神削弱了。"是啊,好长时间了。"

"你没有回我十一日那封信。"

"没有吗?反正,我回你电报了。"他的脸凑近来,她转过头躲开,"你可真的要看住马,我亲爱的,不然它们会把我们摔进雪地里。"

"我不在乎。把我们摔倒了才好呢!"他低声说,"你为什么不回我的信?"

"哎呀,我记不起了!你也不常写信嘛。"

"没意思。你不让我写情书。你说太危险。"

"是危险,又是傻事。可现在你不用这么小心了。不用太小心!"她轻轻地笑着说:"我一个冬天待在乡下,孤零零的,年纪又大了,我倒喜欢……"她把手放在他手上,"倒喜欢回想过去愉快的事情。"

艾林格用牙齿脱下手套,他眼睛扫了一下弯曲的道路和白雪覆盖的低低的绝崖,两眼显出狼一般贪婪的神色。

"小心,弗兰克。我的戒指!你把我捏痛了!"

"那你干吗不脱掉戒指呢?你以前总脱掉的嘛。这些是不是你说的雪松,我们要在这里停下吗?"

"不,不是这儿,"她声音放得很低,"最好的雪松还要过去,在一个绕

一个迷途的女人 | 289

回山里去的深谷那里。"

艾林格望了望她转过去的脸,他厚厚的嘴唇一抽,嘴边露出笑容。她声音已经变了,他知道这个变化。他们沿着弯曲的路往前驶去,谁也不开口。福瑞斯特太太坐在雪橇里,头往前冲,脸蛋儿一半让手笼遮着。最后她叫他停下。他看见路的右边有一溜灌木丛。灌木丛后面是一条干枯的河道,曲曲弯弯地通往绝壁。从路上望去,看得见静静的深色的雪松树梢弯弯曲曲地伸延开去。

"你坐着,"他说,"我卸马。"

黄昏时分的阴影开始降落在雪地上,这时候,勃鲁姆家的一个孩子悄悄地穿过树林,想去打兔子。他发现矮树丛中有一辆空雪橇,附近有两匹小马拴在那里,正在不耐烦地踩着蹄。阿道夫悄悄地返回树丛,躲在一根倒在地上的原木后面,看究竟是怎么一回事。除了天色变化,他没有见到什么。

不久,他听见低低的语声,从峡谷那边传来,越传越近。他看见到福瑞斯特家做客的那个高大的陌生人,胳膊上搭了车毯;福瑞斯特太太挽着他另一条胳膊。他们来到雪橇前面,那男的把车毯铺在座位上,双手托在福瑞斯特太太肩窝下面,要抱她进去。但他没有把她抱起来;他站在那里很长时间,把她抱在自己胸前,她的脸紧贴在他黑色的大衣上。

"那些该死的雪松树枝怎么办呢?"他把她扶进雪橇,替她盖好之后问道:"我要不要回去砍它几棵?"

"没关系。"她喃喃地说道。

他从座位底下拿出一把斧子,回到峡谷去。福瑞斯特太太双目紧闭坐在那里,脸颊枕在手笼上,唇边露出柔和的微笑。空气宁静清澄,勃鲁姆家那个孩子几乎听得见她呼吸的声音。峡谷那边传来一声声砍树的声音,他看得见她眼皮振动……全身微微颤抖。

那男的回来了,把常青树扔进雪橇。他跨进雪橇,坐在她旁边,她用手挽住他的胳膊,舒舒服服地坐靠在他身边。"慢慢跑,"她喃喃地说道,好像是在梦中说话。"我们赶不上吃晚饭也没关系。一切都没有关系。"小马开始跑了起来。

勃鲁姆家那个脸色苍白的孩子从原木后面出来,顺着脚印走到峡谷。等到橙黄色的月亮挂在绝壁上空,他仍然坐在雪松树底下,枪搁在膝头上。刚才福瑞斯特太太闭目坐在雪橇上,感到如此放心的时候,他几乎伸手可以摸到她。他从来没有见过她这副样子,她向来是用嘲讽的眼睛和活泼的举止对待这个世界。要是躲在原木后面的是柴德·格莱姆斯，或者艾维·彼得斯，事情会怎么样呢？

但是阿道夫·勃鲁姆是会替她保守机密的。他的思想是封建的，认为有钱的幸福的人也是享有特权的人。这些热情、激昂的人好冒风险，做起事来全凭一时的冲动，关于这一点，像他这样的孩子只是朦胧地有所了解；他自己一年到头风吹日晒遭雨打，不是蹚在泥水里捡猫鱼，便是等在沼泽地里候野鸭。福瑞斯特太太从不傲慢，她在后门见他来卖鱼总是面带笑容。她买鱼从来不还价。她把他当做一个人。他同她说上几句话，或是她在街上同他点头微笑，这些情景他是忘不了的。他在禁猎期把野味卖给她，她也没有跟别人泄露过。

六

就在福瑞斯特太太头一次在山上那所房子里过冬期间，尼尔开始对她熟识起来。对于福瑞斯特夫妇来说，冬天好比是两处地产之间的狭长地带；不久，他们倒了运。对于尼尔来说，那一年是自然的转折点，因为秋天他是十九岁，而一到春天便是二十岁了——这个区别是非常之大的。

圣诞节活动过去之后，打惠斯特的牌戏转入正常。一个星期有三个晚上，波梅洛埃法官和他的外甥同福瑞斯特夫妇打牌。有时候他们早去，在他们家吃饭。有时候他们打完最后一局，天色已晚，等吃了晚饭才走。尼尔非常喜欢单身汉生活，下决心不在女人统治之下生活，但也发现这所房子里，主人当家有方，日子过得舒服，福瑞斯特家的牌桌、柔软的椅子和人们悦耳的声音，他都觉得依恋。在凄风苦雨的夜晚，他坐在炉前心爱的蓝色椅子里，心里常想：他怎么舍得离开这个地方，投进外面的黑夜，走过漫长的、冰冻的道路，去到镇上死寂的街道。那年冬天，福瑞斯特上尉正试种球茎花卉，在房子南边后厅外面盖了一间小暖房。一、二两个月，屋子里都是水仙花和罗马风信子，散发出浓郁的、春天似的香气，你坐在炉边，更觉心醉人迷。

尼尔觉得，只要有福瑞斯特太太在场，你不会感到枯燥。她说话之动人，倒不在于她说得机智幽默，而在于她眼睛一转，迅速地会意，在于她声音本身充满了生气。你可以同她谈论最琐细的事情，谈完后感到高兴。他认为，她对人有兴趣，哪怕对十分平庸的人也有兴趣，这是她动人的秘诀。如果奥格顿先生或者道尔齐尔先生没有来,不能给她讲最妙的故事,那么,艾维·彼得斯粗鲁的举止,艾略特老头儿买给她冬天穿的鞋的时候低声说的恭维话,也会使她发生兴趣。她模仿的才能真是惊人。卖冰的胖子的样子,柴德·格莱姆斯卖大块肉的样子,勃鲁姆家孩子卖死兔子的样子,她只消稍稍一学,就比他们本人更有特色,更生动活泼。她常常当人家的面学人家的腔调,听的人不但不生气,反倒高兴。引她发笑最叫人高兴。她一笑,你感到她同你合得来。你说了什么有趣的事情,她就用这种方式表示自己的看法,表示她同意你的说法,欣赏你的说法,她这种方式常常包括许多意思,要是用言语表达,就太直接、太为难了。

事隔许多年之后,尼尔虽然不知道福瑞斯特太太是否还在人世,但这一形象一闪进他脑子,他总是同时想起她明亮的黑色的眼睛,白色的面颊旁边长长的耳环和她丰富多姿的笑声。在他心境沉闷、凡事意懒的时候,他常想:要是他再能听到这个失之已久的女人的笑声,他会感到轻快的。

那年冬天大风雪来得晚;三月头一天风雪席卷甜水镇,下了三天三夜。雪下了三十英寸厚,刺骨的寒风又把雪卷积成大雪堆。福瑞斯特一家让雪给封住了。他们的勤杂工班·基塞没有开出一条路来,自己也不到镇上去。第三天,尼尔到邮局去,取了福瑞斯特上尉的皮邮袋,里面有一大沓信件;他捎着邮袋出发,跨过小河,路上的积雪齐他的腰,有时候没到他的腋窝。路边的篱笆都被雪盖住了,但是他走在两行杨树之间,终于来到房子前面的门廊,福瑞斯特上尉来到门口,请他进屋。

"你来了,太好了,我的孩子,我非常高兴。我们感到有一点孤独了。你走到这里,路上很辛苦吧。非常感谢你。请到起居室炉子跟前烤一烤。我们安安静静说说话。福瑞斯特太太已经上楼休息了,她一直说她头痛。"

尼尔站在炉子面前,穿着胶靴,烤他的裤子。上尉没有坐下,他打开通往暖房的玻璃门。

"我给你看一样漂亮的东西,尼尔,我的风信子全开花了,各种颜色的都有。我说,罗马风信子是福瑞斯特太太的花。它们同她相配。"

尼尔走到门口,非常愉快地看着那些鲜艳晶莹的花朵。"我怕天气这么坏,你这些花保不住了。"

"不,这些东西很耐寒。它们一直同我们做伴。"他站在那里,两眼透过玻璃望着白雪覆盖的灌木丛。尼尔喜欢看到他欣赏自己环境那副样子。他的眼神似乎表示:一个人的房子就是他的城堡。"班跟我说,兔子都跑到粮仓去吃草,因为绿颜色的东西全让雪盖住了。我让他喂它们一点卷心菜,省得它们受苦。福瑞斯特太太天天到前面门廊上去喂雪鸟。"他像在自言自语似的,一直往下讲。

楼梯的门开了,福瑞斯特太太走了下来,身穿一件日本袍服,脸色非常苍白。她眼睛底下一圈暗色的阴影,似乎说明她近来失眠。

"啊,尼尔来啦!太好了。你把邮件捎来了。有我的信吗?"

"三封。两封从丹佛来的,一封是加多的。"她丈夫把信给她。"你睡着了吗,姑娘?"

"没有睡着,不过我休息了一会儿。西面那间屋挺好的,风吹出声来,屋檐底下呼呼响。对不起,我去穿衣服,再来看信。尼尔,你靠火近一点。你身上很湿吗?"她走到他跟前摸一摸他的衣服,他闻到一股强烈的酒味。他不知道,她是病了,还是厌倦得想麻醉自己。

她再下来的时候已经打扮好了,头发也已经梳过。

"福瑞斯特太太,"上尉用关怀的口气说,"今天下午我就想喝点茶,吃点烤面包,就像你的英国朋友似的,这也能治你的头痛。我们就不给尼尔吃别的什么了。"

"非常好。玛丽牙痛,上床休息去了,我来煮茶。你看你的报纸,请尼尔在炉子上烤面包。"

她现在情绪好了——在尼尔身上系上玛丽用的围裙,让他坐下,给了他一副烤面包的叉子。他注意到上尉一边读报一边两眼警觉地望着餐具柜。他妻子端来茶盘,其中没有雪利酒,他显得非常高兴。他喝了三杯茶,吃了两片面包。

"你看,福瑞斯特先生,"福瑞斯特太太轻松地说,"尼尔一来,我胃口好了。今天我没吃中午饭,"她朝着尼尔说,"我关在家里时间太长了。报上有什么新闻吗?"

她说的新闻是指有没有关于他们认识的人的消息。上尉又戴上他的银丝边眼镜,大声念他们在丹佛、奥玛拉和堪萨斯市的朋友们的消息。福瑞斯特太太坐在壁炉旁边的一张凳子上,边吃烤面包,边风趣地议论那些一本正经的短评所报道的事情,包括欧玛·沙尔顿·史密顿订婚的消息等。

"总算订婚啦,谢天谢地!你记得她,尼尔。她来过这儿。我记得你跟她跳过舞。"

"没有吧。她是什么样子的?"

"就跟她的名字一样。你记得吗？个子高高的，两只眼睛非常灵活，发亮，就像《古舟子咏》里那个老渔夫似的①?"

尼尔笑了起来："你不是喜欢明亮的眼睛吗，福瑞斯特太太？"

"可不是别人的眼睛，别人的我可不喜欢！"她跟他一起笑了起来，笑得这么欢，上尉抬起眼睛，瞧着他们，十分高兴。他听任他正在看的那本杂志在膝头蜷缩起来，望着炉边这两个人。在他看来，他们是同一个年龄。他习惯于把福瑞斯特太太看做非常非常年轻。

她注意到他不在读报刊："你要我点灯吗，福瑞斯特先生？"

"不，谢谢。黄昏的光线很舒服。"

现在已是黄昏时分。他们听见玛丽下楼，到厨房里忙碌。上尉不时发出鼾声，火光照着他的拖鞋，宽厚的肩膀罩在阴影里。屋子光线转暗的时候，窗户一片清明的浅紫色，百叶窗不再咯咯响了。到了晚上，风停了下来。周围一片寂静，只有那波希米亚厨子玛丽粗暴地摔锅，发出咔嚓咔嚓的声音。福瑞斯特太太悄悄地说，这佣人情绪不好，因她的爱人乔·普斯力克没有来看她。一般说他每星期天晚上来，而这个星期天正好开始刮风下雪："乔不来，她的牙总是开始痛了！"

"既然我已经走出一条路来，他可以来了，不然她又要发脾气。"

"啊呀，会来的！"福瑞斯特太太耸耸肩，"我这人又瞎又聋，可是我相信她会够他受的。"过了一会儿，她站起身来。"来吧，"她轻声说，"福瑞斯特先生睡着了。咱们跑下山去，没有人会管我们。我套上雨鞋。你一定得去！"她把手指放在他嘴唇上。"什么也别说。这房子，我一分钟都受不了啦！"

他们悄悄地溜出前门，外面天气很冷，雪味清新。西边白雪覆盖的小镇上空，悬着一弧红蓝相间的色彩。他们来到半山圆圆的小丘，那儿的雪几乎被风刮走了，福瑞斯特太太站住了，深深地呼吸，眺望雪堆聚集的牧草地，眺望挺直、深色的杨树。

"哎呀，好凄凉！"她喃喃地说，"我们要是明年冬天还在这里过冬怎么办……再一年还在这里过冬怎么办！我会成什么样子，尼尔？"她的声音里有一种害怕，很清楚，这是一种恐惧。"你看，我没有什么事情可做。我不能锻炼身体。我不滑雪；在加利福尼亚州我没有滑雪，现在踝关节都软了。

---

① 指英国诗人科尔律治《古舟子咏》里的人物。

294 | 美国经典中篇小说

我到冬天总是跳舞，在科罗拉多泉有许多舞会。你真不知道，我多么想念。我要跳舞，跳到八十岁……我要当华尔兹婆婆！跳舞对我有好处，我需要。"

他们向雪堆跑去，一路上没有停留，一直跑到木桥。

"你看，小河都冻了！我以为活水不会结冰的呢。这样的天气还得继续多长时间？"

"算起来不会太长了。再过一个月，你就见到沼泽地开始长青草，牧草地开始吐绿。这里的春天很可爱。明天你就可以出去了，福瑞斯特太太。云开始散了。你看，月亮刚刚升起！"

她转过身来。"啊，我看错了方向。"

"不，你没有看错。你从我肩膀这边看。"

她叹了一口气，拉住他的胳膊："我的好孩子，你的肩膀还不够宽啊。"

他一听这句话，眼睛里马上出现一个肩膀很宽的人的形象，这个人的肩膀宽得叫人讨厌，穿着一件青蛙作图案的大衣，脖子围着羔皮领子。他们慢慢回到山上去，第三者的形象使他心里恼火。

奇怪的是，尼尔之所以对她发生兴趣，是因为她是福瑞斯特上尉的妻子，他最赞赏她对待丈夫的态度。除了其他特点之外，她理解这位修建铁路的人，对他忠心耿耿，这是她最突出的地方。他感到，这是她的品德，永远不会过时失修，好比大马士革的钢①。他感到，她正在回忆愉快生活的时候，她对福瑞斯特太太的赞赏反而集中到这一点。他喜欢听人家讲她在科罗拉多的故事，虽然有的是恶意中伤，说她如何寻欢作乐，说她每一个冬天如何驱使那些年轻人在她身边团团转。他有时候想：自从他认识她以来，她可能过什么样的日子，而她选择的又是现在这种生活。他觉得其中是有差距的，正是这种差距使她这么迷人，这么具有不可言传的刺激性。她恪守礼仪，却又对这些礼仪加以无情的嘲笑，而自己又保持着自相矛盾的魅力。

七

不到福瑞斯特家打惠斯特的晚上，尼尔通常坐在屋子里读书——不过不是读他该读的法学书。去年冬天，福瑞斯特夫妇没有在这里过冬，枯燥乏味的日子一天天过去，他发现有一项消遣，内容十分丰富，简直取之不尽。在

---

① 大马士革的钢以坚韧闻名。

后面办公室，在双扇门和墙中间，有一个又高又窄的书架，从上到下放满了黑布面的书，看来十分庄重，却又不是法学书，原来是一套波恩文学名著丛书。这是波梅洛埃法官以前在弗吉尼亚大学读书的时候买下的。他把它们带到西部来，倒不是因为他好读书，而是因为在他那个时代，一位绅士应该有这类藏书，就好比酒窖里应该有红葡萄酒一样。其中有一套三卷本的拜伦诗集。去年冬天，尼尔恰巧碰到一句引文，他不懂，于是他舅舅劝他读一读拜伦——除了《唐璜》之外，其余都读。《唐璜》嘛，他深有含义地一笑，他"可以留到以后再读"。当然啰，尼尔从《唐璜》读起。接着他读《汤姆·琼斯》和《威廉·迈斯特》，他很快读完之后又读蒙田和奥维德的全套译本①。他还没读完最后这两位作家，常常先去读别的作品，然后回过头去读蒙田和奥维德。在他看来，这些作家写得很好。虽然《唐璜》有点"哄人"，不过其他几位没有这个毛病。

　　这套书里有哲学著作，不过他只是翻一下，看一眼。人们思考过什么，他没有兴趣；但是对人们的感情和生活，他兴致很大。如果有人告诉他，这些作品是名著，代表各个时代的智慧，那么他肯定不会去碰的。不过，这些作品是他自己发现的，从此之后他过着双重生活，内疚中感到享受。他反复阅读赫洛达斯②的作品，他觉得这是写得最有光彩的爱情故事。他认为创作这些作品并不是为了使人打发掉空闲的时间，而是写出了活人，抓住了他们的生活行径——这些人的样子和言辞看来严肃，实在并非如此。他是在偷听过去的生活，进入了一个颠簸起伏、奢华荒淫的伟大的世界，那时候西部这些小镇还没有影儿呢！在灯下度过的这些迷人的夜晚为他开辟了前程远景，影响到他对周围的人的看法，使他明白他希望怎样与这些人相处。由于某种缘故，他读了这些书之后，希望将来当一个建筑师。如果法官把这套波恩丛书留在肯塔基的话，那么他这位外甥走的可能是另一条生活道路了。

　　春天终于来了，福瑞斯特这地方从来没有这么漂亮过。上尉在花树丛中消磨时光，一待就是很长时间，日子过得很愉快。有客来访的时间，福瑞斯特太太常说，"好的，你一会儿就能见到福瑞斯特先生了，我叫英国花匠去请他。"

---

① 《唐璜》是英国诗人拜伦的叙事诗；《汤姆·琼斯》是英国18世纪小说家菲尔丁的作品；《威廉·迈斯特》是歌德的小说；蒙田，法国16世纪散文家；奥维德，古罗马诗人。
② 古希腊戏剧家。

六月初,上尉的玫瑰花含苞待放的时候,他愉快的劳动被打断。有一天早晨他收到一份急电,他用修剪树木的刀拆开电报,回到家里,叫他妻子打电话给波梅洛埃法官。原来他大量投资的丹佛市一家储蓄银行倒闭了。当晚,上尉和律师坐快车西去。法官一边向尼尔叮嘱法律事务方面的事情,一边告诉他说,恐怕上尉要损失很大一笔钱。

福瑞斯特太太好像并不担忧;她送丈夫上车,把他这次外出说成"公事"。尼尔却觉得大事不好。他怕这家人败落下来。她这种人应该永远有钱;他们富裕的生活一受节制,她就要受苦——这是不合适的。境况一拮据,她就不成其为福瑞斯特太太了。

尼尔是在镇上旅馆里用餐的;上尉走了之后第三天,他发现旅馆登记簿上出现弗兰克·艾林格的名字,尼尔心里不高兴。艾林格没有来吃晚饭,这当然是说他在同福瑞斯特太太一起用餐,那位夫人替他准备晚饭。她趁上尉不在家,答应波希米亚女佣人玛丽放假一个星期,让她去农场探望她的母亲。尼尔认为艾林格趁上尉不在家到甜水镇来,是非常失体的。他肯定知道,这会引起流言飞语。

那天晚上,尼尔本来想去拜访福瑞斯特太太,但现在却回到办公室。他读书读到深夜,上床之后,睡不大着。天蒙蒙亮,他被附近房子前面的一部发动机的声音吵醒。他想堵住耳朵,钻到被窝里再睡一会儿,但不知怎的,机器喷气的声音吵得他兴奋起来。他不禁觉得夏天来了,黎明之后福瑞斯特家的沼泽地将是一片夏日的光辉。他醒来之后,深切地感到夏天的来临,心里极其快活,有时候孩子们起床时就有这种心情。他跳下床,快快穿好衣服,想趁讨厌的弗兰克·艾林格正在威勃顿旅馆最好的房里睡觉的时候,抢先赶到山上去。

尼尔一大清早沿着两旁都是杨树的大路走上山去,内心交织着钟爱与守护之情,他没有走近房子,他过了第二座桥,就拐到牧草地和沼泽地去。这是夏天的黎明,万里无云,天际一片闪闪的粉红色。沉重、低着头的牧草齐到他的膝头。沼泽地开遍了银边翠,上面露珠滚滚,像一层层清凉的银片,沼泽地上的马利筋草伸展着一簇簇绛色的扁平的叶子。清早空气新鲜,天色柔和,花草土的晨露发出光泽,这一切简直具有宗教似的圣洁。一切有生命的事物清澈、欢乐——好比清晨的鸟儿,飞向纯洁无尘的空中,发出湿润、清新的啼声。在东方绛紫色的天边,散发出一道道稀薄、橘黄色的霞光,渐渐地染红香气盈然的草地和树林闪亮的尖梢。尼尔后悔他过去为什么不常来，为什么不在人们还没有起来活动的时候来欣赏天色，那个时候的清早还没有遭到污染，好比从远古英雄时代传下来的一件宝物。

沼泽地上头的绝崖下面，长满了层层的野玫瑰，含苞欲放。开花的枝朵上，花瓣染成热辣辣的玫瑰色，这种颜色一到中午必然褪去——这是由早晨的霞光和滋润的空气染成的，过于热烈，势难经久……必然会褪色，好像过度的兴奋似的。尼尔拿出小刀，砍断长满红刺的、坚硬的梗子。

他要做一束花送给一位可爱的夫人；这束花是从早晨的面颊上采下来的……这些玫瑰刚刚睡醒，美丽得天真纯洁。他想把她们留在她卧室的一扇法国式窗户外面，等她打开百叶窗，要透空气的时候，她就会发现这些玫瑰花——说不定她见了这些花之后会厌恶像弗兰克·艾林格之流的俗物。

他用牧草把花扎了起来，穿过林子走上山去，轻轻地绕过静悄悄的房子，来到福瑞斯特太太卧室的北面，卧室的绿色的百叶窗像门似的，还没有打开。当他弯下身去，想把花放到窗台的时候，他听见里面有一个女人轻轻的笑声，笑得任性放纵，娇声娇气。接着是另外一个人的笑声，显然是男人的笑。这笑声圆润，懒洋洋的——笑到后来打了一个呵欠。

尼尔匆匆跑到山下，来到木桥上，他满脸通红，心里怦怦跳，气得看不见东西。他手里还拿着那束带刺的野玫瑰。他把花扔过铁丝围杆，扔进河岸上牲口踩过的一脚泥潭里。他记不得自己刚才是怎么下来的，是从路上走的，还是穿小树丛。在他弯身到窗台到直起腰来这一刹那之间，他失去他一生中一件最美的东西。清晨的露水还没有干，但对他来说这个早晨全毁了；他痛苦地想到：从此之后所有的早晨也全毁了。羡慕、崇敬之情好比他的生活里的花朵，如今全完了。他永远不可能再产生这种感情。早晨清新的花朵现在枯萎了。

"烂了的百合花，"他低声说，"烂了的百合花比草臭得多。"

优雅的风度，悦耳的丰富多彩的声音，深色眼睛里那种嬉笑与幻想的光彩——这一切都成了粪土。她所糟蹋的不是道德的顾忌，而是一种美的理想。美丽的女人在美丽之外还富于更多的内容……她们的光彩是不是永远要以见不得人的俗物为养料？这难道是她们的秘诀吗？

八

尼尔的舅父和福瑞斯特上尉乘早车回来，尼尔到车站去接，把他们送到家里。一路上他们没有提丹佛的事情，等他们到了家，同福瑞斯特太太一起在前厅坐下之后才提起。窗户开着，园子里飘进山梅花和六月玫瑰的香味。福瑞斯特上尉慢慢地打开手绢，擦擦额头和低领口周围肉乎乎的颈脖子，然后开始讲这件事。

"姑娘啊，"他说道，眼睛没有看着她，"我这次回来成了穷光蛋。为了结清账目，我什么都没了。这处地方没有抵押，还是你的，还有我的养老金；所有的就是这些了。牲口可能会有点收入。"

尼尔看到福瑞斯特太太脸色非常苍白，但她还是面带笑容，给丈夫递去一个烟缸。"哦，这样！我想我们还是可以对付的，可以吗？"

"我们刚刚能对付。剩下不多了。波梅洛埃法官恐怕以为我干一件蠢事吧。"

"根本不蠢，福瑞斯特太太，"法官叫道，"他所做的正如我想我在他的地位也会做的一样。不过我是单身汉。有些证券，政府债券，福瑞斯特上尉本来可以转到你的名下，只是这么做储户要吃亏。"

"我知道做这种事情的人，"上尉沉重地说，"但我认为这对于他们的夫人并不是一件光彩的事情。只要福瑞斯特太太满意，我对我的决定不会感到后悔。"他头一次抬起疲劳、红肿的眼睛看着他妻子的眼睛。

"你在生意上作什么决定，我从来没有过问过，福瑞斯特先生。这种事情我不懂。"

上尉放下他手上那支没有点燃的雪茄烟，吃力地站起身来，走到凸窗前，凝望着外面的草。"这地方非常好，姑娘，"他接着说，"我看你给玫瑰浇过水了。这天气需要浇水。现在，对不起，我想去躺一会儿。车上没睡好。尼尔和法官在这儿吃午饭。"他打开门，走进福瑞斯特太太的卧室，随手把门带上。

波梅洛埃法官开始向福瑞斯特太太解释他们到了丹佛所面临的情况。这家银行（福瑞斯特太太对它一无所知，只听说过它们的名字）对小户付的利息不低。存户都是挣工资的人，像铁路职工，技术师，干体力活的人，其中许多人从前在福瑞斯特上尉手下干过事。在银行的官员里，人们只知道他的名字，这个名字对于他的老同事和他们的朋友们来说意味着安全和公道。其他管事的都是有前途的青年商人，他们参与的事情太多。但是，法官明显地感到恼火，他说这些人不想渡过难关，不想像上等人似的赔偿损失。他们承认银行破产，但这不是投资不当，也不是经营不善，而是由于全国性的金融危机,这种贬值非人们所能预料。他们争辩说,公平的办法是同存户一起承担这项损失;一元钱的存款付半元,再写一百分之二十五的长期票据,反正以百分之七十五为基础。

福瑞斯特上尉坚持自己的意见,说绝不能短少存户一元钱。这些有前途的年轻人恭恭敬敬地听他发表意见,但最后,却说他们只能遵循他们自己提出的条件,此外的偿还,那是上尉的事情了。上尉从保管库里把他的私人铁箱拿来,当众打开,把里面的票证放在桌上分类。政府的债券,他马上出售。他派波梅洛埃去公开市场卖掉矿产股票和其他证券。

法官说到这里,站起身来,在房间里踱来踱去,一边捻着他表链上的印章。"一位正直的人就该这么做,福瑞斯特太太。其他五个管事的人躺倒了,他要么名誉扫地,要么保持自己的名誉。这些存户之所以把钱存入这家银行,就是因为福瑞斯特上尉是这家银行的行长。那些人没有资本,只靠腰背、两只手,听到上尉的名字就感到保险。上尉跟董事们解释说,那些存款是不能拿钱来计算的,有的人存钱是为了建立家庭,有的为了照看病人,也有的是为了送孩子上学。而那些头脑聪敏的年轻人,在当地是颇获好评的,却坐在那里,一声不响,听任你丈夫破产到抵押人寿保险的地步!银行外面的街上,天天围着一大堆人,从早到晚不走;有波兰人、瑞典人和墨西哥人,他们害怕得要死。许多人不会说英语——他们好像只知道一个英文名字:'福瑞斯特'。我们进进出出的时候,听见墨西哥人在喊'福瑞斯特,福瑞斯特'。夫人,我为你考虑,见到上尉如此破产,心里非常难受。但是凭良心说,我不能制止他。至于那一帮坐在那里的贪生怕死的流氓——"法官停在福瑞斯特太太面前,用双手乱抓他一头浓密的白发,"天啊,夫人,我想我活得太久了!在我那个时候,做生意的人和无赖之间的差别,比白人和黑人之间的差别还要大。我作为上尉的律师陪他上那里去,不是合适的人选。这要靠圆滑的律师,艾维·彼得斯将来会成为这样的人,才能在破产之中为你保存一些东西。但我不能使用我对你丈夫的影响。对于站在银行门外的那些群众来说,他的名字就意味着一元钱等于一百分,而且,上帝!他们拿到了手!我为他感到骄傲,夫人;我作为他的朋友,感到骄傲!"

尼尔第一次见到福瑞斯特太太脸红。她脸上很快地泛起红晕,眼睛湿润,闪着泪水。"你讲得很对,法官。我绝不会让他因为我而用别的方式处理。他会永远抬不起头来。你看,我是了解的。"她说这些话的时候两眼望着坐在房子另一端的尼尔，她的眼神含蓄中带有威严，似乎是在指责尼尔失礼——其实尼尔没有意识到自己流露过什么失礼的表情。

女主人出去做午饭的时候，波梅洛埃法官对他外甥说："孩子，我很高兴你想当一名建筑师。据我看，在这个即将到来的新的商业世界里，当律师不是一种高尚的职业。把律师这种行当留给艾维·彼得斯这类年轻人去做吧，你选一个干净的行业。我跟福瑞斯特去办这种事不合适。"说罢他伤心地摇摇头。

"他们真的会穷下来吗？"

"会穷下来。就像他说的，只剩下这处地方了。"

福瑞斯特太太回来，去叫醒她丈夫吃中午饭。她开门进屋的时候，他们听得见他呼噜呼噜的呼吸声，她叫他们快进去。上尉平躺在前室的铁床上，福瑞斯特太太正使劲地把他的头扶起来。

"快，尼尔，"她喘着气。"给他垫枕头。到我床上去拿。"

尼尔轻轻地将她推开。他脸上冒汗，使尽力气抬起上尉的肩膀。这好比抬起一头受了伤的大象。波梅洛埃法官急忙回到起居室，打电话给丹尼生大夫，报告上尉中风的消息。

一次中风不可能断送像丹尼尔·福瑞斯特这样的人的生命。他卧床三个星期，尼尔帮助福瑞斯特太太和班·基塞照看他。这段时间里，尼尔虽然常在他们家里，却从没有单独见过她——甚至看不见她。她要做的事情这么多，弄得心不在焉，好像连她个人的特性都不见了。她要回复许多来信，要感谢别人送来的水果、酒和花束。从密苏里到山间这一路上，各处的朋友都来信慰问，询问病情。福瑞斯特太太不在上尉的房里，便在厨房里给上尉做特别的饭菜，再不就伏在案头写东西。

有一天早晨，她正坐在写字台旁写东西的时候，来了一位贵客，尼尔正要到邮局去发信，等在门口，见山下走来一位身材高大、一脸红须的男子，他身穿一套带皱褶的柞丝绸西装，头戴巴拿马草帽。这是科罗拉多州和犹他州铁路公司主席鲁斯·道尔齐尔，他乘坐私人列车来探望老朋友的病情。尼尔告诉了福瑞斯特太太，她出来迎接客人，来客这时正登上步阶，一边用红丝印花大手绢擦着脸。

他抓住福瑞斯特太太的两只手，用热烈、深沉的语气叫道："你瞧你，跟新娘一样，鲜艳漂亮！我还能享受特权吗？"他低下头去，吻了吻她。"我不会打扰你的,玛丽恩,"他们进屋时他说道,"可我得亲自看看他的情况怎么样,你又怎么样。"

道尔齐尔先生同尼尔握手,他说话时在厅里走来走去,体态笨拙,脚步倒很轻,像一只黑狗熊。福瑞斯特太太让他停下来,帮他拉直他平滑的黄领带,又拽了一拽他打皱褶的上衣的背部。"我一眼就可以看出,你今天上午穿衣服的时候凯蒂不在。"她笑着说。

"谢谢,谢谢,我亲爱的。我新雇了一个侍从,他好像还不知道他的职责。不,凯蒂想来,可是我们家里来了两位爱热闹的侄女,从朴茨茅斯来看我们,她就来不了啦。我刚好在勃林顿快车后面挂了一节车厢,就自己跑来了。现在说说丹尼尔的情况吧。是中风吗?"

福瑞斯特太太在沙发上坐下,挨在他旁边,介绍她丈夫的病情,他边听边关心地提出问题,评议几句,一面把她的手握在自己巨大、柔软的手掌心里,充满感情地拍着。

"现在我可以回去告诉凯蒂,说他很快就会复原——你呢,模样儿就像今天晚上舞会当领班似的。你跟丹尼尔悄悄说,我带了两箱葡萄酒,在车上,他喝了之后比医生开的任何药都管事。我还带了十几瓶雪利酒,是送给你这位懂一点酒的夫人的。明年冬天,我们请你们两位到科罗拉多泉去,一起过冬,换换空气。"

福瑞斯特太太慢慢地摇摇头。"哦,那个,我怕是做美梦了。不过,我们愿意做这个梦!"从鲁斯·道尔齐尔上山之后,福瑞斯特太太容光焕发。尼尔觉得,甚至她颊边石榴石长耳环也显得更加悦目。同半小时之前坐在那里写字的模样相比,她成了完全不同的女人了。她那些搭在柞丝绸上装袖子的手指,像蝴蝶的翅膀似的,轻盈地抖动着。

"根本不是梦,我亲爱的。凯蒂什么都安排好了。你知道她计划事情多快。我坐车来接你们。我们把我过去的侍从吉姆找来,伺候丹尼尔,你就可以到处玩,为我们增添新鲜的活力。去年冬天,福瑞斯特夫人不在,我们觉得什么事都办不成。没有你,什么事都不对劲儿。我们举办一个晚会,大家就干坐着,真不明白我们办这个晚会干什么。啊哟,不行啊,没有你,我们对付不了!"

她的眼里闪出泪珠。"你真是太好了。我不在,你们这么想念我,我真感激。"她的语气里,有那种令人心醉的亲切感,这种亲切感只有在古老的、美丽柔和的歌曲里才能听到。

九

三个星期之后,上尉起床了,又开始走动。他拖沓着左腿,左胳膊也不能自主。话虽然会说了,但舌头笨重,说不清楚;有些字的音他发不出来——或者囫囵过去,或者拉掉一个音节。因此他比平时的话更少了。大夫说,只要不再犯脑充血,他还可以舒舒服服活几年。

八月份尼尔要到波士顿去参加麻省理工学院的入学考试训练班,他是去学建筑的。他推迟与福瑞斯特夫妇告别的时间,到行前最后一天才去。他最后一次拜访同过去一样,福瑞斯特夫妇已经把他看做青年。以前他坐在客厅里很自在,这一次相当拘谨。上尉坐在凸窗前宽大的椅子里,下午的阳光洒满他的身上,他言语很少,但态度极为友善。福瑞斯特太太坐在晒不到太阳的沙发里,谈论着尼尔的打算和出门这些事。

"今年秋天玛丽是真的要跟普斯力克结婚了吗?"他问道,"那谁来帮你忙呢?"

"暂时没有人。我做不了的事情,班可以做。千万不要为我们操心。我们安安静静过冬,像乡下老两口似的——我们现在就是那个样儿!"她轻淡地说。

尼尔知道她是非常害怕过这个冬天的,但他从来没有见过她能这样克制自己——或者说这样能把自己当做这所房子的女主人,因为她准备亲自当管家。他心里生了一个从来没有过的感觉:她的轻描淡写,是付出了代价的。

"别忘了我们,但也别发愁。多交些新朋友。人生不会有第二个二十岁。约一位唱歌的姑娘出去吃饭——注意,找一个漂亮的!生活费,你不用担心。如果有困难,我们可以想办法帮你一点忙,可以吗,福瑞斯特先生?"

上尉喘着气,又觉得很有趣。"我想我们是可以想办法的,尼尔,我想可以。别起来,我的孩子。你一定得吃了晚饭走。"

尼尔说他来不及了。他还没有整理好行装,明天早晨又得上火车。

"那么我们在你走之前一定得来一点什么。"福瑞斯特上尉笨重地站了起来,扶着手杖,到餐室去。他拿回一只大瓶来,郑重其事地倒了三杯酒。他拿起酒杯,跟平常一样,停了下来,眨了眨眼睛,说道:

"干杯!"

"干杯!"福瑞斯特太太应声道,脸上泛起她最可爱的笑容,"祝尼尔事事顺利!"

上尉和他妻子两人都陪他到门口,一起站在门廊前。他常常见他们站在这个地方向离去的客人告别。他走下山去,心里很感动,觉得高兴。在过桥的时候,他的心情突然一沉。他见到了他那天早晨把玫瑰花扔进去的泥潭,心想:他是不是永远忘不了这叫人寒心的怀疑?

他很想问她一个问题,请她说真话,好叫自己放心:她这么个高雅的人跟艾林格这种人在一起,有什么意思呢?她把高雅放到哪里去了呢?她把高雅扔在脑后,又怎么能恢复自己的本来面目,给人(包括给他)那种纯钢似的印象?这种纯钢铸成的剑刃不是可以与任何人较量而永不折断吗?

第二部

一

两年之后,尼尔·赫伯特回家来,他回来的时候,第一个遇见的熟人是艾维·彼得斯。艾维在甜水镇东面一个小站上车,他前一阵在那里审理一个案件。艾维正从火车车厢里走过,注意到车厢馆中间有一位年轻人,身穿灰法兰绒西服,蓝色丝衬衣,领带是另一种蓝的颜色。艾维朝这个城里人的背影看了几秒钟,又看看自己的衣服,心里扬扬得意。这是六月份的炎热天气,但他戴着黑毡帽,穿着小时候就穿起的现成的冬装。他两手插在口袋里,走向前去。

"你好啊,尼尔。我想我不会看错吧。"

尼尔抬头一看,见到一张像蜜蜂蜇过的红脸,还有那两个永不消逝的靥儿,沾沾自喜,用蔑视态度瞅着他。

"你好,艾维。是你啊,我也不会认错。"

"回家开业吗?"

尼尔回答说,他回家来度暑假。

"哦,你还没有毕业哪?我看培养一个建筑师比培养一个律师时间要长。反正,这些日子来,甜水镇没有多少造房计划。不过你会见到许多变化。"

"你不坐下?"尼尔指指他旁边的椅子,"你现在弄法律这一行?"

"是的,还有一些别的业务。我们靠一行不行,还得干点别的,才能维持生活。我办了个农场作副业。我租了福瑞斯特家的那片草地,把沼泽地里的水吸干,改成麦田。我兄弟约翰干活,我拿主意。收入很好。我付他们不少租金,他们也需要钱。要没有这笔收入,我怕他们过不下去。他们那些有影响的朋友好像不大来帮忙了,你记得那些骄傲自负的老家伙吗?上尉驾着车接送,还运进一桶桶威士忌给他们喝。那老一辈人够唬人的。经济危机一来,他们退出舞台了。福瑞斯特一家人跟其余的人一样,地位下降了。你记得那老头儿过去老是吓唬我们这些孩子,不许我们带枪进他们那个地方?我现在就是那么讨厌,就喜欢沿那条小河打猎,不爱上别处去。老上尉这人还不错,就是有点装模作样,摆出一副威武的派头。他现在跟我们一样,自在多了,不用天天换衬衣。"艾维两只绿色的眼睛一转不转,盯着尼尔的服饰。

不过,尼尔没有意识到这一点。他知道艾维巴不得他流露出失望的情绪,但是他偏偏不表现出来。他询问上尉的健康状况,有意不提福瑞斯特太太的名字。

"他像半个人似的……看来倒还知足……我倒是有一句说一句,她对他照顾得很好……她寻找安慰,老是这样,你知道……法国白兰地喝得太多……不过待他从来没有疏忽过。我不是责备她。够她辛苦的。"

这些话尼尔都没大听进去,因为他正在想一件事。他感到艾维抽干沼泽地里的水,既是开垦土地,又是对他和福瑞斯特太太表示恶意。而且,尼尔好像知道,到目前为止,艾维本人还没有意识到自己有多少是出于这方面的考虑。他和艾维两人从小就互相厌恶,这种厌恶是盲目的,本能的,谁瞧谁都别扭,好像天生敌对的昆虫。艾维抽干沼泽地里的水,这是消灭了一大片他所厌恶的东西,虽然他说不清楚是什么东西。人们喜欢那些不产粮食的草地,喜欢它们空闲着,发出银色的光泽,艾维这么做正是冲着这些人施行他的权利。

艾维到吸烟车厢去了之后,尼尔坐在那里,眺望弯弯曲曲的甜水河,反复思索这个问题。定居在古老西部的是那些梦想家、心胸宽广的探险家,他们不计实利,豪放爽朗;他们互相谦让,讲究义气,善于进取却不善于守业,所以他们只会征服,不能长治。现在,他们所获取的大片土地落到了像艾维·彼得斯这样的人手里,这种人从来不敢大胆干什么事,从来不冒风险。他们享尽别人的幻景,驱散早晨的新鲜空气,挖掉伟大的自由的思索精神,铲除伟大的占有土地的人的自由自在的生活方式。这一大片空旷的土地,这些色彩,拓荒者这种无拘无束的王子派头,都被他们摧毁了,割裂成

一个迷途的女人 | 305

一块块有利可图的小片，好比火柴厂把原始森林切制成一根根火柴。从密苏里州到山间这一路上，这一代精明的年轻人生逢艰难弄得小里小气，其作为像艾维·彼得斯一样，只会把福瑞斯特家的沼泽地里的水抽个精光。

二

第二天中午，尼尔前去拜访福瑞斯特上尉，见他坐在树丛密集的地方，他管那个地方叫玫瑰花园，他坐的那把椅子很结实，是胡桃木做的，一年四季都可以放在露天，椅子旁边放了两根手杖。他凝视着一块科罗拉多的红沙岩石，这块岩石安放在砾石地中间的花岗石圆台上，周围长着玫瑰花。他给尼尔解释说这是日晷仪，解释的时候颇为自豪。他说，去年夏天他常坐在户外，在一根柱子上钉了一块方板，一面看着表一面记下日影的长度。有一次，他的朋友鲁斯·道尔齐尔来访，拿走了这块板，把图表一分不差地刻在沙岩石上，送还给他，还送了一台圆柱作为沙岩石的底盘。

"我想道尔齐尔先生很可能在山上转悠了好几个早晨，才找到这么一块天生的岩石，"上尉说，"这是一个支柱，就像圣经时代那样。这是从众神的花园里取来的。道尔齐尔先生的避暑别墅就在山上。"

上尉坐着的时候，靴子的底并在一起，两腿弓着。他身上这一切看来越发笨重，也越发虚弱。他脸上肉越来越多，更加光溜了，好像蜡做的脸谱遇热熔化，眉目也分不清似的。他用旧巴拿马帽挡住眼睛，帽子晒得黄黄的。他那双晒成棕黄色的手放在膝头，手指分开，却没有生气。胡子还是那种草黄色；尼尔同他说，他的胡子倒没有见白。上尉用手摸摸脸，说道："福瑞斯特太太替我刮过一阵胡子。她刮得非常好，但是我不愿意叫她刮。现在我可以用那种安全刀片，只要让我慢慢来，我自己能刮。理发师一个星期来一次。福瑞斯特太太在等你呢，尼尔。她在树林子的吊床上休息。"

尼尔绕过房子，来到进入林子的门口，从山顶上他看得见吊床悬挂在两棵杨树中间，就在他当年掉下来摔坏胳膊的、较远的那一块低地上。她苗条白色的身影静静地躺着，他匆匆走过草地的时候发现她脸上遮着一顶白色的圆帽。他悄悄地走近，不知道她是不是睡着了，正在这时候，他听到一阵轻轻的欢乐的笑声，只见她敏捷地一掀，甩掉花边帽，原来她一直透过帽子瞧着他呢。他跨步上前，连躺着的人带吊床一股脑儿抱在怀里。她是多么轻盈，多么活跃！好像一只落在网里的鸟儿。如果他能挽救她，像这个样子把她抱出去多好呀——离开这个劫数难逃的悲惨世界,离开这个令人衰老疲惫的逆境!

她好像不急于叫他放手,只是朝他笑,笑得狂热而又雅致,富于光彩,具有某种奇异的吸引人的魅力——不着人工的痕迹,却是最完美的艺术品!她用手抬起他的下须,好像他还是小孩子似的。

"这孩子长得真俊呀!老法官怎么会不得意!他昨天晚上给我打了一个电话,劈里啪啦地说什么'太太,我可得告诉你,我这儿来了一位漂亮的小伙子啊!'好像我没想到你会长得这么漂亮似的!现在你成人了,又见过世面!怎么样,外面这世界怎么样?"

"没有见过你这么好的人,福瑞斯特太太。"

"瞎说!有情人吗?"

"也许有。"

"她们长得漂亮吗?"

"为什么问她们漂不漂亮?一个长得漂亮还不够吗?"

"一个太少。我要你交上五六个——而把最好的留给我们!一个就把你什么都占了。如果你把她弄到手,你根本不会回家来,不晓得你知不知道我们是怎么盼你的?"她拿起他的手,出神地转弄着他戴在小手指头上的印章戒指。"这几个星期来,每天晚上,牧草地下方有火车灯光摇摇晃晃过来的时候,我就对自己说:'尼尔回家来了,这是一个盼头。'"她说到这里不说了,她老是这样,她一发现自己话说过头就打住,而用戏弄的语调说:"你看,我们大家都看重你。你见了福瑞斯特先生了吗?"

"见了!我在他那儿停了一会儿,看看他的日晷仪。"

她撑起胳膊肘,压低了嗓门说道:"尼尔,你明白吗?他这个人不是孩子气的人,不像有的人说的那样,但是他会坐在那里看那个东西,看了一个小时又一个小时。谁会用肉眼去看时间是怎么消逝的呢?我们这些人常常看时钟的针转圈,可他为什么要看那个影子爬上石头呢?他变化大吗?不大?你说不大,我很高兴。现在你说说阿丹姆斯一家人的情况,乔治的情况。"

尼尔在草根土上坐下,背靠着一棵树干,他谈话的时候,一边回答她飞快提出的问题,一边观察她。当然,她是见老了。在下午强烈的阳光下,你可以看出她的皮肤不再像白丁香,而是像刚开始凋谢的、黄色的栀子花。她黑里带蓝的鬓发好像更加浓密,脸上出现纹路——嘴角紧绷着,这是过去所没有的。令人吃惊的是这些变化可以一下子消失,全部不见了,你只见她的个性，忘掉她衰老的迹象，只见她这个人的个性。

"尼尔，你告诉我，妇女吃饭之后真的同男人一起抽烟吗？我说的是上等妇女。我可看不惯。女演员这么做没有什么，可妇女要是跟男人完全一个样，就没法吸引人。"

"我想这是现在的妇女流行享福，她们把享受放在第一位。"

福瑞斯特太太瞧了他一眼，仿佛他说了一句什么惊人的话。"哎哟，就这么一回事！这两件事合不到一块儿。又参加体育活动，又读大学，吃完饭还抽烟——你喜欢吗？男人不是喜欢女人与自己不同吗？他们过去是这样的。"

尼尔笑了起来。是啊，这无疑是福瑞斯特太太那一代人的想法。

"我舅舅说你不像过去那样常去看他了，福瑞斯特太太。他挺想念的。"

"我亲爱的孩子，我已经有六个星期没到镇上去了。我总觉得累。现在我们没有马，要去就得靠脚走。那所房子啊！我不做就什么都做不成，我不动就什么都动不了。这就是为什么我下午到这里来——到一处看不见房子的地方来。房子应该收拾，可是我收拾不了，我没有力气收拾。哦，是的，班帮我的忙，拍打地毯、擦洗窗户什么的，可是要把房子收拾整齐，事还多着呢。"福瑞斯特太太蓦地坐了起来，用针别住她的白帽子。"我们当初一直跑到芝加哥才买到那套胡桃木家具，尼尔，这里买不到又重又大的东西。早知道现在要推来推去，当初马马虎虎就行了！"她站起身来，抖一抖她弄乱了的裙子。

他们向家里走去，慢慢地沿着林间漫长起伏的草地往上走。

"你不怀念这片沼泽地吗？"尼尔突然发问。

她眼望别处，躲开他的目光。"不太怀念。我永远没有工夫到那里去了，再说，我们也需要这笔租金。你也没有时间去玩了，尼尔，你得抓紧，做一番事业。你舅舅陷得很深。他这人一向粗心大意，目前境况比我们好不了多少。钱是非常重要的事情。你一开始就得看准这一点，要好好对付这个问题，不要像我们许多人一样，弄到最后出洋相。"他们到了山顶，在门旁站下，回头眺望绿色的小径和那深色的阴影，这时的霞光一闪一闪的，成了扇形，好像要把树与树之间的距离拉开，把这片土地变成极乐世界。福瑞斯特太太把她戴着戒指的雪白的手放在尼尔的手臂上。

"你回来看望我们，心里真的觉得高兴吗？我觉得你跟一般人不一样。我在你这个年龄喜欢跟年轻快乐的人在一块儿。不过我们倒是挺高兴。"她看着他，脸上浮起她少有的笑容，他不大见过她这般笑过，令人永生难忘——她没有调皮的意思，但笑得不欢；富于深情，又流露出无可奈何的悲伤。她提出那个问题的语调虽然平静，也含有这种感情——这是有情突然转为无声。她快快转过身去。他们进了门，绕过房子，到上尉坐的地方，上尉正望着玫瑰花上落日的余晖。他的妻子把手放在他的肩上。

"你现在想进屋去吗，福瑞斯特先生，还是我把上衣给你拿来？"

"我进屋去吧。尼尔不在我家吃晚饭吗？"

"今天不吃了。他不久再来，下次来了我们好好招待他一顿。你照顾一下福瑞斯特先生好吗，尼尔？我得马上进去生火。"

尼尔跟在上尉后面缓慢地向前门走去。上尉支着两根拐杖，慢慢地抬起脚，着地的时候小心地踏稳，活像一棵老树在迈步。

他走上台阶，一进客厅，就一屁股坐在大椅子里，气喘吁吁。头一口雪茄烟喷出之后，好像恢复了一点体力。"尼尔，你路过邮局的时候，能不能麻烦你给我发几封信？"他从夏装上衣胸口的兜里拿出信件。"问问福瑞斯特太太有没有信要发的。"上尉起身，走到小厅。小厅前门旁边帽钩底下有一张桌子，桌上有一尊少女雕像，衣着稀薄，不知是阿拉伯还是埃及女仆的像，手里端着一只扁平的大贝壳，这是从加利福尼亚岸边弄的。尼尔记得，他头一次注意到屋里这尊雕像是丹尼生大夫把他从过道上抱出去的时候，就是他胳膊跌坏、夹上夹板那一次。当年福瑞斯特一家雇着佣人，每天要派他们到镇上去几次，信就放在这只贝壳里，让他们带去邮局发走。上尉见里面有一封信，就交给尼尔。尼尔一看是"弗兰西斯·波斯华斯·艾林格先生收"，地址是"科罗拉多州格陵伍德泉"。

不知什么原因，尼尔感到窘迫，他想快快地把信塞进自己的口袋。上尉把两根手杖拿在一只手里，先不让他放进口袋。他拿起那浅蓝色的信封，伸直了胳膊，看他手里的信封。

"福瑞斯特太太写得一手好字，你注意到了吗？她一向写得好。过去她开列一张购买东西的单子，让我去商店买，我向来不把这张单子藏起来。她写的跟铜铸的板一样。妇女写的这么好真少见，尼尔。"

她写的字尼尔记得很清楚，他从来没有见过有谁写得出像她的这笔字，字形修长，有棱角，一笔一画一圈细如发丝，又非常清晰。她的手稿看起来好像是用很快的速度写成的，好像驱笔的人对自己的敏捷具有万分的自信。

"是啊，上尉！我每次给福瑞斯特太太发信，总要看看她写的信封。她写的字叫人忘不了。"

"是的。她写得与众不同。"上尉将信给尼尔，然后慢慢朝大椅子走去。

尼尔常常在想，上尉对她的事情究竟了解多少。现在他走下山去的时候，他明白了，上尉什么都知道；比任何人都要明白；玛丽恩·福瑞斯特的一切情况，他全明白。

三

那年夏天，尼尔本来想到福瑞斯特的林子里多读一点书，结果事与愿违，他去的次数不多。艾维·彼得斯常常在那个地方出现，他见了恼火。艾维常去低洼地看他的麦田，而且总走那条老路：从原来沼泽地那条路走上陡峭的堤岸，穿过林子。他不准什么时候都会出现，裤管塞在高统靴子里，穿过一排排杨树，那副神气俨然是主人的样子。他砰的一声关上屋后面的门，吹着口哨穿过院子、他常常在厨房门口停下，同福瑞斯特太太说几句打趣的话。尼尔心里不高兴，因为早晚那个当儿，福瑞斯特太太正忙着家务，衣着不齐，不是接见下人的时候。穿着便服去迎接科罗拉多州和犹他州铁路公司主席是一回事，同艾维·彼得斯那样的粗坯聊天又是一回事：她披着晨衣，穿着拖鞋，卷着袖子，喉颈袒露，怎么能让他那双冷峻无耻的眼睛看个饱呢。

有时候福瑞斯特上尉正在玫瑰花地里晒太阳，艾维大步走过花地——他径直走去，看都不看上尉一眼，像入无人之境。如果他同上尉说话，那么他这些话像是说给什么都不懂的人听的："啊，上尉，你不怕皮肤给太阳晒坏了吗？"或者说："哎哟，上尉，你得去祷告求雨了。这天太旱，妈的，我麦子旱死了。"

有一天早晨，尼尔正穿过林子走来，他听见门旁有笑声，只见艾维拿着枪在同福瑞斯特太太说话。她没有戴帽子，裙子随风飘着，胳膊上挎着一只大锡桶的柄把，她把它搭在她身旁的围栏上面。艾维头戴帽子站在那儿，从他的表情看来，无疑是一个男人在讨好一个女人。他正讲着一个好笑的故事，也许是不大正经的故事，福瑞斯特太太听了发出她最顽皮的笑声，她笑得紧张不安，仿佛他讲得太没分寸。艾维讲完这个故事，发出庄稼人的狂笑。福瑞斯特太太伸出手指朝他挥了一挥，然后拎起水桶，返回屋里。她拿不动，弯下了身子，但艾维不去帮她提。他任她跌跌撞撞提着水桶走去，好像她是厨房里的女佣人，提水该是她干的活。

尼尔从林子里出来，来到了上尉坐着的花园里。"早晨好，福瑞斯特上尉。刚才从这里走过去的是艾维·彼得斯吗？这家伙的态度不像一只猪吗！"他脱口而出。

上尉指一指福瑞斯特太太坐的那把空椅子："坐下，尼尔，你坐下。"他从口袋里掏出手绢，开始擦他的眼镜。"是啊，"他平心静气说道："他不很讲礼貌。"

他这句话留有余地，却比辛酸的怨言更使人感到他受艾维粗鲁态度的伤害和激怒是如何之深。他的语调是悲哀的，又是无可奈何的。想当年，他同地位相等的人相处，对他尊重是理所当然的事情；对艾维这样的家伙，他一向能发号施令——或者叫他们走开，或者把他们解雇。

尼尔坐下陪他一起抽了一支雪茄烟。他们谈了很久，谈的是修建勃林顿铁路黑山支线问题。去年冬天，尼尔在波士顿遇见一位上了年纪的矿产主，铁路修建的时候他正住在戴特伍德。尼尔问他认不认识丹尼尔·福瑞斯特，这位老先生说："福瑞斯特？你说的那位妻子很漂亮的福瑞斯特吧？"

"你一定得把这话告诉她，"上尉边说边拍着他日暑仪晒着太阳的一面，"真的。你一定得把这话转告福瑞斯特太太。"

七月头一个星期的一个夜晚，月光灿烂，尼尔读不进书去，也不想待在屋里。他漫步走过宽敞、空荡荡的街道，通过小桥走过第一道小河。宽阔的田地上，庄稼已经成熟，整个儿乡间像是一座沉睡的花园。他轻轻地漫步在带有尘土的道路上，不去打扰这酣睡的世界。

在去福瑞斯特家的那条小路上，苜蓿草香味浓郁。尼尔记得，这种草总是一向长得又高又绿；上尉不到秋天刈草的时候不许铲除这些苜蓿草。杨树黑色的羽毛似的阴影投在小路上，投在艾维·彼得斯的麦田上。尼尔向前走去，见到一个穿白衣服的人影伫立在第二条小河的桥上，清明的月光洒了她一身。他急忙走向前去。福瑞斯特太太正瞧着桥下的河水闪闪地流过卵石。他走到她身边。"上尉睡着了吗？"

"哦，是的，早就睡了！他睡得很好，谢天谢地！我帮他躺下掖好被子之后，就不用操心了。"

他们正站在那儿低声说话的时候，只听得山上的大门砰的一声响。福瑞斯特太太一惊，回头望去。有一个人从房子的阴处出来，大步走下车道。艾维·彼得斯来到桥上。

"晚上好,"他对福瑞斯特太太说,既不称呼她,也不脱帽子,"我看见你有朋友。我刚从旧牲口棚来,看了看隔栏里明天能不能拴马。我明天一早就要割麦,中午得把马拴在你们棚里。把它们弄回去就耽误工夫了。"

"怎么,当然可以啰。马可以拴在我们牲口棚里。我想福瑞斯特先生不会反对的。"她说这句话的口气似乎他刚才是在征求她的同意。

"啊呀!"艾维耸耸肩,"割麦的人明天早上六点动手。我大约十点钟才能来,下午我又得回办公室接待一位顾客。为了节省我的时间,也许你可以管我一顿中饭吧。"

他冒失无礼的态度引她发笑。"非常好;我请你吃饭。我们一点钟开饭。"

"谢谢。这就帮了我的忙了。"他仿佛不知不觉地脱掉帽子,又用手挥舞着帽子沿着小道走去。

尼尔望着他走去。"你为什么允许他这样跟你说话,福瑞斯特太太?你要让我做主的话,我就揍他一顿,教训教训他怎么同你说话。"

"不,不,尼尔!你记住,我们得同艾维·彼得斯相处好,我们只能同他相处好!"她声音焦切,抓住他的胳膊。

"你又不是非依靠他不可,何必忍受他这种粗暴的态度。你们这片田地,谁租了之后都会付同他一样的租金。"

"可是他的租约是五年。他会弄得我们很不愉快,你还不明白吗?另外,"她急忙说道,"还有别的情由。他帮我在怀俄明州投资了一点钱,是土地投资。他想了什么办法从印第安人那里弄到上好的田地,几乎不花什么钱。别告诉你舅舅;我想他准是欺诈来的。可是法官跟福瑞斯特先生一样,他那一套老办法现在行不通。他永远不可能使我们摆脱债务,这个好人!他自己都摆脱不了。艾维·彼得斯很精明,这你知道。这镇上一半地产都归他所有。"

"不完全如此,"尼尔憎恶地说,"他捞到不少产业。他会趁火打劫。你知道他不讲道德,知道吗?你为什么不请道尔齐尔先生或者别的老朋友帮你投资?"

"啊呀,就这么一点点钱!只有几百元,是从家务开支里省下来的。艾维他们会投资在最保险的地方,利息六分。我知道你不喜欢艾维——他也明白!所以他在你面前有意表现得坏一些。他这人还不坏,比方说,不像他脸的长相那么坏!"她紧张地说道,"他是真心诚意想帮我们摆脱目前的处境。他一直在这里来来往往,什么都看在眼里,他真的觉得我不该如此劳累。"

"下一回你有什么要投资的,交给我,我拿到道尔齐尔先生那里去,同他说明情况。我保证给你办得跟艾维·彼得斯一样好。"

福瑞斯特太太抓住他的胳膊,拉他走进小路。"可是,我亲爱的孩子,你不懂得做生意那套诀窍。你在这方面并不聪明——我喜欢你也正是这个道理。我不赞赏那些欺诈印第安人的人。真的不赞赏!"她激烈地摇摇头。

"福瑞斯特太太,卑劣的做法可不是唯一的生财之道。"

"话虽这么说,可是这比别的来得快,"她出神地嘟囔道。他们走到小路的尽头,又往回走。福瑞斯特太太握紧尼尔的胳膊,突然说道:"你看,两年之后,三年之后,或者更长一点,我还能回加利福尼亚去,重新生活。但是出了那件事以后……也许有人以为我已经安定下来,过安生日子告老。可是我没有安定下来。我觉得我身上有这一股力量,尼尔。"她纤细的手指捏住他的手腕。"这股力量,你越压制它越往外冒。去年冬天,我到格陵伍德泉去,同道尔齐尔一家人生活了三个星期。(这事全靠艾维·彼得斯;这里的事情他替我管,还请他姐姐帮福瑞斯特先生管家。)我想不到自己这么能玩。跳舞可以跳个通宵,一点不觉得累。白天骑了一天马,晚上照样赶去参加宴会。当然,我没有新衣服;只有旧的晚礼服,尽是缎子的和丝绒的,请道尔齐尔太太的女裁缝帮我改一改。可是我的模样好极了!真的,好极了!我一直明白自己长得什么样子,当时可真是好极了。男人们都这么说。我比任何女客都高兴。她们差不多都比我年轻,年轻多了。可是她们呆板得要命。她们喝了一两杯香槟酒之后就睡着了,什么话也说不出来!我喝了一杯,脸色更好,脸上泛起红晕——这就是香槟的好处。我接受道尔齐尔的邀请是有打算的;我要看看我身上到底还有没有可贵的东西。告诉你,我还有!你简直想不到,但是我就是有。"

这时候,他们又回到了小桥,桥上一片白色的月光。福瑞斯特太太说话之间加快了步伐。"我现在争取的正是这个,要跳出这个苦海。"——她朝周围看了一圈,仿佛已经掉进了一口深井里——"跳出苦海!我一个人在这里待了几个月,我就盘算来盘算去,想方设法。要不是因为——"

尼尔回到法律事务所后面那间房里之后,替她感到害怕。当女人谈起自己还年轻的时候,这是不是说明什么东西已经垮台了?她说的是两三年。他不禁哆嗦了一下。昨天丹尼生老大夫才说过,福瑞斯特上尉可以再活十来年。"我们正保持他总的健康状况,效果不错。他本来是一个铁人嘛。"

她有什么指望呢?他记起她拉他沿着小路越走越快的时候她那只手按在他胳膊上的情景。

四

天气干燥,又非常炎热,延续了好几个星期,可是到了七月底,雷电交加,甜水河一带谷地大雨倾盆。河水溢出岸来,所有的小河都涨满了水,艾维·彼得斯收割后的麦茬地躺在水里。福瑞斯特家和市镇之间隔了一汪大湖和两条水流湍急的小河。班·凯塞每天骑着马去干杂务,给他们送信。有一天晚上,班披着雨衣、拿着皮制邮包正从邮局出来准备上马的时候,尼尔把他叫住,低声问他有没有拿到丹佛市的报纸。

"哦,拿到了。我总在等报纸。她晚上喜欢看报。我看她一个人也闷得慌。"他跨上马鞍,踩着水走了。尼尔慢慢地蹚回旅馆去吃饭。他在丹佛市的报纸上发现一条使人十分不安的消息:社交栏登出弗兰克·艾林格的照片,还有康斯坦丝·奥格顿的照片,宣布他们昨天在科罗拉多泉举行婚礼,目前住在安特勒斯旅馆。

吃罢晚饭,尼尔穿上雨衣,动身到福瑞斯特家去。他走到第一条小河,发现木桥对岸那一头已经被冲断,整个桥身倾斜,黄色的河水不断冲击,随时有被冲走的危险。过这条河没有马是不行的,他望着淹在水中的那片低地,心里犹豫不决。山上的房子是黑黝黝的,客厅的窗户不见灯光。雨又开始下了起来。也许她今天晚上宁愿独自消度。他明天去吧。

他回到法律事务所,虽然这地方乱得叫人心烦,可他还是想法弄得惬意一点。雨下个不停,有一个烟囱漏水,烟灰顺着黑水往下流,炉子里淌满了水,法官那块布鲁塞尔地毯本来挺漂亮的,这会儿也沾上了黑水。修管子的工人在那里待了一个下午,想看看管子究竟出了什么毛病,他做了一只新的铁皮抽屉垫在炉管子底下。但是六点钟他走了,工具和铁皮摊了一地。屋子潮湿阴冷。尼尔穿上一件厚毛线衫,因为没法生火,点上一盏大煤油灯,坐下来读书。读到最后,他一看表,已经半夜了,他读了三个小时的书。他想再抽一斗烟,然后上床。他还没有点着烟,只听得外面有匆忙、快速的脚步,在过道里响起回声。他马上去开门,福瑞斯特太太还没来得及敲门,他已经打开了门。他抓住她的胳膊,把她拉进屋里。

她除了那张雨水下滴的苍白的脸之外,全身上下都裹了起来,头上戴着一顶黑色的橡胶雨帽,雨衣大得要命。雨衣上的水一注注往下流,她解开大衣,尼尔发现她腰部以下全湿透了——黑衣服上尽是泥浆,贴裹在她身上。

"福瑞斯特太太,"他喊道,"你不会是蹚过河来的吧!过河的地方水齐马肚子呢。"

"我从桥上来,从木桥还没有冲走的地方走的。我走过来的时候,桥身摇晃,好在我不重。"她摔掉帽子,用手擦去脸上的雨水。

"你为什么不叫班骑马送你来呢?给你,喝了吧。"

她把他的手摊开。"等一下,待会儿喝。你说班?班走了之后我才想起要来。我来是为打电话,长途电话。你给我挂科罗拉多泉,接安特勒斯旅馆,快!"

这时尼尔发觉她嘴里一股强烈的酒味;这股气味超出橡胶、河泥与湿衣服的味道。她一把抓起写字台上的电话,但尼尔轻轻地把听筒从她手里拿了过来。

"我替你要;可你现在上气不接下气,说话不方便。你真的非得今天晚上打吗?你说什么,比斯莱太太都听得见。"比斯莱太太是甜水镇电话总机的接线员,电话里说的话她总是不知疲倦地帮你广播出去。

福瑞斯特太太坐在他舅舅办公桌旁那把椅子里,她用穿着胶靴的脚趾轻轻地拍打着地毯。"请你快一点,"语调虽客气,却有警告意味,就是艾维·彼得斯听了也心有余悸。

尼尔把接线员从睡梦中叫醒,要了对方的号码:"她问叫谁接电话?"

"弗兰克·艾林格。你就说波梅洛埃法官办公室要同他说话。"

尼尔开始对比斯莱太太说好话:"不,不,不是要经理部,比斯莱太太,是请他们一位旅客接电话。弗兰克·艾林格,"他把这名字拼了一遍。"对。波梅洛埃法官办公室要同他说话。我就在这里。请您越快越好。"

他放下听筒。"你知道,我有什么事宁可在镇报上公布,也不愿意通过比斯莱太太打电话。"福瑞斯特太太不理睬他说的话,看也不看他,只顾坐在那儿瞧着墙壁发呆。"不知道你为什么不打电话给我,如果你觉得今天晚上非打长途电话不可,为什么不叫我弄一匹马来接你。"

"是啊,我没有想到这一点。我只知道要赶到这里来,又怕有什么事,我来不了。"她瞧着电话,好像电话是活的似的。她那双眼睛凝住不动。她那双眉毛结成一个锐角,抽在一起,蹙起眉头——这眉头一蹙像是她喝醉了

一个迷途的女人 | 315

酒，或者疲乏过度，只有集中一件事才能保持清醒似的。她嘴唇发蓝，眼圈发黑，像是中了什么毒。

他们左等右等，尼尔明白她不想听他说话。她心里像是在搏斗，她眼睫毛一动，似乎在重振旗鼓再次搏斗。不一会儿，她站起身来，好像等不及似的，走到窗前，靠着窗户。

"你把福瑞斯特上尉一个人留在家里了？"尼尔突然问道。

"对。家里不会有什么事。从来不会有事。"她一边任性地答话，一边拧着两只手。

电话铃响了。福瑞斯特太太冲到桌子那边去，但尼尔用左手提起听筒，右手挡住她的路。"你冷静一点，福瑞斯特太太。艾林格来接电话，我就让你同他说话——你要记住，你说什么话，总机都听得见。"

尼尔同科罗拉多州办公室说了几句话之后，请她在椅子里坐下："你坐下，我给你。艾林格在听电话。"

他不敢把她一个人留下，虽然他在一旁听人家说话觉得别扭。他走到窗前，背朝着她坐的那张桌子。

"是弗兰克吗？我是玛丽恩。我不会耽误你多少时间。你睡了？这么早？你过去没睡这么早。你已经改变习惯了，是吗？他们说，结了婚就改变习惯。不，我不觉得十分意外。不过你蛮可以同我商量商量。我不配同你商量吗？"

她停了很长时间，听对方说话。尼尔呆呆地望着黑色的窗户。他精神上已经做好准备，以为她会胡乱训斥。他听到他背后的声音是悦耳的，真挚亲切，又是开玩笑的口气，还带有欢乐的激动，使得她这几句客气话显得亲热，平平常常的用语显得炽烈，好比蛋白石上的色彩。他只好屏住气听她噼噼啪啪地往下讲：

"你们到什么地方去度蜜月？哎哟，真遗憾！这么快……你得好好照顾她。替我向她问好……现在这个季节，我想加利福尼亚可以……"

她这样地说了几分钟。在尼尔听来，这声调是年轻、漂亮、幸福女人的声调——热切而又随和，似乎她坐在自己家的起居室里，在风雨交加的夜晚同远方的好朋友聊天。

"啊，我非常好。你自己来看看。下星期你是先到奥马拉办公事，再去加利福尼亚。啊，是啊，你来！换车的时候来。你知道你总是受欢迎的。"

停了好长时间。福瑞斯特太太一声叫喊，尼尔马上转过身来。现在来了！从她说的话里看，她语调越来越阴沉。"我想我是了解你的。你不是在你自己的屋里说话？什么，用公用电话？噢，那我明白了，真的很明白了！"

尼尔惊慌地左右环顾。现在该制止她了，但怎么制止呢？她继续往下说：

"求稳！你什么时候求过别的东西？你知道，弗兰克，其实你是个胆小鬼，愚蠢透顶的胆小鬼。你听见吗？我要你听！……我倒觉得，你这回算是稳拿了；稳得软弱无能！这下子你弄到多少股票？我希望是一大批！现在跟你说实话：我不要你到我这里来！我一辈子也不想再见你，我死了也不许你来看我。我讨厌你用你那双眼睛看我的遗容。你听见吗？为什么不回答我的话？你敢挂断电话？你这个胆小鬼！啊，你这个……弗兰克，弗兰克，你说话呀！哎哟，他挂断了，我听不到他的声音！"

她摔下电话筒，把头靠在桌子上，呜呜咽咽地哭了起来。尼尔站在一边，镇静地等着。这回他手脚可是够快的；他帮了她一个大忙。她心里觉得受了委屈，怒火中烧，正在她说话变调、大发脾气的时候，尼尔手拿铁匠留下的剪子，一刀切断写字台后面的绝缘电线。所以，她一大通申斥没有传出这间屋子。

哭声停止的时候，他按着她的肩膀。他推推她，可是她没有反应。她睡着了，睡得不省人事。她的手，她的脸都是冰凉的，他觉得她身上没有一滴热血了。他把她抱进自己的房里，脱掉她的湿衣服，用浴巾裹住她，把她放在自己的床上。她完全失去知觉了。他灭了灯，锁上门，走出大楼，用最快的速度赶到波梅洛埃法官的住所。他叫醒舅舅，简略地说了说情况。

"你能不能穿上衣服到办公室过夜，法官舅舅？没有一个人在她旁边。我马上到上尉家去；他一个人在家当然不行。她能过桥，我想我也能过。还有，她胡言乱语的时候，我把你写字台后面的电线剪断了。你注意着点儿。晚上这么大雨可能会出事。我去租一辆马车，明天一早，趁镇上的人还没有起床的时候，我把福瑞斯特太太送回家去。"

天蒙蒙亮的时候，尼尔走进福瑞斯特上尉的房间，告诉他说福瑞斯特太太昨晚去接一个长途电话，现在他去把她接回来。

上尉倚靠在三只大枕头上。他的脸肥胖而松弛，所以轮廓磨平，像亚洲人的脸。他的模样像是一位聪明的中国老官僚，靠在床上镇定自如地听这个年轻人瞎编故事，听完之后只是眨了眨眼睛说道："谢谢你，尼尔，谢谢你。"

尼尔走过沉睡的市镇，去到出租马车的车棚的路上，只见比斯莱太太从

一个迷途的女人 | 317

电讯办公室后面穿过柔软的芦笋地走来，这位太太身材矮胖，像是一块煮熟了的布丁穿上蓝色的和服。她已经串过门，把昨天晚上令人激动的故事报告给了女裁缝莫莉·塔克尔。

五

不久，福瑞斯特上尉又得了一次中风。比斯莱太太和莫莉·塔克尔和她们的朋友一致认为这是他妻子应得的报应。这报应严厉透顶。福瑞斯特太太全靠她丈夫，现在丈夫一病不起，她彻底垮台。

他们开始倒霉的时候，福瑞斯特太太尚能克己。她不求他人，也不受他人帮助。她对待镇上人，举止一如既往：客气，自知，自如，不动声色。她自己的朋友早已迁走——只剩下波梅洛埃法官和丹尼生大夫。镇上有哪位家庭主妇来拜访，她在客厅会见，面带笑容，无忧无虑，她们见她总是这样，她笑容背后藏着什么，叫人无法窥测。所以，她们如去拜访福瑞斯特夫妇，她们仍然觉得必须穿最好的衣服，带上名片。

但现在上尉一病不起，一切都改变了。她无法阻挡这些好打听消息的人。这些妇女给病人送汤，送牛奶软冻。她们晚上跑来照看病人，她把整个家都交给她们。她精疲力竭到了如此地步，周围不管发生什么事，她都麻木不仁。比斯莱太太们，莫莉·塔克尔们终于捞到了机会。她们在福瑞斯特家厨房里进进出出，熟门熟路，好像出入在她们相互之间的家里似的。他们翻箱倒柜，找床单，阁楼、地窖处处翻遍。她们像蚂蚁似的拥进房子，因为她们过去只到过客厅；她们发觉这些年来她们上当受骗。原来这地方毫无出众之处！这厨房使用很不方便，水槽又有一股味道。地毯是破的，窗帘褪了色，笨重的老式家具送给她们，她们也不会要，楼上的卧室都是尘土和蜘蛛网。

波梅洛埃法官对他外甥说，他从来没有见过这些妇女像在福瑞斯特家里进出忙碌时这样精神抖擞，得意非凡。上尉得了病，像是推动了社交活动的恢复，像是新建了一个俱乐部或者宗教社团。这些人胆子越来越大——福瑞斯特太太显然毫无抗拒能力。她埋头在厨房里干活，睡觉，衣着不齐，躲在楼上的一间房里，只喝点清咖啡和白兰地。门闩什么的都已经拆除，她也无力顾及。

这些妇女在小路上来来往往之际，尼尔听到过她们之间的一些对话：

"她为什么不卖掉那些银器？那几个浅盘和带盖的盆子年代久了，已经没有光泽了！"

"我倒想要她这几条亚麻布单子。楼上有一只箱子，里面尽是双幅的织花台布，得长，对裁一条可以做两条。你哪见过那些酒杯！我可以肯定，两家酒吧的酒杯加起来也没有这么多。他死了之后，她要拍卖的话，我就买她一打盛香槟酒的杯子；这些杯子盛果汁饮料什么的多好！"

"这种杯子有九套，"莫莉·塔克尔说，"有盛啤酒，盛威士忌的。要是拍卖，我要两只高脚的绿杯子，放在壁炉台上当摆设。不过，她全卖可卖不出去，除非她能叫酒吧间统统包下来。"

艾德·艾略特的母亲笑着说："她呀，只要有酒可以装，她才不会卖掉呢。"

"酒窖里的酒总有一天会喝光的。"

"我看像她这种人，也总有许多人会替她弄酒来。我现在每次去，总闻到她身上有酒味。我有一天晚上去得晚，看见她跪在厨房里擦地板。她那双眼睛呆板迟钝。她老洗擦冰箱周围的地板，擦得我心里烦。我跟她说：'福瑞斯特太太，我看那块地方你已经擦了好几遍了。'"

"她是糊涂了吗？"

"一点儿不糊涂。她笑着说她时常不知道自己心里在想什么。"

艾略特太太的伙伴们也笑了起来，说"自己不知在想什么"这句话说得十分确切。

尼尔把他听到的这些话告诉他舅父。他说："舅舅，我怎么能扔下福瑞斯特一家人到波士顿去。我想停学一年，帮他们管家。我上那儿去，清除那些流言飞语。你可不可以在旅馆待几个星期，叫黑汤姆帮帮我的忙？有他帮我的忙，我会把这些妇女一个个都支使走，叫她们快快离开那条小路。"

事情就这么不声不响地安排好了。黑汤姆进了厨房，尼尔自己照看病人。他对付那些妇女不留情面：多谢各位好心，不过现在不需要她们帮忙了。医生有话，家里必须肃静，病人不能见客。

家里一安静下来，福瑞斯特太太就上床睡觉，休息了一个星期。上尉的健康情况也见好。他精神好的时候，尼尔把他扶上轮椅，推到园子里晒晒九月的太阳，观赏他最后的一批玫瑰花。

"谢谢，尼尔，谢谢，汤姆。"他们扶他上轮椅的时候他常常这么说，"这安安静静的，我太喜欢了。"如果碰上他们认为他不该出去的天气，他就情绪低落,大失所望。

"不管怎么样,还是推他出去吧,"福瑞斯特太太说,"他喜欢看看他那个地方。这个,加上雪茄烟,他只剩下这两份乐趣了。"

等她休息好了、又能自制的时候,她去厨房干活,黑汤姆就回到法官身边。

晚上,福瑞斯特太太上了床,上尉安睡之后,只剩下尼尔一个人守夜,尼尔在静穆中感到幸福。荒废一年学业是难受的,因为多数同学都比他年轻。他作出了牺牲,但他既然走了这一步,心里还是高兴的。他守夜的时候,先坐这把椅子,再换那把椅子,边看书边吸烟,吃点夜宵提提精神,这时候,他为自己的忠诚感到心满意足。他喜欢独自一人,观赏他自幼就觉得非常美丽的古老的东西。在他看来,这些椅子是世界上最舒服的,他也最喜欢《威廉·退尔的小教堂》和《悲剧诗人之家》这两幅画。这张旧桌子用石头铺面,棋盘镶嵌精细,是上尉的一位朋友从那不勒斯带来的,尼尔觉得,这张桌子上,一个人玩纸牌是再好也没有了。在他的一生之中,没有一所房子能够取代这所房子的地位。

他现在有时间考虑许多事情;想想这里的老朋友。他已经注意到,福瑞斯特太太在干活的时候,上尉常常叫她:"姑娘,姑娘。"她不管人在什么地方,总是回答:"我在这儿,福瑞斯特先生。"但并不过来——她好像知道他用这种声调叫她并不是要什么东西。也许他是想知道她在不在近旁;或者他只是喜欢呼叫她的名字,听到她的回答。尼尔在福瑞斯特上尉最后的日子与他安静相处越久,越是感到上尉对他妻子的了解比她自己更深;对她的了解——用他自己的话说——就是对她的尊重。

六

十二月初,福瑞斯特上尉去世,泄气的甜水镇好长时间以来才提供这么一条州一级的"电讯"。东部和西部纷纷寄来花束,打来电报,不巧的是,上尉最亲近的朋友一个也没有参加他的葬礼。道尔齐尔先生在加州,勃林顿铁路公司主席正在欧洲旅行。其他的朋友或者远在他方,或者健康状况不好。抬棺材的人里,他的好朋友只有丹尼生大夫和波梅洛埃法官。

送葬的那一天早晨,上尉的遗体已经安放在棺材里,承办殡葬的人正在客厅里排椅子,尼尔听到有人敲厨房门,原来是阿道夫·勃鲁姆,手里拿着一只白色的大盒子。

"尼尔，"他说，"请你把这些东西给福瑞斯特太太。请你告诉她，这是我和莱因送的，给上尉的。"

阿道夫穿着旧工作服，这也许是他唯一的一套衣服，脖子上围着一条针织的围巾。尼尔知道他不会参加葬礼，所以他说：

"你不进来看看他吗，阿道夫？他的样子没有改。"

阿道夫犹豫了一下，但从客厅的凸窗里看到承办殡葬的人，他说道："不，谢谢你，尼尔。"然后把一双红肿的手插进夹克衫口袋，走开了。

尼尔从盒子里拿出花来，这是一大把黄色的玫瑰花，他肯定得卖掉好多只死兔子才能买这么多花。尼尔把花拿上去，福瑞斯特太太正在楼上躺着。

"这是勃鲁姆弟兄俩送来的，"他说道，"来的是阿道夫，他拿到厨房门口。"

福瑞斯特太太看了一看花束，然后扭过头去，两片嘴唇哆嗦起来。那一天，尼尔头一次见到她苍白的脸不能保持镇静。

葬礼的场面很大。老一代的移民和农民从这个县的四面八方赶来，护送这位拓荒者的遗体入土。尼尔和他舅舅陪福瑞斯特太太从墓地驱车回家的时候，福瑞斯特太太自离家送殡以后头一次开口说话。"波梅洛埃法官，"她轻轻地说，"我想把福瑞斯特先生的日晷仪拿去放在他的墓上。我会在底盘上刻上碑文。我们买任何石碑都不如日晷仪合适。我再移植他自己的几枝玫瑰，种在日晷仪旁边。"

我们回到家是四点钟，她一定要留他们喝茶。"我自己也想喝，做点事我还好受一些。你们在客厅等一等。尼尔，你把这些家具挪动一下，恢复老样子。"

阴沉的天色黑了下来，这三个人坐在凸窗前喝茶的时候，大风夹着雪花吹过山与镇之间宽阔的草地，房子周围高大的杨树发出嘎嘎吱吱的声音。这是在告诉人们冬天已经来了。

七

四月的一个早晨，尼尔独自一人在法律事务所办公室里。他舅父患风湿病已经好长时间，一直由他在应付办公室的日常工作。

门开了，门口站着一个人，此人面生，又似乎相识。尼尔想了一想，才认出是俄维尔·奥格顿,他过去常到甜水镇来,但这些年来没有见过他。他一点也不见老;一只眼睛仍端正、清楚,另一只是斜的,而且模糊。他的下唇还留着一绺威严的卷胡子,颜色是灰暗的,像是旧黄蜡,秃顶的头上还留了几根稀疏的头发,却梳得很神气。

"这位是波梅洛埃法官的外甥,是不是?我记不起你的名字,我的孩子,可我还记得你。法官不在吗?"

"请坐,奥格顿先生。我舅舅生病了,已经有几个月没有来办公了。这些日子,他身体一直不好。有什么事情我可以为你办的吗?"

"啊呀,他病了!我真难过!真难过!"他像是真的难过,而不光是嘴上说说。"我看我们这些人都老了,不想老也得老。丹尼尔·福瑞斯特一去世,更是如此。"奥格顿先生脱掉大衣,把帽子和手套整整齐齐放在办公桌上,然后好像不知下一步怎么办。"你舅父什么病,"他突然问道。

尼尔说了说情况。"这个冬天我本该回学校上学,可是舅舅叫我留下,替他照看一下。他不愿意委托这里的人替他办事。"

"我明白,我明白,"奥格顿先生若有所思地答道,"那么,现在你在处理他的业务了?"他停下来,想了一想。"是这样,有一件事情我想请他处理。我在等火车,可以在这里停几个小时,我可以同你谈谈,你跟你舅舅商量定了,请给我写一封信,写到芝加哥。这件事不要声张出去,因为关系到另外一个人。"

尼尔说请他尽管放心,但是奥格顿先生好像觉得这个问题很难开口。他表情严肃,慢慢地点燃一支雪茄烟。

"我要同你舅舅说的,"他终于开口道:"是一个很微妙的问题,涉及他的一个委托人。我有几个朋友在政府工作,目前正在华盛顿,他们愿意尽力帮我忙。我一直在想,我们可不可以给福瑞斯特太太提高一些抚恤金。这个星期我得去芝加哥,那里的事情办完之后,我很想到华盛顿去替她想想办法;条件当然是不得有人,尤其是你舅舅的委托人知道我插手这件事情。"

尼尔脸一红。"对不起,奥格顿先生,"他索性说了出来,"可福瑞斯特太太现在不是我舅舅的委托人了。上尉去世之后,她的财务已经转到别处。"

奥格顿先生这只好眼睛也跟那只坏的一样黯然无光了。

"什么?他不当她的律师了?怎么呢,二十年来——"

"我明白你意思,先生。她这件事考虑得不十分周到。她突然把业务转走。"

"转给谁了，我可以问吗？"

"转给我们镇上的一个律师，叫艾维·彼得斯。"

"彼得斯？我从来没有听说过他。"

"不，你不可能听说过他。他从前没有到福瑞斯特家里去过。他属于年轻的一代，只比我大几岁。他在上尉去世之前租了福瑞斯特家一部分土地——是他们的佃户。福瑞斯特太太就是这么同他认识的。她觉得他会做买卖。"

奥格顿先生皱起眉头。"他会做吗？"

"有的人觉得他会做。"

"这个可靠吗？"

"很不可靠。他办的那些事别人不愿意办。他也许会真心实意替福瑞斯特太太想法子。不过，这不是秉公办事。"

"这太糟糕了。你干你的工作，我的孩子。我考虑一下。"奥格顿先生站起来。在屋子里走来走去，两手靠在背后。尼尔转身，继续写他一封没有写完的信，让客人更好地思考。

尼尔明白，奥格顿先生的地位是很难处的。他对福瑞斯特太太一向忠心耿耿，他来福瑞斯特家的次数比他们丹佛市的朋友要多得多，不过那是在康斯坦丝决定要嫁给弗兰克·艾林格、母女两人缠住他不放之前的事。尼尔记得，自从圣诞节宴会，也就是他和他家里人与艾林格在这里相聚之后，奥格顿先生没有来过。不过，他准是发现了他这两位女眷的意图，他赞成也罢，不赞成也罢，反正知道自己毫无办法，还是不管为妙。他之所以不到福瑞斯特家里来，倒不是因为他们倒了运。你看得出他心里极为不安，十分牵挂她的问题。

尼尔写完一封信，正想再写一封，这时奥格顿先生站定在他桌子旁边，把他的小胡子捏了又捏。"你说这位年轻律师不照章办事？有时候坏蛋见了女人也会暴露出他软弱之处，流露出自己的感情。"

尼尔瞪着眼。他马上想到艾维的餍儿。

"软弱之处？感情？奥格顿先生，你为什么不上他办公室去呢？你一看就明白！"

"啊，这个没有必要。我明白。"他向窗外望去，从这个地方看得见福瑞斯特林子的梢尖。他喃喃地说道："可怜的夫人！误入歧途。她应该听听丹尼尔朋友的意见。"他取出表，看了一下，又盘算了一阵。他说，再有一个钟头就该上车了。现在无法可想。过了一会儿，他离开了办公室。

后来，尼尔觉得奥格顿先生手拿怀表，犹豫不决的时候，他是在考虑要不要去见见福瑞斯特太太。他一直想去，后又作罢。是他害怕他自己的妻子女儿？还是另一种胆怯，生怕她朱颜已改，使他失去愉快的回忆？害怕他对过去有一番清醒的认识？尼尔听他舅父说过，奥格顿先生喜欢漂亮的女人，虽然自己娶了一位姿色平常的妻子，没有流露出自己的好恶，但在内心深处，仍然富于骑士精神。也许刚才稍加鼓动，他会前去探望福瑞斯特太太，兴许能帮她的忙。但是，他没有这么做，尼尔觉得他对她的感情起了变化。

起变化的是福瑞斯特太太自己。自从她丈夫去世之后，她成了另外一种女人。多年以来，尼尔和他舅父，道尔齐尔夫妇和他们所有的朋友，都以为上尉拖了她的后腿；她得照顾他，弄得自己精疲力竭，默默无闻，不能散发自己的光彩。但是他不在世的时候，她成了一条没有镇重物的船，随不同的风向东飘西荡。她反复无常，刚愎自用，似乎丧失了辨别能力；丧失了能轻而易举、从容不迫地叫人安分的本领。

福瑞斯特上尉得病和去世的时候，艾维·彼得斯正在怀俄明州——有一份电报把他催走，说是在他占有的土地上发现了石油矿。不过，上尉葬礼后不久，他就回来了，人们更常见他在福瑞斯特家出入。冬天地里没有多少活儿可做，他就自得其乐，下班之后去拆旧牲口棚。你常常会遇见他，嘴上叼了一支雪茄，站在门廊前，俨然是这里的主人。晚上他也常在那儿，不是同福瑞斯特太太玩牌，就是谈论他做生意的计划。他还没有发财，但快了。有时他带一两个朋友，镇上的小伙子，到福瑞斯特太太家里吃饭。这些小伙子的母亲和情人们大为愤慨。"她现在追求年轻的了。"艾德·艾略特的母亲说，"越来越不像样。"

临了，尼尔开诚布公地同福瑞斯特太太谈了一谈。他说艾维常来她家引起人们议论。他在街上也听得到流言飞语。

"我才不把他们这种闲话放在心上。他们一直在议论我，将来也永远会议论我。彼得斯先生是我的律师，我的佃户；我得同他商量事情，当然我不会上他办公室去。我也不能天天晚上一个人坐在家里编织东西。如果你来的次数更多一些，人家也会议论。你比艾维更加年轻——而且比他漂亮！难道你没有想到这一点？"

"我希望你不要这样同我说话，"尼尔冷冷地说，"福瑞斯特太太，你为什么不离开这个地方？到加利福尼亚去，到有你自己人的地方去。你知道这

324 | 美国经典中篇小说

个镇不是你待的地方。"

"我是想去。等我卖掉这个地方，我就离开。我就剩下这份产业，如果委托给佃户，这地方就完了，卖不出好价钱。这就是为什么艾维常到这里来，把这处地方弄得像个样子。旧牲口棚看了叫人刺眼，我把它扒了；走廊旧地板烂了，要铺上新的。明年夏天，我把房子重新油漆一遍。我把这地方收拾好了才能卖到我要的价钱。"她紧张地说道，口气急切得有点过火，好像是在努力使自己相信这番话。

"福瑞斯特太太，你现在想卖多少钱呢？"

"两万元。"

"卖不到这个价钱，至少，时势不大变，卖不到这个价钱。"

"你舅舅也这么说。他都不敢提一万二以上。这就是为什么我要托别人办这个事。时势已经改变了，可是你舅舅不知道。福瑞斯特先生自己告诉我，说值这个价钱。艾维说他给我卖两万，如果卖不到这个价，他等投资有收益的时候自己买下来。"

"可是，在这期间，你就在这里浪费生命了？"

"不完全如此。"她用恳求的语调为自己辩解。"我紧张了这么长时间，正在休息着呢。我等着的时候，结识结识年轻的新朋友——都是你这个年纪，或者更年轻一点的。很长时间以来，我很想为镇上的年轻人做点事，但是我手头事情太多。我不愿意见他们个个长成野蛮人似的，他们需要一个文明的去处，需要一个女人给他们指路。但是他们没有这个机会。你如果不去波士顿，你不会成现在这个样子的年轻人——你在外面遇得到见过世面、比你年长的朋友。要是你长成像艾德·艾略特和乔·辛普生这样的人怎么办呢？"

"要是这样，我以为我也不会完全同他们一个样！反正，如果你考虑过了，拿定了主意，我们就不必讨论了。我提这件事，是因为我怕你也许不知道镇上的人是怎么想的。"

"我知道！"她头一扬。她的眼睛一闪，但其中没有欢乐——只有歇斯底里的挑衅意味。"我知道，他们管我叫风流寡妇。我倒蛮喜欢这个名字的！"

尼尔没有继续同她争辩，离开了她家，这件事情虽然已经过了三个星期，但他一直没去过她的家。这段时间里，她打电话约见过他的舅父。法官一如既往，很有礼貌地接待她，但她背信弃义，伤了他的心，无法恢复对她的爱抚和关照之情。他承办福瑞斯特上尉的业务已经有二十年，自从丹佛市那家银行倒闭之后，从来没有从委托给他的钱财中取过一份手续费。福瑞斯特太太态度却极坏。她竟事先不打招呼。有一天，艾维·彼得斯拿着一张她写的字条来到办公室，要求把账目以及一切资金、证券过户给艾维。事后，她从来没有跟法官提起这个问题，也没跟尼尔说过，除了那一次谈到卖房子的时候。

八

五月的一个早晨，暖和的风把街上的尘土刮得打转。福瑞斯特太太笑眯眯地走进波梅洛埃法官的办公室，她戴了一顶崭新的春帽，披着一条短小的黑丝绒披肩，领口系着一串紫罗兰。"请欣赏欣赏我的新衣服，尼尔，"她哄着说，"这么多年来头一次穿新衣服。"

他说这些衣服挺漂亮。

"到底穿上新衣服了，你不高兴吗？"她透过面纱罩笑道，话里含有试探的口气。"我觉得今天你不会同我生气，会答应我求你的事。这件事不会太麻烦你。我要你星期五晚上去吃饭。你要来了，我们正好八个人，包括安妮·彼得斯。全是你认识的小伙子，你不喜欢他们也得去！是啊，你应该去！"她严肃地向他点点头。"尼尔，你既然很在乎人家背后议论什么，你就不怕他们说你势利吗？就因为你到过波士顿，见过一点世面！你别这么呆板，这么——这么瞧不起人！在你这个年龄，这态度可不合适。"她眉毛一扬，成了一条直线，这模样活像他自己的表情，他不禁笑了起来。他几乎已经忘记她过去那种模仿他人的本事。

"你要我去干什么呢？你过去总说把合不来的人叫在一起没有好处。"

"只要你愿意。你们会合得来的。这一回你得去，为了我啊。行吗？"

她走了以后，尼尔跟自己生气，因为他居然会被她说动。

星期五晚上，他是到得最晚的一位客人。那一天白天很热，晚上很暖和。窗户敞开着，丁香花的香味飘进昏暗的客厅，那些青年坐在客厅里，他们的椅子好像太大了一点。餐室里点了一盏灯，艾维·彼得斯站在酒柜旁边调配鸡尾酒、他妹妹安妮在厨房帮女主人做饭。福瑞斯特太太进来了一会儿同尼尔打了招呼，然后说声对不起，又回厨房同安妮·彼得斯做饭。尼尔从开着的门眼看见餐桌上又摆着银餐具，还有烛台和鲜花。尼尔想，这些坐在暮色中的青年粗细不分，假如那天早上她从威恩兹陶器店里弄来陶器餐具，他们也不会知道和银器有什么区别。在他们的心目中，所谓真正的晚宴是姐妹或者情人"炮制"的。他们个个都跷着腿坐着，一只脚晃动来晃动去，棕黄色的鞋子配上棕黄色的丝袜。他们正谈论服装问题；乔·辛普生刚刚继承他父亲的服装业务，正热心地介绍夏天的服装式样。

艾维·彼得斯摇晃着饮料走进屋来。"你们这些家伙像一帮女孩子——老谈论你们穿什么衣服，怎么花钱。你们一套衣服要是穿得跟我似的那么长久，辛普生不可能很快发财。我这套衣服什么时候买的，乔？"

"嗯，我想是我高中毕业那一年买的。"

他们都冲着艾维笑。他不论做什么说什么，他们都笑——这是承认他办什么事都顺利。

福瑞斯特太太回到屋里，用一把小檀香扇扇着自己，她一进来，小青年们都站起身来——你会以为她来得突然，使大家惊起。不管怎么说，这一点是她教导的结果。

"鸡尾酒调好了吗，艾维？你们再等我一会儿，我去在鼻子上抹点粉。早知道今天晚上这么热，我就不会给你们做烤鸭了。我现在自己烤得比鸭子还黄。你们先倒酒。我去去就来。"

她走进自己屋里。那班年轻人像刚才猛地站起来一样，现在又猛地坐下。艾维·彼得斯托着盘子走来走去，青年们手拿酒杯，等着福瑞斯特太太。她进来之后，挽着尼尔手臂，把他引进餐室。"你注意了吗，"她轻声同他说："他们是怎么拿杯子的？就一只小酒杯，他们拿得这么俗气！谁也教不会他们怎么拿起杯子喝酒，就是喝茶，他们也不会！"

接着她大声说："尼尔，你帮我点蜡烛好吗？请你坐首席。你会切鸭子？"

"没有——没有我舅舅切得这么好，"他嘟囔说，一边小心地放回烛罩。

"也没有福瑞斯特先生切得好？我要求没有这么高。过去男人切得好，现在没人比得上。可你总会把它们切开，这可以吧？你右手安妮·彼得斯坐。她正帮我端菜。请入席，先生们！"说着，她略带嘲讽地鞠了一个躬，耳环随着晃动。

当尼尔在切鸭子的时候，安妮悄悄坐进他身边的椅子里，她的脸本来就红，炉子一烤更是红得发光。她比她哥哥小几岁，她哥哥说什么她听什么，连问都不问。她肤色极为难看，浅黄色头发，中间还带白点，就好比糖浆做的太妃糖，拉长了出现的那种白点。席间她不曾说过一句话，只说"谢谢"，或者"不，谢谢"。在座的只有福瑞斯特太太话多，一直说到头一次分的烤鸭吃完。这帮年轻人还没有学会一心二用。他们嘴有空的时候只会问女主人"要不要果子冻"，或者回答她提出的问题。

尼尔透过烛光仔细端详福瑞斯特太太，她左右点头，想"引出他们话来"，不是为洛埃·琼斯冗长乏味的笑话发笑，便是庆贺乔·辛普生做了商人，有自己的买卖，取得了新的地位。宴席之前她虽然进屋去搽过胭脂，但是他觉得，她那消瘦的面颊——边上有一副长长的耳环在摆动——并不显得漂亮。有的女人搽了胭脂好看，她可不行——至少是今天晚上，她两眼累得下陷，这副衰弱疲乏的样子他从前没有看见过。他想到，为八个人准备这么一顿晚宴要忙到什么程度，他不禁叹了一口气——给他们吃牛排土豆，他们还会更高兴一些！说实话，他们根本不欣赏这种菜！她为什么要做呢？今天晚上，等这些傻小子道了晚安、穿着黄皮鞋下山的时候，等她疲惫不堪上床的时候，她作何感想呢？

她不吃什么东西，把劲儿都使了出来，想开导这些笨小子说话。尼尔觉得他应该帮帮她的忙，至少要试一试。他同他们一个一个攀谈，精神饱满，胸有成竹；他谈到垒球，政治，丑闻和玉米收成。他们的回答不是单音节字，便是感叹一声。他马上意识到，他们不要听他有礼貌的谈话；他们要吃鸭子，不要别人打扰。

不过，晚饭不久就吃完了。女主人想延长也延长不了。沙拉和冻布丁一端上来就吃光，跟烤鸭一样。客人们走进客厅去抽雪茄烟。

福瑞斯特太太有一个旧观念，认为男人们饭后应该单独在一起，所以她过了半个小时才来。也许她上楼躺了一会儿，看她样子好像休息过了。这些青年现在说话了，正谈论艾德·艾略特要到山上去野营的事。他们正帮他出主意，要带什么工具，用什么鱼饵，什么样的防蚊剂等。

"我说，孩子们，"福瑞斯特太太听了他们的谈话，过一会儿说，"我回到加利福尼亚以后，想在西依拉山上盖一间避暑小屋，我请你们统统去住住。生活得靠你们安排，你们要明白；像砍柴、提水，洗锅碗瓢盆什么的，早晨出去捕鱼当早饭等。艾维可以带他的枪去，给我们打野味，我用铁锅给你们烤面包，像从前用陷阱捕兽的人一样，不知道我忘没忘记怎么个烤法。你们都来吗？"

"我们准来！我瞧这些山上的事儿，你全记熟了吧？"艾德·艾略特说。

她笑着摇摇头。"得花一辈子工夫才能熟悉山上的情况，艾德，一辈子都不够。西依拉山脉——没有尽头，非常宏伟。"

尼尔转过身来对她说："你头一次怎么在那山上同福瑞斯特上尉见的面，告诉过他们没有？他们要是没听过这故事，我想他们会喜欢听的。"

"真的喜欢听？那好吧，从前我还非常年轻的时候，有一个夏天，我跟我爸爸的几位朋友在山里野营。"

她从这里开始讲起，其实这不是故事的开头。尼尔从前听他舅父说过，开头是一件丑闻——一桩凶杀案。玛丽恩·奥姆斯比十九岁的时候，同黄金海岸一位百万富翁，花花公子奈德·蒙哥马里订了婚。他们打算结婚前的几个星期，蒙哥马里在旧金山一家旅馆的过道上被另一个女人的丈夫枪杀。后来一连串审讯闹得满城风雨，玛丽恩家里人快快把她弄走，免得人们见了她好奇，叫她躲到山上去，等事情平息了之后再说。

今天晚上，福瑞斯特太太打"从前，有一个夏天"开始讲起。她坐在大沙发的一头，脚穿拖鞋搭在脚凳上，头部掩在不见光线的地方，她边说边用檀香扇拂动着她面前的空气，白白的手指上的戒指发出闪光。她告诉大家，当时死了妻子以后的福瑞斯特上尉怎么到营地去拜访她父亲的合股人。她没有注意过他，因为她天天跟年轻人出去。有一天下午，她说动了年轻的弗瑞德·哈纳，一位爬山的勇敢分子，带她去爬下鹰崖。他们正爬过一座突出的壁架，都快到底了，不料绳子拽断，他们掉了下来。哈纳摔在岩石上，当场身死。她掉在一棵松树上，没有摔下来。不过她两条腿跌断了，躺在冰凉的峡谷里，让寒风吹了一夜。宿营的人发现少了两个成员，却不知他们的去向——原来他们是悄悄出去干这莽撞事的。大家并不担心，因为哈纳熟悉所有的山路，不可能迷失方向。然而，早晨他们还没有回来，大家就分头去找。找到玛丽恩的是福瑞斯特上尉所在的那个队，他们从下面的山路上把她救了出来。这条山路又陡又窄，拐过突出的壁架的地方地势险恶，不可能用担架把她抬走。男人们轮流抱她，边爬边用肩膀贴紧崖壁。她两条断腿耷拉着，痛苦万分——几次昏迷过去。但是，她注意到，轮到福瑞斯特上尉抱她的时候，她痛得轻一点，而且，凡是最险要的地方，都是他抱着她。"我可以感觉得到他的心怦怦跳，他的肌肉搐动，"她说，"他得将自己和我在岩石上保持平衡。我知道，万一掉下去，我们就一起掉；他绝不会把我撒手的。"

他们回到营地，想尽办法治她，但等从旧金山请来的外科医生来到的时候，她骨折部分已经开始复合，又得重新断开。

"医生给我动手术的时候，我就要福瑞斯特上尉握住我的手。尼尔，你记得他常常说起,他们抱着我爬山路的时候,我从来没有叫过一声。他一直待在营地,待到我可以扶着他的胳膊走路。他向我求婚的时候,我一口答应了。你们觉得奇怪吗?"她带着微笑向周围的人看了一圈,接着无意识地抬起手,用手指尖摸了一下前额,像是要抹掉什么东西——她要抹掉过去,还是抹掉现在?谁能知道呢?

这些青年们真的感动了。她回答他们提出的问题的时候,尼尔想起他头一次听她讲这个故事的情景。那是道尔齐尔先生从芝加哥带了一班朋友在此停留,他记得其中有马歇尔·菲尔德和太平洋联合公司主席,他们是坐道尔齐尔先生的私人列车去黑山打猎的。此后,她毕竟没有发生多大的变化。尼尔觉得,就是现在,只要有一位正派的人肯管,她还是可以挽救的。她讲起过去的事情来,你听得出,她仍然是一位不屈不挠的人——不过现在只剩下一些不入流的人听她讲。所有创建辉煌事业的人都已经离开这个世界。

九

夏天这几个月过去之后,波梅洛埃法官健康状况好转,一等他可以办公的时候,尼尔开始计划回波士顿。他要在八月一日之前赶到波士顿,请一位教师帮他补上前几个月耽误的功课。他的心情并不愉快。他固然急于离去,但是他感到这一走是永远不会回来了,所以他这是永远告别他童年时期所亲切的一切事情。这里的人们,这乡间本身,变化如此之快,将来是没有什么值得他回来看望的。

他已经见到一个时代的告终,见到拓荒者的晚年。他生逢一个光辉几近消逝的时代。这正像是从前野牛成群的时期,旅行者常常在大草原上碰见猎人走了之后所留下的余烬;煤火虽然已经踩灭,但地上尚有余温,猎人躺过的地方,马吃过草的地方是平伏的,而正是这片倒伏的草地使后来者知道猎人曾经来过。

这是开发西部的最终点;曾经用铁轮马车征服过高山平原的一代人年事已高;有的很穷,就是不穷的,也要休息,暂缓几时归天。那个时代,一去不复返了。那个时代的色、香、味,那一代人在空中所见到、所追随的幻象——这一切,他曾经在他们的脸上见过它们的夕照。这永远是属于他的。

他最不满意福瑞斯特太太的就是这一点:她不愿意牺牲自己,不肯当这些伟人的未亡人,她属于拓荒的时代,但她不愿意与这个时代共存亡;她愿意接受任何条件去生活。尼尔最后走的时候都没有向她告别，他的内心满怀厌烦和蔑视。

事情的经过毫无插曲的光彩。这件事微不足道，却说明一切。夏天一个傍晚，他去看她时，路过餐室，他停留片刻，看看窗台上的忍冬花。餐室的门通向厨房，他看见福瑞斯特太太站在桌子旁边做糕饼。艾维·彼得斯从厨房进来，走到她背后，用胳膊随随便便地搂着她，两只手正好搭在她胸前。她一动不动，也不抬头，继续做她的饼。

尼尔往山下走去。"这是最后一次了，"他边在暮色中过桥边说道，"这是最后一次了。"果然如此；他再也没有上过这条两边都是杨树的道路。他给了她一年的时间，她却随手一扔。他想，是他伺候上尉，使他安息；现在只有上尉才是现实的东西。这些年来，他一直以为使这所房子如此出众的是福瑞斯特太太。但自从他过世之后，在这所房子里，像他舅舅这样的老朋友被出卖、被抛弃了，但物以类聚，庸俗的男人竟到这里来寻找一个庸俗的女人。

他想他自己，如果他不是本性忠诚的人，那么，他来过一次之后绝不会再来这个地方。他受了两次教训。好吧，他受过了！今后她不论做什么，与他无干。

此后，他舅父健在时，他常听到她的消息。"福瑞斯特太太与艾维·彼得斯形影不离，"法官在信中写道，"她似不甚愉快，我恐其体力不支，然如此境况，系她自身促成，她丈夫友人爱莫能助。"

后来又写道："至于福瑞斯特太太，乏善可陈。潦倒至极。"

舅父去世之后，尼尔风闻艾维·彼得斯终于买下福瑞斯特的房子，艾维从怀俄明娶了一个女人，住进这所房子。福瑞斯特太太到西部去了——想来是加利福尼亚吧。

多年之后，尼尔才消除对她的怨恨。她已经游离出他的视野，他不知道丹尼尔·福瑞斯特的遗孀是否还在世，但是丹尼尔·福瑞斯特妻子这个形象总是回到他脑子里，这是一个鲜明的、不带个人感情色彩的形象。

使他高兴的是他结识过她，她干预过他的生活。自她之后，他认识不少漂亮的女人，有的还很聪明——但与风华正茂时期的福瑞斯特太太相比，没有一个及得上。她那双眼睛在对着你的眼睛笑的时候，给你一种人间所找不到的、令人痴醉的愉快感，"我知道哪里去找这份愉快。"它们似乎在说，"我领你去看！"他愿意召见年轻的福瑞斯特太太的亡灵，就好比隐多珥女巫召见撒母耳的幽灵①似的,向它挑战,要求知道她那分炽热情绪的秘诀;他要问问她:她是不是真的发现了那份永不消逝、始终炽热、令人痴醉的愉快,还是:这一切只是逢场作戏?也许她的发现不比别人多;但她总有本事暗示出比她自己可爱得多的东西,好比一朵花的香气可以招来整个春天的芬芳。

尼尔最后还听到过一次这位久已不知去向的夫人的下落。那是在芝加哥的一家旅馆里,有一天傍晚,他走进餐厅,见迎面走来一位宽肩膀的男子,面容开朗,晒得很黑,他说自己是在甜水镇长大的。

"我叫艾德·艾略特,我猜准是你。我们坐一张桌子吧?我答应过你的一位老朋友给你捎个信,万一碰得上你的话。你记得福瑞斯特太太吗?啊,她离开甜水镇十二年之后,我见过她——那是在布宜诺斯艾利斯。"他们坐下来点菜。

"是啊,我去南美洲办事。我现在是矿山工程师,在布宜诺斯艾利斯待过。有一天晚上,一家大饭店正在举办宴会,我从酒吧出来,正好看见一辆小汽车开到宾客正在往里进的入口处。我当时没注意,后来听见一个女人的笑声,我听出是她的声音———点儿都没变。她穿裘戴皮,头上包了围巾,但我一看她那双眼睛,知道没认错。我走上前去同她说话。她见了我好像很高兴,拉我进饭店,同我谈话,一直谈到她丈夫来拉她赴宴入席。啊,是啊,她又结婚了——嫁给一个有钱的古怪的英国老头儿,叫亨利·柯林斯。她告诉我,他生长在布宜诺斯艾利斯,不过他们是在加利福尼亚认识的。她说他们住在一个大牧场上,坐车来参加宴会的。我后来一打听,原来这老头儿还真是个人物,他结过两次婚,有一次是同一个巴西女人结的婚。人们说他很有钱,但爱吵架,挺小气。不过,她好像应有尽有。他们乘坐的是一辆漂亮的法国汽车,她带她的女佣人,他带他的随从。不,她不像你想的变化那样大。当然,跟那边多数妇女一样,化妆品用得厉害;粉擦得很多,我看也擦胭脂。头发乌黑,我记得过去没有这么黑,好像是染过的。她邀请我去他们的庄园,老头儿来叫她的时候也请我去看看。她打听每个人的情况,说'你要有机会见到尼尔·赫伯特,请你替我问好,跟他说我时常想念他。'她

---

① 《圣经》里的故事,以色列国王所罗门面临非利士军挑战,恳求隐多珥一女巫召见先知撒母耳的亡灵,询问以色列与非利士交战的后果。

又说,'你告诉他,我现在情况很好。柯林斯先生是最和气的丈夫。'我从南美回来的路上,给你在纽约的办公室打过电话,可是你上欧洲去了。她又露面了,真不错。她离开甜水镇之前,人都快垮了。"

"你估计,"尼尔说,"她可能还活着吗?我倒想看看她去。"

"不,她三年前死了。这我可以肯定。自从她离开甜水镇之后,不论她到了哪儿,年年给军人分会寄一张支票,请他们在内战阵亡士兵纪念日①那一天在福瑞斯特上尉墓前献花。三年之前,分会收到那个英国老头的来信,还附了一张汇票,请他们今后照看福瑞斯特上尉的坟墓,说这是'为悼念我亡妻玛丽恩·福瑞斯特·柯林斯'。"

"这么说来,我们可以肯定,她一直到死,还是受到很好照料的,"尼尔说,"谢天谢地!"

"我知道你会这么想的,"艾德·艾略特说,脸上泛起一阵温暖的情绪,"我也这么想!"

---

① 每年五月三十日为该纪念日。

图书在版编目（CIP）数据

美国经典中篇小说/盛宁主编；冯季庆选编. —北京：
文化艺术出版社，2012.1
（世界经典中篇小说系列）
ISBN 978-7-5039-5295-1

Ⅰ.①美… Ⅱ.①盛… ②冯… Ⅲ.①中篇小说—小说集—美国—近代 Ⅳ.①I712.44

中国版本图书馆 CIP 数据核字（2011）第 273928 号

美国经典中篇小说

主　编	盛　宁
选　编	冯季庆
责任编辑	陶　玮
封面设计	姚雪媛
出版发行	文化藝術出版社
地　址	北京市东城区东四八条 52 号　100700
网　址	www.whyscbs.com
电子邮箱	whysbooks@263.net
电　话	（010）84057666（总编室）　84057667（办公室）
	84057691—84057699（发行部）
传　真	（010）84057660（总编室）　84057670（办公室）
	（010）84057690（发行部）
经　销	新华书店
印　刷	国英印务有限公司
版　次	2012 年 3 月第 1 版
	2012 年 3 月第 1 次印刷
开　本	700×1000 毫米　1/16
印　张	21.75
字　数	320 千字
书　号	ISBN 978-7-5039-5295-1
定　价	39.80 元

版权所有，侵权必究。印装错误，随时调换。